录

上　卷

下　卷

第三篇

娶亲吃花筵酒闹洞房歌

题解：这是婚礼当天晚上男方家办结婚酒筵和请伙伴闹洞房所唱的歌曲。内容与第二篇相近，增加唱诗书、讨头巾等内容。歌词多喜庆、吉祥语。歌师班与乐师班一唱一和，主持、引领程序，使得婚礼场面热闹祥和，庄严华丽，充满仪式感。

一、进村堂歌、进家门歌

ta^{24} lau^{24} piŋ^{31} piŋ^{31} ho^{31} tsou^{31} lau^{24}
大 路 平 平 好 走 路
大路平平好走路

ɕo^{31} tou^{31} jou^{31} jou^{31} ho^{31} tɕhi^{54} ɕuai^{31}
水 子 游 游 好 春 船
水儿悠悠好划船

jou^{31} jou^{31} tɕhi^{54} se^{31} jou^{31} jou^{31} hau^{33}
游 游 春 起 游 游 去
快快划动快快去

jou^{31} jou^{31} tɕhi^{54} hau^{33} na^{24} fu^{54} jai^{31}
游 游 春 去 闹 花 筵
快快划去闹花筵

çi^{31} çi^{31} mə^{33} luo^{54} ȵi^{31} tɕhun^{54} luo^{33}
行 行 不 知 人 村 到
行行不知贵村到

luo^{33} luo^{33} ȵi^{31} tɕhun^{54} ho^{31} tsu^{24} tiaŋ^{31}
来 到 人 村 好 宅 强
来到贵村好恢宏

tsu^{24} tiaŋ^{31} ho^{31} tsu^{24} tiaŋ^{31}
宅 强 好 宅 强
辉煌啊辉煌

ŋau^{33} faŋ^{54} ŋau^{33} lau^{24} ŋau^{33} tou^{31} liaŋ^{31}
五 方 五 路 五 条 龙
五方五路五条龙

ju^{24} jou^{24} səŋ^{54} tou^{31} hau^{33} tɕhi^{33} zə^{24}
又 有 三 条 去 寻 吃
又有三条去抱珠

ji^{24} jou^{24} liaŋ^{31} tou^{31} ɕou^{31} tɕhun^{54} taŋ^{31}
也 有 两 条 守 村 堂
还有两条护村庄

tsu^{24} tiaŋ^{31} ho^{31} tsu^{24} tiaŋ^{31}
宅 强 好 宅 强
辉煌啊辉煌

tiou^{31} tɕhuəi^{33} məŋ^{31} luo^{31} se^{24} tɕhuəi^{33} tɕaŋ^{31}
九 砌 门 楼 十 砌 墙
九砌门楼十砌墙

tiou^{31} tɕhuəi^{33} məŋ^{31} luo^{31} fu^{24} liaŋ^{31} hau^{31}
九 砌 门 楼 画 龙 虎
九砌门楼画龙虎

se^{24} tɕhuəi^{33} tɕaŋ^{31} ɕaŋ^{24} fu^{24} faŋ^{24} haŋ^{31}
十 砌 墙 上 画 凤 凰
十砌墙上画凤凰

faŋ^{24} haŋ^{31} phu^{35} ɕo^{35} məŋ^{31} ȵi^{31} vo^{24}
凤 凰 拍 翅 闻 人 曰
凤凰拍翅闻人传

tɕhəŋ^{31} la^{33} luo^{31} na^{24} təi^{33} fu^{54} jai^{31}
请 俫 来 闹 弟 花 筵
我们来闹弟花筵

tu^{24} no^{24} kuo^{33} tɕhun^{54} li^{31} zə^{35} vaŋ^{24}
达 入 贵 村 打 一 望
踏进贵村抬头望

vaŋ^{24} kai^{33} kuo^{33} tɕhun^{54} ho^{31} tɕhun^{54} taŋ^{31}
望 见 贵 村 好 村 堂
望见贵村好村庄

pəi^{33} ɕi^{31} luo^{31} liaŋ^{31} tiou^{31} thio^{33} ɕo^{31}
背 后 来 龙 九 处 水
背后来龙九条脉

mai^{24} tso^{31} tia^{35} tu^{24} ɕo^{31} ne^{31} ka^{54}
面 前 脚 踏 水 泥 街
面前脚踏水泥街

ȵi^{54} ȵi^{54} pa^{35} paŋ^{33} se^{31} ɕi^{54} au^{35}
个 个 邀 伴 起 新 屋
个个邀伴起新屋

ɕuai^{31} se^{31} kaŋ^{54} tɕi^{54} ɕo^{31} ne^{31} luo^{31}
全 起 钢 筋 水 泥 楼
都起钢筋水泥楼

tse^{31} tɕi^{31} kuo^{54} luo^{31} tsaŋ^{54} ɕou^{54} ho^{31}
几 层 高 楼 装 修 好
几层高楼起得好

ɕaŋ^{31} fə^{35} no^{24} tse^{31} haŋ^{54} la^{24} ɕi^{54}
幸 福 日 子 欢 乐 心
幸福日子心欢乐

tse^{31} ɕoŋ^{54} hou^{33} ta^{24} lu^{35} ɕaŋ^{31} fə^{35}
子 孙 后 代 得 幸 福
子孙后代得幸福

lu^{35} te^{54} ɕaŋ^{31} fə^{35} nai^{24} əŋ^{54} tɕəŋ^{31}
得 了 幸 福 念 恩 情
得了幸福念恩情

ȵi^{31} ki^{54} se^{33} ɕaŋ^{24} thio^{33} thio^{33} təŋ^{31}
人 间 世 上 处 处 同
人间世上处处同

lu^{35} te^{54} ɕaŋ^{31} fə^{35} mə^{33} maŋ^{31} tɕəŋ^{31}
得 了 幸 福 不 忘 情
得了幸福不忘情

se^{33} ɕaŋ^{24} liaŋ^{31} ɕi^{31} to^{33} luo^{33} ho^{31}
世 上 良 心 道 理 好
世上良心道理好

thai^{54} to^{24} tia^{33} kau^{33} tiaŋ^{54} ɕi^{54} ȵi^{31}
天 地 照 顾 忠 心 人
天地照顾忠心人

ta^{54} ɕai^{33} tse^{31} ɕou^{33} ku^{54} ɕi^{54} vaŋ^{24}
父 慈 子 孝 家 兴 旺
父慈子孝家兴旺

fə^{54} thiaŋ^{33} tshəi^{54} tio^{31} nai^{31} ɕou^{24} faŋ^{54}
夫 唱 妻 随 年 寿 丰
夫唱妇随年寿丰

zə^{35} nai^{31} tiaŋ^{54} tɕhou^{54} zə^{31} nai^{31} maŋ^{31}
一 年 中 秋 一 年 忙
一年中秋一年忙

pa^{35} ŋue^{24} pəi^{33} fu^{54} maŋ^{33} to^{24} haŋ^{31}
八 月 贝 花 满 地 黄
八月棉花满地黄

tiaŋ^{54} zə^{35} pəi^{33} tse^{24} lai^{31} lio^{31} ɕuo^{31}
中 一 贝 字 连 流 写
中一贝字轮流写

tse^{31} la^{31} tu^{24} no^{24} kuo^{33} tɕhun^{54} taŋ^{31}
几 兄 达 入 贵 村 堂
弟兄进到贵村堂

tu^{24} no^{24} kuo^{33} tɕhun^{54} nəŋ^{31} pa^{35} paŋ^{33}
踏 入 贵 村 能 邀 伴
踏入贵村能邀伴

pa^{35} tsəi^{31} təŋ^{31} paŋ^{33} na^{24} fu^{54} jai^{31}
邀 齐 同 伴 闹 花 筵
邀请同伴闹花筵

pa^{35} tsəi^{31} la^{33} paŋ^{33} ȵi^{54} ȵi^{54} hau^{33}
邀 齐 俫 伴 人 人 去
邀请同伴人人去

ta^{24} tsəi^{31} hau^{33} na^{24} təi^{33} fu^{54} jai^{31}
大 齐 去 闹 弟 花 筵
大家同去闹花筵

ȵi^{54} kuo^{54} ȵi^{54} a^{31} zə^{35} tsəi^{31} hau^{33}
个 高 个 矮 一 齐 去
个高个矮一起去

mə^{33} nəŋ^{33} ku^{24} ɕo^{33} lau^{35} zə^{35} ȵi^{54}
不 给 隔 出 哪 一 个
不给漏了哪一个

ku^{35} ɕo^{35} zə^{35} ȵi^{54} jou^{33} ȵi^{31} ɕa^{33}
隔 出 一 个 有 人 笑
漏了一个有人笑

ku^{35} ɕo^{35} zə^{35} ȵi^{54} jou^{33} ȵi^{31} te^{31}
隔 出 一 个 有 人 弹
漏了一个有人责

jou^{33} ȵi^{31} te^{31} la^{33} mə^{33} luo^{54} le^{33}
有 人 弹 俫 不 知 礼
有人责我不知礼

mə^{33} pa^{35} la^{33} paŋ^{33} na^{24} fu^{54} jai^{31}
不 邀 俫 伴 闹 花 筵
不邀同伴闹花筵

ŋu^{31} tɕhəŋ^{31} la^{33} paŋ^{33} tɕhi^{31} tso^{31} ɕo^{35}
我 请 俫 伴 趁 早 出
我请同伴趁早出

tɕhi^{31} tso^{31} ɕo^{35} luo^{31} zə^{35} tsəi^{31} çe^{31}
趁 早 出 来 一 齐 行
趁早出来一起行

tu^{24} ɕaŋ^{33} məŋ^{31} luo^{31} li^{31} zə^{35} vaŋ^{24}
达 上 门 楼 打 一 望
踏上门楼望一望

vaŋ^{24} kai^{33} kua^{33} se^{31} tɕi^{54} tse^{24} pa^{31}
望 见 挂 起 金 字 牌
望见挂起金字牌

tɕi^{54} pa^{31} vai^{31} se^{31} tsaŋ^{24} vai^{31} lu^{35}
金 牌 原 是 状 元 得
金牌原是状元得

tsaŋ^{24} vai^{31} vai^{31} se^{31} ɕou^{33} tsa^{31} luo^{31}
状 元 原 是 秀 才 来
状元原是秀才来

ɕou^{33} tsa^{31} mə^{33} taŋ^{33} ki^{33} ɕi^{54} lau^{24}
秀 才 不 断 更 新 路
秀才不断上进路

kuo^{33} tɕhun^{54} mə^{33} taŋ^{33} təi^{33} fu^{54} jai^{31}
贵 村 不 断 弟 花 筵
贵村不变花筵俗

kuo^{33} tɕhun^{54} tɕo^{24} tsu^{24} faŋ^{54} ɕo^{31} ho^{31}
贵 村 住 宅 风 水 好
贵村住宅风水好

tia^{31} tia^{31} ta^{24} ta^{24} ɕo^{35} kaŋ^{54} vai^{31}
朝 朝 代 代 出 官 员
朝朝代代出官员

tsa^{33} kaŋ^{54} tsa^{33} fə^{31} vo^{24} pu^{35} ɕəŋ^{33}
坐 官 坐 府 为 百 姓
当官坐府为百姓

təŋ^{31} ji^{54} pu^{35} ɕəŋ^{33} zə^{35} tou^{31} ɕi^{54}
同 与 百 姓 一 条 心
同与百姓一条心

tsa^{33} ɕo^{35} ho^{31} jaŋ^{24} ta^{24} tse^{31} lio^{35}
做 出 好 样 大 家 看
做出好样大家看

ȵi^{54} ȵi^{54} ɕaŋ^{54} ɕe^{33} laŋ^{54} kaŋ^{54} ȵi^{31}
个 个 相 信 当 官 人
个个相信当官人

tɕhun^{54} miŋ^{31} ȵi^{54} ȵi^{54} ti^{33} vu^{24} ho^{31}
村 民 人 人 都 说 好
村民人人都说好

tɕi^{54} tiŋ^{33} ȵi^{31} miŋ^{31} fə^{33} mu^{33} kaŋ^{54}
真 正 人 民 父 母 官
真正人民父母官

zə^{35} tɕhun^{54} ȵi^{54} ȵi^{54} ta^{24} tse^{31} ho^{31}
一 村 个 个 大 家 好
一村个个大家好

ho^{31} tɕaŋ^{33} tɕhi^{54} tɕhi^{54} zə^{35} ku^{54} ȵi^{31}
好 像 亲 亲 一 家 人
好像亲亲一家人

ta^{24} tse^{31} ȵi^{54} ȵi^{54} ȵi^{24} tshe^{33} ho^{31}
大 家 人 人 义 气 好
大家个个义气好

ju^{24} jou^{33} se^{24} tɕəŋ^{31} ȵi^{54} paŋ^{54} ȵi^{54}
若 有 事 情 个 帮 个
若有事情相互帮

se^{24} jou^{33} khoŋ^{33} ȵi^{31} mə^{33} ȵi^{31} tɕe^{31}
实 有 困 难 不 要 紧
实有困难不要紧

ta^{24} tse^{31} tsəi^{31} ɕi^{54} luo^{31} fu^{33} luo^{31}
大 家 齐 心 拿 下 来
大家齐心拿下来

ho^{31} se^{24} ȵi^{31} se^{33} ti^{33} zə^{35} jaŋ^{24}
好 事 难 事 都 一 样
好事难事都一样

mə^{33} nəŋ^{54} lau^{24} ȵi^{54} la^{54} fə^{31} ɕi^{54}
不 给 哪 人 多 烦 心
不让哪个多烦心

ȵi^{31} la^{54} tsəi^{31} ɕi^{54} ləi^{24} liaŋ^{24} tie^{24}
人 多 齐 心 力 量 大
人多齐心力量大

tsa^{33} tie^{24} khoŋ^{33} ȵi^{31} bi^{24} lu^{35} ɕəŋ^{31}
再 大 困 难 办 得 成
困难再大都能成

ku^{54} ku^{54} ȵi^{54} ȵi^{54} pi^{24} se^{24} ɕe^{24}
家 家 个 个 办 事 顺
家家个个办事顺

ta^{24} tse^{31} ȵi^{54} ȵi^{54} haŋ^{54} la^{24} ɕi^{54}
大 家 人 人 欢 乐 心
大家人人欢乐心

ɕaŋ^{24} tɕhun^{54} fu^{33} li^{31} ȵi^{31} luo^{54} lu^{35}
上 村 下 邻 人 晓 得
上村下邻人晓得

ȵi^{31} vu^{24} kuo^{33} tɕhun^{54} ho^{31} tsəi^{31} ɕi^{54}
人 曰 贵 村 好 齐 心
人说贵村好齐心

fə^{31} tse^{31} taŋ^{31} tse^{35} və^{31} ku^{33} po^{31}
和 谐 团 结 无 价 宝
和谐团结无价宝

luo^{31} se^{31} haŋ^{31} tɕi^{54} ma^{33} mə^{33} luo^{31}
拿 起 黄 金 买 不 来
拿起黄金买不来

ɕo^{35} məŋ^{31} tu^{24} pai^{31} paŋ^{31} kaŋ^{54} ɕo^{24}
出 门 踏 反 盘 官 石
出门踏反官铺石

paŋ^{31} kaŋ^{54} ɕo^{24} fu^{33} jou^{33} saŋ^{54} liaŋ^{31}
盘 官 石 下 有 双 龙
官铺石下有双龙

liaŋ^{31} mə^{33} ɕa^{54} ja^{54} ɕo^{31} mə^{33} təŋ^{33}
龙 不 伸 腰 水 不 动
龙不伸腰水不动

təi^{33} mə^{33} ɕəŋ^{31} ku^{54} la^{33} mə^{33} luo^{31}
弟 不 成 家 倈 不 来
弟不成家我不来

təi^{33} mə^{33} ɕəŋ^{31} ku^{54} la^{33} mə^{33} luo^{33}
弟 不 成 家 倈 不 到
弟不成家我不来

la^{33} ju^{31} mə^{33} luo^{31} na^{24} fu^{54} jai^{31}
倈 也 不 来 闹 花 筵
我也不来闹花筵

tio^{31} ȵi^{31} tse^{24} tsa^{33} səi^{33} zə^{33} ho^{31}
主 人 实 在 细 意 好
主人实在心意好

tɕhəŋ^{31} la^{33} luo^{31} na^{24} təi^{33} fu^{54} jai^{31}
请 倈 来 闹 弟 花 筵
请我来闹弟花筵

təi^{33} ke^{33} fu^{54} jai^{31} tse^{54} no^{54} luo^{33}
弟 的 花 筵 今 日 到
弟的花筵今日到

la^{33} tsou^{31} tsho^{35} tɕhun^{54} ma^{33} tsho^{31} ha^{31}
俫 走 七 村 买 草 鞋
我走七村买草鞋

tsou^{31} ɕaŋ^{33} ɕaŋ^{24} tɕhun^{54} ma^{33} mə^{33} ɕo^{35}
走 向 上 村 买 不 出
走向上村买不到

tsou^{31} fu^{33} fu^{33} tɕhun^{54} ma^{33} mə^{33} luo^{31}
走 下 下 村 买 不 来
走到下村买不来

ȵi^{31} ke^{33} tɕi^{31} ha^{31} tɕi^{31} lia^{54} ma^{24}
人 的 层 鞋 层 穿 袜
人有层鞋层穿袜

kho^{54} luo^{33} khau^{31} lia^{35} na^{24} fu^{54} jai^{31}
亏 俫 穷 穿 闹 花 筵
亏我穷穿闹花筵

ɕo^{33}ɕi^{54} tɕaŋ^{33} te^{54} ɕo^{33}ɕi^{54} ɕai^{31}
忄 将 了 忄 形
竖心像了竖心形

liŋ^{24} tse^{24} nəŋ^{54} luo^{31} liaŋ^{33} ɕaŋ^{54} lai^{31}
令 字 给 来 两 相 连
令字并来两相连

ɕo^{33}ɕi^{54} liŋ^{24} tse^{24} saŋ^{54} saŋ^{54} tse^{33}
忄 令 字 双 双 站
竖心令字双双站

se⁵⁴ ɕaŋ³¹ mə³³ luo³¹ kai³³ kho³¹ li³¹
思 想 不 来 见 可 怜
心思不来见可怜

kho³¹ li³¹ tɕi⁵⁴ kho³¹ li³¹
可 怜 真 可 怜
可赞真可赞

kho³¹ li³¹ kuo³³ ku⁵⁴ ho³¹ tɕəŋ³¹ ȵi³¹ t
可 怜 贵 家 好 情 人
可赞贵家好人情

kho³¹ li³¹ kuo³³ ku⁵⁴ ȵi³¹ se²⁴ ho³¹
可 怜 贵 家 人 事 好
可赞贵家人事好

kho³¹ li³¹ təi³³ ke³³ ho³¹ fu⁵⁴ jai³¹
可 怜 弟 的 好 花 筵
可赞弟的好花筵

piŋ³¹ to²⁴ ɕi⁵⁴ se³¹ zə³⁵ lou⁵⁴ mau²⁴
平 地 生 起 一 蔸 木
平地生起一棵树

liaŋ³³ ȵi³¹ tse³³ ɕaŋ³³ mau²⁴ ɕaŋ³³ nio³¹
两 人 站 上 木 上 蹂
两个站到树上踩

liaŋ³³ ȵi³¹ nio³¹ nio³¹ ɕo³¹ fu³³ kuo³¹
两 人 蹂 蹂 垂 下 枝
两人踩踩枝垂下

hou^{31} vu^{24} mə^{33} luo^{31} ɕi^{54} a^{33} luo^{31}
口 曰 不 来 心 爱 来
口说不来心爱来

hou^{31} vu^{24} mə^{33} luo^{31} ɕi^{54} a^{33} luo^{33}
口 曰 不 来 心 爱 到
口说不来心爱到

ɕi^{54} tiaŋ^{54} a^{33} luo^{33} na^{24} fu^{54} jai^{31}
心 中 爱 来 闹 花 筵
心中爱来闹花筵

luo^{33} luo^{33} məŋ^{31} tsai^{31} tse^{33} zə^{35} tse^{33}
来 到 门 前 站 一 站
来到门前站一站

tsa^{33} jou^{24} zə^{35} lai^{31} ŋi^{33} lio^{24} lio^{31}
左 右 一 点 眼 泪 流
左右一点眼泪流

phe^{35} fu^{35} li^{31} çi^{31} tia^{35} fu^{33} kø^{33}
丿 画 打 行 脚 下 过
撇画打从脚下过

luo^{33} nai^{31} luo^{31} na^{24} ɕa^{33} fu^{54} jai^{31}
老 年 来 闹 少 花 筵
老年来闹少花筵

ɕa^{33} tse^{24} paŋ^{31} pai^{54} səŋ^{54} lai^{31} ɕo^{31}
少 字 旁 边 三 点 水
少字旁边三点水

ɕaŋ^{31} luo^{24} mə^{33} na^{24} tshe^{33} ɕəŋ^{31} su^{54}
想 来 不 闹 气 成 痧
想来不闹气成痧

lau^{35} zə^{24} se^{54} ɕaŋ^{31} fu^{54} jai^{31} luo^{33}
那 日 思 想 花 筵 到
日日心想花筵到

jou^{33} jou^{33} tɕhi^{54} luo^{31} ta^{24} məŋ^{31} tsai^{31}
游 游 春 到 大 门 前
快快划船到门前

tsha^{31} na^{24} luo^{33}
吵 闹 到
吵闹到

tshe^{54} pai^{54} jou^{33} tio^{35} tsha^{31} na^{24} ɕuai^{31}
溪 边 有 只 吵 闹 船
溪边有船来吵闹

ɕuai^{31} luo^{33} tsə^{24} tou^{31} paŋ^{33} fu^{33} ɕo^{31}
船 到 埠 头 放 下 水
船到埠头放下浆

mu^{33} luo^{33} məŋ^{31} tsai^{31} ɕai^{31} fu^{33} aŋ^{54}
马 到 门 前 显 下 鞍
马到门前掀下鞍

ɕai^{31} fu^{33} mu^{33} aŋ^{54} aŋ^{54} ku^{54} ɕaŋ^{24}
显 下 马 鞍 安 家 上
掀下马鞍放家里

se^{54} sai^{33} ləŋ^{31} tou^{31} kua^{33} piou^{35} ɕaŋ^{54}
丝 线 笼 头 挂 壁 上
丝线笼头挂壁上

ləŋ^{31} tou^{31} kua^{33} ɕaŋ^{33} piou^{35} paŋ^{54} ɕaŋ^{54}
笼 头 挂 上 壁 板 上
笼头挂到壁板上

mə^{33} khaŋ^{33} fu^{54} jai^{31} khaŋ^{33} lau^{35} faŋ^{54}
不 看 花 筵 看 哪 方
不看花筵看什么

mə^{33} vaŋ^{24} fu^{54} jai^{31} la^{33} mə^{33} luo^{33}
不 望 花 筵 俫 不 到
不看花筵我不到

la^{33} ju^{24} mə^{33} luo^{31} tsha^{31} na^{24} ȵi^{31}
俫 也 不 来 吵 闹 人
我也不来吵闹人

ɕo^{33}ɕi^{54} tɕaŋ^{33} te^{54} ɕo^{33} ɕi^{54} ɕuai^{31}
忄 将 了 竖 心 形
竖心像了竖心形

tɕhəŋ^{54} tse^{24} nəŋ^{54} luo^{31} liaŋ^{33} ɕaŋ^{54} lai^{31}
青 字 给 来 两 相 连
青字并来两相连

ɕo^{33}ɕi^{54} tɕhəŋ^{54} tse^{24} saŋ^{54} saŋ^{54} tse^{33}
忄 青 字 双 双 站
竖心青字双双站

tio^{31} ȵi^{31} tse^{24} tsa^{33} ho^{31} fu^{54} tɕəŋ^{31}
主 人 实 在 好 客 情
主人实在好客情

se^{24} tsa^{33} tio^{31} ȵi^{31} fu^{54} tɕəŋ^{31} ho^{31}
实 在 主 人 客 情 好
主人实在客情好

lai^{31} pai^{24} məŋ^{31} ɕəŋ^{54} luo^{31} tsəi^{35} nəŋ^{31}
连 便 闻 声 来 接 男
闻声立刻来接我

ɕou^{31} luo^{31} ɕaŋ^{54} ai^{54} ta^{33} faŋ^{33} la^{33}
手 拿 香 烟 待 奉 俫
手拿香烟招待我

səi^{33} ɕi^{54} zə^{33} ho^{31} tsəi^{35} la^{33} nəŋ^{31}
细 心 意 好 接 我 们
好心好意接我们

tiou^{33} tiou^{33} hi^{33} ŋu^{33} tse^{24} tɕou^{24} le^{33}
句 句 喊 我 自 就 些
句句喊我爽快些

məŋ^{31} tsai^{31} le^{33} mau^{24} mə^{33} la^{54} niai^{31}
门 前 礼 貌 不 多 言
门前礼貌不多言

liou^{24} tɕhi^{54} pu^{35} fu^{35} ȵi^{54} ȵi^{54} ho^{31}
六 亲 百 客 人 人 好
六亲百客人人好

ti^{33} hi^{33} kaŋ^{31} khua^{33} no^{24} tɕhəŋ^{54} tou^{31}
都 喊 赶 快 入 厅 头
都叫赶快入厅堂

maŋ^{31} təŋ^{31} tse^{24} tɕou^{24} la^{33} tse^{24} tɕou^{24}
芒 茼 自 就 俫 自 就
苇秆茎直我径直

la^{33} tɕou^{24} tse^{24} tɕou^{24} no^{24} tɕhəŋ^{54} tou^{31}
俫 就 自 就 入 清 头
我就径直入厅堂

zə^{35} liaŋ^{54} həŋ^{31} tse^{31} həŋ^{31} thu^{54} thu^{54}
一 张 红 纸 红 滔 滔
一张红纸红彤彤

tiaŋ^{54} jaŋ^{54} tse^{33} fu^{54} khaŋ^{31} miŋ^{31} thiu^{54}
中 央 直 画 孔 明 车
中央直画孔明车

thiu^{54} tse^{24} tsou^{31} nio^{33} ɕəŋ^{31} lai^{31} tse^{24}
车 字 走 耳 成 连 字
车字走之成连字

lai^{31} pai^{31} lai^{31} ɕəŋ^{31} no^{24} tɕhəŋ^{54} tou^{31}
连 便 连 成 入 清 头
连忙径直进厅堂

pu^{35} tsha^{54} ho^{31} zə^{24} lai^{31} kəŋ^{54} tshe^{35}
菠 菜 好 吃 连 根 吃
菠菜好吃连根吃

fu^{54} kəŋ^{54} ɕaŋ^{33} ɕo^{31} vi^{24} lau^{33} luo^{31}
虾 蚣 上 水 万 路 来
虾公上水各路来

fu^{54} kəŋ^{54} ɕaŋ^{33} ɕo^{31} vi^{24} lau^{33} ɕaŋ^{33}
虾 蚣 上 水 万 路 上
虾公上水各路上

vi^{24} vi^{24} lau^{24} lau^{24} no^{24} tɕhəŋ^{54} tou^{31}
万 万 路 路 入 清 头
四面八方入厅堂

tsa^{33} tia^{35} tu^{24} ɕaŋ^{24} liaŋ^{31} məŋ^{31} tɕe^{33}
左 脚 踏 上 龙 门 坎
左脚踏上龙门槛

jou^{24} tia^{35} tu^{24} no^{24} kuo^{33} tɕhəŋ^{54} tou^{31}
右 脚 踏 入 贵 清 头
右脚踏入贵厅堂

tu^{24} no^{24} tɕhəŋ^{54} tou^{31} li^{31} zə^{35} vaŋ^{24}
踏 入 清 头 打 一 望
踏入厅堂抬头望

vaŋ^{24} kai^{33} tɕi^{54} paŋ^{31} kua^{33} liaŋ^{33} haŋ^{31}
望 见 金 榜 挂 两 行
望见金榜挂两行

tsaŋ^{24} vai^{31} sai^{54} ɕi^{54} ɕu^{31} lu^{35} ho^{31}
状 元 先 生 写 得 好
状元先生写得好

tɕuai^{31} tɕi^{54} thəi^{35} se^{31} maŋ^{33} tɕhəŋ^{54} kaŋ^{54}
全 金 贴 起 满 清 光
全金贴起耀光芒

tu^{24} no^{24} tɕhəŋ^{54} tou^{31} vaŋ^{24} kuo^{54} vaŋ^{24}
踏 入 清 头 望 回 望
踏入厅堂再一望

vaŋ^{24} kai^{33} khaŋ^{31} fə^{54} tsa^{33} tɕhəŋ^{54} tou^{31}
望 见 孔 夫 坐 清 头
望见孔子在神龛

khaŋ^{31} fə^{54} tɕhəŋ^{54} tou^{31} luo^{54} le^{33} mau^{24}
孔 夫 清 头 知 礼 貌
孔子殿堂多礼仪

se^{33} la^{33} mə^{33} luo^{54} le^{33} mau^{24} he^{31}
是 我 不 知 礼 貌 行
是我不知行礼貌

ȵi^{31} tsho^{33} ləi^{31} tou^{31} la^{33} tiou^{33} thio^{31}
人 造 犁 头 俫 嘴 丑
人造犁头我嘴丑

se^{33} la^{33} tiou^{33} thio^{31} mo^{33} məŋ^{24} ȵi^{31}
是 俫 嘴 丑 没 问 人
是我嘴丑没问人

ɕaŋ^{24} au^{35} mo^{35} məŋ^{24} ta^{24} kø^{54} so^{31}
上 屋 没 问 大 哥 嫂
上屋没问大哥嫂

fu^{33} au^{35} mo^{35} məŋ^{24} ɕou^{35} mu^{33} niaŋ^{31}
下 屋 没 问 叔 母 娘
下屋没问叔母娘

ɕaŋ^{24} au^{35} ju^{33} jou^{33} ɕo^{35} ɕo^{54} tse^{31}
上 屋 又 有 识 书 字
上屋又有读书子

fu^{33} au^{35} ju^{33} jou^{33} ɕəŋ^{31} luo^{33} ȵi^{31}
下 屋 也 有 醒 理 人
下屋还有明理人

ɕo^{35} ɕo^{54} ɕəŋ^{31} luo^{33} luo^{54} le^{33} mau^{24}
识 书 醒 理 知 礼 貌
知书识理懂礼貌

se^{33} la^{33} mə^{33} luo^{54} le^{33} mau^{24} çe^{31}
是 俫 不 知 礼 貌 行
是我无知缺礼貌

zə^{35} taŋ^{31} fə^{31} tshe^{33} tse^{31} ɕəŋ^{54} ɕai^{31}
一 堂 和 气 子 孙 贤
一堂和气子孙贤

hou^{31} nai^{24} tɕi^{54} tiai^{54} ɕo^{35} ɕa^{33} vai^{31}
口 念 真 经 出 少 元
口念真经出状元

tai^{31} tiaŋ^{54} tɕi^{33} piou^{35} se^{31} tiŋ^{54} ɕo^{24}
田 中 种 竹 几 京 树
田园种竹节节高

fə^{33} kuo^{33} jəŋ^{31} fu^{54} vi^{24} vi^{24} nai^{31}
富 贵 荣 华 万 万 年
富贵荣华万万年

tɕi^{54} tse^{54} zə^{35} hou^{31} tɕua^{35} tiŋ^{33} thai^{54}
金 鸡 一 口 啄 穿 天
金鸡一口啄穿天

se^{31} na^{31} au^{54} vi^{31} tiu^{54} liaŋ^{33} pai^{54}
起 朵 乌 云 遮 两 边
起朵乌云遮两边

kuo^{35} ȵi^{31} ti^{33} a^{33} fu^{54} jai^{31} luo^{33}
各 人 都 爱 花 筵 到
人人都爱闹花筵

tɕhəŋ^{54} tou^{31} ȵi^{31} la^{54} ho^{31} fu^{35} tɕəŋ^{31}
清 头 人 多 好 客 情
厅堂人多好热情

tɕhəŋ^{54} tou^{31} ȵi^{31} la^{54} fu^{35} tɕəŋ^{31} ho^{31}
清 头 人 多 客 情 好
厅堂人多情义好

tiou^{33} tiou^{33} hi^{33} la^{33} tsa^{33} fu^{33} vo^{31}
句 句 喊 俫 坐 下 围
句句喊我坐相邻

ji^{54} tse^{24} tɕaŋ^{33} te^{54} ji^{54} tse^{24} ɕai^{31}
尹 字 将 了 尹 字 形
尹字像了尹字形

hou^{31} tse^{24} nəŋ^{54} luo^{31} tia^{35} fu^{33} vai^{31}
口 字 给 来 脚 下 元
口字凑来脚下悬

ji^{54} tse^{24} tsa^{33} tou^{31} hou^{31} tsa^{33} tia^{35}
尹 字 在 头 口 坐 脚
尹字在头口在脚

tɕhəŋ^{54} tou^{31} ȵi^{31} la^{54} mə^{33} pəi^{24} tɕi^{54}
清 头 人 多 不 必 君
人多不必论主次

piou^{35} zə^{33} tɕaŋ^{31} tɕaŋ^{31} tsho^{31} zə^{35} tɕhəŋ^{54}
竹 叶 长 长 草 叶 青
竹叶长长草叶青

po^{31} pa^{31} tsho^{35} zə^{33} so^{33} fu^{33} tɕhəŋ^{54}
扯 枝 竹 叶 扫 下 清
扯枝竹叶扫下厅

so^{33} tɕəŋ^{24} ɕaŋ^{24} tɕhəŋ^{54} ɕo^{54} faŋ^{31} au^{35}
扫 净 上 清 书 房 屋
扫净上厅图书屋

so^{33} tɕəŋ^{24} fu^{33} tɕhəŋ^{54} tau^{24} ɕo^{54} faŋ^{31}
扫 净 下 清 读 书 房
扫净下厅读书房

so^{33} tɕəŋ^{24} tɕhəŋ^{54} tou^{31} liŋ^{31} luo^{24} tsa^{33}
扫 净 清 头 干 净 坐
扫净厅堂清净坐

ȵi^{54} ȵi^{54} ta^{24} tsəi^{31} tsa^{33} fu^{33} vo^{31}
人 人 大 齐 坐 下 围
大家一齐坐相邻

zə^{35} tou^{31} tɕi^{54} tse^{54} fo^{54} ɕaŋ^{33} thai^{54}
一 只 金 鸡 飞 上 天
一只金鸡飞上天

luo^{31} ɕo^{31} ləŋ^{33} məŋ^{33} liaŋ^{33} kuəi^{24} nio^{31}
挑 水 扁 担 两 边 楺
挑水扁担两边沉

ȵi^{31} ku^{54} mo^{33} nio^{33} hau^{33} luo^{31} ɕo^{31}
人 家 美 女 去 挑 水
人家美女去挑水

luo^{31} tshe^{35} fu^{54} jai^{31} aŋ^{54} fu^{33} ɕi^{54}
来 吃 花 筵 安 下 身
来吃花筵安下身

liaŋ^{33} ȵi^{31} vəŋ^{31} və^{33} hau^{33} no^{24} tiŋ^{54}
两 人 文 武 去 进 京
文武两人去上京

tɕio^{24} tsa^{33} haŋ^{31} thau^{31} po^{33} haŋ^{31} əŋ^{54}
住 在 皇 土 报 皇 恩
住在皇土报皇恩

liaŋ^{33} ȵi^{31} ɕaŋ^{31} ɕaŋ^{31} tia^{35} tu^{24} thau^{31}
两 人 常 常 脚 踏 土
两人双双脚踏土

luo^{31} tshe^{35} fu^{54} jai^{31} tsa^{33} fu^{33} vo^{31}
来 吃 花 筵 坐 下 围
来吃花筵坐相邻

tsha^{35} tai^{31} nia^{35} kau^{35} ȵi^{31} si^{35} so^{35}
插 田 打 谷 人 休 息
插田打谷人休息

la^{33} nəŋ^{31} pa^{35} paŋ^{33} tho^{31} la^{35} ɕəŋ^{54}
我 们 邀 伴 休 下 声
我们一齐歇息会

tho^{31} fu^{33} zə^{35} ɕəŋ^{54} tsəi^{31} tsa^{33} fu^{33}
休 下 一 声 齐 坐 下
歇下歌声齐坐下

tsaŋ^{31} se^{33} tɕo^{33} kuo^{33} fu^{54} jai^{31} ku^{54}
总 是 俱 过 花 筵 家
总是烦扰花筵家

二、歌师班进堂屋后俫伴读诗书

题解：整段用桂柳话朗读。

伏以，初开天地玄黄，又怕工鼙妍笑。请在孔怀兄弟，东其同气连枝，席上老少巽军，牵牛各分，礼必争流。书味牵牛，从今两度秋。世间有好事，色却双风流。春唱百花浪漫，夏唱水阁凉亭，秋唱美阁美景，冬唱雪里梅花。

百年三万六千日，今日不唱待何时。柳州梧梨①永州枣，府中龙眼度②荔枝。石榴开口笑，梅子盘中自周眉③。唯有中魁④无烦恼，每日心情七十七。

再添四年八十一，东君请我筵中坐，满座筵中唱一曲。我是郎中君，不是柱中柱⑤。我也不是花开柳，你也不是诗文弟子。小子出来唱一曲，只怕筵中老先生，笑我念字不真实。五怕怀朵⑥妇人，人中更有人。请来堂上坐，都是赏花筵，恭对花筵，上呈诗句。

伏以，莫笑小儿孩，出筵四句诗。洞房花烛夜，金榜挂出时。

---

① 梧梨：鸭梨。

② 度：与。

③ 周眉：八步一带瑶族民间常以梅子喻“美子”，寄以生活圆满美好的愿望。这里用来谐音“皱眉”，兴起下文“中魁无烦恼”。

④ 中魁：中举，文为经魁，武为武魁。

⑤ 柱中柱：即顶梁柱。

⑥ 怀朵：怀孕，喻下文“人中更有人”。

东风满地秋，今宵天下不回头。诸宾不是筵诗①客，君对君②正十二行，上呈诗句。

伏以，醉翁堂上，喜开花烛之筵。仙女洞房，许招桃园之客。佳期已到，盛事安排。既姮娥下降到人间，请驸马求登于席上。

千金对行看，早降入郎房。真需快乐，早赴花筵。恭对花筵上呈诗句，书生将此请新郎。千里随风到书堂，四位鞠躬恭礼拜后回席上咏诗客。

伏以，金乌西坠，玉兔东升。诸实诗客汇华筵，胜逢一字值千金。

正是新郎归洞府，请来堂上听诗文。不毁高才上呈诗句，星移斗转已多时。唯报前楼玉女知，迎请新郎登绮席。少年相送入罗帐，洞房花烛影辉煌。时请新郎老秀才，去行百年夫妇礼。便回罗帐效鸳鸯，二步迎来入洞房。歌声齐唱喜洋洋，姮娥俱在阶前等。只听吹笛引凤凰，三步迎来出玉台。云中仙子共徘徊，都是雨地奇花发。转转移来共楚越，步步迎来出翠娥。风流才子正登科，凭伊结作鸳鸯侣，一任交欢从碧波。

新郎不到堂：

月中仙子下瑶台，何故新郎不出来。才子吟诗门外请，轻移玉步上堂来。腊月梅花开满枝，洞房今日会佳期。龙虎子生龙虎子，凤凰生出凤凰儿。天长地久幸逢世上之佳期，女嫁男婚，正遇人间之盛世。新郎待客于门外，新娘独立于房中。请出新郎花堂坐，侍娘早要讨衣裳。移步而来，莫蓉③再请，恭对花筵上呈诗句。

---

① 筵诗：筵席上唱赞诗。

② 君对君：指主客排列整齐。

③ 莫蓉：莫容，不要。

洞房花烛胜洞天，新郎喜气乐无边。筵中朱履三千客，座上金钗十二行。三千步履①会佳期，才子吟诗好请衣。传语侍娘早吩咐，早扶驸马入罗帐。

请衣文：

欢君一片衣，佳人圣手中。自从今日后，富贵两齐眉。佳衣已裁付衣裳，装束新郎喜色双。一片云衣遮驸马，比②非花时比非郎。请出罗衣件件新，新帽新衣颜色鲜。步步四针双结缘，分明正是探花郎。

永衣插花：

一对插花独出来，新花不敢与争春。今宵插在人发上，却似桃源洞里仙。

新郎平身文：

伏以，香风拂，喜色拂，正是新郎入席之时，诸宾唱（诗）之会。

良辰幸遇，盛世难逢，恭对花筵上呈诗句。

三千朱履会佳期，鼓瑟吹笙赞礼仪。相请新郎临绮席，三杯饮醉入罗帐。安息新郎花华堂，正是诗客咏诗郎。席上诸宾实同赞咏，莫劳空过探花郎。

拜家堂：

伏以，新郎来到，拜见家堂。一拜家堂先祖，二拜土地龙神，三拜灶君父母，四拜李白郎君。一愿夫妻如水，二愿同气连枝，三愿荣华富贵，四愿金玉满堂。恭对花筵上呈诗句。

---

① 步履：应为“朱履”，指贵客。

② 比：彼，言云遮雾罩，新人身份不能显现出来。

拜家堂先祖：

新郎堂前拜先祖，于门[1]积庆盛佳期。先祖堂前鞠躬拜，夫妇齐眉寿万春。

拜天地：

一躬一礼拜乾坤，二拜三光日月星。恭望上苍垂礼右，愿期夫妇万年春。

拜东西南北：

双拜东西南北方，东南西北及中央。今日拜谢成夫妇，富贵荣华万万春。

拜父母亲：

为人饮水要知源，父比乾兮母比坤。今日洞房花烛夜，正来堂上拜双亲。亲恩浩浩满乾坤，养育功劳难报恩。今日成家当拜谢，鞠躬礼拜谢双亲。江上白梅花，君家好事来。问君有好事，今日会天台。

抵门诗

内人问曰：

甲子乙丑海中金，门前狗叫是谁人。

外答：丙寅丁卯炉中火，门前诗客就是我。

伏以，诗客逞英雄，下马气如龙。

东君请我来相送，相送新郎步月宫。百里乘云来到此，忽然半路被云分。

我有将军之功，文武各中[2]人。内人急急开门，若是不开门，一拳打破门。

---

① 于门：应为“一门”。

② 各中：阁中，指朝廷文武重臣。

一路香军古客衣①，洞房今日会佳期。邀知驸马来相送，不开门还等几时。

伏以，门开门不开，有客自远方而来。不得其门而入，吾何以观之哉。门前送诗客，都是老秀才。若是不开门，一拳打破来。

内人云：

伏以，诗宾学士好文章，万丈龙门打不开。你到此间美得好，一拳打破不须开。

内抵门问云：

伏以，房中侍娘借问门外诗客。谁是三千齐起席，相送谁人到此间，来到此间有几路，却被谁人关闭门，吟诗客有几人，用几拳打破门，门木出在何州何县，何乡何里。

此木出在何家园里，何人伏锯，何人师传做房门，门高几尺几寸，宽有几寸几分，锯重几两，斧重几斤；房内者有几般，添台几只，玉女几人，明灯几盏。

蜡烛几根，金杯几对，红绳几条。答了此门放你进来。

外抵门答云：

伏以，门外诗客，便答房中侍娘。贤士三千齐起席，相送新郎到此间，来到此间有半路，却被侍娘关闭门；吟诗客有两人，用一拳打破门，门木出在青州青县青乡青里。

此木出在邓家园里，张良伏锯，鲁班师传做房门，门高五尺五寸宽有三尺三分，锯重八两斧重两斤，房内有千般，添台一只，玉女一人，明灯两盏。

蜡烛两根，金杯一对，红绳两条。答了此门放开进来。

---

① 香军、客衣：指客人衣着古朴，英姿飒爽，如《楚辞》里的湘君。

内问：

伏以，房中侍娘且问门外诗客。何为上大人知礼也，上大文章几十字，上大文章几十行；谁字两边排，谁字坐中央，谁字勾头，谁字打得人，谁字问得到。不答此门不敢进来。

外答：

伏以，门外诗客便答房中侍娘。孔夫子为上大人，名是丘乙己，徒众化三千，升堂七十士，呼其尔小生，八九子；佳作仁，其为可知礼也。上大人文章二十五字，上大人文章二十五行，八字两边排，尔字坐中央，乙字勾头，大字打得人，可字问得到。答了此门放开进来。

内问：

伏以，房中侍娘借问门外诗客。谁人第一，谁人第二，谁人第三，谁人第四，谁人第五，谁人第六，谁人第七，谁人第八，谁人第九，谁人第十。不答此门，不敢进来。

外答：

伏以，门外诗客并答房中侍娘。《学而》第一，《为正（政）》第二，《八伯（佾）》第三，《里仁》第四，《公冶长》第五，《雍也》第六，《述而》第七，《太白（泰伯）》第八，《子罕》第九，《乡党》第十。答了此门早早放开进来。

内问：

伏以，房中侍娘借问门外诗客。且问你，何为一主，何为两人，何为三才，何为三光，何为四季，何为四方，何为五行，何为六谷，何为五常，何为七贤，何为上九族下九族，何为仲尼，何为五子，何为三国，何为三帝，何为三王，何日洞房花烛夜。唤门打破是谁人。

外答：

伏以，门外诗客又答房中侍娘。天下皇帝为一主；夫妇为两人；天地人为三才；日月星为三光；春夏秋冬为四季；东南西北为四方；金木水火土为五行；仁义礼智信为五常；稻粱粟麦稷为六（五）谷；夫子门徒①为七贤；九族是己为中父祖曾高天太烈远鼻为上九族，子孙曾玄来弟仍云耳为下九族；孔子为仲尼；花樆②为五子；魏蜀吴为三国；伏羲神农虞为三帝；文武周公称三王。今日洞房花烛夜，唤门打破是新郎。

内问：

伏以，房中侍娘便问门外诗客。你知天下之事，何火无烟，何水无鱼，何山无石，何木无枝，何牛无犊，何马无骑，何人无妇，何女无夫，何为君子，何为小人，何锅无盖，何门无关，何日不足，何日有余，何为久旱逢甘雨，何为他乡遇故知，何为洞房花烛夜，何为金榜挂名时。谁人读书不点火，照得学堂透夜光；谁人题诗在壁上，几千弟子在学堂。答了此文放你进来。

外答：

伏以，门外诗客便答房中侍娘。我知天下之事，萤火无烟，硷水③无鱼，画山无石，枯木无枝，土牛无犊，木马无骑，金童无妇，玉女无夫，贤为君子，愚为小人，茶锅无盖，灶门无关，冬日不足，夏日有余，农夫久旱逢甘雨，买卖他乡遇故知，新郎洞房花烛夜，秀才金榜挂名时。车胤读书不点火，照得学堂透夜光；孔子题诗在壁上，三千弟子在学堂。答了此门放开进来。

---

① 夫子门徒：孔子门徒七十二贤，这里应指嵇康、阮籍等魏晋“竹林七贤”。

② 花樆：应指白居易所结交的益友“符离五子”。也可答荀、扬、文中、老、庄五子。

③ 硷水：碱水。

内问：

伏以，房中侍娘且问门外诗客。谁人惊动洞房门，今日谁人来到此；如何久立在高门，久立高门有何事。口口声声叫开门，姮娥请我要紧闭，等诗登科及第人；若是秀才知贤圣，贤圣两字问来音①。贤圣书中有几卷，孔子书中有几篇。不要闲人多乱道，且将世事问来音。洞房仙人有几个，桃洞仙人有几名。第一神仙名谁姓，第二神仙名姓谁，第三神仙名姓什，第四神仙名谁人，第五神仙名叫什，第六神仙名是谁，第七神仙名何姓，第八神仙名什人。若要进我房中内，请君答对我诗文，答了此文放开朱户见新人。

外答：

伏以，门外诗客，答对你门前一件事。正是鸳鸯对凤凰，房里侍娘高洗耳，听我从头一二宣。贤圣书中有万卷，孔子书中有千篇。不要闲人多乱道，且将世事对来音。洞房仙人有一个，桃洞仙人有八名。第一神仙铁拐李，第二神仙汉钟离，第三神仙张果老，第四神仙吕洞宾，第五神仙曹国舅，第六神仙蓝采和，第七神仙何仙姑，第八神仙韩湘子。诗文一二都答了，放开朱户见新人。

抵门内问：

伏以，房中侍娘借问门外诗客。你知天下事且问你，六十甲子总共有几字，共有几行。谁字中间坐，谁字两边排，谁字在头，谁字在尾。答了此门你只管进来。

外答：

伏以，门外诗客便答房中侍娘。不说天下之事，且答你六十甲子。总共有一百二十字，共有一百二十行。甲午中间坐，癸亥两边排，甲子在头，癸亥在尾。答了此门放开进来。

---

① 来音：来因，指事物名称起由。

送新郎入房门初相会：
天地玄黄宇宙长，日月盈仄两头阳。
诸姑伯叔家家有，孔怀兄弟架新郎。
引到新郎入洞房，佳期花烛喜非常。
今日引归罗帐下，如鱼见水乐无边。
引入新郎赴洞房，新娘斜眼看新郎。
高头看见低头笑，今日风流何可当。
古来拜见礼之仪，妻拜夫时夫拜妻。
相请新人先拜下，百年夫妇寿万春。
诸转姮娥对玉台，即郎意见意徘徊。
有缘配合今宵会，一朵莲花此夜开。
一杯绿酒绳两条，红绳两条色滔滔。
新郎吃口娘吃口，口也交时心也交。
交杯交酒便交情，交来交去是两人。
今夜两人交得好，交头交尾到天光。
郎到娘房四别天，四维八表会神仙。
今朝好个风流子，去如流云会天台。

伏以，一双金杯结成鸳凤之盛，红绳两条结成鸳鸯之侣。浅斟绿酒轻揾口，先饮者福如东海，后饮者寿比南山，且莫含羞并对饮。

孔子盈门诗客人，吟诗一字值千金。
学生不是虚之语，不要铜钱要手巾。
小小书生做诗篇，分明吟诗要手巾。
传语侍娘早吩咐，莫劳空过读书人。
孔夫一字值千金，才子吟诗要手巾。
早早将来吩咐我，姮娥四海有名声。
学生年纪小，吟诗吟得好。
一字值千金，手巾还要讨。
新人家里爱行村，来到房中无手巾。
若无手巾来吩咐，坐在房中不出门。

手巾花帕细如麻，绣出鸳鸯万朵花。
快快将来吩咐我，没有手巾不回家。
新人手巾一尺长，左手拿来右手量。
拿来包头包得过，留来洗脸洗得光。
闻到多年织手巾，将来吩咐我诗篇。
八十公公送出门，叫我来时讨手巾。
回家拿出爹娘看，你有名时我有声。

唱歌词（用八都土话唱）：
石山头上有茆芒，手巾头上修阴阳。
手巾头上阴阳修，交杯手巾新受娘。
石山头上有丘田，新拿枕头床上眠。
新人垫起良方正，续出子孙做官员。

三、歌师班或俫伴祝贺词

题解：整段用桂柳话朗读。

尊敬的六亲百客叔侄兄弟姐妹们、女士们、先生们、乐师班师傅们，大家好！

首先让我们大家恭贺贵府喜事盈门，全家欢乐；恭贺新郎新娘，百年好合永结同心，夫妻恩爱福如东海长流水，夫唱妇随寿比南山不老松。

六亲百客听我言，贵府福分是大吉。
福如东海家和睦，福德安乐娶贵媳。
子孙昌盛家财旺，富贵荣华与天长。
龙虎子生龙虎子，凤凰生出凤凰儿。
孝顺子必有孝顺媳，公婆定得享清福。
子孙代代传下去，翁姑享福十成十。
如同木匠下墨准，公奶清福不差移。
六十甲子有闰月，百岁长寿享有余。
尊敬的广众请核准，忠诚照做不猜疑。
衷心祝愿新夫妇，恩爱深情结硕果。
喜今朝心心相印，望来年宝宝逗人。
来年生个少爷郎，六亲同庆八方喜。
东海龙王扶贵子，公婆抱孙笑颜开。
茁壮成长状元郎，将来国家真栋梁。
四面八方人人赞，富贵荣华万年长。
恭喜欢迎！恭喜欢迎！

四、感谢烟歌

tɕou^{33} tɕou^{33} kun^{31} kun^{31} kun^{31} tɕou^{33} tɕou^{33}
绸 绸 滚 滚 滚 绸 绸
绸绸滚滚滚绸绸

ɕa^{54} ai^{54} ɕuəi^{35} tsu^{31} li^{31} te^{54} tou^{31}
烧 烟 喝 茶 顶 了 头
烧烟喝茶歌声断

li^{31} te^{54} su^{54} tou^{31} tse^{33} ɕaŋ^{24} te^{24}
顶 了 纱 头 机 上 找
断了纱头机上找

li^{31} te^{54} kø^{54} ɕəŋ^{54} liŋ^{24} təi^{24} tou^{31}
顶 了 歌 声 另 找 条
断了歌声再起头

liŋ^{24} təi^{24} zə^{35} tou^{31} tsəi^{35} se^{31} thiaŋ^{33}
另 找 一 条 接 着 唱
歌声起头接着唱

tsəi^{35} se^{31} thiaŋ^{33} tou^{31} se^{31} tɕiu^{24} ai^{54}
接 着 唱 条 感 谢 烟
接着唱首感谢烟

se^{24} tsa^{33} tio^{31} ȵi^{31} səi^{33} zə^{33} ho^{31}
实 在 主 人 细 意 好
实在主人心意好

tɕhəŋ31 la33 luo31 na24 təi33 fu54 jai31
请 我 来 闹 弟 花 筵
请我来闹弟花筵

lai31 pai24 məŋ31 ɕəŋ54 hau33 təi35 la33
连 便 闻 声 去 找 俫
闻声立刻去找我

paŋ33 se31 phio33 ɕaŋ31 tsəi35 la33 nəŋ31
放 起 炮 响 接 俫 们
放起鞭炮接我们

ɕou31 faŋ33 ɕaŋ54 ai54 ta33 faŋ33 la33
手 捧 香 烟 待 奉 我
手拿香烟侍奉我

tiou33 tiou33 hi33 la33 no24 tɕhəŋ54 tou31
句 句 喊 俫 进 清 头
句句喊我进厅堂

tio31 ȵi31 liou24 tɕhi54 ȵi54 ȵi54 ho31
主 人 六 亲 个 个 好
主人六亲个个好

ɕaŋ54 ai54 ɕaŋ54 tsu31 ta33 faŋ33 nəŋ31
香 烟 香 茶 待 奉 男
香烟香茶侍奉我

pəi24 thio33 fu54 jai31 mo33 jaŋ24 ho31
别 处 花 筵 没 样 好
别处花筵虽也好

ȵi^{31} tɕəŋ^{31} se^{33} kuo^{54} kuo^{33} ku^{54} tɕaŋ^{31}
人 情 是 归 贵 家 长
人情却是贵家长

kuo^{33} ku^{54} ȵi^{31} tɕəŋ^{31} tɕaŋ^{31} lio^{31} ɕo^{31}
贵 家 人 情 长 流 水
贵家人情长流水

tia^{33} la^{33} ȵi^{31} tɕəŋ^{31} tɕaŋ^{31} mə^{33} luo^{31}
照 倈 人 情 长 不 来
我却人情长不来

fa^{31} ku^{54} səŋ^{54} no^{35} nai^{24} səŋ^{54} no^{35}
回 家 三 天 念 三 天
回家三天念三天

fa^{31} ku^{54} so^{33} no^{35} nai^{24} mə^{33} vai^{31}
回 家 四 天 念 不 完
回家四天念不完

ta^{24} fə^{31} həŋ^{31} həŋ^{31} ɕa^{54} ləŋ^{54} pai^{54}
大 火 红 红 烧 东 边
大火红红烧东边

taŋ^{31} tsəŋ^{54} tɕhiu^{31} tiai^{54} kuo^{33} səi^{54} thai^{54}
唐 僧 取 经 过 西 天
唐僧取经去西天

thau^{31} tau^{24} fə^{54} ȵi^{31} luo^{31} ji^{33} lau^{24}
土 地 夫 人 来 引 路
土地夫人来引路

ji^{33} te^{54} tse^{31} pu^{35} təŋ^{24} tse^{31} tshai^{54}
引 了 几 百 加 几 千
路程几百加几千

tse^{31} tshai^{54} tse^{31} pu^{35} tsəi^{31} tsa^{33} fu^{33}
几 千 几 百 齐 坐 下
几千几百齐坐下

tsəi^{31} tsəi^{31} tsa^{33} fu^{33} ɕa^{54} te^{54} ai^{54}
齐 齐 坐 下 烧 了 烟
齐齐坐下烧了烟

tsa^{33} pai^{54} zə^{35} phəi^{35} mə^{33} ɕəŋ^{31} tse^{24}
左 边 一 丿 不 成 字
左边一撇不成字

jou^{24} pai^{54} zə^{35} phəi^{35} tiaŋ^{24} ɕəŋ^{31} ȵi^{31}
右 边 一 乀 共 成 人
右边一捺共成人

ȵi^{31} tse^{24} tiŋ^{31} ɕaŋ^{24} ku^{54} liaŋ^{33} lai^{31}
人 字 颈 上 加 两 点
人字颈上加两点

lai^{31} nai^{31} fə^{31} tou^{31} ɕa^{54} te^{54} ai^{54}
点 燃 火 子 烧 了 烟
点燃火子烧了烟

kuo^{35} li^{35} tsuəi^{54} ai^{54} kau^{31} kau^{31} tɕaŋ^{31}
过 滤 嘴 烟 支 支 长
过滤嘴烟支支长

tse^{31} ai^{54} tou^{31} ɕaŋ^{24} luai^{33} ji^{54} jaŋ^{31}
纸 烟 头 上 转 阴 阳
纸烟头上转晕圈

tse^{31} ai^{54} tou^{31} ɕaŋ^{24} mə^{33} va^{24} luai^{33}
纸 烟 头 上 不 会 转
纸烟头上不会转

kho^{54} la^{33} tsəi^{35} se^{31} mə^{33} va^{24} ɕaŋ^{31}
亏 倈 接 起 不 会 尝
亏我接起不会尝

kho^{54} la^{33} tsəi^{35} se^{31} mə^{33} va^{24} zə^{24}
亏 倈 接 着 不 会 吃
亏我接着不会吃

mə^{33} va^{24} zə^{24} ai^{54} laŋ^{24} fəi^{33} tsai^{31}
不 会 吃 烟 浪 费 钱
不会吃烟浪费钱

ɕa^{54} təŋ^{31} tsa^{33} ɕa^{54} təŋ^{31}
烧 筒 再 烧 筒
烧支再烧支

fə^{31} ai^{54} ɕaŋ^{54} thai^{54} nai^{24} təi^{33} tɕəŋ^{31}
火 烟 上 天 念 弟 情
火烟上天念弟情

fə^{31} ai^{54} ɕaŋ^{54} thai^{54} nai^{24} təi^{33} zə^{33}
火 烟 上 天 念 弟 意
火烟上天念弟意

təi^{33} ke^{33} fu^{54} jai^{31} ho^{31} fu^{35} tɕəŋ^{31}
弟 的 花 筵 好 客 情
弟的花筵情意浓

tshai^{54} se^{54} vi^{24} ɕaŋ^{31} mi^{24} se^{54} liaŋ^{31}
千 思 万 想 慢 思 量
千思万想慢思量

pa^{35} tse^{24} ɕou^{54} ɕo^{54} na^{24} fu^{54} jai^{31}
八 字 修 书 闹 花 筵
八字修书闹花筵

lau^{35} zə^{24} se^{54} ɕaŋ^{31} fu^{54} jai^{31} luo^{33}
那 日 思 想 花 筵 到
哪日思想花筵到

fu^{54} jai^{31} ai^{54} tou^{31} phəŋ^{54} phəŋ^{54} ɕaŋ^{54}
花 筵 烟 子 喷 喷 香
花筵烟草喷喷香

ai^{54} se^{33} fə^{31} tshe^{33} po^{31}
烟 是 和 气 宝
烟是和气宝

zə^{35} ai^{31} mə^{33} pio^{31} ka^{31} ȵi^{31} ɕi^{54}
吃 烟 不 饱 解 人 心
吃烟不饱解人心

tse^{31} tou^{31} kua^{31} ai^{54} ai^{54} tsəi^{35} fə^{31}
纸 子 卷 烟 烟 接 火
纸片卷烟烟接火

ɕo^{31} tou^{31} tsa^{33} ɕuai^{31} ɕuai^{31} tsa^{33} ȵi^{31}

水 子 载 船 船 坐 人

水儿载船船坐人

pəŋ^{54} tou^{31} səŋ^{33} vie^{31} vie^{31} səŋ^{33} hau^{33}

风 子 送 云 云 送 雨

风儿送云云送雨

zə^{31} tsəŋ^{31} ɕo^{24} ɕəŋ^{54} səŋ^{33} ŋue^{24} liaŋ^{31}

如 从 瑞 星 送 月 亮

如同瑞星送月亮

ɕo^{24} ɕəŋ^{54} səŋ^{33} ŋue^{24} ȵi^{31} lu^{35} tshou^{33}

瑞 星 送 月 难 得 见

瑞星送月难碰到

ȵi^{31} lu^{35} tshou^{33} tɕa^{24} kuo^{33} ɕaŋ^{54} ai^{54}

难 得 凑 着 贵 香 烟

难得逢着贵香烟

tse^{54} nai^{54} pəŋ^{31} tɕa^{24} ɕaŋ^{54} ai^{54} kuo^{33}

今 年 逢 着 香 烟 贵

今年逢着香烟贵

səŋ^{54} tsai^{31} tse^{31} phia^{33} so^{33} tsai^{31} ai^{54}

三 钱 纸 票 四 钱 烟

三元纸票四钱烟

səŋ^{54} tai^{31} tse^{31} phia^{33} ma^{33} mə^{33} ɕo^{35}

三 钱 纸 票 卖 不 出

三元纸票卖不出

$ȵi^{31}$ vo^{31} kuo^{33} ku^{54} ma^{33} $ɕo^{35}$ luo^{31}
难 为 贵 家 买 出 来
难为行娘买出来

ma^{33} kuo^{54} $ɕaŋ^{54}$ ai^{54} ta^{33} $faŋ^{33}$ la^{33}
买 回 香 烟 待 奉 俫
买回香烟侍奉我

ma^{33} kuo^{54} $ɕaŋ^{54}$ ai^{54} ta^{33} $faŋ^{33}$ $nəŋ^{31}$
买 归 香 烟 待 奉 男
买来香烟侍奉我

ta^{33} $faŋ^{33}$ la^{33} $nəŋ^{31}$ $mə^{33}$ luo^{54} le^{33}
待 奉 俫 男 不 知 礼
侍奉我们不知礼

$mə^{33}$ luo^{54} le^{33} mau^{24} $ɕa^{54}$ te^{54} ai^{54}
不 知 礼 貌 烧 了 烟
不知礼貌烧了烟

lau^{35} $tsəŋ^{31}$ la^{33} $nəŋ^{31}$ ha^{54} ai^{54} $fə^{33}$
那 从 俫 男 开 烟 铺
哪时我们开烟铺

$tiou^{31}$ $təŋ^{31}$ vi^{31} kuo^{54} se^{24} $təŋ^{31}$ $laŋ^{31}$
九 筒 还 归 十 筒 郎
九支归还十支郎

$tiou^{31}$ $təŋ^{31}$ vi^{31} kuo^{54} se^{24} $təŋ^{31}$ te^{33}
九 筒 还 归 十 筒 弟
九支归还十支弟

lau^{35} tsəŋ^{31} vi^{31} kuo^{54} kuo^{54} ɕaŋ^{54} ai^{31}
那 从 还 归 贵 香 烟
哪时还回贵香烟

la^{33} se^{33} tai^{31} tou^{31} ɕu^{33} kəŋ^{54} po^{35}
俫 是 田 头 社 公 伯
我是田头土地公

tse^{31} se^{33} zə^{24} lu^{35} vi^{31} mu^{35} ȵi^{31}
只 是 吃 得 还 不 人
只是吃得还不了

tse^{31} se^{33} zə^{24} lu^{35} vi^{31} mə^{33} lu^{35}
只 是 吃 得 还 不 得
只是吃得还不得

fə^{33} tsəŋ^{31} vi^{31} kuo^{54} kuo^{33} ɕaŋ^{54} ai^{54}
何 能 还 回 贵 香 烟
难得还回贵香烟

lai^{31} zə^{33} lai^{31}
莲 叶 连
莲叶连

se^{31} tsu^{24} ai^{54} kø^{54} saŋ^{33} thiaŋ^{33} vai^{31}
感 谢 烟 歌 算 唱 完
感谢烟歌算唱完

se^{31} tsu^{24} ai^{54} kø^{54} saŋ^{33} thiaŋ^{33} lia^{33}
感 谢 烟 歌 算 唱 了
感谢烟歌算唱了

hou^{31} vu^{24} mə^{24} vai^{31} saŋ^{33} thiaŋ^{33} vai^{31}
口 曰 不 完 算 唱 完
口说不完算唱完

hou^{31} vu^{24} mə^{24} vai^{31} saŋ^{33} thiaŋ^{33} lia^{33}
口 曰 不 完 算 唱 了
口说不完算唱了

se^{33} la^{33} mə^{33} luo^{54} saŋ^{33} thiaŋ^{33} vai^{31}
是 倈 不 知 算 唱 完
我不懂歌算唱完

tsa^{33} pai^{54} zə^{35} phəi^{35} mə^{33} ɕəŋ^{31} tse^{24}
左 边 一 丿 不 成 字
左边一撇不成字

jou^{24} pai^{54} zə^{35} phəi^{35} tiaŋ^{24} ɕəŋ^{31} ȵi^{31}
右 边 一 ㇏ 共 成 人
右边一捺共成人

ȵi^{31} tse^{24} tau^{33} lau^{33} aŋ^{54} vaŋ^{31} tse^{24}
人 字 肚 里 安 王 字
人字肚里安王字

se^{31} tɕiu^{24} ai^{54} kø^{54} thiaŋ^{33} mə^{33} tɕuai^{31}
层 谢 烟 歌 唱 不 全
感谢烟歌唱不全

zə^{35} po^{35} ɕu^{31} ɕəŋ^{31} se^{33} se^{24} tse^{24}
一 笔 写 成 是 十 字
一笔写成是十字

tɕo33 tse24 ɕu31 luo31 tia35 fu33 aŋ54
具 字 写 来 脚 下 安
具字写来脚下安

se24 tse24 tsa33 tou31 tɕo33 tsa33 tia35
十 字 在 头 具 在 脚
十字在头具在脚

se31 tɕiu24 ai54 kø54 thiaŋ33 mə33 tɕi54
层 谢 烟 歌 唱 不 真
感谢烟歌唱不真

thiaŋ33 mə33 tɕi54 se31 mə33 ɕa33 la33
唱 不 真 时 不 笑 俫
唱不真时不笑我

thiaŋ33 mə33 tɕuai31 se31 mə33 ɕa33 nəŋ31
唱 不 全 时 不 笑 男
唱不全时不笑我

zə35 po35 ɕu31 ɕəŋ31 paŋ33 pai54 hou31
一 笔 写 成 半 边 口
一笔写成半边口

jaŋ24 tse24 ɕu31 luo31 tia35 fu33 aŋ54
用 字 写 来 脚 下 安
用字写来脚下安

tsou31 nio33 li31 çi31 tia35 fu33 kø33
走 耳 打 行 脚 下 过
走之打从脚下过

se^{31} $tɕiu^{24}$ ai^{54} $kø^{54}$ $thiaŋ^{33}$ $mə^{33}$ $thaŋ^{54}$
感 谢 烟 歌 唱 不 通
感谢烟歌唱不通

$thiaŋ^{33}$ $mə^{33}$ $thaŋ^{54}$ se^{31} $mə^{33}$ $ɕa^{33}$ la^{33}
唱 不 通 时 不 笑 倈
唱不通时不笑我

$tɕhəŋ^{54}$ tou^{31} $n̥i^{31}$ la^{54} piu^{54} $haŋ^{31}$ $nəŋ^{31}$
清 头 人 多 包 涵 男
厅堂人多包涵我

$thai^{54}$ tse^{24} $piou^{35}$ tou^{31} $mə^{33}$ $tɕhi^{31}$ $ɕa^{33}$
天 字 竹 头 不 耻 笑
天字竹头不耻笑

$ləi^{24}$ tse^{24} $thai^{31}$ tou^{31} $mə^{33}$ $ɕa^{33}$ $nəŋ^{31}$
力 字 田 头 不 笑 男
力字田头不笑我

$laŋ^{31}$ $laŋ^{31}$ $thiaŋ^{33}$
短 短 唱
短短唱

$laŋ^{31}$ $laŋ^{31}$ $tɕoŋ^{54}$ $kø^{33}$ $niou^{24}$ $kaŋ^{54}$ $n̥i^{31}$
短 短 尊 过 乐 官 人
短短传过乐官人

$tɕoŋ^{54}$ $kø^{33}$ $niou^{24}$ $kaŋ^{54}$ luo^{54} le^{33} mau^{24}
尊 过 乐 官 知 礼 貌
传过乐官知礼貌

jou^{33} zə^{35} jou^{33} no^{24} na^{24} fu^{54} jai^{31}
有 一 有 二 闹 花 筵
有一有二闹花筵

五、安肃人歌

tsəi^{35} se^{31} thiaŋ^{33}
接 着 唱
接着唱

tsəi^{35} se^{31} kø^{54} ɕəŋ^{54} na^{24} fu^{54} jai^{31}
接 着 歌 声 闹 花 筵
接着歌声闹花筵

tsəi^{35} kuo^{54} kø^{54} ɕəŋ^{54} tsəi^{35} tɕo^{31} thiaŋ^{33}
接 归 歌 声 接 着 唱
接回歌声接着唱

ta^{24} tsəi^{31} tsəi^{31} ɕi^{54} na^{24} fu^{54} jai^{31}
大 齐 齐 心 闹 花 筵
大家齐心闹花筵

tou^{31} na^{31} fa^{24} tiaŋ^{33} tsəi^{31} saŋ^{54} ȵe^{24}
打 锣 会 众 齐 商 议
打锣会众齐商议

ɕu^{31} ŋau^{31} lou^{33} tiou^{33} səi^{33} ɕaŋ^{54} liaŋ^{31}
蛇 鱼 对 嘴 细 商 量
蛇鱼对嘴细商量

ta^{24} ɕaŋ^{54} liaŋ^{31} se^{31} səi^{33} ɕaŋ^{54} ȵe^{24}
大 商 量 时 小 商 议
大商量时小商议

ju^{35} vu^{31} ɕaŋ^{54} liaŋ^{31} lau^{35} jaŋ^{24} vo^{31}
看 下 商 量 哪 样 维
看下商量怎样成

səŋ^{54} ho^{31} fu^{54} liŋ^{33} nəŋ^{31} pəŋ^{31} vai^{24}
三 毫 花 岭 男 本 县
三豪花岭我家乡

pəŋ^{54} fu^{33} so^{33} se^{24} pa^{35} taŋ^{31} ȵi^{31}
分 下 四 十 八 堂 人
分下四十八团人

so^{33} se^{24} pa^{35} taŋ^{31} pəŋ^{54} səŋ^{54} tshe^{35}
四 十 八 堂 分 三 镇
四十八团分三镇

nəŋ^{54} luo^{31} pəŋ^{54} fu^{33} səŋ^{54} tɕhi^{54} ȵi^{31}
给 来 分 下 三 区 人
然后分下三区人

fə^{33} jaŋ^{31} tɕhi^{54} ȵi^{31} ȵi^{31} mə^{33} tsou^{35}
富 阳 区 人 人 不 作
富阳区人不会唱

ɕi^{54} po^{54} tɕhi^{54} ȵi^{31} ȵi^{31} mə^{33} ɕi^{54}
深 坡 区 人 人 不 兴
深坡区人不作兴

mu^{24} liŋ^{33} pa^{35} lau^{54} ɕi^{54} se^{24} ho^{31}
麦 岭 八 都 兴 事 好
麦岭八都兴致好

ɕi^{54} ɕo^{35} tou^{31} kø^{54} na^{24} fu^{54} jai^{31}
兴 出 条 歌 闹 花 筵
创作歌曲闹花筵

ɕi^{54} ɕo^{35} tou^{31} kø^{54} ȵi^{54} ȵi^{54} vai^{24}
兴 出 条 歌 人 人 愿
动听歌曲人人爱

ȵi^{54} ȵi^{54} a^{33} na^{24} təi^{33} fu^{54} jai^{31}
人 人 爱 闹 弟 花 筵
人人爱闹弟花筵

təŋ^{33} mə^{33} təŋ^{33} se^{31} zə^{35} taŋ^{24} se^{24}
动 不 动 时 一 段 事
久不久办一段事

təŋ^{33} mə^{33} təŋ^{33} se^{31} na^{24} fu^{54} jai^{31}
动 不 动 时 闹 花 筵
久不久又闹花筵

vai^{31} sai^{54} tse^{31} le^{33} mə^{33} luo^{31} le^{33}
原 先 启 礼 不 倒 礼
原先制礼不违礼

zə^{31} tɕi^{54} ɕi^{54} pai^{54} mə^{33} kaŋ^{31} vo^{31}
如 今 新 编 不 敢 维
如今新编不敢从

ləi^{31} piou^{35} mu^{33} tsau^{31} ji^{33} kuo^{54} kau^{31}
犁 面 额 锄 依 归 古
犁面笔直依旧辙

fu^{54} jai^{31} ji^{33} kuo^{54} kau^{31} le^{33} çe^{31}
花 筵 依 归 古 礼 行
花筵依旧古礼行

fu^{54} jai^{31} ji^{33} kuo^{54} kau^{31} le^{33} tso^{31}
花 筵 依 归 古 礼 走
花筵依旧古礼走

ji^{33} kuo^{54} kau^{31} le^{33} aŋ^{54} ɕa^{35} ȵi^{31}
依 归 古 礼 安 削 人
依照古礼安肃人

mo^{33} luo^{54} aŋ^{54} ɕa^{35} ɕi^{31} ȵi^{31} ɕa^{33}
没 得 安 削 怕 人 笑
没有安肃怕人笑

mo^{33} luo^{54} aŋ^{54} ɕa^{35} ɕi^{31} ȵi^{31} te^{31}
没 得 安 削 怕 人 弹
没有安肃怕人责

ɕi^{31} ȵi^{31} te^{31} la^{33} mə^{33} luo^{54} le^{33}
怕 人 弹 我 不 知 礼
怕人责我不知礼

ɕi^{31} ȵi^{31} te^{31} la^{33} mə^{33} luo^{54} tɕəŋ^{31}
怕 人 弹 我 不 知 情
怕人责我不知情

luo^{54} mə^{33} luo^{54} se^{31} təi^{31} vu^{31} thiaŋ^{33}
知 不 知 时 提 下 唱
若不知时带着唱

lua^{33} mə^{33} lua^{33} se^{31} təi^{31} vu^{31} tou^{31}
对 不 对 时 提 下 头
若不对时提醒我

zə^{33} jaŋ^{24} tiaŋ^{31} luo^{31} zə^{33} jaŋ^{24} vo^{24}
依 样 讲 来 依 样 曰
依样讲来依样说

zə^{33} jaŋ^{24} vo^{24} luo^{31} aŋ^{54} ɕa^{33} ȵi^{31}
依 样 曰 来 安 削 人
依样唱起安肃人

ta^{24} hou^{31} tsau^{31} tou^{31} mu^{24} mai^{24} tɕhe^{31}
大 口 锄 头 麦 面 铲
大口锄头马面铲

aŋ^{54} ɕa^{33} ȵi^{31} kø^{54} mu^{24} mai^{24} luo^{31}
安 削 人 歌 额 面 来
安肃人歌直接来

no^{24} ŋue^{24} nəŋ^{31} pəŋ^{54} təŋ^{31} təŋ^{24} ɕaŋ^{33}
二 月 南 风 从 垌 上
二月南风从垌上

pa^{35} ŋue^{24} tɕhou^{54} pəŋ^{54} təŋ^{31} liŋ^{33} luo^{31}
八 月 秋 风 从 岭 来
八月秋风从岭来

ta^{24} pəŋ^{54} luo^{33}

大 风 到

大风到

ɕi^{54} ɕi^{54} piou^{35} mau^{24} ti^{33} le^{54} tou^{31}

深 山 竹 木 都 低 头

深山竹木都低头

piou^{35} mau^{24} le^{54} tou^{31} tɕhəŋ^{33} pəŋ^{54} kø^{33}

竹 木 低 头 听 风 过

竹木低头听风过

le^{35} vo^{24} kuo^{54} ta^{31} tɕhəŋ^{33} la^{33} ɕəŋ^{54}

列 位 高 才 听 倈 声

列位高才听我声

tɕhəŋ^{54} tou^{31} ȵi^{31} la^{54} tɕhəŋ^{33} se^{31} la^{33}

清 头 人 多 听 着 倈

厅堂人多听着我

tɕhəŋ^{33} se^{31} la^{33} saŋ^{54} aŋ^{54} ɕa^{35} ȵi^{31}

听 着 倈 双 安 削 人

听着我俩安肃人

fə^{31} ɕa^{54} tiaŋ^{54} luo^{31} laŋ^{24} ɕu^{24} tse^{24}

火 烧 江 华 乱 石 寺

火烧江华浪尸寺

fə^{31} jaŋ^{54} la^{24} no^{24} se^{24} tse^{31} ka^{54}

火 秧 落 入 十 条 街

火苗落入十条街

ɕa^{54} nai^{31} se^{24} tse^{31} po^{31} tɕaŋ^{24} fə^{33}

烧 燃 十 字 皮 匠 铺

烧起十字皮匠铺

lai^{31} ɕəŋ^{31} ɕa^{54} ɕo^{35} ɕu^{33} tou^{31} luo^{31}

连 成 烧 出 榫 头 来

结果烧出榫头来

ɕa^{54} ɕo^{35} ɕi^{31} tou^{31} la^{33} mə^{33} ȵe^{24}

烧 出 训 头 俫 不 要

烧出榫头我不要

mə^{33} ȵe^{24} ɕu^{31} tou^{31} aŋ^{54} ɕa^{35} ȵi^{31}

不 要 训 头 安 削 人

不要序曲安肃人

kho^{31} nəŋ^{31} ɕu^{31} tou^{31} ti^{33} zə^{35} jaŋ^{24}

可 能 训 头 都 一 样

可能序曲都一样

khau^{31} ju^{24} mə^{33} ȵi^{24} ju^{24} və^{31} faŋ^{31}

估 计 不 要 也 无 妨

估计不要也无妨

sa^{54} taŋ^{33} piou^{35} təŋ^{31} liaŋ^{33} kuəi^{24} həŋ^{54}

锯 断 竹 筒 两 边 空

锯断竹筒两边空

aŋ^{54} ɕa^{35} ȵi^{31} kø^{54} tɕou^{24} se^{31} ɕəŋ^{54}

安 削 人 歌 酒 起 声

安肃人歌就起声

aŋ^{54} ɕa^{35} ȵi^{31} kø^{54} se^{31} ɕəŋ^{54} thiaŋ^{33}
安 削 人 歌 起 声 唱
安肃人歌起声唱

tsəi^{35} se^{31} se^{31} ɕəŋ^{54} aŋ^{54} ɕa^{35} ȵi^{31}
接 着 起 声 安 削 人
接着起声安肃人

zə^{35} liaŋ^{54} həŋ^{31} tse^{31} həŋ^{31} thu^{54} thu^{54}
一 张 红 纸 红 滔 滔
一张红纸红彤彤

thiaŋ^{54} jaŋ^{54} tse^{33} fu^{35} khaŋ^{31} miŋ^{31} thiu^{54}
中 央 直 画 孔 明 车
中央直画孔明车

thiu^{54} tse^{24} tsou^{31} nio^{33} ɕəŋ^{31} lai^{31} tse^{24}
车 字 走 耳 成 连 字
车字走之成连字

lai^{31} pai^{24} lai^{31} ɕəŋ^{31} aŋ^{54} ɕa^{35} ȵi^{31}
连 便 连 成 安 削 人
连便连成安肃人

se^{24} tsho^{35} se^{24} pa^{35} tsou^{31} kaŋ^{31} se^{54}
十 七 十 八 走 广 西
十七十八走广西

se^{24} tiou^{31} no^{24} se^{24} tsou^{31} fə^{33} tɕhuai^{54}
十 九 二 十 走 富 川
十九二十走富川

hau^{33} se^{31} tsou^{31} no^{24} kuəi^{33} li^{31} ɕe^{31}
去 时 走 进 桂 林 省
去时走进桂林省

li^{31} çe^{31} ɕaŋ^{54} taŋ^{31} haŋ^{33} hou^{31} kuo^{54}
打 行 湘 潭 汉 口 归
打从湘潭汉口归

ɕaŋ^{54} taŋ^{31} haŋ^{33} hou^{31} tiaŋ^{54} se^{54} ɕo^{24}
湘 潭 汉 口 樟 丝 树
湘潭汉口金丝楠

luo^{31} luo^{31} tiaŋ^{54} se^{54} lia^{54} tsu^{31} paŋ^{31}
砍 倒 樟 丝 雕 茶 盘
砍倒楠木雕茶盘

tsu^{31} paŋ^{31} mə^{33} ɕa^{54} la^{33} aŋ^{54} ɕa^{35}
茶 盘 不 削 俫 安 削
茶盘不削我安肃

se^{33} la^{33} aŋ^{54} ɕa^{35} tɕhəŋ^{54} tou^{31} ȵi^{31}
是 俫 安 削 清 头 人
是我安肃厅堂人

aŋ^{54} ɕa^{35} tɕhəŋ^{54} tou^{31} ho^{31} na^{24} ne^{24}
安 削 清 头 好 闹 热
安肃厅堂好热闹

ȵi^{31} la^{54} na^{24} ne^{24} na^{24} fu^{54} jai^{31}
人 多 闹 热 闹 花 筵
人多热闹伴行娘

tsou^{31} jou^{33} tsaŋ^{54} mau^{31} hau^{33} ɕaŋ^{33} liŋ^{33}
昨 夜 装 饭 去 上 岭
昨夜装饭去上岭

tsaŋ^{54} mau^{31} ɕaŋ^{33} liŋ^{33} hau^{33} tsha^{31} maŋ^{31}
装 饭 上 岭 去 采 芒
装饭上岭去采芒

ɕaŋ^{33} liŋ^{33} tsha^{31} maŋ^{31} mə^{33} tɕiŋ^{24} məŋ^{31}
上 岭 采 芒 不 定 根
上岭采芒不定数

fu^{33} liŋ^{33} tsha^{31} maŋ^{31} mə^{33} tɕəŋ^{24} saŋ^{54}
下 岭 采 芒 不 定 双
下岭采芒有短长

tsha^{31} vu^{24} piŋ^{31} tau^{24} kø^{33} zə^{35} sa^{31}
采 下 平 地 过 一 数
采下平地数一数

səŋ^{54} pu^{35} məŋ^{31} tɕaŋ^{31} so^{33} pu^{35} saŋ^{54}
三 百 根 长 四 百 双
三百根长四百双

tɕaŋ^{31} ke^{35} nəŋ^{54} luo^{31} tsa^{33} se^{31} tsai^{33}
长 的 给 来 做 起 箭
长的用来做起箭

laŋ^{31} ke^{35} nəŋ^{54} luo^{31} tiai^{31} tio^{35} ɕi^{54}
短 的 给 来 缠 烛 心
短的用来缠烛心

lanŋ^{54} tɕhəŋ^{54} lai^{31} lua^{33} jou^{31} lu^{35} tio^{35}
当 清 点 对 油 蜡 烛
当厅点对油蜡烛

nəŋ^{54} luo^{31} tɕu^{35} se^{31} tɕhəŋ^{54} tou^{31} ȵi^{31}
给 来 烤 着 清 头 人
用来照着厅堂人

tɕu^{35} se^{31} tɕhəŋ^{54} tou^{31} ho^{31} na^{24} ne^{24}
烤 着 清 头 好 闹 热
照着厅堂好热闹

ȵi^{31} la^{54} na^{24} ne^{24} na^{24} fu^{54} jai^{31}
人 多 闹 热 闹 花 筵
人多热闹闹花筵

ȵi^{31} la^{54} na^{24} ne^{24} ȵi^{54} ȵi^{54} a^{33}
人 多 闹 热 人 人 爱
人多热闹人人爱

ȵi^{54} ȵi^{54} vai^{24} a^{33} kuo^{33} fu^{54} jai^{31}
个 个 愿 爱 贵 花 筵
个个愿闹贵花筵

kø^{54} vai^{31} lia^{33}
歌 完 了
歌完了

laŋ^{31} laŋ^{31} tɕoŋ^{54} kø^{33} niou^{24} kaŋ^{54} ȵi^{31}
短 短 尊 过 乐 官 人
短短传过乐官人

tɕoŋ^{54} kø^{33} niou^{24} kaŋ^{54} luo^{54} le^{33} mau^{24}
尊 过 乐 官 知 礼 貌
传过乐官知礼貌

jou^{33} zə^{35} jou^{33} mau^{24} na^{24} fu^{54} jai^{31}
有 一 有 二 闹 花 筵
有一有二闹花筵

ɕaŋ^{24} khua^{33} fu^{33} ma^{24} ta^{24} piŋ^{31} ɕe^{31}
上 块 下 睦 大 平 庙
巷头和睦大古街

kuo^{54} po^{54} ɕi^{54} tso^{33} tiou^{54} taŋ^{31} ȵi^{31}
高 坝 新 造 周 塘 岩
高坝新造周塘岩

mu^{31} kaŋ^{54} mu^{24} liŋ^{33} səi^{54} ŋau^{31} ai^{33}
麻 岗 麦 岭 犀 牛 渚
华岗麦岭犀牛堰

səi^{54} ŋau^{31} ai^{33} ɕo^{31} ŋa^{35} tou^{31} tia^{31}
犀 牛 渚 水 砍 头 桥
犀牛堰水砍头桥

ŋa^{35} tou^{31} tia^{31} ɕaŋ^{24} tɕua^{54} ha^{54} fu^{33}
砍 头 桥 上 推 下 去
砍头桥上推下去

tiŋ^{33} se^{33} tse^{31} ɕi^{54} ɕi^{54} po^{54} ka^{54}
正 是 麒 山 深 坡 街
岐山村旁深坡街

ɕi^{54} po^{54} liŋ^{33} ɕo^{31} tsu^{24} tou^{31} vai^{31}
深 坡 冷 水 宅 头 园
深坡临水宅头园

tɕhəŋ^{54} taŋ^{31} ɕaŋ^{24} təŋ^{24} luo^{33} kiu^{54} vai^{31}
清 塘 上 垌 到 关 元
清塘上洞到关源

haŋ^{31} piou^{35} liou^{24} tɕaŋ^{33} luo^{33} ɕi^{31} ɕaŋ^{24}
黄 竹 六 丈 到 神 上
黄竹六丈神上村

ɕi^{31} ɕaŋ^{24} ɕi^{54} fu^{33} luo^{33} li^{31} au^{54}
神 上 山 下 到 林 屋
神上山下是龙窝

li^{31} au^{54} taŋ^{31} tou^{31} liaŋ^{31} ɕaŋ^{33} ɕo^{31}
林 屋 塘 头 龙 上 水
龙窝塘头龙上水

li^{31} au^{54} liŋ^{33} mo^{33} se^{31} au^{54} vie^{31}
林 屋 岭 尾 起 乌 云
龙窝岭尾起乌云

se^{31} na^{24} au^{54} vie^{31} la^{24} tɕiu^{24} hau^{33}
起 朵 乌 云 落 阵 雨
起朵乌云下阵雨

tia^{31} tou^{31} ɕi^{31} vi^{54} ɕo^{31} tɕhua^{54} su^{54}
桥 头 神 湾 水 推 砂
桥头神湾水推沙

ɕo^{31} tou^{31} tɕhua^{54} su^{54} piŋ^{31} təŋ^{24} fu^{33}
水 子 推 砂 平 垌 下
水儿推沙平垌下

tɕhua^{54} ɕo^{35} zə^{35} saŋ^{54} təŋ^{31} mau^{24} lio^{31}
推 出 一 双 桐 木 榴
推出两棵桐木苗

ɕo^{35} məŋ^{31} tse^{33} tɕiu^{24} ȵi^{31} təi^{31} se^{31}
出 门 玩 要 人 捡 起
出门玩耍人捡起

nəŋ^{54} luo^{31} tɕi^{33} no^{24} mau^{24} luo^{31} vi^{54}
给 来 种 进 木 楼 湾
拿来种进木楼湾

səi^{33} hau^{33} mo^{31} mo^{31} tɕi^{33} təŋ^{31} mau^{24}
小 雨 毛 毛 种 桐 木
小雨淅淅种桐木

mo^{31} jaŋ^{54} səi^{33} hau^{33} təŋ^{31} mau^{24} ɕi^{54}
毛 秧 细 雨 桐 木 生
淅淅细雨桐木生

tɕi^{33} mau^{24} səŋ^{54} nai^{31} mau^{24} ju^{33} ta^{24}
种 木 三 年 木 也 大
种树三年树也大

tɕi^{33} mau^{24} so^{33} nai^{31} mau^{24} ɕəŋ^{31} ɕi^{54}
种 木 四 年 木 成 身
种树四年树成材

tse^{54} no^{54} li^{31} çe^{31} mau^{24} pai^{54} kø^{33}
今 日 打 行 木 边 过
今日打从树边过

khaŋ^{33} kai^{33} mau^{24} ta^{24} mau^{24} ɕəŋ^{31} ɕi^{54}
看 见 木 大 木 成 身
看见树大已成材

tse^{31} mu^{24} ɕaŋ^{33} tiŋ^{54} hau^{33} tɕhəŋ^{31} tɕaŋ^{24}
骑 马 上 京 去 请 匠
骑马上京去请匠

tse^{31} lio^{31} no^{24} vai^{24} tɕhəŋ^{31} tɕaŋ^{24} kuo^{54}
骑 驴 入 县 请 匠 归
骑驴入县请匠回

mau^{24} tɕaŋ^{33} no^{24} məŋ^{31} tsəi^{35} fu^{33} tɕhiu^{35}
木 匠 进 门 接 下 尺
木匠进门接墨斗

paŋ^{33} fu^{33} lio^{35} thiu^{35} mi^{24} se^{54} liaŋ^{31}
放 下 弯 尺 慢 思 量
放下弯尺慢思量

mi^{24} mi^{24} se^{54} liaŋ^{31} tsa^{31} tsai^{31} mau^{24}
慢 慢 思 量 裁 剪 木
慢慢思量裁木料

tsa^{31} tsai^{31} ta^{24} mau^{24} taŋ^{24} liaŋ^{33} təŋ^{31}
裁 剪 大 木 段 两 筒
裁剪大木两段分

tou^{31} təŋ^{31} nəŋ^{54} luo^{31} sa^{54} səi^{33} pie^{31}

头 筒 给 来 锯 细 板

头段用来锯细板

no^{24} təŋ^{31} nəŋ^{54} luo^{31} kuo^{35} thəŋ^{54} ɕaŋ^{54}

二 筒 给 来 做 轻 箱

二段用来做神龛

ɕi^{54} kuo^{35} thəŋ^{54} ɕaŋ^{54} la^{33} thəŋ^{54} pa^{33}

新 做 轻 箱 俫 钦 拜

新做神龛我钦拜

thəŋ^{54} luo^{31} pa^{33} hau^{33} tɕhəŋ^{54} tou^{31} ȵi^{31}

钦 来 拜 去 清 头 人

鞠躬礼拜厅堂人

thəŋ^{54} pa^{33} tɕhəŋ^{54} tou^{31} ho^{31} na^{24} ne^{24}

钦 拜 清 头 好 闹 热

礼拜厅堂好热闹

ȵi^{31} la^{54} na^{24} ne^{24} na^{24} fu^{54} jai^{31}

人 多 闹 热 闹 花 筵

人多热闹闹花筵

laŋ^{31} laŋ^{31} thiaŋ^{33}

短 短 唱

短短唱

laŋ^{31} laŋ^{31} tɕoŋ^{54} kø^{33} niou^{24} kaŋ^{54} ȵi^{31}

短 短 尊 过 乐 官 人

短短传过乐官人

tɕoŋ^{54} kø^{33} niou^{24} kaŋ^{54} jou^{33} zə^{35} no^{24}
尊 过 乐 官 有 一 二
传过乐官有一二

jou^{33} zə^{35} jou^{33} no^{24} na^{24} fu^{54} jai^{31}
有 一 有 二 闹 花 筵
有一有二闹花筵

tse^{54} no^{54} ɕo^{35} məŋ^{31} se^{31} li^{24} ho^{31}
今 天 出 门 时 运 好
今天出门时运好

te^{31} luo^{35} pu^{24} ɕo^{33} saŋ^{33} ȵi^{31} tsai^{31}
捡 个 白 石 是 银 钱
捡个白石是银钱

paŋ^{33} liaŋ^{31} zə^{35} fəŋ^{54} li^{31} tɕhi^{33} tsai^{31}
半 两 一 分 打 戒 指
半两一钱打戒指

zə^{35} liaŋ^{31} no^{24} fəŋ^{54} li^{31} niou^{33} ve^{31}
一 两 二 分 打 耳 环
一两二钱打耳环

no^{24} liaŋ^{31} səŋ^{54} fəŋ^{54} li^{31} ȵi^{31} tsha^{35}
二 两 三 分 打 银 饰
二两三钱打银饰

so^{33} liaŋ^{31} so^{33} fəŋ^{54} li^{31} ȵi^{31} paŋ^{31}
四 两 四 分 打 银 盘
四两四钱打银盘

ȵi^{31} paŋ^{31} mə^{33} ɕa^{54} la^{33} aŋ^{54} ɕa^{35}
银 盘 不 削 倈 安 削
银盘不削我安肃

se^{33} la^{33} aŋ^{54} ɕa^{35} tɕhəŋ^{54} tou^{31} ȵe^{31}
是 倈 安 削 清 头 人
是我安肃厅堂人

aŋ^{54} ɕa^{35} tɕhəŋ^{54} tou^{31} ho^{31} na^{24} ne^{24}
安 削 清 头 好 闹 热
安肃厅堂好热闹

ȵi^{31} la^{54} na^{24} ne^{24} na^{24} fu^{54} jai^{31}
人 多 闹 热 闹 花 筵
人多热闹闹花筵

au^{54} ɕu^{35} kau^{54} lia^{31} tia^{35} vai^{31} vai^{31}
乌 鸦 姑 鸟 脚 元 元
乌鸦八哥脚弯弯

aŋ^{54} ɕa^{35} ȵi^{31} kø^{54} saŋ^{33} thiaŋ^{33} vai^{31}
安 削 人 歌 算 唱 完
安肃人歌就此完

aŋ^{54} ɕa^{35} ȵi^{31} kø^{54} saŋ^{33} thiaŋ^{33} lia^{33}
安 削 人 歌 算 唱 了
安肃人歌结束了

hou^{31} vu^{24} mə^{33} vai^{31} saŋ^{33} thiaŋ^{33} vai^{31}
口 曰 不 完 算 唱 完
口说不完算唱完

hou^{31} vu^{24} mə^{33} vai^{31} saŋ^{33} thiaŋ^{33} lia^{33}

口 曰 不 完 算 唱 了

口说不完算唱了

se^{33} la^{33} mə^{33} luo^{54} saŋ^{33} thiaŋ^{33} vai^{31}

是 俫 不 知 算 唱 完

我不知歌算唱完

təŋ^{31} jou^{31} la^{24} zə^{24} mə^{33} ɕəŋ^{31} məŋ^{33}

桐 油 落 叶 不 成 莓

梧桐落叶不像树

aŋ^{54} ɕa^{35} ȵi^{31} kø^{54} mə^{33} ɕəŋ^{31} tou^{31}

安 削 人 歌 不 成 条

安肃人歌不成歌

tsa^{33} pai^{54} zə^{35} phəi^{35} mə^{33} ɕəŋ^{31} tse^{24}

左 边 一 丿 不 成 字

左边一撇不成字

jou^{24} pai^{35} zə^{35} phəi^{35} tiaŋ^{24} ɕəŋ^{31} ȵe^{31}

右 边 一 乀 共 成 人

右边一捺共成人

ȵi^{31} tse^{24} tau^{33} lau^{33} aŋ^{54} vaŋ^{31} tse^{24}

人 字 肚 里 安 王 字

人字肚里安王字

aŋ^{54} ɕa^{35} ȵi^{31} kø^{54} thiaŋ^{33} mə^{33} tɕuai^{31}

安 削 人 歌 唱 不 全

安肃人歌唱不全

se^{24} tse^{24} tɕaŋ^{33} te^{54} se^{24} tse^{24} ɕai^{31}

十 字 将 了 十 字 形

十字像了十字形

tɕio^{33} tse^{24} nəŋ^{54} luo^{31} tia^{35} fu^{33} vai^{31}

具 字 给 来 脚 下 元

具字凑来脚下悬

se^{24} tse^{24} tsa^{33} tou^{31} tɕo^{33} tsa^{33} tia^{35}

十 字 在 头 具 在 脚

十字在头具在脚

aŋ^{54} ɕa^{35} ȵi^{31} kø^{54} thiaŋ^{33} mə^{33} tɕi^{54}

安 削 人 歌 唱 不 真

安肃人歌唱不真

thiaŋ^{33} mə^{33} tɕuai^{31} se^{31} mə^{33} ɕa^{33} la^{33}

唱 不 全 时 不 笑 倈

唱不全时不笑我

thiaŋ^{33} mə^{33} tɕi^{54} se^{31} mə^{33} ɕa^{33} nəŋ^{31}

唱 不 真 时 不 笑 男

唱不真时不笑我

zə^{35} po^{35} ɕu^{31} ɕəŋ^{31} paŋ^{33} pai^{54} hou^{31}

一 笔 写 成 半 边 口

一笔写成半边口

jaŋ^{24} tse^{33} ɕu^{31} luo^{31} tia^{35} fu^{33} aŋ^{54}

用 字 写 来 脚 下 安

用字写来脚下安

tsou^{31} niou^{33} li^{31} çi^{31} tia^{35} fu^{33} kø^{33}
走 耳 打 行 脚 下 过
走之打从脚下过

aŋ^{54} ɕa^{35} ȵi^{31} kø^{54} thiaŋ^{33} mə^{33} thaŋ^{54}
安 削 人 歌 唱 不 通
安肃人歌唱不通

thiaŋ^{33} mə^{33} thaŋ^{54} se^{31} mə^{33} ɕa^{33} la^{33}
唱 不 通 时 不 笑 倈
唱不通时不笑我

thiaŋ^{33} mə^{33} thaŋ^{54} se^{31} mə^{33} ɕa^{33} nəŋ^{31}
唱 不 通 时 不 笑 男
唱不通时不笑侬

tse^{54} təi^{31} kuo^{31} po^{33} thio^{33} thio^{33} tɕe^{24}
鸡 啼 狗 叫 处 处 是
鸡啼狗叫到处同

thai^{54} fu^{33} ɕo^{54} təŋ^{31} kø^{54} mə^{33} təŋ^{31}
天 下 书 同 歌 不 同
天下书同歌不同

thai^{54} fu^{33} ɕo^{54} təŋ^{31} kø^{54} mə^{33} tɕe^{24}
天 下 书 同 歌 不 致
天下书同歌不一

thiaŋ^{31} jou^{33} la^{33} saŋ^{54} thiaŋ^{33} mə^{33} təŋ^{31}
孔 有 倈 双 唱 不 同
只恐我俩唱不同

thiaŋ^{33} mə^{33} təŋ^{31} se^{31} mə^{33} ɕa^{33} la^{33}

唱 不 通 时 不 笑 俫

唱不同时不笑我

liou^{24} tɕhi^{54} pu^{35} fu^{35} piu^{54} haŋ^{31} nəŋ^{31}

六 亲 百 客 包 涵 男

六亲百客包涵我

tɕhəŋ^{54} tou^{31} ȵi^{31} la^{54} vai^{31} liaŋ^{24} ŋu^{33}

清 头 人 多 原 谅 我

厅堂人多不笑我

kuo^{54} tsa^{31} kø^{54} se^{54} piu^{54} haŋ^{31} nəŋ^{31}

高 才 歌 师 包 涵 男

高才歌师包涵我

no^{24} se^{33} zə^{35} ȵi^{31} piŋ^{54}

廿 一 人 兵

二十一个兵

so^{33} vo^{31} ɕou^{31} taŋ^{33} ɕəŋ^{31}

四 围 守 断 城

四围守住城

se^{24} ȵi^{31} ɕəŋ^{31} na^{24} tsa^{33}

十 人 城 内 坐

十人城内坐

pa^{35} ȵi^{31} ɕou^{31} ɕəŋ^{31} məŋ^{31}

八 人 守 城 门

八人守城门

tia^{33} tu^{24} haŋ^{31} piŋ^{54} luo^{33}
脚 达 黄 兵 到
脚踏黄兵到

tshe^{35} pai^{31} vo^{54} tɕi^{54} vo^{24} piu^{54} haŋ^{31}
扯 反 衣 襟 望 包 涵
扯反衣襟望包涵

laŋ^{31} laŋ^{31} thiaŋ^{33}
短 短 唱
短短唱

laŋ^{31} laŋ^{31} tɕoŋ^{54} kø^{33} niou^{24} kaŋ^{54} ȵi^{31}
短 短 尊 过 乐 官 人
短短传过乐官人

tɕoŋ^{54} kø^{33} niou^{24} kaŋ^{54} tsəi^{35} se^{31} thio^{54}
尊 过 乐 师 接 着 吹
传过乐官接着吹

təŋ^{33} se^{31} ɕaŋ^{31} tshe^{33} na^{24} fu^{54} jai^{31}
动 起 响 器 闹 花 筵
奏起乐器闹花筵

六、请刘三姐歌

təi³⁵ se³¹ thiaŋ³³
接 着 唱
接着唱

mai²⁴ tso³¹ luo³¹ məŋ³³ tsəi³⁵ kuo⁵⁴ ɕi⁵⁴
面 前 梨 木 接 归 生
面前梨树嫁接生

tsəi³⁵ kuo⁵⁴ luo³¹ ɕi⁵⁴ luo³¹ tse³⁵ tso³¹
接 归 梨 生 梨 结 子
接回梨生结梨子

tsəi³⁵ kuo⁵⁴ kø⁵⁴ ɕəŋ⁵⁴ na²⁴ fu⁵⁴ jai³¹
接 归 歌 声 闹 花 筵
接回歌声闹花筵

na²⁴ fu⁵⁴ jai³¹ kø⁵⁴ liu³¹ səŋ⁵⁴ tse³³
闹 花 筵 歌 刘 三 置
闹花筵歌刘三编

liu³¹ səŋ⁵⁴ tse³³ kø⁵⁴ hou³³ miŋ³¹ ɕəŋ⁵⁴
刘 三 置 歌 有 名 声
刘三编歌有名声

təŋ³³ mə³³ təŋ³³ se³¹ zə³⁵ taŋ²⁴ se²⁴
动 不 动 时 一 段 事
久不久办一段事

təŋ^{33} mə^{33} təŋ^{33} se^{31} na^{24} fu^{54} jai^{31}
动 不 动 时 闹 花 筵
久不久又闹花筵

vai^{31} sai^{54} se^{31} le^{33} mə^{33} luo^{31} le^{33}
原 先 启 礼 不 倒 礼
原先制礼不违礼

zə^{24} tɕi^{54} ɕi^{54} pai^{54} mə^{33} kaŋ^{31} vo^{31}
如 今 新 编 不 敢 维
如今新编不敢从

ləi^{33} piou^{35} mu^{33} tsa^{31} ji^{33} kuo^{54} kau^{31}
犁 面 额 锄 依 归 古
犁面笔直依旧辙

fu^{54} jai^{31} ji^{33} kuo^{54} kau^{31} le^{33} çe^{31}
花 筵 依 归 古 礼 行
花筵依归古礼行

fu^{54} jai^{31} ji^{33} kuo^{54} kau^{31} le^{33} tsau^{31}
花 筵 依 归 古 礼 走
花筵依归古礼走

ji^{33} kuo^{54} kau^{31} le^{33} tɕhəŋ^{31} liu^{31} səŋ^{54}
依 归 古 礼 请 刘 三
依归古礼请刘三

mə^{33} tɕhəŋ^{31} liu^{31} səŋ^{54} ɕi^{31} ȵi^{31} tɕa^{33}
不 请 刘 三 怕 人 笑
不请刘三怕人笑

ɕi^{31} ȵi^{31} tɕa^{33} la^{33} mə^{33} luo^{54} tɕəŋ^{31}
怕 人 笑 俫 不 知 情
怕人笑我不知情

tiou^{33} tɕi^{54} tiou^{33} kuo^{31} ju^{24} tɕa^{33} thiaŋ^{33}
句 真 句 假 也 着 唱
句真句假也得唱

lua^{33} mə^{33} lua^{33} se^{31} təi^{31} vu^{31} tou^{31}
对 不 对 时 提 下 头
对不对时带下头

thiaŋ^{33} kø^{54} mə^{33} tɕhəŋ^{31} liu^{31} səŋ^{54} tso^{31}
唱 歌 不 请 刘 三 姐
唱歌不请刘三姐

zə^{35} tɕəŋ^{24} tou^{31} thaŋ^{54} mo^{33} mə^{33} thaŋ^{54}
一 定 头 通 尾 不 通
一定头通尾不通

thiaŋ^{33} kø^{54} tɕhəŋ^{31} te^{54} liu^{31} səŋ^{54} tso^{31}
唱 歌 请 了 刘 三 姐
唱歌请了刘三姐

kho^{31} nəŋ^{31} tou^{31} thaŋ^{54} mo^{33} ju^{33} thaŋ^{54}
可 能 头 通 尾 也 通
才能头通尾也通

tou^{31} mo^{33} mə^{33} thaŋ^{54} mə^{33} tɕhi^{31} ɕa^{33}
头 尾 不 通 不 耻 笑
头尾不通不耻笑

tɕhəŋ^{54} tou^{31} ȵi^{31} la^{54} mə^{33} ɕa^{33} nəŋ^{31}
清 头 人 多 不 笑 男
厅堂人多不笑我

sai^{54} ɕa^{33} liu^{31} səŋ^{54} pai^{54} mə^{33} ho^{31}
先 笑 刘 三 编 不 好
先笑刘三编不好

hou^{33} ɕa^{33} la^{33} nəŋ^{31} tse^{33} mə^{33} tɕi^{54}
后 笑 俫 男 记 不 真
后笑我们记不真

zə^{33} jaŋ^{24} tiaŋ^{31} luo^{31} zə^{33} jaŋ^{24} vo^{24}
依 样 讲 来 依 样 曰
依样讲来依样说

zə^{33} jaŋ^{24} vo^{24} luo^{31} tɕhəŋ^{31} liu^{31} səŋ^{54}
依 样 曰 来 请 刘 三
依样说来请刘三

phia^{35} ha^{54} tɕhi^{33} tou^{31} la^{33} mə^{33} ȵe^{24}
丢 开 训 头 我 不 要
丢开序曲我不要

mə^{33} ȵe^{24} tɕhi^{33} tou^{31} ti^{33} zə^{35} jaŋ^{24}
不 要 训 头 都 一 样
不要序曲也一样

mə^{33} nəŋ^{31} tɕhi^{33} tou^{31} tɕhəŋ^{31} liu^{31} səŋ^{54}
不 要 训 头 请 刘 三
不要序曲请刘三

khau^{31} ju^{31} mə^{33} ȵ̥i^{31} ju^{24} və^{31} faŋ^{31}
估　计　不　要　也　无　妨
估计不要也无妨

no^{24} ŋue^{31} nəŋ^{31} pəŋ^{54} təŋ^{31} təŋ^{31} ɕaŋ^{33}
二　月　南　风　从　洞　上
二月南风从垌上

pa^{35} ŋue^{24} tɕhou^{54} pəŋ^{54} təŋ^{31} liŋ^{33} luo^{31}
八　月　秋　风　从　岭　来
八月秋风从岭来

ta^{24} pəŋ^{54} luo^{33}
大　风　到
大风到

ɕi^{54} ɕi^{54} piou^{35} mau^{24} ti^{33} ləi^{54} tou^{31}
深　山　竹　木　都　低　头
深山竹木都低头

piou^{35} mau^{24} ləi^{54} tou^{31} tɕhəŋ^{33} pəŋ^{54} kø^{33}
竹　木　低　头　听　风　过
竹木低头听风过

le^{35} vo^{24} kuo^{54} tsa^{31} tɕhəŋ^{33} la^{33} ɕəŋ^{54}
列　位　高　才　听　倈　声
列位高才听我声

tɕhəŋ^{54} tou^{31} ȵ̥i^{31} la^{54} tɕhəŋ^{33} se^{31} la^{33}
清　头　人　多　听　着　倈
厅堂人多听着我

tɕhəŋ^{33} se^{31} la^{33} saŋ^{54} tɕhəŋ^{31} liu^{31} səŋ^{54}
听 着 俫 双 请 刘 三
听着我俩请刘三

zə^{35} liaŋ^{54} həŋ^{31} tse^{31} həŋ^{31} thu^{54} thu^{54}
一 张 红 纸 红 滔 滔
一张红纸红彤彤

thiaŋ^{54} jaŋ^{24} tse^{33} fu^{35} khaŋ^{31} miŋ^{31} thiu^{54}
中 央 直 画 孔 明 车
中央直画孔明车

thiu^{54} tse^{24} tsou^{31} niou^{33} ɕəŋ^{31} lai^{31} tse^{24}
车 字 走 耳 成 连 字
车字走之成连字

lai^{31} pai^{24} lai^{31} ɕəŋ^{31} tɕhəŋ^{31} liu^{31} səŋ^{54}
连 便 连 成 请 刘 三
连便连成请刘三

tɕəŋ^{31} tsai^{31} jou^{33} luo^{54} so^{33} tse^{33} tɕhəŋ^{33}
庭 前 有 蔸 四 季 青
庭前有棵四季青

la^{33} tɕhəŋ^{31} liu^{31} səŋ^{54} tɕou^{24} se^{31} ɕəŋ^{54}
俫 请 刘 三 就 起 声
我请刘三就起声

la^{33} tɕhəŋ^{31} liu^{31} səŋ^{54} se^{31} ɕəŋ^{54} thiaŋ^{33}
俫 请 刘 三 起 声 唱
我请刘三起声唱

tsəi^{35} se^{31} se^{31} ɕəŋ^{54} tɕhəŋ^{31} liu^{31} səŋ^{54}
接 着 起 声 请 刘 三
接着起声请刘三

ɕaŋ^{54} tɕhəŋ^{31} ɕaŋ^{54}
相 请 相
相请啊

ɕaŋ^{54} tɕhəŋ^{31} tio^{31} ȵi^{31} ɕa^{54} tse^{31} ɕaŋ^{54}
相 请 主 人 烧 纸 香
相请主人烧纸香

tio^{31} ȵi^{31} ɕa^{54} ɕaŋ^{54} haŋ^{24} lio^{33} ɕo^{31}
主 人 烧 香 换 绿 水
主人烧香换清水

ɕa^{54} ɕaŋ^{54} haŋ^{24} ɕo^{31} tɕhəŋ^{31} liu^{31} səŋ^{54}
烧 香 换 水 请 刘 三
烧香换水请刘三

jaŋ^{31} tsau^{24} paŋ^{33} se^{31} ji^{54} tsau^{24} paŋ^{33}
阳 助 半 时 阴 助 半
阳助半时阴助半

tsau^{24} se^{31} la^{33} nəŋ^{31} tɕhəŋ^{31} liu^{31} səŋ^{54}
助 起 俫 男 请 刘 三
助起我们请刘三

tɕhəŋ^{31} ɕo^{35} liu^{31} səŋ^{54} tai^{24} ɕaŋ^{24} tsa^{33}
请 出 刘 三 殿 上 坐
请出刘三殿上坐

tai^{24} ɕaŋ^{24} tsa^{33} se^{31} ɕou^{33} ɕaŋ^{54} ai^{54}

殿 上 坐 起 受 香 烟

殿上坐好受香烟

liu^{31} səŋ^{54} ɕou^{33} lu^{35} ɕaŋ^{54} ai^{54} mo^{33}

刘 三 受 得 香 烟 尾

刘三受得香烟尾

mə^{33} nəŋ^{54} ɕaŋ^{54} lau^{31} taŋ^{33} ɕaŋ^{54} ai^{54}

不 给 香 炉 断 香 烟

不给香炉断香烟

ɕou^{31} təi^{33} nio^{24} hau^{33} tɕi^{54} mo^{24} ɕo^{31}

手 提 玉 壶 真 墨 水

手提玉壶金墨水

tso^{24} tse^{35} po^{35} tou^{31} thou^{33} se^{54} ɕo^{54}

浸 湿 笔 头 透 诗 书

浸湿笔头写诗书

thou^{33} se^{31} se^{54} ɕo^{54} səŋ^{54} pu^{35} pəŋ^{31}

透 起 诗 书 三 百 本

写起诗书三百本

thou^{33} se^{31} tiou^{31} tiai^{54} so^{33} pu^{35} phai^{54}

透 起 九 经 四 百 篇

写起九经四百篇

liu^{31} səŋ^{54} luo^{31} ɕo^{35} au^{35} tsai^{31} sa^{33}

刘 三 拿 起 屋 前 晒

刘三拿出屋前晒

tse^{33} lu^{35} ki^{54} məŋ^{31} ma^{31} fə^{35} ɕou^{54}
记 得 关 门 忘 记 收
记得关门忘记收

ɕo^{24} luo^{31} zə^{35} ki^{54} liaŋ^{31} ɕaŋ^{33} ɕo^{31}
睡 倒 一 更 龙 上 水
睡倒一更雷电闪

ɕo^{24} luo^{31} no^{24} ki^{54} se^{31} au^{54} vie^{31}
睡 倒 二 更 起 乌 云
睡倒二更起乌云

ɕo^{24} luo^{31} səŋ^{54} ki^{54} lua^{33} tai^{24} ŋe^{33}
睡 倒 三 更 雷 电 眼
睡倒三更响霹雳

ɕo^{24} luo^{31} so^{33} ki^{54} hau^{33} lai^{31} lio^{31}
睡 倒 四 更 雨 连 流
睡倒四更雨潺潺

ɕo^{24} luo^{31} ŋau^{33} ki^{54} fa^{35} ta^{24} ɕo^{31}
睡 倒 五 更 发 大 水
睡倒五更发大水

ɕo^{31} tɕhua^{54} kø^{54} pəŋ^{31} luo^{33} jaŋ^{31} tiou^{54}
水 推 歌 本 到 扬 州
水推歌本到扬州

luo^{33} hau^{33} jaŋ^{31} tiou^{54} jaŋ^{31} tse^{31} ta^{24}
到 去 扬 州 洋 子 大
去到扬州河流宽

so^{33} li^{31} təŋ^{31} paŋ^{33} thəi^{33} nəŋ^{31} jou^{54}
四 邻 同 伴 替 男 忧
四邻同伴替我忧

zə^{35} khou^{33} piou^{35} pa^{31} kaŋ^{31} mə^{33} luo^{33}
一 个 竹 排 赶 不 到
一个竹排赶不到

no^{24} khou^{33} piou^{35} pa^{31} kaŋ^{31} luo^{33} tiou^{54}
二 个 竹 排 赶 到 州
二个竹排赶到州

zə^{35} khou^{33} lia^{31} kuo^{54} kua^{33} mə^{33} luo^{33}
一 个 镣 钩 挂 不 到
一个铁钩钩不到

no^{24} khou^{33} lia^{31} kuo^{54} kua^{33} luo^{33} tou^{31}
二 个 镣 钩 挂 到 头
二个铁钩钩到头

səŋ^{54} khou^{33} lia^{31} kuo^{54} kua^{33} kuo^{54} pəŋ^{31}
三 个 镣 钩 挂 归 本
三个铁钩钩回本

kua^{33} kuo^{54} zə^{35} pəŋ^{31} se^{33} liu^{31} səŋ^{54}
挂 归 一 本 是 刘 三
钩回一本是刘三

liu^{31} səŋ^{54} tɕo^{24} tsa^{33} kuəi^{31} li^{31} ɕe^{31}
刘 三 住 在 桂 林 省
刘三住在桂林省

tɕo^{24} tsa^{33} kuəi^{31} li^{31} se^{31} ŋa^{31} tiou^{54}
住 在 桂 林 是 梧 州
住在桂林是梧州

tɕo^{24} tsa^{33} ŋa^{31} tiou^{54} tsho^{35} lua^{54} təŋ^{24}
住 在 梧 州 七 都 垌
住在梧州七都垌

tɕo^{24} tsa^{33} tsho^{35} lua^{54} liu^{31} ku^{54} vi^{54}
住 在 七 都 刘 家 湾
住在七都刘家湾

liu^{31} səŋ^{54} nəŋ^{31} ta^{54} liu^{31} fə^{33} tse^{31}
刘 三 的 爸 刘 富 子
刘三父亲刘富子

liu^{31} səŋ^{54} nəŋ^{31} ma^{33} tiou^{54} fə^{33} liu^{31}
刘 三 的 妈 朱 富 云
刘三母亲朱富云

liu^{31} səŋ^{54} ta^{24} tso^{31} liu^{31} faŋ^{24} tɕue^{31}
刘 三 大 姐 刘 凤 举
刘三大姐刘凤举

liu^{31} səŋ^{54} səi^{33} tso^{31} liu^{31} faŋ^{24} vie^{31}
刘 三 小 姐 刘 凤 云
刘三小姐刘凤云

ɕi^{24} jou^{33} liu^{31} səŋ^{54} zə^{35} tɕho^{31} jaŋ^{33}
剩 有 刘 三 乙 丑 养
然后刘三乙丑生

liou^{24} ŋue^{24} tshau^{54} səŋ^{54} tse^{33} se^{31} ɕi^{54}
六 月 初 三 巳 时 生
六月初三巳时生

jaŋ^{33} fu^{33} səŋ^{54} nia^{54} aŋ^{54} miŋ^{31} tse^{24}
养 下 三 朝 安 名 字
生下三朝起名字

səŋ^{54} nia^{54} aŋ^{54} miŋ^{31} hi^{33} faŋ^{24} ji^{54}
三 朝 安 名 喊 凤 音
三天起名叫凤音

zə^{35} ɕuəi^{33} tse^{54} ȵi^{31} tɕu^{31} tia^{35} nio^{33}
一 岁 之 人 裙 脚 女
一岁之人裙脚女

no^{24} ɕuəi^{33} tse^{54} ȵi^{31} ɕou^{31} ɕaŋ^{24} tiou^{54}
二 岁 之 人 手 上 珠
二岁之人手上珠

səŋ^{54} ɕuəi^{33} ɕou^{24} çe^{31} va^{24} tsou^{31} lau^{24}
三 岁 学 行 会 走 路
三岁学走会走路

so^{54} ɕuəi^{33} təi^{31} tɕi^{54} mə^{33} məŋ^{24} ȵi^{31}
四 岁 提 针 不 问 人
四岁拿针不问人

ŋau^{54} ɕuəi^{33} luo^{31} tiaŋ^{54} tɕhu^{35} səi^{33} tso^{33}
五 岁 楼 中 穿 小 罩
五岁楼中织小罩

liou^{24} ɕuəi^{33} tɕhəŋ^{54} tou^{31} phaŋ^{31} səi^{33} su^{54}
六 岁 清 头 纺 细 纱
六岁厅堂纺细纱

tsho^{35} ɕuəi^{33} tia^{33} ju^{31} ma^{33} ku^{33} tse^{33}
七 岁 叫 爷 买 架 机
七岁叫爷买架机

pa^{35} ɕuəi^{33} tiou^{35} ɕo^{35} mu^{33} li^{54} fu^{54}
八 岁 织 出 牡 丹 花
八岁织出牡丹花

tiou^{31} ɕuəi^{33} tiou^{35} ɕo^{35} liu^{31} la^{31} taŋ^{24}
九 岁 织 出 云 罗 缎
九岁织出绫罗缎

tiou^{35} ɕo^{35} liu^{31} la^{31} ɕou^{33} ɕəŋ^{31} fu^{54}
织 出 云 罗 绣 成 花
织出绫罗绣成花

se^{24} ɕuəi^{33} kəŋ^{54} fə^{54} tɕuai^{31} mə^{33} tiaŋ^{31}
十 岁 功 夫 全 不 讲
十岁功夫全不讲

tɕuai^{31} tiaŋ^{31} faŋ^{54} lio^{31} tiaŋ^{31} thiaŋ^{33} kø^{54}
全 讲 风 流 讲 唱 歌
全讲风流讲唱歌

se^{24} zə^{35} thiaŋ^{33} kø^{54} luo^{33} se^{24} no^{24}
十 一 唱 歌 到 十 二
十一唱歌到十二

se^{24} no^{24} $thia\eta^{33}$ $k\o^{54}$ luo^{33} se^{24} $s\partial\eta^{54}$
十　二　唱　歌　到　十　三
十二唱歌到十三

se^{24} $s\partial\eta^{54}$ sau^{54} tou^{31} va^{24} $niau^{31}$ kuo^{33}
十　三　梳　头　会　梳　辫
十三梳头会梳辫

se^{24} so^{33} $niau^{31}$ $\text{ɕ}o^{35}$ na^{24} au^{54} vie^{31}
十　四　梳　出　朵　乌　云
十四梳出朵乌云

se^{24} ηau^{33} jai^{31} tsu^{31} $l\partial\eta^{33}$ $m\partial\eta^{24}$ nio^{33}
十　五　盐　茶　担　问　女
十五盐茶担提亲

se^{24} $liou^{33}$ jai^{31} piu^{54} pa^{35} ma^{33} ha^{54}
十　六　盐　包　拨　不　开
十六盐包拨不开

se^{24} $tsho^{54}$ $\text{ɕ}ou^{54}$ te^{54} thu^{54} ku^{54} $\text{ɕ}e^{33}$
十　七　收　了　他　家　信
十七收了男家信

$\text{ɕ}o^{24}$ tsa^{33} luo^{31} $tia\eta^{54}$ $tshe^{33}$ luo^{31} $nia\eta^{31}$
睡　在　楼　中　气　倒　娘
睡在楼中气倒娘

au^{35} luo^{54} ju^{31} $nia\eta^{31}$ ju^{24} $th\partial i^{33}$ $h\partial\eta^{24}$
屋　里　爷　娘　也　体　贴
家里爷娘也体贴

hau^{33} luo^{33} ȵi^{31} ku^{54} tsa^{33} fə^{54} ȵi^{31}
去 到 人 家 做 夫 人
去到人家有身份

liu^{31} səŋ^{54} ji^{54} vo^{24} se^{24} pa^{35} so^{31}
刘 三 因 为 十 八 死
刘三因为十八死

ji^{54} vo^{24} tɕhou^{54} liaŋ^{31} hau^{33} se^{31} su^{54}
因 为 秋 凉 去 洗 纱
因为秋凉去洗纱

se^{31} su^{54} tu^{24} no^{24} ha^{31} tiaŋ^{54} le^{31}
洗 纱 跌 进 海 中 底
洗纱跌进大海底

thi^{54} ɕaŋ^{24} kai^{33} su^{54} mə^{33} kai^{33} niaŋ^{31}
滩 上 见 纱 没 见 娘
滩上见纱没见娘

au^{54} vu^{54} po^{33}
乌 鸦 报
乌鸦报

au^{54} vu^{54} po^{33} luo^{54} ta^{24} tso^{31} luo^{54}
乌 鸦 报 给 大 姐 知
乌鸦报给大姐知

po^{33} luo^{54} ta^{24} tso^{31} hau^{33} tsəi^{35} me^{24}
报 知 大 姐 去 接 妹
报知大姐去接妹

po^{33} luo^{54} səi^{33} tso^{31} tsəi^{35} me^{24} kuo^{54}
报 知 小 姐 接 妹 归
报知小姐接妹回

ta^{24} tso^{31} səi^{33} tso^{31} lai^{31} hau^{33} tsəi^{35}
大 姐 小 姐 连 去 接
大姐小姐连去接

thi^{54} ɕaŋ^{24} kai^{33} su^{54} mə^{33} kai^{33} ȵi^{31}
滩 上 见 纱 不 见 人
滩上见纱不见人

ta^{24} tso^{31} kuo^{54} luo^{31} ji^{54} ɕaŋ^{54} ɕe^{33}
大 姐 回 来 放 香 信
大姐回来备礼牲

səi^{33} tso^{31} kuo^{54} luo^{31} hau^{33} məŋ^{24} sai^{54}
小 姐 回 来 去 问 仙
小姐回来去问仙

sai^{54} ȵi^{31} ɕaŋ^{33} tia^{31} zə^{35} no^{24} po^{33}
仙 人 上 朝 一 二 报
仙人上朝一二报

me^{24} se^{33} nəŋ^{31} ha^{31} paŋ^{33} kaŋ^{54} ji^{54}
妹 是 南 海 陪 观 音
妹在南海陪观音

kaŋ^{54} ji^{54} khaŋ^{33} kai^{33} liu^{31} səŋ^{54} nio^{33}
观 音 看 见 刘 三 女
观音看见刘三女

khaŋ^{33} kai^{33} liu^{31} səŋ^{54} ɕi^{54} lu^{35} kua^{54}
看 见 刘 三 生 得 乖
看见刘三生得乖

khaŋ^{33} kai^{33} liu^{31} səŋ^{54} ɕi^{54} lu^{35} ho^{31}
看 见 刘 三 生 得 好
看见刘三生得好

se^{31} na^{31} au^{54} liu^{31} tiu^{54} ne^{24} tou^{31}
起 朵 乌 云 遮 日 头
起朵乌云遮太阳

au^{54} vie^{31} tiu^{54} ne^{24} mə^{33} tiu^{54} nio^{33}
乌 云 遮 日 不 遮 女
乌云遮日不遮女

ne^{24} tou^{31} mə^{33} tiu^{54} liu^{31} səŋ^{54} ɕi^{54}
日 头 不 遮 刘 三 身
太阳不照刘三身

ti^{31} tou^{31} kaŋ^{54} ji^{54} pa^{35} no^{24} hau^{33}
都 才 观 音 邀 进 去
然后观音邀进去

pa^{35} no^{24} nəŋ^{31} ha^{31} paŋ^{33} kaŋ^{54} ji^{54}
邀 进 南 海 伴 观 音
邀进南海伴观音

liu^{31} səŋ^{54} tse^{33} ɕo^{35} kø^{54} luo^{31} thiaŋ^{33}
刘 三 置 出 歌 来 唱
刘三制出歌来唱

tia^{33} tia^{33} ta^{24} ta^{24} haŋ^{54} la^{24} ɕi^{54}
朝 朝 代 代 欢 乐 心
朝朝代代欢乐心

liu^{31} səŋ^{54} tse^{33} kø^{54} tse^{33} lu^{35} ho^{31}
刘 三 置 歌 置 得 好
刘三编歌编得好

vi^{24} kau^{31} liou^{31} miŋ^{31} tɕuai^{31} se^{33} ki^{54}
万 古 留 名 传 世 间
万古留名传世间

ɕaŋ^{24} se^{33} tɕuai^{31} ɕo^{35} fu^{33} se^{33} thiaŋ^{33}
上 世 传 出 下 世 唱
先人传出后人唱

mə^{33} nəŋ^{54} maŋ^{31} me^{24} liu^{31} səŋ^{54} miŋ^{31}
不 给 磨 灭 刘 三 名
不给磨灭刘三名

lai^{31} zə^{24} lai^{31}
莲 叶 连
莲叶连

tɕhəŋ^{31} liu^{31} səŋ^{54} kø^{54} se^{33} jaŋ^{24} vai^{31}
请 刘 三 歌 是 样 完
请刘三歌算唱完

tɕhəŋ^{31} liu^{31} səŋ^{54} kø^{54} saŋ^{33} thiaŋ^{33} lia^{33}
请 刘 三 歌 算 唱 了
请刘三歌算唱了

hou^{31} vu^{24} mə^{33} vai^{31} saŋ^{33} thiaŋ^{33} vai^{31}
口 曰 不 完 算 唱 完
口说不完算唱完

hou^{31} vu^{24} mə^{33} vai^{31} saŋ^{33} thiaŋ^{33} lia^{33}
口 曰 不 完 算 唱 了
人说不完算唱了

se^{33} la^{33} mə^{33} luo^{54} saŋ^{33} thiaŋ^{33} vai^{31}
是 我 不 知 算 唱 完
是我不知算唱完

luo^{54} luo^{54} mə^{33} ȵi^{31} la^{54} thiaŋ^{33} lie^{33}
知 道 的 人 多 唱 些
知道的人多唱些

se^{33} la^{33} mə^{33} luo^{54} laŋ^{31} laŋ^{31} təi^{31}
是 俫 不 知 短 短 提
是我不知短短唱

laŋ^{31} laŋ^{31} təi^{31} tou^{31} ȵi^{31} luo^{54} luo^{35}
短 短 提 条 人 知 道
短短唱首人知道

ȵi^{31} ju^{31} luo^{54} la^{33} mə^{33} luo^{54} kø^{54}
人 也 知 俫 不 知 歌
人也知我不知歌

ȵi^{31} vu^{24} liu^{31} səŋ^{54} səŋ^{54} se^{24} so^{31}
人 曰 刘 三 三 十 死
人说刘三三十死

la33 thiaŋ33 liu31 səŋ54 se24 pa35 tɕhi54
倈 唱 刘 三 十 八 春
我唱刘三十八春

tse54 təi31 kuo31 po24 thio33 thio33 tɕe24
鸡 啼 狗 叫 处 处 同
鸡啼狗叫到处同

thai54 fu33 ɕo54 təŋ31 kø54 mə33 təŋ31
天 下 书 同 歌 不 同
天下书同歌不同

thai54 fu33 ɕo54 təŋ31 kø54 mə33 lua33
天 下 书 同 歌 不 对
天下书同歌不一

thiaŋ31 jou33 la33 saŋ54 thiaŋ33 mə33 təŋ31
孔 有 倈 双 唱 不 同
只恐我俩唱不同

ju24 jou33 mə33 təŋ31 mə33 tɕhi31 ɕa33
如 有 不 同 不 耻 笑
如有不同不耻笑

thai31 tse24 ləi24 tia35 mə33 ɕa33 nəŋ31
田 字 力 脚 不 笑 男
田字力脚不笑我

tsa33 pai54 zə35 phəi35 mə33 ɕəŋ31 tse24
左 边 一 丿 不 成 字
左边一撇不成字

jou^{24} pai^{54} zə^{35} phəi^{35} tiaŋ^{24} ɕəŋ^{31} ȵi^{31}
右 边 一 乀 共 成 人
右边一捺共成人

ȵi^{31} tse^{24} tau^{33} luo^{33} aŋ^{54} vaŋ^{31} tse^{24}
人 字 肚 里 安 王 字
人字肚里安王字

la^{33} tɕhəŋ^{31} liu^{31} səŋ^{54} thiaŋ^{33} mə^{33} tɕuai^{31}
倈 请 刘 三 唱 不 全
我请刘三唱不全

se^{24} tse^{24} tɕaŋ^{33} te^{54} se^{24} tse^{24} ɕuai^{31}
十 字 将 了 十 字 形
十字像了十字形

tɕo^{33} tse^{24} nəŋ^{54} luo^{31} tia^{35} fu^{33} vai^{31}
具 字 给 来 脚 下 元
具字并来脚下悬

se^{24} tse^{24} tsa^{33} tou^{31} tɕo^{33} tsa^{33} tia^{35}
十 字 在 头 具 在 脚
十字在头具在脚

la^{33} tɕhəŋ^{31} liu^{31} səŋ^{54} thiaŋ^{33} mə^{33} tɕi^{54}
倈 请 刘 三 唱 不 真
我请刘三唱不真

thiaŋ^{33} mə^{33} tɕi^{54} se^{31} mə^{33} ɕa^{33} la^{33}
唱 不 真 时 不 笑 我
唱不真时不笑我

thiaŋ^{33} mə^{33} tɕi^{54} se^{31} mə^{33} ɕa^{33} nəŋ^{31}
唱 不 真 时 不 笑 男
唱不全时不笑我

zə^{35} po^{35} ɕu^{31} ɕəŋ^{31} paŋ^{33} pai^{54} ho^{31}
一 笔 写 成 半 边 口
一笔写成半边口

jaŋ^{24} tse^{24} ɕu^{31} luo^{31} tia^{35} fu^{33} aŋ^{54}
用 字 写 来 脚 下 安
用字写来脚下安

tsou^{31} nio^{33} li^{31} çi^{31} tia^{35} fu^{33} kø^{33}
走 耳 打 行 脚 下 过
走之打从脚下过

la^{33} tɕhəŋ^{31} liu^{31} səŋ^{54} thiaŋ^{33} mə^{33} thaŋ^{54}
我 请 刘 三 唱 不 通
我请刘三唱不通

thiaŋ^{33} mə^{33} thaŋ^{54} se^{31} mə^{33} ɕa^{33} la^{33}
唱 不 通 时 不 笑 俫
没唱通时不笑我

thiaŋ^{33} mə^{33} thaŋ^{54} se^{31} mə^{33} ɕa^{33} nəŋ^{31}
唱 不 通 时 不 笑 侬
唱不通时不笑我

tɕhəŋ^{54} tou^{31} n̥i^{31} la^{54} vai^{31} liaŋ^{24} ŋu^{33}
清 头 人 多 原 谅 我
厅堂人多原谅我

liou^{24} tɕhi^{54} pu^{35} fu^{35} piu^{54} haŋ^{31} nəŋ^{31}

六　亲　百　客　包　涵　男

六亲百客包涵我

kø^{54} vai^{31} lia^{33}

歌　完　了

歌完了

kø^{54} vai^{31} tɕoŋ^{54} kø^{33} niou^{24} kaŋ^{54} ȵi^{31}t

歌　完　尊　过　乐　师　人

歌完传过乐师人

tɕoŋ^{54} kø^{33} niou^{24} se^{54} luo^{54} le^{33} mau^{24}

尊　过　乐　师　知　礼　貌

传过乐师知礼貌

jou^{33} zə^{35} jou^{33} no^{24} na^{24} fu^{54} jai^{31}

有　一　有　二　闹　花　筵

有一有二闹花筵

七、护家神歌

tsəi^{35} se^{31} thiaŋ^{33}
接 着 唱
接着唱

tsəi^{35} se^{31} thiaŋ^{33} kø^{54} na^{24} fu^{54} jai^{31}
接 着 唱 歌 闹 花 筵
接着唱歌闹花筵

təŋ^{33} mə^{33} təŋ^{33} se^{31} zə^{35} taŋ^{24} se^{24}
动 不 动 时 一 段 事
久不久办一段事

təŋ^{33} mə^{33} təŋ^{33} se^{31} na^{24} fu^{54} jai^{31}
动 不 动 时 闹 花 筵
久不久又闹花筵

luo^{31} na^{24} fu^{54} jai^{31} jou^{33} tsha^{31} na^{24}
来 闹 花 筵 有 吵 闹
来闹花筵有吵闹

fu^{54} jai^{31} tsha^{31} na^{24} ku^{54} ɕe^{31} taŋ^{31}
花 筵 吵 闹 家 神 堂
吵闹惊扰家神堂

vai^{31} sai^{54} kau^{31} le^{33} sai^{54} tse^{33} ɕo^{35}
原 先 古 礼 先 置 出
祖辈古礼先制出

tse^{33} ɕo^{35} fu^{54} jai^{31} fə^{33} ku^{54} ɕe^{31}
置 出 花 筵 护 家 神
制出花筵护家神

vai^{31} sai^{54} se^{31} le^{33} mə^{33} luo^{31} le^{33}
原 先 启 礼 不 知 礼
祖辈制礼不违礼

zə^{31} tɕi^{54} ɕi^{54} pai^{54} mə^{33} kaŋ^{31} vo^{31}
如 今 新 编 不 敢 维
如今新编不敢从

le^{31} piu^{35} mu^{33} tai^{31} ji^{33} kuo^{54} kau^{31}
犁 面 额 锄 依 归 古
犁面笔直依旧辙

fu^{54} jai^{31} ji^{33} kuo^{54} kau^{31} le^{33} ke^{31}
花 筵 依 归 古 礼 行
花筵依照古礼行

fu^{54} jai^{31} ji^{33} kuo^{54} kau^{31} le^{33} tsau^{31}
花 筵 依 归 古 礼 走
花筵依照古礼走

ji^{33} kuo^{54} kau^{31} le^{33} fə^{33} ku^{54} ɕe^{31}
依 归 古 礼 护 家 神
依照古礼护家神

mə^{33} fə^{33} ku^{54} ɕie^{31} ɕi^{31} ȵi^{31} ɕa^{33}
不 护 家 神 怕 人 笑
不护家神怕人笑

ɕi^{31} ȵi^{31} ɕa^{33} la^{33} mə^{33} luo^{54} tɕəŋ^{31}
怕 人 笑 俫 不 知 情
怕人笑我不知情

luo^{54} mə^{33} luo^{54} se^{31} təi^{31} vu^{31} thiaŋ^{33}
知 不 知 时 提 下 唱
若不知时提下醒

tiou^{33} tɕi^{54} tiou^{33} ku^{31} təi^{31} vu^{31} tou^{31}
句 真 句 假 提 下 头
句真句假带个头

phi^{33} ha^{35} ɕu^{33} tou^{31} la^{33} mə^{33} ȵe^{24}
丢 开 顺 头 俫 不 要
丢开序曲我不要

ȵi^{24} lu^{35} ɕu^{31} tou^{31} no^{24} mə^{33} tɕaŋ^{31}
要 得 顺 头 日 不 长
若要序曲时不足

khou^{31} nəŋ^{31} ɕu^{33} tou^{31} ti^{33} zə^{35} jaŋ^{24}
可 能 顺 头 都 一 样
可能序曲都一样

kau^{31} tse^{33} mə^{33} ȵe^{24} ju^{24} və^{31} faŋ^{31}
估 计 不 要 也 无 妨
估计不要也无妨

zə^{31} tɕi^{54} se^{31} ki^{54} ŋa^{31} lu^{35} tio^{31}
如 今 时 间 挨 得 久
如今时间挨得久

khaŋ^{31} jou^{33} fu^{54} jai^{31} se^{24} mə^{33} thaŋ^{54}
孔 有 花 筵 事 不 通
恐有花筵事不通

ta^{24} hou^{33} tau^{31} tou^{31} mu^{24} mai^{33} tɕhe^{31}
大 口 锄 头 麦 面 铲
大口锄头马面铲

fə^{33} ku^{54} ɕie^{31} kø^{54} tsəi^{35} pai^{33} luo^{31}
护 家 神 歌 接 便 来
护家神歌接续来

tɕəŋ^{31} tsai^{31} jou^{33} luo^{54} so^{33} tse^{33} tɕhəŋ^{54}
庭 前 有 蔸 四 季 青
庭前有棵四季青

fə^{33} ku^{54} ɕe^{31} kø^{54} tɕou^{24} se^{31} ɕəŋ^{54}
护 家 神 歌 就 起 声
护家神歌就起声

fə^{33} ku^{54} ɕie^{31} kø^{54} se^{31} ɕəŋ^{54} thiaŋ^{33}
护 家 神 歌 起 声 唱
护家神歌起声唱

tsəi^{35} se^{31} se^{31} ɕəŋ^{54} fə^{33} ku^{54} ɕe^{31}
接 着 起 声 护 家 神
接着起声护家神

no^{24} se^{33} pa^{35} ɕo^{35} la^{33} mə^{33} thiaŋ^{33}
二 十 八 宿 俫 不 唱
二十八宿我不唱

tɕi^{54} və^{33} thau^{31} tau^{24} təi^{31} fu^{31} tou^{31}
真 武 土 地 提 下 头
真武土地带个头

ɕaŋ^{54} tɕhəŋ^{31} ɕaŋ^{54}
相 请 相
相请啊

ɕaŋ^{54} tɕhəŋ^{31} tio^{31} ȵi^{31} thai^{54} tse^{31} ɕaŋ^{54}
相 请 主 人 添 纸 香
相请主人添纸香

tio^{31} ȵi^{31} thai^{54} ɕaŋ^{54} haŋ^{24} lio^{33} ɕo^{31}
主 人 添 香 换 绿 水
主人添香换清水

thai^{54} ɕaŋ^{54} thai^{54} tse^{31} fə^{33} ku^{54} ɕe^{31}
添 香 添 纸 护 家 神
添香添纸护家神

jaŋ^{31} tsau^{24} paŋ^{33} se^{31} ji^{54} tsau^{24} paŋ^{33}
阳 助 伴 时 阴 助 伴
阳助半时阴助半

tsau^{24} tɕe^{31} la^{33} nəŋ^{31} fə^{33} ku^{54} ɕe^{31}
助 起 倈 男 护 家 神
助起我们护家神

tse^{24} tsəŋ^{31} paŋ^{31} kau^{31} ha^{54} thai^{54} tau^{24}
自 从 盘 古 开 天 地
自从盘古开天地

ȵi^{31} ku^{54} tɕo^{24} tsu^{24} faŋ^{33} ku^{54} ɕe^{31}
人 家 住 宅 奉 家 神
家家住宅奉家神

faŋ^{33} se^{31} ku^{54} ɕe^{31} kuo^{54} tio^{31} ho^{31}
奉 起 家 神 规 矩 好
奉起家神规矩好

tɕi^{54} vǝ^{24} fu^{54} tio^{31} ɕaŋ^{33} ku^{54} sai^{54}
真 武 花 主 上 家 仙
真武花主上神龛

tɕi^{54} vǝ^{24} fu^{54} tio^{31} liaŋ^{33} pai^{54} tsa^{33}
真 武 花 主 两 边 坐
真武花主两边坐

kaŋ^{54} ji^{54} niaŋ^{31} niaŋ^{31} tsa^{33} tiaŋ^{54} jaŋ^{54}
观 音 娘 娘 坐 中 央
观音娘娘坐中央

tɕi^{54} tǝŋ^{31} nio^{24} nio^{33} luo^{31} sa^{54} tɕou^{31}
金 童 玉 女 来 酾 酒
金童玉女来斟酒

se^{31} se^{31} sai^{54} tɕǝŋ^{33} kaŋ^{54} ji^{54} niaŋ^{31}
盏 盏 先 敬 观 音 娘
盏盏先敬观音娘

ɕaŋ^{24} taŋ^{31} ɕaŋ^{54} fǝ^{31} sǝŋ^{54} tɕoŋ^{54} ɕaŋ^{33}
上 堂 香 火 三 尊 像
上堂供奉三尊像

fu^{33} $ta\eta^{31}$ $\varsigma a\eta^{54}$ $f\partial^{31}$ $thau^{31}$ tau^{24} ςe^{31}

下　堂　香　火　土　地　神

下堂供奉土地神

$thau^{31}$ tau^{24} ςe^{31}

土　地　神

土地神

$thau^{31}$ tau^{24} vai^{31} se^{33} pa^{35} la^{31} $ȵi^{31}$

土　地　原　是　八　兄　人

土地原是八兄弟

$thau^{31}$ tau^{24} vai^{31} se^{33} ςi^{54} pa^{35} la^{31}

土　地　原　是　生　八　兄

土地原是八兄弟

fi^{31} $t\partial\eta^{31}$ nai^{31} ki^{54} hau^{33} $lia\eta^{33}$ $ȵi^{31}$

反　动　年　间　逝　两　个

动乱年间逝两人

hau^{33} ha^{54} $lia\eta^{33}$ $ȵi^{54}$ ςi^{24} $liou^{24}$ la^{31}

逝　去　两　个　剩　六　兄

逝去两人剩六个

$thau^{31}$ tau^{24} ςi^{24} kua^{54} $liou^{24}$ la^{31} $ȵe^{31}$

土　地　剩　下　六　兄　人

土地剩下六兄弟

ta^{24} $k\o^{54}$ $t\varsigma o^{24}$ tsa^{33} $ti\eta^{54}$ $m\partial\eta^{31}$ ho^{31}

大　哥　住　在　京　门　口

大哥住在京城里

səi^{33} kø^{54} tɕo^{24} tsa^{33} vai^{24} məŋ^{31} tsai^{31}
小 哥 住 在 县 门 前
小哥住在县门前

səŋ^{54} kø^{54} ɕəŋ^{31} faŋ^{31} ɕou^{31} thau^{31} tau^{24}
三 哥 城 隍 守 土 地
三哥城隍守土地

so^{33} kø^{54} au^{35} luo^{31} ɕou^{31} liaŋ^{31} ɕie^{31}
四 哥 屋 里 守 龙 神
四哥家里守龙神

ŋau^{33} kø^{54} tai^{31} tou^{31} tɕiəŋ^{24} ɕo^{31} ləŋ^{31}
五 哥 田 头 定 水 等
五哥田头定水位

tɕiəŋ^{24} lu^{35} ɕaŋ^{24} thaŋ^{54} fu^{33} ju^{31} lio^{31}
定 得 上 通 下 也 流
定得上通下也流

ɕi^{24} jou^{33} liou^{33} kø^{54} se^{31} jou^{33} te^{33}
剩 有 六 哥 是 幼 弟
剩有六哥是幼弟

liou^{24} kø^{54} au^{35} luo^{31} ɕou^{31} tɕhi^{54} ŋau^{31}
六 哥 屋 里 守 春 牛
六哥家里守春牛

tsho^{35} kø^{54} pa^{35} kø^{54} nai^{31} miŋ^{24} laŋ^{31}
七 哥 八 哥 年 命 短
七哥八哥年命短

tsou^{31} no^{24} ɕi^{54} ɕi^{54} ɕou^{31} tsau^{31} fəŋ^{31}
走 进 深 山 守 祖 坟
葬入深山守祖坟

ɕi^{54} fəŋ^{31} tou^{31} ɕaŋ^{31} jou^{33} tiou^{24} thau^{31}
新 坟 头 上 有 旧 土
新坟头上有旧土

tiou^{24} fəŋ^{31} tou^{31} ɕaŋ^{24} jou^{33} hau^{54} miou^{31}
旧 坟 头 上 有 枯 茅
旧坟头上茅草枯

pa^{35} ŋue^{31} miou^{31} hau^{54} paŋ^{33} ju^{24} fə^{31}
八 月 茅 枯 放 夜 火
八月草枯夜失火

tsou^{31} lu^{35} tou^{31} phiu^{54} kuo^{33} ju^{24} lio^{31}
走 得 头 抛 汗 又 流
跑得头蓬辫散开

tsou^{31} lu^{35} tou^{31} phiu^{54} kuo^{33} ju^{24} ɕe^{33}
走 得 头 抛 辫 也 散
跑得头蓬辫又散

tou^{31} phiu^{54} kuo^{33} ɕe^{33} ɕou^{31} tsau^{31} fəŋ^{31}
头 抛 辫 散 守 祖 坟
头蓬辫散守祖坟

ɕou^{31} lu^{35} tsau^{31} fəŋ^{31} ɕi^{54} tiŋ^{54} təŋ^{33}
守 得 祖 坟 心 惊 动
守得祖坟心惊动

mə^{33} luo^{54} nai^{31} ŋue^{24} tɕi^{54} mə^{33} tɕi^{54}
不 知 年 月 真 不 真
不知年月真不真

nai^{31} ŋue^{24} tɕi^{54} te^{54} ho^{31} pi^{24} se^{24}
年 月 真 了 好 办 事
年月真了好办事

zə^{24} se^{31} tɕi^{54} te^{54} so^{33} tɕo^{33} thaŋ^{54}
日 时 真 了 四 柱 通
时日真了四柱通

so^{33} tɕo^{33} tsəi^{31} te^{54} ho^{31} tɕhua^{54} saŋ^{33}
四 柱 齐 了 好 推 算
四柱齐了好推算

ȵi^{31} ɕi^{54} zə^{35} se^{33} saŋ^{33} ɕo^{35} luo^{31}
人 生 一 世 算 出 来
人生一世算出来

tɕi^{54} və^{33} tɕe^{54}
真 武 君
真武君

tɕi^{54} və^{33} vai^{31} se^{31} ku^{35} ɕəŋ^{33} ɕi^{54}
真 武 原 是 甲 辰 生
真武原是甲辰生

tɕi^{54} və^{33} vai^{31} se^{31} ku^{35} ɕəŋ^{31} jaŋ^{33}
真 武 原 是 甲 辰 养
真武原是甲辰养

ŋau^{33} ŋue^{24} tshau^{54} ŋau^{33} ŋau^{33} se^{31} ɕi^{54}
五 月 初 五 午 时 生
五月初五午时生

və^{24} ŋau^{33} nai^{31} ki^{54} hau^{33} ɕou^{24} ɕo^{35}
戊 午 年 间 去 学 法
戊午年间去学法

və^{33} laŋ^{54} ɕi^{54} ɕaŋ^{24} ɕou^{24} ɕou^{54} ke^{31}
武 当 山 上 学 修 行
武当山上苦修行

ɕou^{54} e^{31} səŋ^{54} nai^{31} səŋ^{54} kuo^{33} ŋue^{35}
修 行 三 年 三 个 月
修行三年三个月

tɕi^{54} və^{33} fu^{33} ɕi^{54} kø^{33} ta^{24} thi^{54}
真 武 下 山 过 大 滩
真武下山过大滩

hau^{33} luo^{33} ta^{24} thi^{54} kø^{33} mə^{33} lu^{35}
去 到 大 滩 过 不 得
去到大滩过不得

kuo^{31} kau^{31} miou^{31} təŋ^{31} pia^{54} kø^{33} thi^{54}
扯 根 茅 筒 漂 过 滩
扯根苇秆漂过滩

kuo^{54} ku^{33} maŋ^{31} təŋ^{31} ləi^{54} ku^{33} kai^{31}
高 架 蒙 筒 低 架 枧
高架苇秆低架枧

zə^{35} tɕiu^{24} tiaŋ^{31} pəŋ^{54} thio^{54} kø^{33} tiaŋ^{54}
一 阵 强 风 吹 过 江
一阵强风吹过江

thəi^{35} tɕaŋ^{24} lau^{31} tou^{31} ɕi^{54} ku^{33} kø^{33}
铁 匠 炉 头 新 架 过
铁匠炉头山架过

ɕi^{54} li^{31} tɕaŋ^{31} ɕaŋ^{54} tɕaŋ^{33} no^{24} tɕaŋ^{31}
新 打 长 抢 丈 二 长
新打长枪丈二长

pa^{35} vi^{24} tiaŋ^{31} piŋ^{54} pu^{31} mə^{33} se^{31}
八 万 强 兵 把 不 起
八万强兵拿不起

tɕi^{54} və^{33} luo^{33} luo^{33} pu^{31} se^{31} ke^{31}
真 武 到 来 把 起 行
真武到来拿起抡

pu^{31} ɕaŋ^{33} ɕaŋ^{24} vai^{31} ɕou^{33} zə^{35} ɕou^{33}
把 向 上 园 试 一 试
拿到上园试一试

pu^{31} vu^{24} vu^{24} vai^{31} ɕou^{33} ɕou^{35} ke^{31}
把 下 下 园 学 法 行
拿到下园学法术

ɕo^{35} ho^{35} ta^{24} ho^{35} tse^{33} zə^{35} fa^{35}
出 回 大 河 置 一 法
出到河边创一法

tsa^{35} se^{31} kuo^{54} ɕu^{31} tia^{35} fu^{33} tɕhuai^{54}
抓 起 龟 蛇 脚 下 穿
抓起龟蛇脚下穿

tsa^{33} tia^{35} la^{31} kuo^{54} jou^{24} tia^{35} se^{31}
左 脚 踏 龟 右 脚 起
左脚踏龟右脚起

jou^{24} tia^{35} la^{31} ɕu^{31} tsa^{33} tia^{35} tɕhuai^{54}
右 脚 踩 蛇 左 脚 穿
右脚踩蛇左脚穿

tɕi^{54} təŋ^{31} nio^{24} nio^{24} luo^{31} ɕaŋ^{54} tau^{24}
金 童 玉 女 来 相 助
金童玉女来相助

vi^{24} kau^{31} liou^{31} miŋ^{31} tɕhuai^{31} se^{33} ki^{54}
万 古 留 名 传 世 间
万古留名传世间

tɕi^{54} və^{33} vai^{31} se^{31} fa^{35} liŋ^{31} ta^{24}
真 武 原 是 法 令 大
真武原是法令大

tɕi^{54} la^{33} kaŋ^{54} ji^{54} ɕaŋ^{54} tai^{24} taŋ^{31}
争 了 观 音 香 殿 堂
争了观音香殿堂

kaŋ^{54} ji^{54} mə^{33} fə^{24} hau^{33} kuo^{33} tsaŋ^{24}
观 音 不 服 去 告 状
观音不服去告状

kuo^{33} se^{31} tɕi^{54} və^{33} ɕou^{31} la^{33} ku^{54}
告 起 真 武 手 带 枷
告得真武手带枷

kuo^{33} se^{31} tɕi^{54} və^{33} lau^{31} tiaŋ^{54} tsa^{33}
告 起 真 武 牢 中 坐
告得真武牢中坐

kaŋ^{54} ji^{54} tsha^{35} ɕou^{31} ɕo^{35} ɕəŋ^{31} məŋ^{31}
观 音 措 手 出 城 门
观音拄杖出城门

ta^{24} vo^{24} səi^{54} liŋ^{33} fə^{33} tɕhuai^{54} ɕəŋ^{31}
大 围 西 岭 富 川 城
大围西岭富川城

niai^{31} se^{54} tshu^{35} tse^{24} paŋ^{33} fu^{54} piŋ^{31}
吟 诗 拆 字 伴 花 瓶
吟诗拆字伴花瓶

niai^{31} se^{54} tshu^{35} tse^{24} mə^{33} va^{24} thiaŋ^{33}
吟 诗 拆 字 不 会 唱
吟诗拆字我不唱

mə^{33} nəŋ^{54} maŋ^{31} me^{24} tsau^{31} kəŋ^{54} miŋ^{31}
不 给 磨 灭 祖 公 名
不让泯灭祖宗名

maŋ^{31} me^{24} tsau^{31} kəŋ^{54} jou^{33} ȵi^{31} vo^{24}
磨 灭 祖 公 有 人 曰
泯灭祖公有人骂

maŋ^{31} me^{24} tsau^{31} kəŋ^{54} jou^{33} n̥i^{31} te^{31}
磨 灭 祖 公 有 人 弹
泯灭祖公有人责

pəŋ^{31} tse^{24} lua^{33} kuo^{54} pəŋ^{31} tse^{24} thiaŋ^{33}
逢 字 对 回 逢 字 唱
逢字要对逢字唱

tshu^{35} tse^{24} lua^{33} kuo^{54} tshu^{35} tse^{24} se^{54}
拆 字 对 归 拆 字 诗
拆字对回拆字诗

nəi^{24} ɕo^{35} ləŋ^{54} pai^{54} jaŋ^{31} lio^{33} zə^{24}
日 出 东 边 杨 柳 叶
日出东边杨柳叶

ɕu^{24} fa^{54} fəŋ^{31} au^{35} ho^{31} niai^{31} se^{54}
石 灰 粉 屋 好 言 诗
石灰粉屋好言诗

ləi^{54} se^{54} niai^{31} ɕaŋ^{33} kuo^{54} se^{54} khai^{33}
低 诗 言 向 高 诗 看
浅诗吟给高才听

kuo^{54} se^{54} niai^{31} ɕo^{35} ha^{31} liaŋ^{31} vaŋ^{31}
高 诗 言 出 海 龙 王
高才吟出海龙王

ha^{31} le^{31} liaŋ^{31} vaŋ^{31} tiai^{31} tia^{35} tse^{31}
海 底 龙 王 缠 脚 子
海底龙王缠双脚

liaŋ^{31} tiai^{31} tia^{35} tse^{31} faŋ^{24} tiai^{31} ɕi^{54}
龙 缠 脚 子 凤 缠 身
龙缠双脚凤缠身

mo^{24} paŋ^{31} ɕo^{31} tshai^{31} ke^{31} thai^{54} fu^{33}
墨 盘 水 浅 行 天 下
墨盘水浅行天下

po^{35} fu^{33} vəŋ^{31} tiaŋ^{54} tɕuai^{31} se^{33} ki^{54}
笔 下 文 章 传 世 间
笔下文章传世间

tɕi^{54} ɕi^{54} tsou^{35} fə^{35} thai^{54} po^{31} təŋ^{33}
真 心 作 福 天 皮 动
真心作福九霄震

pu^{31} po^{35} niai^{31} se^{54} tau^{24} po^{31} ha^{54}
把 笔 吟 诗 地 皮 开
把笔吟诗大地开

zə^{35} saŋ^{54} se^{54} tse^{31} luo^{24} se^{54} tɕhou^{54}
一 双 狮 子 立 诗 秋
一双狮子立春秋

ho^{31} ɕi^{54} fəŋ^{54} fə^{33} la^{33} nəŋ^{31} jou^{54}
好 心 吩 咐 俫 男 忧
好心警醒我们忧

he^{31} ȵi^{31} mə^{33} tiaŋ^{31} ou^{35} niai^{31} fo^{24}
闲 人 不 讲 恶 言 话
善人不讲恶言语

tiaŋ^{31} se^{31} ou^{35} niai^{31} luo^{33} liou^{33} tiou^{54}
讲 起 恶 言 到 柳 州
讲起恶言到柳州

huo^{33} luo^{33} liou^{33} tiou^{54} ŋo^{31} ȵi^{31} au^{24}
去 到 柳 州 牛 岩 地
去到柳州蛮荒地

ɕi^{54} ɕi^{54} pu^{35} lia^{31} thəi^{33} nəŋ^{31} jou^{54}
深 山 百 鸟 替 男 忧
深山百鸟替我忧

jou^{54} kaŋ^{54} vai^{31} luo^{24} fo^{54} zə^{31} mo^{33}
忧 官 原 利 飞 如 马
为官利害是非多

tse^{24} kau^{31} faŋ^{54} lio^{31} mə^{33} luo^{33} tou^{31}
自 古 风 流 不 到 头
自古功名不到头

lai^{31} zə^{24} lai^{31}
莲 叶 连
莲叶连

la^{33} fə^{33} ku^{54} ɕie^{31} saŋ^{33} thiaŋ^{33} vai^{31}
俫 护 家 神 算 唱 完
我护家神算唱完

hou^{31} vu^{24} mu^{24} vai^{31} saŋ^{33} thiaŋ^{33} lia^{33}
口 曰 不 完 算 唱 了
口说不完算唱完

se^{33} la^{33} mə^{33} luo^{54} saŋ^{33} thiaŋ^{33} vai^{31}
是 倈 不 知 算 唱 完
是我不懂算唱完

luo^{54} luo^{54} ke^{33} ȵe^{31} la^{54} thiaŋ^{33} le^{33}
知 道 的 人 多 唱 些
知道的人多唱些

se^{33} la^{33} mə^{33} luo^{54} laŋ^{31} laŋ^{31} təi^{31}
是 倈 不 知 短 短 提
是我不知短短唱

laŋ^{31} laŋ^{31} təi^{31} tou^{31} ȵi^{31} luo^{54} luo^{35}
短 短 提 条 人 知 道
短短唱首人知道

ȵi^{31} ju^{24} luo^{54} la^{33} mə^{33} luo^{54} kø^{54}
人 也 知 倈 不 知 歌
人也知我不知歌

təŋ^{31} jou^{31} la^{24} zə^{24} mə^{33} ɕəŋ^{31} mə^{33}
桐 油 落 叶 不 成 莓
桐油落叶不成树

fə^{24} ku^{54} ɕi^{31} kø^{54} mə^{33} ɕəŋ^{31} tou^{31}
护 家 神 歌 不 成 条
护家神歌唱不像

tsa^{33} pai^{54} zə^{35} phəi^{35} mə^{33} ɕəŋ^{31} tse^{24}
左 边 一 丿 不 成 字
左边一撇不成字

jou^{24} pai^{54} zə^{35} phəi^{35} tiaŋ^{24} ɕəŋ^{31} ȵi^{31}
右 边 一 ㇏ 共 成 人
右边一捺共成人

ȵi^{31} tse^{24} tau^{33} lau^{33} aŋ^{54} vaŋ^{31} tse^{24}
人 字 肚 里 安 王 字
人字肚里安王字

fə^{24} ku^{54} ɕe^{31} kø^{54} thiaŋ^{33} mə^{33} tɕhuai^{31}
护 家 神 歌 唱 不 全
护家神歌唱不全

zə^{35} po^{35} ɕu^{31} ɕəŋ^{31} se^{33} se^{24} tse^{24}
一 笔 写 成 是 十 字
一笔写成是十字

tɕo^{33} tse^{24} nəŋ^{54} luo^{31} tia^{35} fu^{33} aŋ^{54}
具 字 给 来 脚 下 安
具字写来脚下安

se^{24} tse^{24} tsa^{33} tou^{31} tɕo^{33} tsa^{33} tia^{35}
十 字 在 头 具 在 脚
十字在头具在脚

fə^{24} ku^{54} ɕe^{31} kø^{54} thiaŋ^{33} mə^{33} tɕi^{54}
护 家 神 歌 唱 不 真
护家神歌唱不真

thiaŋ^{33} mə^{33} tɕi^{54} se^{31} mə^{33} ɕa^{33} la^{33}
唱 不 真 时 不 笑 倈
唱不真时不笑我

thiaŋ^{33} mə^{33} tɕuai^{31} se^{31} mə^{33} ɕa^{33} nəŋ^{31}
唱 不 全 时 不 笑 男
唱不全时不笑我

zə^{35} po^{35} ɕu^{31} ɕəŋ^{31} se^{33} paŋ^{33} hou^{31}
一 笔 写 成 是 半 口
一笔写成半边口

jaŋ^{24} tse^{24} ɕu^{31} luo^{31} tia^{35} fu^{33} aŋ^{54}
用 字 写 来 脚 下 安
用字写来脚下安

tsou^{31} niou^{33} li^{31} çi^{31} tia^{35} fu^{33} kø^{33}
走 耳 打 行 脚 下 过
走之打从脚下过

fə^{24} ku^{54} ɕi^{31} kø^{54} thiaŋ^{33} mə^{33} thaŋ^{54}
护 家 神 歌 唱 不 通
护家神歌唱不通

thiaŋ^{33} mə^{33} thaŋ^{54} se^{31} mə^{33} ɕa^{33} la^{33}
唱 不 通 时 不 笑 俫
唱不通时不笑我

tai^{31} tse^{24} ləi^{24} tia^{35} mə^{33} ɕa^{33} nəŋ^{31}
田 字 力 脚 不 笑 男
田字力脚不笑我

tɕhəŋ^{54} tou^{31} ȵi^{31} la^{54} mə^{33} tɕhi^{31} ɕa^{33}
清 头 人 多 不 耻 笑
厅堂人多不耻笑

liou^{24} tɕhi^{54} pu^{35} fu^{35} piu^{54} haŋ^{31} nəŋ^{31}
六 亲 百 客 包 涵 男
六亲百客包涵我

zə^{35} luo^{31} piu^{54} se^{31} la^{33} ɕəŋ^{54} thio^{31}
一 来 包 着 倈 声 丑
一来包着我声丑

no^{24} luo^{31} piu^{54} se^{31} kø^{54} piŋ^{31} ɕaŋ^{31}
二 来 包 着 歌 平 常
二来包涵歌平常

kø^{54} vai^{31} lia^{33}
歌 完 了
歌完了

kø^{54} vai^{31} tɕoŋ^{54} kø^{33} niou^{24} se^{54} ȵe^{31}
歌 完 尊 过 乐 师 人
歌完传过乐师人

tɕoŋ^{54} kø^{33} niou^{24} se^{54} luo^{54} le^{33} mau^{24}
尊 过 乐 师 知 礼 貌
传过乐师知礼貌

jou^{33} zə^{35} jou^{33} no^{24} na^{24} fu^{54} jai^{31}
有 一 有 二 闹 花 筵
有一有二闹花筵

八、请舅爷歌

tɕou^{33} tɕou^{33} kun^{31} kun^{31} kun^{31} tɕou^{33} tɕou^{33}
绸 绸 滚 滚 滚 绸 绸
绸绸滚滚滚绸绸

ɕuəi^{35} lu^{35} tɕou^{31} luo^{31} li^{31} te^{54} tou^{31}
喝 得 酒 来 顶 了 条
喝得酒来歌声断

taŋ^{33} te^{54} su^{54} tou^{31} tse^{33} ɕaŋ^{24} te^{24}
断 了 纱 条 机 上 找
断了纱头机上找

taŋ^{33} te^{54} kø^{54} ɕəŋ^{54} təi^{24} kuo^{54} tou^{31}
断 了 歌 声 找 回 条
断了歌声再起头

təi^{24} kuo^{54} zə^{35} tou^{31} tsəi^{35} kuo^{54} thiaŋ^{33}
找 过 一 条 接 回 唱
找另支歌接回唱

tsəi^{35} kuo^{54} kø^{54} ɕəŋ^{54} na^{24} fu^{54} jai^{31}
接 归 歌 声 闹 花 筵
接着歌声闹花筵

pu^{31} na^{31} fa^{24} tiaŋ^{33} tsəi^{31} ɕaŋ^{54} ȵe^{24}
打 锣 会 众 齐 商 议
打锣会众齐商议

ɕu^{31} ŋau^{31} luo^{24} tiou^{33} səi^{33} ɕaŋ^{54} liaŋ^{31}
蛇 鱼 对 嘴 细 商 量
蛇鱼对嘴细商量

ju^{35} vu^{33} ɕaŋ^{54} liaŋ^{31} lau^{35} jaŋ^{31} se^{35}
看 下 商 量 哪 样 是
看下商量是哪样

ta^{24} tsəi^{31} ɕaŋ^{54} liaŋ^{31} na^{24} fu^{54} jai^{31}
大 齐 商 量 闹 花 筵
大家商量闹花筵

təŋ^{33} mə^{33} təŋ^{33} se^{31} zə^{35} taŋ^{24} se^{24}
动 不 动 时 一 段 事
久不久办一段事

təi^{33} te^{33} fu^{54} jai^{31} ta^{24} se^{24} tɕəŋ^{31}
弟 的 花 筵 大 事 情
弟的花筵大事情

nio^{33} ku^{54} kø^{54} taŋ^{31} tɕhəŋ^{31} te^{54} tiou^{33}
女 家 歌 堂 请 了 舅
女家歌堂请了舅

nəŋ^{31} ku^{54} fu^{54} jai^{31} tɕhəŋ^{31} tio^{24} jo^{31}
男 家 花 筵 请 舅 爷
男家花筵请舅爷

nəŋ^{31} ku^{54} nio^{33} ku^{54} ti^{33} zə^{35} jaŋ^{24}
男 家 女 家 都 一 样
男家女家都一样

saŋ^{54} faŋ^{54} ti^{33} ȵe^{24} tɕhəŋ^{31} tiou^{33} jo^{31}
双 方 都 要 请 舅 爷
双方都要请舅爷

mə^{33} tɕhəŋ^{31} tiou^{33} jo^{31} mə^{33} ɕəŋ^{31} se^{24}
不 请 舅 爷 不 成 事
不请舅爷不成事

mə^{33} tɕhəŋ^{31} tiou^{33} jo^{31} se^{24} mə^{33} thaŋ^{54}
不 请 舅 爷 事 不 通
不请舅爷事不通

se^{24} tɕəŋ^{31} mə^{33} thaŋ^{54} ȵi^{31} ɕa^{33} la^{33}
事 情 不 通 人 笑 倈
事情不通人笑我

ȵi^{31} ɕa^{33} la^{33} saŋ^{54} mə^{33} luo^{54} tɕəŋ^{31}
人 笑 倈 双 不 知 情
人笑我俩不知情

luo^{54} mə^{33} luo^{54} se^{31} təi^{31} vu^{31} thiaŋ^{33}
知 不 知 时 提 下 唱
知不知时提醒唱

tɕa^{24} mə^{33} tɕa^{24} se^{31} təi^{31} vu^{31} tou^{31}
对 不 对 也 提 下 头
对不对时领下头

tse^{31} vaŋ^{24} tiou^{33} jo^{31} vai^{31} liaŋ^{24} la^{33}
指 望 舅 爷 原 谅 倈
希望舅爷原谅我

mə^{33} luo^{54} tou^{31} kø^{54} tɕhəŋ^{31} tiou^{33} jo^{31}
不 知 条 歌 请 舅 爷
不会唱歌请舅爷

ŋu^{24} tɕhəŋ^{31} tiou^{33} jo^{31} the^{31} həŋ^{24} la^{33}
我 请 舅 爷 体 贴 俫
我请舅爷体贴我

piu^{54} haŋ^{31} la^{33} saŋ^{54} mə^{33} luo^{33} kø^{54}
包 涵 我 双 不 知 歌
包涵我们不知歌

the^{31} həŋ^{24} piu^{54} haŋ^{31} tse^{24} tɕou^{24} le^{33}
体 贴 包 涵 自 就 些
体贴径直出厅堂

ɕo^{35} te^{54} tɕhəŋ^{54} tou^{31} lia^{33} se^{24} thaŋ^{54}
出 了 清 头 了 事 通
出了厅堂了事通

zə^{33} jaŋ^{24} tiaŋ^{31} luo^{31} zə^{33} jaŋ^{24} vo^{24}
依 样 讲 来 依 样 曰
依样讲来依样说

zə^{33} jaŋ^{24} vu^{24} luo^{31} tɕhəŋ^{31} tiou^{33} jo^{31}
依 样 曰 来 请 舅 爷
依样说来请舅爷

tɕəŋ^{31} tsai^{31} jou^{33} luo^{54} so^{33} tse^{33} tɕhəŋ^{54}
庭 前 有 蔸 四 季 青
庭前有棵四季青

tɕhəŋ^{31} tiou^{33} jo^{31} kø^{54} tɕou^{24} se^{31} ɕəŋ^{54}
请 舅 爷 歌 就 起 声
请舅爷歌就起声

phi^{35} ha^{54} ɕi^{33} tou^{31} la^{33} mə^{33} ȵe^{24}
丢 开 顺 头 俫 不 要
丢开序曲我不要

mə^{33} ȵe^{24} ɕi^{33} tou^{31} tɕhəŋ^{31} tiou^{33} jo^{31}
不 要 顺 头 请 舅 爷
丢开序曲请舅爷

khou^{31} nəŋ^{31} ɕi^{33} tou^{31} ti^{33} zə^{35} jaŋ^{24}
可 能 顺 头 都 一 样
可能序曲都一样

kau^{31} tse^{33} mə^{33} ȵe^{24} ju^{24} və^{31} faŋ^{31}
估 计 不 要 也 无 防
估计不要也无妨

zə^{35} liaŋ^{54} həŋ^{31} tse^{31} həŋ^{31} thu^{54} thu^{54}
一 张 红 纸 红 滔 滔
一张红纸红彤彤

tiaŋ^{54} jaŋ^{54} tse^{33} vu^{35} khaŋ^{31} miŋ^{31} thiu^{54}
中 央 直 画 孔 明 车
中央直画孔明车

thiu^{54} tse^{33} tsou^{31} niou^{33} ɕəŋ^{31} lai^{31} tse^{24}
车 字 走 耳 成 连 字
车字走之成连字

lai^{31} pai^{24} lai^{31} ɕəŋ^{31} tɕhəŋ^{31} tiou^{33} jo^{31}
连 便 连 成 请 舅 爷
连便连成请舅爷

ɕu^{24} ɕi^{54} tou^{31} ɕaŋ^{24} səŋ^{54} luo^{54} mau^{24}
石 山 头 上 三 蔸 木
石山头上三棵树

tiaŋ^{54} ji^{54} jou^{33} luo^{54} tɕa^{24} təŋ^{31} tiai^{31}
中 间 有 蔸 着 铜 缠
中间有棵好梧桐

tiaŋ^{54} ji^{54} jou^{33} luo^{54} təŋ^{31} tiai^{31} mau^{24}
中 间 有 蔸 铜 缠 木
梧桐树大已成材

luo^{31} luo^{31} təŋ^{31} tiai^{31} kuo^{35} li^{31} ɕuai^{31}
砍 树 铜 缠 造 麟 船
砍倒桐树造龙船

ɕi^{54} kuo^{35} li^{31} ɕuai^{31} paŋ^{33} vu^{33} ɕo^{31}
新 造 麟 船 放 下 水
新造龙船放下水

ɕo^{31} tse^{31} phiu^{54} phiu^{54} no^{24} ki^{33} ɕi^{54}
水 子 滔 滔 进 监 山
水儿滔滔到山涧

no^{24} hau^{33} ki^{33} ɕi^{54} ɕo^{31} mə^{33} təŋ^{33}
进 去 监 山 水 不 动
进到山涧水不动

no^{24} hau^{33} ki^{33} ɕi^{54} ɕo^{31} mə^{33} lio^{31}
进　去　监　山　水　不　流
进到山涧水不流

ɕo^{31} tse^{31} mə^{33} lio^{31} məŋ^{24} ɕo^{31} lau^{24}
水　子　不　流　问　水　路
水儿不流问水路

mau^{24} jou^{33} kəŋ^{54} ɕo^{54} məŋ^{24} mau^{24} vai^{31}
木　有　根　须　问　木　园
树有根须问林园

mau^{24} tsu^{24} vai^{31} se^{31} kəŋ^{54} luo^{54} ɕo^{35}
木　子　原　是　根　蔸　出
树儿原是根须出

na^{33} niaŋ^{31} vai^{31} se^{31} tiou^{33} au^{35} luo^{31}
奶　娘　原　是　舅　屋　来
奶娘原是舅家来

ɕi^{54} li^{31} ȵi^{31} hau^{31} hau^{33} luo^{31} ɕo^{31}
新　打　银　壶　去　拿　水
新打银壶去汲水

luo^{31} ɕo^{31} təi^{33} kuo^{54} ɕo^{31} vai^{31} tou^{31}
拿　水　找　归　水　源　头
汲水寻回水源头

sai^{54} hau^{33} ɕo^{31} vai^{31} hou^{33} ɕo^{31} lau^{24}
先　有　水　源　有　水　路
先有水源有水路

sai^{54} hau^{33} tiou^{33} ku^{54} hou^{33} ŋuəi^{24} ɕi^{54}
先 有 舅 家 有 外 甥
先有舅家有外甥

tau^{24} ɕuai^{31} nai^{24} kuo^{54} ɕo^{31} lau^{24} zə^{33}
渡 船 念 回 水 路 意
渡船感念水载舟

zə^{24} ɕo^{31} mə^{33} maŋ^{33} va^{54} tɕəŋ^{31} ȵe^{31}
吃 水 不 忘 挖 井 人
吃水不忘挖井人

ɕou^{33} tsa^{31} mə^{33} taŋ^{33} ki^{33} ɕi^{54} lau^{24}
秀 才 不 断 更 新 路
秀才不断上进路

ŋuəi^{24} ɕi^{54} mə^{33} taŋ^{33} tiou^{33} au^{35} tɕəŋ^{31}
外 甥 不 断 舅 屋 情
外甥不断舅家情

ɕi^{54} kuo^{35} ta^{24} mən^{31} liaŋ^{33} ɕai^{31} kuəi^{54}
新 造 大 门 两 槅 关
新造大门两扇关

na^{33} niaŋ^{31} ji^{54} tiou^{33} ŋa^{24} kuo^{54} tɕhi^{54}
奶 娘 与 舅 挨 骨 亲
奶娘与舅骨肉亲

na^{33} niaŋ^{31} ji^{54} tiou^{33} tɕhi^{54} liaŋ^{33} la^{31}
奶 娘 与 舅 亲 两 兄
奶娘与舅亲骨肉

mə^{33} tɕhəŋ^{31} tiou^{33} jo^{31} tɕhəŋ^{31} lau^{35} ɳ̊e^{54}

不 请 舅 爷 请 哪 个

不请舅爷请哪个

mə^{33} tɕhəŋ^{31} tiou^{33} jo^{31} mo^{33} te^{24} fu^{35}

不 请 舅 爷 没 大 客

不请舅爷没主客

mə^{33} tɕhəŋ^{31} tiou^{33} jo^{31} mo^{33} te^{24} tɕhi^{54}

不 请 舅 爷 没 大 亲

不请舅爷没大亲

zə^{35} po^{35} ɕu^{31} ɕəŋ^{31} se^{33} niai^{31} tse^{24}

一 笔 写 成 是 言 字

一笔写成是言字

tɕhəŋ^{54} tse^{24} ɕu^{31} luo^{31} tse^{33} saŋ^{54} saŋ^{54}

青 字 写 来 直 双 双

青字写来直双双

niai^{31} ji^{54} tɕhəŋ^{54} tse^{24} saŋ^{54} saŋ^{54} tsə^{33}

言 与 青 字 双 双 站

言与青字双双站

tshu^{35} tse^{24} thiaŋ^{33} tou^{31} tɕhəŋ^{31} tiou^{33} jo^{31}

拆 字 唱 条 请 舅 爷

拆字唱歌请舅爷

tɕhəŋ^{31} ɕo^{35} tiou^{33} jo^{31} tɕhəŋ^{54} tou^{31} tsa^{33}

请 出 舅 爷 清 头 坐

请出舅爷厅堂坐

tɕhəŋ^{54} tou^{31} tsa^{33} fu^{33} ha^{54} zə^{35} niai^{31}
清 头 坐 下 开 一 言
厅堂坐下开一言

ha^{54} zə^{35} niai^{31} se^{31} tiaŋ^{31} zə^{35} tiou^{33}
开 一 言 时 讲 一 句
开一言时讲一句

ŋuəi^{24} ɕi^{54} fu^{54} jai^{31} lau^{35} jaŋ^{24} vo^{31}
外 甥 花 筵 哪 样 维
外甥花筵怎样围

ŋuəi^{24} ɕi^{54} fu^{54} jai^{31} lau^{35} jaŋ^{24} se^{35}
外 甥 花 筵 哪 样 是
外甥花筵怎样对

lau^{35} jaŋ^{24} nəŋ^{54} luo^{31} lu^{35} taŋ^{24} vai^{31}
哪 样 给 来 得 段 完
怎样做来事最宜

kaŋ^{31} se^{54} ma^{33} liaŋ^{54} mai^{31} həŋ^{31} tse^{31}
广 西 买 张 棉 红 纸
广西买张棉红纸

piŋ^{31} la^{24} ji^{24} ɕi^{54} ma^{33} mo^{24} paŋ^{31}
平 乐 印 山 买 墨 盘
平乐印山买墨盘

ma^{33} se^{31} mo^{24} tou^{31} pəi^{24} se^{31} po^{35}
磨 起 墨 子 别 起 笔
磨起墨条顺好笔

pəi^{24} se^{31} po^{35} tou^{31} ɕou^{54} ɕəŋ^{31} ɕo^{54}
别 起 笔 子 修 成 书
顺好笔墨修成书

həŋ^{31} tse^{31} ɕou^{54} ɕo^{54} se^{24} no^{24} zə^{35}
红 纸 修 书 十 二 页
红纸修书十二页

se^{24} no^{24} zə^{35} ɕo^{54} tɕhəŋ^{31} tiou^{33} jo^{31}
十 二 页 书 请 舅 爷
十二页书请舅爷

tɕhəŋ^{31} ɕo^{35} tiou^{33} jo^{31} tɕhəŋ^{54} tou^{31} tsa^{33}
请 出 舅 爷 清 头 坐
请出舅爷厅堂坐

tɕhəŋ^{54} tou^{31} tsa^{33} fu^{33} ha^{54} zə^{35} niai^{31}
清 头 坐 下 开 一 言
厅堂坐下开一言

ha^{54} zə^{35} niai^{31} se^{31} tiaŋ^{31} zə^{35} tiou^{33}
开 一 言 时 讲 一 句
开一言时讲一句

ŋuəi^{24} ɕi^{54} fu^{54} jai^{31} lau^{35} jaŋ^{24} vo^{31}
外 甥 花 筵 哪 样 维
外甥花筵怎样围

ŋuəi^{24} ɕi^{54} fu^{54} jai^{31} lau^{35} jaŋ^{24} se^{35}
外 甥 花 筵 哪 样 是
外甥花筵怎样对

lau^{35} jaŋ^{24} nəŋ^{54} luo^{31} lu^{35} taŋ^{24} vai^{31}
哪 样 给 来 得 段 完
怎样做来事相宜

tsa^{24} ɕu^{24} no^{24} ŋe^{31} hau^{33} lu^{35} tiou^{31}
丢 石 进 岩 去 得 久
丢石进岩去得久

tiou^{31} tiou^{31} mə^{33} məŋ^{31} ɕu^{24} əŋ^{33} ɕəŋ^{54}
久 久 不 闻 石 回 声
久久不闻石回声

tiou^{31} tiou^{31} mə^{33} məŋ^{31} əŋ^{33} ɕəŋ^{54} ɕaŋ^{31}
久 久 不 闻 回 声 响
久久不闻回声响

tɕhəŋ^{31} tiou^{31} mə^{33} kai^{33} tiou^{33} jo^{31} luo^{31}
请 久 不 见 舅 爷 来
请久不见舅爷来

tɕhəŋ^{31} tiou^{31} mə^{33} kai^{33} tiou^{33} jo^{31} ɕo^{35}
请 久 不 见 舅 爷 出
请久不见舅爷出

mə^{33} kai^{33} tiou^{33} jo^{31} tsa^{33} tɕhəŋ^{54} tou^{31}
不 见 舅 爷 在 清 头
不见舅爷在厅堂

ŋau^{31} vu^{35} taŋ^{31} tso^{31} mə^{33} lio^{35} thio^{35}
牛 弯 春 糍 不 弯 曲
牛轭春糍别弯曲

au^{54} vu^{54} tsə^{33} ɕo^{24} mə^{33} kho^{31} ŋa^{31}
乌 鸦 站 树 不 可 挨
乌鸦站树不可挨

ŋa^{31} hau^{33} ŋa^{31} luo^{31} mo^{33} mə^{33} tio^{31}
挨 去 挨 来 没 日 子
挨去挨来没时间

ŋa^{31} se^{31} fu^{54} jai^{31} se^{24} mə^{33} thaŋ^{54}
挨 着 花 筵 事 不 通
误着花筵事不通

ləŋ^{54} pai^{54} nəi^{24} tou^{31} ɕo^{35} lu^{35} tso^{31}
东 边 日 头 出 得 早
东边太阳出得早

səi^{54} pai^{54} ŋue^{24} liaŋ^{31} la^{24} liŋ^{33} tou^{31}
西 边 月 亮 落 岭 迟
西边月亮落岭迟

nəi^{24} ji^{54} ŋue^{24} liaŋ^{31} lu^{35} ɕaŋ^{54} fa^{24}
日 与 月 亮 得 相 会
日与月亮得相会

tiou^{33} jo^{31} se^{33} ȵi^{54} miŋ^{33} pu^{24} ȵi^{31}
舅 爷 是 个 明 白 人
舅爷是个明白人

tiou^{33} jo^{31} se^{33} ȵi^{54} miŋ^{33} pu^{24} tiou^{33}
舅 爷 是 个 明 白 舅
舅爷是个明理人

tiou^{31} pai^{24} təi^{31} tou^{31} ɕo^{35} te^{54} luo^{31}

随 便 提 头 出 了 来

随便提醒出了来

ɕo^{35} luo^{31} tɕhəŋ^{54} tou^{31} luo^{54} le^{33} mau^{24}

出 来 清 头 知 礼 貌

出来厅堂知礼貌

ɕou^{31} luo^{31} ɕaŋ^{54} ai^{54} ta^{33} faŋ^{33} nəŋ^{31}

手 拿 香 烟 待 奉 男

手拿香烟侍奉我

ɕou^{31} luo^{31} ɕaŋ^{54} ai^{54} ta^{33} faŋ^{33} la^{33}

手 拿 香 烟 待 奉 俫

手拿香烟侍奉我

tɕhəŋ^{54} tou^{31} ȵi^{54} ȵi^{54} faŋ^{33} te^{54} ai^{54}

清 头 个 个 奉 了 烟

厅堂个个奉了烟

pəi^{24} thio^{33} fu^{54} jai^{31} mo^{33} jaŋ^{24} ho^{31}

别 处 花 筵 没 样 好

别处花筵虽也好

ȵi^{31} tɕəŋ^{31} se^{33} kuo^{54} tiou^{33} jo^{31} tɕaŋ^{31}

人 情 是 归 舅 爷 长

人情还是舅爷长

tiou^{33} jo^{31} ȵi^{31} tɕaŋ^{31} tɕəŋ^{31} lio^{31} ɕo^{31}

舅 爷 人 情 长 流 水

舅爷人情长流水

tia^{33} la^{33} ȵi^{31} tɕəŋ^{31} tɕaŋ^{31} mə^{33} luo^{31}
照 倈 人 情 长 不 来
我却人情长不来

sa^{54} mə^{33} tɕi^{33} ke^{33} hau^{31} tiaŋ^{54} tɕou^{31}
酾 不 尽 的 壶 中 酒
斟不尽的壶中酒

nai^{24} mə^{33} tɕi^{33} ke^{33} tiou^{33} jo^{31} tɕəŋ^{31}
念 不 尽 的 舅 爷 情
念不完的舅爷情

fa^{31} ku^{54} səŋ^{54} no^{35} nai^{24} səŋ^{54} no^{35}
回 家 三 天 念 三 天
回家三天念三天

fa^{31} ku^{54} so^{33} no^{35} nai^{24} mə^{33} vai^{31}
回 家 四 天 念 不 完
回家四天念不完

tau^{24} tɕi^{33} se^{54} ɕo^{54} tiŋ^{33} ha^{54} pəŋ^{31}
读 尽 诗 书 订 开 本
读尽诗书编新册

nai^{24} tɕi^{33} tiou^{31} tiai^{54} ki^{31} ha^{54} phe^{54}
念 尽 九 经 减 开 编
念尽九经减一编

ki^{31} ha^{54} zə^{35} phe^{54} təi^{24} kø^{33} tho^{33}
减 开 一 编 找 过 套
减去一编找新编

təi^{24} kø^{33} zə^{35} tho^{33} ɕaŋ^{54} kø^{33} liaŋ^{31}
找 过 一 套 再 商 量
找过新编再商量

ɕaŋ^{54} liaŋ^{31} tɕoŋ^{54} kø^{33} niou^{24} kaŋ^{54} fu^{35}
商 量 尊 过 乐 官 客
商量好了传乐官

tɕoŋ^{54} kø^{33} niou^{24} kaŋ^{54} na^{24} fu^{54} jai^{31}
尊 过 乐 官 闹 花 筵
传过乐官闹花筵

九、请叔爷歌

ta^{24} sai^{33} se^{24} tɕaŋ^{31} ȵi^{24} saŋ^{54} ȵe^{24}
大　小　事　情　要　商　议
大小事情要商议

ta^{24} tse^{31} tsai^{31} ɕi^{54} tsa^{33} saŋ^{54} liaŋ^{31}
大　家　齐　心　再　商　量
大家齐心再商量

tiaŋ^{54} tiaŋ^{54} tɕhaŋ^{31} te^{54} tiou^{33} jo^{31} ɕo^{35}
刚　才　请　了　舅　爷　出
刚才请了舅爷出

a^{54} fa^{31} luo^{33} te^{54} tɕhaŋ^{31} ɕou^{35} jo^{31}
这　回　到　了　请　叔　爷
这回到了请叔爷

tiou^{33} jo^{31} ɕou^{35} jo^{31} ti^{33} zə^{35} jaŋ^{24}
舅　爷　叔　爷　都　一　样
舅爷叔爷都一样

hou^{33} se^{33} ti^{33} ȵi^{24} tɕhaŋ^{31} tsai^{31} luo^{31}
有　事　都　要　请　齐　来
有事都要请齐来

hou^{33} se^{24} liaŋ^{33} ȵi^{54} ti^{33} ȵi^{24} tɕhaŋ^{31}
有　事　两　个　都　要　请
有事两个都要请

mə^{33} nəŋ^{54} ku^{35} ɕo^{35} lau^{24} zə^{35} ȵi^{54}
不 给 隔 出 哪 一 个
不给漏了哪一个

ku^{35} ɕo^{35} zə^{35} ȵi^{54} hou^{33} ȵi^{31} ɕa^{33}
隔 出 一 个 有 人 笑
漏了一个有人笑

ku^{35} ɕo^{35} zə^{35} ȵi^{54} hou^{33} ȵi^{31} te^{31}
隔 出 一 个 有 人 弹
漏了一个有人责

hou^{33} ȵi^{31} te^{31} la^{33} mə^{33} luo^{54} le^{33}
有 人 弹 俫 不 知 礼
有人责我不知礼

hou^{33} ȵi^{31} te^{31} la^{33} mə^{33} luo^{54} tɕəŋ^{31}
有 人 弹 俫 不 知 情
有人责我不知情

zə^{33} jaŋ^{24} tiaŋ^{31} luo^{31} zə^{33} jaŋ^{24} vo^{24}
依 样 讲 来 依 样 曰
依样讲来依样说

zə^{33} jaŋ^{24} vu^{24} luo^{31} tɕhəŋ^{31} ɕou^{24} jo^{31}
依 样 曰 来 请 叔 爷
依样说来请叔爷

luo^{54} mə^{54} luo^{54} se^{31} təi^{31} vu^{31} thiaŋ^{33}
知 不 知 时 提 下 唱
若不知时提醒唱

lua^{33} mə^{33} lua^{33} se^{31} təi^{31} vu^{31} tou^{31}
对 不 对 也 提 下 头
若不对时领下头

təŋ^{33} mə^{33} təŋ^{33} se^{31} zə^{35} taŋ^{24} se^{24}
动 不 动 时 一 段 事
久不久办一段事

təŋ^{33} mə^{33} təŋ^{33} se^{31} na^{24} fu^{54} jai^{31}
动 不 动 时 闹 花 筵
久不久又闹花筵

tiou^{33} jo^{31} ɕou^{35} jo^{31} se^{33} tiŋ^{54} tɕhəŋ^{31}
舅 爷 叔 爷 是 正 请
舅爷叔爷是正请

hou^{33} se^{31} liaŋ^{33} ȵi^{54} luo^{31} mə^{33} ha^{54}
有 事 两 个 离 不 开
有事两个离不开

tɕhəŋ^{31} te^{54} tiou^{33} jo^{31} mə^{33} ɕa^{31} ɕou^{35}
请 了 舅 爷 不 少 叔
请了舅爷不少叔

pi^{35} luo^{33} ta^{24} se^{33} tiou^{33} ɕou^{35} tsəi^{31}
办 到 大 事 舅 叔 齐
办到大事舅叔齐

tiou^{33} jo^{31} ji^{33} tiai^{54} tɕhəŋ^{31} te^{54} ɕo^{35}
舅 爷 已 经 请 了 出
舅爷已经请出来

ɕou^{35} jo^{31} ju^{24} ȵi^{24} tɕhəŋ^{31} ɕo^{35} luo^{31}
叔 爷 也 要 请 出 来
叔爷也要请出来

tɕəŋ^{31} tsai^{31} jou^{33} luo^{54} so^{33} tse^{33} tɕhəŋ^{54}
庭 前 有 莌 四 季 青
庭前有棵四季青

tɕhəŋ^{31} ɕou^{35} jo^{31} kø^{54} tɕou^{24} se^{31} ɕəŋ^{54}
请 叔 爷 歌 就 起 声
请叔爷歌就起声

tɕhəŋ^{31} ɕou^{35} jo^{31} kø^{54} se^{31} ɕəŋ^{54} thiaŋ^{33}
请 叔 爷 歌 起 声 唱
请叔爷歌起声唱

tsəi^{35} se^{31} kø^{54} ɕəŋ^{54} tɕhəŋ^{54} ɕou^{35} jo^{31}
接 着 歌 声 请 叔 爷
接着歌声请叔爷

tɕi^{31} po^{24} sa^{35} tɕo^{54} səŋ^{54} pu^{35} tɕe^{54}
准 备 杀 猪 三 百 斤
准备杀猪三百斤

səŋ^{54} pu^{35} tɕe^{54} tɕo^{54} tɕhəŋ^{31} liou^{24} tɕhi^{54}
三 百 斤 猪 请 六 亲
三百斤猪请六亲

hau^{33} tɕhəŋ^{31} liou^{24} tɕhi^{54} sai^{54} tɕhəŋ^{31} ɕou^{35}
去 请 六 亲 先 请 叔
请六亲先请叔爷

tɕhəŋ^{31} luo^{33} ɕou^{35} jo^{31} luo^{31} ɕaŋ^{54} liaŋ^{31}
请 到 叔 爷 来 商 量
请到叔爷来商量

tɕu^{31} jo^{31} ji^{54} ɕou^{35} tsəi^{31} ɕaŋ^{54} ȵe^{24}
舅 爷 与 叔 齐 商 议
舅爷与叔齐商议

zə^{35} tsəi^{31} ɕaŋ^{54} ȵe^{24} tɕhəŋ^{31} liou^{24} tɕhi^{54}
一 齐 商 议 请 六 亲
一齐商议请六亲

ɕi^{54} kuo^{54} ta^{24} məŋ^{31} liaŋ^{33} ɕai^{31} kiu^{54}
新 造 大 门 两 楄 关
新造大门两扇关

tɕu^{31} jo^{31} ji^{54} ɕou^{35} ŋa^{24} kuo^{35} tɕhi^{54}
舅 爷 与 叔 挨 骨 亲
舅爷与叔亲骨肉

tɕu^{31} jo^{31} ji^{54} ɕou^{35} tɕhi^{54} liaŋ^{33} la^{31}
舅 爷 与 叔 亲 两 兄
舅爷叔爷至亲人

mə^{33} tɕhəŋ^{31} ɕou^{35} jo^{31} tɕhəŋ^{31} lau^{35} ȵe^{54}
不 请 叔 爷 请 哪 个
不请叔爷请哪个

mə^{33} tɕhəŋ^{31} ɕou^{35} jo^{31} mo^{33} te^{24} fu^{35}
不 请 叔 爷 没 大 客
不请叔爷没主客

mə^{33} tɕhəŋ^{31} ɕou^{35} jo^{31} mo^{33} ta^{24} tɕhi^{54}
不 请 叔 爷 没 大 亲
不请叔爷没至亲

zə^{35} po^{35} ɕu^{31} ɕəŋ^{31} se^{33} niai^{31} tse^{24}
一 笔 写 成 是 言 字
一笔写成是言字

tɕhəŋ^{54} tse^{24} ɕu^{31} luo^{31} tse^{33} saŋ^{54} saŋ^{54}
青 字 写 来 直 双 双
青字写来直双双

niai^{31} ji^{54} tɕhəŋ^{54} tse^{24} saŋ^{54} saŋ^{54} tse^{33}
言 与 青 字 双 双 站
言与青字双双站

thiu^{54} tse^{24} thiaŋ^{33} tou^{31} tɕhəŋ^{31} ɕou^{35} jo^{31}
拆 字 唱 条 请 叔 爷
拆字唱歌请叔爷

tɕhəŋ^{31} ɕo^{35} ɕou^{35} jo^{31} tɕhəŋ^{54} tou^{31} tsa^{33}
请 出 叔 爷 清 头 坐
请出叔爷厅堂坐

tɕhəŋ^{54} tou^{31} tsa^{33} fu^{33} ha^{54} zə^{35} niai^{31}
清 头 坐 下 开 一 言
厅堂坐下开一言

ha^{54} zə^{35} niai^{31} se^{31} tiaŋ^{31} zə^{35} tio^{33}
开 一 言 时 讲 一 句
开一言时讲一句

tse²⁴ tsu³¹ fu⁵⁴ jai³¹ lau³⁵ jaŋ²⁴ vo³¹
侄 子 花 筵 哪 样 维
侄子花筵怎样围

tse²⁴ tsu³¹ fu⁵⁴ jai³¹ lau³⁵ jaŋ²⁴ se³⁵
侄 子 花 筵 哪 样 是
侄子花筵怎样对

lau³⁵ jaŋ²⁴ nəŋ⁵⁴ luo³¹ lu³⁵ taŋ²⁴ vai³¹
哪 样 给 来 得 段 完
怎样做来事最宜

kaŋ³¹ se⁵⁴ ma³³ liaŋ⁵⁴ ma³¹ həŋ³¹ tse³¹
广 西 买 张 棉 红 纸
广西买张棉红纸

fə³³ tɕhuai⁵⁴ tiaŋ⁵⁴ ɕou²⁴ tɕhəŋ³¹ ȵi³¹ tsa³¹
富 川 中 学 请 人 裁
富川中学请人裁

ma³³ se³¹ mo²⁴ tou³¹ pəi²⁴ se³¹ po³⁵
磨 起 墨 子 别 起 笔
磨起墨条顺起笔

pəi²⁴ se³¹ po³⁵ tou³¹ ɕou⁵⁴ ɕəŋ³¹ ɕo⁵⁴
别 起 笔 子 修 成 书
顺好笔墨修成书

həŋ³¹ tse³¹ ɕou⁵⁴ ɕo³⁵ se²⁴ no²⁴ zə³⁵
红 纸 修 书 十 二 页
红纸修书十二页

se^{24} no^{24} $zə^{35}$ $ɕo^{54}$ $tɕhəŋ^{31}$ $ɕou^{35}$ jo^{31}
十 二 页 书 请 叔 爷
十二页书请叔爷

$tɕhəŋ^{31}$ $ɕo^{35}$ $ɕou^{35}$ jo^{31} $tɕhəŋ^{54}$ tou^{31} tsa^{33}
请 出 叔 爷 清 头 坐
请出叔爷厅堂坐

$tɕhəŋ^{54}$ tou^{31} tsa^{33} fu^{33} ha^{54} $zə^{35}$ $niai^{31}$
清 头 坐 下 开 一 言
厅堂坐下开一言

ha^{54} $zə^{35}$ $niai^{31}$ se^{31} $tiaŋ^{31}$ $zə^{35}$ tio^{33}
开 一 言 时 讲 一 句
开一言时讲一句

tse^{24} tsu^{31} fu^{54} jai^{31} lau^{35} $jaŋ^{24}$ vo^{31}
侄 子 花 筵 哪 样 维
侄子花筵怎样围

tse^{24} tsu^{31} fu^{54} jai^{31} lau^{35} $jaŋ^{24}$ se^{35}
侄 子 花 筵 哪 样 是
侄子花筵怎样对

lau^{35} $jaŋ^{24}$ $nəŋ^{54}$ luo^{31} lu^{35} $taŋ^{24}$ vai^{31}
那 样 给 来 得 段 完
怎样做来事最宜

$səi^{33}$ hau^{33} mo^{31} mo^{31} la^{24} lu^{35} $tiou^{31}$
小 雨 毛 毛 落 得 久
小雨毛毛落得久

la^{24} tiou^{31} mə^{33} kai^{33} lau^{24} ɕo^{31} lio^{31}
落　久　不　见　路　水　流
落久不见沿路流

la^{24} tiou^{31} mə^{33} kai^{33} lau^{24} ɕo^{31} tsou^{31}
落　久　不　见　路　水　走
落久不见漫渠沟

tɕhəŋ^{31} tiou^{31} mə^{33} kai^{33} ɕou^{35} jo^{31} luo^{31}
请　久　不　见　叔　出　来
请久不见叔出来

təŋ^{31} zə^{33} təŋ^{31}
藤　叶　藤
藤缠藤

məŋ^{24} ɕou^{35} tɕhəŋ^{33} məŋ^{31} mə^{33} tɕhəŋ^{33} məŋ^{31}
问　叔　听　闻　不　听　闻
问叔听见没听见

vu^{24} se^{33} tɕhəŋ^{33} məŋ^{31} li^{31} khua^{33} ɕo^{35}
若　是　听　闻　打　快　出
若是听见赶快出

li^{31} khua^{33} ɕo^{35} luo^{31} tsa^{33} tɕhəŋ^{54} tou^{31}
打　快　出　来　坐　清　头
赶快出来坐厅堂

tɕhəŋ^{54} tou^{31} tsa^{33} fu^{33} əŋ^{33} zə^{35} tio^{33}
清　头　坐　下　答　一　句
厅堂坐下答一句

ju^{35} vu^{31} fu^{54} jai^{31} lau^{35} jaŋ^{24} vo^{31}
看 下 花 筵 那 样 维
看下花筵怎样做

ju^{35} vu^{31} fu^{54} jai^{31} lau^{35} jaŋ^{24} se^{35}
看 下 花 筵 那 样 是
看下花筵怎样对

tau^{31} nəŋ^{31} se^{24} tɕəŋ^{31} lu^{35} lau^{24} thaŋ^{54}
才 能 事 情 得 路 通
事情才能得路通

pəi^{24} khəŋ^{33} ji^{54} tiou^{33} ho^{31} ɕaŋ^{54} ȵe^{24}
别 刻 与 舅 好 商 议
往时与舅好商议

ɕaŋ^{54} ho^{31} ji^{54} tiou^{33} ɕaŋ^{54} ha^{33} liaŋ^{31}
相 好 与 舅 商 下 量
相好与舅商下量

tiou^{33} ɕou^{35} ɕaŋ^{54} ȵe^{24} ho^{31} pie^{24} se^{24}
舅 叔 商 议 好 办 事
舅叔商议好办事

nəŋ^{54} luo^{31} fu^{54} jai^{31} ɕu^{24} ho^{31} thaŋ^{54}
给 来 花 筵 顺 好 通
使得花筵顺好通

fu^{24} po^{33} se^{33} mə^{33} əi^{54} jaŋ^{24} tiaŋ^{31}
话 篦 是 否 这 样 讲
话儿是否这样讲

məŋ^{24} ɕou^{35} fə^{24} ɕi^{54} mə^{33} fə^{24} ɕi^{54}
问 叔 合 心 不 合 心
问叔合心不合心

zə^{35} po^{35} ɕu^{31} ɕəŋ^{31} se^{33} luə^{24} tse^{24}
一 笔 写 成 是 日 字
一笔写成是日字

ŋue^{24} tse^{24} ɕu^{31} luo^{31} tse^{31} saŋ^{54} saŋ^{54}
月 字 写 来 直 双 双
月字写来站双双

luə^{24} ji^{54} ŋue^{24} tse^{24} saŋ^{54} saŋ^{54} tsə^{33}
日 与 月 字 双 双 站
日与月字双双站

ɕou^{35} jo^{31} se^{33} ȵi^{54} miŋ^{31} pu^{24} ȵe^{31}
叔 爷 是 个 明 白 人
叔爷是个明白人

ɕo^{35} luo^{31} tɕhəŋ^{54} tou^{31} luo^{54} le^{33} mau^{24}
出 来 清 头 知 礼 貌
出来厅堂知礼貌

ju^{24} se^{33} the^{31} həŋ^{24} la^{33} nəŋ^{31} saŋ^{54}
又 是 体 贴 俫 男 双
又是体贴兄弟俩

ɕou^{31} luo^{31} ɕaŋ^{54} ai^{54} ta^{33} faŋ^{33} la^{33}
手 拿 香 烟 待 奉 俫
手拿香烟侍奉我

ju^{24} se^{33} faŋ^{33} la^{33} ɕuəi^{35} ɕaŋ^{54} tsu^{31}
又 是 奉 俫 喝 香 茶
又是奉我喝香茶

tɕhəŋ^{54} tou^{31} ȵi^{54} ȵi^{54} lu^{35} ɕaŋ^{31} fə^{35}
清 头 人 人 得 享 福
厅堂人人得享福

ɕaŋ^{54} ai^{54} ɕaŋ^{54} tsu^{31} faŋ^{33} tsəi^{31} luo^{31}
香 烟 香 茶 奉 齐 来
香烟香茶奉齐来

pəi^{24} thio^{33} fu^{54} jai^{31} mo^{33} jaŋ^{24} ho^{31}
别 处 花 筵 没 样 好
别处花筵没样好

ȵi^{31} tɕəŋ^{31} se^{33} kuo^{54} ɕou^{35} jo^{31} tɕaŋ^{31}
人 情 是 归 叔 爷 长
人情还是叔爷长

ɕou^{35} jo^{31} ȵi^{31} tɕəŋ^{31} tɕaŋ^{31} lio^{31} ɕo^{31}
叔 爷 人 情 长 流 水
叔爷人情长流水

tia^{33} la^{33} ȵi^{31} tɕəŋ^{31} tɕaŋ^{31} mə^{33} luo^{31}
照 俫 人 情 长 不 来
我却人情长不来

fa^{31} ku^{54} səŋ^{54} no^{35} nai^{24} səŋ^{54} no^{35}
回 家 三 天 念 三 天
回家三天念三天

fa^{31} ku^{54} so^{33} no^{35} nai^{24} mə^{33} vai^{31}
回 家 四 天 念 不 完
回家四天念不完

ȵi^{31} ɕi^{54} zə^{35} se^{33} nai^{24} zə^{35} se^{33}
人 生 一 世 念 一 世
人生一世念一世

ȵi^{31} ɕi^{54} zə^{35} se^{33} nai^{24} mə^{33} vai^{31}
人 生 一 世 念 不 完
人生一世念不完

ȵi^{54} ȵi^{54} fa^{31} ku^{54} tɕuai^{31} ɕo^{35} tɕhəŋ^{33}
个 个 回 家 传 出 听
个个回家传出听

so^{33} mai^{24} pa^{35} faŋ^{54} ɕou^{35} jou^{33} miŋ^{31}
四 面 八 方 叔 有 名
四面八方叔有名

sa^{54} mə^{33} tɕi^{33} ke^{33} hau^{31} tiaŋ^{54} tɕou^{31}
酾 不 尽 的 壶 中 酒
酾不尽的壶中酒

nai^{24} mə^{33} tɕi^{33} ke^{33} ɕou^{35} jo^{31} tɕəŋ^{31}
念 不 尽 的 叔 爷 情
念不完的叔爷情

tau^{24} tɕi^{33} se^{54} ɕo^{54} tiŋ^{33} ha^{54} pəŋ^{31}
读 尽 诗 书 订 开 本
读尽诗书编新册

nai^{33} tɕi^{33} tiou^{31} tiai^{54} ki^{31} ha^{54} phe^{54}
念 尽 九 经 减 开 编
念尽九经减一编

ki^{31} ha^{54} zə^{35} phe^{54} təi^{24} kuo^{33} thau^{33}
减 开 一 编 找 过 套
减去一编找新编

təi^{24} kuo^{33} zə^{35} thau^{33} na^{24} fu^{54} jai^{31}
找 过 一 套 闹 花 筵
找过新编闹花筵

laŋ^{31} laŋ^{31} thiaŋ^{33}
短 短 唱
短短唱

laŋ^{31} laŋ^{31} tɕoŋ^{54} kuo^{33} niou^{24} kaŋ^{54} n̥i^{31}
短 短 尊 过 乐 师 人
短短传过乐师人

十、开酒筵歌

tiou^{33} jo^{31} ɕou^{35} jo^{31} səi^{33} zə^{33} ho^{31}
舅 爷 叔 爷 细 意 好
舅爷叔爷心意好

ɕo^{35} luo^{31} tɕhəŋ^{54} tou^{31} ta^{33} paŋ^{33} nəŋ^{31}
出 来 清 头 待 奉 男
出来厅堂侍奉我

tɕou^{31} jai^{31} ji^{33} tiai^{54} tshe^{35} lu^{35} tiou^{31}
酒 筵 已 经 吃 得 久
酒筵已经吃得久

ȵi^{54} ȵi^{54} tshe^{35} te^{54} ho^{31} tɕou^{31} jai^{31}
个 个 吃 了 好 酒 筵
个个吃了好酒筵

ji^{54} vo^{31} ɕuəi^{35} tɕou^{31} ɕuəi^{35} lu^{35} tiou^{31}
因 为 喝 酒 喝 得 久
因为喝酒喝得久

ŋa^{31} se^{31} fu^{54} jai^{31} se^{24} mə^{33} thaŋ^{54}
挨 着 花 筵 事 不 通
误了花筵事不通

ha^{54} tɕou^{31} jai^{31} kø^{54} mə^{33} tsəŋ^{31} thiaŋ^{33}
开 酒 筵 歌 不 从 唱
开酒筵歌不曾唱

ji^{24} ka^{54} pa^{35} paŋ^{33} ɕou^{24} tɕou^{31} jai^{31}
应 该 邀 伴 学 酒 筵
应该邀伴学酒筵

təŋ^{33} mə^{33} təŋ^{33} se^{31} zə^{35} taŋ^{24} se^{24}
动 不 动 时 一 段 事
久不久办一段事

təŋ^{33} mə^{33} təŋ^{33} se^{31} na^{24} fu^{54} jai^{31}
动 不 动 时 闹 花 筵
久不久又闹花筵

fu^{54} jai^{31} ju^{24} jou^{33} fu^{54} jai^{31} le^{33}
花 筵 也 有 花 筵 礼
花筵也有花筵礼

ɕuəi^{35} tɕou^{31} ju^{24} jou^{33} tɕou^{31} jai^{31} tɕəŋ^{31}
喝 酒 也 有 酒 筵 情
喝酒也有酒筵情

mə^{33} ha^{54} tɕou^{31} jai^{31} ȵi^{31} ɕa^{33} la^{33}
不 开 酒 筵 人 笑 俫
不开酒筵人笑我

ȵi^{31} ɕa^{33} la^{33} saŋ^{54} mə^{33} luo^{54} tɕəŋ^{31}
人 笑 俫 双 不 知 情
人笑我俩不知情

ha^{54} tɕou^{31} jai^{31} kø^{54} mə^{33} məŋ^{31} thiaŋ^{33}
开 酒 筵 歌 不 闻 唱
开酒筵歌不闻唱

fu^{54} jai^{31} tɕou^{31} jai^{31} lau^{35} lau^{24} luo^{31}
花 筵 酒 筵 哪 路 来
花筵酒筵哪路来

luo^{54} mə^{33} luo^{54} se^{31} təi^{31} vu^{31} thiaŋ^{33}
知 不 知 时 提 下 唱
知不知时带着唱

lua^{33} mə^{33} lua^{33} se^{31} təi^{31} vu^{31} tou^{31}
对 不 对 时 提 下 头
对不对时提醒我

tio^{31} tɕi^{54} tio^{33} kuo^{31} thiaŋ^{33} lia^{33} kø^{33}
句 真 句 作 唱 了 过
句真句假唱了过

ma^{35} ɕu^{24} kø^{33} ha^{54} ju^{24} kø^{33} luo^{31}
摸 石 过 河 也 过 来
摸石过河也过来

zə^{33} jaŋ^{24} tiaŋ^{31} luo^{31} zə^{33} jaŋ^{24} vo^{24}
依 样 讲 来 依 样 曰
依样讲来依样说

ma^{35} ɕu^{24} kø^{33} ha^{54} ɕou^{24} tɕou^{31} jai^{31}
摸 石 过 河 学 酒 筵
摸石过河学酒筵

tɕhəŋ^{54} tou^{31} ȵi^{31} la^{54} mə^{33} ɕa^{33} la^{33}
清 头 人 多 不 笑 俫
厅堂人多不笑我

liou^{24} tɕhi^{54} pu^{35} fu^{35} piu^{54} haŋ^{31} nəŋ^{31}
六 亲 百 客 包 涵 男
六亲百客包涵我

ha^{35} taŋ^{31} və^{31} kø^{31} liaŋ^{33} kuəi^{24} həŋ^{54}
扯 断 禾 秆 两 头 空
扯断禾秆两头空

ɕou^{24} tɕou^{31} jai^{31} kø^{54} tɕou^{24} se^{31} ɕəŋ^{54}
学 酒 筵 歌 就 起 声
学酒筵歌就起声

ɕou^{24} tɕou^{31} jai^{31} kø^{54} se^{31} ɕəŋ^{54} thiaŋ^{33}
学 酒 筵 歌 起 声 唱
学酒筵歌起声唱

tsəi^{35} se^{31} se^{31} ɕəŋ^{54} ɕou^{24} tɕou^{31} jai^{31}
接 着 起 声 学 酒 筵
接着起声学酒筵

liou^{24} ŋue^{24} nəŋ^{31} pəŋ^{54} təŋ^{31} təŋ^{31} ɕaŋ^{33}
六 月 南 风 从 垌 上
六月南风从垌上

tsho^{35} ŋue^{24} tɕhou^{54} pəŋ^{54} təŋ^{31} liŋ^{33} luo^{31}
七 月 秋 风 从 岭 来
七月秋风从岭来

ta^{24} pəŋ^{54} luo^{33}
大 风 到
大风到

ɕi^{54} ɕi^{54} piou^{35} mau^{24} ti^{33} ləi^{54} tou^{31}
深 山 竹 木 都 低 头
深山竹木都低头

piou^{35} mau^{24} ləi^{54} tou^{31} tɕhəŋ^{33} pəŋ^{54} kø^{33}
竹 木 低 头 听 风 过
竹木低头听风过

le^{35} vo^{24} kuo^{54} ta^{31} tɕhəŋ^{33} la^{33} ɕəŋ^{54}
列 位 高 才 听 俫 声
列位高才听我声

tɕhəŋ^{54} tou^{31} ȵi^{31} la^{54} tɕhəŋ^{33} se^{31} la^{33}
清 头 人 多 听 着 俫
厅堂人多听着我

tɕhəŋ^{33} se^{31} la^{33} saŋ^{54} ɕou^{24} tɕou^{31} jai^{31}
听 着 俫 双 学 酒 筵
听着我俩学酒筵

zə^{35} liaŋ^{54} həŋ^{31} tse^{31} həŋ^{31} thu^{54} thu^{54}
一 张 红 纸 红 滔 滔
一张红纸红彤彤

tiaŋ^{54} jaŋ^{54} tse^{33} fu^{35} khaŋ^{31} miŋ^{31} thiu^{54}
中 央 直 画 孔 明 车
中央直画孔明车

thiu^{54} tse^{24} tsou^{31} niou^{33} ɕəŋ^{31} lai^{31} tse^{24}
车 字 走 耳 成 连 字
车字走之成连字

lai^{31} pai^{33} lai^{31} ɕəŋ^{31} ha^{54} tɕou^{31} jai^{31}
连 便 连 成 开 酒 筵
连便连成开酒筵

mə^{24} ji^{54} fu^{54} fa^{33} ji^{54} fu^{54} fa^{35}
不 因 花 发 因 花 发
不因花发因花发

ji^{54} pəŋ^{54} thio^{54} fa^{54} ɕu^{24} liou^{31} fu^{54}
因 风 吹 发 石 榴 花
因风吹发石榴花

thio^{54} fa^{54} ɕu^{24} liou^{31} ɕu^{24} tsha^{31} na^{31}
吹 发 石 榴 赦 采 朵
吹发石榴采一朵

thio^{54} fa^{54} la^{33} saŋ^{54} ɕu^{24} thiaŋ^{33} tou^{31}
吹 发 俫 双 舍 唱 条
催促我俩歌一曲

ɕu^{24} thiaŋ^{33} zə^{35} tou^{31} na^{24} ne^{33} ho^{31}
舍 唱 一 条 闹 热 好
若唱一支好热闹

ɕu^{24} thiaŋ^{33} no^{24} tou^{31} ha^{54} tɕou^{31} jai^{31}
舍 唱 二 条 开 酒 筵
若唱二支开酒筵

səŋ^{54} lai^{31} jou^{33} pai^{54} ji^{54} tɕou^{31} se^{31}
三 点 西 边 因 酒 起
三点西边因酒起

piou^{35} tiŋ^{24} tsou^{31} nio^{33} ji^{54} tɕou^{31} jai^{31}

竹 正 走 尔 因 酒 筵

竹正走之因酒筵

səŋ^{54} lai^{31} jou^{33} pai^{54} thiaŋ^{33} kuo^{54} tɕou^{31}

三 点 西 边 唱 归 酒

三点西边唱归酒

tsho^{31} tou^{31} fu^{24} tia^{35} thiaŋ^{33} kuo^{54} fu^{54}

艹 化 脚 唱 归 花

草头化脚唱个花

thiaŋ^{33} kuo^{54} həŋ^{31} fu^{54} tsa^{33} ɕo^{24} ɕaŋ^{24}

唱 归 红 花 在 树 上

唱个红花在树上

thiaŋ^{33} kuo^{54} tɕou^{31} jai^{31} tsa^{33} tɕhəŋ^{54} tou^{31}

唱 归 酒 筵 在 清 头

唱个酒筵在厅堂

zə^{35} se^{31} miŋ^{31} ləŋ^{54} tia^{33} kai^{33} ta^{31}

一 盏 明 灯 照 见 台

一盏明灯照桌子

faŋ^{24} haŋ^{31} fo^{54} hau^{33} ju^{24} fo^{54} luo^{31}

凤 凰 飞 去 又 飞 来

凤凰飞去又飞来

ɕou^{33} tsa^{31} tsha^{31} fu^{54} fu^{54} ta^{24} na^{31}

秀 才 采 花 花 大 朵

秀才采花花大朵

fu^{54} mə^{33} pəŋ^{31} tɕhi^{54} mə^{33} laŋ^{24} ha^{54}
花 不 逢 春 不 乱 开
花不逢春不乱开

fo^{54} mə^{33} pəŋ^{31} tɕhi^{54} mə^{33} laŋ^{24} fa^{35}
花 不 逢 春 不 乱 发
花不逢春不乱发

nia^{31} mə^{33} ku^{54} tɕhi^{54} mə^{33} laŋ^{24} te^{31}
鸟 不 勾 春 不 乱 啼
鸟不勾春不乱啼

nia^{31} tou^{31} ku^{54} tɕhi^{54} təi^{33} jou^{33} sau^{33}
鸟 子 勾 春 啼 有 数
鸟儿勾春啼有数

fu^{54} jai^{31} tɕou^{31} jai^{31} ɕa^{31} jou^{33} se^{31}
花 筵 酒 筵 少 有 时
花筵酒筵少有时

ɕaŋ^{24} vai^{31} liu^{33} tou^{31} fu^{24} vai^{31} to^{31}
上 园 李 子 下 园 桃
上园李子下园桃

zə^{35} tse^{31} kuo^{33} lia^{33} no^{24} tse^{31} luo^{31}
一 期 过 了 二 期 来
一期过了二期来

ɕaŋ^{24} vai^{31} liu^{33} tou^{31} fu^{54} tiŋ^{33} fa^{35}
上 园 李 子 花 正 发
上园李子花正好

fu^{24} vai^{31} to^{31} tou^{31} fu^{54} tiŋ^{33} ha^{54}
下 园 桃 子 花 正 开
下园桃子花正开

fu^{54} ha^{54} fu^{54} tɕiu^{24} nai^{31} nai^{31} jou^{33}
花 开 花 谢 年 年 有
花开花谢年年有

fu^{54} jai^{31} tɕou^{31} jai^{31} ɕa^{31} jou^{33} se^{31}
花 筵 酒 筵 少 有 时
花筵酒筵少有时

mə^{33} ji^{54} fu^{54} fa^{35} ji^{54} fu^{54} fa^{35}
不 因 花 发 因 花 发
不因花发因花发

mə^{33} ji^{54} fu^{54} fa^{35} no^{24} fu^{54} vai^{31}
不 因 花 发 进 花 园
不因花发进花园

mə^{33} ji^{54} vai^{31} tə^{24} hau^{31} tiaŋ^{54} tia^{33}
不 因 圆 碟 湖 中 照
圆圆碟子湖中照

tia^{33} kai^{33} la^{31} se^{54} ɕo^{31} ɕaŋ^{24} jou^{31}
照 见 螺 蛳 水 上 游
照见螺蛳水上游

la^{31} se^{54} ɕo^{31} ɕaŋ^{24} jou^{31} jou^{31} sau^{24}
螺 蛳 水 上 游 游 数
螺蛳水上慢慢数

fu^{54} jai^{31} tɕou^{31} jai^{31} ɕa^{31} jou^{33} se^{31}
花 筵 酒 筵 少 有 时
花筵酒筵少有时

tsa^{33} pai^{54} zə^{35} phəi^{35} mə^{33} ɕəŋ^{31} tse^{24}
左 边 一 扇 不 成 字
左边一扇不成字

jou^{24} pai^{54} zə^{35} phəi^{35} tiaŋ^{24} ɕəŋ^{31} məŋ^{31}
右 边 一 扇 共 成 门
右边一扇共成门

tɕəŋ^{31} tse^{24} no^{24} məŋ^{31} tau^{33} luo^{33} tsa^{33}
井 字 进 门 肚 里 坐
井字进门肚里坐

tshu^{35} tse^{24} thiaŋ^{33} tou^{31} ha^{54} tɕou^{31} jai^{31}
拆 字 唱 条 开 酒 筵
拆字唱歌开酒筵

tsou^{31} jou^{24} kau^{54} tɕou^{31} mə^{33} kuo^{54} ku^{54}
昨 夜 端 酒 不 归 家
昨夜买酒不归家

thai^{54} tau^{24} ȵi^{31} tɕəŋ^{31} mə^{33} həŋ^{31} ɕo^{54}
天 地 人 情 不 肯 赊
天地人情不肯赊

thai^{54} ɕaŋ^{24} mo^{24} vaŋ^{31} kau^{54} mo^{24} tɕou^{31}
天 上 蜜 王 端 蜜 酒
我是好客买好酒

və^{31} tsai^{31} tha^{35} fu^{33} zə^{35} saŋ^{54} ɕo^{54}
无 钱 脱 下 一 双 赊
无钱付给先欠着

zə^{35} po^{35} ɕu^{35} ɕəŋ^{31} no^{24}se^{33} zə^{35}
一 笔 写 成 廿 一
一笔写成二十一

no^{24}se^{33} zə^{35} fu^{33} jou^{33} ku^{54} ȵi^{31}
廿 一 下 有 佳 人
二十一下有佳人

khai^{33} tse^{24} ɕu^{31} luo^{31} təŋ^{31} vo^{24} tsa^{33}
欠 字 写 来 同 位 坐
欠字写来同位坐

tshu^{35} tse^{24} thiaŋ^{33} tou^{31} maŋ^{33} ta^{31} haŋ^{54}
拆 字 唱 条 满 桌 欢
拆字唱歌满桌欢

zə^{35} no^{24} tshai^{54} luo^{33} luo^{33} tɕaŋ^{31} so^{54}
一 日 千 里 到 长 沙
一日千里到长沙

səi^{54} vaŋ^{24} tɕaŋ^{31} aŋ^{54} mə^{33} kai^{33} ku^{54}
西 望 长 安 不 见 家
西望长安不见家

haŋ^{31} fə^{33} luo^{31} ɕaŋ^{24} thio^{54} nio^{24} tɕo^{24}
黄 鹤 楼 上 吹 玉 笛
黄鹤楼上吹玉笛

tiaŋ^{54} ɕəŋ^{31} ŋau^{33} ŋue^{24} la^{24} məi^{31} fu^{54}
恭 城 五 月 落 梅 花
江城五月落梅花

pu^{24} fə^{33} sai^{54} ȵi^{31} hau^{33} lai^{31} tau^{24}
白 鹤 仙 人 去 点 地
白鹤仙人去点地

lai^{31} ɕo^{35} liaŋ^{33} kho^{33} niau^{31} se^{54} ɕai^{31}
点 出 两 个 扭 丝 形
点出两个扭丝形

pu^{24} tse^{24} niau^{31} se^{54} mau^{24} tse^{24} tia^{35}
白 字 扭 丝 木 字 脚
白字扭丝木字脚

la^{24} no^{33} kuo^{33} ku^{54} ha^{54} tɕou^{31} jai^{31}
乐 入 贵 家 开 酒 筵
落入贵家开酒筵

zə^{35} saŋ^{54} pu^{24} fə^{33} no^{24} ɕu^{24} ŋie^{31}
一 双 白 鹤 入 石 岩
一双白鹤入石岩

haŋ^{31} te^{33} tsa^{33} tia^{24} ɕu^{31} ɕo^{35} ke^{31}
皇 帝 坐 轿 赦 出 行
黄帝坐轿好出行

ɕu^{24} ŋi^{31} pe^{35} tɕe^{31} ɕo^{35} fu^{33} kuo^{33}
石 岩 里 面 出 富 贵
石岩里面出富贵

piou^{35} ɕaŋ^{24} te^{31} se^{54} khuai^{33} tɕou^{31} jai^{31}
壁 上 题 诗 劝 酒 筵
壁上题诗劝酒筵

tsa^{33} pai^{54} ɕo^{33} se^{31} liaŋ^{33} hau^{31} paŋ^{31}
左 边 竖 起 龙 虎 榜
左边竖起龙虎榜

jou^{24} pai^{31} ɕo^{33} se^{31} paŋ^{24} haŋ^{31} məŋ^{31}
右 边 竖 起 凤 凰 门
右边竖起龙凤门

se^{54} kuo^{31} tɕou^{24} no^{24} məŋ^{31} luo^{31} fu^{33}
狮 狗 住 入 门 楼 下
石狮住入门楼下

na^{24} na^{24} ne^{24} ne^{24} na^{24} tɕou^{31} jai^{31}
闹 闹 热 热 闹 酒 筵
热热闹闹闹酒筵

səi^{33} ku^{35} lu^{31} ɕu^{33} li^{31} məŋ^{33} ɕi^{54}
小 甲 腊 树 兰 母 生
常绿冬青兰母生

və^{33} pai^{54} kaŋ^{54} tiŋ^{31} zə^{24} se^{33} tɕhi^{54}
无 边 光 景 一 世 春
无边光景一世春

ləŋ^{31} hi^{33} tiou^{31} lu^{35} ləŋ^{54} pəŋ^{54} mai^{24}
等 闲 守 得 东 风 面
等闲识得东风面

vi^{24} tshe^{31} tshai^{54} həŋ^{31} tsaŋ^{31} se^{33} tɕhi^{54}
万 紫 千 红 总 是 春
万紫千红总是春

zə^{35} po^{35} ɕu^{31} ɕəŋ^{31} no^{24} se^{31} zə^{35}
一 笔 写 成 廿 一
一笔写成二十一

no^{24} se^{31} zə^{35} fu^{33} jou^{33} ku^{54} ȵe^{31}
廿 一 下 有 个 人
二十一下有个人

səŋ^{54} lai^{31} ɕu^{31} luo^{31} təŋ^{31} vo^{24} tsa^{33}
三 点 写 来 同 位 坐
三点写来同位坐

tshu^{35} tse^{24} thiaŋ^{33} tou^{31} maŋ^{33} ta^{31} həŋ^{31}
拆 字 唱 条 满 桌 洪
拆字唱歌满桌洪

tsho^{35} ɕuəi^{24} tɕaŋ^{31} se^{54} no^{24} ɕou^{24} taŋ^{31}
七 岁 长 诗 入 学 堂
七岁吟诗进学堂

kø^{31} jaŋ^{31} po^{35} fu^{33} ɕo^{35} vəŋ^{31} tiaŋ^{54}
果 然 笔 下 出 文 章
果然笔下出文章

ha^{31} ŋau^{31} vo^{33} tɕo^{33} tshai^{54} tɕhou^{54} təŋ^{33}
海 鱼 弯 嘴 千 秋 动
海鱼弯嘴千秋洞

li^{54} kuəi^{33} ha^{54} se^{31} vi^{24} luo^{33} ɕaŋ^{54}

丹 桂 开 时 万 里 香

丹桂开时万里香

tshai^{54} se^{33} vi^{24} ɕaŋ^{31} mi^{24} se^{54} liaŋ^{31}

千 思 万 想 慢 思 量

千思万想慢思量

pa^{35} tse^{24} ɕou^{54} ɕo^{54} na^{24} fu^{54} jai^{31}

八 字 修 书 闹 花 筵

八字修成闹花筵

lau^{35} zə^{24} se^{54} ɕaŋ^{31} fu^{54} jai^{31} luo^{33}

哪 日 思 想 花 筵 到

日日思想歌堂到

fu^{54} jai^{31} tɕou^{31} jai^{31} maŋ^{33} ta^{31} ɕaŋ^{54}

花 筵 酒 筵 满 桌 香

花筵酒筵满桌香

li^{31} tou^{31} ɕi^{54} kuo^{54} ɕo^{31} jou^{33} kuo^{54}

林 子 山 高 水 又 高

林子山高水也高

nəi^{24} tou^{31} ɕi^{54} ɕaŋ^{31} kua^{33} se^{54} tho^{54}

日 头 山 上 挂 丝 绦

太阳山上挂丝绦

ȵi^{31} ki^{54} se^{33} ɕaŋ^{24} vəŋ^{31} vo^{31} kuo^{33}

人 间 世 上 文 为 贵

人间世上文为贵

haŋ^{31} te^{33} luo^{24} tia^{31} mə^{33} ɕa^{31} ɕo^{54}
皇 帝 立 朝 不 少 书
立朝处事要学堂

zə^{35} po^{35} ɕu^{31} ɕəŋ^{31} se^{33} ɕa^{31} hou^{31}
一 笔 写 成 是 小 口
一笔写成是小口

ta^{24} hou^{31} ɕu^{31} luo^{31} vo^{24} mə^{33} tiou^{54}
大 口 写 来 围 不 周
大口写来围不全

səŋ^{54} pə^{24} luo^{31} thəi^{54} jai^{33} ku^{33} kø^{33}
三 步 楼 梯 燕 架 过
三步楼梯燕架过

tshu^{35} tse^{24} thiaŋ^{33} tou^{31} maŋ^{33} ta^{31} kuo^{54}
拆 字 唱 条 满 桌 高
拆字唱歌满桌高

vo^{24} ȵi^{31} ŋi^{33} na^{24} zə^{35} se^{31} kaŋ^{54}
为 人 忍 耐 一 时 光
为人忍耐一时光

fə^{31} ɕi^{54} ke^{31} niai^{31} tiaŋ^{31} laŋ^{31} tɕaŋ^{31}
何 生 行 言 讲 短 长
遇事无须话短长

və^{33} se^{24} tse^{24} tɕaŋ^{31} ɕi^{54} fu^{24} tse^{33}
无 事 自 详 生 活 计
无事自想生活计

tse^{24} tɕaŋ^{31} və^{33} se^{24} mi^{24} se^{54} liaŋ^{31}
自 详 无 事 慢 思 量
自想生计慢思量

zə^{35} po^{35} ɕu^{31} ɕəŋ^{31} se^{33} tiou^{35} tse^{24}
一 笔 写 成 是 角 字
一笔写成是角字

jaŋ^{31} tse^{24} ɕu^{31} luo^{31} tse^{31} saŋ^{54} saŋ^{54}
羊 字 写 来 直 双 双
羊字写来直双双

jaŋ^{31} ji^{54} tiou^{35} tse^{24} saŋ^{54} saŋ^{54} tse^{33}
羊 与 角 字 双 双 站
羊与角字双双站

tshu^{35} tse^{24} thiaŋ^{33} tou^{31} ka^{31} tɕou^{31} jai^{31}
拆 字 唱 条 解 酒 筵
拆字唱歌解酒筵

tsou^{31} jou^{24} ŋau^{33} ki^{54} məŋ^{24} luo^{33} tiŋ^{54}
昨 夜 五 更 梦 到 京
昨夜五更梦到京

zə^{35} ɕəŋ^{54} tɕi^{54} ɕaŋ^{31} vi^{24} ȵi^{31} ke^{31}
一 声 钟 响 万 人 行
一声钟响万人行

ȵi^{54} ȵi^{54} ti^{33} hau^{33} tia^{31} thai^{54} tse^{31}
人 人 都 去 朝 天 子
熙熙攘攘不得休

se^{33} ŋu^{33} və^{33} ki^{54} ɕou^{24} luo^{31} mai^{31}
是 我 无 关 睡 倒 眠
是我无关睡到明

zə^{35} po^{35} ɕu^{31} ɕəŋ^{31} se^{33} paŋ^{33} hou^{31}
一 笔 写 成 是 半 口
一笔写成是半口

jaŋ^{24} tse^{24} ɕu^{31} luo^{31} tia^{35} fu^{33} aŋ^{54}
用 字 写 来 脚 下 安
用字写来脚下安

tsou^{31} niou^{33} li^{31} çi^{31} tia^{35} fu^{33} kø^{33}
走 耳 打 行 脚 下 过
走之打行脚下过

kuo^{33} ku^{54} tɕou^{31} jai^{31} pa^{35} faŋ^{54} thaŋ^{54}
贵 家 酒 筵 八 方 通
贵家酒筵八面通

vie^{31} təŋ^{33} pəŋ^{54} thiu^{54} tiŋ^{33} ŋau^{33} thai^{54}
云 淡 风 轻 近 午 天
云淡风轻近午天

paŋ^{31} fu^{54} ɕo^{31} liou^{24} kø^{33} tsai^{31} tɕhuai^{54}
傍 花 随 柳 过 前 川
伴花随柳过前川

se^{33} ȵi^{31} mə^{33} po^{31} zə^{31} ɕi^{54} luo^{24}
时 人 不 识 余 心 乐
时人不识余心乐

tɕaŋ^{54} vo^{24} thou^{54} he^{31} ɕou^{24} ɕa^{33} nai^{31}
将 谓 偷 闲 学 少 年
正好休闲学少年

zə^{35} po^{35} ɕu^{31} ɕəŋ^{31} se^{33} zə^{24} tse^{24}
一 笔 写 成 是 日 字
一笔写成是日字

ȵue^{24} tse^{24} ɕu^{31} luo^{31} tse^{33} saŋ^{54} saŋ^{54}
月 字 写 来 直 双 双
月字写来直双双

zə^{24} ji^{54} ȵue^{24} tse^{24} saŋ^{54} saŋ^{54} tse^{33}
日 与 月 字 双 双 站
日与月字双双站

kuo^{33} ku^{54} fu^{54} jai^{31} li^{31} lu^{35} miŋ^{31}
贵 家 花 筵 打 得 明
贵家花筵亮堂堂

tɕu^{35} ɕaŋ^{31} tau^{33} ɕo^{54} mə^{33} jaŋ^{24} ɕi^{54}
绩 想 读 书 不 用 心
有时读书不用心

mə^{33} luo^{54} ɕo^{54} luo^{33} ɕo^{35} haŋ^{31} tɕi^{54}
不 知 书 里 出 黄 金
不知书里出黄金

tso^{31} luo^{54} se^{33} ɕaŋ^{24} ɕo^{35} vo^{31} kuo^{33}
早 知 世 上 书 为 贵
早知世上书为贵

kuo^{54} lai^{31} miŋ^{31} ləŋ^{54} thou^{33} ju^{33} tɕe^{31}
高 点 明 灯 透 夜 巡
高点明灯夜夜勤

zə^{35} po^{35} ɕu^{31} ɕəŋ^{31} se^{33} vəŋ^{31} tse^{24}
一 笔 写 成 是 文 字
一笔写成是文字

tse^{31} tse^{24} ɕu^{31} luo^{31} tia^{35} fu^{33} aŋ^{54}
子 字 写 来 脚 下 安
子字写来脚下安

vəŋ^{31} tse^{24} tsa^{33} tou^{31} tse^{31} tsa^{33} tia^{35}
文 字 坐 头 子 坐 脚
文字在头子在脚

luo^{31} na^{24} fu^{54} jai^{31} ɕou^{24} tɕou^{31} jai^{31}
来 闹 花 筵 斈 酒 筵
来闹花筵学酒筵

tɕou^{31} tou^{31} tse^{24} jai^{31} hou^{31} hou^{31} tai^{31}
酒 子 自 然 口 口 甜
酒好自然口口甜

mə^{33} nəŋ^{54} luo^{31} ɕo^{35} kho^{31} lie^{31} vai^{31}
不 给 倒 出 可 怜 完
不给倒出好可怜

fu^{54} jai^{31} ho^{31} tɕou^{31} luo^{31} khuai^{33} la^{33}
花 筵 好 酒 来 劝 倈
花筵好酒来劝我

kho54 la33 tshe35 la54 kho31 lie31 vai31

亏　倈　吃　多　可　怜　完

亏我吃多真满足

zə35 po35 ɕu31 ɕəŋ31 se33 niai31 tse24

一　笔　写　成　是　言　字

一笔写成是言字

ɕi54 tse24 ɕu31 luo31 tse33 saŋ54 saŋ54

身　字　写　来　直　双　双

身字写来直双双

niai31 ɕi54 tɕhoŋ33 tse24 saŋ54 saŋ54 tse33

言　身　寸　字　双　双　站

言身寸字一起站

tshu35 tse24 thiaŋ33 tou31 tɕiu24 tɕou31 jai31

拆　字　唱　条　谢　酒　筵

拆字唱歌谢酒筵

十一、垂桌歌

nəi^{24} tou^{31} ɕo^{35} tso^{31} tia^{33} ɕi^{54} vo^{35}
日 头 出 早 照 山 坳
太阳出早照山坳

tia^{33} kai^{33} ɕi^{54} vo^{35} tse^{33} mau^{24} fu^{54}
照 见 山 坳 志 木 花
照见山坳檵木花

se^{33} ɕo^{31} ɕo^{31} se^{31} fu^{54} ɕo^{31} se^{31}
是 谁 垂 起 花 垂 起
是谁旋起花旋起

ou^{31} tse^{33} li^{31} se^{33} se^{35} ou^{33}
呕 志 里 是 色 欧
檵是起啊

fu^{54} li^{31} se^{33} se^{35} ou^{33}
花 里 是 色 欧
花是起

fu^{54} ɕo^{31} jou^{24} se^{33} ɕo^{31} ou^{33}
花 垂 又 是 垂 啊
花旋也是旋

fu^{54} ɕo^{31} jou^{24} se^{33} ɕo^{31}
花 垂 也 是 垂
花起也是旋

ɕo^{31} ɕo^{31} jou^{24} se^{33} ɕo^{31}
垂 垂 又 是 垂
旋旋又旋旋

o^{33} fu^{54} ɕo^{31} jou^{24} se^{33} ɕo^{31}
啊 花 垂 也 是 垂
花起也是旋

səŋ^{54} tiaŋ^{54} ŋue^{24} ou^{33}
三 江 月 欧
三江月

o^{33} ŋue^{24} tiaŋ^{54} jou^{24} se^{33} ɕo^{31}
欧 月 江 也 是 垂
江水（回旋）也是旋

ɕo^{31} ɕo^{31} jou^{24} se^{33} ɕo^{31}
垂 垂 也 是 垂
旋旋又旋旋

ou^{33} ŋue^{24} tiaŋ^{54} jou^{24} se^{33} ɕo^{31}
呕 月 江 也 是 垂
月亮（倒影）也是垂

səŋ^{54} luo^{33} vai^{24} ou^{31}
三 里 县 呕
三里县

ou^{33} liŋ^{33} luo^{35} se^{33} ɕo^{35} ou^{33}
欧 岭 里 是 出 欧
是岭里出

luo^{31} lio^{54} jou^{31} ou^{33} jou^{24} luo^{31}
里 猪 油 欧 又 里
绿油油哩

lio^{54} jou^{31} ou^{33} jou^{31} luo^{33}
猪 油 欧 油 里
绿油油

jou^{24} luo^{33} jou^{24} se^{33} le^{31}
油 里 也 是 犁
由来也是来

le^{31} le^{31} jou^{24} se^{33} le^{31}
犁 犁 也 是 犁
来嘞也是来

se^{24} tsəi^{31} ɕaŋ^{31}
思 齐 常
事齐祥

le^{33} luo^{35} khai^{54} se^{54} liou^{33} ho^{31} le^{31}
犁 里 拉 丝 柳 喉 犁
来嘞来斯留侯来

ɕaŋ^{24} se^{33} ȵi^{31} ta^{31} tse^{33} mau^{24} kau^{31}
上 世 人 抬 志 木 鼓
上辈人抬檵木鼓

fu^{33} se^{33} ȵi^{31} ta^{31} tse^{33} mau^{24} ta^{31}
下 世 人 抬 志 木 桌
下辈人抬檵木桌

liaŋ^{33} la^{31} mə^{33} ta^{31} tse^{33} mau^{24} kaŋ^{33}
两 兄 不 抬 志 木 干
兄弟不抬檵木杆

tse^{31} ta^{31} tse^{33} mau^{24} tsa^{24} fu^{54} ta^{31}
只 抬 志 木 凿 花 桌
只抬檵木凿花桌

tse^{33} mu^{35} ɕaŋ^{33} tiŋ^{54} hau^{33} tɕhəŋ^{31} tɕaŋ^{24}
骑 马 上 京 去 请 匠
骑马进京去请匠

tse^{33} lio^{31} no^{24} vai^{24} tɕhəŋ^{31} tɕaŋ^{24} kuo^{54}
骑 驴 入 县 请 匠 归
骑驴进城接匠回

mau^{24} tɕaŋ^{33} no^{24} məŋ^{31} tsəi^{35} fu^{33} thio^{35}
木 匠 入 门 接 下 尺
木匠进门装墨斗

paŋ^{33} fu^{33} lio^{35} thio^{35} mi^{24} se^{54} liaŋ^{31}
放 下 弯 尺 慢 思 量
放下弯尺慢思量

mi^{24} mi^{24} se^{54} liaŋ^{31} tsa^{31} tai^{31} mau^{24}
慢 慢 思 量 裁 剪 木
慢慢思量定裁剪

tsa^{31} tai^{31} tse^{33} mau^{24} tsa^{24} fu^{54} ta^{31}
裁 剪 志 木 凿 花 桌
裁剪檵木凿花桌

se^{33} ɕo^{31} ɕo^{31} se^{31} ta^{31} ɕo^{31} se^{31} ou^{31} ou^{33}
是 谁 垂 起 桌 垂 起 欧 欧
是谁旋起桌旋起

tse^{33} li^{31} se^{33} se^{35} ou^{33}
志 里 是 色 欧
檵是起啊

fu^{54} li^{31} se^{33} se^{35} ou^{33}
花 里 是 色 欧
花是起

ta^{31} ɕo^{31} jou^{24} se^{33} ɕo^{31} ou^{33}
桌 垂 又 是 垂 啊
锤桌也是锤

ta^{31} ɕo^{31} jou^{24} se^{33} ɕo^{31}
桌 垂 又 是 垂
桌起也是旋

ɕo^{31} ɕo^{31} jou^{24} se^{33} ɕo^{31}
垂 垂 又 是 垂
旋旋又旋旋

ta^{31} ɕo^{31} jou^{24} se^{33} ɕo^{31}
桌 垂 又 是 垂
桌起也是旋

səŋ^{54} tiaŋ^{54} ŋue^{24} ou^{31}
三 江 月 欧
三江月

o^{33} ŋue^{24} tiaŋ^{54} jou^{24} se^{33} ɕo^{31}
欧 月 江 也 是 垂
江水（回旋）也是旋

ɕo^{31} ɕo^{31} jou^{24} se^{33} ɕo^{31}
垂 垂 又 是 垂
旋旋又旋旋

ŋue^{24} tiaŋ^{54} jou^{24} se^{33} ɕo^{31}
月 江 也 是 垂
月亮（倒影）也是垂

səŋ^{54} li^{31} se^{33} vai^{24} ou^{31}
三 里 是 县 呕
三里县

ou^{33} liŋ^{24} li^{31} se^{33} ɕo^{35} ou^{33}
欧 岭 里 是 出 欧
是岭里出

li^{54} lio^{54} jou^{31} ou^{33} jou^{24} li^{54}
里 猪 油 欧 又 里
绿油油

lio^{54} jou^{31} ou^{33} jou^{24} li^{54}
猪 油 欧 又 里
绿油油

jou^{24} li^{54} jou^{54} se^{54} le^{31}
又 里 也 是 犁
由来也是来

le^{31} le^{31} jou^{54} se^{54} le^{31}
犁 犁 也 是 犁
来嘞也是来

se^{54} tsəi^{54} ɕaŋ^{33}
思 齐 常
事齐祥

le^{24} li^{54} la^{31} se^{54} liou^{54} ho^{31} le^{31}
犁 里 拉 丝 柳 喉 犁
来嘞来斯留侯来

səŋ^{54} thiu^{54} liaŋ^{31} luo^{31} so^{33} thiu^{35} ta^{24}
三 尺 量 来 四 尺 断
三尺量来四尺断

so^{33} thiu^{35} liaŋ^{31} luo^{31} ŋau^{33} thiu^{35} faŋ^{54}
四 尺 量 来 五 尺 方
四尺量来五尺裁

mau^{24} tɕaŋ^{33} faŋ^{54} lu^{35} so^{33} faŋ^{54} ho^{31}
木 匠 方 得 四 方 好
木匠裁得好方正

nəŋ^{54} luo^{31} faŋ^{54} se^{31} so^{33} faŋ^{54} faŋ^{54}
给 来 方 起 四 方 方
正好裁得四方方

tse^{33} mau^{24} nəŋ^{54} luo^{31} tsa^{24} ta^{31} mai^{24}
志 木 给 来 凿 桌 面
檵木用来凿桌面

su^{54} mau^{24} nəŋ^{54} luo^{31} tsa^{24} ta^{31} ɕa^{54}
杉 木 给 来 凿 桌 肖
杉木用来凿木榫

se^{33} ɕo^{31} ɕo^{31} se^{31} ɕa^{54} ɕo^{31} se^{31} ou^{31}
是 谁 垂 起 肖 垂 起 呕
是谁旋起榫旋起

ou^{33} tse^{33} li^{31} se^{33} se^{35} ou^{33}
欧 志 里 是 色 欧
榰是起啊

fu^{54} li^{31} se^{33} se^{35} ou^{33}
花 里 是 色 欧
花是起

ɕa^{54} ɕo^{31} jou^{24} se^{33} ɕo^{31} ou^{33}
肖 垂 又 是 垂 啊
锤榫也是锤

ɕa^{54} ɕo^{31} jou^{24} se^{33} ɕo^{31}
肖 垂 又 是 垂
榫起也是旋

ɕo^{31} ɕo^{31} jou^{24} se^{33} ɕo^{31} ou^{33}
垂 垂 又 是 垂 啊
旋旋又旋旋

ɕa^{54} ɕo^{31} jou^{24} se^{33} ɕo^{31}
肖 垂 也 是 垂
榫起也是旋

səŋ^{54} tiaŋ^{54} ŋue^{54} ou^{31}
三 江 月 欧
三江月

o^{33} ηue^{54} $tia\eta^{54}$ jou^{54} se^{54} $ɕo^{31}$
欧 月 江 也 是 垂
江水（回旋）也是旋

ηue^{54} $tia\eta^{54}$ jou^{24} se^{33} $ɕo^{31}$
月 江 也 是 垂
江水（回旋）也是旋

$ɕo^{31}$ $ɕo^{31}$ jou^{54} se^{54} $ɕo^{31}$
垂 垂 又 是 垂
旋旋又旋旋

ou^{33} ηue^{54} $tia\eta^{54}$ jou^{54} se^{54} $ɕo^{31}$
啊 月 江 也 是 垂
月亮（倒影）也是垂

$sə\eta^{54}$ li^{31} vai^{35} ou^{31}
三 里 县 呕
三里县

ou^{33} $li\eta^{33}$ li^{31} se^{33} $ɕo^{35}$ ou^{33}
欧 岭 里 是 出 欧
是岭里出

li^{54} lio^{54} jou^{31} ou^{33} jou^{24} li^{54}
里 猪 油 欧 又 里
绿油油哩

lio^{54} jou^{31} ou^{33} jou^{24} li^{54}
猪 油 欧 又 里
绿油油

jou^{24} li^{54} jou^{35} se^{54} le^{31}

又 里 也 是 犁

由来也是来

le^{31} le^{31} jou^{24} se^{33} le^{31}

犁 犁 也 是 犁

来嘞也是来

se^{54} tsəi^{54} ɕaŋ^{33}

思 齐 常

事齐祥

le^{24} li^{54} la^{31} se^{54} liou^{54} ho^{31} le^{31}

犁 里 拉 丝 柳 喉 犁

来嘞来斯留侯来

tɕhi^{54} mau^{24} nəŋ^{54} luo^{31} tsa^{24} ta^{31} tia^{35}

春 木 给 来 凿 桌 脚

椿树用来凿桌脚

pu^{35} mau^{24} nəŋ^{54} luo^{31} tsa^{24} ta^{31} ɕi^{54}

柏 木 给 来 凿 桌 身

柏树拿来凿桌身

se^{33} ɕo^{31} ɕo^{31} se^{31} ɕi^{54} ɕo^{31} se^{31} ou^{31}

是 谁 垂 起 身 垂 起 呕

是谁旋起身旋起

ou^{33} tse^{33} li^{31} se^{33} se^{35} ou^{33}

欧 志 里 是 色 欧

檻是起啊

fu^{54} li^{31} se^{33} se^{35} ou^{33}
花 里 是 色 欧
花是起

ɕi^{54} ɕo^{31} jou^{24} se^{33} ɕo^{31} ou^{33}
身 垂 又 是 垂 啊
锤身也是锤

ɕi^{54} ɕo^{31} jou^{24} se^{33} ɕo^{31}
身 垂 也 是 垂
身起也是旋

ɕo^{31} ɕo^{31} jou^{24} se^{33} ɕo^{31} ou^{33}
垂 垂 又 是 垂 啊
旋旋又旋旋

ɕi^{54} ɕo^{31} jou^{24} se^{33} ɕo^{31}
身 垂 也 是 垂
身起也是旋

səŋ^{54} tiaŋ^{54} ȵue^{54} ou^{33}
三 江 月 欧
三江月

o^{33} ȵue^{54} tiaŋ^{54} jou^{54} se^{54} ɕo^{31}
欧 月 江 又 是 垂
江水（回旋）也是旋

ɕo^{31} ɕo^{31} jou^{54} se^{54} ɕo^{31} ou^{33}
垂 垂 也 是 垂 啊
旋旋又旋旋

o^{33} ȵue^{54} tiaŋ^{54} jou^{54} se^{54} ɕo^{31}
欧 月 江 也 是 垂
月亮（倒影）也是垂

səŋ^{54} li^{31} vai^{35} ou^{31}
三 里 县 呕
三里县

ou^{33} liŋ^{33} li^{31} se^{33} ɕo^{35} ou^{33}
欧 岭 里 是 出 欧
是岭里出

li^{54} lio^{54} jou^{31} ou^{33} jou^{24} li^{54}
里 猪 油 欧 又 里
绿油油哩

lio^{54} jou^{31} ou^{33} jou^{24} li^{54}
猪 油 欧 又 里
绿油油

jou^{24} li^{54} jou^{54} se^{54} le^{31}
又 里 也 是 犁
由来也是来

le^{33} le^{33} jou^{54} se^{54} le^{31}
犁 犁 也 是 犁
来嘞也是来

se^{54} tsəi^{54} ɕaŋ^{33}
思 齐 常
事齐祥

le^{24} li^{54} la^{31} se^{54} liou^{54} ho^{31} le^{31}
犁 里 拉 丝 柳 喉 犁
来嘞来斯留侯来

liaŋ^{31} mau^{24} nəŋ^{54} luo^{31} tsa^{24} ta^{31} tau^{33}
龙 木 给 来 凿 桌 肚
龙木拿来凿横栏

tiaŋ^{54} mau^{24} nəŋ^{54} luo^{31} lia^{54} lie^{31} vo^{31}
樟 木 给 来 雕 云 芽
樟木拿来雕花边

se^{33} ɕo^{31} ɕo^{31} se^{31} ŋu^{31} ɕo^{31} se^{31} ou^{31}
是 谁 垂 是 芽 垂 起 呕
是谁旋起牙旋起

ou^{33} tse^{33} li^{31} se^{33} se^{35} ou^{33}
欧 志 里 是 色 欧
檵是起啊

fu^{54} li^{31} se^{33} se^{35} ou^{33}
花 里 是 色 欧
花是起

ŋu^{31} ɕo^{31} jou^{54} se^{54} ɕo^{31}
芽 垂 也 是 垂
锤牙也是锤

ou^{33} ŋu^{31} ɕo^{31} jou^{24} se^{33} ɕo^{31}
阿 芽 垂 也 是 垂
牙起也是旋

ɕo^{31} ɕo^{31} jou^{24} se^{33} ɕo^{31} ou^{33}
垂 垂 也 是 垂 啊
旋旋又旋旋

ŋu^{31} ɕo^{31} jou^{24} se^{33} ɕo^{31}
芽 垂 也 是 垂
牙起也是旋

səŋ^{54} tiaŋ^{54} ŋue^{24} ou^{33}
三 江 月 欧
三江月

o^{33} ŋue^{24} tiaŋ^{54} jou^{54} se^{54} ɕo^{31}
欧 月 江 也 是 垂
江水（回旋）也是旋

ɕo^{31} ɕo^{31} jou^{24} se^{33} ɕo^{31} o^{33}
垂 垂 也 是 垂 啊
旋旋又旋旋

o^{33} ŋue^{24} tiaŋ^{54} jou^{24} se^{33} ɕo^{31}
欧 月 江 也 是 垂
月亮（倒影）也是垂

səŋ^{54} li^{31} vai^{54} ou^{31}
三 里 县 呕
三里县

ou^{33} liŋ^{33} li^{31} se^{33} ɕo^{35} ou^{33}
欧 岭 里 是 出 欧
是岭里出

li^{54} lio^{54} jou^{33} ou^{33} jou^{33} li^{31}
里 猪 油 欧 又 里
绿油油哩

lio^{54} jou^{31} ou^{33} jou^{24} li^{54}
猪 油 欧 又 里
绿油油

jou^{24} li^{54} jou^{54} se^{54} le^{31}
又 里 也 是 犁
由来也是来

le^{33} le^{33} jou^{54} se^{54} le^{31}
犁 犁 也 是 犁
来嘞也是来

se^{54} tsəi^{54} ɕaŋ^{33}
思 齐 常
事齐祥

le^{24} li^{54} la^{31} se^{54} liou^{54} ho^{31} le^{31}
犁 里 拉 丝 柳 喉 犁
来嘞来斯留侯来

laŋ^{31} mau^{24} nəŋ^{54} luo^{31} tsa^{24} ta^{31} ve^{33}
短 木 给 来 凿 桌 椀
短木拿来凿桌栊

so^{33} khou^{33} liu^{31} ŋu^{31} so^{33} khou^{33} ɕa^{54}
四 扣 云 牙 四 扣 肖
四段花边四段榫

tsho^{35} mau^{24} nəŋ^{54} luo^{31} tiaŋ^{24} zə^{35} ɕəŋ^{33}
七 木 给 来 共 一 姓
七木凑来共一姓

tiaŋ^{24} se^{31} zə^{35} ɕəŋ^{33} tsa^{33} fu^{35} ta^{31}
共 起 一 姓 凿 花 桌
共起一姓凿花桌

tsa^{33} se^{31} fu^{35} ta^{31} so^{33} tɕu^{54} tia^{35}
凿 起 花 桌 四 只 脚
凿起花桌四只脚

fu^{35} ta^{31} so^{33} tia^{35} tsa^{33} tɕhəŋ^{54} tou^{31}
花 桌 四 脚 在 清 头
花桌四脚坐厅堂

tɕu^{31} mau^{24} nəŋ^{54} luo^{31} tsa^{24} tɕa^{31} ləŋ^{33}
枞 木 给 来 凿 条 凳
松树拿来凿条凳

pəŋ^{54} mau^{24} nəŋ^{54} luo^{31} kuo^{35} fə^{31} pəŋ^{31}
枫 木 给 来 做 火 盆
枫木拿来做火盆

fə^{31} pəŋ^{31} vai^{31} se^{31} kaŋ^{31} ləŋ^{54} ɕo^{35}
火 盆 原 是 广 东 出
火盆原是广东出

fu^{54} ȵi^{31} ma^{33} ma^{24} luo^{31} liŋ^{33} tɕəŋ^{31}
客 人 买 卖 来 领 情
客人买卖来结缘

liŋ^{33} tɕəŋ^{31} jou^{33} tsai^{31} lio^{31} fu^{33} tio^{35}
领 情 有 钱 留 下 张
有钱有缘留一个

lio^{31} fu^{33} zə^{35} tio^{35} paŋ^{33} fu^{54} ta^{31}
留 下 一 张 伴 花 桌
留下一个伴花桌

haŋ^{31} thai^{54} tiu^{35} fə^{31} vo^{31} lau^{54} fə^{31}
寒 天 烤 火 围 灶 火
寒天烤火围盆火

mə^{33} kaŋ^{31} thai^{54} tou^{31} ɕuəi^{35} maŋ^{33} ɕi^{54}
不 管 天 头 雪 满 山
不管天头雪满山

fu^{54} ta^{31} tsa^{33} ɕəŋ^{31} se^{24} no^{24} zə^{24}
花 桌 凿 成 十 二 日
花桌凿成十二日

se^{24} no^{24} zə^{24} ɕəŋ^{31} tɕhəŋ^{54} ɕaŋ^{24} ta^{31}
十 二 日 成 清 上 桌
十二日成厅堂桌

tiaŋ^{54} se^{54} ɕo^{35} lu^{35} thia^{31} jou^{31} tɕaŋ^{24}
江 西 出 得 巧 油 匠
江西常出巧油匠

liu^{31} səŋ^{54} tɕhəŋ^{31} tɕaŋ^{24} tsho^{35} fu^{54} ta^{31}
刘 三 请 匠 漆 花 桌
刘三请匠漆花桌

zə^{35} tɕi^{54} miŋ^{31} jou^{31} paŋ^{33} tɕi^{54} tsho^{35}
壹 斤 明 油 半 斤 漆
一斤桐油半斤漆

tɕuai^{31} tɕi^{54} tsho^{35} se^{31} tɕhaŋ^{54} ɕaŋ^{24} ta^{31}
全 金 漆 起 清 上 桌
全金漆好厅堂桌

jou^{33} se^{31} fu^{54} ta^{31} ti^{24} ti^{24} liaŋ^{24}
油 起 花 桌 顶 顶 亮
漆得花桌特别亮

tsho^{35} se^{31} fu^{54} ta^{31} thəi^{35} thəi^{35} ɕi^{54}
漆 起 花 桌 贴 贴 新
漆得花桌格外新

so^{33} tɕu^{35} ta^{31} tou^{31} so^{33} kaŋ^{31} po^{35}
四 个 台 头 四 杆 笔
四个桌角四杆笔

so^{33} tɕu^{35} ta^{31} tio^{35} so^{33} pəŋ^{31} ɕo^{54}
四 个 桌 角 四 本 书
四个桌角四本书

tsho^{35} ɕuəi^{33} la^{33} tsu^{31} səŋ^{33} no^{24} ɕo^{24}
七 岁 孩 子 送 入 学
七岁孩儿送入学

lai^{33} tau^{24} se^{24} nai^{31} po^{35} nəi^{35} kuo^{54}
连 读 十 年 毕 业 归
连读十年毕业回

ɕou^{31} luo^{31} nio^{33} hau^{33} tɕi^{54} mo^{24} ɕo^{31}
手 拿 玉 壶 真 墨 水
手拿玉壶金墨水

tso^{24} se^{35} po^{35} tou^{31} thou^{24} se^{54} ɕo^{54}
浸 湿 笔 头 透 诗 书
浸湿笔头写诗书

thou^{24} se^{31} se^{54} ɕo^{54} səŋ^{54} pu^{35} pəŋ^{31}
透 起 诗 书 三 百 本
写成诗书三百本

thou^{24} se^{31} tiou^{31} tiai^{54} so^{33} pu^{35} phe^{54}
透 起 九 经 四 百 篇
著成九经四百篇

liu^{31} səŋ^{54} luo^{31} ɕo^{35} məŋ^{31} tsai^{31} sa^{33}
刘 三 拿 出 门 前 晒
刘三拿出门前晒

tse^{33} lu^{35} ki^{54} məŋ^{31} maŋ^{33} tsə^{35} ɕou^{54}
记 得 关 门 忘 记 收
记得关门忘记收

ɕo^{24} luo^{31} zə^{35} ki^{54} liaŋ^{31} ɕaŋ^{33} ɕo^{31}
睡 倒 一 更 龙 上 水
睡倒一更龙上水

ɕo^{24} luo^{31} no^{24} ki^{54} se^{31} au^{54} vie^{31}
睡 倒 二 更 起 乌 云
睡倒二更起乌云

ɕo^{24} luo^{31} səŋ^{54} ki^{54} lua^{31} liu^{24} ȵe^{33}
睡 倒 三 更 雷 雳 眼
睡倒三更雷电闪

ɕo^{24} luo^{31} so^{33} ki^{54} hau^{33} lai^{31} lio^{31}
睡 倒 四 更 雨 连 流
睡倒四更雨瓢泼

ɕo^{24} luo^{31} ŋau^{33} ki^{54} fa^{35} ta^{24} ɕo^{31}
睡 倒 五 更 发 大 水
睡倒五更发大水

ɕo^{31} tɕhua^{54} kø^{54} pəŋ^{31} luo^{33} jaŋ^{31} tiou^{54}
水 推 歌 本 到 扬 州
水推歌本到扬州

hau^{33} luo^{33} jaŋ^{31} tiou^{54} jaŋ^{31} tse^{31} ta^{24}
去 到 扬 州 洋 子 大
去到扬州河流宽

so^{33} liŋ^{31} təŋ^{31} paŋ^{33} thəi^{33} nəŋ^{31} jou^{54}
四 邻 同 伴 替 男 忧
四邻同伴替我忧

zə^{35} khou^{33} piou^{35} pa^{31} kaŋ^{31} mə^{33} luo^{33}
一 个 竹 排 管 不 到
一个竹排赶不到

no^{24} khou^{33} piou^{35} pa^{31} kaŋ^{31} luo^{33} tiou^{54}
二 个 竹 排 管 到 州
两个竹排赶到州

zə^{35} khou^{33} lia^{31} kuo^{54} kua^{33} mə^{33} luo^{33}
一 个 镣 钩 挂 不 到
一个铁钩钩不到

no^{24} khou^{33} lia^{31} kuo^{54} kua^{33} luo^{33} tou^{31}
二 个 镣 钩 挂 到 头
二个铁钩钩到头

səŋ^{54} khou^{33} lia^{31} kuo^{54} kua^{33} kuo^{54} pəŋ^{31}
三 个 镣 钩 挂 归 本
三个铁钩钩回本

kua^{33} kuo^{54} zə^{35} pəŋ^{31} se^{33} liu^{31} səŋ^{54}
挂 归 一 本 是 刘 三
钩回一本刘三书

liu^{31} səŋ^{54} tse^{35} ɕo^{35} kø^{54} luo^{31} thiaŋ^{33}
刘 三 置 出 歌 来 唱
刘三编出歌来唱

tse^{35} ɕo^{35} thiaŋ^{33} kø^{54} na^{24} fu^{54} jai^{31}
置 出 唱 歌 闹 花 筵
兴起唱歌伴行娘

lai^{31} zə^{33} lai^{31}
莲 叶 连
莲叶连

tɕou^{31} jai^{31} ɕo^{31} ta^{31} saŋ^{33} thiaŋ^{33} vai^{31}
酒 筵 垂 桌 算 唱 完
酒筵旋桌算唱完

tɕou^{31} jai^{31} ɕo^{31} ta^{31} saŋ^{33} thiaŋ^{33} lia^{33}
酒 筵 垂 桌 算 唱 了
酒筵旋桌算唱了

hou^{31} vu^{24} mə^{33} vai^{31} saŋ^{33} thiaŋ^{33} vai^{31}
口 曰 不 完 算 唱 完
口说不完算唱完

hou^{31} vu^{24} mə^{33} vai^{31} saŋ^{33} thiaŋ^{33} lia^{33}
口 曰 不 完 算 唱 了
口说不完算唱了

se^{33} la^{33} mə^{33} luo^{54} saŋ^{33} thiaŋ^{33} vai^{31}
是 俫 不 知 算 唱 完
是我不知算唱完

la^{33} nəŋ^{31} mə^{33} luo^{54} laŋ^{31} laŋ^{31} thiaŋ^{33}
俫 男 不 知 短 短 唱
是我不知短短唱

ȵi^{54} ju^{33} luo^{54} la^{33} mə^{33} luo^{54} kø^{54}
人 也 知 俫 不 知 歌
人也知我不知歌

ju^{24} va^{24} vai^{31} liaŋ^{24} ɕu^{33} kø^{33} la^{33}
也 会 原 谅 训 过 俫
也会原谅包涵我

tio^{31} ȵi^{31} liou^{24} tɕhi^{54} piu^{54} haŋ^{31} nəŋ^{31}
主 人 六 亲 包 涵 男
主人六亲包涵我

tse^{31} vaŋ^{24} ȵi^{54} ȵi^{54} piu^{54} haŋ^{31} la^{33}
指 望 人 人 包 涵 俫
希望人人包涵我

piu^{54} haŋ^{31} la^{33} saŋ^{54} na^{24} fu^{54} jai^{31}
包 涵 俫 双 闹 花 筵
包涵我俩闹花筵

laŋ^{31} laŋ^{31} thiaŋ^{33}
短 短 唱
短短唱

$laŋ^{31}$ $laŋ^{31}$ $tɕoŋ^{54}$ $kø^{33}$ $niou^{24}$ se^{54} $ȵi^{31}$
短 短 尊 过 乐 师 人
短短传过乐师人

$thio^{54}$ $thiu^{31}$ $ɕaŋ^{31}$ $tshe^{33}$ $niou^{24}$ se^{54} tsa^{33}
吹 拉 响 器 乐 师 做
吹拉响器乐师做

$tsəi^{35}$ se^{31} $ɕaŋ^{31}$ $tshe^{33}$ na^{24} fu^{54} jai^{31}
接 着 响 器 闹 花 筵
奏响乐器闹花筵

十二、请侍娘带新娘出堂屋𨡓茶歌

tsəi³⁵ se³¹ thiaŋ³³
接 着 唱
接着唱

tsəi³⁵ se³¹ ɕaŋ³¹ tshe³³ la³³ thiaŋ³³ kø⁵⁴
接 着 响 器 俫 唱 歌
按着响器我唱歌

zə³⁵ ȵi³¹ zə³⁵ taŋ²⁴ lu³⁵ na²⁴ ne²⁴
一 人 一 段 得 闹 热
一人一段好热闹

ȵi⁵⁴ ȵi⁵⁴ haŋ⁵⁴ se³¹ na²⁴ fu⁵⁴ jai³¹
人 人 欢 喜 闹 花 筵
人人欢喜闹花筵

ɕou³¹ phu³⁵ ɕi⁵⁴ tou³¹ la³³ ɕaŋ³¹ se³¹
手 拍 心 头 俫 想 起
手拍心头我想起

se³³ la³³ ɕaŋ³¹ se³¹ təi²⁴ kø³³ haŋ³¹
是 俫 想 起 找 过 行
是我想起找过行

təi²⁴ kø³³ zə³⁵ haŋ³¹ jou³³ zə³⁵ no²⁴
找 过 一 行 有 一 二
另找一套有条理

jou^{33} zə^{35} jou^{33} no^{24} tɕhəŋ^{31} se^{24} niaŋ^{31}
有 一 有 二 请 侍 娘
有一有二请侍娘

tɕhəŋ^{31} se^{31} se^{24} niaŋ^{31} la^{33} se^{31} fu^{35}
请 起 侍 娘 带 起 客
请起侍娘带起客

la^{33} se^{31} ɕi^{54} ȵi^{31} luo^{31} sa^{54} tsu^{31}
带 起 新 人 来 酾 茶
带起新人来倒茶

la^{33} nəŋ^{31} thiaŋ^{33} kø^{54} thiaŋ^{33} lu^{35} tiou^{31}
倈 男 唱 歌 唱 得 久
我俩唱歌唱得久

niou^{24} se^{54} thio^{54} thio^{31} thio^{54} lu^{35} tɕaŋ^{31}
乐 师 吹 扯 吹 得 长
乐师吹扯吹得长

ȵi^{54} ȵi^{54} ho^{31} he^{31} hou^{31} ju^{24} tsho^{33}
个 个 舌 干 口 也 燥
个个口干舌也燥

ji^{24} ka^{54} paŋ^{33} nəŋ^{31} sa^{54} pəi^{54} tsu^{31}
应 该 帮 男 酾 杯 茶
应该帮我斟杯茶

ɕi^{54} ȵi^{31} tse^{54} no^{54} təi^{24} zə^{35} tshe^{33}
新 人 今 天 第 一 次
新人今天第一次

ji^{24} ka^{54} se^{24} niaŋ^{31} la^{33} se^{31} luo^{31}
应 该 侍 娘 带 起 来
应该侍娘带出来

ji^{24} ka^{54} se^{24} niaŋ^{31} la^{33} se^{31} ɕo^{35}
应 该 侍 娘 带 起 出
应该侍娘带起出

ɕi^{54} ȵi^{31} tau^{31} ho^{31} luo^{31} sa^{54} tsu^{31}
新 人 才 好 来 酾 茶
新人才好来斟茶

təŋ^{33} mə^{33} təŋ^{33} se^{31} təi^{24} zə^{35} tshe^{33}
动 不 动 是 第 一 次
久不久是第一次

la^{33} ju^{24} tɕa^{24} hau^{33} tɕhəŋ^{31} me^{24} məŋ^{31}
俫 也 着 去 请 妹 们
我也要去请妹们

zə^{33} jaŋ^{24} tiaŋ^{31} luo^{31} zə^{33} jaŋ^{24} vo^{24}
依 样 讲 来 依 样 曰
依样讲来依样说

zə^{33} jaŋ^{24} vo^{24} luo^{31} tɕhəŋ^{31} niaŋ^{31} məŋ^{31}
依 样 曰 来 请 娘 们
依样讲来请娘们

ɕu^{24} ɕi^{54} tou^{31} ɕaŋ^{24} ɕu^{24} ɕi^{54} ɕi^{54}
石 山 头 上 石 新 新
石山头上石尖尖

pa^{35} tia^{35} vo^{35} tou^{31} həŋ^{54} ɕou^{31} tɕi^{54}
八 脚 维 头 置 手 巾
八脚维头织手巾

tie^{24} tse^{33} ɕou^{31} tɕi^{54} luo^{33} ɕaŋ^{33} lau^{24}
大 字 手 巾 来 上 路
大字手巾来上路

səi^{33} tse^{33} ɕou^{31} tɕi^{54} luo^{33} ɕaŋ^{33} tɕhəŋ^{54}
小 字 手 巾 来 上 清
小字手巾来出门

pu^{31} ɕaŋ^{33} tɕhəŋ^{54}
把 上 清
请上厅

tɕhəŋ^{31} niaŋ^{31} məŋ^{33} kø^{54} tɕou^{24} se^{31} ɕəŋ^{54}
请 娘 们 歌 就 起 声
请行娘歌就起声

no^{24} ŋue^{24} nəŋ^{31} pəŋ^{54} təŋ^{31} təŋ^{24} ɕaŋ^{33}
二 月 南 风 从 垌 上
二月南风从垌上

pa^{35} ŋue^{24} tɕhou^{54} pəŋ^{54} təŋ^{31} liŋ^{33} luo^{31}
八 月 秋 风 从 岭 来
八月秋风从岭来

ta^{24} pəŋ^{54} luo^{33}
大 风 到
大风到

ɕi^{54} ɕi^{54} piou^{35} mau^{24} ti^{33} ləi^{54} tou^{31}
深 山 竹 木 都 低 头
深山竹木都低头

piou^{35} mau^{24} ləi^{54} tou^{31} tɕhəŋ^{33} pəŋ^{54} kø^{33}
竹 木 低 头 听 风 过
竹木低头听风过

tɕhəŋ^{54} tou^{31} ȵi^{31} la^{54} tɕhəŋ^{33} la^{33} ɕəŋ^{54}
清 头 人 多 听 倈 声
厅堂人多听我唱

tio^{31} ȵi^{31} liou^{24} tɕhi^{54} tɕhəŋ^{33} se^{31} la^{33}
主 人 六 亲 听 着 倈
主人六亲听着我

tɕhəŋ^{33} se^{31} la^{33} saŋ^{54} tɕhəŋ^{31} niaŋ^{31} məŋ^{31}
听 着 倈 双 请 娘 们
听着我俩请行娘

tɕhəŋ^{31} se^{31} se^{24} niaŋ^{31} hau^{33} la^{33} fu^{35}
请 起 侍 娘 去 带 客
先请侍娘去带客

la^{33} se^{31} ɕi^{54} niaŋ^{31} luo^{31} sa^{54} tsu^{31}
带 起 新 娘 来 酾 茶
带起新娘来斟茶

kaŋ^{31} se^{54} ma^{33} liaŋ^{54} mai^{31} həŋ^{31} tse^{31}
广 西 买 张 棉 红 纸
广西买张棉红纸

kuo^{54} luo^{31} tiaŋ^{54} ɕo^{24} tiou^{33} se^{54} tsa^{31}
归 来 中 学 教 师 裁
回到中学教师裁

tsa^{54} se^{31} tse^{31} tou^{31} pəi^{24} se^{31} po^{35}
裁 起 纸 子 别 起 笔
裁好纸儿顺好笔

pəi^{24} se^{31} po^{35} tou^{31} ɕou^{54} ɕəŋ^{31} ɕo^{54}
别 起 笔 子 修 成 书
顺好笔墨修成书

həŋ^{31} tse^{31} ɕou^{54} ɕo^{54} se^{24} no^{24} zə^{35}
红 纸 修 书 十 二 页
红纸修书十二页

se^{24} no^{24} zə^{35} ɕo^{54} tɕhəŋ^{31} niaŋ^{31} məŋ^{31}
十 二 页 书 请 娘 们
十二页书请娘们

zə^{35} pəŋ^{31} hau^{33} tɕhəŋ^{31} se^{24} niaŋ^{31} məŋ^{33}
一 本 去 请 侍 娘 母
一本去请侍娘母

no^{24} pəŋ^{31} hau^{33} tɕhəŋ^{31} ɕi^{54} niaŋ^{31} luo^{31}
二 本 去 请 新 娘 来
二本去请新娘来

se^{24} niaŋ^{31} la^{33} se^{31} ɕi^{54} niaŋ^{31} ɕo^{35}
侍 娘 带 起 新 娘 出
侍娘带着新娘出

ɕo^{35} luo^{31} tɕhəŋ^{54} tou^{31} luo^{31} sa^{54} tsu^{31}

出 来 清 头 来 釃 茶

出到厅堂来斟茶

zə^{35} po^{35} ɕu^{31} ɕəŋ^{31} se^{33} niai^{31} tse^{24}

一 笔 写 成 是 言 字

一笔写成是言字

tɕhəŋ^{54} tse^{24} ɕu^{35} luo^{31} tse^{31} saŋ^{54} saŋ^{54}

青 字 写 来 直 双 双

青字写来直双双

niai^{31} ji^{54} tɕhəŋ^{54} tse^{24} saŋ^{54} saŋ^{54} tse^{33}

言 与 青 字 双 双 站

言与青字双双站

tshu^{35} tse^{24} thiaŋ^{33} tou^{31} tɕhəŋ^{31} niaŋ^{31} məŋ^{31}

拆 字 唱 条 请 娘 们

拆字唱歌请妹们

se^{24} niaŋ^{31} ɕi^{54} niaŋ^{31} zə^{35} tsəi^{31} tɕhəŋ^{31}

侍 娘 新 娘 一 齐 请

侍娘新娘一齐请

liaŋ^{33} ȵi^{31} tɕhəŋ^{31} ɕo^{35} tɕhəŋ^{54} tou^{31} luo^{31}

两 人 请 出 清 头 来

两人请出厅堂来

tɕhəŋ^{31} ɕo^{35} tɕhəŋ^{54} tou^{31} jou^{33} zə^{35} no^{24}

请 出 清 头 有 一 二

请出厅堂有一二

jou^{33} zə^{35} jou^{33} no^{24} luo^{31} sa^{54} tsu^{31}
有 一 有 二 来 酾 茶
有一有二来斟茶

tən^{33} mə^{33} tən^{33} se^{33} tai^{24} zə^{35} tshe^{33}
动 不 动 是 第 一 次
久不久是第一次

se^{33} nian^{31} ji^{24} ka^{54} pa^{35} ɕi^{54} n̥i^{31}
侍 娘 应 该 邀 新 人
侍娘应该邀新人

pa^{35} se^{31} ɕi^{54} nian^{31} tse^{24} tɕou^{24} le^{33}
邀 起 新 娘 自 就 些
邀着新娘爽快些

li^{31} khua^{33} tse^{24} tɕou^{24} luo^{31} sa^{54} tsu^{31}
打 快 自 就 来 酾 茶
爽爽快快来斟茶

səi^{33} hau^{33} mo^{31} mo^{31} la^{24} lu^{35} tio^{31}
小 雨 毛 毛 落 得 久
小雨毛毛下得久

la^{24} tio^{31} mə^{33} kai^{33} lau^{24} ɕo^{31} lio^{31}
落 久 不 见 路 水 流
下久不见雨水流

la^{24} tio^{31} mə^{33} kai^{33} lau^{24} ɕo^{31} tsou^{31}
落 久 不 见 路 水 走
下久不见水泛滥

tɕhəŋ^{31} tiou^{31} mə^{33} kai^{33} niaŋ^{31} məŋ^{31} luo^{31}
请 久 不 见 娘 们 来
请久不见妹们来

tɕhəŋ^{31} tiou^{31} mə^{33} kai^{33} se^{24} niaŋ^{31} ɕo^{35}
请 久 不 见 侍 娘 出
请久不见侍娘出

mə^{33} kai^{33} ɕi^{54} niaŋ^{31} ɕo^{35} tɕhəŋ^{54} tou^{31}
不 见 新 娘 出 清 头
不见新娘出厅堂

la^{33} tɕhəŋ^{31} se^{24} niaŋ^{31} tse^{24} tɕou^{24} le^{33}
倈 请 侍 娘 自 就 些
我请侍娘爽快些

la^{33} se^{31} ɕi^{54} niaŋ^{31} tse^{24} tɕou^{24} luo^{31}
带 起 新 娘 自 就 来
带着新娘快出来

tsa^{24} ɕu^{24} no^{24} ŋe^{31} hau^{33} lu^{35} tiou^{31}
丢 石 进 岩 去 得 久
丢石进岩去得久

tiou^{31} tiou^{31} mə^{33} məŋ^{31} ɕu^{24} əŋ^{33} ɕəŋ^{54}
久 久 不 闻 石 音 声
久久不闻石回声

tiou^{31} tiou^{31} mə^{33} məŋ^{31} əŋ^{33} ɕəŋ^{54} ɕaŋ^{31}
久 久 不 闻 音 声 响
久久不闻回声响

tɕhəŋ^{31} tiou^{31} mə^{33} kai^{33} ɕo^{35} tɕhəŋ^{54} tou^{31}
请 久 不 见 出 清 头
请久不见出厅堂

təŋ^{31} zə^{24} təŋ^{31}
藤 叶 藤
藤缠藤

məŋ^{24} niaŋ^{31} tɕhəŋ^{33} məŋ^{31} mə^{24} tɕhəŋ^{33} məŋ^{31}
问 娘 听 闻 不 听 闻
问娘听见没听见

vu^{24} se^{33} tɕhəŋ^{33} məŋ^{31} tɕhi^{33} tso^{31} ɕo^{35}
曰 是 听 闻 趁 早 出
若是听闻趁早出

tso^{31} ɕo^{35} tɕhəŋ^{54} tou^{31} luo^{31} sa^{54} tsu^{31}
早 出 清 头 来 釃 茶
早出厅堂来斟茶

ləŋ^{54} fə^{31} kaŋ^{54}
灯 火 光
灯火亮

lai^{31} tse^{31} ləŋ^{54} fə^{31} hau^{33} ha^{54} ɕaŋ^{54}
点 起 灯 火 去 开 箱
点起灯火去开箱

ha^{54} ɕaŋ^{54} luo^{31} ɕo^{35} liaŋ^{31} se^{54} thiu^{35}
开 箱 拿 出 量 丝 尺
开箱拿出量丝尺

luo^{31} ɕo^{35} se^{54} thiu^{35} mi^{24} se^{54} liaŋ^{31}

拿　出　丝　尺　慢　思　量

拿出丝尺慢思量

mi^{24} mi^{24} se^{54} liaŋ^{31} mi^{24} mi^{24} ɕaŋ^{31}

慢　慢　思　量　慢　慢　想

慢慢思量慢慢想

ji^{24} mə^{33} ji^{24} ka^{54} luo^{31} sa^{54} tsu^{31}

应　不　应　该　来　酾　茶

应不应该来斟茶

pu^{24} maŋ^{31} maŋ^{31}

白　芒　芒

白茫茫

ɕu^{24} ɕi^{54} tou^{31} ɕaŋ^{24} taŋ^{33} thau^{31} tɕaŋ^{31}

石　山　头　上　冲　土　墙

石山头上夯土墙

ɕu^{24} ɕi^{54} tou^{31} ɕaŋ^{24} thau^{31} tɕaŋ^{31} au^{35}

石　山　头　上　土　墙　屋

石山头上土墙屋

ɕu^{24} fa^{54} fəŋ^{31} se^{31} saŋ^{33} ɕo^{24} taŋ^{31}

石　灰　粉　起　算　学　堂

石灰刷起算学堂

səŋ^{54} ɕuəi^{33} la^{33} tou^{31} səŋ^{33} no^{24} ɕo^{24}

三　岁　孩　儿　送　入　学

三岁孩子送入学

pu^{31} po^{35} mə^{33} ɕo^{35} ɕaŋ^{24} ta^{24} ȵi^{31}
把 笔 不 识 上 大 人
把笔不识上大人

la^{33} se^{33} tse^{31} la^{31} ku^{54} tɕəŋ^{31} khau^{31}
我 是 几 兄 家 庭 苦
我们兄弟家境苦

ji^{54} vo^{24} ku^{54} khau^{31} ɕa^{31} tau^{24} ɕo^{54}
因 为 家 苦 少 读 书
因为家穷少读书

tau^{24} ɕo^{54} ɕa^{31} te^{54} mə^{33} luo^{54} luo^{33}
读 书 少 了 不 知 理
读书少了不知理

mə^{33} luo^{54} le^{33} mau^{24} tɕhəŋ^{31} niaŋ^{31} məŋ^{31}
不 知 礼 貌 请 娘 们
不知礼貌请新娘

tse^{31} vaŋ^{24} niaŋ^{31} nəŋ^{31} mə^{33} tse^{33} kua^{33}
指 望 娘 们 不 记 怪
希望妹们不怪罪

se^{24} niaŋ^{31} ɕi^{54} niaŋ^{31} vai^{31}·liaŋ^{24} nəŋ^{31}
侍 娘 新 娘 原 谅 男
侍娘新娘原谅我

tɕhəŋ^{31} mə^{33} tɕa^{24} se^{31} ɕi^{33} kø^{33} la^{33}
请 不 对 也 训 过 俫
请不对也原谅我

le^{33} mau^{24} mə^{33} thaŋ^{54} piu^{54} haŋ^{31} nəŋ^{31}
礼 貌 不 通 包 涵 男
礼貌不通包涵我

vu^{24} jou^{33} mə^{33} lua^{33} thiaŋ^{31} ɕo^{35} luo^{31}
如 有 不 对 讲 出 来
如有不对讲出来

nəŋ^{54} la^{33} luo^{54} luo^{35} ka^{31} tiŋ^{33} luo^{31}
给 俫 知 道 改 正 来
给我知道改正来

fu^{24} po^{33} se^{33} mə^{33} ə^{54} jaŋ^{24} tiaŋ^{31}
话 鼻 是 否 这 样 讲
话儿是否这样讲

fə^{24} mə^{33} fə^{24} ɕi^{54} vai^{31} liaŋ^{24} nəŋ^{31}
合 不 合 心 原 谅 男
合不合心原谅我

ta^{24} mau^{24} jo^{24} phu^{33} tshai^{54} luo^{54} tia^{35}
大 树 也 怕 千 刀 砍
大树也怕千刀砍

miŋ^{31} pu^{24} jou^{24} phu^{33} paŋ^{33} tio^{33} təi^{31}
明 白 又 怕 半 句 提
明白人怕半句提

paŋ^{33} tio^{33} təi^{31} luo^{31} pu^{24} tse^{24} lia^{33}
半 句 提 来 白 字 了
半句提来识白字

tiou^{33} tiou^{33} te^{31} luo^{31} niaŋ^{31} tse^{24} tshəŋ^{54}
句 句 提 来 娘 自 聪
句句提来妹自觉

pəi^{24} khəŋ^{35} niaŋ^{31} məŋ^{31} tshəŋ^{54} miŋ^{31} nio^{33}
别 刻 娘 们 聪 明 女
往时妹们聪明女

tse^{54} no^{54} lau^{35} jaŋ^{31} mə^{33} tshəŋ^{54} miŋ^{31}
今 天 怎 样 不 聪 明
今天怎样不聪明

se^{33} mə^{33} tiŋ^{33} tsəŋ^{54} tsou^{35} ləŋ^{24} la^{33}
是 否 正 经 作 弄 俫
是否故意作弄我

tsou^{35} ləŋ^{24} la^{33} nəŋ^{31} mə^{33} luo^{54} kø^{54}
作 弄 俫 男 不 知 歌
作弄我俩不知歌

hai^{31} se^{33} ɕai^{31} la^{33} lou^{35} zə^{35} tho^{33}
还 是 嫌 俫 哪 一 套
还是嫌我哪一套

se^{33} mə^{33} ɕai^{31} la^{33} luo^{33} ȵi^{31} ku^{54}
是 否 嫌 俫 老 人 家
是否嫌我老人家

hai^{31} se^{33} ɕai^{31} la^{33} mə^{33} luo^{54} le^{33}
还 是 嫌 俫 不 知 礼
还是嫌我不知礼

mə^{33} luo^{54} le^{33} mau^{24} tɕhəŋ^{31} tsha^{35} niaŋ^{31}
不 知 礼 貌 请 错 娘
不知礼貌请错妹

la^{33} nəŋ^{31} tshu^{33} te^{54} mə^{33} tse^{33} kua^{33}
倈 男 错 了 不 记 怪
我俩错了不怪罪

tɕhəŋ^{31} niaŋ^{31} vai^{31} liaŋ^{24} la^{33} nəŋ^{31} saŋ^{54}
请 娘 原 谅 倈 男 双
请妹原谅我们俩

vai^{31} liaŋ^{24} la^{33} nəŋ^{31} vu^{24} niaŋ^{31} ho^{31}
原 谅 倈 男 曰 娘 好
原谅我们说妹好

nai^{24} niaŋ^{31} piu^{54} haŋ^{31} la^{33} nəŋ^{31} saŋ^{54}
念 娘 包 涵 倈 男 双
望妹包涵我们俩

ŋou^{31} vu^{35} taŋ^{33} tso^{31} mə^{33} lio^{35} thio^{35}
牛 弯 春 糍 不 弯 曲
牛轭春糍别弯曲

au^{54} vu^{54} tse^{33} ɕo^{24} mə^{33} kho^{31} ŋa^{31}
乌 鸦 站 树 不 可 挨
乌鸦站树不可久

ŋa^{31} luo^{31} ŋa^{31} hau^{33} mu^{33} no^{24} tse^{31}
挨 来 挨 去 没 日 子
挨来挨去没时间

ŋa^{31} tɕe^{31} fu^{54} jai^{31} se^{24} mə^{33} thaŋ^{54}
挨 着 花 筵 事 不 通
误了花筵事不通

mu^{33} fə^{31} zə^{24} mo^{31} nəŋ^{31} tɕhi^{33} tso^{31}
没 火 吃 饭 能 趁 早
没火吃饭能趁早

pu^{35} faŋ^{54} no^{31} tso^{31} mə^{33} no^{31} tou^{31}
北 方 宜 早 不 宜 迟
北方宜早不宜迟

pu^{35} faŋ^{54} no^{31} tso^{31} ɕəŋ^{31} ɕi^{54} hau^{33}
北 方 宜 早 诚 心 去
北方宜早诚心去

pu^{35} faŋ^{54} no^{31} tou^{31} mə^{33} ɕəŋ^{31} ɕi^{54}
北 方 宜 迟 不 诚 心
北方若迟不诚心

pai^{31} luai^{33} mai^{31} vo^{54} fi^{54} luai^{31} lia^{35}
反 转 棉 衣 翻 转 穿
反转棉衣翻面穿

tɕaŋ^{54} luo^{31} niaŋ^{31} məŋ^{31} tsa^{33} la^{33} nəŋ^{31}
将 来 娘 们 做 我 们
将来妹们邀我们

vu^{24} se^{33} niaŋ^{31} məŋ^{31} luo^{31} tiou^{31} la^{33}
曰 是 娘 们 来 求 俫
若是妹们来求我

la^{33} ju^{24} jou^{33} zə^{33} tsou^{35} ləŋ^{24} ȵi^{31}
我 也 有 意 作 弄 人
我也有意作弄人

tiou^{31} luo^{31} tiou^{31} hau^{33} tiou^{31} mə^{33} təŋ^{33}
求 来 求 去 求 不 动
求来求去求不动

ju^{35} vu^{24} tiou^{31} ȵi^{31} ȵi^{31} mə^{33} ȵi^{31}
看 看 求 人 难 不 难
看看求人难不难

piŋ^{31} tau^{24} tha^{54} thiu^{54} thiu^{54} mə^{33} luai^{33}
平 地 拖 车 车 不 转
平地拖车车不转

pəi^{35} jou^{24} thiu^{54} ɕi^{54} jou^{33} ŋa^{24} tau^{31}
必 有 车 芯 有 碍 徒
必是车轴有故障

thiu^{54} ɕi^{54} jou^{33} ŋa^{24} la^{33} mu^{35} ŋa^{24}
车 芯 有 碍 俫 没 碍
车轴有碍我没碍

la^{33} jou^{24} mu^{33} luo^{35} ŋa^{33} tɕa^{31} niaŋ^{31}
俫 也 没 有 碍 着 娘
我也没有碍妹们

mu^{33} luo^{35} ŋa^{33} tɕa^{31} təi^{24} vai^{31} ji^{54}
没 有 碍 着 找 原 因
没有妨碍找原因

ɕou^{31} luo^{31} tsa^{24} tou^{31} ka^{31} thiu^{54} liaŋ^{33}
手 拿 凿 子 解 车 梁
手拿凿子分解开

ka^{31} ha^{54} thiu^{54} liaŋ^{31} thiu^{54} tse^{24} luai^{33}
解 开 车 梁 车 自 转
解开车轴车自转

ɕaŋ^{33} kaŋ^{54} fu^{33} hai^{31} mu^{33} ŋa^{24} tau^{31}
上 岗 下 坳 没 碍 徒
上岗下坳得顺溜

ɕaŋ^{54} tɕhəŋ^{31} ɕaŋ^{54}
相 请 相
相请啊

ɕaŋ^{54} tɕhəŋ^{31} tio^{31} ȵi^{31} tsa^{33} se^{31} tiaŋ^{54}
相 请 主 人 做 主 张
相请主人做主张

tio^{31} ȵi^{31} tsa^{33} lu^{35} se^{31} tiaŋ^{54} se^{24}
主 人 做 得 主 张 事
主人做得主张事

se^{31} tiaŋ^{54} hau^{33} khuai^{33} se^{24} niaŋ^{31} ȵi^{31}
主 张 去 劝 侍 娘 人
主张去劝行娘人

khuai^{33} se^{31} se^{24} niaŋ^{31} kuai^{33} ɕi^{54} niaŋ^{31}
劝 起 侍 娘 劝 新 娘
劝起伴娘劝新娘

li^{31} khua^{33} tse^{24} tɕou^{24} ɕo^{35} tɕhəŋ^{54} tou^{31}
打 快 自 就 出 清 头
赶紧爽快出厅堂

ɕo^{35} luo^{31} tɕhəŋ^{54} tou^{31} jou^{33} zə^{35} no^{24}
出 来 清 头 有 一 二
出来厅堂有一二

liaŋ^{33} ȵi^{54} saŋ^{54} saŋ^{54} sa^{54} tsu^{31} luo^{31}
两 个 双 双 酾 茶 来
两人双双斟茶来

sa^{54} te^{54} lio^{24} tsu^{31} lu^{35} se^{24} lia^{33}
酾 得 绿 茶 得 事 了
斟得绿茶得事了

ɕuəi^{35} te^{54} lio^{24} tsu^{31} lu^{35} se^{24} thaŋ^{54}
喝 了 绿 茶 得 事 通
喝了绿茶得事通

ləŋ^{54} pai^{54} nəi^{24} tou^{31} ɕo^{35} lu^{35} tso^{31}
东 边 日 头 出 得 早
东边太阳出得早

səi^{54} pai^{54} ŋue^{24} liaŋ^{31} la^{24} liŋ^{33} tou^{31}
西 边 月 亮 落 岭 迟
西边月亮落山迟

nəi^{24} tou^{31} la^{24} liŋ^{33} ŋue^{24} liaŋ^{31} ɕo^{35}
日 头 落 岭 月 亮 出
太阳落山月亮出

se^{24} niaŋ^{31} ɕi^{54} niaŋ^{31} miŋ^{31} pu^{24} ȵi^{31}
侍 娘 新 娘 明 白 人
侍娘新娘明白人

se^{24} niaŋ^{31} ɕi^{54} niaŋ^{31} miŋ^{31} pu^{24} nio^{33}
侍 娘 新 娘 明 白 女
侍娘新娘明白女

tio^{31} pai^{24} təi^{31} tou^{31} ɕo^{35} te^{54} luo^{31}
随 便 提 条 出 了 来
随便提醒出了来

ɕo^{35} luo^{31} tɕhəŋ^{54} tou^{31} luo^{54} le^{33} mau^{24}
出 来 清 头 知 礼 貌
出来厅堂懂礼貌

səi^{33} ɕi^{54} zə^{33} ho^{31} sa^{54} lio^{24} tsu^{31}
细 心 意 好 酾 绿 茶
细心好意斟绿茶

kaŋ^{31} se^{54} to^{24} naŋ^{33} tsho^{31} pəi^{35} ŋo^{31}
广 西 地 暖 草 发 芽
广西地暖草发芽

tia^{31} ləŋ^{54} ɕo^{35} ȵi^{31} fə^{31} səŋ^{54} jo^{31}
朝 东 出 人 何 三 爷
朝东出个何三爷

fi^{54} pai^{31} məŋ^{31} tsai^{31} tɕi^{33} tɕhi^{54} mau^{24}
翻 转 门 前 种 椿 木
翻转门前种香椿

tɕhəŋ^{54} tou^{31} ȵi^{54} ȵi^{54} ɕuəi^{35} te^{54} tsu^{31}
清 头 个 个 喝 了 茶
厅堂个个喝了茶

se^{24} niaŋ^{31} ɕi^{54} niaŋ^{31} le^{33} mau^{24} ho^{31}
侍 娘 新 娘 礼 貌 好
侍娘新娘礼貌好

ɕou^{31} luo^{31} ɕaŋ^{54} ai^{54} ta^{33} faŋ^{33} nəŋ^{31}
手 拿 香 烟 待 奉 男
手拿香烟侍奉我

se^{24} ta^{33} niaŋ^{31} məŋ^{31} səi^{33} zə^{33} ho^{31}
实 在 娘 们 细 意 好
实在妹们心意好

tɕhəŋ^{54} tou^{31} ȵi^{54} ȵi^{54} faŋ^{33} ta^{54} ai^{54}
清 头 人 人 奉 了 烟
厅堂人人奉了烟

pəi^{24} ku^{54} fu^{54} jai^{31} mu^{33} jaŋ^{24} ho^{31}
别 家 花 筵 没 样 好
别家花筵没样好

ȵi^{31} tɕəŋ^{31} se^{33} kuo^{54} niaŋ^{31} məŋ^{31} tɕaŋ^{31}
人 情 是 归 娘 们 长
人情是归妹们长

niaŋ^{31} məŋ^{31} ȵi^{31} tɕəŋ^{31} tɕaŋ^{31} lio^{31} ɕo^{31}
娘 们 人 情 长 流 水
妹们人情长流水

tia^{33} la^{33} ȵi^{31} tɕəŋ^{31} tɕaŋ^{31} mə^{33} luo^{31}
照 倈 人 情 长 不 来
照我人情长不来

sa^{54} mə^{33} tɕi^{33} ke^{33} hau^{31} tiaŋ^{54} tɕo^{31}
酾 不 尽 的 壶 中 酒
斟不尽的壶中酒

nai^{31} mə^{33} tɕi^{33} ke^{33} ho^{31} ȵi^{31} tɕəŋ^{31}
念 不 尽 的 好 人 情
念不尽的好人情

fa^{31} ku^{54} səŋ^{54} no^{35} nai^{24} səŋ^{54} no^{35}
回 家 三 天 念 三 天
回家三天念三天

fa^{31} ku^{54} so^{33} no^{35} nai^{24} mə^{33} vai^{31}
回 家 四 天 念 不 完
回家四天念不完

ȵi^{31} ɕi^{54} zə^{35} se^{33} nai^{24} zə^{35} se^{33}
人 生 一 世 念 一 世
人生一世念一世

ȵi^{31} ɕi^{54} zə^{35} se^{33} nai^{24} mə^{33} vai^{31}
人 生 一 世 念 不 完
人生一世念不完

nai^{24} mə^{33} tɕi^{33} ke^{33} ho^{31} səi^{33} zə^{33}
念 不 尽 的 好 细 意
念不尽的细心意

nai^{24} mə^{33} vai^{31} ke^{33} ho^{31} fu^{35} tɕəŋ^{31}
念 不 完 的 好 客 情
念不完的款待情

tau^{24} tɕi^{33} se^{33} ɕo^{54} tiŋ^{33} ha^{54} pəŋ^{31}
读 尽 诗 书 订 开 本
读尽诗书编新册

nai^{24} tɕi^{33} tiou^{31} tiai^{54} ki^{31} ha^{54} phe^{54}
念 尽 九 经 减 开 编
念尽九经减一编

ki^{31} ha^{54} zə^{35} phe^{54} tɕoŋ^{54} kuo^{33} paŋ^{33}
减 开 一 编 尊 过 伴
减去一编传给伴

tɕoŋ^{54} kuo^{33} niou^{24} se^{54} na^{24} fu^{54} jai^{31}
尊 过 乐 师 闹 花 筵
传过乐师闹花筵

十三、请新郎新娘出堂屋喝入伴酒歌

题解：新郎新娘出洞房陪伴村里同龄人喝酒，叫“入伴酒”，俗称“俫伴酒”“尚付酒”。这一环节需要唱歌邀请新郎新娘。

ɕou^{31} luo^{31} po^{33} po^{33} tie^{24} taŋ^{33} sai^{33}
手 拿 琵 琶 弹 断 线
手拿琵琶弹断线

liaŋ^{33} ɕou^{31} nəŋ^{54} luo^{31} nəŋ^{31} tsəi^{35} kuo^{54}
两 手 给 来 能 接 归
两手牵来能接回

tsəi^{35} kuo^{54} po^{31} po^{31} ɕou^{31} ɕaŋ^{24} tie^{24}
接 回 琵 琶 手 上 弹
接好琵琶手上弹

tsəi^{35} kuo^{54} kø^{54} ɕəŋ^{54} na^{24} fu^{54} jai^{31}
接 回 歌 声 闹 花 筵
接回歌声闹花筵

se^{24} niaŋ^{31} ɕi^{54} ȵi^{31} tɕhəŋ^{31} te^{54} ɕo^{35}
侍 娘 新 人 请 了 出
侍娘新人请了出

ɕo^{35} luo^{31} tɕhəŋ^{54} tou^{31} sa^{54} te^{54} tsu^{31}
出 来 清 头 酾 了 茶
出来厅堂斟了茶

ə^{54} fa^{31} luo^{33} te^{54} tɕhəŋ^{31} sa^{54} tɕou^{31}
这 回 到 了 请 釃 酒
这回到了请斟酒

lio^{24} tɕou^{31} ju^{24} tɕhəŋ^{31} sa^{54} ɕo^{35} luo^{31}
绿 酒 也 请 釃 出 来
绿酒也请斟出来

təŋ^{33} mə^{33} təŋ^{33} se^{31} zə^{35} taŋ^{24} se^{24}
动 不 动 是 一 段 事
久不久办一段事

təŋ^{33} mə^{33} təŋ^{33} se^{31} na^{24} fu^{54} jai^{31}
动 不 动 是 闹 花 筵
久不久又闹花筵

tsu^{31} tɕou^{31} ɕu^{24} ɕaŋ^{24} mə^{33} kho^{31} ɕa^{31}
茶 酒 席 上 不 可 少
茶酒席上不可少

ɕu^{24} ɕaŋ^{24} tsu^{31} tɕou^{31} luo^{31} mə^{33} ha^{54}
席 上 茶 酒 离 不 开
席上茶酒离不开

lio^{24} tsu^{31} se^{24} niaŋ^{31} la^{33} se^{31} sa^{54}
绿 茶 侍 娘 带 起 釃
侍娘带头斟绿茶

lio^{24} tɕou^{31} ɕi^{54} laŋ^{31} ɕi^{54} niaŋ^{31} sa^{54} ɕo^{35} luo^{31}
绿 酒 新 郎 新 娘 釃 出 来
新郎新娘斟绿酒

nəŋ^{31} nio^{33} ɕəŋ^{31} ku^{54} se^{33} zə^{35} tshe^{33}
男 女 成 家 是 一 次
男女成家是一次

mə^{33} po^{31} kau^{31} mau^{24} tsa^{33} pəŋ^{31} tɕhi^{54}
不 比 古 木 再 逢 春
不比枯木再逢春

kau^{31} mau^{24} pəŋ^{31} tɕhi^{54} fu^{54} tsa^{33} fa^{35}
古 木 逢 春 花 再 发
枯木逢春花再开

fə^{54} tɕhe^{54} ɕəŋ^{31} ku^{54} se^{33} zə^{35} fa^{31}
夫 妻 成 家 是 一 回
夫妻成家是一回

ɕi^{54} niaŋ^{31} ku^{33} luo^{31} ȵi^{24} no^{24} paŋ^{33}
新 娘 嫁 来 要 入 伴
新娘嫁来要入伴

no^{24} paŋ^{33} ju^{24} jou^{33} no^{24} paŋ^{33} tɕəŋ^{31}
入 伴 又 有 入 伴 情
入伴又有入伴礼

no^{24} paŋ^{33} ȵi^{24} ɕuəi^{35} no^{24} paŋ^{33} tɕou^{31}
入 伴 要 喝 入 伴 酒
入伴要喝入伴酒

tau^{31} se^{33} ta^{24} tsəi^{31} ho^{31} mə^{33} vai^{31}
才 是 大 齐 好 不 完
才是大家情意浓

tau^{31} ji^{54} la^{33} paŋ^{33} khua^{33} kuəi^{33} le^{33}

才 与 倈 伴 快 惯 些

才与伙伴习惯些

tau^{31} ji^{54} la^{33} paŋ^{33} luo^{54} lu^{35} ɕi^{54}

才 与 倈 伴 知 道 心

才与伙伴知心意

zə^{33} jaŋ^{24} tiaŋ^{31} luo^{33} zə^{33} jaŋ^{24} vo^{24}

依 样 讲 来 依 样 曰

依样讲来依样说

zə^{33} jaŋ^{24} vo^{24} luo^{31} tɕhəŋ^{31} ɕi^{54} ȵi^{31}

依 样 曰 来 请 新 人

依样说来请新人

ɕi^{54} laŋ^{31} ɕi^{54} niaŋ^{31} zə^{35} tsəi^{31} tɕhəŋ^{31}

新 郎 新 娘 一 齐 请

新郎新娘一起请

fə^{54} tɕhe^{54} saŋ^{54} saŋ^{54} tɕhəŋ^{31} ɕo^{35} luo^{31}

夫 妻 双 双 请 出 来

夫妻双双请出来

ɕo^{35} luo^{31} tɕhəŋ^{54} tou^{31} jou^{33} zə^{35} no^{24}

出 来 清 头 有 一 二

出来厅堂有一二

jou^{33} zə^{35} jou^{33} no^{24} sa^{54} tɕou^{31} luo^{31}

有 一 有 二 酾 酒 来

有一有二斟酒来

sa^{54} ɕo^{35} lio^{31} tɕou^{31} tsəi^{31} tsa^{33} fu^{33}
酾 出 绿 酒 齐 坐 下
斟出绿酒齐坐下

tsa^{33} fu^{33} ji^{54} paŋ^{33} ji^{31} tɕou^{31} jai^{31}
坐 下 与 伴 饮 酒 筵
坐下与伴饮酒筵

niai^{31} tse^{24} tɕaŋ^{33} te^{54} niai^{31} tse^{24} ɕai^{31}
言 字 将 了 言 字 形
言字像了言字形

tɕhəŋ^{54} tse^{33} nəŋ^{54} luo^{31} liaŋ^{33} ɕaŋ^{54} lai^{31}
青 字 给 来 两 相 连
青字写来两相连

niai^{31} ji^{54} tɕhəŋ^{54} tse^{33} saŋ^{54} saŋ^{54} tse^{33}
言 与 青 字 双 双 站
言与青字双双站

tshu^{35} tse^{24} thiaŋ^{33} tou^{31} tɕhəŋ^{31} ɕi^{54} ȵi^{31}
拆 字 唱 条 请 新 人
拆字唱歌请新人

ɕi^{54} laŋ^{31} ɕi^{54} niaŋ^{31} zə^{35} tsəi^{31} tɕhəŋ^{31}
新 郎 新 娘 一 齐 请
新郎新娘一齐请

zə^{35} tsəi^{31} tɕhəŋ^{31} ɕo^{35} tɕhəŋ^{54} tou^{31} luo^{31}
一 齐 请 出 清 头 来
一齐请出厅堂来

ɕo^{35} luo^{31} tɕhəŋ^{54} tou^{31} sa^{54} lio^{35} tɕou^{31}
出 来 清 头 醠 绿 酒
出来厅堂斟绿酒

sa^{54} ɕo^{35} lio^{35} tɕou^{31} ji^{31} tɕou^{31} jai^{31}
醠 出 绿 酒 饮 酒 筵
斟出绿酒饮酒筵

tau^{31} se^{33} ta^{24} tse^{31} khua^{33} no^{24} paŋ^{33}
才 是 大 家 快 入 伴
才是大家快入伴

tau^{31} hi^{33} ta^{24} tse^{31} ho^{31} mə^{33} vai^{31}
才 喊 大 家 好 不 完
才算大家情谊长

ɕi^{54} laŋ^{31} ɕi^{54} niaŋ^{31} ȵi^{24} tse^{24} tɕou^{24}
新 郎 新 娘 要 自 就
新郎新娘要爽快

ji^{24} ka^{54} tse^{24} tɕou^{24} ɕo^{35} tɕhəŋ^{54} tou^{31}
应 该 自 就 出 清 头
应该爽快出厅堂

tse^{54} no^{54} li^{31} ke^{31} kuo^{54} kaŋ^{54} kø^{33}
今 天 打 行 高 岗 过
今天打从高岗过

kuo^{54} kaŋ^{54} liŋ^{33} tia^{35} jou^{33} tɕhou^{54} tai^{31}
高 岗 岭 脚 有 丘 田
高岗岭脚有块田

kuo^{54} kaŋ^{54} tsa^{35} tai^{31} tsho^{54} ɕi^{54} tie^{24}
高 岗 种 田 操 心 大
高岗种田操心大

nai^{31} nai^{31} səŋ^{54} ləi^{31} tɕa^{24} so^{33} po^{31}
年 年 三 犁 着 四 耙
年年三犁与四耙

səŋ^{54} ləi^{31} so^{33} po^{31} ti^{33} pu^{31} kø^{33}
三 犁 四 耙 都 耙 过
三犁四耙都尽力

tsha^{35} no^{24} jaŋ^{54} hau^{33} ȵi^{31} ɕo^{35} tou^{31}
插 入 秧 去 难 出 头
插秧不见禾出头

tsha^{35} tiou^{31} mə^{33} kai^{33} və^{31} miu^{31} liaŋ^{31}
插 久 不 见 禾 苗 长
插久不见禾苗长

tɕhəŋ^{31} tiou^{31} mə^{33} kai^{33} ɕi^{54} ȵi^{31} luo^{31}
请 久 不 见 新 人 来
请久不见新人来

ɕi^{54} laŋ^{31} ɕi^{54} niaŋ^{31} ti^{33} mə^{33} kai^{33}
新 郎 新 娘 都 不 见
新郎新娘都不见

mə^{33} kai^{33} saŋ^{54} saŋ^{54} ɕo^{35} tɕhəŋ^{54} tou^{31}
不 见 双 双 出 清 头
不见双双出厅堂

tɕhəŋ^{31} te^{54} jaŋ^{24} tiou^{31} ji^{31} mə^{33} ɕo^{35}
请 了 样 久 还 不 出
请了很久还不出

se^{33} mə^{33} ɕai^{31} ŋu^{33} la^{33} paŋ^{33} ȵi^{31}
是 否 嫌 我 俫 伴 人
是否嫌我同伴人

mə^{33} fa^{24} la^{33} paŋ^{33} saŋ^{33} no^{24} paŋ^{33}
不 会 俫 伴 算 入 伴
不会结伴算入伴

la^{33} paŋ^{33} faŋ^{33} ɕi^{54} mə^{33} faŋ^{33} ɕi^{54}
俫 伴 放 心 不 放 心
伙伴放心不放心

təŋ^{31} zə^{24} təŋ^{31}
藤 叶 藤
藤缠藤

tɕu^{33} məŋ^{24} tɕhəŋ^{33} məŋ^{31} mə^{33} tɕhəŋ^{33} məŋ^{31}
借 问 听 闻 不 听 闻
借问听见没听见

vu^{24} se^{33} tɕhəŋ^{33} məŋ^{31} tɕhi^{33} tso^{31} ɕo^{35}
若 是 听 闻 趁 早 出
若是听见趁早出

vu^{24} se^{33} mə^{33} məŋ^{31} tɕuai^{33} fu^{33} ɕəŋ^{54}
曰 是 不 闻 传 下 声
若未听见传个话

mə^{33} ȵi^{24} tsaŋ^{54} ɕo^{35} mo^{33} tɕhəŋ^{33} tɕo^{31}
不 要 装 出 没 听 着
不要装作没听见

se^{33} kuo^{54} təŋ^{24} faŋ^{31} səi^{33} ɕaŋ^{54} liaŋ^{31}
是 归 洞 房 小 商 量
似在洞房细商量

tsaŋ^{54} se^{31} mə^{33} məŋ^{31} ŋa^{31} no^{24} tse^{31}
装 起 不 闻 挨 日 子
装作不听挨日子

tsaŋ^{54} ɕo^{35} niou^{33} ləŋ^{31} jou^{33} ȵi^{31} te^{31}
装 出 耳 聋 有 人 弹
装作耳聋有人责

tse^{54} no^{54} niou^{33} ləŋ^{31} ȵi^{31} mə^{33} ɕe^{33}
今 天 耳 聋 人 不 信
今天耳聋人不信

ȵi^{31} ɕa^{33} liaŋ^{33} ȵi^{54} ho^{31} tse^{54} ȵi^{31}
人 笑 两 个 猴 子 人
人笑两个猴子人

ŋau^{31} vu^{35} taŋ^{33} tso^{31} mə^{33} lio^{35} thio^{35}
牛 弯 冲 糍 不 弯 曲
牛轭舂糍太弯曲

au^{54} vu^{54} tse^{33} ɕo^{24} mə^{33} kho^{31} ŋa^{31}
乌 鸦 站 树 不 可 挨
乌鸦站树不可久

ŋa^{31} hau^{33} ŋa^{31} luo^{31} mo^{33} no^{24} tse^{31}
挨 去 挨 来 没 日 子
延误太久没时间

ŋa^{31} tɕo^{31} fu^{54} jai^{31} se^{33} mə^{33} thaŋ^{54}
挨 着 花 筵 事 不 通
误了花筵事不通

mo^{33} fə^{31} zə^{24} mo^{31} nəŋ^{31} tɕhi^{33} tso^{31}
没 火 吃 饭 能 趁 早
没火吃饭能趁早

pu^{35} faŋ^{54} no^{31} tso^{31} mə^{33} no^{31} tou^{31}
北 方 宜 早 不 宜 迟
远方宜早不宜迟

pu^{35} faŋ^{54} no^{31} tso^{31} ɕəŋ^{31} ɕi^{54} hau^{33}
北 方 宜 早 成 心 去
远方宜早诚心去

pu^{35} faŋ^{54} no^{31} tou^{31} mə^{33} ɕəŋ^{31} ɕi^{54}
北 方 宜 迟 不 成 心
远方若迟不诚心

ɕai^{24} tsa^{33} səŋ^{54} ki^{54} kuo^{33} paŋ^{33} jo^{33}
现 在 三 更 过 半 夜
现在三更过半夜

hou^{33} kuo^{54} mə^{33} tiou^{31} tɕou^{24} thai^{54} kaŋ^{54}
有 归 不 久 就 天 光
还有不久就天明

miŋ^{31} zə^{24} fə^{54} tɕhe^{54} fa^{31} məŋ^{31} hau^{33}

明 日 夫 妻 回 门 去

明日夫妻回门去

ju^{35} vu^{31} se^{33} ki^{54} tso^{31} ji^{54} tou^{31}

看 下 时 间 早 与 迟

看下宜早不宜迟

hou^{31} luo^{31} tɕhəŋ^{54} ɕi^{54} hau^{33} tɕu^{33} məŋ^{24}

口 来 轻 心 去 借 问

心直轻声去借问

tɕhəŋ^{54} ɕi^{54} tɕu^{33} məŋ^{24} ɕi^{54} niaŋ^{31} ȵi^{31}

轻 心 借 问 新 娘 人

轻声借问新娘人

tɕu^{33} məŋ^{24} ɕai^{31} la^{33} lau^{24} zə^{35} tho^{33}

借 问 嫌 俫 那 一 套

借问嫌我那一套

se^{33} mə^{33} ɕai^{31} la^{33} hou^{31} tou^{31} tshau^{54}

是 否 嫌 俫 口 头 初

是否嫌我口头粗

hou^{31} tou^{31} tshau^{54} te^{54} mə^{33} luo^{54} luo^{33}

口 头 初 了 不 知 理

口头粗了不知理

hou^{31} tou^{31} tshau^{54} te^{54} mə^{33} luo^{54} tɕəŋ^{31}

口 头 初 了 不 知 情

口头粗了少礼貌

hai^{31} se^{33} tiŋ^{33} tse^{54} tsou^{35} ləŋ^{24} la^{33}

还 是 正 经 作 弄 倈

还是故意作弄我

tsou^{35} ləŋ^{24} la^{33} nəŋ^{31} mə^{33} luo^{54} kø^{54}

作 弄 倈 男 不 知 歌

作弄我们不知歌

la^{33} nəŋ^{31} mə^{33} luo^{54} tɕhəŋ^{31} vai^{31} liaŋ^{24}

倈 男 不 知 请 原 谅

我们不知请原谅

mə^{33} luo^{54} tɕhəŋ^{31} luo^{33} vo^{24} piu^{54} haŋ^{31}

不 知 情 理 为 包 涵

不知情理多包涵

vai^{31} liaŋ^{24} piu^{54} haŋ^{31} zə^{35} tshe^{33} kø^{33}

原 谅 包 涵 一 次 过

原谅包涵这次错

mə^{33} nəŋ^{31} po^{33} əŋ^{54} mə^{33} maŋ^{31} tɕəŋ^{31}

不 能 报 恩 不 忘 情

不能报恩不忘情

十四、请主人出堂屋对歌班指教歌

ɕi^{54} laŋ^{31} ɕi^{54} niaŋ^{31} tsa^{33} te^{54} fu^{35}
新 郎 新 娘 做 了 客
新郎新娘做了客

tsa^{33} fu^{35} thəi^{31} ɕu^{35} la^{33} nəŋ^{31} saŋ^{54}
做 客 体 惜 俫 男 双
换位体贴我们俩

thəi^{31} ɕu^{35} la^{33} nəŋ^{31} mə^{33} luo^{54} le^{33}
体 惜 俫 男 不 知 礼
谅解我们不知礼

thəi^{31} ɕu^{35} zə^{35} jo^{33} ɕi^{54} kha^{31} nəŋ^{31}
体 惜 一 夜 辛 苦 男
体贴一夜辛苦我

ɕou^{31} phu^{24} ɕi^{54} tou^{31} la^{33} ɕaŋ^{31} pai^{31}
手 拍 心 头 俫 想 反
手拍心头我回想

se^{33} la^{33} ɕaŋ^{31} se^{31} tio^{31} ȵi^{31} ku^{54}
是 俫 想 起 主 人 家
是我想起主人家

tio^{31} ȵi^{31} zə^{35} jo^{33} tia^{33} kau^{33} la^{33}
主 人 一 夜 照 顾 俫
主人一夜照顾我

tio^{33} kø^{33} tio^{31} ȵi^{31} tsho^{54} tɕi^{33} ɕi^{54}
俱 过 主 人 操 尽 心
烦扰主人操尽心

tiou^{33} kø^{33} tio^{31} ȵi^{31} fəi^{33} tɕi^{33} le^{33}
俱 过 主 人 费 尽 礼
烦扰主人费尽礼

tɕhəŋ^{31} ɕo^{35} tio^{31} ȵi^{31} fəŋ^{54} fə^{33} nəŋ^{31}
请 出 主 人 吩 咐 男
请出主人吩咐我

zə^{33} jaŋ^{24} tiaŋ^{31} luo^{31} zə^{33} jaŋ^{24} vo^{24}
依 样 讲 来 依 样 曰
依样讲来依样说

zə^{33} jaŋ^{24} vo^{24} luo^{31} tɕhəŋ^{31} tio^{31} ȵi^{31}
依 样 曰 来 请 主 人
依样说来请主人

zə^{35} po^{35} ɕu^{31} ɕəŋ^{31} se^{33} niai^{31} tse^{24}
一 笔 写 成 是 言 字
一笔写成是言字

tɕhəŋ^{54} tse^{24} ɕu^{31} luo^{31} tse^{31} saŋ^{54} saŋ^{54}
青 字 写 来 直 双 双
青字写来直双双

niai^{31} ji^{54} tɕhəŋ^{54} tse^{24} saŋ^{54} saŋ^{54} tse^{33}
言 与 青 字 双 双 站
言与青字双双站

tshu^{35} tse^{24} thiaŋ^{33} tou^{31} tɕhəŋ^{31} tio^{31} ȵi^{31}
拆 字 唱 条 请 主 人
拆字唱歌请主人

tɕhəŋ^{31} ɕo^{35} tio^{31} ȵi^{31} tɕhəŋ^{54} tou^{31} tsa^{33}
请 出 主 人 清 头 坐
请出主人厅堂坐

tɕhəŋ^{54} tou^{31} tsa^{33} fu^{33} fəŋ^{54} fə^{33} nəŋ^{31}
清 头 坐 下 吩 咐 男
厅堂坐下吩咐我

la^{33} nəŋ^{31} tse^{31} la^{31} mə^{33} luo^{54} luo^{33}
我 们 几 兄 不 知 理
我们兄弟不懂理

mə^{33} luo^{54} le^{33} mau^{24} na^{24} fu^{54} jai^{31}
不 知 礼 貌 闹 花 筵
不懂礼貌闹花筵

la^{33} tɕhəŋ^{31} tio^{31} ȵi^{31} tse^{31} tiou^{33} la^{33}
倈 请 主 人 指 教 我
我请主人指教我

nəŋ^{54} la^{33} luo^{54} luo^{35} ka^{31} tiŋ^{33} luo^{31}
给 我 知 道 改 正 来
让我知道好改正

nəŋ^{54} la^{33} luo^{54} tsho^{33} ju^{24} luo^{54} ka^{31}
给 我 知 错 也 知 改
让我知错也懂改

tau^{31} nəŋ^{31} faŋ^{33} ɕi^{54} ho^{31} fa^{31} ku^{54}
才　能　放　心　好　回　家
才能放心好回家

十五、谢主人歌

hau^{33} tiaŋ^{54} jou^{33} tɕou^{31} tshe^{35} mə^{33} tɕi^{33}
壶 中 有 酒 吃 不 尽
壶中有酒吃不尽

tɕo^{33} kø^{33} tio^{31} ȵi^{31} fəi^{33} tɕi^{33} ɕi^{54}
俱 过 主 人 费 尽 心
烦扰主人费心思

ta^{24} jai^{31} ta^{24} ɕo^{24} ɕaŋ^{31} fə^{35} lia^{33}
大 筵 大 席 享 福 了
大筵大席享了福

ɕaŋ^{31} tɕi^{54} tio^{31} ȵi^{31} maŋ^{33} jai^{31} tiaŋ^{54}
享 尽 主 人 满 筵 中
享尽主人满筵席

ku^{35} jo^{33} tɕhəŋ^{31} luo^{33} liou^{24} tɕhi^{54} fu^{35}
隔 夜 请 到 六 亲 客
隔夜请到六亲客

fəi^{33} tɕi^{33} tio^{31} ȵi^{31} ho^{31} la^{54} ɕi^{54}
费 尽 主 人 好 多 心
费尽了主人的心思

la^{54} tai^{31} tɕou^{31} tio^{33} fu^{54} ɕi^{54} təŋ^{33}
多 甜 酒 醉 花 心 动
多饮酒醉花心动

tse^{24} se^{33} fu^{54} jai^{31} tɕou^{31} ɕəŋ^{31} ku^{54}
自 是 花 筵 酒 成 家
花筵好酒庆成家

ho^{31} tɕou^{31} tshe^{35} lu^{35} maŋ^{33} mai^{24} ɕu^{35}
好 酒 吃 得 满 脸 赤
好酒吃得满脸红

ho^{31} fu^{54} tsha^{35} lu^{35} maŋ^{33} tou^{31} həŋ^{31}
好 花 插 得 满 头 红
好花插得满头红

jou^{33} ho^{31} mo^{33} tɕou^{31} la^{54} ku^{54} vai^{24}
有 好 美 酒 多 家 愿
有了美酒家家爱

tɕou^{31} tsa^{33} la^{54} sə^{31} tɕhəŋ^{31} tio^{31} ɕou^{54}
酒 再 多 时 请 主 收
酒过三巡请主收

tɕi^{54} zə^{33} təŋ^{24} faŋ^{31} tsa^{33} lu^{35} tiou^{31}
今 日 洞 房 坐 得 久
今日洞房坐得久

tɕou^{31} jai^{31} tsa^{33} ho^{31} vai^{24} tɕi^{33} la^{54}
酒 筵 做 好 愿 尽 多
酒筵做好欢喜多

ho^{31} tɕəŋ^{31} ho^{31} zə^{33} vai^{24} mə^{33} tɕi^{33}
好 情 好 意 愿 不 尽
好情好意受不尽

ji^{31} mə^{33} tɕi^{33} se^{31} tɕhəŋ^{31} tio^{31} ɕou^{35}
饮 不 尽 时 请 主 收
饮到适量请主收

zə^{35} po^{35} ɕu^{31} ɕəŋ^{31} se^{33} ji^{54} tse^{24}
一 笔 写 成 是 因 字
一笔写成是因字

ɕi^{54} tse^{24} ɕu^{31} luo^{31} tia^{35} fu^{33} aŋ^{54}
心 字 写 来 脚 下 安
心字写来脚下安

ji^{54} tse^{24} tsa^{33} tou^{31} ɕi^{54} tsa^{33} tia^{35}
因 字 在 头 心 坐 脚
因字在头心坐脚

tshu^{35} tse^{24} thiaŋ^{33} tou^{31} tsu^{24} tio^{31} əŋ^{54}
拆 字 唱 条 谢 主 恩
拆字唱歌谢主恩

tɕəŋ^{31} ɕo^{31} no^{24} tai^{31} nəŋ^{31} ji^{33} kuo^{33}
井 水 进 田 能 引 够
井水进田量合适

mə^{33} nəŋ^{54} tai^{31} tie^{31} maŋ^{33} se^{35} li^{31}
不 给 田 基 满 惜 怜
不给田埂满出来

vəi^{24} ɕaŋ^{33} ɕaŋ^{24} ȵi^{31} mə^{33} ȵi^{24} tɕe^{31}
满 向 上 基 不 要 紧
满向邻田不要紧

vəi^{24} fu^{33} fu^{31} je^{31} kho^{31} se^{35} li^{31}
满 下 下 基 满 惜 怜
满出沟渠多可惜

tɕou^{31} tsu^{31} tse^{24} jai^{31} hou^{31} hou^{31} tai^{31}
酒 子 自 然 口 口 甜
酒好自然口口甜

mə^{33} nəŋ^{54} luo^{31} ɕo^{35} kho^{31} li^{31} vai^{31}
不 给 倒 出 可 怜 完
不给泼出要爱惜

kuo^{33} ku^{54} ho^{31} tɕou^{31} luo^{31} khuai^{33} la^{33}
贵 家 好 酒 来 劝 倈
贵家好酒来劝我

kho^{31} la^{33} tshe^{35} la^{54} kho^{31} li^{31} vai^{31}
可 倈 吃 多 可 怜 完
亏我吃多真满足

səi^{31} tɕəŋ^{24} tɕhəŋ^{54} se^{54} luo^{31} ɕaŋ^{24} sa^{33}
洗 净 青 丝 蓠 上 晒
洗净清丝篱上晒

səi^{33} hau^{33} mo^{31} mo^{31} tɕhəŋ^{31} tio^{31} ɕou^{54}
小 雨 毛 毛 请 主 收
细雨毛毛请主收

tɕhəŋ^{31} tio^{31} ɕou^{54} ha^{54} jai^{31} tiaŋ^{54} tɕou^{31}
请 主 收 开 筵 中 酒
请主收开筵中酒

tɕhəŋ³¹ tio³¹ ɕou⁵⁴ ha⁵⁴ maŋ³³ jai³¹ tiaŋ⁵⁴
请 主 收 开 满 筵 中
请主收开筵中肴

ɕou⁵⁴ ha⁵⁴ jai³¹ tiaŋ⁵⁴ lu³⁵ se²⁴ lia³³
收 开 筵 中 得 事 了
收开筵中得事了

ɕou⁵⁴ ha⁵⁴ tɕou³¹ jai³¹ lu³⁵ se²⁴ thaŋ⁵⁴
收 开 酒 筵 得 事 通
收开酒筵得事通

tsho³⁵ tiou³¹ pa³⁵ ɲue²⁴ ɕaŋ⁵⁴ fu⁵⁴ ha⁵⁴
七 九 八 月 香 花 开
七八九月桂花开

ɕaŋ⁵⁴ fu⁵⁴ mo³³ lu³⁵ laŋ²⁴ ha⁵⁴ se³¹
香 花 没 得 乱 开 时
桂花没有乱开时

fu⁵⁴ ha⁵⁴ fu⁵⁴ tɕiu²⁴ nai³¹ nai³¹ jou³³
花 开 花 谢 年 年 有
花开花谢年年有

səi³³ hau³³ mo³¹ mo³¹ tɕiu²⁴ ɕaŋ⁵⁴ fu⁵⁴
细 雨 毛 毛 谢 香 花
毛毛细雨谢桂花

hau³³ tɕiu²⁴ ɕaŋ⁵⁴ fu⁵⁴ la³³ tɕiu²⁴ tio³¹
雨 谢 香 花 俫 谢 主
雨谢桂花我谢主

pa^{35} tsəi^{31} təŋ^{31} paŋ^{33} tɕiu^{24} tio^{31} ȵi^{31}
邀 齐 同 伴 谢 主 人
邀齐同伴谢主人

zə^{35} po^{35} ɕu^{31} ɕəŋ^{31} se^{33} niai^{31} tse^{24}
一 笔 写 成 是 言 字
一笔写成是言字

ɕi^{54} tse^{24} ɕu^{31} luo^{31} tse^{31} saŋ^{54} saŋ^{54}
身 字 写 来 直 双 双
身字写来直双双

niai^{31} ɕi^{54} tɕhoŋ^{33} tse^{24} saŋ^{54} saŋ^{54} tse^{31}
言 身 寸 字 双 双 直
言身寸字一起站

tshu^{35} tse^{24} thiaŋ^{33} tou^{31} tɕiu^{24} tio^{31} ȵi^{31}
拆 字 唱 条 谢 主 人
拆字唱歌谢主人

au^{35} ɕaŋ^{24} nəi^{31} kai^{31} se^{31} tsha^{35} tɕi^{31}
屋 上 瓦 片 层 插 层
屋上泥瓦层插层

tse^{31} la^{31} nəŋ^{54} kø^{54} tɕiu^{24} tio^{31} ȵi^{31}
几 兄 给 歌 谢 主 人
兄弟齐歌谢主人

tse^{31} la^{31} nəŋ^{54} kø^{54} se^{31} tɕiu^{24} tio^{31}
几 兄 给 歌 层 谢 主
兄弟齐歌感谢主

nəŋ^{54} kø^{54} se^{31} tɕiu^{24} tio^{31} ɲ̊i^{31} ku^{54}
给 歌 层 谢 主 人 家
齐歌感谢主人家

au^{35} ɕaŋ^{35} la^{33} məi^{31} au^{35} fu^{33} tɕe^{31}
屋 上 罗 煤 屋 下 存
屋上尘土屋下存

tse^{31} la^{31} nəŋ^{54} kø^{54} tɕiu^{24} tio^{31} ɲ̊i^{31}
几 兄 给 歌 谢 主 人
兄弟齐歌谢主人

tse^{31} la^{31} nəŋ^{54} kø^{54} se^{31} tɕiu^{24} tio^{31}
几 兄 给 歌 层 谢 主
兄弟齐歌感谢主

nəŋ^{54} kø^{54} se^{31} tɕiu^{24} tio^{31} ɲ̊i^{31} ku^{54}
给 歌 层 谢 主 人 家
齐歌感谢主人家

tɕi^{33} tɕiu^{24} tio^{31} ɲ̊i^{31} fəi^{33} tie^{24} le^{33}
层 谢 主 人 费 大 礼
感谢主人费大礼

tɕi^{33} tɕiu^{24} tio^{31} ɲ̊i^{31} fəi^{33} tie^{24} ɕi^{54}
层 谢 主 人 费 大 心
感谢主人费大心

tia^{33} kau^{33} liou^{24} tɕhi^{54} se^{33} tiŋ^{33} luo^{33}
照 顾 六 亲 是 正 理
照顾六亲是正理

la^{54} ɕaŋ^{33} tia^{33} kau^{33} la^{33} nəŋ^{31} saŋ^{54}
多 上 照 顾 倈 男 双
经常照顾我们俩

fəi^{33} tɕi^{33} səi^{33} ɕi^{54} tia^{33} kau^{33} la^{33}
费 尽 细 心 照 顾 倈
费尽心思照顾我

la^{54} fəi^{33} tai^{24} fə^{31} la^{54} fəi^{33} jou^{31}
多 费 电 火 多 费 油
多费电火多费油

fəi^{33} te^{54} tai^{24} fə^{31} mə^{33} ȵi^{31} tɕe^{31}
费 了 电 火 不 要 紧
费了电火不要紧

fəi^{33} te^{54} tɕhəŋ^{54} jou^{31} ȵi^{31} ma^{33} kuo^{54}
费 了 清 油 难 买 归
费了茶油难买回

la^{54} nai^{31} pəŋ^{31} tɕa^{24} jou^{31} tsu^{31} ɕa^{31}
多 年 逢 着 茶 子 少
逢着多年茶子少

luo^{31} se^{31} ɕai^{24} tsai^{31} ma^{33} mə^{33} kuo^{54}
拿 起 现 钱 买 不 归
拿起现钱买不回

kho^{33} se^{33} tio^{31} ȵi^{31} fu^{33} lu^{35} pəŋ^{31}
靠 是 主 人 下 得 本
还好主人舍得本

tɕaŋ^{54} tsai^{31} mə^{33} saŋ^{33} ma^{33} kuo^{54} luo^{31}
将 钱 不 算 买 归 来
慷慨拿钱买回来

tɕhəŋ^{54} jou^{33} tio^{31} tsa^{33} tsa^{33} ho^{31} zə^{24}
清 油 煮 菜 菜 好 吃
茶油煮菜菜好吃

tɕhəŋ^{54} jou^{33} tio^{31} kø^{31} kø^{31} jou^{24} ɕaŋ^{54}
清 油 煮 果 果 又 香
茶油煮果果又香

se^{31} tɕiu^{24} la^{54} se^{31} tɕiu^{24}
层 谢 多 层 谢
感谢多感谢

la^{54} la^{54} se^{31} tɕiu^{24} tio^{31} ȵi^{31} ku^{54}
多 多 层 谢 主 人 家
多多感谢主人家

se^{31} tɕiu^{24} tɕo^{31} kaŋ^{54} pi^{24} se^{24} ho^{31}
层 谢 厨 官 办 事 好
多谢厨师煮好菜

tɕi^{31} tɕiu^{24} tsho^{33} ji^{24} fəi^{33} tɕi^{33} ɕi^{54}
层 谢 造 饮① 费 尽 心
多谢办厨费心思

① 造饮：指厨师办厨烧煮。

se^{31} tɕiu^{24} tɕou^{31} se^{54} sa^{54} tɕi^{33} tɕou^{31}
层 谢 酒 师 酾 尽 酒
多谢酒师斟尽酒

se^{31} tɕiu^{24} liou^{24} tɕhi^{54} pəi^{31} tɕi^{33} nəŋ^{31}
层 谢 六 亲 陪 尽 男
多谢主人尽心陪

se^{31} tɕiu^{24} la^{54} se^{31} tɕiu^{24}
感 谢 多 感 谢
感谢多感谢

la^{54} la^{54} se^{31} tɕiu^{24} fu^{54} jai^{31} ku^{54}
多 多 感 谢 花 筵 家
多多感谢花筵家

ȵi^{31} te^{33} jou^{33} tsai^{31} tsai^{31} tɕiu^{24} tio^{31}
人 的 有 钱 钱 谢 主
人的有钱钱谢主

se^{33} la^{33} mo^{24} tsai^{31} kø^{54} tɕiu^{24} ȵi^{31}
是 倈 没 钱 歌 谢 人
是我没钱歌谢人

tsai^{31} tse^{31} tɕiu^{24} ȵi^{31} pu^{35} se^{24} pu^{35}
钱 子 谢 人 百 十 百
金钱谢人百十文

kø^{54} tse^{31} tɕiu^{24} ȵi^{31} tou^{31} vu^{31} tou^{31}
歌 子 谢 人 条 把 条
歌声谢人一首首

tou^{31} vu^{31} tou^{31} kø^{54} se^{31} tɕiu^{24} tio^{31}
条 把 条 歌 层 谢 主
首首新歌感谢主

tio^{33} vu^{31} tio^{33} kø^{54} tɕiu^{24} tio^{31} ȵi^{31}
句 把 句 歌 谢 主 人
句句好词谢主人

ȵi^{31} te^{33} ləŋ^{33} tsai^{31} ləŋ^{33} mə^{33} luo^{33}
人 的 担 钱 担 米 到
别人挑钱挑米到

ju^{24} se^{33} piu^{54} vai^{31} ɕou^{31} ɕi^{33} luo^{31}
又 是 包 蛋 手 信 来
又是包蛋送礼来

piu^{54} vai^{31} ɕou^{31} ɕi^{33} ka^{54} lio^{24} tio^{31}
包 蛋 手 信 该 立 主
包蛋礼物该敬重

se^{33} la^{33} həŋ^{54} ɕou^{31} luo^{33} mə^{33} ka^{54}
是 俫 空 手 理 不 该
是我空手理不该

luo^{33} ɕaŋ^{24} mə^{33} ka^{54} tɕi^{54} mə^{33} ka^{54}
理 上 不 该 真 不 该
理上不该真不该

tɕi^{54} tɕi^{54} mə^{33} ka^{54} lio^{24} tio^{31} ȵi^{31}
真 真 不 该 立 主 人
真真不该立主人

səŋ^{54} ŋue^{24} həŋ^{31} ɕo^{31} maŋ^{33} təŋ^{24} piŋ^{31}
三 月 洪 水 满 垌 平
三月洪水满垌平

tsho^{35} ŋue^{24} tɕhou^{54} ɕo^{31} ȵi^{31} lu^{35} vi^{31}
七 月 秋 水 难 得 还
七月秋水难相比

ȵi^{31} lu^{35} vi^{31} kuo^{54} həŋ^{31} ɕo^{31} maŋ^{33}
难 得 还 回 洪 水 满
难得还有洪水满

lau^{35} tsəŋ^{31} vi^{31} kuo^{54} ho^{31} tɕou^{31} jai^{31}
哪 从 还 回 好 酒 筵
难得还有好酒筵

la^{33} se^{33} tai^{31} tou^{31} ɕu^{33} kəŋ^{54} po^{35}
俫 是 田 头 社 公 伯
我是田头土地公

tse^{31} se^{33} zə^{35} lu^{54} vi^{31} mə^{33} ȵi^{31}
只 是 吃 得 还 不 人
只是吃得还不了

tse^{31} se^{33} zə^{35} lu^{54} vi^{31} mə^{33} lu^{35}
只 是 吃 得 还 不 得
只是吃得还不得

lau^{35} tsəŋ^{31} vi^{31} kuo^{54} maŋ^{33} jai^{31} tiaŋ^{54}
哪 曾 还 归 满 筵 中
那曾还有满筵席

la^{33} se^{33} tsa^{33} lu^{35} tshai^{54} lia^{54} fu^{35}
倈 是 做 得 千 朝 客
我是做得千朝客

tsa^{33} mə^{33} zə^{35} lua^{54} tio^{31} ȵi^{31} ku^{54}
做 不 一 转 主 人 家
不能做主还一筵

tsa^{33} fu^{35} tshai^{54} lia^{54} jaŋ^{31} zə^{24} tsa^{33}
做 客 千 朝 容 易 做
做客千朝容易做

tsa^{33} tio^{31} zə^{35} lia^{35} se^{24} fəŋ^{54} ȵi^{31}
做 主 一 朝 十 分 难
做主一朝十分难

sa^{54} mə^{33} tɕi^{33} ke^{33} hau^{31} tiaŋ^{54} tɕou^{31}
釃 不 尽 的 壶 中 酒
斟不尽的壶中酒

tɕiu^{24} mə^{33} tɕi^{33} ke^{33} tio^{31} ȵi^{31} tɕhəŋ^{31}
谢 不 尽 的 主 人 情
谢不尽的主人情

fa^{31} ku^{54} səŋ^{54} no^{35} nai^{24} səŋ^{54} no^{35}
回 家 三 天 念 三 天
回家三天念三天

fa^{31} ku^{54} so^{33} no^{35} nai^{24} mə^{33} vai^{31}
回 家 四 天 念 不 完
回家四天念不完

ȵi^{31} ɕi^{54} zə^{35} se^{33} nai^{24} zə^{35} se^{33}
人 生 一 世 念 一 世
人生一世念一世

tio^{31} ȵi^{31} ho^{31} zə^{33} nai^{24} mə^{33} vai^{31}
主 人 好 意 念 不 完
主人好意念不完

kuo^{54} ɕi^{54} la^{24} ɕuəi^{35} la^{33} ɕi^{54} ɕo^{33}
高 山 落 雪 倈 生 受
高山落雪我告辞

la^{54} la^{54} tsha^{31} na^{24} tio^{31} ȵi^{31} ku^{54}
多 多 吵 闹 主 人 家
多多叨扰主人家

liaŋ^{31} ɕi^{31} pəŋ^{24} məŋ^{31} vu^{35} tia^{35} se^{31}
龙 伞 竖 门 鸭 脚 起
龙伞竖门拍襟褂

mu^{31} te^{31} la^{24} to^{24} la^{33} fa^{31} ku^{54}
马 蹄 落 地 倈 回 家
马蹄落地我回家

se^{31} ɕi^{54} tsai^{31}
起 身 前
起身前

se^{31} ɕi^{54} tu^{24} luo^{33} ta^{24} məŋ^{31} tsai^{31}
起 身 踏 到 大 门 前
起身走到大门前

tu^{24} ɕuo^{33} məŋ^{31} tsai^{31} vu^{24} niaŋ^{31} ho^{31}
踏 出 门 前 曰 娘 好
踏出门前说娘好

fa^{31} ku^{54} ɕaŋ^{31} nai^{24} ɕi^{54} niaŋ^{31} tɕhəŋ^{31}
回 家 常 念 新 娘 情
回家常念新娘情

ɕi^{54} niaŋ^{31} ȵi^{31} tɕhəŋ^{31} se^{24} tsa^{33} ho^{31}
新 娘 人 情 实 在 好
新娘情义实在好

səi^{33} ɕi^{54} zə^{33} ho^{31} tia^{33} kaŋ^{33} nəŋ^{31}
细 心 意 好 照 顾 男
细心好意照顾我

tsai^{31} ke^{31} səŋ^{54} pə^{24} fi^{54} pai^{31} liu^{35}
前 行 三 步 翻 转 看
前行三步回头看

khaŋ^{33} kai^{33} tio^{31} ȵi^{31} səŋ^{33} la^{33} nəŋ^{31}
看 见 主 人 送 倈 男
看见主人送我们

tio^{31} ȵi^{31} liou^{24} tɕhi^{54} luo^{31} səŋ^{54} la^{33}
主 人 六 亲 来 送 倈
主人六亲来送我

ȵi^{54} ȵi^{54} ho^{31} zə^{31} səŋ^{33} la^{33} nəŋ^{31}
人 人 好 意 送 倈 男
个个好意送我们

ŋu^{24} tɕhəŋ^{31} ȵi^{54} ȵi^{54} luai^{33} no^{24} au^{35}
我 请 个 个 转 进 屋
我请大伙转回屋

mə^{33} pəi^{35} vai^{33} vai^{33} səŋ^{33} la^{33} nəŋ^{31}
不 必 远 远 送 我 们
不必远远送我们

səŋ^{33} te^{54} jaŋ^{24} vai^{33} ju^{24} kho^{31} je^{33}
送 了 样 远 也 可 以
送得遥远也可以

ȵi^{31} tɕəŋ^{31} ȵi^{24} se^{33} tiaŋ^{31} mə^{33} vai^{31}
人 情 义 气 讲 不 完
人情义气讲不完

thəŋ^{54} tia^{35} thəŋ^{54}
吞 脚 吞
脚轻轻

ŋu^{33} hi^{33} ȵi^{54} ȵi^{54} hau^{33} ke^{31} tɕhun^{54}
我 喊 个 个 去 行 村
我喊大家走亲戚

piŋ^{31} ɕaŋ^{31} khəŋ^{54} khəŋ^{54} ti^{33} zə^{35} jaŋ^{24}
平 常 刻 刻 都 一 样
平常时候都一样

hau^{33} te^{54} zə^{35} tiŋ^{24} no^{24} la^{33} ku^{54}
去 了 一 定 进 俫 家
去了一定进我家

tɕhəŋ^{54} tsha^{33} tɕhəŋ^{54} sau^{54} laŋ^{24} kaŋ^{54} zə^{24}
青 菜 青 梳 乱 光 吃
青菜时蔬随便吃

tse^{31} vaŋ^{24} mə^{33} ɕai^{31} khau^{31} ku^{54} tɕəŋ^{31}
指 望 不 嫌 穷 家 庭
希望不嫌家庭穷

ɕi^{54} fə^{24} khau^{31} tsha^{31} mə^{33} tse^{33} kua^{33}
生 活 苦 楚 不 记 怪
生活清苦不怪罪

thiaŋ^{31} kuo^{54} ȵi^{24} tshe^{33} no^{24} tse^{31} tɕaŋ^{31}
讲 归 义 气 日 子 长
只讲义气情谊长

la^{33} ke^{33} fu^{33} po^{24} ə^{54} jaŋ^{24} tiaŋ^{31}
倈 的 话 篦 这 样 讲
我的话儿这样讲

ha^{54} məŋ^{31} kai^{33} ɕi^{54} tiaŋ^{31} ɕo^{35} luo^{31}
开 门 见 山 讲 出 来
开门见山讲出来

tsaŋ^{31} ȵi^{24} ȵi^{54} ȵi^{54} mə^{33} ɕai^{31} khau^{31}
总 要 个 个 不 嫌 苦
只要个个不嫌苦

zə^{35} tɕiəŋ^{24} ȵi^{54} ȵi^{54} hau^{33} ke^{31} thoŋ^{54}
一 定 人 人 去 行 村
人人一定走亲戚

luo^{33} luo^{33} lio^{31} lio^{31} səŋ^{33} mə^{33} tɕi^{33}
里 里 流 流 送 不 尽
路途迢远送不尽

mə^{33} nəŋ^{54} ŋa^{31} se^{31} liou^{24} tɕhi^{54} ȵi^{31}
不 给 挨 着 六 亲 人
不能延误待六亲

səŋ^{33} tɕi^{54} tshai^{54} luo^{33} jou^{33} zə^{35} pe^{35}
送 君 千 里 有 一 别
送君千里有一别

tsa^{33} ho^{31} ȵi^{31} tɕəŋ^{31} tɕa^{24} pəŋ^{54} luo^{31}
再 好 人 情 着 分 离
再好情谊也分离

la^{33} se^{33} ə^{54} jaŋ^{24} tiaŋ^{31} ɕo^{35} tɕhəŋ^{33}
我 是 这 样 讲 出 听
我是这样讲出来

ə^{54} jaŋ^{24} fəŋ^{54} fə^{33} tio^{31} ȵi^{31} ku^{54}
这 样 吩 咐 主 人 家
这样吩咐主人家

tiaŋ^{31} ɕo^{35} ɕi^{54} laŋ^{31} ɕi^{54} niaŋ^{31} tɕhəŋ^{33}
讲 出 新 郎 新 娘 听
讲给新郎新娘听

ju^{24} se^{33} fəŋ^{54} fə^{33} liou^{24} tɕhi^{54} ȵi^{31}
又 是 吩 咐 六 亲 人
又是吩咐六亲人

ȵi^{24} tshe^{33} zə^{35} no^{35} tiaŋ^{31} mə^{33} tɕi^{33}
义 气 一 天 讲 不 尽
义气一天讲不尽

ɕaŋ^{33} fu^{33} no^{24} au^{35} no^{24} tse^{31} tɕaŋ^{31}
上 下 入 屋 日 子 长
上下往来日子长

vu^{24} se^{33} mə^{33} ɕai^{31} tiŋ^{33} tse^{54} hau^{33}
曰 是 不 嫌 正 直 去
若是不嫌径直去

zə^{35} tɕiəŋ^{24} tiŋ^{33} tse^{54} hau^{33} la^{33} ku^{54}
一 定 正 直 去 倈 家
一定专程到我家

tɕəŋ^{33} tse^{54} hau^{33} luo^{33} jou^{33} no^{24} tse^{31}
正 直 去 到 有 日 子
特意去到住下来

tau^{33} hau^{33} se^{31} ki^{54} thaŋ^{31} na^{24} ɕi^{54}
才 有 时 间 谈 内 心
才有时间好谈心

tse^{54} no^{54} tɕou^{24} se^{33} thaŋ^{33} luo^{35} tso^{35}
今 天 暂 时 谈 到 此
今天暂时谈到此

pəi^{24} no^{35} tsəi^{35} se^{31} tiaŋ^{31} na^{24} tɕəŋ^{31}
别 天 接 着 讲 内 情
改天接着谈心情

ŋu24 tɕhəŋ31 ȵi54 ȵi54 luai33 no24 au35
我 请 人人 转 进 屋
我请大家转回屋

la33 tɕou24 pəŋ54 luo31 tiaŋ31 fa31 ku54
我 就 分 离 讲 回 家
我就告辞先回家

第四篇

神堂社庙过节放花炮、歌节邀歌与男女青年对歌

题解：这也是歌堂歌的重要部分，当地的传统节日以及神堂社庙祭祀典礼等，都要放花炮、唱戏对歌以示庆祝。对歌以各村寨青少年男女感情交流为主，反映了富川瑶族母系氏族社会遗留的婚俗传统，体现了瑶族人民崇尚自然、追求自由、尊重人性的精神。

一、撒村名歌

题解："撒"是八都土语，一般指繁复详细的叙述。过节和庙会聚集时，村民们为增加了解，互相要先唱述本村名，作自我介绍。

（一）长春村

tu^{24} no^{24} ɕe^{31} taŋ^{31} nəŋ^{31} pa^{35} paŋ^{33}
达 进 神 堂 能 邀 伴
踏进神堂能邀伴

pa^{35} se^{31} la^{33} paŋ^{33} pa^{35} kø^{54} tɕhəŋ^{31}
邀 起 倈 伴 邀 歌 情
邀起同伴来对歌

ji^{54} vo^{24} tsəi^{35} zə^{24} se^{33} na^{24} ne^{24}
因 为 节 日 是 闹 热
因为节日常热闹

ti^{31} ta^{31} la^{33} paŋ^{33} pa^{35} paŋ^{33} luo^{31}
都 才 倈 伴 邀 伴 来
大伙这才邀伴来

me^{24} nəŋ^{31} ji^{33} tiai^{54} ləŋ^{31} tɕi^{31} la^{33}
妹 男 已 经 等 着 倈
妹们已经等着我

ləŋ^{31} tɕi^{31} la^{33} saŋ^{54} vo^{31} kø^{54} tɕəŋ^{31}
等 着 俫 双 维 歌 情
等着我俩来对歌

la^{33} nəŋ^{31} ji^{33} tiai^{54} se^{33} luo^{31} te^{54}
俫 男 已 经 是 来 了
我们已经是到了

tɕou^{24} ȵi^{31} se^{31} ɕəŋ^{54} pa^{35} me^{24} məŋ^{31}
就 要 起 声 邀 妹 们
就要齐声邀妹们

ju^{35} me^{24} fə^{24} zə^{33} mə^{33} fə^{24} zə^{33}
看 妹 合 意 不 合 意
看妹合意不合意

tse^{31} vaŋ^{24} mə^{33} ɕai^{31} la^{33} nəŋ^{31} saŋ^{54}
指 望 不 嫌 俫 男 双
希望不要嫌我们

thiaŋ^{33} kø^{54} se^{33} vo^{24} hou^{33} haŋ^{54} se^{31}
唱 歌 是 为 有 欢 喜
唱歌是为有欢乐

thiaŋ^{33} kø^{54} se^{33} vo^{24} tiaŋ^{31} ȵi^{31} tɕəŋ^{31}
唱 歌 是 为 讲 人 情
唱歌是为交情谊

mə^{33} se^{33} kau^{31} le^{33} mə^{54} jaŋ^{24} te^{33}
不 是 古 礼 那 样 的
对歌不遵古礼唱

thiaŋ33 kø54 tɕou24 ɕi31 ɕəŋ31 vai24 tɕəŋ31
唱 歌 就 怕 成 爱 情
想唱又怕生恋情

tɕhəŋ31 me24 mə33 ɕi33 laŋ24 kaŋ54 tiaŋ31
请 妹 不 信 乱 岗 讲
请妹不信旁人讲

thiaŋ33 kø54 tse31 vo24 haŋ54 la24 ɕi54
唱 歌 只 为 欢 乐 心
唱歌只为心欢乐

fə24 mə33 fə24 thiaŋ33 ji54 jou31 me24
合 不 合 唱 因 由 妹
合不合唱由妹定

tsəi35 mə33 tsəi35 ɕəŋ54 jou31 me24 nəŋ31
接 不 接 声 由 妹 男
接不接声由妹们

ha54 ɕi54 thiaŋ33 kø54 tiaŋ31 ȵi33 tshe33
开 心 唱 歌 讲 义 气
开心唱歌讲义气

ȵi24 tiaŋ31 ȵi33 tshe33 tau31 ha54 ɕi54
要 讲 义 气 才 开 心
要讲义气才开心

ɕou31 sai54 la33 nəŋ31 tse33 ka33 ɕo33
首 先 俫 男 自 介 绍
首先我来自介绍

tiaŋ^{31} ɕo^{35} la^{33} nəŋ^{31} ke^{33} se^{24} tɕəŋ^{31}
讲 出 俫 男 的 实 情
讲出我们的实情

kuo^{33} me^{24} la^{33} nəŋ^{31} lau^{35} tɕhun^{54} tɕo^{24}
告 妹 俫 男 哪 村 住
告诉妹们住哪村

ɕai^{31} mə^{33} ɕai^{31} la^{33} khau^{31} tɕhun^{54} taŋ^{31}
嫌 不 嫌 俫 苦 村 堂
嫌不嫌我穷村庄

tse^{24} təŋ^{31} paŋ^{31} kau^{31} ha^{54} thai^{54} tau^{24}
自 从 盘 古 开 天 地
自从盘古开天地

vi^{24} kau^{31} liou^{31} tɕuai^{31} luo^{33} zə^{31} tɕi^{31}
万 古 流 传 到 如 今
万古流传到如今

zə^{35} ta^{24} liaŋ^{33} ta^{24} sau^{31} mə^{33} ɕo^{35}
一 代 二 代 数 不 出
一代二代不清楚

səŋ^{54} ta^{24} so^{33} ta^{24} sau^{31} mə^{33} tɕuai^{31}
三 代 四 代 数 不 全
三代四代数不全

tse^{31} luo^{54} ŋau^{33} ta^{24} tau^{33} tiou^{54} tɕo^{31}
只 知 五 代 道 州 住
只知五代住道州

tɕo^{24} tsa^{33} to^{33} tiou^{54} jaŋ^{31} liou^{33} taŋ^{31}
住 在 道 州 杨 柳 塘
住在道州杨柳塘

jaŋ^{31} liou^{33} taŋ^{31} tou^{31} tɕo^{24} zə^{35} tɕho^{33}
杨 柳 塘 头 住 一 处
杨柳塘头住一起

ŋau^{33} se^{33} lio^{24} ta^{33} ɕo^{35} jəŋ^{33} miŋ^{31}
五 世 六 代 出 永 明
五世六代出永明

ɕo^{35} luo^{31} jəŋ^{33} miŋ^{31} se^{33} ka^{31} laŋ^{24}
出 来 永 明 世 界 乱
出了永明世界乱

zə^{35} tɕa^{31} ta^{24} lau^{24} ɕo^{35} kaŋ^{31} se^{54}
一 条 大 路 出 广 西
一条大路到广西

kaŋ^{31} se^{54} tɕo^{24} tsa^{33} kuəi^{33} li^{31} ɕi^{31}
广 西 住 在 桂 林 省
来到广西住桂林

tɕo^{24} tsa^{33} kuəi^{33} li^{31} piŋ^{31} la^{24} tɕhiu^{54}
住 在 桂 林 平 乐 区
住在桂林平乐区

piŋ^{31} la^{24} ɕua^{24} kaŋ^{31} hou^{33} se^{24} vai^{24}
平 乐 辖 管 有 十 县
平乐管辖有十县

jaŋ^{31} sa^{35} ləi^{24} phə^{31} luo^{33} mau^{31} ɕi^{54}
阳 朔 荔 浦 到 蒙 山
阳朔荔浦到蒙山

ɕi^{33} lau^{54} piŋ^{31} la^{24} tia^{54} pəŋ^{31} vai^{24}
信 都 平 乐 昭 平 县
信都平乐昭平县

tiaŋ^{54} ɕəŋ^{31} fə^{24} vai^{24} luo^{33} tɕi^{54} ɕi^{54}
恭 城 贺 县 到 钟 山
恭城贺县到钟山

tɕi^{54} ɕi^{54} kuo^{33} luo^{31} fə^{33} tɕhuai^{54} vai^{24}
钟 山 过 来 富 川 县
钟山过来富川县

tɕo^{24} tsa^{33} fə^{33} tɕhuai^{54} mu^{24} liŋ^{33} tɕhiu^{54}
住 在 富 川 麦 岭 区
住在富川麦岭区

mu^{24} liŋ^{33} tɕhiu^{54} ȵi^{31} se^{33} jaŋ^{24} se^{35}
麦 岭 区 人 是 样 嚜
麦岭区人是这样

tse^{33} ɕo^{35} pa^{35} kø^{54} su^{35} tɕhun^{54} miŋ^{31}
置 出 邀 歌 撒 村 名
编出邀歌述村名

ɕaŋ^{24} fa^{33} fu^{33} ma^{24} ta^{24} piŋ^{31} ɕe^{31}
上 块 下 码 大 平 庙
巷头和睦大古街

kuo^{54} po^{54} ɕi^{54} tso^{33} tiou^{54} taŋ^{31} ȵe^{31}
高 坝 新 造 周 塘 岩
高坝新造周塘岩

mu^{31} kaŋ^{54} mu^{24} liŋ^{33} səi^{54} ŋau^{31} ai^{33}
麻 岗 麦 岭 犀 牛 堰
华岗麦岭犀牛堰

səi^{54} ŋau^{31} ai^{33} ɕo^{31} ŋa^{35} tou^{31} tia^{31}
犀 牛 堰 水 砍 头 桥
犀牛堰水砍头桥

ŋa^{35} tou^{31} tia^{31} ɕaŋ^{35} tɕhua^{54} ha^{54} fu^{33}
砍 头 桥 上 推 开 下
砍头桥上对望去

tiŋ^{33} se^{33} tse^{31} ɕi^{54} ɕi^{54} po^{54} ka^{54}
正 是 麒 山 深 坡 街
岐山村旁深坡街

ɕi^{54} po^{35} liŋ^{33} ɕo^{31} tsu^{24} tou^{31} vai^{31}
深 坡 砱 水① 宅 头 园
深坡临水宅头园

tɕhəŋ^{54} taŋ^{31} ɕaŋ^{24} təŋ^{24} luo^{33} kiu^{54} vai^{31}
清 塘 上 洞 到 关 元
清塘上洞到关源

① 砱水：临水，在今葛坡镇林桂村。

haŋ^{31} piu^{35} liou^{24} tɕaŋ^{31} luo^{33} ɕi^{31} ɕaŋ^{24}
黄 竹 六 丈 到 神 上
黄竹六丈神上村

ɕi^{31} ɕaŋ^{24} ɕi^{54} fu^{33} luo^{33} ɕa^{31} tai^{31}
神 上 山 下 到 小 田
神上山下到小田

ɕa^{31} tai^{31} vu^{35} ɕaŋ^{24} se^{31} ŋi^{31} kha^{33}
小 田 坳 上 起 眼 看
小田坳上起眼看

zə^{35} ŋi^{33} kha^{33} kai^{33} ɕu^{24} tia^{31} tɕhun^{54}
一 眼 看 见 石 桥① 村
一眼看见石桥村

ɕu^{24} tia^{31} ȵi^{31} tiaŋ^{31} tsho^{35} jaŋ^{24} fu^{24}
石 桥 人 讲 七 样 话
石桥人讲七样话

ȵou^{31} thai^{31} ȵi^{31} tiaŋ^{31} je^{33} je^{33} ɕəŋ^{54}
茅 田② 人 讲 你 你 声
茅田人讲你你声

ɕu^{24} tia^{31} ȵou^{31} thai^{31} fə^{31} pəŋ^{31} tsa^{24}
石 桥 茅 田 和 盆③ 寨
石桥茅田鸽鹏寨

---

① 石桥：在高桥村委。村民为清代梧州移民，所用语言与八都话不同。
② 茅田：在高田村委，今名毛田。
③ 和盆：方言，鸽鹏或鸽棚。

to^{31} mo^{33} təŋ^{33} hou^{31} hau^{31} tou^{31} ɕi^{54}
桃 马① 洞 口 虎 头 山
桃马洞口虎头山

tɕhu^{31} se^{31} həŋ^{33} tse^{31} təŋ^{31} təŋ^{31} ɕaŋ^{33}
扯 起 红 旗 从 垌 上
掣起红旗从垌上

təŋ^{31} təŋ^{31} ɕaŋ^{33} luo^{33} ta^{24} po^{54} tɕhun^{54}
从 垌 上 到 大 坝 村
从垌上到大坝村

ta^{24} po^{54} kuo^{33} tɕhun^{54} tɕo^{33} tsu^{24} ho^{31}
大 坝 贵 村 住 宅 好
大坝贵村住宅好

təŋ^{33} vo^{31} tɕo^{24} tsu^{24} se^{24} səŋ^{54} tɕhun^{54}
周 围 住 宅 十 三 村
周围住宅十三村

ta^{24} po^{54} ɕi^{54} ku^{54} tou^{31} lio^{33} vai^{31}
大 坝 申 家 桃 李 园
大坝申家桃李园

zə^{35} tɕa^{31} tɕhun^{54} lau^{24} kuo^{33} miŋ^{33} ɕi^{54}
一 条 村 路 过 茗 山
一条村路过茗山

① 桃马：即绹马，今名桃美岭，在高田村委。“绹”是古语，意思是用绳索拴、绑。

ŋue^{24} liaŋ^{31} liaŋ^{31}
月 亮 亮
月亮亮

miŋ^{31} ɕi^{54} jou^{33} hou^{31} ho^{31} ta^{24} taŋ^{31}
茗 山 有 口 好 大 塘
茗山有口好大塘

miŋ^{31} ɕi^{54} ta^{24} taŋ^{31} jou^{33} ɕo^{31} ɕo^{35}
茗 山 大 塘 有 水 出
茗山大塘有水出

həŋ^{31} ɕo^{31} phiu^{54} phiu^{54} kuo^{54} la^{33} tɕoŋ^{54}
洪 水 滔 滔 归 俫 村
洪水滔滔来我村

kuo^{54} luo^{31} la^{33} tɕoŋ^{54} ji^{31} vo^{35} to^{24}
归 来 俫 村 隐 威① 地
来到我村隐隈地

se^{33} la^{33} luo^{31} tou^{31} tɕo^{24} tiaŋ^{54} jaŋ^{54}
是 俫 来 迟 住 中 央
是我来迟住中央

təi^{24} zə^{35} luo^{31} liaŋ^{31} tɕiou^{54} zə^{31} liŋ^{33}
第 一 来 龙 交 椅 岭
第一来龙交椅岭

① 隐威：应为“隐隈”，偏僻地方。“隈”，指角落或山水弯曲处。

mai^{24} tso^{31} tia^{31} tio^{31} po^{35} ku^{33} ɕi^{54}
面 前 朝 着 笔 架 山
面前朝着笔架山

tsa^{33} tia^{35} tu^{24} tio^{31} ɕa^{31} ɕi^{54} mia^{24}
左 脚 达 着 小 山 庙
左脚踩着小山庙

jou^{24} tia^{35} tu^{24} tio^{31} pu^{24} liaŋ^{31} ɕe^{31}
右 脚 达 着 白 龙 神
右脚踏着白龙神

liaŋ^{33} khou^{33} ho^{31} to^{24} ɕe^{31} sai^{54} tsa^{33}
两 个 好 地 神 仙 坐
两个好地神仙坐

se^{33} la^{33} luo^{31} tou^{31} tɕo^{24} tiaŋ^{54} jaŋ^{54}
是 倈 来 迟 住 中 央
是我来迟住中央

tɕo^{24} tsa^{33} tiaŋ^{54} jaŋ^{54} ji^{31} vo^{35} to^{24}
住 在 中 央 隐 威 地
住在中央隐隈地

ji^{31} vo^{35} taŋ^{31} ɕi^{54} mə^{33} ɕo^{35} tou^{31}
隐 威 藏 身 不 出 头
隐隈藏身不出头

zə^{35} no^{24} səŋ^{54} vu^{35} mə^{33} ɕəŋ^{31} tse^{24}
一 二 三 画 不 成 字①
一二三画不成字

① 自此以下四句拆“长”字（繁体为“長”）。

tsa^{33} pai^{54} tse^{33} vu^{35} mə^{33} ɕəŋ^{31} ɕo^{54}
左 边 直 画 不 成 书
左边直画不成书

tia^{35} fu^{33} vo^{54} tse^{24} ɕa^{31} zə^{35} lai^{31}
脚 下 衣 字 少 一 点
脚下衣字少一点

la^{33} se^{33} tɕo^{24} tsa^{33} tɕaŋ^{31} tɕu^{33} tɕhun^{54}
倈 是 住 在 长 圳 村①
我是住在长春村

tɕaŋ^{31} tɕu^{33} tɕhun^{54} taŋ^{31} tɕo^{33} tsu^{24} khau^{31}
长 圳 村 堂 住 宅 苦
长春村堂住宅苦

khau^{31} tɕhun^{54} mə^{33} po^{31} kuo^{33} tɕhun^{54} taŋ^{31}
穷 村 不 比 贵 村 堂
穷村不比贵村堂

tse^{31} vaŋ^{24} kuo^{33} me^{24} piu^{54} haŋ^{31} la^{33}
指 望 贵 妹 包 涵 倈
希望贵妹包涵我

piu^{54} haŋ^{31} tɕhun^{54} khau^{31} mə^{33} ɕai^{31} nəŋ^{31}
包 涵 村 穷 不 嫌 男
包涵村穷不嫌我

① 长圳：今名长春村。

la^{33} tshu^{35} tɕhun^{54} miŋ^{31} se^{33} jaŋ^{24} lia^{33}
俫 撒 村 名 是 样 了
我述村名是这样

la^{33} tshu^{35} tɕhun^{54} miŋ^{31} se^{33} jaŋ^{24} vai^{31}
俫 撒 村 名 是 样 完
我述村名这样完

tiaŋ^{31} fu^{35} la^{54} te^{54} tɕhəŋ^{33} mə^{33} kuo^{33}
讲 话 多 了 听 不 惯
讲话多了听不惯

məŋ^{24} lu^{35} ku^{33} la^{54} ku^{33} mə^{33} lie^{31}
问 得 卦 多 卦 不 灵
问得卦多卦不灵

laŋ^{31} laŋ^{31} thiaŋ^{33}
短 短 唱
短短唱

laŋ^{31} laŋ^{31} tou^{31} kø^{54} tɕoŋ^{54} me^{24} nəŋ^{31}
短 短 条 歌 尊 妹 们
短短支歌传妹们

tɕoŋ^{54} kuo^{33} me^{24} nəŋ^{31} tsəi^{35} tɕi^{31} thiaŋ^{33}
尊 过 妹 们 接 着 唱
传过妹们接着唱

tsəi^{35} tɕi^{31} kø^{54} ɕəŋ^{54} vo^{31} kø^{54} tɕəŋ^{31}
接 着 歌 声 维 歌 情
接着对歌畅叙情

la^{33} ke^{33} fu^{24} po^{24} ə^{54} jaŋ^{24} tiaŋ^{31}
我 的 话 鼻 这 样 讲
我的话儿这样讲

tshau^{54} ɕi^{54} ta^{24} ɕəŋ^{33} tɕoŋ^{54} me^{24} nəŋ^{31}
粗 心 大 性 尊 妹 们
粗心大意传妹们

thiaŋ^{31} fu^{24} mə^{33} tɕa^{24} nəŋ^{31} tiaŋ^{31} kuo^{33}
讲 话 不 对 能 讲 过
讲话不对能讲过

tɕoŋ^{54} me^{24} mə^{33} tɕa^{24} ɕaŋ^{54} kuo^{33} liaŋ^{31}
尊 妹 不 对 商 过 量
传妹不对再商量

hou^{31} tshe^{35} pai^{54} luo^{31} tɕa^{24} mə^{33} tɕa^{24}
口 吃 边 梨 嚼 不 嚼
口吃槟榔嚼不嚼

se^{33} mə^{33} ə^{54} jaŋ^{24} tɕoŋ^{54} me^{24} nəŋ^{31}
是 否 这 样 尊 妹 们
是否这样传妹们

（二）新山贵村

tse^{24} tsəŋ^{31} paŋ^{31} kau^{31} ha^{54} thai^{54} tau^{24}
自 从 盘 古 开 天 地
自从盘古开天地

vi^{24} kau^{31} liou^{31} tɕuai^{31} luo^{33} zə^{31} tɕi^{54}
万 古 流 传 到 如 今
万古流传到如今

$zə^{35}$ ta^{24} $liaŋ^{33}$ ta^{24} sau^{31} $mə^{33}$ $ɕo^{35}$
一 代 二 代 数 不 出
一代二代数不清

$səŋ^{54}$ so^{33} $ŋau^{33}$ $liou^{24}$ sau^{31} $mə^{33}$ $tɕuai^{31}$
三 四 五 六 数 不 全
三四五六数不全

$tsho^{35}$ se^{33} pa^{35} ta^{24} to^{33} $tiou^{54}$ $tɕo^{24}$
七 世 八 代 道 州 住
七世八代道州住

$tɕo^{24}$ tsa^{33} to^{33} $tiou^{54}$ $jaŋ^{31}$ lio^{33} $taŋ^{31}$
住 在 道 州 杨 柳 塘
住在道州杨柳塘

$jaŋ^{31}$ lio^{33} $taŋ^{31}$ tou^{31} $tɕo^{33}$ $zə^{35}$ $tɕhio^{33}$
杨 柳 塘 头 住 一 处
杨柳塘头住一起

$səŋ^{54}$ se^{24} $liou^{24}$ ta^{24} $ɕo^{35}$ $jəŋ^{33}$ $miŋ^{31}$
三 十 六 代 出 永 明
三十六代出江永

$ɕo^{35}$ luo^{31} $jəŋ^{33}$ $miŋ^{31}$ se^{33} ka^{33} $laŋ^{24}$
出 来 永 明 世 界 乱
出了江永世界乱

$zə^{35}$ $tɕaŋ^{31}$ ta^{24} lau^{24} $ɕo^{35}$ $kaŋ^{31}$ se^{54}
一 条 大 路 出 广 西
一条大路到广西

kaŋ^{31} se^{54} tɕo^{33} ta^{33} kuəi^{33} li^{31} ɕəŋ^{31}
广 西 住 在 桂 林 省
来到广西住桂林

tɕo^{33} ta^{33} kuəi^{33} li^{31} piŋ^{31} la^{24} tɕhiu^{54}
住 在 桂 林 平 乐 区
住在桂林平乐区

piŋ^{31} la^{24} kua^{24} kaŋ^{31} hou^{33} se^{24} vai^{24}
平 乐 辖 管 有 十 县
平乐管辖有十县

jaŋ^{31} sa^{35} ləi^{24} phə^{31} luo^{33} mau^{31} ɕi^{54}
阳 朔 荔 浦 到 蒙 山
阳朔荔浦到蒙山

ɕi^{33} lau^{54} piŋ^{31} la^{24} tia^{54} piŋ^{31} vai^{24}
信 都 平 乐 昭 平 县
信都平乐昭平县

tiaŋ^{54} ɕəŋ^{31} fə^{24} vai^{24} luo^{33} tɕi^{54} ɕi^{54}
恭 城 贺 县 到 钟 山
恭城贺县到钟山

tɕi^{54} ɕi^{54} kuo^{33} luo^{31} fə^{33} tɕhuai^{54} vai^{24}
钟 山 过 来 富 川 县
钟山过来富川县

tɕo^{33} ta^{33} fə^{33} tɕhuai^{54} mu^{24} liŋ^{33} tɕhiu^{54}
住 在 富 川 麦 岭 区
住在富川麦岭区

mu²⁴ liŋ³³ tɕhiu⁵⁴ ȵi³¹ se³³ jaŋ²⁴ se³⁵
麦 岭 区 人 是 样 噻
麦岭区人最独特

tse³³ ɕo³⁵ pa³⁵ kø⁵⁴ su³⁵ tɕhun⁵⁴ miŋ³¹
置 出 邀 歌 撒 村 名
制出邀歌述村名

ɕaŋ³⁵ khua³³ fu³³ ma²⁴ ta²⁴ piŋ³¹ ɕe³¹
上 块 下 码 大 平 庙
巷头和睦大古街

kuo⁵⁴ po⁵⁴ ɕi⁵⁴ tso³³ tiou⁵⁴ taŋ³¹ ŋe³¹
高 坝 新 造 周 塘 岩
高坝新造周塘岩

mu³¹ kaŋ⁵⁴ mu²⁴ liŋ³³ səi⁵⁴ ŋau³¹ ai⁵⁴
麻 岗 麦 岭 犀 牛 堰
华岗麦岭犀牛堰

səi⁵⁴ ŋau³¹ ai⁵⁴ ɕo³¹ ŋa³⁵ tou³¹ tia³¹
犀 牛 堰 水 砍 头 桥
犀牛堰水砍头桥

ŋa³⁵ tou³¹ tia³¹ ɕaŋ²⁴ tɕhua⁵⁴ ha⁵⁴ fu³³
砍 头 桥 上 推 开 下
砍头桥上推下去

tiŋ³³ se³³ tse³¹ ɕi⁵⁴ ɕi⁵⁴ po⁵⁴ ka⁵⁴
正 是 麒 山 深 坡 街
岐山村旁深坡街

ɕi^{54} po^{54} liŋ^{33} ɕo^{31} tsu^{24} tou^{31} vai^{31}
深 坡 岭 水 宅 头 园
深坡临水宅头园

tɕhəŋ^{54} taŋ^{31} ɕaŋ^{24} təŋ^{24} luo^{33} kui^{54} vai^{31}
清 塘 上 洞 到 关 元
清塘上洞到关源

haŋ^{31} piu^{35} liou^{24} tɕaŋ^{31} luo^{33} ɕe^{31} ɕaŋ^{24}
黄 竹 六 丈 到 神 上
黄竹六丈神上村

ɕe^{31} ɕaŋ^{24} ɕi^{54} fu^{33} luo^{33} ɕa^{31} tai^{31}
神 上 山 下 到 小 田
神上山下到小田

tiaŋ^{31} pəŋ^{54} thio^{54} ɕaŋ^{33} fə^{31} pəŋ^{31} tsa^{24}
强 风 吹 上 和 盆 寨
强风吹上鸽鹏寨

khaŋ^{33} kai^{33} ɕu^{24} tia^{31} ho^{31} faŋ^{54} kaŋ^{54}
看 见 石 桥 好 风 光
看见石桥好风光

ɕu^{24} tia^{31} ȵi^{31} tiaŋ^{31} tso^{35} jaŋ^{24} fu^{24}
石 桥 人 讲 七 样 话
石桥人讲七样话

niou^{31} tai^{31} ȵi^{31} tiaŋ^{31} je^{33} je^{33} ɕəŋ^{54}
茅 田 人 讲 你 你 声
茂田人讲你你声

luo^{31} se^{31} $hə\eta^{31}$ tse^{33} $tə\eta^{31}$ $tə\eta^{24}$ $ɕa\eta^{33}$
打　起　红　旗　从　垌　上
掣起红旗从垌上

$tə\eta^{31}$ $tə\eta^{24}$ $ɕa\eta^{33}$ luo^{33} ta^{24} po^{54} $tɕhun^{54}$
从　垌　上　到　大　坝　村
从垌上到大坝村

ta^{24} po^{54} kuo^{33} $tɕhun^{54}$ $tɕo^{24}$ tsu^{24} ho^{31}
大　坝　贵　村　住　宅　好
大坝贵村住宅好

$tə\eta^{31}$ vo^{31} $tɕo^{24}$ tsu^{24} se^{24} $sə\eta^{54}$ $tɕhun^{54}$
周　围　住　宅　十　三　村
周围住宅十三村

ta^{24} po^{54} $ɕi^{54}$ ku^{54} tou^{31} lio^{33} vai^{31}
大　坝　申　家　桃　李　园
大坝申家桃李园

$zə^{35}$ $tɕa^{31}$ $tɕhun^{54}$ lau^{24} kuo^{33} $mi\eta^{33}$ $ɕi^{54}$
一　条　村　路　过　茗　山
一条村路过茗山

ηue^{24} $lia\eta^{31}$ $lia\eta^{31}$
月　亮　亮
月亮亮

$mi\eta^{33}$ $ɕi^{54}$ jou^{33} hou^{31} ho^{31} ta^{24} $ta\eta^{31}$
茗　山　有　口　好　大　塘
茗山有口好大塘

miŋ^{33} ɕi^{54} ta^{24} taŋ^{31} jou^{33} ho^{31} ɕo^{31}
茗　山　大　塘　有　好　水
茗山大塘有好水

ho^{31} ɕo^{31} liou^{33} fu^{33} tɕaŋ^{31} tɕhi^{33} tɕhun^{54}
好　水　流　下　长　春　村
好水流下长春村

təi^{24} zə^{35} luo^{31} liaŋ^{31} jəŋ^{31} miŋ^{33} vai^{31}
第　一　来　龙　永　明　县
第一来龙江永县

mai^{24} tsai^{31} tia^{31} tɕo^{31} fə^{33} tɕhuai^{54} ɕəŋ^{31}
面　前　朝　着　富　川　城
面前朝着富川城

tsa^{33} tia^{35} tu^{24} tɕo^{31} tiaŋ^{54} ŋo^{31} vai^{24}
左　脚　达　着　江　华　县
左脚踩着江华县

jou^{24} tia^{35} tu^{24} tɕo^{31} liaŋ^{31} hau^{31} kui^{54}
右　脚　达　着　龙　虎　关
右脚踏着龙虎关

so^{33} kho^{33} ho^{31} to^{24} kaŋ^{54} vai^{31} tsa^{33}
四　个　好　地　官　员　坐
四个好地官员坐

se^{33} la^{33} luo^{31} tou^{31} tɕo^{33} tiaŋ^{33} jaŋ^{54}
是　倈　来　迟　住　中　央
是我来迟住中央

tɕo^{33} ta^{33} tiaŋ^{33} jaŋ^{54} ji^{31} vo^{35} to^{24}
住 在 中 央 隐 威 地
住在中央隐限地

ji^{31} vo^{35} taŋ^{31} ɕi^{54} mə^{33} ɕo^{35} tou^{31}
隐 威 藏 身 不 出 头
隐限藏身不出头

təi^{33} no^{24} luo^{31} liaŋ^{31} liaŋ^{31} ɕi^{31} no^{31}
第 二 来 龙 龙 伞 脑①
第二来龙龙伞脑

mai^{24} tso^{31} tia^{54} tu^{24} tiou^{54} zə^{31} ɕuai^{31}
面 前 脚 踏 交 椅 形
面前脚踏交椅形

tsa^{33} tia^{35} tu^{24} tɕo^{31} se^{33} phə^{31} sau^{33}
左 脚 踏 着 是 甫 数
左脚踏着富庶村

jou^{24} tia^{35} tu^{24} tɕo^{31} ɕo^{31} ku^{54} taŋ^{31}
右 脚 踏 着 许 家 塘
右脚踏着许家塘

ɕo^{31} ku^{54} taŋ^{31} tiaŋ^{54} tɕi^{54} se^{54} luo^{33}
许 家 塘 中 金 丝 鲤
许家塘中金丝鲤

luo^{33} ŋau^{31} ɕaŋ^{33} ɕo^{31} kuo^{54} la^{33} tɕhun^{54}
鲤 鱼 上 水 归 俫 村
鲤鱼上水来我村

① 龙伞脑：地名。

luo^{24} tse^{24} luo^{24} laŋ^{54} laŋ^{54}
立 字 立 当 当①
立字立稳当

mau^{24} tse^{24} tia^{35} fu^{33} aŋ^{54}
木 字 脚 下 安
木字脚下安

tɕi^{54} tse^{24} jou^{24} pai^{54} tse^{33}
斤 字 右 边 站
斤字右边站

la^{33} nəŋ^{31} tɕo^{33} tsa^{33} ɕi^{54} kuo^{54} tɕhun^{54}
俫 男 住 在 新 贵 村
我们住在新贵村

ɕi^{54} kuo^{54} tɕhun^{54} ȵi^{31} tɕo^{24} tsu^{24} khau^{31}
新 贵 村 人 住 宅 苦
新贵村人住宅苦

səi^{33} tɕhun^{54} mə^{33} po^{31} ta^{24} tɕhun^{54} taŋ^{31}
小 村 不 比 大 村 堂
小村不比大村堂

tse^{31} vaŋ^{24} me^{24} nəŋ^{31} piu^{54} haŋ^{31} la^{33}
指 望 妹 们 包 涵 俫
希望妹们包涵我

piu^{54} haŋ^{31} tɕhun^{54} khau^{31} mə^{33} ɕai^{31} nəŋ^{31}
包 涵 村 穷 不 嫌 男
包涵村穷不嫌我

① 自此以下四句拆“新”字。

laŋ^{31} laŋ^{31} thiaŋ^{33}
短 短 唱
短短唱

laŋ^{31} laŋ^{31} tou^{31} kø^{54} tɕoŋ^{54} me^{24} nəŋ^{31}
短 短 条 歌 尊 妹 们
短短支歌传妹们

laŋ^{31} laŋ^{31} təi^{31} tou^{31} ȵi^{31} luo^{54} luo^{35}
短 短 提 条 人 知 道
短短唱支人知道

ȵe^{31} ju^{31} luo^{54} la^{33} mə^{33} luo^{54} kø^{54}
人 也 知 倈 不 知 歌
人也知我不知歌

tiaŋ^{31} fu^{35} la^{54} te^{54} tɕhəŋ^{33} mə^{33} kuo^{33}
讲 话 多 了 听 不 惯
讲话多了听不惯

məŋ^{24} lu^{35} ku^{33} la^{54} ku^{33} mə^{33} lie^{31}
问 得 卦 多 卦 不 灵
问得卦多卦不灵

laŋ^{31} laŋ^{31} təi^{31} tou^{31} tɕoŋ^{54} kuo^{33} me^{24}
短 短 提 条 尊 过 妹
短短唱支传过妹

tɕoŋ^{54} kuo^{33} me^{24} nəŋ^{31} tso^{31} tsəi^{35} ɕəŋ^{54}
尊 过 妹 们 早 接 声
传过妹们早接声

hou^{31} tshe^{35} pai^{54} luo^{31} tɕa^{33} mə^{33} tɕa^{24}
口 吃 边 梨 嚼 不 嚼
口吃槟榔嚼不嚼

məŋ^{24} me^{24} ɕai^{31} nəŋ^{31} mə^{33} ɕai^{31} nəŋ^{31}
问 妹 嫌 男 不 嫌 男
问妹嫌我不嫌我

vu^{24} se^{33} mə^{33} ɕai^{31} tsəi^{35} ɕəŋ^{54} thiaŋ^{33}
若 是 不 嫌 接 声 唱
若是不嫌接声唱

tsəi^{35} tɕi^{31} se^{31} ɕəŋ^{54} vo^{31} kø^{54} tɕəŋ^{31}
接 着 起 声 围 歌 情
接着对歌畅叙情

vu^{24} se^{33} mə^{33} fə^{24} fəŋ^{54} fə^{33} la^{33}
若 是 不 合 吩 咐 俫
若不合心告诉我

nəŋ^{54} la^{33} tse^{31} la^{31} aŋ^{54} fu^{33} ɕi^{54}
给 我 几 兄 安 下 心
给我兄弟安下心

二、邀女伴应歌

男唱：

ȵe31 lia33 ȵe31
难 了 难
难啊难

tiaŋ31 se31 tɕu33 fu54 ju24 se33 ȵe31
讲 起 种 花 又 是 难
讲起种花也是难

ȵi31 vu24 fu54 ɕi54 fu54 ho31 tsha31
人 曰 花 生 花 好 采
人说花开花好采

tsha31 fu54 jaŋ31 zə24 tɕu33 fu54 ȵi31
采 花 容 易 种 花 难
采花容易种花难

ȵe31 lia33 ȵe31
难 了 难
难啊难

ɕaŋ33 ɕi54 fu33 vu35 lau24 ȵi31 ke31
上 山 下 坳 路 难 行
上山下坳行路难

tse33 mu33 ju33 ɕe31 mu33 se33 tia35
骑 马 又 怕 马 失 脚
骑马担心马失脚

tsa^{33} tia^{24} ju^{33} ɕe^{31} tia^{24} fu^{54} ȵi^{31}
坐 轿 又 怕 轿 夫 难
坐轿又恐轿夫难

tso^{31} tou^{31} tso^{31}
集 子 集
集子集

luo^{33} tɕho^{33} kau^{31} ŋau^{31} luo^{33} tɕo^{33} tso^{31}
到 处 古 牛 来 聚 集
古牛四处来聚集

kau^{31} ŋau^{31} tɕo^{33} tso^{31} tshe^{35} niou^{24} tsho^{31}
古 牛 聚 集 吃 嫩 草
古牛聚集吃嫩草

se^{33} la^{33} tɕo^{33} tso^{31} kø^{54} paŋ^{35} niaŋ^{31}
是 倈 聚 集 歌 邀 娘
是我聚集歌邀娘

ȵi^{31} lia^{33} ȵi^{31}
难 了 难
难啊难

ŋa^{33} məŋ^{33} tiŋ^{31} tse^{54} ju^{24} se^{33} ȵi^{31}
鹅 麽① 逮 鸡 又 是 难
老鹰逮鸡也是难

① 鹅麽：方言，老鹰。

tiŋ^{31} luo^{33} paŋ^{33} thai^{54} se^{24} te^{54} hou^{31}
逮 到 半 天 失 了 口
叼到半空失了口

tiou^{31} fəŋ^{54} tɕhi^{33} zə^{31} se^{24} fəŋ^{54} ȵi^{31}
九 分 寻 吃 十 分 难
九分寻吃十分难

tso^{31} tse^{31} tso^{31}
集 子 集
集子集

luo^{33} tɕhio^{33} piou^{35} tse^{54} luo^{33} tɕho^{33} tso^{31}
到 处 竹 鸡 来 聚 集
竹鸡四处来聚集

piou^{35} tse^{54} tɕo^{24} tso^{31} tshe^{35} niou^{24} ɕuəi^{31}
竹 鸡 聚 集 吃 嫩 笋
竹鸡聚集吃嫩笋

se^{33} la^{33} tɕo^{24} tso^{31} kø^{54} paŋ^{35} niaŋ^{31}
是 俫 聚 集 歌 邀 娘
是我聚集歌邀娘

ȵi^{31} lia^{33} ȵi^{31}
难 了 难
难啊难

luo^{33} ɕo^{31} həŋ^{31} və^{31} kuo^{33} au^{35} ɕu^{31}
老 鼠 含 禾 过 屋 檐
老鼠衔稻过屋檐

han³¹ luo³³ paŋ³³ ɕu³¹ se³³ te⁵⁴ ho³¹
含 到 半 檐 失 了 口
衔到半檐失了口

tiou³¹ fəŋ⁵⁴ tɕhi³³ zə²⁴ se²⁴ fəŋ⁵⁴ ȵi³¹
九 分 寻 吃 十 分 难
九分寻吃十分难

tso³¹ tsu³¹ tso³¹
集 子 集
集子集

luo³³ tɕho³³ tɕaŋ³³ hau³¹ luo³³ tɕho³³ tsou³¹
到 处 丈 虎① 来 聚 集
老虎四处来聚集

tɕaŋ³³ hau³¹ tɕo²⁴ tso³¹ tɕhəŋ³³ ɕəŋ⁵⁴ ɕaŋ³¹
丈 虎 聚 集 听 声 响
老虎聚集听声响

se³³ la³³ tɕo²⁴ tso³¹ kø⁵⁴ paŋ³³ niaŋ³¹
是 倈 聚 集 歌 邀 娘
是我聚集歌邀娘

tso³¹ tsu³¹ tso³¹
集 子 集
集子集

luo³³ tɕho³³ luo³³ ŋau³¹ luo³³ tɕho²⁴ tso³¹
到 处 鲤 鱼 来 聚 集
鲤鱼四处来聚集

① 丈虎：老虎。“丈”即“老”字，当地虎凶，但一般都是华南虎，身形不是很长。

luo33 ŋau31 tɕo24 tso31 luo31 ɕaŋ33 ɕo31
鲤 鱼 聚 集 来 上 水
鲤鱼聚集来上水

se33 la33 tɕo24 tso31 kø54 paŋ33 niaŋ31
是 俫 聚 集 歌 邀 娘
是我聚集歌邀娘

ȵi31 lia33 ȵi31
难 了 难
难啊难

tɕu33 jou33 pu31 fə31 hau33 tɕu33 ŋe31
枞 光① 打 火 去 巡 岩
枞光打火去巡岩

tɕu31 luo33 paŋ33 lau24 so35 te54 fə31
巡 到 半 路 息 了 火
巡到中间熄了火

mi54 mi54 ma24 ma24 ju24 se33 ȵi31
慢 慢 摸 摸 又 是 难
暗中摸索也是难

tɕhua54 me24 thiaŋ33
推 妹 唱
催妹唱

① 枞光：松树割脂部位的树皮。

ɕaŋ^{33} luo^{31} tou^{31} ɕaŋ^{24} tɕhua^{54} se^{31} piŋ^{54}
上 楼 头 上 推 起 兵
上头军令催发兵

pəŋ^{24} no^{33} tɕhua^{54} piŋ^{54} piŋ^{54} mə^{33} təŋ^{33}
白 天 推 兵 兵 不 动
白天催兵兵不动

jo^{24} jo^{54} tɕhua^{54} piŋ^{54} lai^{31} ju^{24} ke^{31}
夜 晚 推 兵 连 夜 行
夜晚催兵连夜行

su^{54} me^{24} thiaŋ^{33}
撒 妹 唱
请妹唱

zə^{33} tsəŋ^{31} su^{35} ɕo^{31} ɕaŋ^{33} kuo^{54} ɕi^{54}
如 从 撒 水 上 高 山
如同拦水上高山

su^{35} ɕo^{31} ɕaŋ^{33} ɕi^{54} ji^{31} piou^{35} ɕo^{24}
撒 水 上 山 引 竹 木
拦水上山运竹木

su^{35} me^{24} thiaŋ^{33} kø^{54} tso^{31} tɕe^{31} ɕəŋ^{54}
撒 妹 唱 歌 早 起 声
请妹唱歌早起声

tɕhua^{54} me^{24} thiaŋ^{33}
推 妹 唱
催妹唱

thai⁵⁴ çaŋ²⁴ ço²⁴ çəŋ⁵⁴ tçhua⁵⁴ se³¹ ke³¹
天 上 瑞 星 推 起 行
天上瑞星催起行

tçhua⁵⁴ se³¹ ço²⁴ çəŋ⁵⁴ paŋ³³ ŋue²⁴ tsou³¹
推 起 瑞 星 伴 月 走
催起瑞星伴月走

tçhua⁵⁴ me²⁴ thiaŋ³³ kø⁵⁴ tso³¹ tsəi³⁵ çəŋ⁵⁴
推 妹 唱 歌 早 接 声
催妹唱歌早接声

su⁵⁴ me²⁴ thiaŋ³³
撒 妹 唱
请妹唱

zə³³ tsəŋ³¹ su³⁵ ço³¹ no²⁴ liaŋ³¹ tai³¹
如 从 撒 水 入 良 田
如从疏水入良田

su³⁵ ço³¹ no²⁴ tai³¹ ji³³ çou²⁴ mo³³
撒 水 入 田 引 熟 莓①
疏水入田育稻谷

su⁵⁴ me²⁴ thiaŋ³³ kø⁵⁴ tso³¹ tsəi³⁵ tou³¹
撒 妹 唱 歌 早 接 头
请妹唱歌早接头

① 熟莓：谷、黍等庄稼。

tɕhua^{54} me^{24} thiaŋ^{33}
推 妹 唱
催妹唱

pu^{35} tsho^{31} to^{24} mo^{31} tɕhua^{54} me^{24} ha^{54}
百 草 地 蒙 推 妹 开
百草荒地催妹开

mə^{33} ha^{54} mə^{33} ɕəŋ^{31} se^{33} ɕou^{24} to^{24}
不 开 不 成 是 熟 地
不开不成肥熟地

mə^{33} thiaŋ^{33} mə^{33} ɕəŋ^{31} vo^{31} kø^{54} tɕəŋ^{31}
不 唱 不 成 维 歌 情
不唱怎抒对歌情

su^{35} me^{24} thiaŋ^{33}
撒 妹 唱
请妹唱

zə^{31} tsəŋ^{31} su^{35} ɕo^{31} no^{24} tsha^{33} vai^{31}
如 从 撒 水 入 菜 园
如同疏水入菜园

su^{35} ɕo^{31} no^{24} vai^{31} ji^{33} tsha^{33} liaŋ^{31}
撒 水 入 园 引 菜 长
疏水入园使菜长

su^{35} me^{24} thiaŋ^{33} kø^{54} tso^{31} tsəi^{24} ɕəŋ^{54}
撒 妹 唱 歌 早 接 声
请妹唱歌早接声

su35 me24 thiaŋ33
撒 妹 唱
请妹唱

zə31 tsəŋ31 su35 ɕo31 no24 kø31 vai31
如 从 撒 水 入 果 园
如同疏水入果园

su35 ɕo31 no24 vai31 ji33 kø31 ɕo24
撒 水 入 园 引 果 树
疏水入园育果树

su35 me24 thiaŋ33 kø54 tso31 se31 ɕəŋ54
撒 妹 唱 歌 早 起 声
请妹唱歌早起声

tɕhuai54 me24 thiaŋ33
劝 妹 唱
劝妹唱

ɕou31 təi31 nio24 tɕhiu24 tɕhua54 me24 thio54
手 提 玉 笛 劝 妹 吹
手拿玉笛劝妹吹

mə33 thio54 mə33 ɕəŋ31 ɕou31 ɕaŋ24 tɕo24
不 吹 不 成 手 上 笛
不吹不成手上笛

mə33 thiaŋ33 mə33 ɕəŋ31 vo31 kø54 tɕəŋ31
不 唱 不 成 维 歌 情
不唱难抒对歌情

pa^{35} me^{24} thiaŋ^{33}
邀　妹　唱
邀妹唱

mai^{24} tso^{31} ta^{24} lau^{24} pa^{35} me^{24} ɕou^{54}
面　前　大　路　邀　妹　修
面前大路邀妹修

mə^{33} ɕou^{54} mə^{33} ɕəŋ^{31} kaŋ^{54} ta^{24} lau^{24}
不　修　不　成　光　大　路
不修不成光大路

mə^{33} thiaŋ^{33} mə^{33} ɕəŋ^{31} vo^{31} kø^{54} tɕəŋ^{31}
不　唱　不　成　维　歌　情
不唱难抒对歌情

khuai^{33} me^{24} thiaŋ^{33}
劝　妹　唱
劝妹唱

hau^{31} tiaŋ^{54} jou^{33} tɕou^{31} khuai^{33} me^{24} ɕaŋ^{31}
壶　中　有　酒　劝　妹　偿
壶中有酒劝妹偿

mə^{33} tshe^{35} mə^{33} ɕəŋ^{31} hau^{31} tiaŋ^{54} tɕou^{31}
不　吃　不　成　壶　中　酒
不吃不成壶中酒

mə^{33} thiaŋ^{33} mə^{33} ɕəŋ^{31} vo^{31} kø^{54} tɕəŋ^{31}
不　唱　不　成　维　歌　情
不唱难表对歌情

pa^{35} me^{24} thiaŋ^{33}
邀 妹 唱
邀妹唱

mai^{24} tso^{31} po^{54} tɕu^{33} pa^{35} me^{24} ɕou^{54}
面 前 坝 圳 邀 妹 修
面前坝渠邀妹修

mə^{33} ɕou^{54} mə^{33} ɕəŋ^{31} po^{54} ɕaŋ^{24} tɕu^{33}
不 修 不 成 坝 上 圳
不修不成坝上渠

mə^{33} thiaŋ^{33} mə^{33} ɕəŋ^{31} vo^{31} kø^{54} tɕəŋ^{31}
不 唱 不 成 维 歌 情
不唱不表对歌情

khuai^{33} me^{24} thiaŋ^{33}
劝 妹 唱
劝妹唱

ɕou^{31} təi^{31} kaŋ^{54} tɕo^{33} khuai^{33} me^{24} ɕaŋ^{31}
手 提 甘 蔗 劝 妹 偿
手拿甘蔗劝妹偿

mə^{33} tshe^{35} mə^{33} luo^{54} tai^{31} kaŋ^{54} tɕo^{33}
不 吃 不 知 甜 甘 蔗
不吃不懂甘蔗甜

mə^{33} thiaŋ^{33} mə^{33} ɕəŋ^{31} vo^{31} kø^{54} tɕəŋ^{31}
不 唱 不 成 维 歌 情
不唱不表对歌情

pa^{35} me^{24} thiaŋ^{33}
邀 妹 唱
邀妹唱

pəi^{33} ɕi^{31} kau^{31} mau^{24} pa^{35} me^{24} faŋ^{54}
背 后 古 木 邀 妹 方
后山古木邀妹裁

jo^{35} mau^{24} mə^{33} faŋ^{54} mə^{33} ɕəŋ^{31} tɕo^{24}
弯 木 不 方 不 得 直
弯木不裁不能直

tɕo^{35} mau^{24} mə^{33} faŋ^{54} mə^{33} so^{33} ləŋ^{31}
直 木 不 方 不 四 兰
直木不裁不四方

mə^{33} faŋ^{54} mə^{33} ɕəŋ^{31} tsa^{31} lia^{24} mau^{24}
不 方 不 成 材 料 木
不裁不成材料木

mə^{33} thiaŋ^{33} mə^{33} ɕəŋ^{31} vo^{31} kø^{54} tɕəŋ^{31}
不 唱 不 成 维 歌 情
不唱难表对歌心

pa^{35} me^{24} thiaŋ^{33}
邀 妹 唱
邀妹唱

ɕe^{31} taŋ^{31} kø^{54} tɕəŋ^{31} pa^{35} me^{24} vo^{31}
神 堂 歌 情 邀 妹 围
神堂对歌邀妹围

mə^{33} vo^{31} mə^{33} ɕəŋ^{31} kø^{54} tɕəŋ^{31} tse^{35}
不 围 不 成 歌 情 节
不围不成歌情节

mə^{33} thiaŋ^{33} mə^{33} ɕəŋ^{31} vo^{31} kø^{54} tɕəŋ^{31}
不 唱 不 成 维 歌 情
不唱难表对歌情

kuo^{54} se^{33} la^{33} nəŋ^{31} mə^{33} ɕəŋ^{31} se^{24}
单 是 俫 男 不 成 事
单是我们不成事

kuo^{54} se^{33} la^{33} thiaŋ^{33} mə^{33} ho^{31} vo^{31}
单 是 俫 唱 不 好 围
单是我唱不好围

me^{24} nəŋ^{31} ji^{33} ka^{54} se^{31} ɕəŋ^{54} thiaŋ^{33}
妹 们 应 该 起 声 唱
妹们应该起声唱

tau^{31} se^{33} ɕe^{31} taŋ^{31} vo^{31} kø^{54} tɕəŋ^{31}
才 是 神 堂 维 歌 情
才好神堂对欢歌

səŋ^{54} tɕhua^{54} so^{33} so^{35} lu^{24} thiaŋ^{33} lia^{33}
三 推 四 集 得 唱 了
三难四集已唱了

səŋ^{54} tɕhua^{54} so^{33} so^{35} ti^{33} thiaŋ^{33} vai^{31}
三 推 四 撒 都 唱 完
三催四撒都唱完

səŋ^{54} khuai^{33} so^{33} pa^{35} ju^{24} thiaŋ^{33} lia^{33}
三 劝 四 邀 也 唱 了
三劝四邀也唱了

vo^{24} tɕa^{33} su^{33} ku^{54} mə^{33} tsəi^{35} ɕəŋ^{54}
为 着 什 么 不 接 声
为了什么不接声

se^{33} mə^{33} ɕai^{31} la^{33} mə^{33} luo^{54} le^{33}
是 否 嫌 俫 不 知 礼
是否嫌我不懂礼

se^{33} mə^{33} ɕai^{31} la^{33} mə^{33} luo^{54} kø^{54}
是 否 嫌 我 不 知 歌
是否嫌我不知歌

ta^{24} mau^{24} ju^{24} phu^{33} tshai^{54} luo^{54} tia^{35}
大 木 又 怕 千 刀 砍
大木也怕千刀砍

miŋ^{31} pu^{24} ju^{24} phu^{33} paŋ^{33} tiou^{33} te^{31}
明 白 也 怕 半 句 提
明白人怕半句提

paŋ^{33} tio^{33} təi^{31} luo^{31} pu^{24} tse^{24} lia^{33}
半 句 提 来 白 字 了
半句提醒识白字

tio^{33} tio^{33} təi^{31} luo^{31} me^{24} tse^{33} tshəŋ^{54}
句 句 提 来 妹 自 聪
句句提醒自明白

tse^{54} no^{54} li^{31} ke^{31} kuo^{54} kaŋ^{54} kuo^{33}
今 天 打 行 高 岗 过
今天打从高岗过

kuo^{54} kaŋ^{54} liŋ^{33} tia^{35} jou^{33} ɕo^{54} tai^{31}
高 岗 岭 脚 有 丘 田
高岗岭脚有块田

kuo^{54} kaŋ^{54} tsa^{35} tai^{31} tsho^{54} ɕi^{54} ta^{24}
高 岗 种 田 操 心 大
高岗种田要操心

nai^{31} nai^{31} səŋ^{54} ləi^{31} tɕa^{24} so^{33} po^{31}
年 年 三 犁 着 四 耙
年年三犁与四耙

səŋ^{54} ləi^{31} so^{33} po^{31} ti^{33} pu^{31} kuo^{33}
三 犁 四 耙 都 耙 足
三犁四耙都尽力

tsha^{35} və^{31} mə^{33} kai^{33} və^{31} ɕo^{35} tou^{31}
插 禾 不 见 禾 出 头
插禾不见禾苗高

tsaŋ^{31} se^{33} mə^{33} kai^{33} və^{31} miu^{31} liaŋ^{31}
总 是 不 见 禾 苗 长
总是不见禾苗长

thiaŋ^{33} tiou^{31} mə^{33} məŋ^{31} me^{24} se^{31} ɕəŋ^{54}
唱 久 不 闻 妹 起 声
久唱不闻妹起声

ŋau^{31} vu^{35} taŋ^{33} tso^{31} mə^{33} lio^{35} thio^{35}
牛 弯 冲 糍 不 弯 曲
牛轭舂糍别弯曲

au^{54} vu^{54} tse^{33} ɕo^{24} mə^{33} kho^{31} ŋa^{31}
乌 鸦 站 树 不 可 挨
乌鸦站树不可久

ŋa^{31} luo^{31} ŋa^{31} hau^{33} mu^{33} no^{24} tse^{31}
挨 来 挨 去 没 日 子
挨来挨去没日子

no^{24} tse^{31} mə^{33} tiou^{31} vo^{31} kø^{54} tɕəŋ^{31}
日 子 不 久 围 歌 情
围拢对歌时不长

fi^{54} luai^{33} mai^{31} vo^{54} fi^{54} luai^{31} lia^{35}
翻 转 棉 衣 反 转 穿
翻转棉衣反面穿

tɕaŋ^{54} luo^{31} me^{24} nəŋ^{31} tsa^{33} la^{33} nəŋ^{31}
将 来 妹 们 做 我 们
将来妹们做我们

tɕaŋ^{54} luo^{31} me^{24} nəŋ^{31} luo^{31} tsa^{33} la^{33}
将 来 妹 们 来 做 俫
将来妹们来做我

tsa^{33} la^{33} ta^{24} kuo^{54} hau^{33} tiou^{31} ȵi^{31}
做 俫 大 甲 去 求 人
像我这样去求人

tiou^{31} luo^{31} tiou^{31} hau^{33} tiou^{31} mə^{33} təŋ^{33}
求 来 求 去 求 不 动
求来求去求不动

ta²⁴ ȵi⁵⁴ liu³⁵ vo³¹ ȵi³¹ mə³³ ȵi³¹
自 己 看 看 难 不 难
自己看看难不难

女唱：

ɕu²⁴ ɕi⁵⁴ tou³¹ ɕaŋ²⁴ səŋ⁵⁴ hou³¹ tɕəŋ³¹
石 山 头 上 三 口 井
石山头上三口井

ɕu²⁴ ɕi⁵⁴ tia³⁵ fu³³ səŋ⁵⁴ tɕa³³ ha⁵⁴
石 山 脚 下 三 条 河
石山脚下三条河

səŋ⁵⁴ tɕa³³ ti³³ se³³ ta²⁴ ha⁵⁴ ɕo³¹
三 条 都 是 大 河 水
三条都是大河水

taŋ³¹ taŋ³¹ ti³³ se³³ ho³¹ kø⁵⁴ tɕəŋ³¹
堂 堂 都 是 好 歌 情
团团都是好歌声

tshai⁵⁴ se⁵⁴ vi²⁴ ɕaŋ³¹ mi²⁴ se⁵⁴ liaŋ³¹
千 思 万 想 慢 思 量
千思万想慢思量

nio³³ məŋ³¹ tso³¹ me²⁴ ȵe³¹ ɕaŋ⁵⁴ liaŋ³¹
女 们 姐 妹 难 商 量
女们姐妹难商量

tia³³ nio³³ ji²⁴ ka⁵⁴ sou²⁴ lau³⁵ tɕa³¹
叫 女 应 该 摟 哪 条
叫女应该应哪支

hi^{33} nio^{33} ji^{24} ka^{54} əŋ^{33} lau^{35} taŋ^{31}
喊 女 应 该 音 那 堂
喊女应该应哪团

sou^{35} te^{54} lau^{35} tɕa^{31} ɕi^{31} ȵe^{31} ɕa^{33}
搂 了 那 条 怕 人 笑
应了哪支怕人笑

əŋ^{33} te^{54} lau^{35} taŋ^{31} ɕi^{31} ȵe^{31} te^{31}
音 了 哪 堂 怕 人 弹
应了哪团怕人责

ɕi^{31} ȵi^{31} te^{31} nio^{33} mə^{33} luo^{54} le^{33}
怕 人 弹 女 不 知 礼
怕人责我不懂礼

ɕi^{31} ȵe^{31} te^{31} nio^{33} mə^{33} luo^{54} tɕəŋ^{31}
怕 人 弹 女 不 知 情
怕人说我不懂情

nio^{33} kø^{54} se^{54} fə^{33} kuo^{33} ȵi^{31} tei^{24}
女 歌 师 傅 够 难 寻
女歌师傅太难找

kø^{54} se^{54} ɕa^{31} te^{54} kuo^{33} vo^{31} ȵe^{31}
歌 师 少 了 够 为 难
歌师少了真为难

zə^{31} tɕi^{54} nio^{33} paŋ^{33} luo^{31} lu^{35} ɕa^{31}
如 今 女 伴 来 得 少
如今女伴来得少

nio^{33} se^{33} əŋ^{54} lu^{35} zə^{35} taŋ^{31} kø^{54}
女 是 音 得 一 堂 歌
我只应得一堂歌

pu^{35} maŋ^{31} maŋ^{31}
白 芒 芒
白茫茫

nio^{33} se^{33} hi^{33} la^{33} tiaŋ^{31} zə^{35} taŋ^{31}
女 是 喊 倈 共 一 团
我是喊哥共一团

nio^{33} se^{33} hi^{33} la^{33} tiaŋ^{31} tso^{33} thiaŋ^{33}
女 是 喊 倈 共 拢 唱
我是喊哥一同唱

tiaŋ^{24} tso^{33} zə^{35} taŋ^{31} tou^{31} ho^{31} vo^{31}
共 拢 一 团 才 好 维
合拢一团才好围

vu^{24} se^{33} la^{33} nəŋ^{31} ho^{31} ɕaŋ^{54} ȵe^{24}
曰 是 倈 男 好 商 议
若是哥们好商议

tse^{31} taŋ^{31} tiaŋ^{24} tso^{33} zə^{35} taŋ^{31} vo^{31}
几 团 共 拢 一 团 维
几团合并一团围

tse^{31} taŋ^{31} ji^{54} tso^{33} zə^{35} taŋ^{31} thiaŋ^{33}
几 团 与 拢 一 团 唱
几团合拢一团唱

nio^{33} tɕou^{24} fə^{31} ɕi^{54} əŋ^{54} zə^{35} taŋ^{31}
女 就 合 心 音 一 团
我就同意应一团

vu^{24} se^{33} la^{33} nəŋ^{31} fə^{31} mə^{33} tso^{33}
曰 是 倈 男 合 不 拢
若是哥们合不拢

mu^{33} əŋ^{54} ke^{33} tɕou^{24} təi^{24} no^{24} fa^{31}
没 音 的 就 第 二 回
没应的就第二回

vu^{24} se^{33} laŋ^{31} məŋ^{31} mə^{33} ɕai^{31} nio^{33}
曰 是 郎 们 不 嫌 女
若是郎们不嫌我

fu^{33} fa^{31} ɕaŋ^{54} fa^{24} ɕu^{24} ho^{31} vo^{31}
下 回 相 会 顺 好 围
下回相会再相围

ju^{35} ju^{31} laŋ^{31} məŋ^{31} lau^{35} jaŋ^{24} tiaŋ^{31}
看 看 郎 们 哪 样 讲
看看郎们怎样讲

tsaŋ^{31} ȵi^{24} laŋ^{31} məŋ^{31} ho^{31} ɕaŋ^{54} liaŋ^{31}
总 要 郎 们 好 商 量
总要郎们好商量

nio^{33} tɕhəŋ^{31} laŋ^{31} məŋ^{31} tiaŋ^{31} miŋ^{31} pu^{35}
女 请 郎 们 讲 明 白
女请郎们讲明白

ta^{24} tsəi^{31} miŋ^{31} pu^{24} mo^{33} vai^{33} tau^{31}
大 齐 明 白 没 怨 图
大家明白没怨心

hou^{31} vu^{24} tɕhəŋ^{54} ɕi^{54} tɕu^{33} məŋ^{24} la^{33}
口 曰 轻 心 借 问 倈
口说心想借问郎

liu^{35} vu^{31} fə^{24} ɕi^{54} mə^{33} fə^{24} ɕi^{54}
看 下 合 心 不 合 心
看看合心不合心

vu^{33} se^{33} fə^{24} ɕi^{54} kəŋ^{33} vu^{31} ho^{31}
若 是 合 心 更 加 好
若是合心更加好

vu^{33} se^{33} mə^{33} fə^{24} na^{24} mə^{33} fə^{31}
若 是 不 合 奈 不 何
若不合心没奈何

hou^{31} tshe^{54} pai^{54} luo^{31} tɕa^{24} mə^{33} tɕa^{24}
口 吃 边 梨 嚼 不 嚼
口吃槟榔嚼不嚼

se^{33} mə^{33} əi^{54} jaŋ^{24} tɕu^{33} məŋ^{24} nəŋ^{31}
是 否 这 样 借 问 男
是否这样借问郎

tɕu^{33} məŋ^{24} mə^{33} tɕa^{24} ɕaŋ^{54} kuo^{33} ȵe^{24}
借 问 不 对 商 过 议
借问不对来商议

$vaŋ^{24}$ $laŋ^{31}$ $mə^{33}$ kua^{33} nio^{33} $nəŋ^{31}$ $saŋ^{54}$
望 郎 不 怪 女 们 双
望郎不怪姐妹们

三、少年情歌

hou^{31} tshe^{54} pai^{54} luo^{31} ju^{24} se^{33} tɕa^{24}
口 吃 边 梨 也 是 嚼
口吃槟榔也是嚼

tiŋ^{33} se^{33} ə^{54} jaŋ^{24} tɕu^{33} məŋ^{24} nəŋ^{31}
正 是 这 样 借 问 男
正应这样借问我

ŋi^{33} liu^{35} po^{24} tou^{31} se^{33} tɕi^{54} luo^{33}
眼 看 鼻 子 是 真 的
眼看鼻子是真的

thou^{33} luo^{54} lua^{33} te^{54} mə^{33} ɕaŋ^{54} liaŋ^{31}
透 知 对 了 不 商 量
讲话对了不商量

la^{33} tɕou^{24} tse^{31} taŋ^{31} fə^{33} tso^{33} thiaŋ^{33}
俫 就 几 团 合 拢 唱
我就几团合拢唱

tse^{31} taŋ^{31} tshou^{33} tso^{33} tiaŋ^{24} zə^{35} taŋ^{31}
几 团 凑 拢 共 一 团
几团凑拢共一团

tse^{33} taŋ^{31} tiaŋ^{24} tso^{33} zə^{35} taŋ^{31} thiaŋ^{33}
几 团 共 拢 一 团 唱
几团合成一团唱

ji^{54} me^{24} pa^{35} kø^{54} ɕi^{24} ho^{31} vo^{31}
与 妹 邀 歌 顺 好 围
与妹邀歌正好围

ɕu^{31} ɕi^{54} tou^{31} ɕaŋ^{24} ɕu^{24} ɕi^{54} ɕi^{54}
石 山 头 上 石 山 山
石山头上石山尖

se^{24} tsa^{33} niaŋ^{31} məŋ^{31} ho^{31} səi^{54} ɕi^{54}
实 在 娘 们 好 细 心
姑娘实在好细心

se^{24} tsa^{33} niaŋ^{31} məŋ^{31} səi^{54} ɕi^{54} ho^{31}
实 在 娘 们 细 心 好
姑娘实在细心好

jou^{33} zə^{35} jou^{33} no^{24} əŋ^{33} te^{54} nəŋ^{31}
有 一 有 二 音 了 男
有一有二应了我

təŋ^{31} jou^{31} la^{24} zə^{33} mə^{33} ɕəŋ^{31} mə^{33}
桐 油 落 叶 不 成 莓
桐油落叶不成树

la^{33} mo^{33} vo^{54} lia^{35} mə^{33} ɕəŋ^{31} ȵi^{31}
倈 没 衣 穿 不 成 人
我没衣穿不成人

səŋ^{54} tɕi^{54} pha^{33} pə^{31} so^{33} tɕi^{54} so^{35}
三 斤 破 布 四 斤 虱
三斤破布四斤虱

ɕo^{31} ȵe^{31} ji^{54} la^{33} tse^{35} ɕa^{31} nai^{31}
谁 人 与 俫 结 少 年
谁人与我结少年

fə^{31} ɕa^{54} tai^{31} kuo^{31} mə^{33} ɕa^{54} je^{31}
火 烧 田 稿 不 烧 基
火烧禾秆在田间

tia^{33} me^{24} mə^{33} ɕai^{31} la^{33} ku^{54} tɕe^{31}
叫 妹 不 嫌 俫 家 陈
叫妹不嫌我家贫

hi^{33} me^{24} mə^{33} ɕai^{31} la^{33} ku^{54} khau^{31}
喊 妹 不 嫌 俫 家 苦
喊妹不嫌我家苦

mə^{33} ɕai^{31} ŋu^{33} khau^{31} la^{33} hau^{33} ke^{31}
不 嫌 我 苦 俫 去 行
不嫌我苦结少年

me^{24} khau^{31} mo^{33} lu^{35} la^{33} ku^{54} khau^{31}
妹 苦 没 得 俫 家 苦
妹苦没有我家苦

me^{24} tɕe^{31} mo^{33} lu^{35} la^{33} ku^{54} tɕe^{31}
妹 陈 没 得 俫 家 陈
妹穷没有我家穷

me^{24} khau^{31} hou^{33} te^{54} ŋu^{33} au^{35} tɕo^{24}
妹 苦 有 了 瓦 屋 住
妹苦有了瓦屋住

se^{33} la^{33} ku^{54} khau^{31} tɕo^{33} pha^{33} ɕe^{31}
是 倈 家 苦 住 破 庙
是我家苦住破庙

səŋ^{54} khua^{33} fə^{31} tɕuai^{54} la^{33} tio^{31} zə^{24}
三 块 火 砖 倈 煮 吃
三块火砖我做饭

ɕi^{33} ta^{33} ləi^{31} fu^{33} la^{33} ke^{33} tsaŋ^{31}
神 台 底 下 倈 的 床
神台底下我的床

təŋ^{31} kau^{31} kua^{33} ɕaŋ^{33} ɕe^{31} tɕo^{33} ɕaŋ^{24}
筒 古 挂 上 神 柱 上
竹筒挂在神柱上

kua^{31} kun^{33} pəŋ^{24} no^{24} ɕe^{31} tiou^{35} vi^{54}
拐 棍 竖 入 神 角 弯
拐棍竖在神台旁

pəi^{33} ɕi^{31} hou^{33} ɕo^{54} pa^{35} tɕu^{35} to^{24}
背 后 有 丘 八 角 地
后山有块八角地

nai^{31} nai^{31} pəŋ^{54} ha^{54} liaŋ^{33} ka^{33} le^{31}
年 年 分 开 两 界 犁
年年分开两畦犁

lai^{31} ka^{54} jou^{31} mu^{31} lai^{31} ka^{33} to^{24}
点 界 油 木① 点 界 豆
点畦芝麻点畦豆

① 油木：芝麻。

jou^{31} mu^{31} tse^{35} tsu^{31} tou^{24} fa^{35} fu^{54}
油 木 结 子 豆 发 花
芝麻结子豆发花

pu^{24} fə^{54} fu^{54} no^{24} jou^{31} mu^{31} to^{24}
白 鹤 飞 入 油 木 地
白鹤飞入芝麻地

liaŋ^{31} ŋi^{31} tɕu^{31} tɕu^{31} ju^{35} tau^{24} li^{31}
两 眼 斜 斜 看 地 林
两眼斜斜看篱笆

ɕi^{54} ɕe^{31} to^{24} lie^{31} tsaŋ^{54} te^{54} tho^{33}
心 怕 地 林 装 了 套
心怕篱笆装了套

ɕe^{31} te^{54} phi^{35} miŋ^{24} ju^{24} phi^{35} fəŋ^{31}
怕 了 丢 命 又 丢 魂
担心丢命又丢魂

ŋau^{33} thiu^{35} pu^{24} pə^{33} nai^{33} ŋue^{24} ləŋ^{31}
五 尺 白 布 染 月 兰
五尺白布染月蓝

nai^{33} lu^{35} tse^{33} ɕəŋ^{31} tse^{33} mə^{33} ɕəŋ^{31}
染 得 志① 成 志 不 成
染得这成那不成

① 志：应为“兹”，这儿或那儿。本句指染布不彻底或颜色不纯粹。

nai[33] pə[33] mə[33] ɕəŋ[31] kho[31] li[31] tai[24]
染 布 不 成 可 怜 碇①
染布不成惜蓝靛

tse[35] tiou[54] mə[33] ɕəŋ[31] kho[31] li[31] niaŋ[31]
结 交 不 成 可 怜 娘
结交不成惜姑娘

fə[31] ɕa[54] tai[31] kuo[31] lio[24] jai[54] jai[54]
火 烧 田 稿 绿 烟 烟
火烧秸秆绿氤氲

vai[33] vai[33] khaŋ[33] me[24] ɕi[54] lu[35] ɕai[54]
远 远 看 妹 生 得 伸
远远看妹真标致

ɕi[54] lu[35] ɕai[54] se[31] zə[35] lou[54] ɕue[31]
生 得 伸 时 一 蔸 笋
生得高挑一棵笋

ɕi[54] lu[35] pu[24] se[31] pu[24] kuo[35] su[54]
生 得 白 时 白 骨 纱
肌肤白如露骨纱

lau[24] kuo[35] pu[24] su[54] pu[24] səi[33] ne[35]
露 骨 白 纱 白 细 业②
露骨白纱白又细

① 碇：应为“靛”，古代染布的颜料。

② 白细业：白又细。细业：也指女子身材较好、皮肤细腻。

me^{24} se^{33} zə^{35} tɕe^{31} səi^{33} ne^{35} ȵi^{31}

妹 是 一 种 细 业 人

妹是一种细腻人

səi^{33} ne^{35} liou^{31} ləŋ^{31} tshəŋ^{54} miŋ^{31} nio^{33}

细 业 流 兰 聪 明 女

纤巧玲珑聪明女

liou^{31} ləŋ^{31} tshəŋ^{54} miŋ^{31} ho^{31} ȵi^{31} tɕəŋ^{31}

流 兰 聪 明 好 人 情

聪明伶俐懂人情

pəŋ^{54} mau^{24} kuo^{54}

枫 木 高

枫木高

pəŋ^{54} mau^{24} mo^{33} ɕaŋ^{24} kua^{33} se^{54} tho^{54}

枫 木 尾 上 挂 丝 绦

枫木尾上挂丝绦

pəŋ^{54} thio^{54} se^{54} tho^{54} luai^{33} tiai^{31} sai^{33}

风 吹 丝 绦 转 缠 线

风吹丝绦线缠线

se^{24} pa^{35} ɕa^{33} nai^{31} ȵi^{54} tiai^{31} ȵi^{54}

十 八 少 年 个 缠 个

十八少年心连心

pəŋ^{54} mau^{24} pəŋ^{54}

枫 木 风

枫木风

$pəŋ^{54}$ mau^{24} mo^{33} $ɕaŋ^{24}$ kua^{33} su^{54} $ləŋ^{54}$
枫 木 尾 上 挂 纱 灯
枫木尾上挂纱灯

$pəŋ^{54}$ $thio^{54}$ su^{54} $ləŋ^{54}$ $taŋ^{31}$ $taŋ^{31}$ $luai^{33}$
风 吹 纱 灯 团 团 转
风吹纱灯团团转

$luai^{33}$ luo^{31} $luai^{33}$ hau^{33} hau^{33} me^{24} pai^{54}
转 来 转 去 去 妹 边
转来转去到妹边

hau^{33} luo^{31} me^{24} pai^{54} me^{24} va^{24} $thiaŋ^{33}$
去 到 妹 边 妹 会 唱
去到妹边妹会唱

$luai^{33}$ hau^{33} me^{24} pai^{54} me^{24} va^{24} vo^{31}
转 去 妹 边 妹 会 维
转去妹边妹会围

jou^{33} $zə^{35}$ jou^{33} no^{24} $thou^{33}$ luo^{54} la^{33}
有 一 有 二 透 知 俫
有一有二透漏我

$tɕi^{54}$ $ɕi^{54}$ se^{24} fu^{24} kau^{33} luo^{54} $nəŋ^{31}$
真 心 实 话 告 知 男
真心实话告诉我

tse^{35} $maŋ^{31}$ $tsho^{31}$ tou^{31} $liaŋ^{33}$ pai^{54} ha^{54}
结 芒 草 子 两 边 开
大蓟草花两边开

tse^{31} ȵi^{24} ȵi^{31} tɕəŋ^{31} mə^{33} ȵi^{24} kua^{54}
只 要 人 情 不 要 乖
不重颜值重情怀

tse^{31} ȵi^{24} ȵi^{31} tɕəŋ^{31} saŋ^{54} zə^{31} zə^{33}
只 要 人 情 双 如 意
只要人好两相愿

kaŋ^{31} te^{31} ȵi^{31} fu^{54} kua^{54} mə^{33} kua^{54}
管 他 人 花 乖 不 乖
不必人花美且乖

ȵi^{31} tɕəŋ^{31} mə^{33} no^{24} ta^{24} tsəi^{31} zə^{33}
人 情 不 入 大 齐 意
人情不合大家意

ɕi^{54} ɕo^{35} lou^{54} fu^{54} fə^{31} mə^{33} luo^{31}
生 出 蔸 花 合 不 来
即便貌美不相宜

ȵi^{31} tɕəŋ^{31} no^{24} zə^{33} tse^{35} lu^{35} tiou^{31}
人 情 入 意① 结 得 久
人情合意结得久

zə^{33} ȵe^{24} tɕəŋ^{31} ɕi^{54} tse^{35} lu^{35} tɕaŋ^{31}
意 义 情 深 结 得 长
情深意厚结得长

ŋau^{33} tɕi^{54} pu^{24} su^{54} nai^{33} ŋue^{24} ləŋ^{31}
五 斤 白 纱 柒 月 兰
五斤白纱染蓝靛

---

① 入意：合乎人情义理。

lai^{31} pai^{24} no^{24} kaŋ^{54} lai^{31} pai^{24} ɕəŋ^{31}
连 便 入 缸 连 便 成
立马入缸立马成

ɕo^{35} kaŋ^{54} sa^{33} he^{31} lai^{31} pai^{24} tiou^{35}
出 缸 晒 干 连 便 织
出缸晒干马上织

saŋ^{54} faŋ^{54} fə^{31} ɕi^{54} lai^{31} pai^{24} ɕəŋ^{31}
双 方 合 心 连 便 成
双方合心立即成

tse^{35} maŋ^{31} tsho^{31} tou^{31} tse^{35} maŋ^{31} tio^{31}
结 芒 草 子 结 芒 球
大蓟草子结蓟球

tɕuai^{31} ɳe^{24} se^{54} sai^{33} khəŋ^{31} se^{54} tio^{31}
全 要 丝 线 孔 丝 球
全要丝线编绣球

se^{54} sai^{33} khəŋ^{31} tio^{31} ho^{31} mə^{33} ho^{31}
丝 线 孔 球 好 不 好
丝线结球好不好

pa^{35} me^{24} tse^{35} tiou^{54} ɕai^{31} mə^{33} ɕai^{31}
邀 妹 结 交 嫌 不 嫌
邀妹结交嫌不嫌

vu^{24} se^{33} mə^{33} ɕai^{31} nəŋ^{31} tse^{35} se^{31}
曰 是 不 嫌 能 结 起
若是不嫌能结起

nəŋ^{54} luo^{31} tse^{35} tɕe^{31} liaŋ^{33} ɕa^{33} nai^{31}
给　来　结　起　两　少　年
牵手结成两少年

vu^{24} se^{33} ɕai^{31} la^{33} ku^{54} tɕəŋ^{31} khau^{31}
曰　是　嫌　俫　家　庭　苦
若是嫌我家庭苦

ju^{24} ȵi^{33} kau^{33} luo^{54} la^{33} nəŋ^{31} saŋ^{54}
也　要　告　知　俫　男　双
也要告诉我俩听

nəŋ^{54} la^{33} mə^{33} pe^{35} la^{54} se^{54} ɕaŋ^{31}
给　俫　不　必　多　思　想
给我不必多思想

nəŋ^{54} la^{33} mə^{33} pe^{35} la^{54} tse^{24} tɕəŋ^{31}
给　俫　不　必　多　自　情
让我不必自多情

zə^{35} faŋ^{54} tse^{24} tɕəŋ^{31} mə^{33} ɕəŋ^{31} se^{24}
一　方　自　情　不　成　事
一方有情不成事

tɕuai^{31} ɕo^{35} pəi^{24} ȵi^{31} ȵi^{31} ɕa^{33} nəŋ^{31}
传　出　别　人　人　笑　男
传出外面人笑我

tse^{35} maŋ^{31} tsho^{31} tou^{31} tsho^{31} tse^{35} maŋ^{31}
结　芒　草　子　草　结　芒
大蓟草儿花开迟

$zə^{24}$ te^{54} tso^{31} lia^{54} tsa^{33} $ɕaŋ^{31}$ $niaŋ^{31}$
吃 了 早 饭 再 想 娘
吃过早饭患相思

lia^{54} tou^{31} $ɕaŋ^{31}$ $niaŋ^{31}$ $ɕaŋ^{31}$ kuo^{33} $ŋau^{33}$
上 午 想 娘 想 过 午
上午相思过正午

$zə^{35}$ te^{54} $ɕaŋ^{31}$ $niaŋ^{31}$ $nəi^{24}$ tou^{31} $tɕo^{31}$
下 午 想 娘 日 头 偏
下午相思日偏移

$nəi^{24}$ tou^{31} $mə^{33}$ $tɕo^{31}$ $mə^{33}$ $paŋ^{33}$ $ɕo^{31}$
日 头 不 偏 不 放 手
太阳不偏不放手

$ləŋ^{54}$ $fə^{31}$ $mə^{33}$ $kaŋ^{54}$ $mə^{33}$ fa^{31} ku^{54}
灯 火 不 光 不 回 家
灯火不亮不回家

ju^{31} $niaŋ^{31}$ $məŋ^{24}$ la^{33} su^{33} ku^{54} se^{24}
爷 娘 问 俫 什 么 事
爷娘问我什么事

ji^{54} vu^{24} $ɕi^{54}$ tse^{31} $mə^{33}$ na^{24} fe^{31}
因 为 身 子 不 耐 烦
因为身子不舒服

$təŋ^{31}$ $jaŋ^{24}$ $məŋ^{24}$ la^{33} jou^{33} $fə^{31}$ se^{24}
同 样 问 俫 有 何 事
同伴问我有何事

ji^{54} vu^{24} ɕa^{33} nai^{31} mə^{33} tɕou^{24} tou^{31}
因 为 少 年 不 就 头
因为少年结不成

mə^{33} luo^{54} ji^{54} vo^{24} su^{33} ku^{54} se^{24}
不 知 因 为 什 么 事
不知因为什么事

se^{33} mə^{33} ku^{54} khau^{31} mu^{33} ji^{54} vai^{31}
是 否 家 苦 没 姻 缘
是否家穷没姻缘

lau^{24} pai^{54} tsho^{31} tou^{31} fa^{35} haŋ^{31} fu^{54}
路 边 草 子 发 黄 花
路边小草开黄花

luo^{31} luo^{31} liaŋ^{33} mau^{24} tsa^{33} liaŋ^{31} tshu^{54}
砍 倒 龙 木 做 龙 车①
黄连木做学步车

liaŋ^{31} tshu^{54} ju^{33} ȵi^{24} ho^{31} tɕaŋ^{24} tsa^{33}
龙 车 也 要 好 匠 做
好车也要好匠做

ho^{31} nio^{33} ju^{33} ȵi^{24} ho^{31} laŋ^{31} pəŋ^{31}
好 女 也 要 好 郎 逢
好女要同好郎结

① 龙车：过去小孩学步用的小车，有四轮，底部留空。

四、邀歌男女歌班对歌

男唱：

la^{33} se^{33} kaŋ^{54} ɕaŋ^{24} ŋau^{31} kau^{35} təŋ^{33}
我 是 岗 上 牛 滚 洞
我是岗上牛浴坑

ɕaŋ^{24} mə^{33} thaŋ^{54} se^{31} fu^{33} mə^{33} lio^{31}
上 不 通 时 下 不 流
上不通时下不流

səŋ^{54} no^{35} mu^{33} hau^{33} tsa^{33} ləi^{31} ke^{31}
三 天 没 雨 坐 底 干
三天没雨坐底干

so^{33} no^{35} mu^{33} hau^{33} tsa^{33} ləi^{31} kaŋ^{54}
四 天 没 雨 坐 底 光
四天没雨底面光

tsa^{33} ləi^{31} ke^{31} te^{54} nəi^{31} ha^{54} tshu^{35}
坐 底 干 了 坭 开 拆
坐底干了泥开裂

nəi^{31} thau^{31} tshu^{35} ha^{54} səŋ^{54} tshu^{35} ɕi^{54}
坭 土 拆 开 三 尺 深
泥土裂开三尺深

tɕi^{31} ɕo^{33} hou^{31} fə^{35} və^{31} ɕo^{31} zə^{24}
禽 兽 口 干 无 水 吃
禽兽口干没水喝

ŋau^{31} luo^{31} kau^{35} jou^{54} na^{24} mə^{33} fə^{31}
牛 来 滚 浴 奈 不 何
牛来滚浴没奈何

ju^{33} tse^{54} fu^{54} se^{31} mo^{33} tɕi^{54} tɕi^{54}
野 鸡 飞 起 尾 尖 尖
野鸡飞起尾尖尖

kuo^{31} kau^{31} hau^{54} miau^{31} tiu^{54} la^{33} ɕi^{54}
扯 根 枯 矛 遮 我 身
扯根枯茅遮我身

ta^{24} ȵi^{54} pəŋ^{31} ɕi^{54} po^{31} mə^{33} lu^{35}
自 己 本 身 保 不 得
自己本身保不得

lau^{24} tsəŋ^{31} tiaŋ^{31} ɕo^{35} tiu^{54} me^{24} nəŋ^{31}
那 从 讲 出 遮 妹 们
从何讲起顾妹们

tiu^{54} ka^{33} liaŋ^{33} tse^{24} tɕuai^{31} mə^{33} tiaŋ^{31}
遮 盖 两 字 全 不 讲
照顾两字全不讲

tsaŋ^{31} ȵi^{24} ɕa^{31} tso^{31} piu^{54} haŋ^{31} nəŋ^{31}
总 要 小 姐 包 涵 男
总要小姐包涵我

tsaŋ^{31} ȵi^{24} me^{24} nəŋ^{31} mə^{33} ɕai^{31} la^{33}
总 要 妹 们 不 嫌 我
总要妹们不嫌我

tse^{54} no^{54} kø^{54} tɕəŋ^{31} vo^{31} lu^{35} ɕəŋ^{31}
今 天 歌 情 维 得 成
今天对歌对得成

me^{24} se^{33} kuo^{54} ɕi^{54} pu^{24} mai^{24} hau^{31}
妹 是 高 山 白 面 虎
妹是高山白额虎

la^{33} se^{33} piŋ^{31} to^{24} ləi^{35} tiou^{35} jaŋ^{31}
我 是 平 地 挨 角① 羊
我是平地擦角羊

hau^{31} hi^{33} səŋ^{54} ɕəŋ^{54} jaŋ^{31} ləi^{35} tiou^{35}
虎 喊 三 声 羊 挨 角
虎喊三声羊矮脚

jaŋ^{31} vo^{54} mo^{54} lu^{35} hau^{31} vo^{35} tiaŋ^{31}
羊 威 没 得 虎 威 强
羊威没有虎威强

jaŋ^{31} vo^{54} mo^{54} lu^{35} hau^{31} vo^{35} ta^{31}
羊 威 没 得 虎 威 大
羊威没有虎威大

la^{33} nəŋ^{31} mə^{33} po^{31} me^{24} nəŋ^{31} saŋ^{54}
我 们 不 比 妹 们 双
我们不比姐妹们

me^{24} se^{33} fə^{33} hau^{31} kuo^{33} ku^{54} nio^{33}
妹 是 富 豪 贵 家 女
妹是富豪贵家女

① 挨角：擦角。按歌词意思推理，这是用来谐音下句“矮脚”二字。

la^{33} se^{33} ku^{54} $khau^{31}$ luo^{33} se^{24} $ȵi^{31}$
我 是 家 苦 老 实 人
我是穷家老实人

luo^{33} se^{31} $ȵi^{31}$ mau^{24} $mə^{33}$ luo^{54} luo^{33}
老 实 人 傻 不 知 理
老实人傻不懂理

tse^{31} $vaŋ^{24}$ me^{24} $saŋ^{54}$ $mə^{33}$ kua^{33} $nəŋ^{31}$
只 望 妹 双 不 怪 男
只望妹们不怪我

$mə^{33}$ luo^{54} $tɕəŋ^{31}$ fa^{31} se^{33} $zə^{35}$ $tshe^{33}$
不 知 情 怀 是 一 次
不懂情理是一次

$ŋu^{33}$ $tɕhəŋ^{31}$ kuo^{33} me^{24} piu^{54} $haŋ^{31}$ $nəŋ^{31}$
我 请 贵 妹 包 涵 男
还请贵妹包涵我

ta^{24} tia^{35} fu^{54} $kəŋ^{54}$ $tsho^{31}$ luo^{24} $tɕaŋ^{31}$
大 脚 虾 蚣 草 利 长
大脚虾公须儿长

jou^{31} kuo^{33} tau^{24} li^{33} $tɕhəŋ^{54}$ $ɕo^{31}$ $taŋ^{31}$
游 过 许 多 清 水 塘
游过许多清水塘

$tɕho^{33}$ $tɕho^{33}$ $ɕi^{31}$ $taŋ^{31}$ me^{24} hau^{33} kuo^{33}
处 处 神 堂 妹 去 过
处处神庙妹去过

məŋ^{31} məŋ^{31} tɕo^{33} məŋ^{33} me^{24} tiai^{33} ȵi^{54}
根 根 柱 木 妹 占 个
根根梁柱妹熟悉

əŋ^{33} kuo^{33} kuo^{33} la^{54} nəŋ^{31} kø^{54} paŋ^{33}
音 过 够 多 男 歌 伴
应过很多男歌伴

vo^{31} kuo^{33} kou^{33} la^{54} ho^{31} kø^{54} tɕəŋ^{31}
维 过 许 多 好 歌 情
对过许多好歌词

tse^{31} vaŋ^{24} ɕa^{31} tso^{31} mə^{33} ɕai^{31} ŋu^{33}
只 望 小 姐 不 嫌 我
只望小姐不嫌我

mə^{33} ɕai^{31} la^{33} nəŋ^{31} mə^{33} luo^{54} tɕəŋ^{31}
不 嫌 我 们 不 知 情
不嫌我们不懂歌

la^{33} se^{33} au^{35} liŋ^{31} miu^{31} tse^{54} lia^{31}
我 是 屋 邻① 麻 雀 鸟
我是墙缝麻雀鸟

me^{24} se^{33} thai^{54} ɕaŋ^{24} phu^{35} ɕou^{35} ŋa^{31}
妹 是 天 上 拍 翅 鹅
妹是天上拍翅鹰

① 屋邻：两屋墙壁的缝隙。又指隔壁、四邻。

ŋa^{31} məŋ^{33} thai^{54} tou^{31} phu^{35} vu^{31} ɕo^{35}
鹅 母 天 头 拍 下 翅
老鹰天头拍下翅

niu^{31} tse^{54} lia^{31} tou^{31} həŋ^{35} lu^{31} fəŋ^{31}
麻 雀 鸟 仔 吓 失 魂
麻雀鸟儿吓失魂

phu^{35} ɕou^{35} ŋa^{31} məŋ^{33} tse^{35} tia^{24} to^{33}
拍 翅 鹅 母 结 大 窝
拍翅老鹰结大窝

niu^{31} tse^{54} lia^{31} tso^{31} tse^{35} au^{35} ɕe^{31}
麻 雀 鸟 仔 结 屋 檐
麻雀鸟儿结屋檐

ŋa^{31} məŋ^{33} təi^{24} zə^{24} hau^{33} lu^{35} vai^{33}
鹅 母 寻 吃 去 得 远
老鹰找吃去得远

səi^{33} lia^{31} təi^{24} zə^{24} tsa^{33} au^{35} liŋ^{31}
小 鸟 找 吃 在 屋 邻
小鸟找吃在四邻

me^{24} nəŋ^{31} tɕhi^{33} zə^{24} po^{31} la^{33} ho^{31}
妹 们 弄 吃 比 我 好
妹们生活比我好

kho^{31} te^{24} fə^{33} kuo^{33} ho^{31} ȵi^{31} ku^{54}
可 找 富 贵 好 人 家
可找富贵好人家

tie^{24} fə^{33} ȵe^{31} ku^{54} ku^{54} tsa^{31} tia^{24}
大 富 人 家 家 财 大
大富人家家财大

tsai^{31} məi^{33} lia^{35} tia^{35} tɕuai^{31} mə^{33} tsho^{54}
钱 米 穿 着 全 不 操
钱粮衣着不操心

la^{33} nəŋ^{31} ku^{54} khau^{31} mu^{33} tɕa^{31} kai^{33}
我 们 家 苦 没 条 件
我们家穷没条件

təi^{24} tshe^{54} ɕəŋ^{31} ku^{54} kai^{33} vo^{31} ȵi^{31}
找 妻 成 家 见 为 难
找妻成家很为难

phəi^{33} tshe^{54} va^{24} ɕaŋ^{31} ho^{31} ɕaŋ^{54} ȵe^{24}
配 妻 会 想 好 商 议
配妻会想好商议

mə^{33} jai^{31} tsho^{54} ɕi^{54} liou^{24} lau^{24} tɕuai^{31}
不 然 操 心 六 路 全
不然操心六路全

so^{33} mu^{33} tɕu^{33} tse^{31} ɕou^{31} ɕaŋ^{24} phiu^{54}
四 马 戒 子 手 上 抛
四码戒子手上抛

la^{33} mə^{33} luo^{54} kø^{54} vaŋ^{24} me^{24} tiou^{54}
我 不 知 歌 望 妹 教
我不知歌望妹教

vaŋ^{24} me^{24} tiou^{54} ɕo^{35} ji^{54} me^{24} jaŋ^{24}
望 妹 教 出 与 妹 样
教出水平与妹齐

ɕaŋ^{33} tiŋ^{54} fu^{33} vai^{24} mə^{33} tiou^{31} ȵi^{31}
上 京 下 县 不 求 人
上京下县不求人

ɕaŋ^{33} ju^{24} mə^{33} tiou^{31} khaŋ^{31} fə^{54} tse^{31}
上 也 不 求 孔 夫 子
在上不求孔夫子

fu^{33} ju^{31} mə^{33} tiou^{31} ɕəŋ^{31} luo^{33} ȵi^{31}
下 又 不 求 醒 理 人
在下不求明理人

ɕaŋ^{24} au^{35} ju^{24} jou^{33} ta^{24} kø^{54} so^{31}
上 屋 也 有 大 哥 嫂
上屋也有大哥嫂

fu^{33} au^{35} ju^{33} jou^{33} ɕou^{35} mu^{31} niaŋ^{31}
下 屋 又 有 叔 母 娘
下屋还有叔母娘

ɕaŋ^{24} au^{35} ju^{24} jou^{33} ɕou^{35} ɕo^{54} tse^{31}
上 屋 也 有 识 书 子
上屋也有识书子

fu^{33} au^{35} ju^{33} jou^{33} miŋ^{31} luo^{33} ȵi^{31}
下 屋 又 有 明 理 人
下屋又有明理人

ɕou^{35} ɕo^{54} ɕəŋ^{31} luo^{33} luo^{54} le^{33} mau^{24}
识 书 醒 理 知 礼 貌
知书识理懂礼貌

se^{33} la^{33} mə^{33} luo^{54} le^{33} mau^{24} ke^{31}
是 我 不 知 礼 貌 行
是我不懂礼貌行

la^{33} nəŋ^{31} mə^{33} luo^{54} vaŋ^{24} me^{24} tiaŋ^{31}
我 们 不 知 望 妹 讲
我们不懂望妹讲

vaŋ^{24} me^{24} ho^{31} ɕi^{54} tiaŋ^{31} ɕo^{35} luo^{31}
望 妹 好 心 讲 出 来
望妹好心讲出来

ho^{31} zə^{33} tiaŋ^{31} ɕo^{35} luo^{31} tiou^{54} la^{33}
好 意 讲 出 来 教 我
好意讲出来教我

tiou^{54} ɕo^{35} la^{33} nəŋ^{31} nai^{24} me^{24} tɕəŋ^{31}
教 出 我 们 念 妹 情
教出不忘妹恩情

la^{33} ke^{33} fu^{24} po^{24} əi^{54} jaŋ^{24} tiaŋ^{31}
我 的 话 语 这 样 讲
我的话语这样讲

əi^{54} jaŋ^{24} kau^{33} luo^{54} me^{24} nəŋ^{31} saŋ^{54}
这 样 告 知 妹 们 双
这样告诉姐妹们

me^{24} nəŋ^{31} ho^{31} zə^{33} mə^{33} ɕai^{31} la^{33}
妹 们 好 意 不 嫌 我
姐妹好意不嫌我

la^{33} nəŋ^{31} zə^{35} tɕiəŋ^{24} nai^{24} me^{24} tɕəŋ^{31}
我 们 一 定 念 妹 情
一定不忘妹恩情

tɕhəŋ^{31} me^{24} se^{31} fu^{24} thou^{24} luo^{54} la^{33}
请 妹 实 话 透 知 我
请妹实话告诉我

məŋ^{24} me^{24} ɕai^{31} nəŋ^{31} mə^{33} ɕai^{31} nəŋ^{31}
问 妹 嫌 男 不 嫌 男
问妹嫌我不嫌我

vu^{24} se^{33} mə^{33} ɕai^{31} la^{33} tɕi^{31} la^{33}
若 是 不 嫌 带 起 我
若是不嫌带我唱

tiou^{54} va^{24} la^{33} nəŋ^{31} vo^{31} kø^{54} tɕəŋ^{31}
教 会 我 们 维 歌 情
教会我们对好歌

ɕo^{54} jai^{31} po^{33} əŋ^{54} po^{33} mə^{33} lu^{35}
虽 然 报 恩 报 不 得
虽然报恩报不得

he^{33} la^{33} maŋ^{31} tɕəŋ^{31} tɕou^{24} mə^{33} maŋ^{31}
喊 我 瞒 情 就 不 瞒
让我忘恩不可能

tiaŋ^{31} faŋ^{54} ji^{54} vo^{24} maŋ^{31} tɕəŋ^{31} se^{31}
讲 谎 因 为 瞒 情 起
说谎因为忘恩起

ji^{54} vo^{24} maŋ^{31} tɕəŋ^{31} lua^{31} piu^{35} pai^{54}
因 为 瞒 情 雷 霹 边
因为忘恩雷劈身

ȵi^{31} vu^{24} mə^{33} ɕi^{33} ji^{31} hau^{33} lio^{35}
人 曰 不 信 引 去 看
若谁不信引去看

piu^{35} te^{54} tou^{31} tɕhuai^{54} ta^{24} lau^{24} pai^{54}
霹 了 桃 川 大 路 边
就在桃川大路边

me^{24} ke^{33} əŋ^{54} tɕəŋ^{31} nai^{24} mə^{33} tɕe^{33}
妹 的 恩 情 念 不 尽
妹的恩情念不尽

lau^{35} tsəŋ^{31} tiaŋ^{31} vu^{24} maŋ^{31} me^{24} tɕəŋ^{31}
那 从 讲 曰 瞒 妹 情
那曾讲道忘妹情

fa^{31} ku^{54} səŋ^{54} no^{35} nai^{24} səŋ^{54} no^{35}
回 家 三 天 念 三 天
回家三天念三天

fa^{31} ku^{54} so^{33} no^{35} nai^{24} mə^{33} vai^{31}
回 家 四 天 念 不 完
回家四天念不完

ȵi^{31} ɕi^{54} zə^{35} se^{33} nai^{24} zə^{35} se^{33}
人 生 一 世 念 一 世
人生一世念一世

ȵi^{31} ɕi^{54} zə^{35} se^{33} nai^{24} mə^{33} vai^{31}
人 生 一 世 念 不 完
人生一世念不完

tse^{31} vaŋ^{24} me^{24} nəŋ^{31} mə^{33} tse^{33} kua^{33}
只 望 妹 们 不 记 怪
只望妹们不怪罪

mə^{33} kua^{33} la^{33} nəŋ^{31} po^{33} mu^{35} əŋ^{54}
不 怪 我 们 报 不 恩
不怪我们难报恩

fa^{31} ku^{54} ju^{31} niaŋ^{31} kø^{54} so^{31} məŋ^{24}
回 家 爹 娘 哥 嫂 问
回家爹娘哥嫂问

tshai^{54} vi^{24} mə^{33} ȵe^{24} tiaŋ^{31} ɕo^{35} luo^{31}
千 万 不 要 讲 出 来
千万不要讲出来

na^{31} sa^{35} no^{33} ŋau^{31} nəi^{31} lu^{35} o^{33}
踩 死 鲤 鱼 坭 里 欧
踩死鲤鱼泥里藏

mə^{33} nəŋ^{54} tha^{35} ɕo^{35} so^{33} liŋ^{31} luo^{54}
不 给 踢 出 四 邻 知
不给说出四邻知

so^{33} liŋ^{31} luo^{54} te^{54} ȵi^{31} ɕa^{33} la^{33}
四 邻 知 了 人 笑 我
四邻知了会笑我

ȵi^{31} ɕa^{33} la^{33} saŋ^{54} se^{33} mau^{24} ȵi^{31}
人 笑 我 双 是 唆 人
人笑我俩是痴人

hou^{31} tshe^{54} pai^{54} luo^{31} tɕa^{24} mə^{33} tɕa^{24}
口 吃 边 梨 嚼 不 嚼
口吃槟榔嚼不嚼

tse^{31} ɕaŋ^{24} fu^{24} fu^{54} kua^{54} mə^{33} kua^{54}
纸 上 画 花 乖 不 乖
纸上画花美不美

fu^{24} fu^{54} mə^{33} kua^{54} tsa^{33} tɕhəŋ^{31} tɕaŋ^{24}
画 花 不 乖 再 请 匠
画花不美再请匠

tɕoŋ^{31} me^{24} mə^{33} tɕa^{24} ɕaŋ^{54} kuo^{33} liaŋ^{31}
尊 妹 不 对 商 过 量
传妹不对再商量

kuo^{54} ɕi^{54} liŋ^{33} tou^{31} lai^{31} tia^{31} mo^{24}
高 山 岭 头 点 荞 麦
高山岭头种荞麦

niaŋ^{31} ɕai^{31} mu^{24} khai^{33} mə^{33} hau^{33} tɕu^{31}
娘 嫌 麦 欠 不 去 从
妹嫌麦歉少耕耘

zə^{35} luo^{31} ɕai^{31} khai^{33} no^{24} ɕai^{31} vai^{33}
一 来 嫌 欠 二 嫌 远
一来嫌荒二嫌歉

səŋ^{54} luo^{31} ɕai^{31} khai^{33} ɕaŋ^{31} tɕu^{33} li^{31}
三 来 嫌 欠 想 近 邻
三来嫌远想近邻

ȵi^{24} ɕaŋ^{31} tɕu^{33} li^{31} luo^{31} lu^{35} khua^{33}
要 想 近 邻 来 得 快
要想近邻来得快

mu^{33} ɕaŋ^{24} tsəi^{35} ɕi^{33} mu^{33} ɕaŋ^{24} luo^{31}
马 上 接 信 马 上 来
马上接信马上来

mu^{33} ɕaŋ^{24} luo^{31} luo^{33} khai^{54} tɕi^{31} ɕo^{31}
马 上 来 到 牵 着 手
马上来到牵着手

ɕi^{54} ne^{24} haŋ^{54} se^{31} aŋ^{54} la^{24} ɕi^{54}
心 热 欢 喜 安 乐 心
心热欢喜快乐心

tshu^{31} taŋ^{33} jou^{31} ɕo^{24} həŋ^{24} jou^{31} tso^{31}
扯 断 油 树 惜 油 子
扯断茶树惜茶子

tsou^{31} tɕu^{33} tiaŋ^{54} hau^{31} jou^{31} ləi^{31} tsai^{31}
走 尽 江 湖 油 值 钱
走尽江湖油值钱

mə^{33} tsou^{31} tiaŋ^{54} hau^{31} mə^{33} luo^{54} le^{33}
不 走 江 湖 不 知 礼
不走江湖不知礼

mo^{33} pəŋ^{31} kuo^{33} me^{24} mə^{33} luo^{54} tɕəŋ^{31}
没 逢 贵 妹 不 知 情
没逢贵妹不知情

tiou^{31} luo^{33} lau^{24} ɕaŋ^{24} hau^{33} tia^{35} pio^{35}
九 里 路 上 去 砍 竹
九里路上去砍竹

se^{24} luo^{33} lau^{24} ɕaŋ^{24} hau^{33} vo^{31} vai^{31}
十 里 路 上 去 围 园
十里路上去围园

tia^{33} me^{24} mə^{33} ɕai^{31} tsha^{33} to^{24} vai^{33}
叫 妹 不 嫌 菜 地 远
叫妹不嫌菜地远

məŋ^{31} se^{31} piu^{35} zə^{35} kai^{33} ɕi^{54} sai^{54}
或 然① 拔 叶 见 新 鲜
偶然摘菜更新鲜

tɕhi^{33} mau^{24} mo^{24} mo^{24} mə^{33} kai^{33} lia^{31}
枞 树 密 密 不 见 鸟
松树密密不见鸟

ku^{35} te^{54} tɕhəŋ^{54} ɕi^{54} mə^{33} kai^{33} niaŋ^{31}
隔 了 青 山 不 见 娘
隔了青山不见妹

① 或然：应为“偶然”。

pa^{35} me^{24} zə^{31} ha^{54} tɕhəŋ^{54} ɕi^{54} ɕo^{35}
邀 妹 移 开 青 山 石
邀妹移开青山石

zə^{31} ha^{54} tɕhəŋ^{54} ɕi^{54} tiaŋ^{24} tɕhun^{54} taŋ^{31}
移 开 青 山 共 村 堂
移开青山共村堂

zə^{31} ha^{54} tɕhəŋ^{54} ɕi^{54} tiaŋ^{24} tɕhun^{54} tɕo^{24}
移 开 青 山 共 村 住
移开青山共村住

mə^{33} tse^{35} fə^{54} tshe^{54} tse^{35} ɕa^{33} nai^{31}
不 结 夫 妻 结 少 年
不结夫妻结少年

liou^{24} se^{33} fə^{54} tshe^{54} ȵi^{31} lu^{35} tse^{35}
六 十 夫 妻 难 得 结
六十夫妻难得结

ɕa^{33} nai^{31} ji^{24} kai^{54} tse^{35} lu^{35} ɕəŋ^{31}
少 年 应 该 结 得 成
少年情谊应结成

tɕi^{31} tse^{31} tɕi^{31}
秦 子 秦①
蚕子茧

ɕi^{31} me^{24} hou^{33} te^{54} sa^{31} kaŋ^{31} ȵi^{31}
怕 妹 有 了 所 管 人
怕妹有了所管人

① 秦子秦：蚕子茧。秦子，方言，蚕。茧，与“秦”音近，故也记为“秦”。

ɕaŋ^{24} ju^{33} sa^{31} tɕio^{31} hau^{33} mə^{33} lu^{35}
上 又 锁 住 去 不 得
上又锁住去不得

fu^{33} ju^{33} kaŋ^{31} tɕo^{31} hau^{33} mə^{33} ɕəŋ^{31}
下 也 管 着 去 不 成
下也管着去不成

təŋ^{31} zə^{24} təŋ^{31}
藤 叶 藤
藤缠藤

ɕi^{31} me^{24} hou^{33} te^{54} phi^{33} tia^{35} təŋ^{31}
怕 妹 有 了 绊 脚 藤
怕妹有了绊脚藤

ɕaŋ^{24} ju^{33} phi^{33} tɕo^{31} hau^{33} mə^{33} lu^{35}
上 也 绊 着 去 不 得
上也绊着去不得

fu^{33} ju^{33} phi^{33} tɕo^{31} hau^{33} mə^{33} ɕəŋ^{31}
下 又 绊 住 去 不 成
下又绊住去不成

zə^{35} ɕo^{31} mə^{33} nəŋ^{54} tɕəŋ^{24} liaŋ^{33} ləŋ^{31}
一 水 不 给 定 两 等
一水不给定两等

zə^{35} mu^{33} mə^{33} nəŋ^{54} phu^{35} liaŋ^{33} aŋ^{54}
一 马 不 给 搭 两 鞍
一马不给搭两鞍

zə^{35} tai^{31} liaŋ^{33} jaŋ^{24} mə^{33} ho^{31} tɕe^{33}
一 田 两 样 不 好 种
两样水等田难种

zə^{35} mu^{33} liaŋ^{33} aŋ^{54} mə^{33} ho^{31} tse^{31}
一 马 两 鞍 不 好 骑
一马两鞍不好骑

ɕu^{24} ɕi^{54} tou^{31} ɕaŋ^{24} ɕu^{24} ɕi^{54} ɕi^{54}
石 山 头 上 石 山 山
石山头上石山尖

la^{33} se^{33} ləŋ^{54} tsho^{31} tau^{24} tɕa^{31} ɕi^{54}
倈 是 灯 草 独 条 心
我是灯草一条心

la^{33} se^{33} zə^{35} ɕi^{54} hau^{33} tiaŋ^{24} me^{24}
倈 是 一 心 去 共 妹
我是一心来恋妹

mo^{33} lu^{35} no^{24} ɕi^{54} tiaŋ^{24} pəi^{24} ȵi^{31}
没 有 二 心 共 别 人
没有二心恋别人

kuo^{54} me^{24} vu^{24} se^{33} mu^{33} sa^{31} kaŋ^{31}
贵 妹 曰 是 没 所 管
贵妹若是没所管

tɕi^{54} luo^{33} mu^{33} lu^{35} phi^{33} tia^{35} təŋ^{31}
真 的 没 有 绊 脚 藤
真的没有绊脚藤

se^{24} tsa^{33} tɕi^{54} ɕi^{54} mə^{33} ɕai^{31} la^{33}
实 在 真 心 不 嫌 俫
实在真心不嫌我

ɕa^{33} nai^{31} fə^{54} tshe^{54} ti^{33} tse^{35} ɕəŋ^{31}
少 年 夫 妻 都 结 成
少年夫妻都结成

tɕi^{54} zə^{24} li^{31} ke^{31} taŋ^{31} pai^{54} kuo^{33}
今 日 打 行 塘 边 过
今日打从塘边过

khaŋ^{33} kai^{33} taŋ^{31} tiaŋ^{54} həŋ^{31} luo^{33} ŋau^{31}
看 见 塘 中 红 鲤 鱼
看见塘中红鲤鱼

tɕiŋ^{54} ke^{33} luo^{33} ŋau^{31} mə^{33} ɕo^{35} mai^{24}
精 的 鲤 鱼 不 出 面
鲤鱼谨慎不上浮

tɕiŋ^{54} ke^{33} me^{24} saŋ^{54} mə^{33} jaŋ^{31} miŋ^{31}
精 的 妹 双 不 扬 明
妹们心知不点明

tɕu^{33} mau^{24} zə^{33} tou^{31} zə^{24} tsəŋ^{31} tsəŋ^{31}
枞 木 叶 子 叶 从 从
松树叶子叶层层

vai^{33} ɕaŋ^{54} kuo^{33} me^{24} ho^{31} ȵi^{31} tɕəŋ^{31}
远 乡 贵 妹 好 人 情
远乡贵妹好情谊

vai^{33} ɕaŋ^{54} kuo^{33} me^{24} ȵe^{31} tɕəŋ^{31} ho^{31}
远 乡 贵 妹 人 情 好
远乡贵妹人情谊

ȵe^{31} tɕəŋ^{31} zə^{33} ho^{31} ni^{31} lu^{35} pəŋ^{31}
人 情 意 好 难 得 逢
深情好意难得逢

tɕu^{33} mau^{24} zə^{33} tou^{31} zə^{24} pəŋ^{54} tshu^{54}
枞 木 叶 子 叶 分 叉
松针同心一丛丛

lau^{35} tsəŋ^{31} ji^{54} me^{24} tiaŋ^{24} zə^{35} ku^{54}
哪 从 与 妹 共 一 家
几时与妹共一家

lau^{35} tsəŋ^{31} ji^{54} me^{24} tiaŋ^{24} ku^{54} tɕo^{24}
哪 从 与 妹 共 家 住
几时与妹共家住

təŋ^{31} ta^{31} zə^{24} fi^{24} ɕa^{33} niou^{54} fu^{54}
同 桌 吃 饭 笑 扭 花
同桌吃饭乐开花

la^{33} se^{33} luo^{33} se^{24} ku^{54} ju^{33} khau^{31}
倈 是 老 实 家 又 苦
我是老实家又苦

vaŋ^{24} məi^{33} mə^{33} ɕai^{31} khau^{31} tiaŋ^{54} ȵi^{31}
望 妹 不 嫌 苦 中 人
望妹不嫌苦中人

liou^{24} se^{33} fə^{54} tshe^{54} ni^{31} tse^{35} se^{31}
六 十 夫 妻 难 结 起
六十夫妻难结起

se^{33} pa^{35} ɕa^{33} nai^{31} vaŋ^{24} tse^{35} ɕəŋ^{31}
十 八 少 年 望 结 成
十八少年望结成

jou^{31} tsho^{31} mau^{24} nəŋ^{33} tha^{35} tshe^{54} ka^{54}
油 草 沐 泷 沱 溪 街
油草沐泷福溪街

niou^{33} tɕhəŋ^{33} me^{24} kø^{54} thiaŋ^{33} lu^{35} kua^{54}
耳 听 妹 歌 唱 得 乖
耳听妹歌真动听

thiaŋ^{33} lu^{35} kua^{54} se^{31} ȵi^{31} vai^{24} tɕhəŋ^{33}
唱 得 乖 时 人 爱 听
唱得动听人人爱

thiaŋ^{33} lu^{35} ho^{31} se^{31} tse^{31} ɕaŋ^{24} fu^{54}
唱 得 好 时 纸 上 花
歌声美妙画中花

tse^{31} ɕaŋ^{24} həŋ^{31} fu^{54} fu^{54} ho^{31} khaŋ^{33}
纸 上 红 花 花 好 看
画上红花花好看

khaŋ^{33} fu^{54} jaŋ^{31} zə^{24} fu^{24} fu^{54} ȵi^{31}
看 花 容 易 画 花 难
看花容易画花难

fu^{24} ɕo^{35} tɕhəŋ^{54} liaŋ^{31} lua^{33} pu^{24} hau^{31}
画 出 青 龙 对 白 虎
画出青龙对白虎

fu^{24} ɕo^{35} tɕhiu^{54} tse^{54} lua^{33} faŋ^{24} haŋ^{31}
画 出 金 鸡 对 凤 凰
画出金鸡对凤凰

faŋ^{24} haŋ^{31} mu^{33} lu^{35} tɕi^{54} tse^{54} ho^{31}
凤 凰 没 得 金 鸡 好
凤凰没有金鸡好

la^{33} nəŋ^{31} mə^{33} lu^{35} me^{24} nəŋ^{31} kua^{54}
俫 男 没 得 妹 们 乖
我们没有妹们美

la^{33} nəŋ^{31} mə^{33} lu^{31} me^{24} nəŋ^{31} ho^{31}
俫 们 没 得 妹 们 好
貌丑只羡妹们好

me^{24} nəŋ^{31} ȵi^{54} ȵi^{54} ho^{31} ȵi^{31} tɕhəŋ^{31}
妹 们 人 人 好 人 情
妹们人好情义真

ɕaŋ^{31} niaŋ^{31} tɕi^{54} ɕaŋ^{31} niaŋ^{31}
想 娘 真 想 娘
相思尽断肠

zə^{31} tɕi^{54} tiŋ^{24} ȵi^{31} ɕaŋ^{31} zə^{24} taŋ^{31}
如 今 病 人 想 吃 糖
如今病人想吃糖

ɕaŋ^{31} zə^{24} haŋ^{31} taŋ^{31} tɕaŋ^{54} tsai^{31} ma^{33}
想 吃 黄 糖 将 钱 买
想吃黄糖将钱买

haŋ^{31} tɕi^{54} ȵi^{31} ma^{33} ɕa^{33} nai^{31} niaŋ^{31}
黄 金 难 买 少 年 娘
黄金难买妹心欢

pu^{24} nəi^{33} vo^{54} tou^{31} piu^{35} ɕaŋ^{24} kua^{33}
白 染 衣 子 壁 上 挂
白染衣裳壁上挂

mə^{33} nəŋ^{54} la^{31} me^{31} la^{24} no^{24} tsu^{54}
不 给 罗 霉 落 入 渣
不让烟灰染成黑

la^{31} me^{31} no^{24} tsu^{54} ȵi^{31} se^{31} tha^{35}
罗 霉 入 渣 难 洗 脱
烟灰霉渍难洗去

ji^{54} me^{24} tɕəŋ^{31} ɕi^{54} ȵi^{31} ɕu^{31} luo^{31}
与 妹 情 深 难 赦 离
与妹情深难舍离

tɕəŋ^{31} mai^{24} luo^{31} jo^{31} luo^{31} niaŋ^{31} hau^{33}
情 愿 离 爷 离 娘 去
情愿离爷离娘去

mə^{33} ɕu^{31} luo^{31} me^{24} tia^{35} tou^{31} tou^{31}
不 赦 离 妹 脚 子 头
不舍离妹脚指头

mə^{33} tsəŋ^{31} se^{31} au^{35} sai^{54} luo^{24} tia^{35}
不 从 起 屋 先 立 脚
不曾起屋先立脚

mə^{33} tsəŋ^{31} luo^{31} ɕi^{33} sai^{54} ɕaŋ^{31} niaŋ^{31}
不 从 拿 信 先 想 娘
不曾定情先想妹

pa^{35} ɕaŋ^{31} se^{24} ɕaŋ^{31} ni^{31} lu^{35} luo^{33}
八 想 十 想 难 得 到
千思万想难得到

ju^{24} jo^{54} lu^{35} məŋ^{24} ho^{31} la^{54} fa^{31}
夜 晚 得 梦 好 多 回
夜晚做梦好多回

luai^{33} tsa^{35} lua^{54} fa^{31} fəŋ^{33} mə^{33} tɕa^{24}
转 扎 多 回 睡 不 着
辗转反侧睡不着

ɕaŋ^{31} se^{31} me^{24} nəŋ^{31} ho^{31} ȵi^{31} tɕəŋ^{31}
想 起 妹 们 好 人 情
想起妹们好人情

nəi^{24} tou^{31} ləŋ^{54} pai^{54} ɕo^{35}
日 头 东 边 出
太阳东边出

tia^{33} kai^{33} səi^{54} pai^{54} haŋ^{31}
照 见 西 边 黄
照得云霞灿

ho^{31} fu^{54} luo^{31} lu^{35} vai^{33}
好 花 离 得 远
好花离得远

kho^{31} li^{31} ɕa^{31} nai^{31} niaŋ^{31}
可 怜 少 年 娘
可爱少年妹

nəi^{24} ɕo^{35} tia^{33} tɕi^{54} haŋ^{31}
日 出 照 金 黄
日出金灿灿

la^{33} ɕo^{35} pa^{33} tɕəŋ^{31} niaŋ^{31}
俫 出 拜 情 娘
我来拜情人

pəi^{24} jaŋ^{24} tɕuai^{31} mə^{33} tiaŋ^{31}
别 样 全 不 讲
别样全不讲

tɕuai^{31} tiaŋ^{31} kuo^{33} ku^{54} niaŋ^{31}
全 讲 贵 家 娘
全讲贵家妹

nəi^{24} ɕo^{35} tia^{33} su^{54} tiou^{54}
日 出 照 砂 洲
日出照沙洲

tɕu^{33} piou^{35} vaŋ^{24} ɕəŋ^{31} tsho^{54}
种 竹 望 成 丛
种竹望成丛

tɕu^{33} piou^{35} vaŋ^{24} ɕo^{35} ɕue^{31}
种 竹 望 出 笋
种竹望出笋

ɕa^{33} nai^{31} vaŋ^{24} tse^{35} tiou^{54}
少 年 望 结 交
对歌望结交

haŋ^{33} thau^{31} kaŋ^{54} tou^{31} tɕu^{33} lou^{54} mau^{24}
黄 土 岗 头 种 蔸 木
黄土岗头种棵树

liaŋ^{33} ȵi^{31} tse^{33} ɕaŋ^{33} mau^{24} ɕaŋ^{24} nio^{31}
两 人 站 上 木 上 蹀
两人站上树梢蹀

liaŋ^{33} ȵi^{31} nio^{31} nio^{31} ɕo^{31} fu^{33} kuo^{31}
两 人 蹀 蹀 垂 下 枝
两人蹀蹀枝垂下

hou^{31} vu^{33} mə^{33} luo^{31} ɕi^{54} a^{33} luo^{31}
口 曰 不 来 心 爱 来
口说不来心爱来

vu^{24} ȵi^{33} ɕa^{33} nai^{31} tse^{54} nai^{54} tse^{35}
若 要 少 年 今 年 结
若要少年今年结

tse^{54} nai^{54} mə^{33} tse^{35} tse^{35} mə^{33} ɕəŋ^{31}
今 年 不 结 结 不 成
今年不结结不成

ji^{54} vo^{24} la^{33} nəŋ^{31} ku^{54} tɕəŋ^{31} khau^{31}
因 为 俫 们 家 庭 苦
因为我们家庭苦

kuo^{33} nai^{31} ɕi^{31} te^{54} me^{24} ɕai^{31} nəŋ^{31}
过 年 怕 了 妹 嫌 男
过年怕妹嫌弃我

tɕu^{33} mau^{33} zə^{24} tou^{31} zə^{24} ɕo^{31} ɕo^{31}
枞 木 叶 子 叶 垂 垂
松树叶子叶垂垂

tsa^{35} tai^{31} tsa^{35} luo^{33} me^{24} mai^{24} tso^{31}
种 田 种 到 妹 面 前
种田种到妹面前

ŋau^{33} haŋ^{31} liou^{24} ŋuə^{33} hau^{33} liu^{35} ɕo^{31}
五 行 六 月 去 看 水
五黄六月去看水

mə^{33} tsəŋ^{31} liu^{35} ɕo^{31} sai^{54} liu^{35} niaŋ^{31}
不 从 看 水 先 看 娘
不曾看水先看妹

tse^{35} maŋ^{31} tsho^{31} tou^{31} tsho^{35} tse^{35} maŋ^{31}
结 芒 草 子 草 结 芒
大蓟草儿开红花

zə^{24} te^{54} lia^{54} tou^{31} hau^{33} ləŋ^{31} niaŋ^{31}
吃 了 上 午 去 等 娘
吃了早饭去等妹

lia^{54} tou^{31} ləŋ^{31} niaŋ^{31} ləŋ^{31} kuo^{33} ŋau^{33}
上 午 等 娘 等 过 午
上午等妹等过午

zə^{24} tə^{54} ləŋ^{31} niaŋ^{31} nəi^{24} tou^{31} tɕu^{31}
下 午 等 娘 日 头 斜
下午等妹太阳斜

nəi^{24} tou^{31} mə^{33} tɕu^{31} mə^{33} no^{24} au^{35}
日 头 不 斜 不 入 屋
太阳不斜不入屋

ləŋ^{54} fə^{31} mə^{33} kaŋ^{54} mə^{33} fa^{31} ku^{54}
灯 火 不 光 不 回 家
灯火不亮不回家

ju^{31} niaŋ^{31} məŋ^{24} la^{33} su^{33} ku^{54} se^{24}
爷 娘 问 倈 什 么 事
爷娘问我什么事

ji^{54} vo^{24} ɕi^{54} tse^{31} mə^{33} na^{24} fe^{31}
因 为 身 子 不 耐 烦
因为身子不耐烦

ɕi^{54} tsa^{24} faŋ^{54} ta^{31} tɕhəŋ^{31} tɕaŋ^{24} jou^{31}
新 凿 方 桌 请 匠 油
请匠凿桌新漆油

ɕaŋ^{31} me^{24} səŋ^{54} nai^{31} mə^{33} luo^{33} tou^{31}
想 妹 三 年 不 到 头
想妹三年白了头

vai^{33} vai^{33} khaŋ^{33} me^{24} ɕou^{31} təi^{31} tse^{24}
远 远 看 妹 手 提 字
远远看妹手拿字

lau^{35} zə^{24} ji^{54} me^{24} tai^{24} tsaŋ^{31} tou^{31}
哪 日 与 妹 垫 床 头
哪天与妹共床头

ɕou^{31} tai^{24} tsaŋ^{31} tou^{31} mu^{33} se^{54} ɕaŋ^{31}
手 垫 床 头 没 思 想
手垫床头没思想

zə^{35} tio^{35} fəŋ^{33} luo^{33} ta^{24} thai^{54} kaŋ^{54}
一 觉 睡 到 大 天 光
一觉睡到天大亮

me^{24} se^{33} hou^{31} vu^{24} thai^{54} kaŋ^{54} lia^{33}
妹 是 口 曰 天 光 了
妹是以为天亮了

la^{33} se^{33} hou^{31} vu^{24} ŋue^{24} liaŋ^{31} kaŋ^{54}
俫 是 口 曰 月 亮 光
我是看清月亮光

səi^{35} kuo^{54} tsaŋ^{31} tou^{31} ɕo^{33} kuo^{54} khəŋ^{35}
塞 高 床 头 睡 归 刻
塞高床头再睡会

liaŋ^{31} ɕo^{35} ŋue^{24} liaŋ^{31} paŋ^{33} la^{33} ke^{31}
等 出 月 亮 伴 俫 行
等出月亮伴我行

me^{24} ji^{54} ŋue^{24} liaŋ^{31} paŋ^{33} la^{33} tsou^{31}

妹 与 月 亮 伴 倈 走

妹与月亮伴我走

aŋ^{54} aŋ^{54} la^{24} la^{24} ho^{31} fa^{31} ku^{54}

安 安 乐 乐 好 回 家

安安乐乐好回家

女唱：

tsa^{33} tsa^{33} mə^{33} luo^{54} kø^{54} ho^{31} thiaŋ^{33}

坐 坐 不 知 歌 好 唱

坐久不知歌好唱

ȵi^{31} luo^{54} faŋ^{54} luo^{54} kø^{54} ləi^{31} tsai^{31}

人 老 方 知 歌 值 钱

人老方知歌值钱

kø^{54} tou^{31} ləi^{31} tsai^{31} thiaŋ^{33} mə^{33} tiou^{31}

歌 子 值 钱 唱 不 久

歌儿值钱唱悠久

ȵi^{31} luo^{33} tɕhiu^{54} kaŋ^{54} no^{24} mə^{33} tɕaŋ^{31}

人 老 春 光 日 不 长

人老春光日不长

no^{24} tse^{31} mə^{33} tɕaŋ^{31} ȵi^{24} khua^{33} luo^{24}

日 子 不 长 要 快 乐

日子不长要快乐

ŋau^{33} ŋue^{24} tɕi^{33} tia^{31} ju^{24} mə^{33} tou^{31}

五 月 种 茄 也 不 迟

五月种茄也不迟

nəi^{24} tou^{31} kuo^{33} no^{35} nəŋ^{31} kuo^{33} no^{35}
日 头 过 天 男 过 天
日月经天我度日

tsa^{33} se^{33} zə^{35} no^{35} ȵi^{24} aŋ^{54} ɕi^{54}
在 世 一 天 要 安 心
在世一天要安心

ŋau^{33} ŋue^{24} tɕu^{33} tiai^{31} lio^{24} ŋue^{35} tshe^{35}
五 月 种 茄 六 月 吃
五月种茄六月吃

tsho^{54} ŋue^{24} tɕhou^{54} tiai^{31} ɕou^{54} lia^{33} vai^{31}
七 月 秋 茄 收 了 园
七月收茄闭了园

ɕou^{54} lia^{33} tiai^{31} vai^{31} həŋ^{24} ɕi^{54} khau^{31}
收 了 茄 园 惜 辛 苦
收罢茄园惜辛苦

ɕou^{54} lia^{33} kø^{54} ɕəŋ^{54} hou^{24} ɕa^{33} nai^{31}
收 了 歌 声 惜 少 年
收了歌声惜少年

ɕa^{33} nai^{31} kuo^{33} lia^{33} kø^{54} ɕəŋ^{54} tsa^{33}
少 年 过 了 歌 声 在
少年过了歌声在

luo^{33} tɕi^{54} khua^{35} po^{24} mu^{33} tou^{31} tau^{31}
老 针 缺 鼻 没 途 图①
老针缺鼻没用途

---

① 途图：用途。

mu^{33} lu^{35} tou^{31} ta^{31} tou^{31} səi^{33} sai^{33}

没 得 途 图 用 细 线

老针没法穿细线

haŋ^{33} tau^{31} kaŋ^{54} tou^{31} tsho^{31} tɕhiu^{54} tɕhou^{54}

黄 土 岗 头 草 春 秋

正如岗头草逢秋

tsho^{31} tou^{31} tɕhiu^{54} tɕho^{54} paŋ^{33} ju^{24} fə^{31}

草 子 春 秋 放 夜 火

草儿春老放夜火

paŋ^{33} fa^{35} ju^{24} fə^{31} lu^{35} hau^{54} tɕa^{31}

放 发 夜 火 得 枯 柴

夜火烧尽寻枯柴

lu^{35} tɕu^{33} hau^{54} tɕa^{31} mə^{33} tsaŋ^{24} ɕou^{31}

得 尽 枯 柴 不 闯 手

寻尽枯柴不碰手

kuo^{33} lia^{33} tou^{31} tɕhiu^{54} mə^{33} taŋ^{24} laŋ^{31}

过 了 头 春 不 闯 郎

过了头春不逢郎

nəŋ^{54} luo^{31} ku^{54} tiaŋ^{54} jou^{33} tɕi^{31} se^{24}

给 来 家 中 有 急 事

是否家中有急事

ju^{33} ɕaŋ^{31} ku^{54} luo^{54} saŋ^{54} tsa^{35} tɕhiu^{54}

又 想 家 里 双 种 春

料想家中忙种春

saŋ^{54} tsa^{35} saŋ^{54} tɕhiu^{54} jou^{33} no^{24} tse^{31}
双 种 双 春 有 日 子
忙种三春有日子

tɕhiu^{31} ha^{54} pəŋ^{31} luo^{31} ȵi^{33} tsai^{31} fu^{54}
拿 开 盆 来 眼 前 花
掀开瓜棚见春花

tɕhiu^{31} ha^{54} pəŋ^{31} luo^{31} se^{24} tsho^{35} pa^{35}
拿 开 盆 来 十 七 八
如花年纪十七八

kaŋ^{31} te^{31} ɕəŋ^{31} ku^{54} mə^{33} ɕəŋ^{31} ku^{54}
管 他 成 家 不 成 家
管他成家不成家

ɕəŋ^{31} ku^{54} la^{24} hau^{33} tsho^{54} ɕi^{54} ta^{24}
成 家 落 雨 操 心 大
成家下雨操心大

ku^{35} tou^{31} luo^{31} ɕo^{31} ɕou^{31} təi^{31} kuo^{54}
肩 膀 挑 水 手 提 篮
肩膀挑水手提篮

ɕou^{31} təi^{31} fu^{54} kuo^{54} kuo^{33} li^{31} təŋ^{24}
手 提 花 篮 过 林 洞
手提花篮过林垌

ɕou^{31} te^{31} fu^{54} kuo^{54} kuo^{33} li^{31} tia^{31}
手 提 花 蓝 过 林 桥
手提花篮过林桥

ta^{24} pəŋ^{54} tsho^{54} no^{24} li^{31} tia^{31} fu^{33}
大 风 吹 入 林 桥 下
大风吹入林桥下

ɕou^{31} pi^{54} tia^{31} mau^{24} vai^{33} ju^{31} niaŋ^{31}
手 掰 桥 木 怨 爷 娘
手抓桥木怨爷娘

zə^{35} vai^{24} ju^{31} niaŋ^{31} ɕo^{31} tsha^{35} nio^{33}
一 怨 爷 娘 许 错 女
一怨爷娘许错女

no^{24} vai^{24} sai^{54} ɕi^{54} ki^{31} tsha^{35} nai^{31}
二 怨 先 生 减 错 年
二怨先生减错年

nai^{31} ɕi^{54} la^{24} no^{24} ləŋ^{33} ɕaŋ^{54} le^{31}
年 生 落 入 橙 箱 底
年庚落入箱笼底

po^{31} po^{35} li^{31} la^{31} ɕo^{24} mə^{33} kuo^{54}
把 笔 云 罗 赎 不 归
签订绫罗赎不归

ȵi^{31} vo^{24} vi^{31} la^{31} ɕo^{24} lu^{35} nio^{33}
人 曰 云 罗 赎 得 女
人说绫罗赎得女

ɕo^{24} kuo^{54} nio^{33} luo^{31} aŋ^{54} pəi^{24} faŋ^{54}
赎 归 女 来 安 别 方
情愿不穿赎回来

ɕo^{24} kuo^{54} nio^{33} luo^{31} aŋ^{54} pəi^{24} tɕhio^{33}
赎 归 女 来 安 别 处
赎归女来安别处

pəi^{24} tɕhio^{33} tɕhun^{54} tiaŋ^{54} jou^{33} ho^{31} laŋ^{31}
别 处 村 中 有 好 郎
赎回女来嫁别村

pəi^{24} tɕhio^{33} piu^{35} vai^{31} jou^{33} ho^{31} ɕue^{31}
别 处 竹 园 有 好 笋
别处竹园有好笋

ju^{33} jou^{33} ho^{31} ɕue^{31} ɕo^{35} lu^{35} tou^{31}
也 有 好 笋 出 得 头
别处村中有好郎

ho^{31} ɕue^{31} ɕo^{35} tou^{31} mə^{33} kuo^{33} mo^{33}
好 笋 出 头 不 过 尾
好笋长出来成竹

ju^{24} jou^{33} ho^{31} laŋ^{31} mə^{33} ɕo^{35} ɕaŋ^{54}
也 有 好 郎 不 出 乡
也有好郎不出乡

laŋ^{31} mə^{33} ɕo^{35} ɕaŋ^{54} mə^{33} vo^{31} kuo^{33}
郎 不 出 乡 不 为 贵
郎不出乡不为贵

fə^{31} mə^{33} ɕa^{54} ɕi^{54} to^{24} mə^{33} fo^{31}
火 不 烧 山 地 不 肥
火不烧山地不肥

fə^{31} tou^{31} ɕa^{54} ɕi^{54} ɕa^{54} kho^{54} piu^{35}
火 子 烧 山 烧 亏 竹
野火烧山烧遍竹

ɕaŋ^{31} ɕaŋ^{31} kho^{54} piu^{35} mə^{33} kho^{54} ɕi^{54}
常 常 亏 竹 不 亏 山
常常亏竹不亏山

kho^{54} tɕi^{54} ɕu^{24} tou^{31} ləi^{31} tɕu^{33} fə^{31}
亏 尽 石 头 抵 尽 火
亏石顽强抵住火

kho^{54} tɕi^{54} piu^{35} mau^{24} tau^{24} tou^{31} tɕhi^{54}
亏 尽 竹 木 独 头 春
亏竹茂盛只一春

pou^{35} zə^{24} la^{24} tso^{31} pou^{35} kəŋ^{54} tia^{35}
竹 叶 落 拢 竹 根 脚
竹叶落拢竹根脚

lau^{24} tsəŋ^{31} luai^{33} kuo^{54} ɕo^{24} tou^{31} tɕhəŋ^{54}
哪 从 转 归 树 头 青
如何转回枝头青

lau^{24} tsəŋ^{31} luai^{33} kuo^{54} ɕo^{24} ɕaŋ^{24} tsa^{33}
哪 从 转 归 树 上 在
如何转回枝上长

zə^{35} tɕiu^{24} nəi^{24} tou^{31} no^{24} tɕiu^{24} pəŋ^{54}
一 阵 日 头 二 阵 风
如何转回少年时

pəŋ^{54} thio^{54} nəi^{24} sa^{33} ȵi^{31} mə^{33} luo^{33}
风 吹 日 晒 人 不 老
如何转回十七八

tse^{31} se^{33} tsho^{54} ɕi^{54} tsho^{54} luo^{33} ȵi^{31}
只 是 操 心 操 老 人
如何转回能自由

男唱：

tshou^{33} faŋ^{54} vai^{24} se^{31} ke^{31} faŋ^{54} vai^{24}
遇 方 便 时 行 方 便
遇方便时行方便

tɕhou^{33} he^{31} faŋ^{54} vai^{24} lu^{35} lau^{24} thaŋ^{54}
奏 行 方 便 得 路 通
多行方便路能通

tsho^{54} ɕi^{54} mə^{33} po^{31} tɕun^{31} ɕi^{54} ho^{31}
操 心 不 比 存 心 好
操心不比放心好

tɕi^{54} tshe^{33} mə^{33} zə^{31} ȵi^{33} tshe^{33} kuo^{54}
争 气 不 如 忍 气 高
争气不如忍气高

tɕhi^{54} ɕa^{54} zə^{35} khəŋ^{35} tse^{31} tshai^{54} tɕi^{54}
春 消 一 刻 几 千 斤
春宵一刻值千金

fu^{54} jou^{33} tɕhəŋ^{54} ɕaŋ^{54} ŋue^{24} jou^{33} ji^{54}
花 有 清 香 月 有 阴
花有清香月有阴

kø^{54} kaŋ^{31} luo^{31} ta^{31} ɕəŋ^{54} səi^{33} səi^{33}
歌 管 楼 台 声 细 细
歌管楼台声细细

tɕhou^{54} tshai^{54} vai^{24} la^{24} ju^{24} tɕe^{31} tɕe^{31}
秋 千 院 落 夜 沉 沉
秋千院落夜沉沉

tɕhuai^{54} ɕi^{54} ɕu^{24} piu^{35} kuo^{33} ɕi^{54} təŋ^{31}
穿 心 石 壁 过 山 藤
穿心石壁过山藤

ləi^{54} tou^{31} məŋ^{33} me^{24} məŋ^{31} mə^{33} məŋ^{31}
低 头 问 妹 闻 不 闻
低头问妹可听说

fu^{24} hau^{31} fu^{24} po^{31} ȵi^{31} fu^{24} kuo^{35}
画 虎 画 皮 难 画 骨
画虎画皮难画骨

luo^{54} ȵi^{31} luo^{54} mai^{24} mə^{33} luo^{54} ɕi^{54}
知 人 知 面 不 知 心
知人知面不知心

səi^{33} hau^{33} mo^{31} mo^{31} tɕu^{33} təŋ^{31} mau^{24}
细 雨 毛 毛 种 桐 木
细雨毛毛种桐树

mo^{31} jaŋ^{54} səi^{33} hau^{33} təŋ^{31} mau^{24} ɕi^{54}
毛 秧 细 雨 桐 木 生
毛毛细雨梧桐生

mau^{24} ji^{54} mau^{24} tse^{24} saŋ^{54} saŋ^{54} tse^{33}
木 与 目 字 双 双 站①
木与目字双双站

tshu^{35} tse^{24} thiaŋ^{33} tou^{31} ɕaŋ^{54} fa^{24} niaŋ^{31}
拆 字 唱 条 相 会 娘
拆字唱歌相会妹

ho^{31} fu^{35} ɕi^{54} se^{31} zə^{24} ɕo^{31} ɕo^{31}
好 花 生 起 叶 垂 垂
好花生长叶垂垂

ɕi^{54} tsa^{33} ȵi^{31} ku^{54} au^{35} mai^{24} to^{31}
生 在 人 家 屋 面 前
生在人家屋面前

ɕi^{54} tsa^{33} ȵi^{31} ku^{54} au^{35} ɕi^{31} fu^{33}
生 在 人 家 屋 檐 下
生在人家屋檐下

fu^{35} kuo^{54} piŋ^{31} a^{31} tɕhi^{33} mə^{33} luo^{31}
花 高 瓶 矮 趁 不 来
花高瓶矮够不着

pou^{31} pha^{33} hau^{31} lau^{31} tse^{31} tshai^{54} tɕi^{54}
打 破 葫 芦 几 千 斤
打破葫芦几千斤

tse^{31} se^{33} ji^{54} me^{24} ɕa^{33} no^{31} no^{31}
几 时 与 妹 笑 颜 颜
几时与妹笑盈盈

① 此句拆“相”字。

pəŋ^{54} thio^{54} vie^{31} və^{24} fu^{54} fu^{54} ɕe^{33}
风 吹 云 雾 飞 飞 散
风吹云雾飞飞散

zə^{24} ɕo^{35} tɕhəŋ^{54} tɕi^{54} tɕaŋ^{54} zə^{33} fə^{33}
日 出 青 山 将 如 何
日出青山将如何

mə^{33} tse^{24} lai^{31} tou^{31} ləi^{33} paŋ^{31} pai^{54}
不 字 点 头 礼 旁 边①
不字点头礼字旁

se^{33} ɕaŋ^{31} ma^{31} luo^{54} vaŋ^{24} ho^{31} tou^{31}
世 上 磨 刀 望 好 用
世上磨刀望好用

lei^{33} paŋ^{31} luo^{54} tse^{24} saŋ^{54} saŋ^{54} tse^{33}
衣 旁 刀 字 双 双 站
衣旁刀字双双站

tɕi^{54} zə^{24} thiaŋ^{33} kø^{54} tshau^{54} ɕaŋ^{54} pəŋ^{31}
今 日 唱 歌 初 相 逢
今日唱歌初相逢

ji^{54} niaŋ^{31} thiaŋ^{33} kø^{54} tshau^{54} ɕaŋ^{54} fa^{24}
与 娘 唱 歌 初 相 会
与娘唱歌初相会

pa^{35} tso^{31} hi^{31} hi^{31} səŋ^{54} liaŋ^{33} nai^{31}
邀 姐 行 行 三 两 年
邀姐来往两三年

① 自此以下四句拆“初”字。

vaŋ^{24} me^{24} mə^{33} ɕai^{31} nəŋ^{31} tse^{35} se^{31}
望 妹 不 嫌 能 结 起
望妹不嫌能结起

thiaŋ^{33} kø^{54} pəŋ^{31} tɕa^{24} ȵi^{31} mə^{33} luo^{54}
唱 歌 逢 着 人 不 知
唱歌逢着人不知

ɕi^{31} ke^{33} təi^{24} kuo^{54} ɕi^{31} ke^{31} paŋ^{33}
伞 行 寻 归 伞 行 伴
撑伞寻回撑伞伴

ke^{31} ke^{31} təi^{24} kuo^{54} ke^{31} ke^{31} ȵi^{31}
行 行 找 归 行 行 人
对歌找回对歌人

ke^{31} ke^{31} tshou^{33} tɕa^{24} ho^{31} ɕaŋ^{54} fa^{24}
行 行 遇 着 好 相 会
对歌遇着好相会

tshou^{33} tɕa^{24} ɕaŋ^{54} fa^{24} ho^{31} thaŋ^{31} ɕi^{54}
遇 着 相 会 好 谈 心
遇着相会好谈心

lai^{31} tou^{31} thou^{54} ke^{31} ɕou^{24} laŋ^{24} jou^{33}
点 头 偷 行 熟 乱 友
点头同行熟悉友

tɕou^{24} jai^{31} fu^{54} fo^{33} ho^{31} pəŋ^{54} lio^{31}
席 筵 花 下 好 风 流
筵席对歌尽风流

tou^{31} fu^{54} jou^{33} zə^{33} lai^{31} fu^{54} ɕa^{33}
桃 花 有 意 点 花 笑
桃花有意应含笑

liŋ^{33} ŋi^{33} lu^{35} ȵi^{31} tiŋ^{33} ho^{31} ɕou^{54}
冷 眼 看 人 正 好 修
相对冷眼怎交情

kəŋ^{54} ŋau^{33} ɕi^{54} vo^{24} lau^{24} pai^{54} thau^{31}
庚 午 辛 未 路 边 土①
庚午辛未路边土

thau^{31} tse^{24} ja^{54} ɕaŋ^{24} aŋ^{54} liaŋ^{33} ȵi^{31}
土 字 腰 上 安 两 人
土字腰上安两人

thau^{31} ɕaŋ^{24} liaŋ^{33} ȵi^{31} ku^{35} piu^{35} tsa^{33}
土 上 两 人 隔 壁 坐
土上两人并肩坐

ni^{31} lu^{35} pəŋ^{31} tɕa^{24} tsa^{33} zə^{35} se^{31}
难 得 逢 着 坐 一 时
难得逢娘坐一时

tse^{31} se^{31} lu^{35} luo^{33} nəŋ^{31} ɕaŋ^{54} fa^{24}
几 时 得 到 能 相 会
几时有缘能相会

ɕaŋ^{54} fa^{24} tɕəŋ^{31} niaŋ^{31} mə^{33} luo^{33} pai^{54}
想 会 情 娘 不 到 边
想会情娘难唤来

① 自此以下四句折“坐”字。

thai^{54} ɕaŋ^{24} ha^{54} tɕəŋ^{31} tse^{31} se^{31} kai^{33}
天 上 开 井 几 时 见
天上瑞象何时见

khaŋ^{33} ɕəŋ^{54} vaŋ^{24} ŋue^{24} tse^{31} se^{31} pəŋ^{31}
看 星 望 月 几 时 逢
斗转星移何时逢

女唱：

ȵi^{31} ɕi^{54} zə^{35} se^{33} tsho^{31} tɕhi^{54} tɕhi^{54}
人 生 一 世 草 春 春
人生一世草三春

ȵi^{31} mə^{33} faŋ^{54} lio^{31} mə^{33} luo^{54} ji^{54}
人 不 风 流 不 知 姻
人不风流不知姻

ȵi^{31} mə^{33} faŋ^{54} lio^{31} mə^{33} vo^{31} kuo^{33}
人 不 风 流 不 为 贵
人不风流难为贵

fə^{31} mə^{33} ɕa^{54} ɕi^{54} to^{24} mə^{33} fo^{31}
火 不 烧 山 地 不 肥
火不烧山地不肥

fə^{31} tou^{31} ɕa^{54} ɕi^{54} ɕa^{54} kho^{54} piou^{35}
火 子 烧 山 烧 亏 竹
野火烧山烧亏竹

tse^{31} se^{33} kho^{54} piou^{35} mə^{33} kho^{54} ɕi^{54}
只 是 亏 竹 不 亏 山
只是亏竹不亏山

kuo^{54} tɕu^{33} piou^{35} tou^{31} ləi^{31} tɕu^{33} fə^{31}
亏 尽 竹 头 抵 尽 火
亏竹根芽能再长

kuo^{54} tɕu^{33} piou^{35} mau^{24} tau^{24} tou^{31} tɕhi^{54}
亏 尽 竹 木 独 头 春
枝叶燃烧只一春

piou^{35} zə^{33} la^{24} tou^{31} piou^{35} kəŋ^{54} tia^{35}
竹 叶 落 拢 竹 根 脚
竹叶落拢竹根脚

tse^{31} se^{33} luai^{33} kuo^{54} ɕo^{24} tou^{31} tɕhəŋ^{54}
几 时 转 归 树 头 青
几时转回枝头青

tse^{31} se^{33} luai^{33} kuo^{54} ɕo^{24} ɕaŋ^{24} tsa^{33}
几 时 转 归 树 上 坐
几时转回枝上坐

lau^{24} tsəŋ^{31} luai^{33} kuo^{54} tsa^{33} nio^{33} se^{31}
哪 存 转 归 坐 女 时
哪曾转回做女时

fu^{24} jou^{33} tshai^{54} paŋ^{54} ni^{31} ɕo^{35} hou^{31}
话 有 千 般 难 出 口
话有千般难出口

lau^{24} ke^{31} səŋ^{54} və^{24} ȵi^{31} fa^{31} tou^{31}
路 行 三 步 难 回 头
路行三步难回头

ȵi^{31} ku^{54} ɕo^{35} lu^{35} mo^{33} mia^{24} nio^{33}
人 家 出 得 美 妙 女
人家出得美妙女

tɕu^{54} tse^{31} fəŋ^{54} miŋ^{31} ju^{33} hau^{33} tio^{31}
君 子 分 明 也 去 求
好男纷纷去追求

tse^{33} ȵi^{31} tu^{24} ɕo^{35} məŋ^{31} tsai^{31} tse^{33}
亻 达 出 门 前 站
双人踏出门前站

nəi^{24} tou^{31} tia^{33} kai^{33} ju^{24} ho^{31} çi^{31}
日 头 照 见 也 好 行
太阳出来好同行

zə^{35} tɕhoŋ^{33} ni^{31} he^{31} luo^{31} təi^{24} paŋ^{33}
一 寸 难 行 来 寻 伴
寸步难行我寻伴

tse^{31} se^{33} lu^{35} kai^{33} mə^{33} lu^{35} pəŋ^{31}
只 是 得 见 不 得 逢
只是相思不相逢

zə^{24} zə^{24} kai^{33} thai^{54} mə^{33} kai^{33} ɕaŋ^{33}
日 日 见 天 没 见 上
日日想见难相见

tia^{31} tia^{31} tsu^{33} niaŋ^{31} mu^{33} lu^{35} pəŋ^{31}
朝 朝 遇 娘 没 得 逢
朝朝盼妹难与言

ɕo^{31} ɕi^{54} mə^{33} kai^{33} ŋau^{31} ɕaŋ^{54} fa^{24}
水 深 不 见 鱼 会 面
水深不见鱼会面

lau^{24} vai^{33} mə^{33} kai^{33} ɕa^{33} nai^{31} niaŋ^{31}
路 远 不 见 少 年 娘
路远不见少年妹

kho^{31} ɕu^{35} thai^{54} kuo^{54} haŋ^{31} te^{33} vai^{33}
可 惜 天 高 皇 帝 远
可惜天高皇帝远

ɕi^{54} kuo^{54} ku^{35} piu^{35} ɕa^{33} nai^{31} niaŋ^{31}
山 高 隔 壁 少 年 娘
山高隔断少年妹

ɕi^{54} kuo^{54} ku^{35} piu^{35} khaŋ^{33} mə^{33} tio^{31}
山 高 隔 壁 看 不 着
山高隔断看不着

lau^{35} jaŋ^{24} pəŋ^{31} tɕa^{24} ɕa^{33} nai^{31} niaŋ^{31}
那 样 逢 着 少 年 娘
怎样逢着好姑娘

tɕu^{33} kai^{33} vai^{33} pəŋ^{31} vai^{33} khaŋ^{33} tso^{31}
近 见 多 逢 远 看 姐
近得相会远看姐

no^{24} tiou^{31} mə^{33} pəŋ^{31} kuo^{33} ku^{54} niaŋ^{31}
日 久 不 逢 贵 家 娘
日久不逢贵娇妹

se^{33} kui^{54} tɕi^{54} no^{31} tshai^{54} se^{33} hou^{31}
世 间 真 宜 千 十 口
世间真言千十口

liaŋ^{33} pəi^{33} və^{31} kau^{31} mə^{33} ɕəŋ^{31} tɕi^{54}
两 辈 无 古 不 成 今
祖辈无古不成今

tsa^{33} pai^{54} zə^{35} phəi^{35} mə^{33} ɕəŋ^{31} tse^{24}
左 边 一 丿 不 成 字
左边一撇不成字

jou^{24} pai^{54} zə^{35} phəi^{35} tiaŋ^{24} ɕəŋ^{31} ȵi^{31}
右 边 一 乀 共 成 人
右边一捺共成人

ȵi^{31} tse^{24} tau^{33} luo^{33} aŋ^{54} vaŋ^{31} tse^{24}
人 字 肚 里 安 王 字
人字肚里安王字

niaŋ^{31} məŋ^{31} se^{54} tshu^{35} thiaŋ^{33} lu^{35} tɕuai^{31}
娘 们 诗 拆 唱 得 全
妹们拆字唱得全

ŋue^{24} liaŋ^{31} ɕo^{35} tso^{54} ŋue^{24} liaŋ^{31} ji^{54}
月 亮 出 早 月 亮 阴
月亮出早月隐现

ȵi^{31} se^{33} vaŋ^{24} kuo^{54} vaŋ^{24} tia^{31} tɕəŋ^{31}
人 是 望 高 望 朝 廷
人是望高为朝廷

khəŋ^{54} vaŋ^{24} tia^{31} tɕəŋ^{31} se^{33} hou^{31} tse^{35}
空 望 朝 廷 是 口 节
人望朝廷重名节

la^{33} vaŋ^{24} niaŋ^{31} məŋ^{31} ho^{31} ȵi^{31} tɕəŋ^{31}
倈 望 娘 们 好 人 情
我望妹们重情义

tsho^{35} ɕuəi^{33} la^{33} tou^{31} no^{24} ɕou^{24} taŋ^{31}
七 岁 倈 子 入 学 堂
七岁孩子入学堂

pu^{31} vu^{24} po^{35} fu^{33} luo^{24} vəŋ^{31} tiaŋ^{54}
把 握 笔 下 立 文 章
稳抓笔杆写文章

tia^{33} zə^{24} tau^{24} ɕo^{54} vəŋ^{31} vo^{31} kuo^{33}
朝 日 读 书 文 为 贵
朝暮读书不辞苦

zə^{35} tɕi^{54} ɕəŋ^{31} miŋ^{31} thai^{54} fu^{33} luo^{54}
一 举 成 名 天 下 知
一举成名天下知

pa^{35} təŋ^{31} ɕe^{31} sai^{54} tɕu^{33} ku^{54} tiaŋ^{54}
八 洞 神 仙 进 家 中
八洞神仙进家中

vaŋ^{31} tɕaŋ^{31} la^{24} ŋu^{33} se^{31} li^{24} thaŋ^{54}
王 祥 乐 我 时 运 通
王祥助我时运通

ŋu^{33} ju^{24} mə^{33} se^{33} thiaŋ^{33} kø^{54} fu^{35}
我 也 不 是 唱 歌 客
我也不是唱歌手

zə^{33} tsa^{33} thiaŋ^{33} kø^{54} tse^{24} ɕa^{33} nai^{31}
意 在 唱 歌 结 少 年
意在对歌结少年

ŋue^{24} liaŋ^{31} ɕo^{35} tso^{31} ŋue^{24} liaŋ^{31} ji^{54}
月 亮 出 早 月 亮 阴
月亮出早月阴晴

la^{33} se^{33} ɕaŋ^{31} tso^{31} mu^{33} lu^{35} pəŋ^{31}
俫 是 想 姐 没 得 逢
是我想姐不得逢

se^{33} la^{33} ɕaŋ^{31} tso^{31} mu^{33} lu^{35} luo^{33}
是 俫 想 姐 没 得 到
是我想姐没得到

liaŋ^{33} ŋi^{31} khaŋ^{33} kai^{33} mə^{33} luo^{33} pai^{54}
两 眼 看 见 不 到 边
眼见难到姐身边

pu^{31} fə^{31} no^{24} ŋie^{31} hau^{33} tia^{33} nəŋ^{31}
把 火 入 岩 去 照 影
持火入岩看风景

tia^{33} kai^{33} zə^{35} saŋ^{54} həŋ^{31} luo^{33} ŋau^{31}
照 见 一 双 红 鲤 鱼
照见一条红鲤鱼

ɕou^{31} ɕaŋ^{24} və^{31} tsəŋ^{54} ju^{24} və^{31} maŋ^{33}
手 上 无 缯 也 无 网
手上无缯也无网

və^{31} tsəŋ^{54} və^{31} maŋ^{33} həŋ^{54} kai^{33} ŋau^{31}
无 缯 无 网 空 见 鱼
无缯无网空见鱼

tsa^{33} pai^{54} zə^{35} phəi^{35} mə^{33} ɕəŋ^{31} tse^{24}
左 边 一 丿 不 成 字
左边一撇不成字

jou^{24} pai^{54} zə^{35} phəi^{35} tiaŋ^{24} ɕəŋ^{31} ȵe^{31}
右 边 一 乀 共 成 人
右边一捺共成人

ȵe^{31} tse^{24} ja^{54} ɕaŋ^{24} aŋ^{54} liaŋ^{33} lai^{31}
人 字 腰 上 安 两 点
人字腰上安两点

lai^{31} ɕəŋ^{31} fə^{31} tse^{24} hau^{33} ɕa^{54} ɕi^{54}
连 成 火 字 去 烧 山
连成火字去烧山

fə^{31} tse^{24} tau^{33} luo^{33} aŋ^{54} hou^{31} tse^{24}
火 字 肚 里 安 口 字①
火字肚里安口字

pai^{33} ɕəŋ^{31} ŋau^{33} kau^{35} jaŋ^{33} fi^{31} ki^{54}
变 成 五 谷 养 凡 间
变成五谷养凡间

① 自此以下四句拆“容”字。

kau^{35} tse^{24} tou^{31} ɕaŋ^{24} aŋ^{54} po^{31} ka^{33}
谷 字 头 上 安 保 盖
谷字头上加宝盖

ȵi^{31} jaŋ^{31} mo^{33} mia^{24} kai^{33} kho^{31} li^{31}
人 容 美 妙 见 可 怜
容颜美妙真可心

pəŋ^{31} vo^{24} pəŋ^{31} lai^{31} lai^{31}
本 曰 本 连 连
根与根相连

zə^{35} ɕi^{54} ji^{54} me^{24} thiaŋ^{33} taŋ^{31} vai^{31}
一 心 与 妹 唱 团 圆
一心与妹唱团圆

zə^{35} ɕi^{54} ji^{54} me^{24} tiou^{54} tɕəŋ^{31} zə^{33}
一 心 与 妹 交 情 意
一心与妹交情意

ho^{31} fə^{24} təŋ^{31} ɕi^{54} tsa^{33} tou^{31} vai^{31}
口 合 同 心 在 桃 园
口合同心在桃园

hau^{33} luo^{33} tou^{31} vai^{31} ho^{31} tse^{33} tio^{24}
去 到 桃 园 好 玩 耍
去到桃园好玩耍

ləi^{54} tou^{31} luo^{31} thau^{31} tɕu^{33} saŋ^{54} fu^{54}
低 头 挑 土 种 双 花
低头挑土种双花

me^{24} tɕu^{33} zə^{35} lou^{54} jaŋ^{31} məi^{31} ɕo^{24}
妹 种 一 蔸 杨 梅 树
妹种一棵杨梅树

la^{33} tɕu^{33} zə^{35} lou^{54} se^{33} niŋ^{54} to^{31}
俫 种 一 蔸 是 樱 桃
我种一棵是樱桃

jaŋ^{31} məi^{31} fa^{35} fu^{54} tɕou^{24} tse^{35} tso^{31}
杨 梅 发 花 就 结 仔
杨梅开花就结籽

kho^{54} la^{33} niŋ^{54} to^{31} tɕu^{33} mə^{33} ɕi^{54}
亏 俫 樱 桃 种 不 生
亏我樱桃种不生

kho^{54} la^{33} ɕaŋ^{31}
亏 俫 想
亏我想

kho^{54} la^{33} ɕaŋ^{31} me^{24} ɕəŋ^{31} lia^{33} ɕi^{54}
亏 俫 想 妹 成 了 心
亏我想妹成瘾心

ɕaŋ^{31} lu^{35} la^{33} ɕi^{54} laŋ^{24} ku^{54} laŋ^{24}
想 得 俫 心 乱 加 乱
想得我心乱加乱

ɕaŋ^{31} lu^{35} la^{33} ɕi^{54} tɕi^{54} ku^{54} tɕi^{54}
想 得 俫 心 真 加 真
想得我心真更真

ɕaŋ^{31} me^{24} ȵi^{31} tɕəŋ^{31} ji^{54} fəŋ^{31} hau^{33}
想 妹 人 情 阴 魂 去
想妹人情阴魂去

ji^{54} fəŋ^{31} hau^{33} luo^{54} me^{24} nəŋ^{31} pai^{54}
阴 魂 去 到 妹 们 边
阴魂去到妹身边

məŋ^{24} me^{24} ji^{54} fəŋ^{31} kai^{33} mə^{33} kai^{33}
问 妹 阴 魂 见 不 见
问妹阴魂见不见

la^{33} ɕaŋ^{31} me^{24} saŋ^{54} luo^{54} mə^{33} luo^{54}
俫 想 妹 双 知 不 知
我想阿妹知不知

ha^{54} pai^{54} ɕo^{31} tou^{31} ɕo^{31} maŋ^{31} maŋ^{31}
河 边 水 子 水 茫 茫
河边水涨水茫茫

pəŋ^{31} tɕa^{24} kuo^{33} me^{24} mu^{33} se^{54} liaŋ^{31}
逢 着 贵 妹 没 思 量
逢着贵妹心喜欢

pəŋ^{31} tɕa^{24} kuo^{33} me^{24} mu^{33} se^{54} ɕaŋ^{31}
逢 着 贵 妹 没 思 想
逢着贵妹专心想

mu^{33} lu^{35} se^{54} ɕaŋ^{31} pəi^{24} ȵi^{31} niaŋ^{31}
没 得 思 想 别 人 娘
专一思想不移情

fu^{54} la^{24} fu^{54}
花 乐 花
乐开花

lau^{35} jaŋ^{24} ji^{54} me^{24} tiaŋ^{24} zə^{35} ku^{54}
那 样 与 妹 共 一 家
怎样与妹共一家

lau^{35} jaŋ^{24} ji^{54} me^{24} tiaŋ^{24} ku^{54} zə^{24}
那 样 与 妹 共 家 吃
几时与妹同桌吃

təŋ^{31} ta^{31} zə^{24} fi^{24} ɕa^{33} liu^{54} fu^{54}
同 桌 吃 饭 笑 纽 花
同桌笑成一朵花

təŋ^{31} jou^{31} fa^{35} fu^{54} pi^{33} kau^{31} tɕaŋ^{31}
桐 油 发 花 把 股① 长
桐油开花花梗长

jou^{31} tso^{31} fa^{35} fu^{54} jou^{31} mo^{24} taŋ^{31}
油 子 发 花 游 密 糖
油子开花游蜜糖

mu^{33} zə^{24} mo^{24} taŋ^{31} mə^{33} luo^{54} vo^{24}
没 吃 蜜 糖 不 知 味
没吃蜜糖不知味

mu^{33} pəŋ^{31} kuo^{33} me^{24} mə^{33} luo^{54} tɕəŋ^{31}
没 逢 贵 妹 不 知 情
没逢贵妹不知情

---

① 把股：花柄。

hou^{31} tse^{24} hou^{31} lai^{31} lai^{31}
口 字 口 连 连
口字口连连

zə^{35} ɕi^{54} ji^{54} me^{24} tse^{35} ɕa^{31} nai^{31}
一 心 与 妹 结 少 年
一心与妹结少年

zə^{35} ɕi^{54} ji^{54} me^{24} tiou^{54} tɕəŋ^{31} zə^{33}
一 心 与 妹 交 情 意
一心与妹交情意

hou^{31} tshau^{54} məŋ^{24} me^{24} ɕai^{31} mə^{33} ɕai^{31}
口 初 问 妹 嫌 不 嫌
口粗问妹嫌不嫌

vu^{24} se^{33} mə^{33} ɕai^{31} nəŋ^{31} tse^{35} tɕe^{31}
曰 是 不 嫌 能 结 起
若是不嫌能结起

liaŋ^{33} tɕəŋ^{31} ɕaŋ^{54} vai^{24} ȵi^{54} vai^{24} ȵi^{54}
两 情 相 愿 个 爱 个
两相情愿心连心

kuo^{54} ɕi^{54} khaŋ^{33} kai^{33} ju^{33} tse^{54} te^{31}
高 山 看 见 野 鸡 啼
高山看见野鸡啼

paŋ^{33} me^{24} tɕhou^{33} tsai^{31} ma^{33} tio^{33} me^{31}
邀 妹 奏 钱 买 鸡 媒
邀妹凑钱买饵食

ju^{33} tse^{54} ləi^{31} tia^{33} ləi^{31} hau^{33} vai^{33}
野 鸡 越 照 越 去 远
野鸡越找行越远

ləi^{31} pəŋ^{31} kuo^{33} me^{24} ləi^{31} luo^{54} ɕi^{54}
越 逢 贵 妹 越 知 心
与妹深交更知心

haŋ^{33} po^{31} piou^{35} tso^{31} ka^{33} mai^{24} nio^{31}
黄 皮 竹 子 破 篾 柔
黄皮竹子剖篾柔

tiou^{35} saŋ^{54} fu^{54} kuo^{54} kua^{33} li^{31} tou^{31}
织 双 花 篮 挂 顶 头
织双花篮挂顶头

fu^{54} kuo^{54} kua^{33} ɕaŋ^{33} li^{31} tou^{31} ɕaŋ^{24}
花 笱 挂 上 顶 头 上
花篮挂到头顶上

tso^{33} tɕi^{31} tsho^{31} ha^{31} thiaŋ^{33} liaŋ^{33} tou^{31}
打 着 草 鞋 唱 两 条
打着草鞋唱两支

thiaŋ^{33} tou^{31} tsa^{33} thiaŋ^{33} tou^{31}
唱 条 再 唱 条
唱支再唱支

po^{31} taŋ^{33} to^{33} kuo^{31} həŋ^{24} tou^{31} lio^{31}
把 断 桃 枝 佷 桃 榴①
折断桃枝惜毛桃

tou^{31} kuo^{31} həŋ^{24} liou^{31} ku^{35} khi^{33} tse^{35}
桃 枝 佷 榴 隔 干② 结
桃枝与果不同干

① 桃榴：未成熟的桃子。
② 隔干：隔开树干。

se^{33} la^{33} həŋ^{24} me^{24} ku^{35} tɕi^{31} ɕi^{54}
是 俫 佷 妹 隔 层 山
是我恋妹隔层山

ku^{35} te^{54} tɕi^{31} ɕi^{54} təŋ^{24} tɕi^{31} liŋ^{33}
隔 了 层 山 又 层 岭
隔了层山又层岭

ku^{35} te^{54} kuo^{54} ɕi^{54} təŋ^{24} mau^{24} vai^{31}
隔 了 高 山 加 木 园
隔了高山与树林

kuo^{54} ɕi^{54} kuo^{54} liŋ^{33} kuo^{54} tɕu^{31} mau^{24}
高 山 高 岭 高 枞 木
高山高岭高松树

a^{31} ɕi^{54} a^{31} liŋ^{33} a^{31} jaŋ^{31} məi^{31}
矮 山 矮 岭 矮 杨 梅
矮山矮岭矮杨梅

a^{33} tshe^{35} jaŋ^{31} məi^{31} ɕaŋ^{33} ɕo^{24} tsu^{35}
爱 吃 杨 梅 上 树 摘
爱吃杨梅上树摘

a^{33} tsha^{31} lai^{31} fu^{54} fu^{33} ɕo^{31} lau^{31}
爱 棌 莲 花 下 水 捞
爱采莲花下水采

fu^{33} ɕo^{31} luo^{31} lai^{31} tiŋ^{54} təŋ^{33} zə^{24}
下 水 捞 莲 惊 动 叶
下水采莲惊动叶

mə^{33} vai^{24} thiaŋ^{33} kø^{54} tiŋ^{54} təŋ^{33} niaŋ^{31}
不 会 唱 歌 惊 动 娘
不会唱歌把妹惊

tiŋ^{54} təŋ^{33} me^{24} nəŋ^{31} mə^{33} luo^{54} le^{33}
惊 动 妹 男 不 知 礼
惊动妹们不知礼

mə^{33} luo^{54} le^{33} mau^{24} tsha^{31} na^{24} niaŋ^{31}
不 知 礼 貌 吵 闹 娘
不知礼貌惹妹烦

tiŋ^{54} təŋ^{33} me^{24} nəŋ^{31} mə^{33} tse^{33} kua^{33}
惊 动 妹 男 不 记 怪
惊动妹们不怪罪

tsha^{31} na^{24} me^{24} saŋ^{54} vo^{24} piu^{54} haŋ^{31}
吵 闹 妹 双 为 包 涵
吵闹姐妹望包涵

ɕu^{24} ɕi^{54} tou^{31} ɕaŋ^{24} ɕu^{24} ɕi^{54} ɕi^{54}
石 山 头 上 石 山 山
石山头上石山尖

tɕhəŋ^{54} təŋ^{31} lau^{24} no^{24} to^{24} liaŋ^{54} ȵi^{54}
青 藤 路 入 地 中 间
青藤绕入地中间

tia^{33} me^{24} kuo^{33} lau^{24} mə^{33} na^{31} pe^{35}
叫 妹 过 路 不 采 扁
叫妹过路不踩扁

na^{31} pe^{35} tɕhəŋ^{54} təŋ^{31} hau^{33} tiai^{31} niaŋ^{31}
采 扁 青 藤 去 缠 娘
踩扁青藤去缠妹

ɕi^{54} ju^{33} tiai^{31} niaŋ^{31} tiai^{31} ɕaŋ^{33} ɕou^{31}
生 又 缠 娘 缠 上 手
生又缠妹缠上手

so^{31} ju^{24} tiai^{31} niaŋ^{31} tiai^{31} ɕaŋ^{33} ɕi^{54}
死 也 缠 娘 缠 上 身
死也缠妹缠上身

ɕi^{54} ju^{33} ji^{54} me^{24} tiaŋ^{24} ləŋ^{33} tsa^{33}
生 又 与 妹 共 凳 坐
生要与妹共凳坐

so^{31} ju^{24} ji^{54} me^{24} tiaŋ^{24} tsaŋ^{31} tou^{31}
死 也 与 妹 共 床 头
死也与妹共床头

ɕi^{54} tiaŋ^{24} tsaŋ^{31} tou^{31} so^{31} tiaŋ^{24} mau^{24}
生 共 床 头 死 共 木
生共床头死共棺

haŋ^{31} tau^{31} kaŋ^{54} tou^{31} nəŋ^{31} tiaŋ^{24} pəŋ^{31}
黄 土 岗 头 能 共 坟
黄土岗头能共坟

səŋ^{54} ŋue^{24} tɕhəŋ^{54} miŋ^{31} ȵi^{54} kua^{33} tse^{31}
三 月 清 明 人 挂 纸
三月清明人挂纸

tsai^{31} tse^{31} la^{24} to^{24} liaŋ^{33} paŋ^{33} pəŋ^{54}
钱 纸 落 地 两 半 分
钱纸落地两半分

la^{33} ke^{33} la^{54} tou^{31} la^{54} luo^{31} lie^{33}
俫 的 多 用 多 拿 些
哥的多用多拿些

me^{24} ke^{33} ɕa^{31} tou^{31} ɕa^{31} luo^{31} məŋ^{54}
妹 的 少 用 少 拿 点
妹的少用少拿点

la^{33} ke^{33} la^{54} tou^{31} luo^{31} ma^{33} ai^{54}
俫 的 多 用 来 买 烟
哥的多拿来买烟

me^{24} ke^{33} ɕa^{31} tou^{31} mu^{33} tou^{31} tau^{31}
妹 的 少 用 没 用 途
妹的少拿没用途

lai^{31} zə^{24} lai^{31}
莲 叶 莲
莲叶连

tɕhəŋ^{54} ɕi^{54} məŋ^{24} me^{24} ɕai^{31} mə^{33} ɕai^{31}
轻 心 问 妹 嫌 不 嫌
经心问妹嫌不嫌

vu^{24} se^{33} mə^{33} ɕai^{31} nəŋ^{31} tse^{35} se^{31}
如 是 不 嫌 能 结 起
若是不嫌能结起

ta^{24} tsəi^{31} ɕi^{54} ɕi^{54} liaŋ^{33} ɕaŋ^{54} lai^{31}
大 齐 心 心 两 相 连
大家欢喜心相连

pa^{35} me^{24} ɕaŋ^{33} ɕi^{54} hau^{33} tia^{35} piou^{35}
邀 妹 上 山 去 砍 竹
邀妹上山去砍竹

tia^{35} piou^{35} kuo^{54} luo^{31} hau^{33} vo^{31} vai^{31}
砍 竹 归 来 去 围 园
砍竹归来去围园

səŋ^{54} luo^{33} lau^{24} ɕaŋ^{24} hau^{33} tia^{35} piou^{35}
三 里 路 上 去 砍 竹
三里路外去砍竹

so^{33} luo^{33} lau^{24} ɕaŋ^{24} hau^{33} vo^{31} vai^{31}
四 里 路 上 去 围 园
四里路上去围园

tia^{33} me^{24} mə^{33} ɕai^{31} tha^{33} tou^{24} vai^{33}
叫 妹 不 嫌 菜 园 远
望妹不嫌菜园远

məŋ^{31} sə^{31} piu^{35} zə^{35} kai^{33} ɕi^{54} sai^{54}
闻 叶① 拔 菜 见 新 鲜
隔时剥菜见新鲜

tɕi^{54} no^{54} li^{31} ke^{33} fu^{54} liŋ^{33} kuo^{33}
今 朝 打 行 花 岭 过
今朝打从花岭过

① 闻叶：应为“隔时”，指隔一段时间再做相同的事。

khaŋ^{33} kai^{33} həŋ^{31} fu^{54} tsa^{33} ɕo^{24} tou^{31}
看 见 红 花 在 树 头
看见红花在树头

khaŋ^{33} kai^{33} həŋ^{31} fu^{54} tsa^{33} ɕo^{24} ɕaŋ^{24}
看 见 红 花 在 树 上
看见红花在树上

fu^{54} la^{54} zə^{24} ɕa^{31} mə^{33} kai^{33} lio^{31}
花 多 叶 少 不 见 榴
花多叶少果未结

ŋu^{33} ŋu^{33} ɕaŋ^{31} nai^{24} fu^{54} ɕo^{24} tia^{35}
你 我 常 念 花 树 脚
你我常念花树脚

khaŋ^{33} kai^{33} həŋ^{31} fu^{54} tɕou^{24} jou^{24} tou^{31}
看 见 红 花 就 有 息
看见红花就有意

həŋ^{31} fu^{54} tse^{31} kai^{33} lu^{35} mə^{33} luo^{33}
红 花 只 见 得 不 到
红花只见得不到

ɕi^{54} tiaŋ^{54} tse^{24} jai^{31} pəi^{35} jou^{54} tsou^{31}
心 中 自 然 必 忧 愁
心中自然有忧愁

piou^{35} luo^{31} miu^{31} ɕu^{33} faŋ^{54} kaŋ^{54} ho^{31}
竹 篱 茅 舍 风 光 好
竹篱茅舍风光好

tiaŋ^{31} se^{31} ɕa^{33} nai^{31} ɕi^{54} tse^{24} ha^{54}
讲 起 少 年 心 自 开
讲起少年心自开

səŋ^{54} se^{24} nai^{31} tsai^{31} se^{54} ɕaŋ^{31} me^{24}
三 十 年 前 思 想 妹
多年枉自思念妹

saŋ^{33} luo^{31} jou^{31} miŋ^{24} mə^{33} jou^{31} ȵi^{31}
算 来 由 命 不 由 人
算来由命不由人

se^{54} ku^{54} tɕhəŋ^{54} təŋ^{31} tsa^{33} ɕi^{54} tɕhi^{54}
诗 家 青 景 在 新 春
诗家清景在新春

lio^{24} liou^{33} tsa^{31} haŋ^{31} paŋ^{33} vo^{24} lie^{31}
绿 柳 才 黄 半 未 匀
绿柳才黄半未匀

ja^{24} ta^{33} ɕaŋ^{24} vai^{31} fu^{54} tse^{35} tiai^{31}
若 待 上 园 花 似 锦
若待上园花似锦

ɕo^{35} məŋ^{31} tɕo^{33} se^{33} khaŋ^{33} fu^{54} ȵi^{31}
出 门 俱 是 看 花 人
出门俱是看花人

tse^{31} se^{33} tsai^{31} vai^{31} ləŋ^{31} luo^{33} tɕi^{54}
几 世 前 缘 等 到 今
几世前缘等到今

ŋau^{31} ɕo^{31} ɕaŋ^{54} fə^{31} liaŋ^{33} zə^{33} nəŋ^{31}
鱼 水 相 和 两 意 浓
鱼水相和两意浓

mə^{33} lia^{24} ji^{54} jaŋ^{54} tɕou^{24} tshu^{35} ɕe^{33}
不 料 鸳 鸯 就 拆 散
不料鸳鸯就拆散

ji^{54} faŋ^{24} se^{31} ɕo^{35} kuo^{35} ləŋ^{54} se^{54}
鸳 凤 起 翅 各 东 西
鸳凤展翅各东西

li^{33} tia^{33} ɕo^{31} liaŋ^{33} ȵi^{31} ɕəŋ^{31} se^{24}
兰 朝① 水 涨 难 成 事
廊桥水涨难成事

fə^{31} mia^{24} ji^{54} tɕi^{31} se^{31} fa^{24} həŋ^{54}
佛 庙 阴 沉 喜 会 空
佛庙阴沉喜会空

se^{31} fa^{24} zə^{35} tiaŋ^{31} tɕi^{54} jou^{24} pe^{35}
喜 会 一 场 今 又 别
喜会一场今又别

fə^{31} nai^{31} ji^{54} me^{24} tsa^{33} ɕaŋ^{54} pəŋ^{31}
何 年 与 妹 再 相 逢
何年与妹再相逢

① 兰朝：应为“拦桥”，冲击或漫过桥身。一说为“廊桥”，即风雨桥，麦岭现存三座古代廊桥，最早是明代的黄侯泉风雨桥。

五、随月少年情歌

题解：少年情歌中以十二月次序唱恋爱生活的，称“随月少年情歌”或“旋月少年情歌”。

男唱：

tiŋ^{54} ŋue^{24} ɕaŋ^{54} se^{54} zə^{35} na^{31} lie^{31}
正 月 相 思 一 朵 云
正月相思一朵云

ɕəŋ^{54} ɕəŋ^{54} vai^{24} thiaŋ^{33} jou^{33} miŋ^{31} ȵi^{31}
声 声 愿 唱 有 名 人
声声愿唱有名人

ɕəŋ^{54} ɕəŋ^{54} vai^{24} thiaŋ^{33} jou^{33} miŋ^{31} tso^{31}
声 声 愿 唱 有 名 姐
声声愿唱有名姐

mə^{33} tɕaŋ^{31} nai^{31} kui^{54} tiŋ^{54} ŋue^{24} ɕi^{54}
不 长 年 间 正 月 兴
不知何时歌节兴

no^{24} ŋue^{24} zə^{35} lia^{35} ɕaŋ^{31} tɕəŋ^{31} niaŋ^{31}
二 月 一 朝 想 情 娘
二月一朝想情娘

ɕaŋ^{31} tse^{31} tɕəŋ^{31} niaŋ^{31} ŋi^{33} luo^{24} haŋ^{31}
想 起 情 娘 眼 泪 含
想起情娘眼泪含

ɕaŋ^{31} se^{31} tɕəŋ^{31} niaŋ^{31} ɲi^{33} luo^{24} ɕo^{35}
想 起 情 娘 眼 泪 出
想起情娘眼泪出

ɲi^{33} luo^{24} saŋ^{54} saŋ^{54} vo^{24} tɕəŋ^{31} niaŋ^{31}
眼 泪 双 双 为 情 娘
眼泪双流为情娘

səŋ^{54} ɲue^{24} tɕu^{33} fu^{54} tɕo^{33} lau^{24} fa^{35}
三 月 种 花 随 路 发
三月种花随路发

ɕi^{54} ɕi^{54} me^{24} tɕu^{33} niŋ^{54} tou^{31} tiaŋ^{31}
深 山 妹 种 樱 桃 强①
深山妹种樱桃甜

liaŋ^{31} ɕi^{54} ji^{54} vo^{24} tɕi^{54} tshe^{54} so^{31}
梁 山 因 为 争 妻 死
梁山因为争妻死

ɕa^{33} nai^{24} ji^{54} vo^{31} pu^{35} fu^{54} ha^{54}
少 年 因 为 百 花 开
少年因为百花开

so^{33} ɲue^{24} zə^{35} lia^{54} ɕaŋ^{31} tɕəŋ^{31} niaŋ^{31}
四 月 一 朝 想 情 娘
四月天天想情娘

---

① 强：生长得好，结果实甜。

ɕaŋ^{31} se^{31} tɕəŋ^{31} niaŋ^{31} tshe^{33} taŋ^{33} tɕaŋ^{31}
想 起 情 娘 气 断 肠
想起情娘气断肠

ɕaŋ^{31} se^{31} tɕəŋ^{31} niaŋ^{31} ȵi^{31} zə^{33} ho^{31}
想 起 情 娘 人 意 好
想起情娘情意好

ŋi^{33} tiaŋ^{54} lio^{31} luo^{24} luo^{24} lio^{31} haŋ^{31}
眼 中 流 泪 泪 流 含
眼中流泪泪涟涟

ŋau^{33} ŋue^{24} zə^{35} lia^{35} məŋ^{24} kai^{33} niaŋ^{31}
五 月 一 朝 梦 见 娘
五月夜夜梦姑娘

məŋ^{24} kai^{33} ji^{54} me^{24} tiaŋ^{24} ɕəŋ^{31} saŋ^{54}
梦 见 与 妹 共 成 双
梦见与妹共成双

tse^{54} təi^{31} kuo^{31} tia^{33} tiŋ^{54} məŋ^{24} ɕəŋ^{31}
鸡 啼 狗 叫 惊 梦 醒
鸡啼狗叫惊梦醒

mə^{33} aŋ^{33} ji^{54} me^{24} zə^{35} tiaŋ^{31} həŋ^{54}
不 按 与 妹 一 场 空
不料与妹一场空

liou^{24} ŋue^{24} po^{54} tou^{31} hau^{33} səi^{31} jou^{54}
六 月 坝 头 去 洗 浴
六月坝头去洗浴

mə^{33} kai^{33} tɕəŋ^{31} niaŋ^{31} ɕi^{54} tse^{24} jou^{54}
不　见　情　娘　心　自　忧
不见情娘心忧愁

tau^{24} tsa^{33} po^{54} tou^{31} tɕhua^{54} ɕo^{31} kuo^{33}
独　坐　坝　头　推　水　过
独坐坝头水流逝

mu^{24} lu^{35} ɕa^{33} nai^{31} ɕi^{54} ɕaŋ^{31} jou^{54}
没　有　少　年　心　常　忧
没有情人心常忧

tsho^{35} ŋue^{24} pa^{35} paŋ^{33} tɕho^{33} tsho^{35} ɕaŋ^{54}
七　月　邀　伴　看　七　香
七月邀伴看七香

mo^{33} ȵi^{31} ɕou^{54} se^{24} la^{33} ku^{54} tiaŋ^{54}
没　人　修　事　俫　家　中
没人搭理居家中

tse^{54} no^{54} və^{31} ȵi^{31} tia^{33} kau^{33} la^{33}
今　天　无　人　照　顾　俫
今日无人相伴我

saŋ^{54} luo^{24} saŋ^{54} liou^{31} luo^{24} liou^{31} saŋ^{54}
双　泪　双　流　泪　流　双
双眼流泪叹孤单

pa^{35} ŋue^{24} pa^{35} paŋ^{33} tɕhio^{33} tiaŋ^{54} tɕhou^{54}
八　月　邀　伴　看　中　秋
八月邀伴看中秋

və^{31} ȵi^{31} səŋ^{33} ɕo^{35} la^{33} nəŋ^{31} jou^{54}

无 人 送 出 俫 男 悠

路远无车我心忧

tse^{54} no^{54} və^{31} ȵi^{31} səŋ^{33} ɕo^{35} la^{33}

今 天 无 人 送 出 俫

今夜两地难相聚

mo^{33} ȵe^{31} paŋ^{33} la^{33} tɕhio^{33} tiaŋ^{54} tɕhou^{54}

没 人 伴 俫 看 中 秋

独坐中秋看月圆

tiou^{31} ŋue^{24} tse^{33} ɕo^{54} jaŋ^{31} ɕi^{33} luo^{33}

九 月 寄 书 杨 信 到

九月寄书传信到

nəi^{24} ɕi^{54} hau^{33} tsəi^{35} me^{24} ɕi^{33} kuo^{54}

热 心 去 接 妹 信 归

长盼能接妹来信

pəi^{24} ȵi^{31} ȵi^{54} ȵi^{54} tsəi^{35} lu^{35} jou^{33}

别 人 个 个 接 得 有

别人个个接回了

ɕi^{24} jou^{33} la^{33} ke^{33} mə^{33} kai^{33} luo^{31}

剩 有 俫 的 不 见 来

只有我的不见来

se^{24} ŋue^{24} pa^{35} paŋ^{33} tɕho^{33} kø^{54} taŋ^{31}

十 月 邀 伴 看 歌 堂

十月邀伴看歌堂

lai^{31} ɕəŋ^{31} phi^{35} te^{54} no^{24} ɕou^{24} taŋ^{31}
连 成 丢 了 入 学 堂
随即道别入学堂

sai^{54} ɕi^{54} tiou^{54} ɕou^{24} miŋ^{31} zə^{24} tau^{24}
先 生 教 学 明 日 读
今日课程明日学

kuo^{33} lia^{33} ɕa^{33} nai^{31} vi^{24} se^{24} ɕou^{54}
过 了 少 年 万 事 休
过了少年万事休

se^{24} zə^{35} ŋue^{24} tiaŋ^{33} ləŋ^{54} no^{24} ɕou^{24} taŋ^{31}
十 一 月 仲 冬 入 学 堂
十一月仲冬入学堂

ɕi^{54} tiaŋ^{54} mə^{33} ɕa^{31} jou^{33} tɕəŋ^{31} niaŋ^{31}
心 中 不 少 有 情 娘
狠心忘掉有情娘

sai^{54} ɕi^{54} paŋ^{33} kuo^{31} miŋ^{31} nai^{31} tau^{24}
先 生 放 假 明 年 读
先生放假明年读

ɕa^{33} nai^{31} kuo^{33} te^{54} ȵi^{31} fa^{31} tou^{31}
少 年 过 了 难 回 头
少年过了难回头

se^{24} no^{24} ŋue^{24} nai^{31} tɕhəŋ^{54} ɕuəi^{33} zə^{24} ɕi^{54}
十 二 月 年 轻 岁 日 深
十二月年终岁月尽

luai33 ɕi54 ɕu35 ɕo31 liaŋ33 pəŋ54 luo31
转　身　措　手　两　分　离
转身放手两分离

phi35 ha54 ha31 tou31 lio24 lio24 ŋe33
丢　开　鞋　子　绿　绿　眼①
放开双手心无奈

ɕa33 nai31 tɕhəŋ31 ɕi54 mə33 ɕu31 luo31
少　年　情　深　不　赦　离
少年情深不舍离

tɕhəŋ31 vai24 luo31 tsaŋ31 səŋ54 liaŋ33 no35
情　愿　离　床　三　二　天
情愿离乡三两天

mə33 ɕu31 luo31 niaŋ31 tia35 tsu31 tou31
不　赦　离　娘　脚　子　头
不舍离妹一分毫

luo31 liŋ33 səŋ54 no24 mə33 vo31 vai33
离　岭　三　天　不　为　远
离岭三天不为远

luo31 niaŋ31 tia35 tsu31 vai33 zə31 thai54
离　娘　脚　子　远　如　天
离妹半步远如天

---

① 绿绿眼：眼睁睁。

ɕu^{24} me^{31} fu^{54} fa^{35} tɕhəŋ^{54} ju^{24} tɕhəŋ^{54}
石 梅 花 发 青 又 青
青苔生长青又青

məŋ^{24} kai^{33} tɕhəŋ^{33} tɕa^{24} tɕəŋ^{31} niaŋ^{31} ɕəŋ^{54}
梦 见 听 着 情 娘 声
梦见听到情娘声

nia^{31} tia^{33} səŋ^{54} ɕəŋ^{54} ɕo^{35} luo^{31} khaŋ^{33}
鸟 叫 三 声 出 来 看
鸟叫三声出来看

mə^{33} kai^{33} nia^{31} se^{31} vaŋ^{31} miŋ^{31} ɕəŋ^{54}
不 见 鸟 时 枉 闻 声
不见人影枉闻声

au^{54} vu^{54} ju^{24} tse^{33} maŋ^{31} təŋ^{31} tsai^{33}
乌 鸦 也 站 笀 筒 箭
乌鸦也站芦苇秆

ɕa^{33} nai^{31} ju^{24} tse^{54} ɕa^{33} nai^{31} ɕəŋ^{54}
少 年 也 吱 少 年 声
少年也道少年声

女唱：

ȵi^{31} ɕi^{54} zə^{35} se^{33} tsho^{31} tɕhəŋ^{54} tɕhi^{54}
人 生 一 世 草 青 春
人生一世草三春

ȵi^{31} mə^{33} faŋ^{54} liou^{31} mə^{33} luo^{54} ji^{54}
人 不 风 流 不 知 姻
人不风流不知姻

ȵi^{31} mə^{33} faŋ^{54} lio^{31} mə^{33} vo^{31} kuo^{33}
人 不 风 流 不 为 贵
人不风流不为贵

fə^{31} mə^{33} ɕa^{54} ɕi^{54} to^{24} mə^{33} fo^{31}
火 不 烧 山 地 不 肥
火不烧山地不肥

fə^{31} tou^{31} ɕa^{54} ɕi^{54} ɕa^{54} kho^{54} piou^{35}
火 子 烧 山 烧 亏 竹
野火烧山烧亏竹

tse^{31} se^{33} kho^{54} piou^{35} mə^{33} kho^{54} ɕi^{54}
只 是 亏 竹 不 亏 山
只是亏竹不亏山

kho^{54} tɕu^{33} ɕu^{24} tou^{31} ləi^{31} tɕu^{33} fə^{31}
亏 尽 石 头 抵 尽 火
亏石顽强抵住火

kho^{54} tɕu^{33} piou^{35} mau^{24} tau^{24} tou^{31} tɕhi^{54}
亏 尽 竹 木 独 头 春
亏竹茂盛只一春

piou^{35} zə^{31} la^{33} tou^{31} piou^{35} kəŋ^{54} tia^{35}
竹 叶 落 拢 竹 根 脚
竹叶落拢竹根脚

tse^{31} se^{33} luai^{33} kuo^{54} ɕu^{24} tou^{31} tɕhəŋ^{54}
几 时 转 归 树 头 青
几时转回枝头青

tse^{31} se^{33} luai^{33} kuo^{54} ɕou^{24} tou^{31} tsa^{33}
几 时 转 归 树 头 在
几时转回枝上在

lau^{35} tsəŋ^{31} luai^{33} kuo^{54} tsa^{33} nio^{33} se^{31}
那 层 转 归 做 女 时
那曾转回做女时

se^{24} kuo^{54} tsa^{33} nio^{33} jaŋ^{24} jaŋ^{24} ho^{31}
是 归 做 女 样 样 好
转回做女样样好

tsa^{33} ȵi^{31} sa^{33} pu^{24} mə^{33} tse^{24} jou^{31}
做 人 媳 妇 不 自 由
做人媳妇不自由

ɕe^{31} taŋ^{31} kø^{54} tse^{35} kəŋ^{54} ȵi^{31} hau^{33}
神 堂 歌 节 跟 人 去
神堂歌节跟人去

kø^{54} tse^{35} thiaŋ^{33} kø^{54} mə^{33} kho^{31} laŋ^{54}
歌 节 唱 歌 不 可 当
歌节唱歌太热情

ju^{24} jou^{33} tso^{31} pai^{54} ju^{35} ȵi^{31} thiaŋ^{33}
如 有 拢 边 看 人 唱
如有拢边随人唱

pəi^{35} jou^{33} pəi^{33} ɕe^{31} kəŋ^{54} tɕi^{31} tsu^{31}
必 有 背 后 跟 着 查
背后必有熟人知

mə^{33} se^{33} luai^{33} kø^{54} tsa^{33} nio^{33} jaŋ^{24}
不 是 转 归 做 女 样
不是过去做闺女

ɕəŋ^{31} saŋ^{54} ɕəŋ^{31} lua^{33} mu^{33} ȵi^{31} te^{31}
成 双 成 对 没 人 弹
成双成对没人责

pa^{35} təŋ^{24} ɕi^{31} sai^{54} tɕu^{33} ku^{54} tiaŋ^{54}
八 洞 神 仙 进 家 中
八洞神仙进家中

vaŋ^{31} tɕaŋ^{31} ɕou^{54} tau^{33} se^{31} ti^{24} thaŋ^{54}
王 祥 修 道 时 运 通
王祥修道时运通

ŋu^{33} ku^{54} ju^{24} jou^{33} ɕou^{35} ɕo^{54} tse^{31}
我 家 若 有 识 书 子
我家若有读书人

ȵi^{24} tsa^{33} tiaŋ^{54} hau^{31} tse^{35} ɕa^{33} nai^{31}
义 在 江 湖 结 少 年
再会江湖结少年

六、少年情歌

saŋ^{54} tse^{33} saŋ^{54} ȵi^{31} ho^{31} tse^{33} tio^{24}

双 站 双 人 好 玩 要

双站双人好玩要

çe^{33} lau^{24} təi^{24} kuo^{54} çe^{33} lau^{24} ȵi^{31}

行 路 寻 归 行 路 人

行路找回行路人

tia^{35} fu^{33} fə^{54} tshe^{54} ti^{33} mə^{33} ɕaŋ^{31}

脚 下 夫 妻 都 不 想

一世夫妻不奢想

se^{33} la^{33} se^{54} ɕaŋ^{31} jou^{33} tɕəŋ^{31} ȵi^{31}

是 俫 思 想 有 情 人

只是期盼有情人

tso^{31} zə^{24} khaŋ^{33} fu^{54} fu^{54} mə^{33} ha^{54}

早 日 看 花 花 不 开

昨日看花花不开

tɕi^{54} zə^{24} khaŋ^{33} fu^{54} maŋ^{33} to^{24} kua^{54}

今 日 看 花 满 地 乖

今日看花满地开

tso^{31} zə^{24} mə^{33} luo^{54} tɕi^{54} zə^{24} se^{24}
早 日 不 知 今 日 事
昨日不知今日事

tɕi^{54} zə^{24} tɕi^{54} ɕi^{54} ɕaŋ^{54} fa^{24} niaŋ^{31}
今 日 真 心 相 会 娘
今日真心会娇娘

tsa^{33} pai^{54} zə^{35} phəi^{35} mə^{33} ɕəŋ^{31} tse^{24}
左 边 一 撇 不 成 字①
左边一撇不成字

jou^{24} pai^{54} zə^{35} phəi^{35} tiaŋ^{24} ɕəŋ^{31} ȵi^{31}
右 边 一 捺 共 成 人
右边一捺共成人

ȵi^{31} tse^{33} tau^{33} luo^{33} aŋ^{54} vi^{31} tse^{24}
人 字 肚 里 安 云 字
人字肚里安云字

me^{24} nəŋ^{31} ha^{54} ɕo^{35} fa^{24} luo^{31} vo^{31}
妹 们 开 出 会 来 维
妹们相会对歌来

tsa^{33} tsa^{33} mə^{33} luo^{54} nəi^{24} la^{24} liŋ^{33}
坐 坐 不 知 日 落 岭
坐坐不知日落岭

① 自此以下四句折“会”字。

çe^{31} çe^{31} mə^{33} luo^{54} lau^{24} tɕiŋ^{31} tɕaŋ^{31}

行 行 不 知 路 程 长

走走不知路程长

thiaŋ^{33} kø^{54} mə^{33} luo^{54} lau^{35} jaŋ^{24} luo^{33}

唱 歌 不 知 哪 样 老

唱歌不觉人变老

tɕi^{54} zə^{24} ji^{54} me^{24} lau^{35} jaŋ^{24} vo^{31}

今 日 与 妹 哪 样 维

今日与妹（对歌）如何围

ŋue^{24} ɕo^{35} tia^{33} tɕi^{54} haŋ^{31}

月 出 照 金 黄

月出照金黄

ɕou^{54} ɕo^{54} pa^{33} tɕəŋ^{31} niaŋ^{31}

修 书 拜 情 娘

修书拜情娘

ho^{31} fu^{54} luo^{33} lau^{24} vai^{33}

好 花 离 路 远

好花距离远

kho^{31} lie^{31} ɕa^{33} nai^{31} niaŋ^{31}

可 怜 少 年 娘

可惜少年妹

no^{24} se^{33} zə^{35} ɲi^{31} ɕou^{24} tse^{33} tio^{24}

二 十 一 人 学 玩 耍

二十一人学玩耍

səŋ^{54} se^{33} no^{33} ȵi^{31} ɕou^{24} thiaŋ^{33} kø^{54}

三 十 二 人 学 唱 歌

三十二人学唱歌

pa^{35} se^{24} zə^{35} ȵi^{31} tsai^{31} tsa^{33} fu^{33}

八 十 一 人 前 坐 下

八十一人前坐下

hau^{31} həŋ^{31} pu^{35} tɕu^{33} ɕaŋ^{31} sa^{35} niaŋ^{31}

豪 洪 百 进① 想 死 娘

思念如潮恋娇娘

ɕi^{54} ɕi^{54} piou^{35} tou^{31} ɕo^{31}

深 山 竹 头 朽

深山竹子朽

tɕu^{31} paŋ^{33} ŋue^{24} tou^{31} vai^{31}

举 姐 月 团 圆

举目月团圆

ta^{31} tou^{31} ɕu^{31} ji^{54} ɕe^{33}

抬 头 写 音 信

提笔写书信

ji^{54} me^{24} tiaŋ^{24} tɕa^{31} ɕi^{54}

与 妹 共 条 心

与妹共一心

ji^{54} me^{24} tiaŋ^{24} ɕi^{54} ləŋ^{31}

与 妹 共 心 胆

与妹共心胆

---

① 豪洪百进：指思念之情泛滥如洪水波涛，连绵不绝。

$tia\eta^{24}$ $\textrm{ɕ}i^{54}$ $tia\eta^{24}$ $lə\eta^{31}$ $tia\eta^{24}$ $\textrm{ɕ}ə\eta^{31}$ $sa\eta^{54}$

共 心 共 胆 共 成 双

共心共胆共成双

$sa\eta^{54}$ $fa\eta^{54}$ $tia\eta^{24}$ $\textrm{ɕ}i^{54}$ $tia\eta^{24}$ $t\textrm{ɕ}ə\eta^{31}$ $zə^{33}$

双 方 共 心 共 情 意

双方同心有情意

$mə^{33}$ $\textrm{ɕ}ə\eta^{31}$ $fə^{54}$ $tshe^{54}$ $\textrm{ɕ}ə\eta^{31}$ $\textrm{ɕ}a^{33}$ nai^{31}

不 成 夫 妻 成 少 年

不成夫妻成少年

se^{31} ηi^{33} $kha\eta^{33}$ kai^{33} $no^{33}se^{33}$ $zə^{35}$

起 眼 看 见 廿 一

起眼看见是廿一

$no^{33}se^{33}$ $zə^{35}$ fu^{33} jou^{33} ku^{54} $\textrm{ȵ}i^{31}$

廿 一 下 有 佳 人

廿一之下有佳人

$khai^{33}$ tse^{24} $\textrm{ɕ}u^{31}$ luo^{33} $tə\eta^{31}$ vo^{24} tsa^{33}

欠 字 写 来 同 位 坐

欠字写来同位坐

pa^{35} me^{24} $thia\eta^{33}$ $kø^{54}$ $ha\eta^{54}$ la^{24} $\textrm{ɕ}i^{54}$

邀 妹 唱 歌 欢 乐 心

邀妹唱歌欢乐心

tsa^{33} ku^{54} lio^{31} luo^{24} ju^{31} $nia\eta^{31}$ $\textrm{ɕ}a\eta^{54}$

在 家 流 泪 爷 娘 乡

在家流泪爷娘知

ɕo^{35} məŋ^{31} liou^{31} luo^{24} tsa^{33} ɕi^{54} tiaŋ^{54}
出　门　流　泪　在　心　中
出门流泪在心中

ŋi^{33} luo^{24} haŋ^{31} haŋ^{31} hau^{33} ɕaŋ^{31} tso^{31}
眼　泪　含　含　去　想　姐
眼泪汪汪思念姐

tiou^{31} tiou^{31} ɕaŋ^{31} tso^{31} mə^{33} ɕəŋ^{31} saŋ^{54}
久　久　想　姐　不　成　双
久久想姐不成双

ŋue^{24} ɕo^{35} tia^{33} tɕi^{54} haŋ^{31}
月　出　照　金　黄
月出照金黄

ɕou^{54} ɕo^{54} pa^{33} tɕəŋ^{31} niaŋ^{31}
修　书　拜　情　娘
修书寄情娘

ji^{54} me^{24} luo^{31} lau^{24} vai^{33}
与　妹　离　路　远
与妹离路远

nəŋ^{54} la^{33} ɕaŋ^{31} sa^{35} niaŋ^{31}
给　俫　想　死　娘
令人想断肠

zə^{35} vo^{24} tshai^{35} fu^{35} lo^{33} tɕaŋ^{31} su^{54}
一　为　迁　客　到　长　沙
一为迁客去长沙

sɘi^{54} vaŋ^{24} tɕaŋ^{31} aŋ^{54} mɘ^{33} kai^{33} ku^{54}
西 忘 长 安 不 见 家
西望长安不见家

haŋ^{31} fɘ^{33} luo^{31} tiaŋ^{54} thio^{54} nio^{24} tɕo^{24}
黄 鹤 楼 中 吹 玉 笛
黄鹤楼中吹玉笛

tiaŋ^{54} ɕɘŋ^{31} ŋau^{33} ŋue^{24} la^{24} mɘi^{31} fu^{54}
恭 城 五 月 落 梅 花
恭城五月落梅花

luo^{24} tse^{24} luo^{24} la^{54} la^{54}
立 字 立 当 当①
立字立当当

vu^{24} tse^{24} tsa^{33} tiaŋ^{54} jaŋ^{54}
曰 字 在 中 央
曰字在中央

se^{24} tse^{24} tia^{35} fu^{33} tsɘ^{33}
十 字 脚 下 站
十字脚下站

me^{24} nɘŋ^{24} ho^{31} tau^{33} tiaŋ^{54}
妹 们 好 肚 章
妹们好文章

me^{24} nɘŋ^{24} tau^{33} tiaŋ^{54} ho^{31}
妹 们 肚 章 好
妹们文才好

① 自此以下四句拆“章”字。

ho^{31} kø^{54} ɕua^{33} kuo^{33} tsa^{33} vəŋ^{31} tiaŋ^{54}
好 歌 赛 过 做 文 章
好歌赛过做文章

ho^{31} kø^{54} ɕua^{33} kuo^{33} vəŋ^{31} tiaŋ^{54} ho^{31}
好 歌 赛 过 文 章 好
好歌赛过文章好

ɕo^{33} luo^{31} mu^{31} lu^{35} kø^{54} luo^{33} tɕaŋ^{31}
书 理 没 得 歌 理 长
书理没有歌理长

ɕa^{33} ɕa^{31} se^{33} ɕəŋ^{31} ɕo^{24}
少 小 士 成 学
少小即勤学

kø^{54} luo^{33} tɕo^{33} luo^{24} ɕi^{54}
歌 理 句 立 心①
歌词句句好

maŋ^{33} tia^{33} tio^{54} tse^{31} haŋ^{31}
满 叫② 珠 子 黄
字字胜珠玑

tso^{31} se^{33} thiaŋ^{33} kø^{54} niaŋ^{31}
姐 是 唱 歌 娘
姐是歌仙娘

① 立心：记在心中。
② 满叫：一定要。

ŋue^{24} ɕo^{35} tia^{33} tɕi^{54} haŋ^{31}
月 出 照 金 黄
月出照金黄

tɕi^{54} ɕi^{54} hau^{33} tiaŋ^{24} niaŋ^{31}
真 心 去 共 娘
真心结交妹

tɕi^{54} ɕi^{54} hau^{33} tiaŋ^{24} tso^{31}
真 心 去 共 姐
真心结交姐

zə^{35} ɕi^{54} tiaŋ^{24} niaŋ^{31} faŋ^{54}
一 心 共 娘 方
心向姐妹方

tsa^{33} pai^{54} zə^{35} phəi^{35} mə^{33} ɕəŋ^{31} tse^{24}
左 边 一 撇 不 成 字①
左边一撇不成字

jou^{24} pai^{54} zə^{35} phəi^{35} tiaŋ^{24} ɕəŋ^{31} ȵi^{31}
右 边 一 捺 共 成 人
右边一捺共成人

ȵi^{31} tse^{24} tau^{33} luo^{33} aŋ^{54} zə^{35} hou^{31}
人 字 肚 里 安 一 口
人字肚里安一口

la^{33} ji^{54} ɕa^{31} tso^{31} fə^{24} lia^{33} ɕi^{54}
俫 与 小 姐 合 了 心
我与小姐合了心

① 自此以下四句折“合”字。

luo^{24} tse^{24} luo^{24} laŋ^{54} laŋ^{54}
立 字 立 当 当
立字立稳当

ȵi^{31} tse^{24} tse^{33} saŋ^{54} saŋ^{54}
人 字 站 双 双
人字站双双

ȵi^{31} tse^{24} luo^{24} tse^{24} saŋ^{54} saŋ^{54} tse^{33}
人 字 立 字 双 双 站
人字立字双双站

məŋ^{24} me^{24} vo^{24} se^{33} tsa^{33} lau^{24} faŋ^{54}
问 妹 位 是 坐 哪 方
问妹位是坐哪里

ti^{54} ti^{54} lai^{31} lai^{31} lai^{31} ɕaŋ^{33} thai^{54}
单 单 点 点 当 上 天
单单点点冲上天

se^{31} na^{31} au^{54} li^{31} tiu^{54} liaŋ^{33} pai^{54}
起 朵 乌 云 遮 两 边
起朵乌云遮两边

kuo^{35} tse^{24} tɕou^{31} no^{31} au^{54} li^{33} fu^{33}
各 字 住 入 乌 云 下
各字住入乌云下

məŋ^{24} me^{24} hou^{33} fu^{35} lau^{35} lau^{24} luo^{31}
问 妹 有 客 哪 路 来
问妹有客哪路来

pa^{35} təŋ^{24} ɕe^{31} sai^{54} tsa^{33} ku^{54} tiaŋ^{54}
八 洞① 神 仙 在 家 中
八洞神仙在家中

vaŋ^{31} tɕaŋ^{31} ɕou^{54} to^{33} se^{31} li^{24} thaŋ^{54}
王 祥 修 道 时 运 通
王祥修道时运通

ta^{24} tsəi^{31} ti^{33} se^{33} thiaŋ^{33} kø^{54} tse^{31}
大 齐 都 是 唱 歌 子
大家都是唱歌子

khaŋ^{33} me^{24} mo^{33} mia^{24} ŋi^{33} mo^{31} mo^{31}
看 妹 美 妙 眼 眉 眉
看妹美妙眼迷离

tsou^{31} lo^{33} niaŋ^{31} pai^{54} tse^{33} zə^{35} tse^{33}
走 到 娘 边 站 一 站
走到娘边站一站

so^{33} se^{24} liaŋ^{33} lai^{31} ŋi^{33} luo^{24} lio^{31}
四 时 两 点 眼 泪 流
四时两点眼泪流

ɕa^{31} tse^{33} tia^{35} fu^{33} phəi^{35} zə^{35} phəi^{35}
小 字 脚 下 撇 一 撇②
小字脚下添一撇

tse^{54} no^{54} tshou^{33} tɕa^{24} ɕa^{33} nai^{31} niaŋ^{31}
今 日 遇 着 少 年 娘
今天遇到俏娇娘

① 八洞：八仙修道的洞穴。
② 此句拆“少”字。

ŋue^{24} ɕo^{35} tia^{33} tɕi^{54} haŋ^{31}
月 出 照 金 黄
月出照金黄

pa^{33} ɕaŋ^{33} jou^{33} tɕəŋ^{31} niaŋ^{31}
拜 上 有 情 娘
拜上有情娘

luo^{54} me^{24} tiaŋ^{24} mə^{33} tiaŋ^{24}
知 妹 共 不 共
知妹心同否

zə^{35} ɕi^{54} hau^{33} tiaŋ^{24} niaŋ^{31}
一 心 去 共 娘
一心与妹结

vi^{24} təŋ^{33} pəŋ^{54} thio^{54} tɕəŋ^{33} ŋau^{33} thai^{54}
云 淡 风 轻 近 午 天
云淡风轻近午天

paŋ^{31} fu^{54} ɕou^{31} lio^{33} kuo^{33} tsai^{31} tɕhuai^{54}
傍 花 随 柳 过 前 川
傍花随柳过前川

se^{31} ȵi^{31} mə^{33} po^{31} zə^{31} ɕi^{54} luo^{24}
时 人 不 知 余 心 乐
时人不知余心乐

tɕaŋ^{54} vo^{24} thou^{54} he^{31} ɕou^{24} ɕa^{33} nai^{31}
将 谓 偷 闲 学 少 年
将谓偷闲学少年

la³³ tsa³³ tai³¹ tou³¹ thio⁵⁴ səi³³ ɕo³³
俫 在 田 头 吹 细 哨
我在田头吹细哨

jaŋ³¹ nia³¹ ɕou²⁴ ɕaŋ²⁴ lu³⁵ ji⁵⁴ ɕəŋ⁵⁴
阳 鸟 树 上 得 音 声
阳鸟树上传心声

səŋ³³ ɕəŋ⁵⁴ mə³³ lo³³ niaŋ³¹ ɕaŋ⁵⁴ təŋ³³
送 声 不 到 娘 乡 垌
传声不到娘乡垌

tsi³³ ɕe³³ mə³³ lo³³ me²⁴ tɕhun⁵⁴ faŋ⁵⁴
寄 信 不 到 妹 村 坊
寄信不到妹村坊

ŋue²⁴ ɕo³⁵ tia³³ tɕi⁵⁴ haŋ³¹
月 出 照 金 黄
月出照金黄

pa³³ ɕaŋ³³ jou³³ tɕəŋ³¹ niaŋ³¹
拜 上 有 情 娘
拜上有情娘

vaŋ³³ me²⁴ ɕe³¹ tɕhun⁵⁴ vaŋ³³
望 妹 行 村 往
望妹往村走

mə³³ ɕai³¹ la³³ nəŋ³¹ saŋ⁵⁴
不 嫌 俫 男 双
不嫌兄弟俩

vaŋ^{31} tse^{31} vaŋ^{31} ɕoŋ^{54} hau^{33} tiaŋ^{24} me^{24}
王 子 王 孙 去 共 妹
王子王孙苦求妹

tu^{24} ɕaŋ^{33} kuo^{54} ɕi^{54} kai^{33} te^{54} niaŋ^{31}
达 上 高 山 见 了 娘
来到高山见了妹

tia^{35} mo^{33} fə^{54} tshe^{54} ti^{33} mə^{33} ɕaŋ^{31}
脚 尾 夫 妻 都 不 想
结发夫妻都不想

ji^{54} me^{24} ɕaŋ^{54} ho^{31} tiaŋ^{24} pu^{24} nai^{31}
与 妹 相 好 共 百 年
只想与妹共百年

ŋue^{24} ɕo^{35} tia^{33} tɕi^{54} haŋ^{31}
月 出 照 金 黄
月出照金黄

fə^{24} me^{24} ȵi^{31} tɕəŋ^{31} tɕaŋ^{31}
合 妹 人 情 长
与妹情意长

tshai^{54} nai^{31} mə^{33} tiaŋ^{31} taŋ^{33}
千 年 不 讲 断
千年不舍断

vi^{24} nai^{31} mə^{33} taŋ^{33} tɕəŋ^{31}
万 年 不 断 情
万年不断情

liou^{24} ŋue^{33} thio^{54} liaŋ^{31} mau^{24} kəŋ^{54} tia^{35}
六 月 吹 凉 木 根 脚
六月乘凉树根脚

səŋ^{54} ŋue^{24} mu^{24} tou^{31} tia^{35} ɕaŋ^{24} haŋ^{31}
三 月 麦 子 脚 上 黄
三月麦子脚上黄

ɕaŋ^{54} tse^{24} tɕha^{33} ɕi^{54} ɕaŋ^{31} zə^{35} ɕaŋ^{31}
相 字 跳 心 想 一 想
相字换心想一想

luo^{54} me^{24} ɕaŋ^{31} nəŋ^{31} mə^{33} ɕaŋ^{31} nəŋ^{31}
知 妹 想 侬 不 想 男
知妹想我不想我

ŋue^{24} ɕo^{35} tia^{33} tɕi^{54} haŋ^{31}
月 出 照 金 黄
月出照金黄

kuo^{35} tso^{31} mi^{24} se^{54} liaŋ^{31}
各 姐 慢 思 量
姐们慢思量

ɕi^{31} tso^{31} ɕi^{54} mə^{33} tiaŋ^{24}
怕 姐 心 不 共
怕姐心有变

ɕaŋ^{31} pai^{31} tshe^{33} taŋ^{33} tɕaŋ^{31}
想 反 气 断 肠
回想气断肠

tɕi^{54} zə^{24} miŋ^{31} niaŋ^{31} no^{24} se^{31} zə^{35}
今 日 明 娘 二 十 一
今日佳人二十一

la^{33} se^{33} ɕi^{54} tshau^{54} na^{24} mə^{33} fə^{31}
俫 是 生 初 奈 不 何
我是早生没奈何

mə^{33} ɕai^{31} səŋ^{54} tɕhiu^{54} kəŋ^{54} və^{54} tɕe^{31}
不 嫌 三 春 功 夫 紧
不顾三春农活紧

həŋ^{31} ɕo^{31} ha^{54} pai^{54} tiaŋ^{31} faŋ^{54} liou^{31}
洪 水 河 边 讲 方 流
洪水河边对情歌

vo^{54} ɕi^{54} vo^{54} lo^{33} ju^{33} se^{33} lia^{35}
衣 新 衣 老 也 是 穿
衣新衣旧也是穿

ɕi^{31} tso^{31} ɕi^{54} tiaŋ^{54} ɕai^{31} la^{33} nəŋ^{31}
怕 姐 心 中 嫌 我 们
怕姐心中嫌我们

məŋ^{24} kai^{33} la^{33} nəŋ^{31} hau^{33} ɕaŋ^{31} tso^{31}
梦 见 俫 男 去 想 姐
我们做梦也想姐

luo^{54} tso^{31} ɕai^{31} nəŋ^{31} mə^{33} ɕai^{31} nəŋ^{31}
知 姐 嫌 男 不 嫌 男
知姐嫌我不嫌我

ŋue^{24} liaŋ^{31} liaŋ^{31}
月 亮 亮
月亮亮

tshau^{54} səŋ^{54} tshau^{54} so^{33} jou^{33} ŋue^{24} liaŋ^{31}
初 三 初 四 有 月 亮
初三初四有月亮

lau^{35} tsəŋ^{31} vaŋ^{24} ŋue^{24} təŋ^{31} vo^{24} tsa^{33}
那 从 望 月 同 位 坐
怎样望月同位坐

tse^{31} se^{31} pəŋ^{31} tɕa^{24} kuo^{33} ku^{54} niaŋ^{31}
几 时 逢 着 贵 家 娘
几时遇到好姑娘

khoŋ^{33} tiaŋ^{54} zə^{24} luo^{24} kuo^{35} ku^{54} səŋ^{54}
矿 中 易 利 各 家 森
矿区易利各家兴

tou^{31} mu^{31} la^{24} no^{24} tsa^{33} tiaŋ^{54} jaŋ^{54}
头 谋① 落 入 在 中 央②
头谋落难在京中

liaŋ^{33} la^{31} saŋ^{54} saŋ^{54} paŋ^{33} pai^{54} tse^{33}
两 兄 双 双 半 边 站
我们双双旁边站

---

① 头谋：首领，这里指带领或建议开矿的人。贺州山地富含矿石，自古有开矿冶炼锡、铁、金、银等金属的传统。明嘉靖年间村头岗中兴祖三甲进士唐弼精通道学，熟知地理，曾建议朝廷在云南大理等地开采银矿，后因此获罪，贬为庶民。

② 自此以下四句拆“樂”字，谐音“落”。

mə^{24} lo^{33} həŋ^{31} fu^{33} la^{24} lau^{24} faŋ^{54}
不 知 红 花 落 哪 方
不知红花落哪里

ŋue^{33} ɕo^{35} tia^{33} tɕhi^{54} jou^{31}
月 出 照 春 游
月出照春游

ɕaŋ^{31} me^{24} tsa^{33} ɕi^{54} tou^{31}
想 妹 在 心 头
想妹在心头

vu^{24} se^{33} luo^{54} ji^{54} ɕe^{33}
若 是 知 音 信
若是知音信

tse^{31} no^{31} ho^{31} faŋ^{54} lio^{31}
只 宜 好 风 流
只宜共风流

ȵi^{31} ɕi^{54} zə^{35} se^{33} ju^{33} se^{33} luo^{33}
人 生 一 世 也 是 老①
人生一世也是老

tsho^{35} se^{24} ɕou^{54} luo^{33} ju^{33} se^{33} vai^{31}
七 十 修 老 也 是 完
修行七十也是完

zə^{35} ȵi^{31} tsho^{35} tse^{24} tiaŋ^{24} ləŋ^{33} tsa^{33}
一 人 七 字 共 凳 坐
一人七字共凳坐

① 自此以下四句拆“化”字。

ləŋ^{54} luo^{31} fu^{24} hau^{33} se^{33} ȵi^{31} ɕi^{54}
东 来 化 去 是 人 生
东来化去是人生

ŋue^{24} ɕo^{35} tia^{33} tɕi^{54} haŋ^{31}
月 出 照 金 黄
月出照金黄

la^{33} nəŋ^{31} se^{33} ɕəŋ^{33} liaŋ^{31}
俫 们 是 姓 梁
我们是姓梁

kau^{31} ȵi^{31} liaŋ^{31} ɕi^{54} po^{35}
古 人 梁 山 伯
古人梁山伯

ji^{54} vo^{24} tiou^{35} ȵəŋ^{54} niaŋ^{31}
因 为 祝 英 娘
深爱祝英台

ȵi^{31} ɕi^{54} zə^{35} se^{33} hau^{33} tiaŋ^{24} niaŋ^{31}
人 生 一 世 去 共 娘①
人生一世去求妹

hou^{31} hou^{31} ɕəŋ^{54} ɕəŋ^{54} hau^{33} tiaŋ^{24} niaŋ^{31}
口 口 声 声 去 共 娘
口口声声道知心

mau^{24} tse^{24} ɕaŋ^{31} ɕaŋ^{31} tia^{35} fu^{33} tse^{33}
木 字 常 常 脚 下 站
木字常常脚下站

① 自此以下四句折“保”字。

la^{33} nəŋ^{31} po^{31} tou^{31} vaŋ^{24} me^{24} ɕou^{54}
俫 男 保 头 望 妹 收
保证真心望妹知

ŋue^{24} ɕo^{35} tia^{33} tɕi^{54} haŋ^{31}
月 出 照 金 黄
月出照金黄

ɕaŋ^{31} tso^{31} mə^{33} luo^{54} tshe^{33} taŋ^{33} tɕaŋ^{31}
想 姐 不 到 气 断 肠
想姐不到气断肠

me^{24} nəŋ^{31} ȵi^{31} tɕəŋ^{31} ho^{31}
姐 们 人 情 好
姐们人情好

tɕi^{54} ɕi^{54} ɕou^{31} tɕəŋ^{31} niaŋ^{31}
真 心 学 情 娘
真心倾情娘

vo^{24} ȵi^{31} pəŋ^{31} fəŋ^{24} jəŋ^{33} aŋ^{54} jai^{31}
为 人 本 分 永 安 宁①
为人本分永安宁

səi^{33} tiaŋ^{31} səi^{33} vo^{24} hau^{33} tiaŋ^{24} tɕəŋ^{31}
细 讲 细 曰 去 共 情
细讲细说去交情

niai^{31} ji^{54} ȵi^{31} tse^{24} saŋ^{54} saŋ^{54} tse^{33}
言 与 人 字 双 双 站
言与人字双双站

① 自此以下四句折“信”字。

ɕi^{33} luo^{33} me^{24} tɕhun^{54} mə^{33} ɕi^{31} tɕəŋ^{31}
信 到 妹 村 不 承 情
信到妹村不回音

zə^{35} zə^{24} ɕaŋ^{31} tso^{31} zə^{35} zə^{24} ɕi^{54}
一 日 想 姐 一 日 深
一日想姐一日深

lau^{24} pəŋ^{31} mo^{33} mia^{35} təŋ^{33} ȵi^{31} ɕi^{54}
路 逢 美 妙 动 人 心
路逢美妙永记心

se^{24} pa^{35} nai^{31} tsai^{31} ɕaŋ^{31} tsa^{33} va^{24}
十 八 年 前 常 在 外
十八年前常在外

ɕuəi^{35} luo^{35} məi^{31} fu^{54} mə^{33} kai^{33} tɕhi^{54}
雪 里 梅 花 不 见 春
雪里梅花不见春

pa^{35} ŋue^{24} se^{33} ŋau^{33} se^{31} kø^{54} faŋ^{31}
八 月 十 五 起 歌 坊
八月十五起歌坊

ləŋ^{54} to^{54} tɕu^{54} tse^{31} lo^{33} ɕo^{54} faŋ^{31}
东 居 君 子 到 书 房
各村君子到书房

me^{24} se^{33} kuo^{54} ku^{54} tau^{24} ɕo^{54} nio^{33}
妹 是 贵 家 读 书 女
妹是贵家读书女

ɕou^{33} tsa^{31} fu^{54} luo^{31} tsaŋ^{24} vai^{31} ɕi^{54}
秀 才 飞 来 状 元 身
秀才转眼状元身

ȵi^{31} ɕi^{54} liou^{24} se^{33} mə^{33} maŋ^{31} tso^{31}
人 生 六 十 不 忘 姐
人生六十不忘姐

no^{24} se^{33} zə^{35} nai^{31} mə^{33} vaŋ^{31} tɕəŋ^{31}
廿 一 龄 不 忘 情
二十一龄不忘情

pa^{35} tse^{24} ji^{54} vai^{31} ɕou^{54} mə^{33} luo^{33}
八 字 姻 缘 修 不 到
八字姻缘修不到

luo^{54} tso^{31} tiaŋ^{24} nəŋ^{31} mə^{33} tiaŋ^{24} nəŋ^{31}
知 姐 共 男 不 共 男
知姐同心不同心

vi^{24} tse^{24} ɕou^{31} tɕhiu^{54} təŋ^{31} tiai^{31} ɕe^{31}
万 字 手 中 同 缠 伞
万人手中同纸伞

ji^{54} me^{24} mə^{33} se^{33} ɕe^{31} fu^{33} ȵi^{31}
与 妹 不 是 伞 下 人
与妹不是伞下人

ɕou^{31} ɕo^{33} tsaŋ^{31} tou^{31} ŋi^{33} luo^{24} ɕo^{35}
手 捶 床 头 眼 泪 出
手捶床头眼泪出

me^{24} mə^{33} tiaŋ^{24} nəŋ^{31} saŋ^{54} luo^{24} lio^{31}
妹 不 共 男 双 泪 流
妹不同我双泪流

tso^{24} haŋ^{31} li^{31} tou^{31} tɕhi^{54} fu^{24} tɕhou^{54}
住 寒 林 头 春 复 秋
贫寒岁月春复秋

ləŋ^{31} hi^{33} pu^{24} lia^{33} ɕa^{33} nai^{31} tou^{31}
等 闲 白 了 少 年 头
等闲白了少年头

me^{24} se^{33} ȵi^{31} ku^{54} mo^{33} mia^{24} nio^{33}
妹 是 人 家 美 妙 女
妹是人家美妙女

tse^{31} se^{33} lu^{35} luo^{33} la^{33} luo^{31} pəŋ^{31}
几 时 得 到 倈 来 逢
何时能让我相逢

tsai^{31} ɕi^{54} tsai^{31} se^{33} tɕhəŋ^{31} mə^{33} tɕa^{24}
前 生 前 世 请 不 着
前生前世缘相错

tɕhəŋ^{31} tɕa^{24} ji^{54} me^{24} haŋ^{54} la^{24} ɕi^{54}
请 着 与 妹 欢 乐 心
今世与妹结欢心

tsai^{31} ɕi^{54} ji^{54} luo^{33} tiaŋ^{24} tɕa^{33} me^{24}
前 生 以 来 共 着 妹
只缘前生曾相恋

tɕi^{54} zə^{24} ji^{54} me^{24} liaŋ^{33} ɕa^{33} nai^{54}
今　日　与　妹　两　少　年
今日与我结少年

niai^{31} tɕu^{33} se^{33} kui^{54} lia^{54} ɕa^{31} se^{24}
言　尽　世　间　多　少　事①
言尽世间多少事

se^{33} tse^{24} tɕhəŋ^{54} liaŋ^{31} ɕe^{31} fu^{33} ȵi^{31}
土　字　青　龙　伞②　下　人
土字青龙伞下人

tɕhoŋ^{33} pie^{24} ni^{31} çe^{31} ləŋ^{54} khø^{54} to^{24}
寸　步　难　行　登　科　地
寸步难行登科甲

piu^{35} ɕaŋ^{24} niai^{31} se^{54} me^{24} jou^{33} miŋ^{31}
壁　上　吟　诗③　妹　有　名
壁上吟诗妹有名

tsai^{31} nai^{31} ɕaŋ^{31} tso^{31} luo^{33} səŋ^{54} tɕhi^{54}
前　年　想　姐　到　三　春
前年想姐到三春

tio^{31} zə^{33} ɕou^{54} no^{24} se^{33} la^{33} ɕi^{54}
主　意　放　入　是　倈　心
主意拿定是我心

---

① 自此以下四句拆“诗”字（繁体为“詩”）。

② 青龙伞：古代学员登科入仕后使用的绘有青龙的大伞。明代村头岗的唐弼在正德初年罢官归隐，带回的仪仗队中就有这种伞。

③ 麦岭宋朝有杣林道人，为朝廷谏臣，因言事得罪当权被贬谪，后隐居月塘，在潜德岩洞（也称“御使岩”）中石壁草书倒刻七言律诗一首，至今清晰可读。

vo^{24} lu^{35} ŋue^{24} luo^{31} hau^{33} khaŋ^{33} me^{24}
为 得 月 好 去 看 妹
为得月好去看妹

me^{24} nəŋ^{31} nai^{31} tɕhəŋ^{54} pəŋ^{31} la^{33} saŋ^{54}
妹 们 年 轻 逢 倈 双
妹们年轻待我们

zə^{35} tɕi^{31} miŋ^{33} ləŋ^{54} tia^{33} ɕi^{33} ta^{31}
一 盏 明 灯 照 戏 台
一盏明灯照戏台

faŋ^{24} haŋ^{31} fu^{54} hau^{33} nia^{31} fo^{33} luo^{31}
凤 凰 飞 去 鸟 飞 来
凤凰飞去鸟飞来

tsai^{31} tou^{31} tsha^{31} fu^{54} fu^{54} mə^{33} fa^{35}
剪 子 采 花 花 不 发
剪子裁花花不开

mə^{33} po^{31} pu^{35} mau^{24} tsa^{33} phiu^{54} lio^{31}
不 比 百 木 再 抛 榴
不比古木再发芽

zə^{35} zə^{33} ɕaŋ^{31} tso^{31} zə^{35} zə^{33} ɕi^{54}
一 日 想 姐 一 日 深
一心想姐情日深

tso^{31} se^{33} ŋue^{24} liaŋ^{31} tia^{33} ȵi^{31} ɕi^{54}
姐 是 月 亮 照 人 心
姐是月亮照人心

zə^{33} ji^{54} ŋue^{24} tse^{33} saŋ^{54} saŋ^{54} tse^{33}
日 与 月 字 双 双 站
日与月字双双站

me^{24} nəŋ^{31} vai^{31} se^{33} tshəŋ^{54} miŋ^{31} ȵi^{31}
姐 们 原 是 聪 明 人
姐们原是聪明人

ŋue^{24} ɕo^{35} tia^{33} liaŋ^{33} pai^{54}
月 出 照 两 边
月出照两地

tɕəŋ^{31} niaŋ^{31} mə^{33} luo^{33} pai^{54}
情 娘 不 到 边
情娘在天边

zə^{35} ɕaŋ^{31} mə^{33} lu^{35} luo^{33}
一 想 不 得 到
一想难得到

no^{24} ɕaŋ^{31} mə^{33} taŋ^{31} vai^{31}
二 想 不 团 圆
二想难团圆

tshai^{54} se^{54} ɕaŋ^{31} luo^{31} vi^{24} se^{54} liaŋ^{31}
千 思 想 来 万 思 量
千思想来万思量

au^{54} vo^{54} tai^{31} tse^{54} tɕhəŋ^{33} na^{33} niaŋ^{31}
乌 鸦 田 基 听 奶 娘
乌鸦田埂静倾听

me^{24} se^{33} kuo^{33} ku^{54} tshəŋ^{54} miŋ^{31} nio^{33}
妹 是 贵 家 聪 明 女
妹是贵家聪明女

tse^{31} se^{31} pəŋ^{31} tɕa^{24} tɕhəŋ^{54} ɕou^{33} niaŋ^{31}
几 时 逢 着 清 秀 娘
几时再遇清秀娘

se^{24} pa^{35} nai^{31} tsai^{31} tiaŋ^{54} ɕaŋ^{24} jou^{31}
十 八 年 前 江 上 游
十八年前江上游

ɕo^{31} tɕhəŋ^{54} ŋau^{31} ɕai^{24} mə^{33} ɕaŋ^{33} kuo^{54}
水 清 鱼 现 不 上 钩
水清鱼现不上钩

kuo^{54} tɕhəŋ^{54} po^{31} se^{31} nəŋ^{31} tiŋ^{54} piou^{35}
钩 清 浮 起 南 京 竹
水清浮起南京竹

lu^{35} tiŋ^{54} ŋau^{31} ɕai^{24} mə^{33} ɕaŋ^{33} kuo^{54}
得 惊 鱼 现 不 上 钩
惊动鱼儿不上钩

səŋ^{54} tɕhi^{54} jaŋ^{31} liou^{33} zə^{24} lio^{24} lio^{24}
三 春 杨 柳 叶 绿 绿
三春杨柳叶叶绿

no^{24} ŋue^{24} to^{31} fu^{54} na^{31} na^{31} həŋ^{31}
二 月 桃 花 朵 朵 红
二月桃花朵朵红

lau^{24} tsəŋ^{31} tiou^{31} tɕa^{24} kuo^{33} ku^{54} nio^{33}
哪 从 求 着 贵 家 女
如何求着贵家女

ŋau^{33} kui^{54} lu^{35} məŋ^{24} liaŋ^{33} ɕaŋ^{54} pəŋ^{31}
五 更 得 梦 两 相 逢
五更得梦两相逢

kø^{54} tsu^{31} ho^{31} kø^{54} ɕəŋ^{54} ɕəŋ^{54} ɕo^{35}
歌 仔 好 歌 声 声 出
对歌好词声声出

to^{33} vai^{31} ho^{31} ȵe^{31} lau^{24} ȵi^{31} çe^{31}
桃 园 好 入 路 难 行
桃园好入路难行

ȵi^{31} vu^{24} to^{31} vai^{31} ho^{31} tse^{33} tio^{24}
人 曰 桃 园 好 玩 要
人说桃园好玩要

ȵi^{31} vu^{24} taŋ^{31} ɕi^{54} ho^{31} tɕu^{33} lai^{31}
人 曰 塘 深 好 种 莲
人说塘深好种莲

tɕu^{33} lai^{31} mə^{33} luo^{54} taŋ^{31} ɕi^{54} tshai^{31}
种 莲 不 知 塘 深 浅
种莲不知塘深浅

tɕu^{33} ŋo^{33} mə^{33} luo^{54} tsaŋ^{24} ɕu^{24} tou^{31}
种 藕 不 知 撞 石 头
种藕不料遇石头

la^{33} se^{33} tse^{31} la^{31} mə^{33} luo^{54} le^{33}
倈 是 几 兄 不 知 礼
我们兄弟不知礼

tse^{31} vaŋ^{24} me^{24} nəŋ^{31} la^{54} piu^{54} haŋ^{31}
指 望 妹 们 多 包 涵
希望妹们多包涵

ɕaŋ^{24} vai^{31} liu^{33} tsu^{31} fu^{33} vai^{31} to^{31}
上 园 李 子 下 园 桃
上园李子下园桃

zə^{35} se^{31} kuo^{33} lia^{33} no^{24} se^{31} luo^{31}
一 时 过 了 二 时 来
一期过了二期来

ɕaŋ^{24} vai^{31} liu^{33} tsu^{31} tiŋ^{54} fu^{54} fa^{35}
上 园 李 子 正 花 发
上园李子正开花

fu^{33} vai^{31} to^{31} tsu^{31} fu^{54} tiŋ^{54} ha^{54}
下 园 桃 子 花 正 开
下园桃子花正开

fu^{54} ha^{54} fu^{54} tsu^{24} nai^{31} nai^{31} jou^{33}
花 开 花 谢 年 年 有
花开花谢年年有

khaŋ^{33} fu^{54} pa^{35} me^{24} ɕa^{31} jou^{33} se^{31}
看 花 邀 妹 少 有 时
看花邀妹少有时

tia^{33} me^{24} kho^{31} li^{31} ho^{31} tse^{54} fa^{24}
叫 妹 可 怜 好 机 会
叫妹惜取好机会

mə^{33} nəŋ^{54} tshu^{33} kuo^{33} ho^{31} se^{33} ki^{54}
不 给 错 过 好 时 间
不能错过好时间

to^{31} vai^{31} tse^{35} ŋi^{24} səŋ^{54} ɕoŋ^{54} te^{33}
桃 园 结 义 三 兄 弟
桃园结义三兄弟

liou^{31} po^{24} tiaŋ^{54} fu^{54} kuəi^{54} li^{31} tɕaŋ^{31}
刘 备 张 飞 关 云 长
刘备张飞关云长

səŋ^{54} la^{31} to^{31} vai^{31} luo^{31} tse^{35} ȵe^{24}
三 兄 桃 园 来 结 义
三兄桃园来结义

ta^{24} tsəi^{31} ȵe^{24} se^{33} ho^{31} mə^{33} vai^{31}
大 齐 义 气 好 不 完
大家义气真是好

nai^{31} ŋue^{35} zə^{24} se^{31} mə^{33} təŋ^{31} jaŋ^{33}
年 月 日 时 不 同 养
年月日时不一样

ju^{24} ȵi^{33} ȵi^{54} ȵi^{54} tiaŋ^{24} tɕa^{31} ɕi^{54}
也 要 个 个 共 条 心
也要人人一条心

luo^{54} ɕi^{54} fə^{31} ha^{31} tsəi^{31} ɕaŋ^{33} fu^{33}
刀 山 火 海 齐 上 下
刀山火海齐上下

so^{31} maŋ^{31} ȵi^{24} təŋ^{31} ŋue^{24} zə^{24} se^{31}
死 亡 要 同 月 日 时
死要同月同日时

ləŋ^{54} jou^{54} lai^{31} fə^{31} ləŋ^{54} jou^{54} ji^{54}
灯 油 点 火 灯 油 阴
灯油点火灯油暗

tɕhəŋ^{33} məŋ^{31} taŋ^{31} tia^{31} ɕuəi^{35} tiŋ^{54} ɕi^{54}
听 闻 唐 朝 薛 丁 山
听说唐朝薛丁山

liŋ^{54} ɕi^{54} taŋ^{31} tia^{31} vo^{31} vai^{31} ɕo^{33}
丁 山 唐 朝 委 元 帅
唐朝丁山任元帅

luo^{31} fu^{54} tɕo^{24} tsa^{33} haŋ^{31} tiaŋ^{54} kui^{54}
梨 花 住 在 寒 江 关
梨花住在寒江关

luo^{31} fu^{54} tiŋ^{54} ɕi^{54} tse^{35} ɕəŋ^{31} lua^{33}
梨 花 丁 山 结 成 队
梨花丁山结成亲

ɕəŋ^{31} ku^{54} vo^{24} kø^{54} tiaŋ^{24} tɕa^{31} ɕi^{54}
成 家 为 国 共 条 心
成家为国一条心

vo^{24} kø^{54} thaŋ^{31} zə^{35} mə^{33} pəŋ^{54} le^{24}
为 国 统 一 不 分 裂
使国统一不分裂

kø^{54} tha^{33} miŋ^{31} aŋ^{54} tɕuai^{31} lu^{35} fə^{35}
国 泰 民 安 全 得 福
国泰民安全得福

ho^{35} ɕo^{54} mo^{33} nio^{33} kuəi^{54} li^{31} tɕaŋ^{31}
黑 须 美 髯 关 云 长
黑须美髯关云长

ȵi^{31} səi^{33} ləŋ^{31} ta^{24} tia^{33} tse^{31} liaŋ^{31}
人 小 胆 大 赵 子 龙
人小胆大赵子龙

pəŋ^{31} ɕi^{54} kuo^{33} ha^{31} ɕuəi^{35} ji^{24} kuo^{33}
逢 山 过 海 薛 仁 贵
翻山过海薛仁贵

pəi^{33} ɕəŋ^{31} tha^{54} tɕhaŋ^{54} jaŋ^{31} liou^{33} laŋ^{31}
背 后 拖 枪 杨 六 郎
背后拖枪杨六郎

liou^{24} laŋ^{31} ɕou^{31} tsa^{33} səŋ^{54} kui^{54} hou^{31}
六 郎 守 在 三 关 口
六郎守在三关口

jaŋ^{31} kaŋ^{31} hi^{33} tsa^{33} liou^{33} tiou^{54} ɕəŋ^{31}
杨 广 限 在 柳 州 城
杨广陷在柳州城

ɕəŋ^{31} məŋ^{31} hou^{33} n̥i^{54} tɕu^{33} ta^{24} tso^{31}
城 门 有 个 陈 大 姐
城门有个陈大姐

la^{54} la^{33} n̥i^{31} mo^{33} thø^{33} no^{24} ɕəŋ^{31}
多 带 人 马 破 进 城
多带人马冲进城

tɕi^{54} zə^{24} ɕi^{31} taŋ^{31} ho^{31} na^{24} ne^{24}
今 日 神 堂 好 热 闹
今日神堂好热闹

n̥i^{31} la^{54} na^{24} ne^{24} pa^{35} kø^{54} tɕəŋ^{31}
人 多 闹 热 邀 歌 情
人多热闹邀歌情

me^{24} nəŋ^{31} mə^{33} ɕai^{31} la^{33} ku^{54} kha^{31}
妹 们 不 嫌 俫 家 穷
妹们不嫌我家穷

tɕi^{54} zə^{24} çø^{54} tɕəŋ^{31} vo^{31} taŋ^{24} vai^{31}
今 日 歌 情 维 段 完
今日情歌唱段完

七、猜谜歌

khaŋ^{31} miŋ^{31} jaŋ^{24} tse^{33} fu^{33} nəŋ^{31} tiŋ^{54}
孔 明 用 计 下 南 京
孔明用计下南京

la^{24} jaŋ^{31} tia^{31} ɕaŋ^{24} tɕhi^{31} ȵəŋ^{54} ɕaŋ^{31}
洛 阳 朝 上 取 英 雄
洛阳朝上取英雄

pu^{24} mo^{33} li^{31} çe^{31} məŋ^{31} tsai^{31} kuo^{33}
白 马 打 行 门 前 过
白马打行门前过

sa^{35} ɕo^{35} sa^{35} no^{24} tia^{33} tse^{31} liaŋ^{31}
杀 出 杀 进 赵 子 龙
杀出杀进赵子龙
（谜底：覆水车）

khaŋ^{31} miŋ^{31} jaŋ^{24} tse^{33} pa^{35} tiou^{35} tɕəŋ^{31}
孔 明 用 计 八 角 亭
孔明用计八角亭

tiaŋ^{54} fu^{54} se^{31} ȵi^{24} tsa^{33} tiŋ^{54} ɕəŋ^{31}
张 飞 起 义 坐 京 城
张飞起义坐京城

tsa^{33} jou^{31} fu^{54} no^{24} tɕhəŋ^{54} ɕi^{54} luo^{35}
自 由 飞 入 青 山 里
自由飞入青山里

tiaŋ^{54} fu^{54} tse^{31} thu^{33} tsaŋ^{24} vai^{31} məŋ^{31}
张　飞　只　怕　状　元　门
张飞只怕状元门
（谜底：黄蜂）

ləŋ^{54} nəŋ^{31} so^{33} ha^{31} ŋu^{33} jou^{31} kuo^{33}
东　南　四　海　我　游　过
东南四海我游过

haŋ^{31} te^{33} niaŋ^{31} niaŋ^{31} ŋu^{33} sai^{31} çe^{31}
皇　帝　娘　娘　我　先　行
皇帝娘娘我先行

ɕo^{31} ȵi^{31} luo^{31} ŋu^{33} paŋ^{31} ɕaŋ^{24} tse^{33}
谁　人　来　我　榜　上　站
何人来我肩上站

haŋ^{31} te^{33} luo^{33} tse^{31} ti^{33} le^{54} tou^{31}
皇　帝　老　子　都　低　头
皇帝老子都低头
（谜底：水）

tiŋ^{54} jaŋ^{31} no^{24} ŋue^{24} la^{33} sai^{54} tia^{33}
正　阳　二　月　我　先　叫
阳春二月我先叫

tse^{31} ȵi^{24} ŋau^{31} ta^{24} mə^{33} tse^{54} ɕəŋ^{54}
只　要　鱼　大　不　吱　声
蝌蚪不大不吱声

tse^{31} ȵi^{24} ŋau^{31} ta^{24} tsu^{33} tsu^{33} luo^{31}
只　要　鱼　大　咋　咋　来
若是长大蛇盗来

tse^{31} se^{31} nəŋ^{31} tia^{33} ŋu^{33} ke^{33} ɕəŋ^{54}
几 时 能 叫 我 的 声
几时能叫我的声
（谜底：“蛙”字）

luo^{24} tsa^{33} ɕi^{54} tɕhi^{54} kuo^{54} vi^{24} tɕaŋ^{33}
立 在 山 区 高 万 丈
立在山区高万丈

ŋue^{24} tsa^{33} se^{54} thai^{54} tia^{33} ŋau^{33} ha^{31}
月 在 西 天 照 五 湖
月在西天照五湖

ɕaŋ^{24} nai^{31} tse^{31} phu^{33} thai^{54} ta^{24} haŋ^{33}
上 年 只 怕 天 大 旱
上年只怕天大旱

liaŋ^{31} kuo^{54} ta^{24} ha^{31} ɕo^{31} kuo^{54} vai^{31}
龙 归 大 海 水 归 源
龙回大海水归源
（谜底：“龍”字，“龙”的繁体字）

tiaŋ^{54} fu^{54} jaŋ^{24} kø^{35} liou^{24} tɕo^{31} tie^{24}
张 飞 用 斧 力 最 大
张飞用斧力最大

tso^{31} tsho^{33} tɕo^{31} hou^{31} ta^{24} ho^{31} khua^{54}
曹 操 随 口 大 话 夸
曹操随口大话夸

tia^{33} tse^{31} liaŋ^{31} mo^{31} tɕhəŋ^{54} mo^{24} ɕou^{33}
赵 子 龙 眉 清 目 秀
赵子龙眉清目秀

khaŋ^{31} miŋ^{31} ȵi^{24} tsai^{33} saŋ^{33} pa^{35} kuo^{35}
孔 明 用 暗 算 八 卦
孔明用计算八卦
（谜底：“賀”字，“贺”的繁体字）

zə^{35} lai^{31} zə^{35} vie^{31} tiou^{54} vi^{24} mə^{33} liaŋ^{31}
一 点 一 横 周 瑜 不 良
一点一横周瑜不良

no^{24} tiai^{33} liou^{31} po^{24} tiaŋ^{54} fu^{54} kui^{54} li^{31} tɕaŋ^{31}
二 战 刘 备 张 飞 关 云 长
二战刘备张飞关云长

hou^{31} tshu^{54} tso^{31} tsho^{33} ju^{24} və^{31} nəŋ^{31}
口 骂 曹 操 也 无 能
口骂曹操也无能

se^{24} vi^{33} ɕaŋ^{31} piŋ^{54} mə^{33} kaŋ^{31} laŋ^{54}
十 万 雄 兵 不 敢 挡
十万雄兵不敢挡
（谜底：“計”字，“计”的繁体字）

zə^{35} tiai^{24} tiai^{24} te^{54} ləŋ^{54} ŋau^{31} to^{24}
一 战 战 了 东 吴 地
一战占了东吴地

liou^{31} po^{24} so^{33} tɕhuai^{54} tse^{24} vəi^{31} vaŋ^{31}
刘 备 四 川 自 为 王
刘备四川自为王

tia^{33} tse^{31} liaŋ^{31} mi^{33} tɕhəŋ^{54} mo^{24} ɕou^{33}
赵 子 龙 眉 清 目 秀
赵子龙眉清目秀

tio^{54} ka^{35} liaŋ^{24} ju^{33} pu^{31} pa^{35} kua^{33} tɕhua^{54}
诸 葛 亮 又 把 八 卦 推
诸葛亮又把八卦推
（谜底：“賣”字，“卖”的繁体字）

pu^{35} vi^{24} tɕu^{54} tiaŋ^{54} hau^{33} pu^{24} tse^{31}
百 万 军 中 去 白 旗
百万军中去白旗

fə^{54} ȵi^{31} hau^{33} piŋ^{24} və^{33} ȵi^{31} zə^{54}
夫 人 有 病 无 人 医
夫人有病无人医

na^{24} tɕaŋ^{33} sa^{24} te^{54} lau^{31} tshai^{54} ɕui^{33}
奈 将 杀 了 余 千 岁
奈将杀了余千岁

tshu^{33} lu^{35} tɕaŋ^{54} tɕu^{54} və^{31} mu^{33} tse^{31}
骂 得 将 军 无 马 骑
骂得将军无马骑
（谜底：“何”字）

ŋue^{24} tsa^{33} paŋ^{33} pai^{54} thai^{54}
月 在 半 边 天
月在半边天

fə^{31} tsa^{33} paŋ^{33} pai^{54} ɕa^{54}
火 在 半 边 烧
火在半边烧

no²⁴ ȵi³¹ hau³³ tiou³³ fə³¹
二 人 去 救 火
二人去救火

mu³³ tsa³³ fə³¹ ləi³¹ fu³³
马 在 火 底 下
马在火底下
（谜底：“腾”字）

八、人生可惜歌

题解：这是感叹人生短暂，劝大家要好好把握少年时光的歌曲。

kho^{31} ɕou^{35} nəŋ^{54} luo^{31} tɕi^{54} kho^{31} ɕou^{35}
可 惜 给 来 真 可 惜
说道可惜真可惜

kho^{31} ɕou^{35} pa^{35} sai^{54} tɕou^{33} fa^{24} taŋ^{31}
可 惜 八 仙 聚 会 堂
可惜八仙聚一堂

ȵi^{31} ɕi^{54} zə^{35} se^{33} fu^{54} zə^{24} ɕo^{31}
人 生 一 世 花 叶 垂
人生一世如花开

ɕaŋ^{31} luo^{31} mə^{33} pa^{35} tou^{31} lia^{33} tou^{31}
想 来 不 邀 迟 了 迟
想来不邀后悔迟

kho^{31} ɕou^{35} nəŋ^{54} luo^{31} tɕi^{54} kho^{31} ɕou^{35}
可 惜 给 来 真 可 惜
说道可惜真可惜

pu^{24} məi^{33} ɕaŋ^{54} tse^{54} kho^{31} səi^{35} li^{31}
白 米 喂 鸡 可 惜 怜
白米喂鸡叹可惜

ȵi^{31} ɕi^{54} zə^{35} se^{33} no^{24} fu^{54} vai^{31}
人 生 一 世 入 花 园
人生一世花园好

ɕaŋ^{31} luo^{31} mə^{33} no^{24} kho^{31} li^{31} vai^{31}
想 来 不 入 可 怜 完
来了不入人可怜

kho^{31} ɕou^{35} nəŋ^{54} luo^{31} tɕi^{54} kho^{31} ɕou^{35}
可 惜 给 来 真 可 惜
说道可惜真可惜

kho^{31} ɕou^{35} fə^{31} ɕa^{54} ɕo^{24} ɕaŋ^{33} təŋ^{31}
可 惜 火 烧 树 上 藤
可惜火烧树连藤

ȵi^{31} ɕi^{54} zə^{35} se^{33} tsho^{31} tɕhi^{54} tɕhi^{54}
人 生 一 世 草 春 春
人生一世草一春

ȵi^{31} mə^{33} faŋ^{54} lio^{31} mə^{33} luo^{54} ji^{54}
人 不 风 流 不 知 姻
人不风流不知姻

kho^{31} ɕou^{35} nəŋ^{54} luo^{31} tɕi^{54} kho^{31} ɕou^{35}
可 惜 给 来 真 可 惜
说道可惜真可惜

kho^{31} ɕou^{35} ɕu^{24} ɕaŋ^{24} tɕu^{33} haŋ^{31} tiaŋ^{54}
可 惜 石 上 种 黄 姜
比如石上种黄姜

ȵi31 ɕi54 zə35 se33 vaŋ24 ɕou54 ɕəŋ31
人 生 一 世 望 收 成
人生一世望收获

mo33 lu35 ɕou54 ɕəŋ31 vaŋ31 fəi33 kəŋ54
没 有 收 成 枉 费 工
没有收获枉费工

zə35 po35 ɕu31 ɕəŋ31 tsho31 tou31 tse24
一 笔 写 成 艹 字
一笔写成草字头

tia35 fu33 tse33 ȵe31 tsa33 pai54 aŋ54
脚 下 亻 左 边 安
脚下单人左边安

jou24 pai54 tsho35 tse24 təŋ31 vo24 tsa33
右 边 七 字 同 位 坐
右边七字同位坐

liaŋ33 pəi33 thiaŋ33 kø54 fu54 la24 fu54
两 辈 唱 歌 花 乐 花
两辈唱歌乐开花

ka31 mau24 pəŋ31 tɕhi54 fa35 ɕou33 ŋu31
古 木 逢 春 发 秀 芽①
枯木逢春发嫩芽

pa35 sai54 mo33 nio33 tsha31 tɕi54 fu54
八 仙 美 女 采 金 花
八洞仙女采金花

---

① 自此以下四句折“松”字。

mou^{33} ȵi^{31} tse^{31} mo^{33} məŋ^{31} tsai^{31} kuo^{33}
厶 人 骑 马 门 前 过
私人骑马门前过

ɕaŋ^{33} pu^{24} tɕaŋ^{31} tɕhi^{54} kø^{54} tɕəŋ^{31} ku^{54}
松 柏 长 春 歌 情 家
松柏长春情人家

zə^{35} po^{35} ɕu^{31} ɕəŋ^{31} no^{24} se^{33} zə^{35}
一 笔 写 成 廿 一①
一笔写成是廿字

no^{24} se^{33} zə^{35} fu^{33} jou^{33} ku^{54} ȵi^{31}
廿 一 下 有 佳 人
廿字底下有佳人

ləi^{24} tse^{24} ɕu^{31} luo^{31} təŋ^{31} vo^{24} tsa^{33}
力 字 写 来 同 位 坐
力字写来同位坐

tshu^{35} tse^{24} thiaŋ^{33} tou^{31} khuai^{33} me^{24} nəŋ^{31}
拆 字 唱 条 劝 妹 们
拆字唱歌劝妹们

və^{31} ho^{31} ŋau^{33} kau^{35} jaŋ^{33} thai^{54} fu^{33}
禾 好 五 谷 养 天 下②
禾好五谷养天下

fə^{31} ɕa^{54} nəŋ^{31} mio^{31} vu^{24} lio^{24} tɕhou^{54}
火 烧 南 茅 曰 立 秋
火烧禾秆是立秋

---

① 自此以下四句拆“劝”字（繁体为“勸”）。

② 自此以下四句拆“愁”字。

kai^{33} tɕu^{33} ɕi^{54} ho^{31} me^{24} nəŋ^{24} ho^{31}
见 尽 心 好 妹 们 好
见尽心好妹们好

tshu^{35} tse^{24} thiaŋ^{33} tou^{31} ka^{31} jou^{54} tsou^{31}
拆 字 唱 条 解 忧 愁
拆字唱歌解忧愁

səŋ^{54} tɕhi^{54} jaŋ^{31} lio^{33} zə^{24} ɕo^{31} ɕo^{31}
三 春 杨 柳 叶 垂 垂
三春杨柳叶垂垂

ȵi^{31} ɕi^{54} tse^{33} ɕo^{35} se^{33} jaŋ^{24} vo^{31}
人 生 置 出 是 样 维
人生世上是这般

lau^{35} zə^{24} ji^{54} me^{24} nəŋ^{31} ɕaŋ^{54} fa^{24}
哪 日 与 妹 能 相 会
哪时能与妹相会

thi^{54} hau^{33} fu^{54} fu^{54} pu^{24} ɕo^{24} ha^{54}
春 雨 飞 飞 百 树 开
春雨霏霏百树开

luo^{24} tsa^{33} kuo^{54} ɕi^{54} tshai^{54} vi^{24} tɕaŋ^{31}
立 在 高 山 千 万 丈
立在高山千万丈

ŋue^{24} tsa^{33} thai^{54} pai^{54} tia^{33} ŋau^{33} hau^{31}
月 在 天 边 照 五 湖
月在天边照五湖

ɕaŋ^{24} jou^{33} tse^{31} nai^{31} thai^{54} ta^{24} haŋ^{33}
上 有 几 年 天 大 旱
上下几年天大旱

liaŋ^{31} kuo^{54} ta^{24} ha^{31} ɕo^{31} kuo^{54} vai^{31}
龙 归 大 海 水 归 源
龙回大海水归源

tiaŋ^{54} tɕhou^{54} ŋue^{24} tse^{35} tiŋ^{33} ku^{54} tse^{31}
中 秋 月 节 正 佳 期
中秋月节正佳期

ŋue^{24} fu^{33} çi^{31} ȵi^{31} tau^{24} kau^{54} ɕo^{54}
月 下 行 人 读 古 书
月下行人读古书

se^{24} vai^{33} mə^{33} məŋ^{31} tse^{54} pai^{54} kau^{31}
寺 远 不 闻 支 边 鼓①
寺远不听木鱼鼓

kui^{54} ɕi^{54} faŋ^{54} kai^{33} luo^{31} ɕəŋ^{54} zə^{31}
更 深 方 见 斗 星 移
更深方见斗星移

la^{54} ɕa^{31} ɕi^{33} sai^{54} luo^{31} tɕo^{33} fa^{24}
多 少 神 仙 来 聚 会
多少神仙来聚会

---

① 支边鼓：敲木鱼（的声音）。

vu^{24} pəŋ^{31} sai^{54} nio^{33} fa^{24} tiaŋ^{54} tɕhou^{54}
曰　逢　仙　女　会　中　秋
欲逢仙女会中秋

tse^{31} se^{31} lu^{24} luo^{31} tou^{31} vai^{31} təŋ^{24}
几　时　达　到　桃　园　洞
几时踱到桃源洞

təŋ^{31} ji^{35} sai^{54} ȵi^{31} fu^{33} ɕaŋ^{33} tse^{31}
同　与　仙　人　下　象　棋
同与仙人下象棋

lau^{35} se^{31} nəŋ^{31} ji^{54} me^{24} ɕaŋ^{54} fa^{24}
那　时　能　与　妹　相　会
哪时能与妹相会

ji^{54} me^{24} ɕaŋ^{54} fa^{24} haŋ^{54} la^{24} ɕi^{54}
与　妹　相　会　欢　乐　心
与妹相会欢乐心

九、上大人分离信歌

题解：唱“上大人”等二十五字藏头诗歌，预备分离，结束对歌。

ɕaŋ^{24} tse^{24} po^{31} po^{35} luo^{24} lio^{31} haŋ^{31}
上 字 把 笔 泪 流 含
上字把笔泪涟涟

tiaŋ^{31} se^{31} pəŋ^{54} luo^{31} tshe^{33} taŋ^{33} tɕaŋ^{31}
讲 起 分 离 气 断 肠
讲起分离气断肠

ta^{24} tsəi^{31} liaŋ^{33} ku^{54} nai^{31} fəŋ^{24} tshai^{31}
大 齐 两 家 年 份 浅
我们两家缘分浅

lau^{24} ɕo^{31} ji^{54} vai^{31} mə^{33} ɕou^{31} thai^{54}
露 水 姻 缘 不 守 天
露水姻缘只一时

ȵi^{31} tɕəŋ^{31} ȵe^{24} tɕi^{33} nəŋ^{31} ɕu^{31} ɕe^{33}
人 情 义 重 能 写 信
人情义重能写信

tia^{33} me^{24} fa^{31} ku^{54} nai^{24} ȵi^{31} tɕəŋ^{31}
叫 妹 回 家 念 人 情
望妹回家相思念

thiou^{54} tse^{24} se^{54} tɕəŋ^{31} həŋ^{24} mə^{33} tɕe^{33}
抽 字 思 情 佷 不 尽
抽字思情情不尽

həŋ^{24} mə^{33} tɕe^{33} se^{31} tshe^{33} mə^{33} vai^{31}
佷 不 尽 时 气 不 完
情不尽时意难平

ze^{35} tse^{24} tshau^{54} ɕo^{54} fəŋ^{54} fə^{33} me^{24}
乙 字 初 书 吩 咐 妹
乙字初书吩咐妹

fa^{31} ku^{54} ɕaŋ^{31} se^{31} mə^{33} fi^{31} ɕi^{54}
回 家 想 起 不 烦 心
回家想起莫忧心

tse^{31} se^{33} ji^{54} me^{24} no^{24} mə^{33} tiou^{31}
只 是 与 妹 日 不 久
只恨与妹会不久

zə^{35} no^{24} mə^{33} kuo^{33} tɕou^{24} pəŋ^{54} luo^{31}
一 天 不 过 就 分 离
一天不过就分离

fu^{24} tse^{33} tsho^{31} mau^{24} ji^{54} saŋ^{54} ɕuəi^{35}
化 字 草 木 因 霜 雪
化字草木压霜雪

təŋ^{31} jou^{31} la^{24} zə^{24} paŋ^{33} tɕhou^{54} pəŋ^{54}
桐 油 落 叶 伴 秋 风
梧桐落叶伴秋风

səŋ^{54} se^{33} ji^{54} vai^{31} tsai^{31} ɕi^{54} tɕhəŋ^{31}

三 世 姻 缘 前 生 请

三世姻缘前世定

tsai^{31} ɕi^{54} ji^{54} me^{24} mo^{33} ji^{54} vai^{31}

前 生 与 妹 没 姻 缘

前世与妹没姻缘

tshai^{54} tse^{24} ɕu^{31} luo^{31} tsa^{33} tse^{31} ɕaŋ^{24}

千 字 写 来 在 纸 上

千字写来在纸上

tse^{24} tse^{24} təi^{31} luo^{31} kai^{33} ɕaŋ^{54} ɕi^{54}

字 字 提 来 见 伤 心

字字提来见伤心

tsho^{35} niai^{31} pa^{35} tiaŋ^{31} fəŋ^{54} fə^{33} me^{24}

七 言 八 讲 吩 咐 妹

千言万语吩咐妹

vaŋ^{24} me^{24} mə^{33} kua^{33} la^{33} nəŋ^{31} saŋ^{54}

望 妹 不 怪 俫 男 双

望妹不要怪我们

se^{24} ŋue^{24} nai^{31} nai^{31} hou^{33} tse^{54} fa^{24}

十 月 年 年 有 机 会

此日年年有机会

miŋ^{31} nai^{31} ta^{24} tse^{31} luai^{33} kuo^{54} luo^{31}

明 年 大 齐 转 归 来

明年大家转回来

se^{33} tse^{24} lu^{35} çe^{31} ɕaŋ^{54} ɕi^{54} lau^{24}
士 字 得 行 相 心 路
士字得行伤心路

la^{33} jou^{24} mə^{33} ho^{31} tsau^{31} me^{24} nəŋ^{31}
俫 也 不 好 阻 妹 们
我也不好阻妹们

le^{33} tse^{24} ɕou^{31} tou^{31} həŋ^{24} mə^{33} tɕe^{33}
尔 字 手 头 捧 不 尽
尔字手头不放弃

mo^{33} lu^{35} ji^{54} vai^{31} na^{24} mə^{33} fə^{31}
没 有 姻 缘 奈 不 何
只是无缘没奈何

ɕa^{31} tso^{31} ju^{24} se^{33} mə^{33} ɕai^{31} la^{33}
小 姐 若 是 不 嫌 俫
小姐若是不嫌我

tɕiəŋ^{24} jou^{33} ɕaŋ^{54} fa^{24} vo^{31} kø^{54} tɕəŋ^{31}
定 有 相 会 围 歌 情
定能相会再对歌

hou^{31} vu^{24} mə^{33} ɕai^{31} ɕi^{54} ju^{24} lua^{33}
口 曰 不 嫌 心 也 对
口说不嫌心也实

zə^{35} tɕəŋ^{24} ta^{24} tsəi^{31} vo^{31} lu^{35} ɕəŋ^{31}
一 定 大 齐 围 得 成
大家一定围得成

ɕi^{54} ɕəŋ^{31} me^{24} se^{33} hou^{33} tse^{24} vai^{24}

生 成 妹 是 有 自 愿

料想妹是有意愿

liaŋ^{33} tɕəŋ^{31} ɕaŋ^{54} vai^{24} ho^{31} vo^{31} tɕəŋ^{31}

两 情 相 愿 好 维 情

两厢情愿好对歌

pa^{35} tse^{24} ɕou^{54} ɕo^{54} fəŋ^{54} fə^{33} me^{24}

八 字 修 书 吩 咐 妹

八字修书吩咐妹

vai^{24} mə^{33} vai^{24} se^{33} jou^{31} me^{24} nəŋ^{31}

愿 不 愿 是 由 妹 们

愿不愿是由妹们

tiou^{31} tsha^{33} zə^{31} vai^{31} pəŋ^{54} ɕi^{33} tɕu^{33}

韭 菜 移 园 分 散 种

韭菜移园分散种

me^{24} ju^{24} zə^{35} tɕəŋ^{24} ȵi^{24} la^{35} thu^{54}

妹 也 一 定 要 落 他

妹也一定要嫁人

tse^{31} se^{31} luai^{33} çuo^{54} tsa^{33} nio^{33} jaŋ^{24}

几 时 转 归 做 女 样

几时转回做女样

lau^{35} tsəŋ^{31} luai^{33} çuo^{54} ɕa^{31} tso^{31} se^{31}

那 从 转 归 小 姐 时

如何转回小姐时

ku^{54} ȵi^{31} haŋ^{31} nio^{33} ɕaŋ^{31} mə^{33} luo^{33}
佳 人 红 女 想 不 到
佳人闺女难得到

ji^{54} vo^{24} tsai^{31} se^{33} mo^{33} ji^{54} vai^{31}
因 为 前 世 没 姻 缘
因为前世无姻缘

tsou^{35} tai^{31} tse^{33} pho^{33} nai^{31} kaŋ^{54} haŋ^{33}
作 田 只 怕 年 光 旱
种田只怕年景旱

ɕa^{31} nai^{31} tɕou^{24} ɕi^{31} pəŋ^{54} luo^{31} tsou^{31}
少 年 就 怕 分 离 愁
少年就怕分离愁

ji^{31} ȵe^{24} thai^{54} tou^{31} ɕu^{31} ɕi^{33} luo^{33}
仁 义 天 头 写 信 到
仁义天头写信到

ɕu^{31} lu^{35} ŋi^{33} luo^{24} so^{33} ɕo^{31} lio^{31}
写 得 眼 泪 四 垂 流
写得眼泪双双流

kho^{31} ɕu^{35} ji^{54} me^{24} no^{24} mə^{33} tiou^{31}
可 惜 与 妹 日 不 久
可惜与妹处不久

ȵi^{31} ɕi^{54} mə^{33} fə^{31} liaŋ^{33} pəŋ^{54} luo^{31}
人 心 不 合 两 分 离
人心不合两分离

luo^{54} luo^{54} me^{24} nəŋ^{31} vai^{24} ɕaŋ^{33} hou^{33}
知 道 妹 们 爱 上 有
知道妹们心已许

la^{33} ju^{24} mə^{33} ho^{31} tɕaŋ^{31} tiou^{31} niaŋ^{31}
俫 也 不 好 强 求 娘
我也不好强求人

le^{33} ŋi^{24} ta^{24} tsəi^{31} nəŋ^{31} tiaŋ^{31} tiou^{33}
礼 义 大 齐 能 讲 句
礼义大家能说到

jou^{33} zə^{35} jou^{33} no^{24} liaŋ^{33} pəŋ^{54} luo^{31}
有 一 有 二 两 分 离
有一有二两分离

ju^{24} se^{33} pəŋ^{31} fu^{24} tiaŋ^{31} ɕo^{35} tɕhəŋ^{33}
也 是 本 话 讲 出 听
也是实话讲出来

se^{24} tsa^{33} ɕai^{31} nəŋ^{31} tɕou^{24} pəŋ^{54} luo^{31}
实 在 嫌 男 就 分 离
实在嫌我就分离

ɕaŋ^{24} tse^{24} lu^{35} tsa^{33} kuo^{54} kaŋ^{54} vo^{24}
上 字 得 坐 高 官 位
上字得坐高官位

ta^{24} tse^{24} tia^{35} tɕha^{33} ha^{31} liaŋ^{31} məŋ^{31}
大 字 脚 跳 海 龙 门
大字脚跳海龙门

ȵi^{31} tse^{24} ja^{54} tiaŋ^{54} pəŋ^{31} və^{31} sau^{33}
人 字 腰 中 本 无 数
人字腰中本无数

thiou^{54} tse^{24} tai^{31} tiaŋ^{54} jaŋ^{33} se^{33} kui^{54}
抽 字 田 中 养 世 间
丘字田中养世间

zə^{35} tse^{24} luo^{31} tɕi^{54} faŋ^{54} lio^{31} tsa^{33}
乙 字 来 争 风 流 做
乙字来争风流做

tse^{31} tse^{24} ɕi^{54} tia^{35} ɕaŋ^{33} ɕi^{54} li^{31}
己 字 山 脚 上 山 林
己字山脚上山林

fu^{33} tse^{33} luo^{31} se^{31} ləŋ^{54} tiŋ^{54} hau^{33}
化 字 来 时 东 京 去
化字来时去东京

səŋ^{54} tse^{24} vai^{31} luo^{31} kəŋ^{54} jou^{33} miŋ^{31}
三 字 原 来 公 有 名
三字原来有公名

tshai^{54} tse^{24} tse^{33} lu^{35} tshai^{54} nai^{31} se^{24}
千 字 治 得 千 年 事
千字治得千年事

tsho^{35} tse^{24} vai^{31} luo^{31} mə^{33} zə^{24} jai^{31}
七 字 原 来 不 吃 盐
七字原来不吃盐

se^{24} tse^{24} ka^{54} tou^{31} tsa^{33} ma^{33} ma^{24}

十 字 街 头 做 买 卖

十字街头做买卖

se^{33} tse^{24} haŋ^{31} tshu^{54} ɕi^{31} fu^{33} ȵi^{31}

士 字 皇 车 省 下 人

士字皇车省下人

le^{33} tse^{24} ŋi^{31} tsai^{31} tɕhəŋ^{33} khuai^{33} tɕu^{35}

尔 字 银 钱 听 劝 積

尔字银钱听劝积

ɕa^{31} tse^{24} vai^{31} se^{31} tau^{24} tha^{33} piŋ^{31}

小 字 原 是 度 太 平

小字原是度太平

ɕi^{54} tse^{24} ɕi^{54} lu^{35} zə^{33} vai^{31} luo^{24}

生 字 生 得 如 员 立

生字生得如员立

pa^{35} tse^{24} ŋa^{31} məi^{31} liaŋ^{33} pai^{54} pa^{31}

八 字 鹅 眉 两 边 排

八字鹅眉两边排

tiou^{31} tse^{24} vai^{31} luo^{31} hou^{33} tiou^{31} tɕhio^{33}

九 字 原 来 有 九 旭

九字原来有九旭

tse^{31} tse^{24} vo^{24} pai^{54} jaŋ^{33} ta^{24} ɕi^{54}

子 字 为 边 养 大 身

子字为边养大身

ku^{54} tse^{24} ka^{54} tou^{31} tɕu^{33} lau^{24} kuo^{33}
佳 字 街 头 借 路 过
佳字街头借路过

tsou^{35} tse^{24} mə^{33} luo^{31} tɕou^{31} te^{33} məŋ^{31}
作 字 不 离 酒 帝 门
作字不离酒帝门

ji^{31} tse^{24} vai^{31} se^{33} hau^{33} tɕhəŋ^{31} fu^{35}
仁 字 原 是 去 请 客
仁字原是去请客

kho^{31} tse^{24} vai^{31} se^{33} ku^{54} luo^{31} kha^{31}
可 字 原 是 家 里 穷
可字原是家里穷

kho^{31} luo^{54} le^{33} ju^{33} təŋ^{31} vo^{24} tsa^{33}
可 知 礼 也 同 位 坐
可知礼也同位坐

səŋ^{33} tsa^{33} kuo^{54} kaŋ^{54} ɕaŋ^{24} ta^{24} n̥i^{31}
送 在 高 官 上 大 人
送在高官上大人

十、上大人倒歌

题解：唱二十五字倒序藏头诗歌。

ju^{33} tse^{24} jou^{24} pai^{54} thai^{54} saŋ^{54} lai^{31}
也 字 右 边 添 三 点①
也字右边添三点

zə^{35} tse^{31} taŋ^{31} ɕo^{31} lio^{24} tɕhəŋ^{54} tɕhəŋ^{54}
一 池 塘 水 绿 清 清
一池塘水绿清清

ləi^{33} tse^{24} tɕo^{31} le^{33} thai^{54} tse^{31} tse^{24}
礼 字 除 礻 添 子 字②
礼字除示添子字

khaŋ^{31} tse^{31} tɕi^{54} zə^{24} ɕaŋ^{33} kø^{54} tɕəŋ^{31}
孔 子 今 日 上 歌 庭
孔子今日上歌庭

luo^{54} tse^{24} tia^{35} fu^{33} thai^{54} zə^{24} tse^{24}
知 字 脚 下 添 日 字③
知字脚下添日字

① 自此以下两句折“池”字。
② 自此以下两句折“孔”字。
③ 自此以下两句折“智”字。

tse^{33} tse^{31} fi^{31} kui^{54} se^{33} ɕaŋ^{24} ȵi^{31}
智 者 凡 间 世 上 人
智者世上非凡人

kho^{31} tse^{24} tsa^{33} pai^{54} thai^{54} səŋ^{33} lai^{31}
可 字 左 边 添 三 点①
可字左边添三点

haŋ^{31} ha^{54} tse^{31} lio^{35} luai^{33} təŋ^{31} tiŋ^{31}
黄 河 几 曲 转 同 程
黄河几曲转同程

ji^{33} tse^{24} tau^{33} tiaŋ^{54} tɕa^{24} zə^{35} tsa^{31}
仁 字 肚 中 着 一 才②
仁字肚中缺一才

tsa^{33} thio^{31} faŋ^{54} tsa^{31} və^{31} tau^{24} ɕo^{54}
左 且 方 才 无 读 书
左性正因少读书

tsou^{35} tse^{24} tɕo^{31} ȵe^{31} thai^{54} ɕi^{54} tse^{24}
作 字 除 亻 添 心 字③
作字除亻添心字

tsəŋ^{54} jo^{33} aŋ^{54} pa^{31} luo^{31} thiaŋ^{33} kø^{54}
怎 夜 安 排 来 唱 歌
怎想安排夜唱歌

① 自此以下两句折“河”字。
② 自此以下两句折“左”字。
③ 自此以下两句折“怎”字。

ku^{54} tse^{24} fu^{33} la^{54} tɕa^{24} tshua^{33} vai^{33}
佳 字 下 多 着 退 远①
佳字下无须退远

nəŋ^{31} pu^{35} ɕi^{54} tou^{31} thai^{54} kai^{33} ȵi^{31}
南 北 山 头 天 觅 人
南北山头天外人

tse^{31} tse^{24} tsa^{33} pai^{54} thai^{54} nio^{33} tse^{24}
子 字 左 边 添 女 子②
子字左边添女子

ho^{31} ȵi^{31} mu^{33} lu^{35} luo^{31} vo^{24} tshe^{54}
好 人 没 得 来 为 妻
好人没得来为妻

tiou^{31} tse^{24} ja^{54} ɕaŋ^{24} thai^{54} liaŋ^{33} lai^{31}
九 字 腰 上 添 两 点③
九字腰上添两点

liou^{31} luo^{31} mu^{33} vai^{24} vaŋ^{24} kaŋ^{54} miŋ^{31}
琉 璃 瓦 愿 望 光 明
琉璃瓦下望光明

pa^{35} tse^{24} tia^{35} fu^{33} thai^{54} luo^{54} tse^{24}
八 字 脚 下 添 刀 字④
八字脚下添刀字

---

① 自此以下两句以“佳”字减笔折“人”字。
② 自此以下两句折“好”字。
③ 自此以下两句折“瓦”字。
④ 自此以下两句折“分”字。

fəŋ^{54} miŋ^{31} ȵi^{24} thiaŋ^{33} ɕaŋ^{24} ta^{24} ȵi^{31}
分 明 要 唱 上 大 人
分明要唱上大人

ɕi^{54} tse^{24} tou^{31} ɕaŋ^{24} thai^{54} zə^{24} tse^{24}
生 字 头 上 添 日 字①
生字头上添日字

ɕəŋ^{54} ɕe^{31} kuo^{54} tia^{33} ɕo^{35} ɕaŋ^{54} çe^{31}
星 辰 高 照 出 乡 行
星辰高照出乡行

ɕa^{31} tse^{24} tia^{35} fu^{33} thai^{54} zə^{35} phe^{35}
小 字 脚 下 添 一 丿
小字脚下添一撇

ɕa^{33} nai^{31} mə^{33} ɕaŋ^{33} tau^{24} ɕo^{54} ȵi^{31}
少 年 不 上 读 书 人
少年歌不上教科书

le^{33} tse^{24} tsa^{33} pai^{54} thai^{54} ȵi^{31} tse^{24}
尔 字 左 边 添 亻 字②
尔字左边添单人

ŋu^{33} tse^{33} kuo^{54} me^{24} hø^{31} tshəŋ^{54} miŋ^{31}
你 这 贵 妹 好 聪 明
你这贵妹好聪明

① 自此以下两句折“星”字。
② 自此以下两句折“你”字。

thau^{31} tse^{24} tia^{35} fu^{33} thai^{54} ɕi^{54} tse^{24}
土 字 脚 下 添 心 字①
士字脚下添心字

tse^{33} kaŋ^{31} tsa^{31} kuo^{54} tɕha^{33} liaŋ^{31} məŋ^{31}
志 广 才 高 跳 龙 门
志广才高跳龙门

se^{24} tse^{24} tou^{31} ɕaŋ^{24} thai^{54} zə^{35} phe^{35}
十 字 头 上 添 一 丿②
十字头上添一撇

tshai^{54} se^{54} vi^{24} ɕaŋ^{31} luo^{31} thiaŋ^{33} kø^{54}
千 思 万 想 来 唱 歌
千思万想来唱歌

tsho^{35} tse^{24} tou^{31} ɕaŋ^{24} thai^{54} pu^{24} tse^{24}
七 字 头 上 添 白 字③
七字头上添白字

tso^{33} pu^{24} fəŋ^{54} miŋ^{31} se^{33} ɕaŋ^{24} ȵi^{31}
皂 白 分 明 世 上 人
皂白分明世上人

tshai^{54} tse^{24} tia^{35} fu^{33} thai^{54} pu^{35} tse^{24}
千 字 脚 下 添 北 字④
千字两腰添北字

① 自此以下两句折“志”字。
② 自此以下两句折“千”字。
③ 自此以下两句折“皂”字。
④ 自此以下两句折“乖”字。

vai^{33} vai^{33} khaŋ^{33} niaŋ^{31} ɕi^{54} lu^{35} kua^{54}
远 远 看 娘 生 得 乖
远远看妹美且乖

səŋ^{54} tse^{24} tiaŋ^{54} jaŋ^{54} tse^{33} zə^{35} vu^{35}
三 字 中 央 直 一 画①
三字中央竖一画

vaŋ^{31} tse^{24} lai^{31} tou^{31} tsa^{33} tio^{31} ȵi^{31}
王 字 点 头 做 主 人
王字点头做主人

fu^{24} tse^{33} tou^{31} ɕaŋ^{24} thai^{54} tsho^{31} tse^{24}
化 字 头 上 添 艹 字②
化字头上添草头

zə^{35} na^{31} ɕuai^{54} fu^{54} maŋ^{33} ɕo^{24} haŋ^{31}
一 朵 鲜 花 满 树 红
一朵鲜花满树红

tse^{33} tse^{24} tsa^{33} pai^{54} thai^{54} jou^{33} tse^{24}
已 字 左 边 添 酉 字③
已字左边添酉字

ɕa^{33} nai^{31} luo^{31} phe^{33} ɕa^{33} nai^{31} ȵi^{31}
少 年 来 配 少 年 人
少年来配少年人

---

① 自此以下两句析“主”字。
② 自此以下两句析“花”字。
③ 自此以下两句析“配”字。

zə^{35} tse^{24} tsa^{33} pai^{54} thai^{54} tse^{31} tse^{24}
乙 字 左 边 添 子 字
乙字左边添子字

khaŋ^{31} tse^{31} tse^{33} lu^{35} vo^{24} vəŋ^{31} tiaŋ^{54}
孔 子 置 得 为 文 章
孔子制得好文章

thiou^{54} tse^{24} tia^{35} fu^{33} thai^{54} pa^{35} tse^{24}
丘 字 脚 下 添 八 字①
丘字脚下添八字

piŋ^{54} jaŋ^{31} hau^{33} sa^{35} tiaŋ^{31} tsou^{24} ȵi^{31}
兵 勇 去 杀 强 盗 人
兵勇去杀盗匪人

ȵi^{31} tse^{24} tiŋ^{31} ɕaŋ^{24} thai^{54} liaŋ^{33} lai^{31}
人 字 颈 上 添 两 点
人字颈上添两点

pai^{33} ɕəŋ^{31} fə^{31} tse^{24} hau^{33} ɕa^{54} ɕi^{54}
变 成 火 字 去 烧 山
变成火字去烧山

ta^{24} tse^{24} tou^{31} ɕaŋ^{24} thai^{54} ɕa^{31} tse^{24}
大 字 头 上 添 小 字②
大字头上添小字

tsai^{54} ɕu^{24} ɕou^{33} ɕi^{54} liaŋ^{33} tɕa^{31} liaŋ^{31}
尖 石 秀 山 两 条 龙
尖山秀山两条龙

① 自此以下两句拆“兵”字。
② 自此以下两句拆“尖”字。

se^{24} tse^{24} tia^{33} fu^{33} thai^{54} tiou^{33} tse^{24}
十 字 脚 下 添 具 字
十字脚下添具字

tɕi^{54} tse^{35} vai^{24} thiaŋ^{33} ɕaŋ^{24} ta^{24} ȵi^{31}
真 直 爱 唱 上 大 人
真正爱唱上大人

ɕaŋ^{24} ta^{24} ȵi^{31} kø^{54} tɕu^{33} thiaŋ^{33} ɕo^{35}
上 大 人 歌 尽 唱 出
上大人歌尽唱出

tɕhio^{33} me^{24} lou^{54} nəŋ^{31} mə^{33} lou^{54} nəŋ^{31}
看 妹 逗 男 不 逗 男
看妹同我不同我

ɕou^{33} tsa^{31} ɕəŋ^{31} kaŋ^{54} tiou^{33} ha^{54} ɕo^{24}
秀 才 成 官 教 开 学①
秀才成官做训导

ha^{54} ɕo^{24} tiou^{31} kaŋ^{54} jou^{33} lau^{24} luo^{31}
开 学 求 官 有 路 来
训导求官有途径

luo^{33} lau^{24} jou^{33} kaŋ^{54} thaŋ^{54} tu^{24} luo^{33}
来 路 有 官 通 达 理
仕途为官通达理

luo^{33} tu^{24} thaŋ^{33} kaŋ^{54} ɕəŋ^{31} ɕou^{24} tsa^{31}
理 达 通 官 成 秀 才
通达事理真英才

---

① 教开学：指秀才先做训导或教谕等小官。

luo^{24} tsa^{33} kuo^{54} ɕi^{54} tshai^{54} vi^{24} tɕaŋ^{33}
立 在 高 山 千 万 丈
立在高山千万丈

ŋue^{24} tia^{33} səi^{54} thai^{54} tiŋ^{33} ŋau^{33} hau^{31}
月 照 西 天 正 五 阴
月照西天镀白银

ŋue^{24} tsa^{33} səi^{54} thai^{54} no^{35} lia^{33} no^{35}
月 照 西 天 日 了 日
月照西天一夜夜

tse^{54} no^{54} kø^{54} tɕəŋ^{31} kuo^{33} lia^{33} tiaŋ^{54}
今 天 歌 庭 过 了 江
今天歌庭超了时

tsa^{33} tsa^{33} mə^{33} luo^{54} kø^{54} ho^{31} thiaŋ^{33}
坐 坐 不 知 歌 好 唱
坐坐不知歌好唱

ȵi^{31} luo^{54} faŋ^{54} luo^{54} ɕø^{54} ləi^{31} tsai^{31}
人 知 方 知 歌 值 钱
人老方知歌值钱

ɕø^{54} tou^{31} ləi^{31} tsai^{31} thiaŋ^{33} jou^{33} tiou^{31}
歌 子 值 钱 唱 悠 久
歌儿值钱唱悠久

ŋau^{33} ŋue^{24} tɕu^{33} tia^{31} ju^{33} mə^{33} tou^{31}
五 月 种 茄 也 不 迟
五月种茄也不迟

ŋau^{33} ŋue^{24} tɕu^{33} tia^{31} liou^{24} ŋue^{33} tse^{35}
五　月　种　茄　六　月　结
五月种茄六月结

tsho^{35} ŋue^{24} tɕhou^{54} tia^{31} ɕou^{54} lia^{33} vai^{31}
七　月　秋　茄　收　了　园
七月秋茄收获了

ɕou^{54} lia^{33} tia^{31} vai^{31} həŋ^{24} ɕi^{54} kha^{31}
收　了　茄　园　惜　辛　苦
收了茄园知辛苦

ɕa^{33} nai^{31} kuo^{33} lia^{33} həŋ^{24} kø^{54} ɕəŋ^{54}
少　年　过　了　惜　歌　声
少年过了惜歌声

ɕa^{33} nai^{31} kuo^{33} lia^{33} kø^{54} ɕəŋ^{54} tsa^{33}
少　年　过　了　歌　声　在
少年过了歌声在

luo^{33} tɕi^{54} khua^{35} te^{54} mo^{33} tou^{31} tau^{31}
老　针　缺　了　无　用　途
老针缺了无用途

mo^{33} jou^{35} tou^{31} ta^{31} ȵi^{24} səi^{33} sai^{33}
没　有　用　途　要　细　线
老针无法穿细线

haŋ^{31} thau^{31} kaŋ^{54} tou^{31} tsho^{31} tɕhi^{54} tɕhou^{54}
黄　土　岗　头　草　春　秋
黄土岗头草逢秋

tsho^{31} tsu^{31} tɕhi^{54} tɕhou^{54} paŋ^{33} ju^{24} fə^{31}
草 子 春 秋 放 夜 火
草儿春老放夜火

paŋ^{33} fa^{35} ju^{24} fə^{31} lu^{35} hau^{54} tɕa^{31}
放 开 夜 火 得 枯 柴
夜火烧尽寻枯柴

lu^{35} tɕi^{31} hau^{54} tɕa^{31} mə^{33} tsaŋ^{24} ɕou^{31}
得 尽 枯 柴 不 撞 手
寻尽枯柴柴不见

kuo^{33} lia^{33} tou^{31} tɕhi^{54} mə^{33} tsaŋ^{24} niaŋ^{31}
过 了 头 春 不 撞 娘
过了头春妹不逢

məŋ^{24} niaŋ^{31} au^{35} luo^{35} jou^{33} tɕi^{31} se^{24}
问 娘 屋 里 有 急 事
是否家里有急事

se^{33} mə^{33} ku^{54} luo^{31} tsa^{35} saŋ^{54} tɕhi^{54}
是 否 家 里 种 双 春
料想家中忙种春

saŋ^{54} tsa^{35} saŋ^{54} tɕhi^{54} jou^{33} no^{24} tse^{31}
双 种 双 春 有 日 子
忙种三春有日子

tɕhuai^{54} luo^{31} pəŋ^{31} niaŋ^{31} ŋi^{33} tsai^{31} fu^{54}
专 来 逢 娘 眼 前 花
专来逢妹趁花开

tɕhuai^{54} luo^{31} pəŋ^{31} niaŋ^{31} se^{24} tsho^{35} pa^{35}

专 到 逢 娘 十 七 八

一心爱妹十七八

khaŋ^{31} the^{31} ɕəŋ^{31} ku^{54} mə^{33} ɕəŋ^{31} ku^{54}

管 他 成 家 不 成 家

管他成家不成家

ɕəŋ^{31} ku^{54} la^{24} hau^{33} tsho^{54} ɕi^{54} ta^{24}

成 家 落 雨 操 心 大

成家下雨操心大

ku^{35} tou^{31} luo^{31} ɕo^{31} ɕou^{31} təi^{31} kuo^{54}

肩 膀 挑 水 手 提 篮

肩膀挑水手提篮

ɕou^{31} təi^{31} fu^{54} kuo^{54} kuo^{33} li^{31} təŋ^{24}

手 提 花 篮 过 林 洞

手提花篮过林垌

ku^{35} tou^{31} luo^{31} ɕo^{31} kuo^{33} li^{31} tia^{31}

肩 膀 挑 水 过 林 桥

手提花篮过林桥

ta^{24} pəŋ^{54} thio^{54} luo^{33} li^{31} tia^{31} fu^{33}

大 风 吹 入 林 桥 下

大风吹入林桥下

ɕou^{31} pi^{54} tia^{31} mau^{24} vai^{33} ju^{31} niaŋ^{31}

手 掰 桥 木 怨 爷 娘

手抓桥木怨爷娘

zə^{35} vai^{33} jo^{31} niaŋ^{31} phe^{35} tshu^{33} la^{33}
一 怨 爷 娘 配 错 倈
一怨爷娘配错我

no^{24} vai^{33} sai^{54} ɕi^{54} saŋ^{33} tshu^{33} nəŋ^{31}
二 怨 先 生 算 错 男
二怨先生算错我

sai^{54} ɕi^{54} ta^{31} tou^{31} pu^{31} po^{35} ɕuo^{31}
先 生 桌 头 把 笔 写
先生桌头把笔写

jo^{31} niaŋ^{31} ta^{31} mo^{33} tiaŋ^{31} nai^{31} ɕi^{54}
爷 娘 桌 尾 讲 年 生
爷娘桌尾讲年生

nai^{31} kui^{54} la^{24} no^{24} ləŋ^{33} ɕaŋ^{54} le^{31}
年 庚 落 入 凳 箱 底
年庚落入箱笼底

tsai^{31} la^{54} tsai^{31} ɕa^{31} ɕo^{24} mə^{33} kuo^{54}
钱 多 钱 少 赎 不 归
钱多钱少赎不回

vu^{24} se^{33} luo^{31} tsai^{31} ȵi^{31} nəŋ^{54} ɕo^{24}
若 是 拿 钱 人 给 赎
若是拿钱赎回人

tɕəŋ^{31} mai^{24} tɕu^{33} tsai^{31} ɕo^{24} kuo^{54} luo^{31}
情 愿 借 钱 赎 归 来
我愿凑钱赎回来

ɕo^{24} kuo^{54} nai^{31} ki^{54} təi^{24} kuo^{33} thio^{33}
赎 归 年 庚 找 过 去
赎回年庚另找过

ɕo^{24} kuo^{54} nai^{31} ki^{54} tɕiŋ^{54} pəi^{24} ȵi^{31}
赎 归 年 庚 定 别 人
赎回年庚定别人

pəi^{24} tɕhio^{33} piou^{35} vai^{31} jou^{33} ho^{31} ɕue^{31}
别 处 竹 园 有 好 笋
别处竹园有好笋

pəi^{24} tɕhio^{33} tɕhun^{54} tiaŋ^{54} jou^{33} ho^{31} niaŋ^{31}
别 处 村 中 有 好 娘
别处村中有好妹

ju^{24} jou^{33} ho^{31} ɕue^{31} mə^{33} kuo^{33} mo^{33}
也 有 好 笋 不 过 尾
也有好笋不过尾

ju^{24} jou^{33} ho^{31} niaŋ^{31} mə^{33} ɕo^{35} ɕaŋ^{54}
也 有 好 娘 不 出 乡
也有好妹不出乡

niaŋ^{31} mə^{33} ɕo^{35} ɕaŋ^{54} tau^{31} vo^{31} kuo^{33}
娘 不 出 乡 才 为 贵
妹不出乡才为贵

fə^{31} tou^{31} ɕa^{54} ɕi^{54} to^{24} tau^{31} fo^{31}
火 子 烧 山 地 才 肥
野火烧山地才肥

fə^{31} tse^{31} ɕa^{54} ɕi^{54} ɕa^{54} fo^{35} piou^{35}
火 子 烧 山 烧 亏 竹
野火烧山烧尽竹

ɕaŋ³¹ ɕaŋ³¹ kho⁵⁴ piou³⁵ mə³³ kho⁵⁴ ɕi⁵⁴
常 常 亏 竹 不 亏 山
常常亏竹不亏山

kho⁵⁴ tɕu³³ ɕu²⁴ tou³¹ ləi³¹ tɕu³³ fə³¹
亏 尽 石 头 抵 尽 火
亏石顽强抵住火

kho⁵⁴ tɕu³³ piou³⁵ mau²⁴ tau³¹ tou³¹ tɕhi⁵⁴
亏 尽 竹 木 独 头 春
亏竹茂盛只一春

piou³⁵ zə³³ la²⁴ tso³¹ piou³⁵ kəŋ⁵⁴ tia³⁵
竹 叶 落 拢 竹 根 脚
竹叶落在竹根脚

tse³¹ se³³ luai³³ kuo⁵⁴ ɕo²⁴ tou³¹ tɕhəŋ⁵⁴
几 时 转 回 树 头 青
哪曾转回枝头青

luai³³ kuo⁵⁴ ɕo²⁴ tɕhəŋ⁵⁴ ɕo²⁴ ɕaŋ²⁴ tsa³³
转 归 树 青 树 上 在
转回青青枝上在

zə³⁵ tɕiu²⁴ ŋue²⁴ liaŋ³¹ no²⁴ tɕiu²⁴ pəŋ⁵⁴
一 阵 月 亮 二 阵 风
一时月亮二阵风

pəŋ⁵⁴ thio⁵⁴ ŋue²⁴ tia³³ ȵi³¹ mə³³ luo²⁴
风 吹 月 照 人 不 老
风吹月照人不老

tse^{31} se^{33} tsho^{54} ɕi^{54} tsho^{54} luo^{33} ȵi^{31}
只 是 操 心 操 老 人
只是操心操老人

tsho^{54} ɕi^{54} ju^{24} ȵi^{33} kø^{54} luo^{33} ka^{31}
操 心 也 要 歌 来 解
操心就要歌来解

haŋ^{31} tɕi^{54} ju^{24} ȵi^{31} fə^{35} luo^{31} ɕaŋ^{54}
黄 金 也 要 福 来 相
黄金也要有福人

haŋ^{31} tɕi^{54} a^{33} la^{54} mə^{33} a^{33} ɕa^{31}
黄 金 爱 多 不 爱 少
黄金爱多不爱少

ɕa^{33} nai^{31} tse^{31} vai^{24} liaŋ^{33} tou^{31} kø^{54}
少 年 只 愿 两 条 歌
少年只爱唱支歌

kho^{31} ɕu^{35} nəŋ^{54} luo^{31} tɕi^{54} kho^{31} ɕu^{35}
可 惜 给 来 真 可 惜
可惜说来真可惜

pu^{24} məi^{33} ɕaŋ^{54} tse^{54} kho^{31} səi^{35} li^{31}
白 米 喂 鸡 可 惜 怜
白米喂鸡叹可惜

pu^{24} məi^{33} ɕaŋ^{54} tse^{54} luo^{35} tsəi^{35} luo^{35}
白 米 喂 鸡 粒 接 粒
白米喂鸡粒接粒

jaŋ^{31} tsu^{31} kuo^{33} tia^{31} tou^{31} tse^{35} tou^{31}
羊 子 过 桥 头 接 头
羊儿过桥只接只

tiaŋ^{54} jaŋ^{54} jou^{33} tou^{31} to^{24} no^{24} ɕo^{31}
中 间 有 头 掉 进 水
中间有头掉入水

ɕo^{31} tou^{31} nua^{33} nua^{33} vaŋ^{24} me^{24} lau^{31}
水 子 楺 楺 望 妹 捞
水儿淋漓望妹捞

vaŋ^{24} me^{24} lau^{31} ɕaŋ^{33} ɕu^{54} tiou^{54} ɕaŋ^{24}
望 妹 捞 上 砂 滩 上
望妹捞上沙滩上

lau^{31} ɕaŋ^{33} ɕu^{54} tiou^{54} tia^{33} ŋue^{24} liaŋ^{31}
捞 上 砂 滩 照 月 亮
捞上沙滩照月亮

ŋue^{24} liaŋ^{31} tia^{33} lu^{35} jaŋ^{31} mo^{31} çe^{31}
月 亮 照 得 羊 毛 干
月亮照得羊毛干

tia^{33} çe^{31} jaŋ^{31} mo^{31} po^{33} niaŋ^{31} əŋ^{54}
照 干 羊 毛 报 娘 恩
照干羊毛报妹恩

tia^{33} ŋu^{33} po^{33} əŋ^{54} po^{33} mə^{33} lu^{35}
叫 我 报 恩 报 不 得
叫我报恩报不得

hi^{33} ŋu^{33} maŋ^{31} tɕaŋ^{31} tɕou^{24} mə^{33} maŋ^{31}
喊 我 忘 情 就 不 忘
让我忘情就不忘

tiaŋ^{31} faŋ^{54} ji^{54} vo^{24} maŋ^{31} tɕəŋ^{31} se^{31}
讲 方 因 为 忘 情 起
讲方因为忘恩故

ji^{54} vo^{24} maŋ^{31} tɕəŋ^{31} lua^{31} piu^{35} pai^{54}
因 为 忘 情 雷 劈 边
因为忘恩雷劈碎

tsa^{33} pai^{54} piu^{35} ɕəŋ^{31} tou^{24} fə^{33} luo^{35}
左 边 劈 成 豆 腐 个
左边劈成烂豆腐

jou^{24} pai^{54} piu^{35} ɕəŋ^{31} tse^{54} pa^{35} sai^{54}
右 边 劈 成 枝 八 先
右边劈成八片竹

me^{24} vu^{33} mə^{33} ɕi^{33} ji^{33} hau^{33} lio^{35}
妹 曰 不 信 引 去 看
妹说不信引去看

piu^{35} te^{54} tou^{31} tɕhuai^{54} ta^{24} lau^{24} pai^{54}
劈 了 桃 川① 大 路 边
劈了桃川大路边

---

① 明清时期永明县有二所，即桃川所、枇杷所。相传过去桃川所（在湖南省江永县）东城门路口有牌坊，后遭雷劈毁坏。

十一、李白仙人出世皮歌

题解：皮歌是问答歌中问的部分，与谜语的谜面类似。当地多求仙问道得以飞升的故事，此歌敬称李白为仙人，讲述他的身世来源。

lau^{35} tse^{24} lai^{31} ɕi^{54} luo^{54} ɕo^{35} ɕe^{31}
那 字 连 山 知 出 省
哪字连山知出省

lau^{35} tse^{24} ɕo^{35} tso^{31} luo^{54} luo^{31} ji^{54}
那 字 出 早 知 来 音
哪字出早知来因

məŋ^{24} ŋi^{33} luo^{33} pu^{24} fə^{31} tɕhio^{33} ɕo^{35}
问 你 李 白 何 处 出
问你李白何处出

luo^{33} po^{24} vai^{31} se^{33} fə^{31} tɕhio^{33} ȵi^{31}
李 白 原 是 何 处 人
李白原是何处人

mo^{33} tia^{31} haŋ^{31} te^{33} ɕou^{31} ɕaŋ^{24} ɕo^{35}
某 朝 皇 帝 手 上 出
某朝皇帝手上出

ɕou^{35} tsa^{33} mo^{33} tiou^{54} mo^{33} vai^{24} ȵi^{31}
生 在 某 州 某 县 人
生在某州某县人

nian^{31} se^{33} fə^{31} ɕəŋ^{33} ji^{54} fə^{31} miŋ^{31}
娘 是 何 姓 与 何 名
娘是何姓与何名

ji^{54} fə^{31} la^{24} tsa^{33} mo^{33} ȵi^{31} ku^{54}
因 何 落 在 某 人 家
为何落在某人家

la^{24} tsa^{33} mo^{33} tse^{24} vo^{24} ɕa^{31} pe^{33}
落 在 什 字 为 小 婢
落在什字为小婢

vo^{24} fə^{31} mo^{33} se^{24} luo^{33} tiaŋ^{54} pai^{54}
为 何 么 事 到 江 边
为什么事到江边

tiaŋ^{54} pai^{54} fə^{31} və^{35} tɕa^{33} ɕaŋ^{33} ŋaŋ^{24}
江 边 何 物 跳 上 岸
江边何物跳上岸

tɕaŋ^{54} luo^{31} təi^{31} se^{31} fa^{31} kuo^{54} ku^{54}
将 来 提 起 回 归 家
拿来提起就回家

kuo^{54} ku^{54} tɕou^{24} luo^{31} thu^{54} tio^{31} zə^{24}
归 家 就 来 偷 煮 吃
回家就来偷煮吃

ŋau^{24} luo^{31} fa^{31} liu^{24} tɕou^{24} ɕaŋ^{33} ɕi^{54}
误 来 怀 孕 就 上 身
误来怀孕就有胎

fa^{31} liu^{24} ɕaŋ^{33} ɕi^{54} tse^{31} khou^{33} ŋue^{35}
怀 孕 上 身 几 个 月
怀孕有身几个月

lau^{35} se^{31} ɕi^{54} fu^{33} luo^{33} po^{24} ȵi^{31}
那 时 生 下 李 白 人
哪时生下李白仙

tiaŋ^{31} tie^{24} nai^{31} ləŋ^{54} hou^{33} tse^{31} ɕuəi^{33}
长 大 年 登 有 几 岁
长大年庚有几岁

niai^{31} se^{54} tsou^{35} lua^{33} no^{24} tia^{31} məŋ^{31}
吟 诗 作 对 入 朝 门
吟诗作对入朝门

hau^{33} luo^{33} tia^{31} tiaŋ^{54} se^{31} ɕou^{24} se^{33}
去 到 朝 中 起 学 试
去到朝中要入试

thia^{31} po^{24} fə^{33} ȵi^{31} li^{31} tia^{31} məŋ^{31}
却 被 何 人 拦 朝 门
却被何人拦朝门

te^{31} tiaŋ^{31} fə^{31} tɕhio^{33} mə^{33} tɕu^{31} tiaŋ^{33}
他 说 何 处 不 举 帐①
他说何处不考试

① 举帐：这里指设置考场。

kaŋ^{31} tɕua^{33} luo^{33} po^{24} mə^{33} laŋ^{54} ȵi^{31}
赶 退 李 白 不 当 人
赶退李白不当人

tɕaŋ^{54} luo^{31} su^{33} ɕo^{54} tɕhou^{33} zə^{35} pəŋ^{31}
将 给 什 书 奏 一 本
将把什书奏一本

vəŋ^{31} və^{33} pu^{35} ku^{54} tɕu^{33} mə^{33} tshəŋ^{54}
文 武 百 家 尽 不 聪
文武百官尽被责

十二、李白仙人出世骨歌

题解：回答《李白仙人出世皮歌》所问的问题。骨，即里，指谜底或答案。

ɕi^{54} tse^{24} lai^{31} ɕi^{54} luo^{54} ɕo^{35} ɕe^{31}
山 字 连 山 知 出 省
山字连山知出省

nəi^{24} tou^{31} ɕo^{35} tso^{31} luo^{54} luo^{31} ji^{54}
日 头 出 早 知 来 音
太阳出早知原因

luo^{33} po^{24} vai^{31} se^{33} tiŋ^{31} tiou^{54} ɕo^{35}
李 白 原 是 锦 州 出
李白原是锦州出

vai^{31} se^{33} so^{33} tɕhuai^{54} tiŋ^{31} tiou^{54} ȵi^{31}
原 是 四 川 锦 州 人
原是四川锦州人

vai^{31} se^{33} taŋ^{31} tia^{31} ɕou^{31} ɕaŋ^{24} ɕo^{35}
原 是 唐 朝 手 上 出
原是唐朝手上出

ɕi^{54} tsa^{33} luo^{54} tiou^{54} fə^{33} ku^{54} ȵi^{31}
生 在 知 州 贺 家 人
生在知州贺家人

niaŋ^{31} ke^{33} miŋ^{31} se^{33} hi^{33} tɕhi^{54} phe^{54}
娘 的 名 是 唤 春 婢①
娘的名是叫春婢

ji^{54} vo^{24} səi^{31} la^{31} luo^{33} tiaŋ^{54} pai^{54}
因 为 洗 螺 到 江 边
因为到江边洗螺

tiaŋ^{54} pai^{54} luo^{33} ŋau^{31} tɕha^{33} ɕaŋ^{33} kaŋ^{54}
江 边 鲤 鱼 跳 上 岸
江边鲤鱼跳上岸

tɕaŋ^{54} luo^{31} təi^{31} se^{31} fa^{31} ku^{54} kuo^{54}
将 来 提 起 回 家 归
拿来提起就回家

kuo^{54} ku^{54} ŋau^{24} luo^{31} thou^{54} tio^{31} zə^{24}
归 家 误 来 偷 煮 吃
回家腹饥偷煮吃

ŋau^{24} luo^{31} fa^{31} tha^{54} tɕou^{24} ɕaŋ^{33} ɕi^{54}
误 来 怀 胎 就 上 身
误来怀胎就有身

fa^{31} liu^{24} ɕaŋ^{33} ɕi^{54} se^{24} khou^{33} ŋue^{35}
怀 孕 上 身 十 个 月
怀孕有身十个月

tse^{33} nai^{31} tse^{33} se^{31} luo^{33} pu^{24} ȵi^{31}
巳 年 巳 时 李 白 人
巳年巳时李白人

① 此处缺二句。

tiaŋ^{31} tie^{24} nai^{31} faŋ^{54} zə^{35} se^{24} ɕuəi^{33}
长 大 年 方 一 十 岁
长大年方一十岁

niai^{31} se^{54} tsou^{35} lua^{33} no^{24} tia^{31} məŋ^{31}
吟 诗 作 对 入 朝 门
吟诗作对入朝门

hau^{33} luo^{33} tia^{31} tiaŋ^{54} kaŋ^{31} kho^{31} se^{33}
去 到 朝 中 赶 考 试
去到朝中赶考试

jou^{31} pəi^{33} tha^{33} vo^{24} li^{31} tia^{31} məŋ^{31}
又 被 太 尉 拦 朝 门
却被太尉拦朝门

te^{31} ɕo^{31} luo^{33} mai^{24} mə^{33} tɕi^{31} tiaŋ^{33}
他 说 里 面 不 举 帐
他说里面不设场

kaŋ^{31} tɕua^{33} luo^{33} pou^{24} mə^{33} laŋ^{33} ȵi^{31}
赶 退 李 白 不 当 人
赶退李白不当人

tɕaŋ^{54} nəŋ^{54} kuai^{31} se^{33} tɕhou^{33} zə^{35} pəŋ^{31}
将 给 卷 试 奏 一 本
将把卷文奏一本

vəŋ^{31} və^{33} pu^{35} kaŋ^{54} tɕu^{33} mə^{33} tshəŋ^{54}
文 武 百 官 尽 不 聪
文武百官尽被责

十三、十三省出世皮歌

题解：十三省是元明时期中国的地域区划，湖广行省是其中之一，这里主要问的内容是一些民间熟悉的较有特色的城市，如三江汇集中心梧州等。

ɕuai^{33} ɕaŋ^{24} ɕa^{54} kəŋ^{54} məŋ^{24} ɕo^{31} lau^{24}
船 上 稍 公 问 水 路
船上艄公问水路

nəi^{24} tou^{31} ɕo^{35} tso^{31} məŋ^{24} luo^{31} ji^{54}
日 头 出 早 问 来 音
太阳出早问原因

tse^{54} ju^{33} mə^{33} se^{33} məŋ^{24} pəi^{24} se^{24}
今 夜 不 是 问 别 事
今夜不是问别事

thiu^{31} məŋ^{24} se^{24} səŋ^{54} ɕe^{31} tou^{31} kø^{54}
且 问 十 三 省 条 歌
且唱十三省之歌

se^{24} səŋ^{54} ɕe^{31} tou^{31} lau^{35} ɕe^{31} ta^{24}
十 三 省 头 那 省 大
十三省头哪省大

ŋau^{33} hau^{31} so^{33} ha^{31} lau^{35} ha^{31} ɕi^{54}
五 湖 四 海 那 海 深
五湖四海哪海深

lau^{35} tiou^{54} ɕo^{35} lu^{35} tɕi^{54} se^{54} kuo^{31}
那 州 出 得 金 丝 狗
哪州出得金丝狗

lau^{35} tiou^{54} ɕo^{35} lu^{35} ɕo^{31} piu^{54} ɕəŋ^{31}
那 州 出 得 水 抱 城
哪州出得水抱城

thai^{54} ɕaŋ^{24} tse^{31} lie^{31} hou^{33} tse^{31} ku^{35}
天 上 麒 麟 有 几 甲
天上麒麟有几甲

ha^{31} le^{31} luo^{33} ŋau^{31} hou^{33} tse^{31} tɕi^{54}
海 底 鲤 鱼 有 几 斤
海底鲤鱼有几斤

lau^{35} tiou^{54} ɕo^{35} lu^{35} lai^{31} fu^{54} tɕəŋ^{31}
那 州 出 得 莲 花 井
哪州出得莲花井

lau^{35} tiou^{54} ɕo^{35} lu^{35} ɕu^{24} hau^{31} lau^{31}
那 州 出 得 石 葫 芦
哪州出得石葫芦

thai^{54} ɕaŋ^{24} ɕo^{33} ȵi^{31} tse^{33} se^{54} tse^{31}
天 上 谁 人 骑 狮 子
天上何人骑狮子

to^{24} fu^{33} ɕo^{33} ȵi^{31} la^{31} kuo^{54} ɕo^{31}
地 下 谁 人 踏 龟 蛇
地下何人踏龟蛇

ɕo^{33} ȵi^{31} thai^{54} fu^{33} ɕo^{33} ȵi^{31} ta^{24}
谁 人 天 下 谁 人 大
谁知天下谁最大

tɕu^{33} məŋ^{24} thai^{54} fu^{33} ɕo^{33} ȵi^{31} kuo^{54}
借 问 天 下 谁 人 高
借问天下谁最高

hau^{33} luo^{33} kuo^{54} kaŋ^{54} tse^{31} po^{31} mu^{33}
豪 来 戈 上 几 匹 马
葫芦寺前几匹马

thai^{54} ɕaŋ^{24} ɕe^{31} sai^{54} hou^{33} tse^{31} miŋ^{31}
天 上 神 仙 有 几 名
天上神仙有几名

ɕo^{24} ɕaŋ^{24} sai^{54} tou^{31} hou^{33} tse^{31} luo^{35}
树 上 仙 桃 有 几 个
树上仙桃有几个

thai^{54} ɕaŋ^{24} lua^{31} kəŋ^{54} hou^{33} tse^{31} tɕi^{54}
天 上 雷 公 有 几 斤
天上雷公有几斤

lau^{35} tiou^{54} ɕo^{35} lu^{35} tse^{33} jaŋ^{31} ɕo^{24}
那 州 出 得 麒 羊 石
哪州出得麒羊石

lau^{35} tiou^{54} ɕo^{35} lu^{35} tiou^{31} ŋau^{31} tou^{31}
那 州 出 得 九 牛 头
哪州出得九头牛

lau^{35} tiou^{54} tɕo^{24} tsa^{33} səŋ^{54} tiaŋ^{54} ɕo^{31}
那 州 住 在 三 江 水
哪州住在三江水

lau^{35} tiou^{54} tɕo^{24} tsa^{33} ji^{33} ɕi^{54} tɕəŋ^{31}
那 州 住 在 印 山 亭
哪州住在印山亭

lau^{35} ha^{31} ɕo^{35} həŋ^{31} mə^{33} ɕo^{35} təŋ^{33}
那 海 出 咸 不 出 淡
哪海出咸不出淡

lau^{35} tiou^{54} ɕo^{35} tɕi^{54} mə^{33} ɕo^{35} ŋi^{31}
那 州 出 金 不 出 银
哪州出金不出银

təŋ^{24} tɕəŋ^{33} ho^{31} ha^{31} tse^{31} to^{33} vi^{54}
洞 庭 河 海 几 道 湾
洞庭河海几道湾

tse^{31} na^{31} lai^{31} fu^{54} təŋ^{31} təŋ^{24} ɕi^{54}
几 朵 莲 花 同 洞 生
几朵莲花同茎生

ma^{31} ɕu^{24} khəŋ^{54} po^{54} kuo^{54} tse^{31} tɕaŋ^{33}
磨 石 刻 碑 高 几 丈
磨石刊碑高几丈

tha^{33} tse^{31} liaŋ^{31} məŋ^{31} hou^{33} tse^{31} kui^{54}
太 子 龙 门 有 几 间
太子龙门有几间

十四、十三省出世骨歌

题解：回答《十三省出世皮歌》所问的问题。

ɕuai^{31} ɕaŋ^{24} ɕa^{54} kəŋ^{54} luo^{54} ɕo^{31} lau^{24}
船 上 稍 公 知 水 路
船上艄公知水路

nəi^{24} tou^{31} ɕo^{35} tso^{31} luo^{54} luo^{31} ji^{54}
日 头 出 早 知 来 荫①
太阳出早知来荫

tse^{54} jo^{33} mə^{33} se^{33} əŋ^{33} pəi^{24} se^{24}
今 夜 不 是 答 别 事
今夜不是答别事

tɕho^{31} əŋ^{33} se^{24} səŋ^{54} ɕe^{31} tou^{31} kø^{54}
且 答 十 三 省 条 歌
且答十三省之歌

se^{24} səŋ^{54} ɕe^{31} tou^{31} hau^{33} kaŋ^{31} ta^{24}
十 三 省 头 湖 广 大
十三省中湖广大

---

① 来荫：来路树荫。这里用“荫”谐“因”字。

ŋau^{33} hau^{31} so^{33} ha^{31} təŋ^{24} tɕəŋ^{31} ɕi^{54}
五 湖 四 海 洞 庭 深
五湖四海洞庭深

tiaŋ^{54} səi^{54} ɕo^{35} lu^{35} tɕi^{54} se^{54} kuo^{31}
江 西 出 得 金 丝 狗
江西出得金丝狗

to^{33} tiou^{54} ɕo^{35} lu^{35} tɕi^{54} se^{54} nio^{54}
道 州 出 得 金 丝 猫
道州出得金丝猫

pou^{35} tiŋ^{54} ɕo^{35} lu^{35} ji^{33} tɕi^{54} ɕu^{24}
北 京 出 得 引 金 石
北京出得引金石

jaŋ^{31} tsa^{35} ɕo^{35} lu^{35} ɕo^{31} piu^{54} ɕəŋ^{31}
阳 朔 出 得 水 抱 城
阳朔出得水抱城

tiaŋ^{54} səi^{54} ɕo^{35} lu^{35} lai^{31} fu^{54} tɕəŋ^{31}
江 西 出 得 莲 花 井
江西出得莲花井

fə^{33} tɕhuai^{54} ɕo^{35} lu^{35} ɕu^{24} hau^{31} lau^{31}
富 川 出 得 石 葫 芦①
富川出得葫芦山

① 石葫芦：应指金田葫芦形山。山脚过去有葫芦庙，也称关尾寺（此处“关”所指即《唐志》所载古冯乘荔平关，关头在今古立头村边）。寺下即码头桥（砍头桥），寺前有秦修古道，过去古道附近的村庄如月塘、村头岗、深坡街等村互相通婚，人称“姑娘路”。现水库边残存一段，逢枯水期可见。葫芦寺对面银马山、白马山等近十座马鞍形石山连成一条连绵起伏的山脉。

thai^{54} ɕaŋ^{24} vəŋ^{31} ɕo^{54} tse^{33} se^{54} tse^{31}
天 上 文 殊 骑 狮 子
天上文殊骑狮子

to^{24} fu^{33} tɕi^{54} və^{33} na^{31} kuo^{54} ɕu^{31}
地 下 真 武 踩 龟 蛇
地下真武踩龟蛇

ŋu^{33} luo^{54} thai^{54} fu^{33} haŋ^{31} təi^{33} ta^{24}
我 知 天 下 皇 帝 大
我知天下皇帝大

thai^{54} fu^{33} ȵi^{31} ɕi^{54} təi^{24} zə^{35} kuo^{54}
天 下 人 心 第 一 高
天下人心第一高

hau^{33} luo^{33} kuo^{54} ɕaŋ^{54} se^{24} po^{31} mu^{24}
豪 来 戈 上 十 匹 马
葫芦寺前十匹马

thai^{54} ɕaŋ^{24} ɕe^{31} sai^{54} hou^{33} pa^{35} miŋ^{31}
天 上 神 仙 有 八 名
天上神仙有八名

ɕo^{24} ɕaŋ^{24} sai^{54} to^{33} hou^{33} tsho^{54} luo^{54}
树 上 仙 桃 有 七 个
树上仙桃有七个

thai^{54} ɕaŋ^{24} lua^{31} kəŋ^{54} və^{31} tɕhi^{33} tɕhiu^{54}
天 上 雷 公 无 秤 称
天上雷公无秤称

tse^{33} jaŋ^{31} ɕo^{35} lu^{35} tse^{31} jaŋ^{31} ɕu^{24}
祁 阳 出 得 麒 羊 石
祁阳出得麒羊石

to^{24} tiou^{54} ɕo^{35} lu^{35} tiou^{31} ŋau^{31} tou^{31}
道 州 出 得 九 牛 头
道州出得九头牛

ŋau^{31} vo^{35} tɕo^{24} tsa^{33} səŋ^{54} tiaŋ^{54} ɕo^{31}
鱼 凹① 住 在 三 江 水
苍梧住在三江水

piŋ^{31} la^{35} tɕo^{24} tsa^{33} ji^{33} ɕi^{54} tɕəŋ^{31}
平 乐 住 在 印 山 亭
平乐住在印山亭

ləŋ^{54} ha^{31} ɕo^{35} həŋ^{31} mə^{33} ɕo^{35} təŋ^{33}
东 海 出 咸 不 出 淡
东海出咸不出淡

po^{35} ha^{31} ɕo^{35} tɕi^{54} mə^{33} ɕo^{35} ŋi^{31}
北 海 出 金 不 出 银
北海出金不出银

təŋ^{24} tɕəŋ^{31} ho^{31} ha^{31} tiou^{31} to^{33} vi^{54}
洞 庭 河 海 九 道 湾
洞庭河海九道湾

tiou^{31} na^{31} lai^{31} fu^{54} təŋ^{31} təŋ^{24} ɕi^{54}
九 朵 莲 花 同 洞 生
九朵莲花同茎生

① 鱼凹：在柳州三江，现名不详。一说指梧州苍梧县。

ma[31] ɕu[24] khəŋ[54] po[54] kuo[54] səŋ[54] tɕaŋ[33]
磨 石 刻 碑 高 三 丈
磨石刻碑高三丈

tha[33] tse[31] liaŋ[31] məŋ[31] və[31] vi[24] kui[54]
太 子 龙 门 无 万① 间
太子龙门无数间

① 无万：无数，无法计算。

十五、金珠出世皮歌

题解：金珠树是当地以前常见的一种野生植物，春季开花。果实圆如珍珠，先是绿色，成熟后变白色，属名贵的药材。歌词以金珠为开头，引出黄龙抢珠的神话和南京宁王反叛的历史事件。

lau^{35} tiou^{54} hou^{33} lou^{54} tɕi^{54} tiou^{54} ɕo^{24}
那 州 有 蔸 金 珠 树
哪州有棵金珠树

la^{24} tsa^{33} lau^{35} tiou^{54} vo^{24} fə^{31} məŋ^{31}
落 在 那 州 为 府 门
落在哪州为府门

zə^{35} no^{33} la^{24} tiou^{54} tse^{31} pu^{35} luo^{35}
一 日 落 珠 几 百 粒
一日落珠几百粒

tse^{31} tɕa^{31} haŋ^{31} liaŋ^{31} luo^{31} tɕhaŋ^{31} tiou^{54}
几 条 黄 龙 来 抢 珠
几条黄龙来抢珠

tse^{31} tɕa^{31} haŋ^{31} liaŋ^{31} tsa^{33} ha^{31} le^{31}
几 条 黄 龙 在 海 底
几条黄龙在海底

tse^{31} tɕa^{31} haŋ^{31} liaŋ^{31} tsa^{33} ha^{31} tiaŋ^{54}
几 条 黄 龙 在 海 中
几条黄龙在海中

təŋ^{24} tɕ^{31} ho^{33} ha^{31} tse^{31} to^{33} vi^{54}
洞 庭 河 海 几 道 弯
洞庭湖海几道弯

tse^{31} na^{31} lai^{31} fu^{54} təŋ^{31} təŋ^{24} ɕi^{54}
几 朵 莲 花 同 洞 生
几朵莲花茎洞生

təŋ^{31} təŋ^{24} ɕi^{54} fu^{33} hou^{33} tse^{31} na^{31}
同 洞 生 下 有 几 朵
同茎生下有几朵

tha^{33} tse^{31} liaŋ^{31} məŋ^{31} hou^{33} tse^{31} kui^{54}
太 子 龙 房 有 几 间
太子龙房有几间

tha^{33} tse^{31} liaŋ^{31} məŋ^{31} se^{31} lu^{35} ho^{31}
太 子 龙 房 起 得 好
太子龙房起得好

se^{33} nəŋ^{31} tse^{31} la^{31} vai^{24} lau^{35} kui^{54}
是 男 几 兄 愿 那 间
是我兄弟爱那间

lau^{35} tiou^{54} fi^{31} se^{31} lau^{35} tiŋ^{54} tsou^{31}
那 州 反 时 那 京 愁
哪州反时哪京愁

lau^{35} tiŋ^{54} ȵi^{31} se^{31} niou^{24} jaŋ^{31} luo^{31}
那 京 人 起 岳 阳 楼
哪京人建岳阳楼

se^{31} se^{31} jaŋ^{31} luo^{31} tse^{31} tɕaŋ^{33} fə^{35}
起 起 阳 楼 几 丈 阔
建起高楼几丈宽

se^{31} se^{31} jaŋ^{31} luo^{31} tse^{31} tɕaŋ^{33} kuo^{54}
起 起 阳 楼 几 丈 高
岳阳楼高几丈高

luo^{31} tou^{31} tse^{31} lou^{54} tɕi^{54} kaŋ^{54} piou^{35}
楼 头 几 蔸 金 杆 竹
楼头几棵金竿竹

tse^{31} pe^{24} luo^{31} the^{54} kua^{33} luo^{31} tou^{31}
几 步 楼 梯 挂 楼 头
几步楼梯挂楼头

tse^{31} piŋ^{31} tɕi^{54} sa^{31} kua^{33} məŋ^{31} ɕaŋ^{24}
几 把 金 锁 挂 门 上
几把金锁挂门上

tse^{31} tɕhiu^{35} həŋ^{31} se^{54} tiai^{31} tɕo^{33} tou^{31}
几 尺 红 丝 缠 柱 头
几尺红丝缠柱头

tse^{31} ȵi^{54} kaŋ^{54} vai^{31} luo^{31} tiaŋ^{54} fə^{33}
几 个 官 员 来 恭 贺
几个官员来恭贺

ta^{24} paŋ^{31} tou^{31} ɕaŋ^{24} tse^{31} n̥i^{31} miŋ^{31}
大 榜 头 上 几 人 名
大榜头上几人名

tshai^{54} tɕaŋ^{33} kuo^{54} luo^{31} ɕo^{31} n̥i^{31} se^{31}
千 丈 高 楼 谁 人 起
千丈高楼谁建起

vi^{24} tɕaŋ^{33} ɕi^{54} tɕəŋ^{31} ɕo^{33} n̥i^{31} ha^{54}
万 丈 深 井 谁 人 开
万丈深井何人开

se^{33} ɕo^{31} kai^{33} tə^{54} se^{33} ɕo^{31} se^{31}
是 谁 见 了 是 谁 起
是谁看到何人起

se^{33} ɕo^{31} kai^{33} tə^{54} se^{33} ɕo^{31} ha^{54}
是 谁 见 了 是 谁 开
是谁看到何人开

ɕi^{54} ɕi^{54} piou^{35} mau^{24} se^{33} ɕo^{31} tɕu^{33}
深 山 竹 木 是 谁 种
深山竹木是谁种

ha^{54} pai^{54} jaŋ^{31} lio^{33} se^{33} ɕo^{31} tsha^{35}
溪 边 杨 柳 是 谁 插
溪边杨柳是谁栽

se^{33} ɕo^{31} kai^{33} te^{54} se^{33} ɕo^{31} tɕu^{33}
是 谁 见 了 是 谁 种
是谁看到何人种

se^{33} ɕo^{31} kai^{33} te^{54} ɕo^{31} tɕhua^{54} luo^{31}
是 谁 见 了 水 推 来
是谁看到水推来

十六、金珠出世骨歌

题解：回答金珠出世皮歌所问的内容。

kaŋ^{31} se^{54} jou^{33} luo^{54} tɕi^{54} tiou^{54} ɕo^{24}
广 西 有 蔸 金 珠 树
广西有棵金珠树

la^{24} tsa^{33} kaŋ^{31} se^{54} vo^{24} fə^{31} məŋ^{31}
落 在 广 西 为 府 门
落在广西为府门

zə^{35} no^{35} la^{24} tiou^{54} səŋ^{54} pu^{35} luo^{35}
一 日 落 珠 三 百 粒
一日落珠三百粒

səŋ^{54} tɕa^{33} haŋ^{31} liaŋ^{31} luo^{31} tɕhaŋ^{31} tiou^{54}
三 条 黄 龙 来 抢 珠
三条黄龙来抢珠

səŋ^{54} tɕa^{33} haŋ^{31} liaŋ^{31} tsa^{33} ha^{31} le^{31}
三 条 黄 龙 在 海 底
三条黄龙盘海底

so^{33} tɕa^{33} haŋ^{31} liaŋ^{31} tsa^{33} ha^{31} tiaŋ^{54}
四 条 黄 龙 在 海 中
四条黄龙游海中

təŋ^{24} tɕəŋ^{33} hau^{31} ha^{31} tiou^{31} to^{33} vi^{54}
洞 庭 湖 海 九 道 弯
洞庭湖海九道弯

tiou^{31} na^{31} lai^{31} fu^{54} təŋ^{31} təŋ^{24} ɕi^{54}
九 朵 莲 花 同 洞 生
九朵莲花同茎生

təŋ^{31} təŋ^{24} ɕi^{54} fu^{33} hou^{33} tiou^{31} na^{31}
同 洞 生 下 有 九 朵
同茎生下有九朵

tha^{33} tse^{31} liaŋ^{31} məŋ^{31} hou^{33} tiou^{31} kui^{54}
太 子 龙 房 有 九 间
太子龙房有九间

tha^{33} tse^{31} liaŋ^{31} məŋ^{31} se^{31} lu^{35} ho^{31}
太 子 龙 房 起 得 好
太子龙房起得好

se^{33} ŋu^{33} tse^{31} la^{31} vai^{24} tiaŋ^{54} kui^{54}
是 我 几 兄 愿 中 间
是我兄弟爱中间

nəŋ^{31} tiŋ^{54} fi^{31} se^{31} pou^{35} tiŋ^{54} tsou^{31}
南 京 反① 时 北 京 愁
南京反时北京愁

pou^{35} tiŋ^{54} ȵi^{31} se^{31} niou^{24} jaŋ^{31} luo^{31}
北 京② 人 起 岳 阳 楼
湖南人建岳阳楼

① 南京反：指正德年间宁王朱宸濠反。
② 北京：应为湖南。

se^{31} se^{31} jaŋ^{31} luo^{31} tsho^{35} tɕaŋ^{33} fə^{35}
建 起 阳 楼 七 丈 宽
建起高楼宽七丈

se^{31} se^{31} jaŋ^{31} luo^{31} tsho^{35} tɕaŋ^{33} kuo^{54}
建 起 阳 楼 七 丈 高
岳阳楼阁七丈高

luo^{31} tou^{31} tiou^{31} lou^{54} tɕi^{54} kaŋ^{54} piou^{35}
楼 头 九 蔸 金 杆 竹
楼头九棵金竿竹

tiou^{31} pə^{24} luo^{31} thəi^{54} kua^{33} luo^{31} tou^{31}
九 步 楼 梯 挂 楼 头
九步楼梯挂楼头

tiou^{31} piŋ^{31} tɕi^{54} sa^{31} kua^{33} məŋ^{31} ɕaŋ^{24}
九 把 金 锁 挂 门 上
九把金锁挂门上

tiou^{31} tɕhiu^{35} həŋ^{31} se^{54} tiai^{31} tɕo^{33} tou^{31}
九 尺 红 丝 缠 柱 头
九尺红丝缠柱头

tiou^{31} ȵi^{54} kaŋ^{54} vai^{31} luo^{31} tiaŋ^{54} fə^{33}
九 个 官 员 来 恭 贺
九个官员来恭贺

ta^{24} paŋ^{31} tou^{31} ɕaŋ^{24} tiou^{31} ȵi^{31} miŋ^{31}
大 榜 头 上 九 人 名
大榜头上九人名

tshai^{54} tɕaŋ^{33} kuo^{54} luo^{31} təŋ^{31} to^{24} se^{31}
千 丈 高 楼 从 地 起
千丈高楼从地起

vi^{24} tɕaŋ^{33} ɕi^{54} tɕəŋ^{31} to^{24} liaŋ^{31} ha^{54}
万 丈 深 井 地 龙 开
万丈深井神龙开

tɕu^{54} tse^{31} kai^{33} te^{54} luo^{33} pi^{54} se^{31}
君 子 见 了 鲁 班 起
君子看到鲁班起

nəŋ^{31} ɕu^{31} kai^{33} te^{54} to^{24} liaŋ^{31} ha^{54}
南 蛇 见 了 地 龙 开
南蛇看到地龙开

ɕi^{54} ɕi^{54} piou^{35} mau^{24} ɕe^{31} sai^{54} tɕe^{33}
深 山 竹 木 神 仙 种
深山竹木神仙种

ha^{54} pai^{54} jaŋ^{31} lio^{33} ɕo^{31} tɕhua^{54} luo^{31}
溪 边 杨 柳 水 推 来
溪边杨柳水推来

pu^{24} lia^{31} kai^{33} te^{54} ɕe^{31} sai^{54} tɕe^{33}
百 鸟 见 了 神 仙 种
百鸟看到神仙种

luo^{33} ŋau^{31} kai^{33} te^{54} ɕo^{31} tɕhua^{54} luo^{31}
鲤 鱼 见 了 水 推 来
鲤鱼看到水推来

十七、散花歌

题解：在对歌的最后环节所唱，以对应三难四集中的聚会唱词。

zə^{35} ɕi^{33} fu^{54}
一 散 花
一散花

zə^{35} ɕi^{33} ləŋ^{54} pai^{54} mau^{24} ɕi^{54} fu^{54}
一 散 东 方 木 生 花
一散东方木生花

mau^{24} tou^{31} ɕi^{54} fu^{54} na^{31} na^{31} ho^{31}
木 子 生 花 朵 朵 好
树木生花朵朵好

tɕhio^{33} tɕhio^{33} a^{33} tsha^{31} me^{24} nəŋ^{31} fu^{54}
处 处 爱 采 妹 们 花
处处爱采妹家花

mau^{24} fu^{54} tso^{33}
木 花 集
木花集

mau^{24} fu^{54} nai^{31} nai^{31} a^{33} faŋ^{54} lio^{31}
木 花 年 年 爱 风 流
木花年年爱风流

həŋ^{31} fu^{54} pu^{24} fu^{54} ti^{33} va^{24} tɕo^{33}
红 花 白 花 都 会 聚
红花白花都汇聚

tɕo^{33} tsa^{33} ȵi^{31} ki^{54} tie^{24} kuo^{54} luo^{31}
聚 在 人 间 大 高 楼
聚在人间大高楼

tsa^{33} ȵi^{31} sa^{33} po^{33} se^{31} lu^{35} tso^{31}
坐 人 媳 妇 起 得 早
做人媳妇起得早

thai^{54} kaŋ^{54} se^{31} tso^{31} nəi^{24} tou^{31} təi^{31}
天 光 起 早 日 头 提
天亮早起红日迎

no^{24} ɕi^{33} fu^{54}
二 散 花
二散花

no^{24} ɕi^{33} nəŋ^{31} pai^{54} fə^{31} ɕi^{54} fu^{54}
二 散 南 方 火 生 花
二散南方火生花

fə^{31} tou^{31} ɕi^{54} fu^{54} na^{31} na^{31} fa^{31}
火 子 生 花 朵 朵 乖
火子生花朵朵美

ȵi^{54} ȵi^{54} a^{33} tsha^{35} me^{24} nəŋ^{31} fu^{54}
个 个 爱 采 妹 们 花
个个爱采妹家花

fə^{31} fu^{54} tso^{31}
火 花 集
火花集

fə^{31} fu^{54} nai^{31} nai^{31} tsa^{33} phiu^{54} jio^{31}
火 花 年 年 再 抛 榴
火花年年再生发

fə^{31} fu^{54} nai^{31} nai^{31} ti^{33} va^{24} tɕo^{33}
火 花 年 年 都 会 聚
火花年年都汇聚

tɕo^{33} tsa^{33} ȵi^{31} ku^{54} lau^{31} tso^{33} tou^{31}
聚 在 人 家 炉 灶 头
聚在人家炉灶头

tsa^{33} ȵi^{31} sa^{33} po^{33} se^{31} lu^{35} tso^{31}
做 人 媳 妇 起 得 早
做人媳妇起得早

thai^{54} kaŋ^{54} se^{31} tso^{31} maŋ^{31} tso^{33} tou^{31}
天 光 起 早 忙 灶 头
天亮早起忙灶头

səŋ^{54} ɕi^{33} fu^{54}
三 散 花
三散花

səŋ^{54} ɕi^{33} səi^{54} pai^{54} tɕi^{54} ɕi^{54} fu^{54}
三 散 西 方 金 生 花
三散西方金生花

tɕi^{54} tse^{31} ɕi^{54} fu^{54} na^{31} na^{31} kua^{54}
金 子 生 花 朵 朵 乖
金子生花朵朵艳

ȵi^{54} ȵi^{54} ti^{33} vo^{24} ləi^{31} tsai^{31} fu^{54}
个 个 都 曰 值 钱 花
个个都说值钱花

tɕi^{54} fu^{54} tso^{31}
金 花 集
金花集

tɕi^{54} fu^{54} nai^{31} nai^{31} a^{33} faŋ^{54} lio^{31}
金 花 年 年 爱 风 流
金花年年爱风流

tɕi^{54} fu^{54} nai^{31} nai^{31} ti^{33} va^{24} tɕo^{33}
金 花 年 年 都 会 聚
金花年年都汇聚

tɕo^{33} tsa^{33} ȵi^{31} ku^{54} məi^{33} kaŋ^{54} tou^{31}
聚 在 人 家 米 缸 头
聚在人家米缸头

tsa^{33} ȵi^{31} sa^{33} po^{33} se^{31} lu^{35} tso^{31}
做 人 媳 妇 起 得 早
做人媳妇起得早

thai^{54} kaŋ^{54} se^{31} tso^{31} məi^{33} ɕi^{53} liaŋ^{31}
天 光 起 早 米 升 量
天亮早起量升米

so^{33} ɕi^{33} fu^{54}
四 散 花
四散花

so^{33} ɕi^{33} pou^{35} faŋ^{54} ɕo^{31} ɕi^{54} fu^{54}
四 散 北 方 水 生 花
四散北方水生花

ɕo^{31} tse^{31} ɕi^{54} fu^{54} na^{31} na^{31} kua^{54}
水 子 生 花 朵 朵 乖
水子生花朵朵鲜

tɕhio^{33} tɕhio^{33} ti^{33} ȵi^{24} ɕo^{31} ɕi^{54} fu^{54}
处 处 都 要 水 生 花
处处都要水生花

ɕo^{31} fu^{54} tso^{33}
水 花 集
水花集

ɕo^{31} fu^{54} ȵi^{24} a^{33} hau^{33} ɕo^{31} vai^{31}
水 花 要 爱 雨 水 圆
水花最爱雨水圆

ɕo^{31} fu^{54} nai^{31} nai^{31} ti^{33} va^{24} tɕo^{33}
水 花 年 年 都 会 聚
水花年年都汇聚

tɕo^{33} tsa^{33} ȵi^{31} ku^{54} ɕo^{31} kaŋ^{54} tou^{31}
聚 在 人 家 水 缸 头
聚在人家水缸头

tsa^{33} ȵi^{31} sa^{33} po^{33} se^{31} lu^{35} tso^{31}
做 人 媳 妇 起 得 早
做人媳妇起得早

thai^{54} kaŋ^{54} se^{31} tso^{31} khaŋ^{31} ɕo^{31} kuo^{54}
天 光 起 早 挑 水 归
天亮早起挑水回

ŋau^{33} ɕi^{33} fu^{54}
五 散 花
五散花

ŋau^{33} ɕi^{33} tiaŋ^{54} jaŋ^{54} thau^{31} ɕi^{54} fu^{54}
五 散 中 央 土 生 花
五散中央土生花

thau^{31} tou^{31} ɕi^{54} fu^{54} na^{31} na^{31} kua^{54}
土 子 生 花 朵 朵 乖
土子生花朵朵丽

tɕhio^{33} tɕhio^{33} ȵi^{24} thau^{31} luo^{31} tɕu^{33} fu^{54}
处 处 要 土 来 种 花
处处要土来种花

thau^{31} fu^{54} tso^{33}
土 花 集
土花集

thau^{31} fu^{54} nai^{31} nai^{31} a^{33} faŋ^{54} lio^{31}
土 花 年 年 爱 风 流
土花年年爱风流

thau^{31} fu^{54} nai^{31} nai^{31} ti^{33} va^{24} tɕo^{33}
土 花 年 年 都 会 聚
土花年年都汇聚

tɕo^{33} tsa^{33} ȵi^{31} ku^{54} tɕhəŋ^{33} au^{35} tou^{31}
聚 在 人 家 堂 屋 头
聚在人家堂屋头

tsa^{33} ȵi^{31} sa^{33} po^{33} se^{31} lu^{35} tso^{31}
坐 人 媳 妇 起 得 早
做人媳妇起得早

thai^{54} kaŋ^{54} se^{31} tso^{31} so^{33} au^{35} maŋ^{31}
天 光 起 早 扫 屋 忙
天亮早起忙扫屋

ŋau^{33} haŋ^{31} sua^{24} miŋ^{24} te^{33} fu^{54} tɕe^{31}
五 行 属 命 的 花 种
五行属命的花种

su^{35} lu^{35} ȵi^{31} ki^{54} phai^{33} to^{24} ha^{54}
撒 得 人 间 遍 地 开
撒得人间遍地开

ŋau^{33} haŋ^{31} fu^{54} tɕe^{31} ɕəŋ^{31} pu^{35} ɕəŋ^{33}
五 行 花 种 成 百 姓
五行花种成百姓

pu^{35} ɕəŋ^{33} fə^{33} kuo^{33} kuəi^{35} fə^{33} tiaŋ^{31}
百 姓 富 贵 国 富 强
百姓富贵国富强

tɕe^{31} tɕe^{31} fu^{54} tɕe^{31} ti^{33} ha^{54} ho^{31}
种 种 花 类 都 开 好
种种花类都开好

pu35 fu54 tsəi31 ha54 ɕou33 to24 tio31
百 花 齐 开 绣 地 球
百花齐开绣地球

ɕou33 lu35 to24 tio31 ku54 tiŋ31 ɕou33
修 得 地 球 披 锦 绣
装点地球披锦绣

ȵi31 kui54 haŋ54 la24 phai54 to24 kø54
人 间 欢 乐 遍 地 歌
人间欢乐遍地歌

ŋau33 faŋ54 ŋau33 lau24 ti33 su35 kuo33
五 方 五 路 都 撒 过
五方五路都撒过

ɕou54 se31 kø54 pəŋ31 lio31 fu33 fa31
收 起 歌 本 留 下 回
收起歌本留下回

ȵi54 ȵi54 ti33 se33 luo54 ɕi54 ləŋ31
个 个 都 是 知 心 胆
个个都是知心胆

kuo35 vo24 kø54 se54 tse24 fa31 ku54
各 位 歌 师 自 回 家
各位歌师自回家

pəi24 tɕhio33 luo54 luo35 hau33 tse54 fa24
别 处 知 道 有 机 会
别处知道有机会

lau^{35} ȵi^{54} məŋ^{31} səŋ^{54} ti^{33} kau^{33} luo^{54}
那 个 闻 声 都 告 知
哪个闻声都告知

ta^{24} tsəi^{31} pa^{35} paŋ^{33} ȵi^{54} ȵi^{54} hau^{33}
大 齐 邀 伴 人 人 去
大家邀伴一起去

ȵi^{31} la^{54} na^{24} ne^{24} tau^{31} ləi^{31} tsai^{31}
人 多 闹 热 才 值 钱
人多热闹才值钱

pəi^{24} tou^{31} hi^{31} niai^{31} mə^{33} la^{54} tiaŋ^{31}
别 的 行 言 不 多 讲
别的闲言不多讲

ta^{24} tsəi^{31} tse^{33} tɕo^{24} liaŋ^{33} pəŋ^{54} luo^{31}
大 齐 自 就 两 分 离
大家径直两分离

ȵi^{54} ȵi^{54} pəŋ^{54} luo^{31} tse^{33} tɕou^{24} hau^{33}
人 人 分 离 自 就 去
人人分离径直去

kou^{35} ȵi^{31} tse^{24} tɕou^{24} tso^{31} fa^{31} ku^{54}
各 人 自 就 早 回 家
各人径直早回家

十八、拆寨歌

题解：散花后还可唱《拆寨歌》，以金木水火土五行对应各个方位的寨楼，再现当地多次拆楼倒寨的历史。此歌后，对歌集会宣告结束。

sai^{54} tsai^{31} kø^{54} se^{54} luo^{24} kø^{54} tsa^{24}
先 前 歌 师 立 歌 寨
先前歌师立歌寨

zə^{31} tɕi^{54} jou^{33} tɕi^{54} luo^{31} tsa^{24} ȵi^{31}
如 今 有 今 倒 寨 人
如今却有拆寨人

luo^{31} lia^{33} ləŋ^{54} faŋ^{54} mau^{24} ȵi^{31} tsa^{24}
倒 了 东 方 木 人 寨
倒了东方木人寨

tshu^{35} lia^{33} ləŋ^{54} faŋ^{54} mau^{24} ȵi^{31} luo^{31}
拆 了 东 方 木 人 楼
拆了东方木人楼

ɕaŋ^{24} mai^{24} tshu^{35} lia^{33} liou^{31} luo^{31} mo^{33}
上 面 拆 掉 流 离 瓦
上面拆掉琉璃瓦

fu^{33} mai^{24} tshu^{35} lia^{33} fə^{31} tɕuai^{54} tɕaŋ^{31}
下 面 拆 了 火 砖 墙
下面拆了火砖墙

tshu^{35} lia^{33} luo^{31} luo^{31} luo^{31} lia^{33} tsa^{24}
拆 了 楼 来 倒 了 寨
拆了楼来倒了寨

tshu^{35} luo^{31} luo^{31} tsa^{24} luo^{33} nəŋ^{31} faŋ^{54}
拆 楼 倒 寨 到 南 方
拆楼倒寨到南方

nəŋ^{31} faŋ^{54} luo^{31} lia^{33} fə^{31} ȵi^{31} tsa^{24}
南 方 倒 了 火 人 寨
南方倒了火人寨

tshu^{35} lia^{33} nəŋ^{31} faŋ^{54} fə^{31} ȵi^{31} luo^{31}
拆 了 南 方 火 人 楼
拆了南方火人楼

ɕaŋ^{24} mai^{24} tshu^{35} lia^{33} lio^{31} luo^{31} mo^{33}
上 面 拆 了 流 离 瓦
上面拆了琉璃瓦

fu^{33} mai^{24} tshu^{35} lia^{33} fə^{31} tɕuai^{54} tɕaŋ^{31}
下 面 拆 了 火 砖 墙
下面拆了火砖墙

tshu^{35} lia^{33} luo^{31} luo^{31} luo^{31} lia^{33} tsa^{24}
拆 了 楼 来 倒 了 寨
拆了楼来倒了寨

tshu^{35} luo^{31} luo^{31} tsa^{24} luo^{33} səi^{54} faŋ^{54}
拆 楼 倒 寨 到 西 方
拆楼倒寨到城西

səi^{54} faŋ^{54} tshu^{35} lia^{33} tɕi^{54} ȵi^{31} tsa^{24}
西 方 拆 了 金 人 寨
城西拆了金人寨

luo^{31} lia^{33} səi^{54} faŋ^{54} tɕi^{54} ȵi^{31} luo^{31}
倒 了 西 方 金 人 楼
倒了城西金人楼

ɕaŋ^{24} mai^{24} tshu^{35} lia^{33} liou^{31} luo^{31} mo^{33}
上 面 拆 了 流 离 瓦
上面拆了琉璃瓦

fu^{33} mai^{24} tshu^{35} lia^{33} fə^{31} tɕuai^{54} tɕaŋ^{31}
下 面 拆 了 火 砖 墙
下面拆了火砖墙

tshu^{35} lia^{33} luo^{31} luo^{31} luo^{31} lia^{33} tsa^{24}
拆 了 楼 来 倒 了 寨
拆了楼来倒了寨

tshu^{35} luo^{31} luo^{31} tsa^{24} luo^{33} pu^{35} faŋ^{54}
拆 楼 倒 寨 到 北 方
拆楼倒寨到城北

pu^{35} faŋ^{54} tshu^{35} lia^{33} ɕo^{31} ȵi^{31} tsa^{24}
北 方 拆 了 水 人 寨
城北拆了水人寨

luo^{31} lia^{33} pu^{35} faŋ^{35} ɕo^{31} ȵi^{31} luo^{31}
倒 了 北 方 水 人 楼
倒了城北水人楼

ɕaŋ^{24} mai^{24} tshu^{35} lia^{33} liou^{31} luo^{31} mo^{33}
上 面 拆 了 流 离 瓦
上面拆了琉璃瓦

fu^{33} mai^{24} tshu^{35} lia^{33} fə^{31} tɕuai^{54} tɕaŋ^{31}
下 面 拆 了 火 砖 墙
下面拆了火砖墙

tshu^{35} lia^{33} luo^{31} luo^{31} luo^{31} lia^{33} tsa^{24}
拆 了 楼 来 倒 了 寨
拆了楼来倒了寨

tshu^{35} luo^{31} luo^{31} tsa^{24} luo^{33} tiaŋ^{54} jaŋ^{54}
拆 楼 倒 寨 到 中 央
拆楼倒寨到城中

tiaŋ^{54} jaŋ^{54} tshu^{35} lia^{33} thau^{31} ȵi^{31} tsa^{24}
中 央 拆 了 土 人 寨
城中拆了土人寨

luo^{31} lia^{33} tiaŋ^{54} jaŋ^{54} thau^{31} ȵi^{31} luo^{31}
倒 了 中 央 土 人 楼
倒了城中土人楼

ɕaŋ^{24} mai^{24} tshu^{35} lia^{33} liou^{31} luo^{31} mo^{33}
上 面 拆 了 流 离 瓦
上面拆了琉璃瓦

fu^{33} mai^{24} tshu^{35} lia^{33} fə^{31} tɕuai^{54} tɕaŋ^{31}
下 面 拆 了 火 砖 墙
下面拆了火砖墙

tshu^{35} lia^{33} luo^{31} luo^{31} luo^{31} lia^{33} tsa^{24}
拆 了 楼 来 倒 了 寨
拆了楼来倒了寨

tshu^{35} luo^{31} luo^{31} tsa^{24} saŋ^{33} zə^{35} tiaŋ^{31}
拆 楼 倒 寨 算 一 坊
拆楼倒寨成一坊

ləŋ^{54} nəŋ^{31} səi^{54} pu^{35} ti^{33} tshu^{35} lia^{33}
东 南 西 北 都 拆 了
东南西北都拆了

tɕhəŋ^{31} ɕou^{54} kø^{54} pəŋ^{31} hau^{33} pəi^{24} faŋ^{54}
请 收 歌 本 去 别 方
请收歌本去别方

ŋau^{33} faŋ^{54} tshu^{35} lia^{33} ŋau^{33} ȵi^{54} tsa^{24}
五 方 拆 掉 五 个 寨
五方拆掉五个寨

ŋau^{33} faŋ^{54} piŋ^{54} mo^{33} hau^{33} pəi^{24} faŋ^{54}
五 方 兵 马 去 别 方
五方兵马去别方

ŋau^{33} faŋ^{54} ŋau^{33} la^{24} ti^{33} tshu^{35} lia^{33}
五 方 五 路 都 拆 了
五方五路都拆了

ɕou^{54} se^{31} kø^{54} pəŋ^{31} hau^{33} pəi^{24} faŋ^{54}
收 起 歌 本 去 别 方
收起歌本去别方

mən^{24} paŋ^{33} lau^{35} faŋ^{54} luo^{33} mə^{33} luo^{33}
问 伴 那 方 到 不 到
问伴哪方到不到

tai^{31} ɕi^{54} tai^{31} se^{24} luo^{33} lia^{33} luo^{31}
填 真 填 实 到 了 来
真真实实到了来

tai^{31} ɕi^{54} tai^{31} se^{24} liŋ^{33} luo^{33} tɕi^{54}
填 真 填 实 领 到 今
填真填实填到今

tɕaŋ^{54} tia^{31} luo^{31} lia^{33} ŋau^{33} ta^{31} ɕi^{54}
将 他 倒 在 五 台 山
将它堆作五台山

ȵi^{54} ȵi^{54} ti^{33} se^{33} luo^{54} ɕi^{54} paŋ^{33}
人 人 都 是 知 心 伴
人人都是知心伴

kuo^{24} ȵi^{54} kø^{54} se^{54} tse^{24} fa^{31} ku^{54}
各 位 歌 师 自 回 家
各位歌师自回家

pəi^{24} tɕhio^{33} luo^{54} luo^{35} hau^{33} tse^{54} fa^{24}
别 处 知 道 有 机 会
别处歌堂有机会

lau^{35} ȵi^{54} mən^{31} sən^{54} ti^{33} kau^{33} luo^{54}
那 个 闻 声 都 告 知
哪个听说都告知

ta^{24} $tsəi^{31}$ pa^{35} $paŋ^{35}$ $ȵi^{54}$ $ȵi^{54}$ hau^{33}
大　齐　邀　伴　个　个　去
大家邀伴个个去

$ȵi^{31}$ la^{54} na^{24} ne^{24} tau^{33} ho^{31} vo^{31}
人　多　闹　热　才　好　维
人多热闹才好唱

$pəi^{24}$ tho^{33} hi^{31} $niai^{31}$ $mə^{33}$ la^{54} $tiaŋ^{31}$
别　套　行　言　不　多　讲
别套闲言不多讲

ta^{24} $tsəi^{31}$ tse^{33} $tɕou^{24}$ $liaŋ^{33}$ $pəŋ^{54}$ luo^{31}
大　齐　自　就　两　分　离
大家径直两分离

十九、开酒筵歌、垂桌歌

题解：男方或女方邀大家进亲戚家吃饭，喝一段时间酒后就唱《开酒筵歌》《垂桌歌》。

tɕou^{33} tɕou^{33} kun^{31} kun^{31} kun^{31} tɕou^{33} tɕou^{33}
绸 绸 滚 滚 滚 绸 绸
绸绸滚滚滚绸绸

ɕuəi^{35} lu^{35} tɕou^{31} luo^{31} li^{31} te^{54} tou^{31}
喝 得 酒 来 顶 了 头
喝得酒来歌声断

li^{31} te^{54} su^{54} tou^{31} tse^{33} ɕaŋ^{24} te^{24}
顶 断 纱 头 机 上 找
断了纱头机上找

li^{31} te^{54} kø^{54} ɕəŋ^{54} ləŋ^{24} təi^{24} tou^{31}
顶 断 歌 声 另 找 条
断了歌声再起头

liŋ^{24} təi^{24} zə^{35} tou^{31} ləŋ^{24} va^{24} thiaŋ^{33}
另 找 一 头 另 外 唱
另外起头另外唱

liŋ^{24} təi^{24} zə^{35} tou^{31} ɕou^{24} thiaŋ^{33} kø^{54}
另 找 一 头 学 唱 歌
另外起头学唱歌

pou^{31} na^{31} fa^{24} tiaŋ^{33} tsəi^{31} ɕaŋ^{54} ȵe^{24}
打 锣 会 众 齐 商 议
打锣会众齐商议

su^{31} ŋau^{31} lua^{33} tio^{33} səi^{33} ɕaŋ^{54} liaŋ^{31}
蛇 鱼 对 嘴 细 商 量
黄鳝对嘴细商量

ta^{24} ɕaŋ^{54} liaŋ^{31} se^{33} səi^{33} ɕaŋ^{54} ȵe^{24}
大 商 量 时 小 商 议
大商量兼细商议

se^{33} mə^{33} ɕaŋ^{54} ȵe^{24} təi^{24} kuo^{33} haŋ^{31}
是 否 商 议 找 过 行
是否商议找过行

ɕuəi^{35} tɕou^{31} ji^{33} tiai^{54} ɕuəi^{35} lu^{35} tiou^{31}
喝 酒 已 经 喝 得 久
喝酒已经喝得久

ŋu^{33} nəŋ^{31} ɕuəi^{35} te^{54} maŋ^{33} jai^{31} tiaŋ^{54}
我 们 喝 了 满 筵 中
我们喝了满筵席

tɕou^{31} jai^{31} kø^{54} ɕəŋ^{54} mu^{33} se^{31} ɕo^{31}
酒 筵 歌 声 没 起 首
酒筵歌声没起头

tɕou^{31} jai^{31} kø^{54} tiaŋ^{54} mu^{33} təi^{31} tou^{31}
酒 筵 歌 中 没 提 头
酒筵歌中没提醒

ɕuəi^{35} tɕou^{31} ju^{24} jou^{33} tɕou^{31} ke^{33} le^{33}

喝 酒 应 有 酒 的 礼

喝酒应有酒的礼

ko^{54} la^{33} tse^{31} la^{31} mə^{33} luo^{54} tɕəŋ^{31}

亏 我 几 兄 不 知 情

亏我兄弟不知情

kuo^{33} ku^{54} kuo^{54} tsa^{31} piu^{54} haŋ^{31} la^{33}

贵 家 高 才 包 涵 我

贵家高才包涵我

ku^{35} piu^{35} li^{31} ɕo^{33} piu^{54} haŋ^{31} nəŋ^{31}

隔 壁 邻 舍 包 涵 男

隔壁邻舍包涵我

la^{33} nəŋ^{31} se^{24} le^{33} va^{33} mə^{33} tɕo^{24}

俫 男 失 礼 对 不 住

我们失礼对不住

tse^{31} vaŋ^{24} ȵi^{54} ȵi^{54} vo^{24} piu^{54} haŋ^{31}

指 望 人 人 为 包 涵

希望人人来包涵

na^{31} sa^{35} luo^{33} ŋau^{31} nəi^{31} lu^{35} ou^{33}

踩 死 鲤 鱼 泥 里 欧

踩死鲤鱼泥里埋

mə^{33} nəŋ^{54} tha^{35} ɕo^{35} so^{33} li^{31} luo^{54}

不 给 踢 出 四 邻 知

不给说出四邻知

so^{33} li^{31} luo^{54} te^{54} ȵi^{31} ɕa^{33} la^{33}
四 邻 知 了 人 笑 我
四邻知道会笑我

ȵi^{31} ɕa^{33} la^{33} saŋ^{54} mə^{33} luo^{54} tɕəŋ^{31}
人 笑 俫 双 不 知 情
会笑我俩不知情

la^{33} nəŋ^{31} tse^{31} la^{31} mə^{33} luo^{54} le^{33}
俫 男 几 兄 不 知 礼
我们兄弟不知礼

ju^{24} tɕa^{24} ɕou^{24} vu^{31} ha^{54} tɕou^{31} jai^{31}
也 着 学 下 开 酒 筵
也须学会开酒筵

luo^{54} mə^{33} luo^{54} se^{31} təi^{31} vu^{31} thiaŋ^{33}
知 不 知 时 提 下 唱
知不知时带着唱

tɕa^{24} mə^{33} tɕa^{24} se^{31} təi^{31} vu^{31} tou^{31}
对 不 对 时 提 下 头
对不对时提醒我

tɕəŋ^{31} tsai^{31} jou^{33} luo^{54} so^{33} tɕu^{33} tɕəŋ^{54}
庭 前 有 蔸 四 季 青
庭前有棵四季青

ɕou^{24} tɕou^{31} jai^{31} kø^{54} tɕou^{24} se^{31} ɕəŋ^{54}
学 酒 筵 歌 就 起 声
学酒筵歌就起声

ɕou^{24} tɕou^{31} jai^{31} kø^{54} se^{31} ɕəŋ^{54} thiaŋ^{33}
学 酒 筵 歌 起 声 唱
学酒筵歌起声唱

tsəi^{35} tɕi^{31} se^{31} ɕəŋ^{54} ɕou^{24} tɕou^{31} jai^{31}
接 着 起 声 学 酒 筵
接着起声学酒筵

no^{24} ŋue^{24} nəŋ^{31} pəŋ^{54} təŋ^{31} təŋ^{24} ɕaŋ^{33}
二 月 南 风 从 洞 上
二月南风从垌上

pa^{35} ŋue^{24} tɕhou^{54} pəŋ^{54} təŋ^{31} liŋ^{33} luo^{31}
八 月 秋 风 从 岭 来
八月秋风从岭来

ta^{24} pəŋ^{54} luo^{33}
大 风 到
大风到

ɕi^{54} ɕi^{54} piou^{35} mau^{24} ti^{33} ləi^{54} tou^{31}
深 山 竹 木 都 低 头
深山竹木都低头

piou^{35} mau^{24} ləi^{54} tou^{31} tɕhəŋ^{33} pəŋ^{54} kuo^{33}
竹 木 低 头 听 风 过
竹木低头听风过

ləi^{35} vo^{24} kø^{54} tsa^{31} tɕhəŋ^{33} la^{33} ɕəŋ^{54}
列 位 高 才 听 倈 声
列位高才听我声

tɕhəŋ^{54} tou^{31} ȵi^{31} la^{54} tɕəŋ^{33} tɕi^{31} la^{33}
清 头 人 多 听 着 倈
厅堂人多听着我

tɕəŋ^{33} tɕi^{31} la^{33} saŋ^{54} ha^{54} tɕou^{31} jai^{31}
听 着 倈 双 开 酒 筵
听着我俩开酒筵

（一）开酒筵歌

mə^{33} ji^{54} fu^{54} fa^{54} ji^{54} fu^{54} fa^{54}
不 因 花 发 因 花 发
不因花发因花发

ji^{54} pəŋ^{54} thio^{54} fa^{54} ɕu^{24} lio^{31} fu^{54}
因 风 吹 发 石 榴 花
因风吹发石榴花

thio^{54} fa^{54} ɕu^{24} lio^{31} ɕu^{31} tsha^{31} na^{31}
吹 发 石 榴 舍 采 朵
吹发石榴采一朵

thio^{54} fa^{54} la^{33} saŋ^{54} ɕu^{31} thiaŋ^{33} tou^{31}
吹 发 倈 双 舍 唱 头
催促我俩唱一支

ɕu^{31} thiaŋ^{33} zə^{35} tou^{31} na^{24} ne^{24} ho^{31}
舍 唱 一 条 闹 热 好
斗胆唱支添热闹

ɕu^{31} thiaŋ^{33} no^{24} tou^{31} ha^{54} tɕou^{31} jai^{31}
舍 唱 二 条 开 酒 筵
若唱二支闹酒筵

səŋ^{54} lai^{31} jou^{33} pai^{54} ji^{54} tɕou^{31} se^{31}
三　点　西　边　因　酒　起
三点西边因酒起

piou^{35} tiŋ^{24} tsou^{31} nio^{33} ji^{54} tɕou^{31} jai^{31}
竹　正　走　耳　因　酒　筵
竹正走之因酒筵

səŋ^{54} lai^{31} jou^{33} pai^{54} thiaŋ^{33} kuo^{33} tɕou^{31}
三　点　西　边　唱　归　酒
三点西边唱个酒

tsho^{31} tou^{31} fu^{24} tia^{35} thiaŋ^{33} kuo^{54} fu^{54}
艹　化　脚　唱　归　花
草头化脚唱个花

thiaŋ^{33} kuo^{54} həŋ^{31} fu^{54} tsa^{33} ɕu^{24} ɕaŋ^{24}
唱　归　红　花　在　树　上
唱支红花在树上

thiaŋ^{33} kuo^{54} tɕou^{31} jai^{31} tsa^{33} tɕhəŋ^{54} tou^{31}
唱　归　酒　筵　在　清　头
唱支酒筵在厅堂

zə^{35} tɕi^{31} miŋ^{31} ləŋ^{54} tia^{33} kai^{33} ta^{31}
一　盏　明　灯　照　见　桌
一盏明灯照见桌

fa^{24} haŋ^{31} fo^{54} hau^{33} ju^{24} fo^{54} luo^{31}
凤　凰　飞　去　又　飞　来
凤凰飞去又飞来

ɕou^{33} tsa^{33} tsha^{31} fu^{54} fu^{54} ta^{24} na^{31}
秀 才 采 花 花 大 朵
秀才采花花大朵

fu^{54} mə^{33} pəŋ^{31} tɕhi^{54} mə^{33} laŋ^{24} ha^{54}
花 不 逢 春 不 乱 开
花不逢春不乱开

fu^{54} mə^{33} pəŋ^{31} tɕhi^{54} mə^{33} laŋ^{24} fa^{35}
花 不 逢 春 不 乱 发
花不逢春不乱发

lia^{31} mə^{33} kuo^{54} tɕhi^{54} mə^{33} laŋ^{24} te^{31}
鸟 不 勾 春 不 乱 啼
鸟不迎春不乱啼

lia^{31} te^{33} kuo^{54} tɕhiu^{54} te^{31} jou^{33} sau^{33}
鸟 子 勾 春 啼 有 数
鸟儿迎春啼有数

kø^{54} fa^{24} tɕou^{31} jai^{31} ɕa^{31} jou^{33} se^{31}
歌 会 酒 筵 少 有 时
歌会酒筵少有时

tsa^{33} pai^{54} zə^{35} ɕai^{31} mə^{33} ɕəŋ^{31} tse^{24}
左 边 一 扇 不 成 字
左边一扇不成字

jou^{24} pai^{54} zə^{35} ɕai^{31} tiaŋ^{24} ɕəŋ^{31} məŋ^{31}
右 边 一 扇 共 成 门
右边一扇共成门

tɕəŋ^{31} tse^{24} no^{24} məŋ^{31} thau^{33} luo^{33} tsa^{33}
井 字 入 门 肚 里 坐
井字入门肚里坐

tshu^{35} tse^{24} thiaŋ^{33} tou^{31} ha^{54} tɕou^{31} jai^{31}
拆 字 唱 条 开 酒 筵
拆字唱歌开酒筵

tsou^{31} ju^{24} kau^{54} tɕou^{31} mə^{33} kuo^{54} ku^{54}
昨 夜 端 酒 不 归 家
昨夜买酒不回家

thai^{54} tau^{24} ȵi^{31} tɕəŋ^{31} mə^{33} həŋ^{31} ɕu^{54}
天 地 人 情 不 肯 赊
天地人情不肯赊

ɕaŋ^{24} thai^{54} mo^{24} vaŋ^{31} kau^{54} mo^{24} tɕou^{31}
上 天 蜜 王 端 蜜 酒
我是蜜王当蜜酒

və^{31} tsai^{31} tha^{35} fu^{33} zə^{35} saŋ^{54} ɕu^{54}
无 钱 脱 下 一 双 赊
无钱托付赊两壶

zə^{35} po^{35} ɕu^{31} ɕəŋ^{31} no^{24}se^{33} zə^{35}
一 笔 写 成 廿 一
一笔写成二十一

no^{24}se^{33} zə^{35} fu^{33} jou^{33} ku^{54} ȵe^{31}
廿 一 下 有 佳 人
二十一下有佳人

khai^{33} tse^{24} ɕu^{31} luo^{31} təŋ^{31} vo^{24} tsa^{33}
欠 字 写 来 同 位 坐
欠字写来同位坐

tshu^{35} tse^{24} thiaŋ^{33} tou^{31} maŋ^{33} ta^{31} haŋ^{54}
拆 字 唱 条 满 桌 欢
拆字唱歌满桌欢

zə^{35} və^{24} tshai^{54} luo^{33} luo^{33} tɕaŋ^{31} su^{54}
一 日 千 里 到 长 沙
一日千里到长沙

səi^{54} vaŋ^{24} tɕaŋ^{31} aŋ^{54} mə^{33} kai^{33} ku^{54}
西 望 长 安 不 见 家
西望长安不见家

haŋ^{31} fə^{33} luo^{31} ɕaŋ^{24} thio^{54} nio^{24} tɕo^{24}
黄 鹤 楼 上 吹 玉 笛
黄鹤楼中吹玉笛

tiaŋ^{54} ɕəŋ^{31} ŋau^{33} ŋue^{24} la^{24} məi^{31} fu^{54}
恭 城 五 月 落 梅 花
江城五月落梅花

pu^{24} fə^{33} sai^{54} ȵi^{31} hau^{33} lai^{31} to^{24}
白 鹤 仙 人 去 点 地
白鹤仙人去点地

lai^{31} ɕo^{35} liaŋ^{33} khou^{33} niau^{31} se^{54} ɕai^{31}
点 出 两 个 扭 丝 形
点出两个扭丝形

pu^{24} tse^{33} niau^{31} se^{54} mau^{24} tse^{24} tia^{35}
白 字 扭 丝 木 字 脚
白字扭丝木字脚

la^{24} no^{33} kuo^{33} ku^{54} ha^{54} tɕou^{31} jai^{31}

乐 入 贵 家 开 酒 筵

落入贵家开酒筵

zə^{35} saŋ^{54} pu^{35} fə^{33} no^{24} ɕu^{24} ŋe^{31}

一 双 白 鹤 进 石 岩

一双白鹤入石岩

haŋ^{31} te^{33} tsa^{33} tia^{24} ɕu^{31} ɕo^{35} çe^{31}

黄 帝 坐 轿 舍 出 行

皇帝坐轿好远行

ɕu^{24} ŋe^{31} pə^{35} tɕe^{31} ɕo^{35} fə^{33} kuo^{33}

石 岩 里 面 出 富 贵

石岩里面出富贵

piu^{35} ɕaŋ^{24} təi^{31} se^{54} khuai^{33} tɕou^{31} jai^{31}

壁 上 题 诗 劝 酒 筵

壁上题诗劝酒筵

tsa^{33} pai^{54} ɕo^{33} se^{31} liaŋ^{31} hau^{31} paŋ^{31}

左 边 竖 起 龙 虎 榜

左边竖起龙虎榜

jou^{24} pai^{54} ɕo^{33} se^{31} fa^{24} haŋ^{31} məŋ^{31}

右 边 竖 起 凤 凰 门

右边竖起龙凤门

sə^{54} kuo^{31} tɕio^{24} no^{24} məŋ^{31} luo^{31} fu^{33}

市 狗 住 入 门 楼 下

石狮住入门楼下

na^{24} na^{24} ne^{24} ne^{24} ha^{54} tɕou^{31} jai^{31}

闹 闹 热 热 开 酒 筵

热热闹闹开酒筵

səi^{33} ku^{35} lu^{24} ɕu^{24} ləŋ^{31} məŋ^{33} ɕi^{54}

小 甲 腊 树 兰 母 生

常绿冬青兰母生

və^{31} pai^{54} kaŋ^{54} tiŋ^{31} zə^{35} se^{33} tɕhiu^{54}

无 边 光 景 一 世 春

无边光景一时新

ləŋ^{31} çe^{31} tiou^{31} lu^{35} ləŋ^{54} pəŋ^{54} mai^{24}

等 行 守 得 东 风 面

等闲识得东风面

vi^{24} tshe^{31} tshai^{54} həŋ^{31} tsaŋ^{31} se^{33} tɕhi^{54}

万 紫 千 红 总 是 春

万紫千红总是春

zə^{35} po^{54} ɕu^{35} ɕəŋ^{31} no^{24} se^{33} zə^{35}

一 笔 写 成 廿 一

一笔写成二十一

no^{24} se^{33} zə^{35} fu^{33} jou^{33} ku^{54} ȵi^{31}

廿 一 下 有 个 人

二十一下有佳人

səŋ^{54} lai^{31} ɕu^{31} luo^{31} təŋ^{31} vo^{24} tsa^{33}

三 点 写 来 同 位 坐

三点写来同位坐

tshu^{35} tse^{24} thiaŋ^{33} tou^{31} maŋ^{33} ta^{31} həŋ^{31}
拆 字 唱 条 满 桌 洪
拆字唱歌满桌洪

tsho^{35} ɕuəi^{33} tɕaŋ^{31} se^{54} no^{24} ɕou^{24} taŋ^{31}
七 岁 长 诗 入 学 堂
七岁能诗进学堂

kø^{31} ja^{31} po^{35} fu^{33} ɕo^{35} vəŋ^{31} tiaŋ^{54}
果 然 笔 下 出 文 章
果然笔下出文章

ha^{31} ŋau^{31} vo^{33} tɕo^{33} tshai^{54} tɕhou^{54} təŋ^{33}
海 鱼 湾 嘴 千 秋 动
海鱼弯嘴千秋洞

li^{54} kuəi^{33} ha^{54} se^{31} vi^{24} luo^{33} ɕaŋ^{54}
丹 桂 开 时 万 里 香
丹桂开时万里香

tshai^{54} se^{54} vi^{24} ɕaŋ^{31} mi^{24} si^{54} liaŋ^{31}
千 思 万 想 慢 思 量
千思万想慢思量

pa^{35} tse^{24} ɕou^{54} ɕo^{54} vo^{31} kø^{54} tɕəŋ^{31}
八 字 修 书 维 歌 庭
八字修成看歌堂

lau^{35} zə^{24} se^{54} ɕaŋ^{31} kø^{54} fa^{24} luo^{33}
哪 日 思 想 歌 会 到
日日盼望歌会到

kuo^{33} ku^{54} tɕou^{31} jai^{31} maŋ^{33} ta^{31} ɕaŋ^{54}
贵 家 酒 筵 满 桌 香
贵家酒筵满桌香

li^{33} tou^{31} ɕi^{54} kuo^{54} ko^{31} ju^{33} kuo^{54}
林 子 山 高 水 又 高
林子山高水也高

nəi^{24} tou^{31} ɕi^{54} ɕaŋ^{24} kua^{33} se^{54} tho^{54}
日 头 山 上 挂 丝 绦
太阳山上挂丝绦

ȵi^{31} kui^{54} se^{33} ɕaŋ^{24} vəŋ^{31} vo^{31} kuo^{33}
人 间 世 上 文 为 贵
人间世上文为贵

haŋ^{31} te^{33} luo^{24} tia^{31} mə^{33} ɕa^{31} ɕo^{54}
皇 帝 立 朝 不 少 书
立朝处事要学堂

zə^{35} po^{35} ɕu^{31} ɕəŋ^{31} se^{33} ɕa^{31} ho^{31}
一 笔 写 成 是 小 口
一笔写成是小口

ta^{24} hou^{31} ɕu^{35} luo^{31} vo^{24} mə^{33} tiou^{54}
大 口 写 来 围 不 周
大口写来围不全

səŋ^{54} pə^{24} luo^{31} thəi^{54} jai^{33} ku^{33} kuo^{33}
三 步 楼 梯 燕 架 过
三步楼梯燕飞过

tshu^{35} tse^{24} thiaŋ^{33} tou^{31} maŋ^{33} ta^{31} kuo^{54}
拆 字 唱 条 满 桌 高
拆字唱歌满桌高

vo^{24} ȵi^{31} ȵi^{33} na^{24} zə^{35} se^{31} kaŋ^{54}
为 人 忍 耐 一 时 光
为人忍耐一时光

fə^{31} ɕi^{54} çe^{31} niai^{31} tiaŋ^{31} laŋ^{31} tɕaŋ^{31}
何 生 行 言 讲 短 长
遇事无须话短长

və^{31} se^{24} tse^{24} tɕaŋ^{31} ɕi^{54} fu^{24} tse^{33}
无 事 自 长 生 活 计
无事自想生活计

tse^{24} tɕaŋ^{31} və^{31} se^{24} mi^{24} si^{54} liaŋ^{31}
自 长 无 事 慢 思 量
自想生活慢思量

zə^{35} po^{35} ɕu^{31} ɕəŋ^{31} se^{33} tiou^{35} tse^{24}
一 笔 写 成 是 角 字
一笔写成是角字

jaŋ^{31} tse^{24} ɕu^{31} luo^{31} tse^{33} saŋ^{54} saŋ^{54}
羊 字 写 来 直 双 双
羊字写来直双双

tiou^{35} ji^{54} jaŋ^{31} tse^{24} saŋ^{54} saŋ^{54} tse^{33}
角 与 羊 字 双 双 站
角与羊字双双站

tshu^{35} tse^{24} thiaŋ^{31} tou^{31} ka^{31} tɕou^{31} jai^{31}
拆　字　唱　条　解　酒　筵
拆字唱歌解酒筵

tsou^{31} ju^{33} ŋau^{33} kui^{54} məŋ^{24} luo^{33} tiŋ^{54}
昨　夜　五　更　梦　到　京
昨夜五更梦到京

zə^{35} ɕəŋ^{54} tɕi^{54} ɕaŋ^{31} vi^{24} ȵi^{31} çe^{31}
一　声　钟　响　万　人　行
一声钟响万人行

kaŋ^{54} vai^{31} ti^{33} hau^{33} tia^{31} thai^{54} tse^{31}
官　员　都　去　朝　天　子
官员都去朝天子

se^{33} ŋu^{33} və^{31} kui^{54} ɕo^{24} luo^{31} mai^{31}
是　我　无　关　睡　到　眠
是我无关睡到明

zə^{35} po^{35} ɕu^{31} ɕəŋ^{31} paŋ^{33} pai^{54} hou^{31}
一　笔　写　成　半　边　口
一笔写成半边口

jaŋ^{24} tse^{33} ɕu^{31} luo^{31} tia^{35} fu^{33} aŋ^{54}
用　字　写　来　脚　下　安
用字写来脚下安

tsou^{31} nio^{33} li^{31} çe^{31} tia^{35} fu^{33} kuo^{33}
走　尔　打　行　脚　下　过
走之打行脚下过

kuo^{33} ku^{54} tɕou^{31} jai^{31} so^{33} mai^{24} thaŋ^{54}
贵 家 酒 筵 四 面 通
贵家酒筵四面通

lie^{31} təŋ^{33} pəŋ^{54} thio^{54} tiŋ^{33} ŋau^{33} thai^{54}
云 淡 风 轻 正 午 天
云淡风轻近午天

paŋ^{31} fu^{54} ɕo^{31} lio^{33} kuo^{33} tsai^{31} tɕhuai^{54}
伴 花 水 柳 过 前 川
伴花随柳过前川

se^{31} ȵi^{31} mə^{33} po^{31} zə^{31} ɕi^{54} lio^{24}
时 人 不 比 移 山 力
时人不比移山力

ɕaŋ^{54} vo^{24} ɕu^{54} ɕe^{31} tɕo^{33} kø^{54} taŋ^{31}
松 位 修 行 聚 歌 堂
正好休闲聚歌堂

zə^{35} po^{35} ɕu^{31} ɕəŋ^{31} se^{33} zə^{24} tse^{24}
一 笔 写 成 是 日 字
一笔写成是日字

ŋue^{24} tse^{24} ɕu^{31} luo^{31} tse^{33} saŋ^{54} saŋ^{54}
月 字 写 来 直 双 双
月字写来直双双

zə^{24} ji^{54} ŋue^{24} tse^{24} saŋ^{54} saŋ^{54} tse^{33}
日 与 月 字 双 双 站
日与月字双双站

kuo^{33} ku^{54} tɕou^{31} jai^{31} li^{31} lu^{35} miŋ^{31}
贵 家 酒 筵 打 得 明
贵家酒筵好明亮

ɕu^{35} ɕaŋ^{31} tau^{31} ɕo^{54} mə^{33} jaŋ^{24} ɕi^{54}
只 想 读 书 不 用 心
半想读书不用心

mə^{33} luo^{54} ɕo^{54} luo^{33} ɕo^{35} haŋ^{31} tɕi^{54}
不 知 书 理 出 黄 金
不知书里出黄金

tso^{31} luo^{54} se^{33} ɕaŋ^{24} ɕo^{54} vo^{31} kuo^{33}
早 知 世 上 书 为 贵
早知世上书为贵

kuo^{54} lai^{31} miŋ^{31} ləŋ^{54} thou^{33} ju^{33} tɕe^{31}
高 点 明 灯 透 夜 巡
高点明灯夜夜勤

zə^{35} po^{35} ɕu^{35} ɕəŋ^{31} se^{33} vəŋ^{31} tse^{24}
一 笔 写 成 是 文 字
一笔写成是文字

tse^{31} tse^{24} ɕu^{31} luo^{31} tia^{35} fu^{33} aŋ^{54}
子 字 写 来 脚 下 安
子字写来脚下安

vəŋ^{31} tse^{24} tsa^{33} tou^{31} tse^{31} tsa^{33} tia^{35}
文 字 在 头 子 在 脚
文字在头子在脚

tshu^{35} tse^{24} thiaŋ^{33} tou^{31} ɕou^{24} tɕou^{31} jai^{31}

拆 字 唱 条 孝 酒 筵

拆字唱歌学酒筵

tɕou^{31} tsu^{31} tse^{24} jai^{31} hou^{31} hou^{31} tai^{31}

酒 子 自 然 口 口 甜

酒好自然口口甜

mə^{33} nəŋ^{54} luo^{31} ɕo^{35} kho^{31} lie^{31} vai^{31}

不 给 倒 出 可 怜 完

不给泼出要爱惜

kuo^{33} ku^{54} ho^{31} tɕou^{31} luo^{31} khuai^{33} la^{33}

贵 家 好 酒 来 劝 俫

贵家好酒来劝我

kho^{54} la^{33} tshe^{35} la^{54} kho^{31} lie^{31} vai^{31}

亏 我 吃 多 可 怜 完

亏我吃多真满足

zə^{35} po^{35} ɕu^{35} ɕəŋ^{31} se^{33} niai^{31} tse^{24}

一 笔 写 成 是 言 字

一笔写成是言字

ɕi^{54} tse^{24} ɕu^{31} luo^{31} tse^{33} saŋ^{54} saŋ^{54}

身 字 写 来 直 双 双

身字写来直双双

niai^{31} ɕi^{54} tɕhoŋ^{33} tse^{24} saŋ^{54} saŋ^{54} tse^{33}

言 身 寸 字 双 双 站

言身寸字一起站

tshu^{54} tse^{24} thiaŋ^{33} tou^{31} tɕiu^{24} tɕou^{31} jai^{31}
拆 字 唱 条 谢 酒 筵
拆字唱歌谢酒筵

（二）垂桌歌

nəi^{54} tou^{31} ɕo^{35} tso^{31} tia^{33} ɕi^{54} vo^{35}
日 头 出 早 照 山 坳
太阳出早照山坳

tia^{33} kai^{33} ɕi^{54} vo^{35} tse^{35} mau^{54} fu^{54}
照 见 山 坳 志 木 花
照见山坳檵木花

se^{33} ɕo^{31} ɕo^{31} se^{31} fu^{54} ɕo^{31} se^{31} o^{31}
是 谁 垂 起 花 垂 起 呕
是谁旋起花旋起

o^{33} tse^{33} li^{31} se^{33} se^{35} o^{33}
欧 志 里 是 色 欧
檵是起啊

fu^{54} li^{31} se^{33} se^{35} o^{33}
花 里 是 色 欧
花是起

fu^{54} ɕo^{31} ju^{24} se^{33} ɕo^{31}
花 垂 也 是 垂
花旋也是旋

o^{33} fu^{54} ɕo^{31} ju^{24} se^{33} ɕo^{31}
啊 花 垂 也 是 垂
花起也是旋

ɕo^{31} ɕo^{31} ju^{24} se^{33} ɕo^{31}
垂 垂 也 是 垂
旋旋又旋旋

o^{33} fu^{54} ɕo^{31} ju^{24} se^{33} ɕo^{31}
啊 花 垂 也 是 垂
花起也是旋

səŋ^{54} tiaŋ^{54} ɲue^{24} o^{33}
三 江 月 呕
三江月

o^{33} ɲue^{24} tiaŋ^{54} ju^{54} se^{33} ɕo^{31}
欧 月 江 也 是 垂
江水（回旋）也是旋

ɕo^{31} ɕo^{31} ju^{24} se^{33} ɕo^{31}
垂 垂 也 是 垂
旋旋又旋旋

o^{33} ɲue^{24} tiaŋ^{54} ju^{54} se^{33} ɕo^{31}
啊 月 江 也 是 垂
月亮（倒影）也是垂

səŋ^{54} li^{31} se^{33} vai^{35} o^{31}
三 里 是 县 呕
三里县

o^{31} liŋ^{33} li^{31} se^{33} ɕo^{35} o^{33}
欧 岭 里 是 出 欧
是岭里出

li^{54} lio^{54} jo^{31} o^{33} jou^{24} li^{54}
里 猪 油 欧 油 里
绿油油哩

lio^{54} jou^{31} o^{33} jou^{24} li^{54}
猪 油 欧 油 里
绿油油

jou^{24} li^{54} jou^{54} se^{54} le^{31}
油 里 也 是 犁
由来也是来

le^{31} le^{24} jou^{54} se^{54} le^{31}
犁 犁 也 是 犁
来嘞也是来

se^{54} tsəi^{54} ɕaŋ^{33}
思 齐 常
事齐祥

le^{24} li^{54} la^{31} se^{54} liu^{54} ho^{31} le^{31}
犁 里 拉 丝 柳 喉 犁
来嘞来斯留侯来

ɕaŋ^{24} se^{33} ȵi^{31} ta^{31} tse^{33} mau^{24} kau^{31}
上 世 人 抬 志 木 鼓
上辈人抬檵木鼓

fu^{33} se^{33} ȵi^{31} ta^{31} tse^{33} mau^{24} ta^{31}
下 世 人 抬 志 木 桌
下辈人抬檵木桌

liaŋ^{33} la^{31} mə^{33} ta^{31} tse^{33} mau^{24} kaŋ^{33}
两 兄 不 抬 志 木 杆
兄弟不抬檵木杆

tse^{31} ta^{31} tse^{33} mau^{24} tsa^{24} fu^{54} ta^{31}
只 抬 志 木 凿 花 桌
只抬檵木凿花桌

tse^{31} mu^{33} ɕaŋ^{33} tiŋ^{54} hau^{33} tɕhəŋ^{31} tɕaŋ^{24}
骑 马 上 京 去 请 匠
骑马进京去请匠

tse^{31} liou^{31} no^{24} vai^{24} tɕhəŋ^{31} tɕaŋ^{24} kuo^{54}
骑 驴 入 县 请 匠 归
骑驴进城接匠回

mau^{24} tɕaŋ^{24} no^{24} məŋ^{31} tsəi^{35} fu^{33} thio^{35}
木 匠 入 门 接 下 尺
木匠进门装墨斗

paŋ^{33} fu^{33} lio^{35} thio^{35} mi^{24} se^{54} liaŋ^{31}
放 下 弯 尺 慢 思 量
放下弯尺慢思量

mi^{24} mi^{24} se^{54} liaŋ^{31} tsa^{31} tsai^{31} mau^{24}
慢 慢 思 量 裁 剪 木
慢慢思量定裁剪

tsa^{31} tsai^{31} tse^{33} mau^{24} ta^{24} fu^{54} ta^{31}
裁 剪 起 木 凿 花 桌
裁剪檵木凿花桌

se^{33} ɕo^{31} ɕo^{31} se^{31} ta^{31} ɕo^{31} se^{31}
是 谁 垂 起 桌 垂 起
是谁旋起桌旋起

o^{33} tse^{33} li^{31} se^{33} se^{24} o^{33}
欧 志 里 是 色 欧
樾是起啊

fu^{54} li^{31} se^{33} se^{24} o^{33}
花 里 是 色 欧
花是起

ta^{31} ɕo^{31} ju^{35} se^{54} ɕo^{31}
桌 垂 也 是 垂
锤桌也是锤

o^{33} ta^{33} ɕo^{31} ju^{54} se^{54} ɕo^{31}
啊 桌 垂 也 是 垂
桌起也是旋

ɕo^{31} ɕo^{31} ju^{54} se^{54} ɕo^{31}
垂 垂 也 是 垂
旋旋又旋旋

o^{33} ta^{33} ɕo^{31} ju^{54} se^{54} ɕo^{31}
啊 桌 垂 也 是 垂
桌起也是旋

səŋ^{54} tiaŋ^{54} ŋue^{54} o^{31}
三 江 月 呕
三江月

o^{33} ŋue^{54} tiaŋ^{54} jou^{54} se^{54} ɕo^{31}

欧 月 江 也 是 垂

江水（回旋）也是旋

ɕo^{33} ɕo^{24} ju^{54} se^{54} ɕo^{31}

垂 垂 也 是 垂

旋旋又旋旋

o^{33} ŋue^{54} tiaŋ^{54} jou^{54} se^{54} ɕo^{31}

啊 月 江 也 是 垂

月亮（倒影）也是垂

səŋ^{54} li^{31} vai^{35} o^{31}

三 里 县 呕

三里县

o^{31} liŋ^{33} li^{31} se^{33} ɕo^{35} o^{33}

欧 岭 里 是 出 欧

是岭里出

li^{54} lio^{54} jo^{31} o^{33} jou^{24} li^{54}

里 猪 油 欧 油 里

绿油油哩

lio^{54} jou^{31} o^{33} jou^{24} li^{54}

猪 油 欧 油 里

绿油油

jou^{24} li^{54} jo^{54} se^{54} le^{31}

油 里 也 是 犁

由来也是来

le^{33} le^{24} jou^{54} se^{54} le^{31}
犁 犁 也 是 犁
来嘞也是来

se^{54} tsəi^{54} ɕaŋ^{33}
思 齐 常
事齐祥

le^{24} li^{54} la^{31} se^{54} liu^{54} ho^{31} le^{31}
犁 里 拉 丝 柳 喉 犁
来嘞来斯留侯来

səŋ^{54} thiu^{35} liaŋ^{31} luo^{31} so^{33} thiu^{35} taŋ^{24}
三 尺 量 来 四 尺 断
三尺量来四尺断

so^{33} thiu^{35} liaŋ^{31} luo^{31} ŋau^{33} thiu^{35} faŋ^{54}
四 尺 量 来 五 尺 方
四尺量来五尺裁

mau^{24} tɕaŋ^{33} faŋ^{54} lu^{35} so^{33} faŋ^{54} ho^{31}
木 匠 方 得 四 方 好
木匠裁得四方好

nəŋ^{54} luo^{31} faŋ^{54} tɕi^{31} so^{33} faŋ^{54} faŋ^{54}
给 来 方 起 四 方 方
正好裁得四方方

tse^{33} mau^{24} nəŋ^{54} luo^{31} tsa^{24} ta^{31} mai^{24}
志 木 给 来 凿 桌 面
檵木用来凿桌面

su^{54} mau^{24} nəŋ^{54} luo^{31} tsa^{24} ta^{31} ɕa^{54}
杉 木 给 来 凿 桌 肖
杉木用来凿木榫

se^{33} ɕo^{31} ɕo^{31} se^{31} ɕa^{54} ɕo^{31} se^{31} o^{33}
是 谁 垂 起 肖 垂 起 呕
是谁旋起榫旋起

o^{33} tse^{33} li^{31} se^{33} se^{24} o^{33}
欧 志 里 是 色 欧
檵是起啊

fu^{54} li^{31} se^{33} se^{24} o^{33}
花 里 是 色 欧
花是起

ɕa^{54} ɕo^{31} ju^{54} se^{54} ɕo^{31}
肖 垂 也 是 垂
锤榫也是锤

o^{33} ɕa^{54} ɕo^{31} ju^{54} se^{54} ɕo^{31}
啊 肖 垂 也 是 垂
榫起也是旋

ɕo^{33} ɕo^{24} ju^{54} se^{54} ɕo^{31}
垂 垂 也 是 垂
旋旋又旋旋

ɕa^{54} ɕo^{24} ju^{54} se^{54} ɕo^{31}
肖 垂 也 是 垂
榫起也是旋

səŋ^{54} tiaŋ^{54} ŋue^{54} o^{33}
三 江 月 呕
三江月

o^{33} ŋue^{54} tiaŋ^{54} ju^{54} se^{54} ɕo^{31}
欧 月 江 也 是 垂
江水（回旋）也是旋

ɕo^{33} ɕo^{24} ju^{54} se^{54} ɕo^{31}
垂 垂 也 是 垂
旋旋又旋旋

o^{33} ŋue^{54} tiaŋ^{54} ju^{54} se^{54} ɕo^{31}
啊 月 江 也 是 垂
月亮（倒影）也是垂

səŋ^{54} li^{31} vai^{35} o^{33}
三 里 县 呕
三里县

o^{31} liŋ^{33} li^{31} se^{33} ɕo^{35} o^{33}
欧 岭 里 是 出 欧
是岭里出

li^{54} lio^{54} jo^{31} o^{33} jou^{24} li^{54}
里 猪 油 欧 又 里
绿油油哩

lio^{54} jou^{31} o^{33} jou^{24} li^{54}
猪 油 欧 又 里
绿油油

jou^{24} li^{54} jou^{54} se^{33} ləi^{31}

又　里　也　是　犁

由来也是来

le^{33} le^{24} jou^{54} se^{54} le^{31}

犁　犁　也　是　犁

来嘞也是来

se^{54} tsəi^{54} ɕaŋ^{33}

事　齐　常

事齐祥

le^{24} li^{54} la^{31} se^{54} liu^{54} ho^{31} le^{31}

犁　里　拉　丝　柳　喉　犁

来嘞来斯留侯来

tɕhi^{54} mau^{24} nəŋ^{54} luo^{31} tsa^{24} ta^{31} tia^{35}

春　木　给　来　凿　桌　脚

椿树用来凿桌脚

pu^{24} mau^{31} nəŋ^{54} luo^{31} tsa^{24} ta^{31} ɕi^{54}

柏　木　给　来　凿　桌　身

柏树拿来凿桌身

se^{33} ɕo^{31} ɕo^{31} se^{31} ɕi^{54} ɕo^{31} se^{31} o^{33}

是　谁　垂　起　身　垂　起　欧

是谁旋起身旋起

tse^{33} li^{31} se^{33} se^{24} o^{33}

志　里　是　色　欧

檵是起啊

fu^{54} li^{31} se^{33} se^{24} o^{33}
花 里 是 色 欧
花是起

ɕi^{54} ɕo^{31} ju^{54} se^{54} ɕo^{31}
身 垂 也 是 垂
锤身也是锤

o^{33} ɕi^{54} ɕo^{31} ju^{54} se^{54} ɕo^{31}
阿 身 垂 也 是 垂
身起也是旋

ɕo^{33} ɕo^{24} ju^{54} se^{54} ɕo^{31}
垂 垂 也 是 垂
旋旋又旋旋

o^{33} ɕi^{54} ɕo^{31} ju^{54} se^{54} ɕo^{31}
啊 身 垂 也 是 垂
身旋也是旋

səŋ^{54} tiaŋ^{54} ŋue^{54} o^{33}
三 江 月 呕
三江月

o^{33} ŋue^{54} tiaŋ^{54} ju^{54} se^{54} ɕo^{31}
欧 月 江 也 是 垂
江水（回旋）也是旋

ɕo^{33} ɕo^{24} ju^{54} se^{54} ɕo^{31}
垂 垂 也 是 垂
旋旋又旋旋

o33 ŋue54 tiaŋ54 ju54 se54 ɕo31
啊 月 江 也 是 垂
月亮（倒影）也是垂

səŋ54 li31 vai35 o33
三 里 县 呕
三里县

o31 liŋ33 li31 se33 ɕo35 o33
欧 岭 里 是 出 欧
是岭里出

li54 lio54 jo31 o33 jou24 li54
里 猪 油 欧 又 里
绿油油

lio54 jou31 o33 jou24 li54
猪 油 欧 又 里
绿油油

jou24 li54 jou54 se33 le31
又 里 也 是 犁
由来也是来

le33 le24 jou54 se54 le31
犁 犁 也 是 犁
来嘞也是来

se54 tsəi54 ɕaŋ33
事 齐 常
事齐祥

le24 li54 la31 se54 liu54 ho31 le31
犁 里 拉 丝 柳 喉 犁
来嘞来斯留侯来

se^{33} ɕo^{31} ɕo^{31} se^{31} ŋu^{31} ɕo^{31} se^{31} o^{31}
是 谁 垂 起 牙 垂 起 呕
是谁旋起牙旋起

o^{33} tse^{33} li^{31} se^{33} se^{24} o^{33}
欧 志 里 是 色 欧
檵是起啊

fu^{54} li^{31} se^{33} se^{24} o^{33}
花 里 是 色 欧
花是起

ŋu^{33} ɕo^{24} ju^{54} se^{54} ɕo^{31}
牙 垂 也 是 垂
锤牙也是锤

o^{33} ŋu^{33} ɕo^{24} ju^{54} se^{54} ɕo^{31}
啊 牙 垂 也 是 垂
牙起也是旋

ɕo^{33} ɕo^{24} ju^{54} se^{54} ɕo^{31}
垂 垂 也 是 垂
旋旋又旋旋

o^{33} ŋu^{33} ɕo^{24} ju^{54} se^{54} ɕo^{31}
阿 牙 垂 也 是 垂
牙起也是旋

səŋ^{54} tiaŋ^{54} ŋue^{54} o^{33}
三 江 月 呕
三江月

o^{33} ŋue^{54} tiaŋ^{54} jou^{54} se^{54} ɕo^{31}
欧 月 江 也 是 垂
江水（回旋）也是旋

ɕo^{33} ɕo^{24} ju^{54} se^{54} ɕo^{31}
垂 垂 也 是 垂
旋旋又旋旋

o^{33} ŋue^{54} tiaŋ^{54} jou^{24} se^{54} ɕo^{31}
啊 月 江 也 是 垂
月亮（倒影）也是垂

səŋ^{54} li^{31} vai^{35} o^{33}
三 里 县 呕
三里县

o^{31} liŋ^{33} li^{31} se^{33} ɕo^{35} o^{33}
欧 岭 里 是 出 欧
是岭里出

li^{54} lio^{54} jou^{31} o^{33} jou^{24} li^{54}
里 猪 油 欧 又 里
绿油油哩

lio^{54} jou^{31} o^{33} jou^{24} li^{54}
猪 油 欧 又 里
绿油油

jou^{24} li^{54} jou^{24} se^{33} le^{31}
又 里 也 是 犁
由来也是来

le^{33} le^{24} jou^{24} se^{33} le^{31}
犁 犁 也 是 犁
来嘞也是来

se^{54} $tsəi^{54}$ $ɕaŋ^{33}$
事　齐　常
事齐祥

le^{24} ti^{54} la^{31} se^{54} liu^{54} ho^{31} le^{31}
犁　里　拉　丝　柳　喉　犁
来嘞来斯留侯来

tse^{33} mau^{24} $nəŋ^{54}$ luo^{31} tsa^{24} ta^{31} vi^{33}
志　木　给　来　凿　桌　椀
檵木拿来凿桌枨

so^{33} $khou^{33}$ li^{31} $ŋu^{31}$ so^{33} kuo^{33} $ɕa^{54}$
四　扣　云　牙　四　扣　肖
四段花边四段榫

$tsho^{35}$ mau^{24} $nəŋ^{54}$ luo^{31} $tiaŋ^{24}$ $zə^{35}$ $ɕəŋ^{33}$
七　木　给　来　共　一　姓
七木凑来共一姓

$tiaŋ^{24}$ se^{31} $zə^{35}$ $ɕəŋ^{33}$ tsa^{24} fu^{54} ta^{31}
共　起　一　姓　凿　花　桌
共起一姓凿花桌

tsa^{24} se^{31} fu^{54} ta^{31} so^{33} tiu^{35} tia^{35}
凿　起　花　桌　四　只　脚
凿起花桌四只脚

fu^{54} ta^{31} so^{33} tia^{35} tsa^{33} $tɕhəŋ^{54}$ tou^{31}
花　桌　四　脚　坐　清　头
花桌四脚坐厅堂

tɕu^{33} mau^{24} nəŋ^{54} luo^{31} tsa^{24} tɕa^{31} ləŋ^{33}
枞 木 给 来 凿 条 凳
松树拿来凿条凳

pəŋ^{54} mau^{24} nəŋ^{54} luo^{31} kuo^{35} fə^{31} pəŋ^{31}
枫 木 给 来 做 火 盆
枫木拿来做火盆

fə^{31} pəŋ^{31} vai^{31} se^{31} kaŋ^{31} ləŋ^{54} ɕo^{35}
火 盆 原 是 广 东 出
火盆原是广东出

fu^{35} ȵi^{31} ma^{33} ma^{24} luo^{31} liŋ^{33} tɕəŋ^{31}
客 人 买 卖 来 领 情
客人买来有情意

liŋ^{33} tɕəŋ^{31} jou^{33} tsai^{31} liou^{31} fu^{33} tio^{35}
领 情 有 钱 留 下 张
中意有钱留一个

lio^{31} fu^{33} zə^{35} tio^{35} paŋ^{33} fu^{54} ta^{31}
留 下 一 张 伴 花 桌
留下一个伴花桌

haŋ^{31} thai^{54} tiu^{35} fə^{31} vo^{31} lau^{54} fə^{31}
寒 天 烤 火 围 灶 火
寒天烤火围灶火

mə^{33} kaŋ^{31} thai^{54} tou^{31} ɕuəi^{24} maŋ^{33} ɕi^{54}
不 管 天 头 雪 满 山
不管天头雪满山

fu^{54} ta^{31} tsa^{24} ɕəŋ^{31} se^{24} no^{24} zə^{24}
花 桌 凿 成 十 二 日
花桌凿成十二日

se^{24} no^{24} zə^{24} ɕəŋ^{31} tɕhəŋ^{54} ɕaŋ^{24} ta^{31}
十 二 日 成 清 上 桌
十二日成厅堂桌

tiaŋ^{54} se^{54} ɕo^{35} lu^{35} thia^{31} jou^{31} tɕaŋ^{24}
江 西 出 得 巧 油 匠
江西生得巧油匠

liou^{31} səŋ^{54} tɕhəŋ^{31} tɕaŋ^{24} tsho^{35} fu^{54} ta^{31}
刘 三 请 匠 漆 花 桌
刘三请匠漆花桌

zə^{35} tɕi^{54} miŋ^{31} jou^{31} paŋ^{33} tɕi^{54} tsho^{35}
一 斤 明 油 半 斤 漆
一斤桐油半斤漆

tɕuai^{31} tɕi^{54} tsho^{35} tsi^{31} tɕhəŋ^{54} ɕaŋ^{24} ta^{31}
全 金 漆 起 清 上 桌
全金漆起厅堂桌

jou^{33} se^{31} fu^{54} ta^{31} ti^{24} ti^{24} thiaŋ^{24}
油 起 花 桌 顶 顶 亮
漆起花桌格外亮

tsho^{35} se^{31} fu^{54} ta^{31} thəi^{35} thəi^{35} ɕi^{54}
漆 起 花 桌 贴 贴 新
漆起花桌格外新

so^{33} tɕu^{54} ta^{31} tou^{31} so^{33} kaŋ^{31} po^{35}
四 只 台 头 四 杆 笔
四只桌角四杆笔

so^{33} tɕu^{54} ta^{31} tio^{35} so^{33} pəŋ^{31} ɕo^{54}
四 只 台 角 四 本 书
四只桌角四本书

tsho^{35} ɕuəi^{33} la^{33} tsu^{31} səŋ^{33} no^{24} ɕo^{24}
七 岁 孩 子 送 入 学
七岁孩儿送入学

lai^{31} tau^{24} se^{24} nai^{31} po^{35} nəi^{35} kuo^{54}
连 读 十 年 毕 业 归
连读十年毕业回

ɕou^{31} nou^{24} nio^{24} haŋ^{31} tɕi^{54} mo^{24} ɕo^{31}
手 拿 玉 壶 真 墨 水
手拿玉壶金墨水

tɕo^{24} so^{35} po^{35} tou^{31} thou^{33} se^{54} ɕo^{54}
浸 湿 笔 头 透 诗 书
浸湿笔头透诗书

thou^{33} se^{31} se^{54} ɕo^{54} səŋ^{54} pu^{35} pəŋ^{31}
透 起 诗 书 三 百 本
读破诗书三百本

thou^{33} se^{31} tiou^{31} tiai^{54} so^{33} pu^{35} phe^{54}
透 起 九 经 四 百 篇
写成九经四百篇

liou^{31} səŋ^{54} no^{24} ɕo^{35} au^{54} ɕaŋ^{24} sa^{33}
刘 三 拿 出 屋 上 晒
刘三拿出门前晒

tse^{33} lu^{35} kui^{54} məŋ^{31} ma^{31} fə^{35} ɕou^{54}
记 得 关 门 忘 记 收
记得关门忘记收

ɕo^{24} luo^{31} zə^{35} kui^{54} liaŋ^{31} ɕaŋ^{33} ɕo^{31}
睡 倒 一 更 龙 上 水
睡倒一更雷电闪

ɕo^{24} luo^{31} no^{24} kui^{54} se^{31} au^{35} vie^{31}
睡 倒 二 更 起 乌 云
睡倒二更起乌云

ɕo^{24} luo^{31} səŋ^{54} kui^{54} lua^{31} liu^{24} ŋe^{33}
睡 倒 三 更 雷 电 眼
睡倒三更霹雳响

ɕo^{24} luo^{31} so^{33} kui^{54} hau^{33} lai^{31} lio^{31}
睡 倒 四 更 雨 连 流
睡倒四更雨瓢泼

ɕo^{24} luo^{31} ŋau^{33} kui^{54} fa^{35} ta^{24} ɕo^{31}
睡 倒 五 更 发 大 水
睡倒五更发大水

ɕo^{31} tɕhua^{54} kø^{54} pəŋ^{31} luo^{33} jaŋ^{31} tiou^{54}
水 推 歌 本 到 扬 州
水推歌本到扬州

hau^{24} luo^{33} jaŋ^{31} tiou^{54} jaŋ^{31} tse^{31} ta^{24}
去 到 扬 州 洋 子 大
去到扬州河流宽

so^{33} li^{24} təŋ^{31} paŋ^{33} thəi^{33} nəŋ^{31} jou^{54}
四 邻 同 伴 替 男 忧
四邻同伴替我忧

zə^{35} khou^{33} piou^{35} pa^{31} kaŋ^{31} mə^{33} luo^{33}
一 个 竹 排 管 不 到
一个竹排管不到

no^{24} khou^{33} piou^{35} pa^{31} kaŋ^{31} luo^{33} tiou^{54}
二 个 竹 排 管 到 州
两个竹排赶到州

zə^{35} khou^{33} lia^{31} kuo^{54} kua^{33} mə^{33} luo^{33}
一 个 镣 钩 挂 不 到
一个铁钩钩不到

no^{24} khou^{33} lia^{31} kuo^{54} kua^{33} luo^{33} tou^{31}
二 个 镣 钩 挂 到 头
二个铁钩钩到头

səŋ^{54} khou^{33} lia^{31} kuo^{54} kua^{33} kuo^{54} pəŋ^{31}
三 个 镣 钩 挂 归 本
三个铁钩钩回本

kua^{33} kuo^{54} zə^{35} pəŋ^{31} liou^{31} səŋ^{54} kø^{54}
挂 归 一 本 刘 三 歌
钩回一本刘三书

liou^{31} sən^{54} tse^{33} ɕo^{35} kø^{54} luo^{31} thiaŋ^{33}

刘 三 置 出 歌 来 唱

刘三制出歌来唱

tse^{33} ɕo^{35} thiaŋ^{33} kø^{54} tɕio^{33} kø^{54} taŋ^{31}

置 出 唱 歌 聚 歌 堂

编出歌唱伴行娘

二十、谢主人歌

lai^{31} zə^{24} lai^{31}
莲 叶 莲
莲叶连

tɕou^{31} jai^{31} ɕo^{33} ta^{31} saŋ^{33} thiaŋ^{33} vai^{31}
酒 筵 垂 桌 算 唱 完
酒筵旋台算唱完

tɕou^{31} jai^{31} ɕo^{33} ta^{31} saŋ^{33} thiaŋ^{33} lia^{33}
酒 筵 垂 桌 算 唱 了
酒筵旋台算唱了

hou^{31} vu^{24} mə^{33} vai^{31} saŋ^{33} thiaŋ^{33} vai^{31}
口 曰 不 完 算 唱 完
口说不完算唱完

hou^{31} vu^{24} mə^{33} vai^{31} saŋ^{33} thiaŋ^{33} lia^{33}
口 曰 不 完 算 唱 了
口说不完算唱了

se^{33} la^{33} mə^{33} luo^{54} saŋ^{33} thiaŋ^{33} vai^{31}
是 俫 不 知 算 唱 完
是我不知算唱完

la^{33} nəŋ^{31} mə^{33} luo^{54} laŋ^{31} laŋ^{31} thiaŋ^{33}
俫 男 不 知 短 短 唱
是我不知短短唱

ȵi^{31} jou^{24} luo^{54} la^{33} mə^{33} luo^{54} kø^{54}
人 也 知 我 不 知 歌
人也知我不知歌

jou^{24} va^{24} vai^{31} liaŋ^{24} ɕi^{33} kuo^{33} la^{33}
也 会 原 谅 训 过 我
也会原谅包涵我

tɕhəŋ^{54} tou^{31} ȵi^{31} la^{54} piu^{54} haŋ^{31} nəŋ^{31}
清 头 人 多 包 涵 男
厅堂人多多包涵

tse^{31} vaŋ^{24} ȵi^{54} ȵi^{54} piu^{54} haŋ^{31} la^{33}
指 望 个 个 包 涵 俫
希望人人包涵我

piu^{54} haŋ^{31} la^{33} saŋ^{54} vo^{31} kø^{54} tɕəŋ^{31}
包 涵 俫 双 围 歌 情
包涵我俩围歌情

la^{31} sa^{35} luo^{33} ŋau^{31} nəi^{31} luo^{35} o^{33}
踩 死 鲤 鱼 坭 里 欧
踩死鲤鱼泥里埋

mə^{33} nəŋ^{54} tha^{35} ɕo^{35} so^{33} li^{31} luo^{54}
不 给 蹄 出 四 邻 知
不给说出四邻知

so^{33} li^{31} luo^{54} te^{54} ȵi^{31} ɕa^{33} la^{33}
四 邻 知 了 人 笑 俫
四邻知了会笑我

ȵi^{31} ɕa^{33} la^{33} saŋ^{54} mə^{33} luo^{54} tɕəŋ^{31}
人 笑 俫 双 不 知 情
人笑我俩不知情

me^{24} nəŋ^{31} fa^{31} ku^{54} mə^{33} tɕuai^{31} ɕo^{35}
妹 们 回 家 不 传 出
妹们回家不传出

mə^{33} kuo^{31} tɕuai^{31} ɕo^{35} la^{33} thiou^{31} miŋ^{31}
不 可 传 出 俫 丑 名
不可传出我丑名

tɕuai^{31} ɕo^{35} pəi^{24} ȵi^{31} zə^{35} tɕəŋ^{24} ɕa^{33}
传 出 别 人 一 定 笑
传出别人一定笑

ɕa^{33} me^{24} mə^{33} ka^{54} əŋ^{33} la^{33} nəŋ^{31}
笑 妹 不 该 音 俫 们
笑妹不该应我们

mə^{33} ka^{54} əŋ^{33} la^{33} thiou^{31} khø^{54} pi^{54}
不 该 音 俫 丑 亏 斑
不该笑我鄙陋人

mə^{33} luo^{54} ləi^{33} mau^{24} vo^{31} kø^{54} tɕəŋ^{31}
不 知 礼 貌 围 歌 情
不懂礼貌围歌情

tɕi^{54} zə^{24} ji^{33} tiai^{54} zə^{35} tshə^{33} kuo^{33}
今 日 已 经 一 次 过
今日已经一次过

ta^{24} tse^{31} mə^{33} ɕo^{35} thiou^{31} miŋ^{31} ɕəŋ^{54}

大 齐 不 出 丑 名 声

大家不出丑名声

tɕiəŋ^{31} tiou^{33} tio^{31} ȵi^{31} piu^{54} haŋ^{31} la^{33}

请 求 主 人 包 涵 我

请求主人包涵我

piu^{54} haŋ^{31} ɕi^{33} kuo^{33} la^{33} nəŋ^{31} saŋ^{54}

包 涵 训 过 俫 们 双

多多包涵我们俩

tɕhiu^{54} tɕi^{31} ɕou^{24} se^{24} nəŋ^{54} mai^{24} tse^{31}

亲 戚 熟 悉 给 面 子

亲戚熟悉给面子

nəŋ^{54} ȵi^{31} mə^{33} ɕa^{33} mə^{33} luo^{54} kø^{54}

给 人 不 笑 不 知 歌

让人不笑不知歌

二十一、告别主人回家歌

pu^{24} maŋ^{31} maŋ^{31}
白 芒 芒
白茫茫

ɕu^{24} ɕi^{54} tou^{31} ɕaŋ^{24} taŋ^{33} thau^{31} tɕaŋ^{31}
石 山 头 上 冲 土 墙
石山头上充土墙

ɕu^{24} ɕi^{54} tou^{31} ɕaŋ^{24} thau^{31} tɕaŋ^{31} au^{35}
石 山 头 上 土 墙 屋
石山头上土墙屋

ɕu^{24} fa^{54} fəŋ^{31} se^{31} saŋ^{33} ɕo^{24} taŋ^{31}
石 灰 粉 起 算 学 堂
石灰粉起算学堂

səŋ^{54} ɕuəi^{33} la^{33} tou^{31} səŋ^{33} no^{24} ɕo^{24}
三 岁 孩 儿 送 入 学
三岁孩子送入学

pu^{31} po^{35} mə^{33} ɕo^{35} ɕaŋ^{24} ta^{24} ȵi^{31}
把 笔 不 识 上 大 人
把笔不识上大人

la^{33} si^{33} tse^{31} la^{31} ku^{54} tɕəŋ^{33} khau^{31}
俫 是 几 兄 家 庭 苦
我们兄弟家境苦

ku^{54} $tɕəŋ^{33}$ $khau^{31}$ te^{54} $ɕa^{31}$ tau^{24} $ɕo^{54}$
家 庭 穷 了 少 读 书
家庭穷了读书少

tau^{24} $ɕo^{54}$ $ɕa^{31}$ te^{54} $mə^{33}$ luo^{54} le^{33}
读 书 少 了 不 知 礼
读书少了不知礼

$mə^{33}$ luo^{54} le^{33} mau^{24} $pəŋ^{54}$ sau^{54} $ȵi^{31}$
不 知 礼 貌 分 苏 人
不知礼貌待他人

tse^{31} $vaŋ^{24}$ $ȵi^{54}$ $ȵi^{54}$ $mə^{33}$ tse^{33} kua^{33}
指 望 人 人 不 记 怪
希望人人不怪罪

$zə^{35}$ $tɕəŋ^{24}$ piu^{54} $haŋ^{31}$ la^{33} $nəŋ^{31}$ $saŋ^{54}$
一 定 包 涵 倈 们 双
一定包涵我们俩

$tɕou^{31}$ tse^{31} tsi^{24} jai^{31} hou^{31} hou^{31} tai^{31}
酒 子 自 然 口 口 甜
酒好自然口口甜

$mə^{33}$ $nəŋ^{54}$ luo^{31} $ɕo^{35}$ kho^{31} li^{31} vai^{31}
不 给 倒 出 可 怜 完
不给倒出好可惜

kuo^{54} ku^{54} hou^{31} $tɕou^{31}$ luo^{31} $khuai^{33}$ la^{33}
贵 家 好 酒 来 劝 倈
贵家好酒来劝我

kho^{54} la^{33} tshe^{33} la^{54} kho^{31} li^{31} vai^{31}
亏 我 吃 多 可 怜 完
亏我吃多难为情

səi^{31} tɕəŋ^{24} tɕhəŋ^{54} se^{54} luo^{33} ɕaŋ^{24} sa^{33}
洗 净 青 丝 篱 上 晒
洗净清丝篱上晒

səi^{33} hau^{33} mo^{31} mo^{31} tɕhəŋ^{31} tio^{31} ɕo^{54}
小 雨 毛 毛 请 主 收
细雨毛毛请主收

tɕhəŋ^{31} tio^{31} ɕo^{54} ha^{54} jai^{31} tiaŋ^{54} tɕou^{31}
请 主 收 开 筵 中 酒
请主收好筵中酒

tɕhəŋ^{31} tio^{31} ɕo^{54} ha^{54} maŋ^{33} jai^{31} tiaŋ^{54}
请 主 收 开 满 筵 中
请主收好此盛筵

ɕo^{54} ha^{54} jai^{31} tiaŋ^{54} lu^{35} si^{24} lia^{33}
收 开 筵 中 得 事 了
收好酒筵万事好

ɕo^{54} ha^{54} jai^{31} tiaŋ^{54} lu^{35} si^{24} thaŋ^{54}
收 开 筵 中 得 事 通
收好酒筵诸事通

ta^{24} jai^{31} ta^{24} tɕu^{24} ɕaŋ^{31} fə^{35} lia^{33}
大 筵 大 席 享 福 了
大筵大席享福了

ɕou^{33} tɕu^{33} tio^{31} ȵi^{31} maŋ^{33} jai^{31} tiaŋ^{54}

享 尽 主 人 满 筵 中

享尽主人满筵席

niai^{31} tse^{24} tɕaŋ^{33} te^{54} niai^{31} tse^{24} ɕai^{31}

言 字 将 了 言 字 形

言字像了言字形

ɕi^{54} tse^{24} nəŋ^{54} luo^{31} liaŋ^{33} ɕaŋ^{54} lai^{31}

身 字 给 来 两 相 连

身字并来两相连

niai^{31} ɕi^{54} tɕhoŋ^{33} tse^{24} saŋ^{54} saŋ^{54} tsə^{33}

言 身 寸 字 双 双 站

言身寸字一起站

tshu^{35} tse^{24} thiaŋ^{33} tou^{31} tɕiu^{24} tio^{31} ȵi^{31}

拆 字 唱 条 谢 主 人

拆字唱歌谢主人

tshu^{35} tse^{24} thiaŋ^{33} tou^{31} tɕi^{31} tɕiu^{24} tio^{31}

拆 字 唱 条 感 谢 主

拆字唱歌感谢主

pa^{35} tse^{24} təŋ^{31} paŋ^{33} tɕiu^{24} tio^{31} ȵi^{31}

邀 齐 同 伴 谢 主 人

邀齐同伴谢主人

maŋ^{33} ta^{31} tɕou^{31} tsha^{33} tshe^{35} mə^{33} tɕu^{33}

满 桌 酒 菜 吃 不 尽

满桌酒菜吃不尽

tiou^{33} kuo^{33} tio^{31} ȵi^{31} fəi^{33} tɕu^{33} ɕi^{54}
俱 过 主 人 费 尽 心
烦扰主人费心思

au^{35} ɕaŋ^{24} nəi^{31} kai^{31} tɕi^{31} tsha^{35} tɕi^{31}
屋 上 瓦 片 层 插 层
屋上泥瓦层插层

tsi^{31} la^{31} nəŋ^{54} kø^{54} tɕiu^{24} tio^{31} ȵi^{31}
几 兄 给 歌 谢 主 人
兄弟齐歌谢主人

la^{33} paŋ^{33} nio^{33} paŋ^{33} tɕi^{31} tɕiu^{24} tio^{31}
倈 伴 女 伴 层 谢 主
男伴女伴感谢主

ȵi^{54} ȵi^{54} tɕu^{33} tɕiu^{24} tio^{31} ȵi^{31} ku^{54}
人 人 层 谢 主 人 家
人人感谢主人家

au^{35} ɕaŋ^{24} la^{31} məi^{31} au^{35} fu^{33} tɕi^{31}
屋 上 罗 煤 屋 下 层
屋上煤烟屋下积

tsi^{31} la^{31} nəŋ^{54} kø^{54} tɕiu^{24} tio^{31} ȵi^{31}
几 兄 给 歌 谢 主 人
兄弟齐歌谢主人

la^{33} paŋ^{33} nio^{33} paŋ^{33} tɕi^{31} tɕiu^{24} tio^{31}
男 伴 女 伴 层 谢 主
男伴女伴感谢主

ta^{24} tse^{31} tɕi^{31} tɕiu^{24} tio^{31} ȵi^{31} ku^{54}
大 齐 层 谢 主 人 家
大家感谢主人家

tɕi^{31} tɕiu^{24} tio^{31} ȵi^{31} fəi^{33} ta^{24} le^{33}
层 谢 主 人 费 大 礼
感谢主人费大礼

tɕi^{31} tɕiu^{24} tio^{31} ȵi^{31} fəi^{33} ta^{24} ɕi^{54}
层 谢 主 人 费 大 心
感谢主人费心思

zə^{35} ku^{54} ȵi^{54} ȵi^{54} səi^{33} zə^{33} ho^{31}
一 家 人 人 细 意 好
一家人人心意好

səi^{33} ɕi^{54} zə^{33} ho^{31} ta^{33} faŋ^{33} nəŋ^{31}
细 心 意 好 待 奉 男
好心好意招待我

tɕi^{31} tɕiu^{24} la^{54} tɕi^{31} tɕiu^{24}
层 谢 多 层 谢
感谢多感谢

la^{54} la^{54} tɕi^{31} tɕiu^{24} tio^{31} ȵi^{31} ku^{54}
多 多 层 谢 主 人 家
多多感谢主人家

ȵi^{31} ke^{33} hou^{33} tsai^{31} tsai^{31} tɕiu^{24} tio^{31}
人 的 有 钱 钱 谢 主
别人有钱钱谢主

la^{33} nəŋ^{31} mo^{33} tsai^{31} kø^{54} tɕiu^{24} ȵi^{31}
我 们 无 钱 歌 谢 人
我们没钱歌谢人

tsai^{31} tsu^{31} tɕiu^{24} ȵi^{31} pu^{35} si^{24} pu^{35}
钱 子 谢 人 百 十 百
金钱谢人百十文

kø^{54} tse^{31} tɕiu^{24} ȵi^{31} tou^{31} pu^{31} tou^{31}
歌 子 谢 人 条 把 条
歌儿谢人一支支

tou^{31} pu^{31} tou^{31} kø^{54} tɕi^{31} tɕiu^{24} tio^{31}
条 把 条 歌 层 谢 主
支支歌儿感谢主

tio^{33} pu^{31} tio^{33} kø^{54} tɕiu^{24} tio^{31} ȵi^{31}
句 把 句 歌 谢 主 人
短短歌词谢主人

ȵi^{31} ke^{33} ləŋ^{33} tsai^{31} ləŋ^{33} mə^{33} luo^{33}
人 的 担 钱 担 米 到
别人担钱担米到

ju^{24} si^{33} piu^{54} vai^{31} ɕou^{31} ɕi^{33} luo^{31}
又 是 包 蛋 手 信 来
又是包蛋送礼来

piu^{54} vai^{31} ɕou^{31} ɕi^{33} ka^{54} luo^{24} tio^{31}
包 蛋 手 信 该 立 主
包蛋送礼该立主

si^{33} la^{33} həŋ^{54} ɕo^{31} luo^{33} mə^{33} ka^{54}
是 倈 空 手 理 不 该
是我空手理不该

luo^{33} ɕaŋ^{24} mə^{33} ka^{54} tɕi^{54} mə^{33} ka^{54}
理 上 不 该 真 不 该
理上不该真不该

tɕi^{54} tɕi^{54} mə^{33} ka^{54} luo^{24} tio^{31} ȵi^{31}
真 真 不 该 立 主 人
真真不该立主人

səŋ^{54} ŋue^{24} həŋ^{31} ɕo^{31} maŋ^{33} təŋ^{24} piŋ^{31}
三 月 洪 水 满 垌 平
三月洪水满垌平

tsho^{35} ŋue^{31} tɕhou^{54} ɕo^{31} ȵi^{31} lu^{35} liou^{31}
七 月 秋 水 难 得 还
七月秋水难相比

ȵi^{31} lu^{35} liou^{31} kuo^{54} həŋ^{31} ɕo^{31} maŋ^{33}
难 得 还 归 洪 水 满
难得转回洪水满

lau^{35} tsəŋ^{31} vi^{31} kuo^{54} maŋ^{33} jai^{31} tiaŋ^{54}
哪 从 还 回 满 筵 中
难得归还满筵中

la^{33} se^{33} tsa^{33} lu^{35} tshai^{54} lia^{54} fu^{35}
倈 是 做 得 千 朝 客
我是做得千朝客

tsa^{33} mə^{33} zə^{35} lia^{54} tio^{31} ȵi^{31} ku^{54}
做 不 一 朝 主 人 家
却不能做主人家

tsa^{33} fu^{35} tshai^{54} lia^{54} jaŋ^{31} zə^{24} tsa^{33}
做 客 千 朝 容 易 做
做客千朝容易做

tsa^{33} tio^{31} zə^{35} lia^{35} se^{24} fəŋ^{54} ȵi^{31}
做 主 一 朝 十 分 难
做主一朝十分难

la^{33} se^{33} tai^{31} tou^{31} ɕu^{33} kəŋ^{54} vo^{35}
我 是 田 头 社 公 婆
我是田头土地公

tse^{31} se^{33} ze^{24} lu^{35} vi^{31} mu^{35} ȵi^{31}
只 是 吃 得 还 不 人
只是吃得还不了

tse^{31} se^{33} ze^{24} lu^{35} vi^{31} mə^{33} lu^{35}
只 是 吃 得 还 不 得
只是吃得还不得

lau^{24} tsəŋ^{31} vi^{31} kuo^{33} ho^{31} tɕou^{31} jai^{31}
哪 从 还 回 好 酒 筵
那曾还回好筵席

sa^{54} mə^{33} tɕu^{33} ke^{33} hau^{31} tiaŋ^{54} tɕou^{31}
酾 不 尽 的 壶 中 酒
斟不尽的壶中酒

tɕiu^{24} mə^{33} tɕu^{33} ke^{33} tio^{31} ȵi^{31} tɕəŋ^{31}
谢 不 尽 的 主 人 情
谢不尽的主人情

fa^{31} ku^{54} səŋ^{54} no^{35} nai^{24} səŋ^{54} no^{35}
回 家 三 天 念 三 天
回家三天念三天

fa^{31} ku^{54} so^{33} no^{35} nai^{24} mə^{33} vai^{31}
回 家 四 天 念 不 完
回家四天念不完

ȵi^{31} ɕi^{54} zə^{35} sə^{33} nai^{24} zə^{35} sə^{33}
人 生 一 世 念 一 世
人生一世念一世

ȵi^{31} ɕi^{54} zə^{35} sə^{33} nai^{24} mə^{33} vai^{31}
人 生 一 世 念 不 完
人生一世念不完

kuo^{54} ɕi^{54} la^{24} ɕuəi^{35} la^{33} ɕi^{54} ɕo^{35}
高 山 落 雪 俫 告 别
高山落雪我告别

la^{54} la^{54} tsha^{31} ɕo^{33} tio^{31} ȵi^{31} ku^{54}
多 多 吵 闹 主 人 家
多多吵闹主人家

liaŋ^{31} ɕi^{31} pəŋ^{24} məŋ^{31} vu^{35} tia^{35} se^{31}
龙 伞 竖 门 鸭 脚 起
龙伞竖门拍襟褂

mu^{33} te^{31} la^{24} to^{24} la^{33} fa^{31} ku^{54}
马 蹄 落 地 侎 回 家
马蹄落地我回家

se^{31} ɕi^{54} tsai^{31}
起 身 前
起身前

se^{31} ɕi^{54} tu^{24} ɕo^{35} ta^{24} məŋ^{31} tsai^{31}
起 身 踏 出 大 门 前
起身走到大门前

tu^{24} ɕo^{35} ta^{24} məŋ^{31} mi^{24} mi^{24} hau^{33}
踏 出 大 门 慢 慢 去
走出大门慢慢去

mi^{24} mi^{24} tɕhun^{54} se^{31} la^{33} fa^{31} ku^{54}
慢 慢 撑 起 侎 回 家
慢慢撑船我回家

thəŋ^{54} tia^{35} thəŋ^{54}
吞 脚 吞
脚轻轻

la^{33} hi^{33} ȵi^{54} ȵi^{54} hau^{33} çe^{31} tɕhun^{54}
我 喊 个 个 去 行 村
我喊个个走亲戚

piŋ^{31} ɕaŋ^{31} khəŋ^{35} khəŋ^{35} ti^{33} zə^{35} jaŋ^{24}
平 常 刻 刻 都 一 样
平常刻刻都一样

hau^{33} luo^{33} zə^{35} tɕəŋ^{33} no^{24} la^{33} ku^{54}
去 到 一 定 进 俫 家
去到一定进我家

tɕhəŋ^{54} mo^{31} təŋ^{33} tsha^{33} tɕo^{31} pai^{24} zə^{24}
清 饭 淡 菜 随 便 吃
粗饭淡菜随便吃

zə^{31} vaŋ^{24} mə^{33} ɕai^{31} khau^{31} ku^{54} tɕəŋ^{31}
指 望 不 嫌 穷 家 庭
希望不嫌家庭穷

zə^{24} ho^{31} zə^{24} khuai^{33} mə^{33} tse^{33} kua^{33}
吃 好 吃 欠 不 记 怪
吃好吃差不怪罪

tiaŋ^{31} kuo^{54} ȵe^{24} tshe^{33} no^{24} tse^{31} tɕaŋ^{31}
讲 归 义 气 日 子 长
只讲义气情谊长

tsai^{31} çe^{31} so^{33} pe^{24} fi^{54} tsuai^{31} lio^{35}
前 行 四 步 翻 转 看
前行四步翻转看

khaŋ^{33} kai^{33} tio^{31} ȵi^{31} səŋ^{33} la^{33} nəŋ^{31}
看 见 主 人 送 我 们
看见主人送我们

səŋ^{33} te^{54} jaŋ^{24} vai^{33} zə^{33} kuo^{33} ho^{31}
送 了 样 远 意 够 好
送得遥远也可以

ȵi^{31} tɕəŋ^{31} ȵe^{24} tshe^{33} tiaŋ^{31} mə^{33} vai^{31}
人 情 义 气 讲 不 完
人情义气讲不完

ȵe^{24} tshe^{33} zə^{35} no^{35} tiaŋ^{31} mə^{33} tɕu^{33}
义 气 一 天 讲 不 尽
义气一天讲不尽

ɕaŋ^{33} fu^{33} no^{24} au^{35} no^{24} tse^{31} tɕaŋ^{31}
上 下 进 屋 日 子 长
上下进屋日子长

vu^{24} se^{33} mə^{33} ɕai^{31} tiŋ^{33} tse^{54} hau^{33}
若 是 不 嫌 正 直 去
若是不嫌径直去

zə^{35} tɕəŋ^{24} tiŋ^{33} tsi^{54} hau^{33} la^{33} tɕhun^{54}
一 定 正 直 去 倈 村
一定径直去我家

tiŋ^{33} tsi^{54} ɕaŋ^{31} çe^{31} hou^{33} no^{24} tse^{31}
正 直 常 行 有 日 子
径直常走有日子

tau^{31} jou^{33} sei^{31} kui^{54} ho^{31} thaŋ^{31} ɕi^{54}
才 有 时 间 好 谈 心
才有时间好谈心

ho^{31} ho^{31} thaŋ^{31} ɕi^{54} luo^{54} ɕi^{54} ləŋ^{31}
好 好 谈 心 知 心 胆
好好谈心知心胆

ta²⁴ tse³¹ ȵe²⁴ tshe³³ tse³⁵ lu³⁵ tɕaŋ³¹
大 齐 义 气 结 得 长
大家义气结得长

ȵi³¹ tɕəŋ³¹ ȵe²⁴ tshe³³ se³¹ ɕaŋ³¹ tsa³³
人 情 义 气 时 常 在
人情义气时常在

khəŋ³⁵ khəŋ³⁵ se³³ kuo⁵⁴ ho³¹ mə³³ vai³¹
刻 刻 是 归 好 不 完
时时刻刻情意浓

lio³¹ fu²⁴ tsi³¹ ɕoŋ⁵⁴ ȵi⁵⁴ ȵi⁵⁴ luo⁵⁴
留 下 子 孙 人 人 知
留给子孙人人知

ȵi³¹ tɕəŋ³¹ ho³¹ zə³³ ȵi⁵⁴ nai²⁴ ȵi⁵⁴
人 情 好 意 个 念 个
情深义重谊长存

tse³⁵ tɕhiu⁵⁴ tse³⁵ ȵe²⁴ tiaŋ³¹ ȵe²⁴ tshe³³
结 亲 结 义 讲 义 气
结亲结义讲义气

zə³¹ təŋ³¹ thai⁵⁴ to²⁴ ɕo³¹ tɕaŋ³¹ liou³¹
如 同 天 地 水 长 流
如同天地水长流

thai⁵⁴ tɕaŋ³¹ to²⁴ tɕo³¹ tiaŋ²⁴ ɕi⁵⁴ ləŋ³¹
天 长 地 久 共 心 胆
天长地久共心胆

$jiŋ^{33}$ vai^{33} tsi^{31} $ɕoŋ^{54}$ vi^{24} vi^{24} nai^{31}

永 远 子 孙 万 万 年

子孙承继万万年

二十二、亲戚家请女青年客邀歌

（一）大路程歌

题解：如对歌女伴中有已订婚未嫁的落户（“他”字音变）姐，本村亲戚要准备筵席邀其至家中唱路程歌，俫班（年轻小伙）询问少女们来时的情形以及路上所见所闻，一问一答，以交流思想感情。经常唱的为大路程歌，不经常唱的为小路程歌，歌词娓娓描述村庄山环水绕，良田美池，门楼庄严，街道平整，有城墙护卫，有龙狮镇宅，照应了前文进村堂歌的赞语，是当地瑶族一度兴盛辉煌的集中体现。

男问：

zə^{35} liaŋ^{35} həŋ^{31} tse^{31} so^{33} faŋ^{54} faŋ^{54}
一 张 红 纸 四 方 方
一张红纸四方方

me^{24} məŋ^{31} ɕo^{35} məŋ^{31} tsou^{31} lau^{35} faŋ^{54}
妹 们 出 门 走 那 方
妹们出门走哪方

lau^{35} faŋ^{54} lau^{35} vai^{24} lau^{35} lau^{24} luo^{33}
那 方 那 县 那 路 到
哪方哪县哪路到

lau^{35} faŋ^{54} lau^{35} vai^{24} luo^{33} la^{33} ɕaŋ^{54}
那 方 那 县 到 俫 乡
哪方哪县到哥乡

luo^{31} luo^{33} la^{33} ɕaŋ^{54} la^{33} ɕu^{31} pa^{35}
来 到 俫 乡 俫 赦 邀
来到哥乡哥好邀

luo^{31} luo^{33} la^{33} ɕaŋ^{54} ɕu^{31} pa^{35} niaŋ^{31}
来 到 俫 乡 赦 邀 娘
来到哥乡好邀妹

me^{24} məŋ^{31} ɕo^{35} məŋ^{31} se^{33} ɕo^{31} səŋ^{33}
妹 们 出 门 是 谁 送
妹们出门是谁送

se^{33} ɕo^{31} səŋ^{33} ɕo^{35} ta^{24} məŋ^{31} tsai^{31}
是 谁 送 出 大 门 前
是谁送出大门前

səŋ^{33} ɕo^{35} məŋ^{31} tsai^{31} hau^{24} ma^{33} hau^{35}
送 出 门 前 哭 不 哭
送出门前哭不哭

səŋ^{33} ɕo^{35} məŋ^{31} tsai^{31} tsou^{31} mə^{33} tsou^{31}
送 出 门 前 愁 不 愁
送出门前愁不愁

me^{24} məŋ^{31} ɕo^{35} məŋ^{31} se^{33} ɕo^{31} paŋ^{33}
妹 们 出 门 是 谁 伴
妹们出门是谁伴

se^{33} ɕo^{31} paŋ^{33} me^{24} lau^{24} ɕaŋ^{24} çe^{31}
是 谁 伴 妹 路 上 行
是谁相伴路上行

lau^{24} ɕaŋ^{24} thou^{33} ȵi^{31} jou^{33} se^{31} kho^{33}
路 上 碰 人 有 几 个
路上逢人有几个

tse^{31} ȵi^{31} luo^{31} ləŋ^{33} tse^{31} ȵi^{31} khaŋ^{54}
几 人 挑 担 几 人 空
几人挑担几人空

tse^{31} ȵi^{31} khaŋ^{54} khaŋ^{54} hau^{33} fu^{33} vai^{24}
几 人 空 空 去 下 县
几人空空去下县

tse^{31} ȵi^{31} luo^{31} ləŋ^{33} fu^{33} vai^{24} kuo^{54}
几 人 挑 担 下 县 归
几人挑担下县回

ɕaŋ^{33} te^{54} lau^{24} lie^{31} hou^{33} tse^{31} lio^{35}
上 了 路 林 有 几 曲
舍舟上岸有几曲

tse^{31} vi^{54} tse^{31} lio^{35} luo^{33} jaŋ^{31} me^{31}
几 弯 几 曲 到 杨 梅
几弯几曲到梅边

lau^{24} pai^{54} jaŋ^{31} me^{31} jou^{33} tse^{31} ɕo^{24}
路 边 杨 梅 有 几 树
路旁杨梅有几棵

tse^{31} ɕo^{24} fa^{35} fu^{54} tse^{31} ɕo^{24} həŋ^{31}
几 树 发 花 几 树 红
几棵开花几棵红

tse^{31} ɕo^{24} nəŋ^{54} luo^{31} ɕo^{31} ɕo^{35} lau^{24}
几 树 给 来 垂 出 路
几棵茂盛垂出路

tse^{31} ɕo^{24} nəŋ^{54} luo^{31} ɕo^{31} lau^{24} li^{31}
几 树 给 来 垂 路 林
几棵隐现路边林

kuo^{33} lia^{33} jaŋ^{31} me^{31} jou^{33} tse^{24} lio^{35}
过 了 杨 梅 有 几 曲
过了杨梅有几曲

tse^{24} vi^{54} tse^{31} lio^{35} luo^{33} kaŋ^{54} tou^{31}
几 弯 几 曲 到 岗 头
几弯几曲到岗头

luo^{33} luo^{33} kaŋ^{54} tou^{31} jou^{33} ɕu^{31} kau^{31}
到 了 岗 头 有 石 鼓
到了岗头有牌坊

kaŋ^{54} tou^{31} ɕu^{31} kau^{31} jou^{33} tse^{31} saŋ^{54}
岗 头 石 鼓 有 几 双
牌坊石鼓有几双

tse^{31} saŋ^{54} kuo^{54} si^{31} ŋau^{31} ŋa^{54} jaŋ^{33}
几 双 高 时 牛 挨 痒
几双高时牛擦痒

tse^{31} saŋ^{54} a^{31} tse^{31} no^{33} tou^{31} jou^{31}
几 双 矮 时 蚂 蚁 游
几双矮时蚂蚁游

kuo^{33} lia^{33} kaŋ^{54} tou^{31} jou^{33} tse^{31} lio^{35}
过 了 岗 头 有 几 曲
过了岗头有几曲

tse^{24} vi^{54} tse^{31} lio^{35} luo^{33} mau^{24} vai^{31}
几 弯 几 曲 到 木 园
几弯几曲到林园

luo^{33} te^{54} mau^{24} vai^{31} jou^{33} mau^{24} tso^{31}
到 了 木 园 有 木 子
到了林园有好树

liu^{33} ləŋ^{31} mau^{24} tso^{31} jou^{33} tse^{33} saŋ^{54}
流 兰 木 子 有 几 双
成材大树有几双

tse^{33} saŋ^{54} liu^{33} ləŋ^{31} sa^{54} səi^{33} pie^{31}
几 双 流 兰 锯 细 板
几双高直锯细板

tse^{33} saŋ^{54} vi^{54} lio^{35} ka^{33} tɕa^{31} ɕa^{54}
几 双 弯 曲 破 柴 烧
几双弯曲破柴烧

kuo^{33} lia^{33} mau^{24} vai^{31} jou^{33} tse^{31} lio^{35}
过 了 木 园 有 几 曲
过了林园有几曲

tse^{31} vi^{54} tse^{31} lio^{35} luo^{33} haŋ^{54} taŋ^{31}
几 弯 几 曲 到 荒 塘
几弯几曲到荒塘

luo^{33} te^{54} haŋ^{54} taŋ^{31} jou^{33} tse^{31} kho^{33}
到 了 荒 塘 有 几 扣
到了荒塘有几宽

fə^{31} pəŋ^{31} ju^{33} vu^{35} jou^{33} tse^{31} saŋ^{54}
和 鹏 野 鸭 有 几 双
鸽鹏野鸭有几双

tse^{31} saŋ^{54} nəŋ^{54} luo^{31} hau^{33} tɕhi^{33} zə^{24}
几 双 给 来 去 寻 吃
几双欢快去寻吃

tse^{31} saŋ^{54} nəŋ^{54} luo^{31} ɕou^{31} haŋ^{54} taŋ^{31}
几 双 给 来 守 荒 塘
几双安静守荒塘

kuo^{33} lia^{33} haŋ^{54} taŋ^{31} jou^{33} tse^{31} lio^{35}
过 了 荒 塘 有 几 曲
过了荒塘有几曲

tse^{31} vi^{54} tse^{31} lio^{35} luo^{33} ta^{24} taŋ^{31}
几 弯 几 曲 到 大 塘
几弯几曲到大塘

luo^{33} luo^{33} ta^{24} taŋ^{31} jou^{33} tse^{31} kho^{33}
来 到 大 塘 有 几 扣
看到大塘有多大

ta^{24} taŋ^{31} luo^{33} ŋau^{31} jou^{33} tse^{31} saŋ^{54}
大 塘 鲤 鱼 有 几 双
大塘鲤鱼有几双

tse^{31} saŋ^{54} nəŋ^{54} luo^{31} təŋ^{31} vie^{31} hau^{33}
几 双 给 来 腾 云 去
几双幸运腾云去

tse^{31} saŋ^{54} nəŋ^{54} luo^{31} ɕou^{31} ta^{24} taŋ^{31}
几 双 给 来 守 大 塘
几双悠游守大塘

kuo^{33} lia^{33} ta^{24} taŋ^{31} jou^{33} tse^{31} lio^{35}
过 了 大 塘 有 几 曲
过了大塘有几曲

tse^{31} vi^{54} tse^{31} lio^{35} luo^{33} po^{54} tɕaŋ^{31}
几 弯 几 曲 到 坝 墙①
几弯几曲到城墙

luo^{33} lia^{33} po^{54} tɕaŋ^{31} jou^{33} tse^{31} kho^{33}
到 了 坝 墙 有 几 扣
城墙蜿蜒有几段

po^{54} tɕaŋ^{31} tɕhiau^{54} ŋau^{31} jou^{33} tse^{31} saŋ^{54}
坝 墙 秋 鱼 有 几 双
城壕鳅鱼有几双

tse^{31} saŋ^{54} nəŋ^{54} luo^{31} tɕo^{33} ɕo^{31} fu^{33}
几 双 给 来 随 水 下
几双欢快随水下

---

① 坝墙：原书写作“垻墙”，按入村庄顺序分析，应为“城墙”二字。麦岭八都作为军事重镇和冯乘故县，自汉唐以来各村寨入村山口或田垌都有夯土或砖石所筑的城墙，清代大部分被折毁，现只有金田、村头岗、红岩、黄牛井等村庄残存部分墙体。

tse^{31} saŋ^{54} nəŋ^{54} luo^{31} ɕou^{31} po^{54} tɕaŋ^{31}
几 双 给 来 守 坝 墙
几双悠游守城墙

kuo^{33} lia^{33} po^{54} tɕaŋ^{31} jou^{33} tse^{31} lio^{35}
过 了 坝 墙 有 几 曲
过了城墙有几曲

tse^{31} vi^{54} tse^{31} lio^{35} luo^{33} ta^{24} tai^{31}
几 弯 几 曲 到 大 田
几弯几曲到大田

luo^{33} te^{54} ta^{24} tai^{31} jou^{33} tse^{31} kho^{33}
到 了 大 田 有 几 扣
看到大田有多少

tai^{31} tsei^{31} tai^{31} ɕoŋ^{54} jou^{33} tse^{31} ɕo^{54}
田 子 田 孙 有 几 丘
祖宗良田有几块

tse^{31} ɕo^{54} nəŋ^{54} luo^{31} ha^{35} na^{24} kau^{35}
几 丘 给 来 插 糯 谷
几块用来插糯谷

tse^{31} ɕo^{54} nəŋ^{54} luo^{31} ha^{35} tsai^{54} və^{31}
几 丘 给 来 插 粘 禾
几块用来插籼禾

luo^{33} te^{54} ta^{24} tai^{31} jou^{33} tse^{31} lio^{35}
过 了 大 田 有 几 曲
过了大田有几曲

tse^{31} vi^{54} tse^{31} lio^{35} luo^{33} mia^{24} taŋ^{31}
几 弯 几 曲 到 庙 堂
几弯几曲到庙堂

luo^{31} luo^{33} mia^{24} taŋ^{31} jou^{33} tse^{31} kho^{33}
来 到 庙 堂 有 几 扣
观赏庙堂有多大

mia^{24} taŋ^{31} ɕaŋ^{33} kəŋ^{54} jou^{33} tse^{31} tɕoŋ^{54}
庙 堂 像 公 有 几 尊
庙堂塑像有几尊

tse^{31} tɕoŋ^{54} nəŋ^{54} luo^{31} ɕo^{35} hi^{31} hau^{33}
几 尊 给 来 出 行 去
几尊安排出行去

tse^{31} tɕoŋ^{54} nəŋ^{54} luo^{31} ɕou^{31} mia^{24} taŋ^{31}
几 尊 给 来 守 庙 堂
几尊安置守庙堂

luo^{33} te^{54} mia^{24} taŋ^{31} jou^{33} tse^{31} lio^{35}
过 了 庙 堂 有 几 曲
过了庙堂有几曲

tse^{31} vi^{54} tse^{31} lio^{35} luo^{33} tia^{31} tou^{31}
几 弯 几 曲 到 桥 头
几弯几曲到桥头

luo^{33} lia^{33} tia^{31} tou^{31} jou^{33} tse^{31} kho^{33}
到 了 桥 头 有 几 扣
桥身宽长是多少

tia^{31} tou^{31} po^{54} tsi^{54} jou^{33} tse^{31} khua^{33}
桥 头 碑 基 有 几 块
桥头石碑有几块

tse^{31} khua^{33} nəŋ^{54} luo^{31} khəŋ^{54} liou^{31} tse^{33}
几 块 给 来 刻 留 记
几块用来刻碑记

tse^{31} khua^{33} nəŋ^{54} luo^{31} əŋ^{54} nio^{33} miŋ^{31}
几 块 给 来 安 女 名
几块用来安妹名

luo^{33} te^{54} tia^{31} tou^{31} jou^{33} tse^{31} lio^{35}
过 了 桥 头 有 几 曲
过了桥头有几曲

tse^{31} vi^{54} tse^{31} lio^{35} luo^{33} tɕhəŋ^{31} tou^{31}
几 弯 几 曲 到 井 头
几弯几曲到井头

luo^{33} luo^{33} tɕhəŋ^{31} tou^{31} jou^{33} tse^{31} kho^{33}
到 了 井 头 有 几 扣
井头水井有几口

tse^{31} hou^{31} na^{24} se^{31} tse^{31} hou^{31} tɕhəŋ^{54}
几 口 浑 时 几 口 清
几口浑时几口清

tse^{31} hou^{31} tɕhəŋ^{54} se^{31} ȵi^{31} khaŋ^{31} ɕo^{31}
几 口 清 时 人 挑 水
几口清时人挑水

tse^{31} hou^{31} na^{24} se^{31} səi^{31} vo^{54} ɕaŋ^{31}
几 口 浑 时 洗 衣 裳
几口浑时洗衣裳

kuo^{33} lia^{33} tɕəŋ^{31} tou^{31} jou^{33} tse^{31} lio^{35}
过 了 井 头 有 几 曲
过了井头有几曲

tse^{31} vi^{54} tse^{31} lio^{35} luo^{33} tia^{35} taŋ^{31}
几 弯 几 曲 到 脚 塘①
几弯几曲到脚塘

luo^{33} te^{54} tia^{35} taŋ^{31} jou^{33} tse^{31} kho^{33}
到 了 脚 塘 有 几 扣
到了脚塘行多远

tia^{35} taŋ^{31} tshau^{31} ŋau^{31} jou^{33} tse^{31} saŋ^{54}
脚 塘 草 鱼 有 几 双
脚塘草鱼有几双

tse^{31} saŋ^{54} nəŋ^{54} luo^{31} luo^{31} ta^{33} fu^{35}
几 双 给 来 来 待 客
几双捞上来待客

tse^{31} saŋ^{54} nəŋ^{54} luo^{31} ɕou^{31} tia^{33} taŋ^{31}
几 双 给 来 守 脚 塘
几双留着守脚塘

kuo^{33} lia^{33} tia^{35} taŋ^{31} jou^{33} tse^{31} lio^{35}
过 了 脚 塘 有 几 曲
过了脚塘有几曲

① 脚塘：麦岭八都村寨一般在村庄脚下（面前）挖有水塘，一为配风水，二为防火灾，个别村庄还建成城池，使之兼具防御的功能。

tse^{31} vi^{54} tse^{31} lio^{35} luo^{33} tɕaŋ^{31} tou^{31}
几 弯 几 曲 到 墙 头
几弯几曲到寨墙

luo^{33} tse^{54} tɕaŋ^{31} tou^{31} jou^{33} tse^{31} kho^{33}
到 了 墙 头 有 几 扣
高墙护村连几段

tɕaŋ^{31} tou^{31} ȵiu^{31} niaŋ^{54} jou^{33} tse^{31} saŋ^{54}
墙 头 猫 仔 有 几 双
墙头猫儿有几双

tse^{31} saŋ^{54} nəŋ^{54} luo^{31} ta^{35} luo^{33} ɕo^{31}
几 双 给 来 抓 老 鼠
几双好动抓老鼠

tse^{31} saŋ^{54} nəŋ^{54} luo^{31} tsa^{33} nəi^{24} tou^{31}
几 双 给 来 晒 日 头
几双喜静晒太阳

kuo^{33} lia^{33} tɕaŋ^{31} tou^{31} jou^{33} tse^{31} lio^{35}
过 了 墙 头 有 几 曲
过了高墙有几曲

tse^{31} vi^{54} tse^{31} lio^{35} luo^{33} məŋ^{31} luo^{31}
几 弯 几 曲 到 门 楼
几弯几曲到门楼

luo^{33} te^{54} məŋ^{31} luo^{31} jou^{33} tse^{31} kho^{33}
到 了 门 楼 有 几 扣
门楼细数有几个

mən^{31} luo^{31} se^{54} tse^{31} jou^{33} tse^{31} saŋ^{54}
门 楼 狮 子 有 几 双
门楼狮子有几双

tse^{31} saŋ^{54} nəŋ^{54} luo^{31} hau^{33} tɕhi^{33} zə^{24}
几 双 给 来 去 寻 吃
安排几双去寻吃

tse^{31} saŋ^{54} nəŋ^{54} luo^{31} ɕou^{31} meŋ^{31} luo^{31}
几 双 给 来 守 门 楼
安置几双守门楼

kuo^{33} lia^{33} meŋ^{31} luo^{31} jou^{33} tse^{31} lio^{35}
过 了 门 楼 有 几 曲
过了门楼有几曲

tse^{31} vi^{54} tse^{31} lio^{35} luo^{33} se^{31} taŋ^{31}
几 弯 几 曲 到 祠 堂
几弯几曲到祠堂

luo^{33} te^{54} se^{31} taŋ^{31} jou^{33} tse^{31} kho^{33}
到 了 祠 堂 有 几 扣
到了祠堂有几进

tɕi^{54} tsi^{54} fa^{24} haŋ^{31} jou^{33} tse^{31} saŋ^{54}
金 鸡 凤 凰 有 几 双
金鸡凤凰有几双

tse^{31} saŋ^{54} nəŋ^{54} luo^{31} hau^{33} tɕhi^{33} zə^{24}
几 双 给 来 去 寻 吃
几双欢快去寻吃

tse^{31} saŋ^{54} nəŋ^{54} luo^{31} ɕou^{31} se^{31} taŋ^{31}
几 双 给 来 守 祠 堂
几双安静守祠堂

kuo^{33} lia^{33} se^{31} taŋ^{31} jou^{33} tse^{31} lio^{35}
过 了 祠 堂 有 几 曲
过了祠堂有几曲

tse^{31} vi^{54} tse^{31} lio^{35} luo^{33} tsa^{35} məŋ^{31}
几 弯 几 曲 到 扎 门
几弯几曲到仪门

luo^{33} lia^{33} tsa^{35} məŋ^{31} jou^{33} tse^{31} kho^{33}
到 了 扎 门 有 几 扣
看到仪门有何物

məŋ^{31} tsai^{31} tiaŋ^{54} tha^{35} jou^{33} tse^{31} fə^{54}
门 前 彰 脱① 有 几 步
门前阶梯几步登

tse^{31} pə^{54} kuo^{54} se^{31} nəŋ^{54} me^{24} to^{24}
几 步 高 时 给 妹 踏
几步高时给妹踏

tse^{31} fə^{54} ləi^{54} se^{31} nəŋ^{54} me^{24} hi^{31}
几 步 低 时 给 妹 行
几步低时给妹行

kuo^{33} lia^{33} tsa^{35} məŋ^{31} jou^{33} tse^{31} lio^{35}
过 了 扎 门 有 几 曲
过了仪门有几曲

① 彰脱：台阶。

tse^{31} vi^{54} tse^{31} lio^{35} luo^{33} məŋ^{31} tsai^{31}
几　弯　几　曲　到　门　前
几弯几曲到门前

luo^{33} lia^{33} məŋ^{31} tsai^{31} jou^{33} tse^{31} lio^{35}
到　了　门　前　有　几　扣
到了门前有什么

khaŋ^{33} kai^{33} tɕhəŋ^{54} tou^{31} la^{54} ɕa^{31} ȵi^{31}
看　见　清　头　多　少　人
看见厅堂多少人

tɕhəŋ^{54} tou^{31} tse^{31} ȵi^{54} hau^{33} tse^{35} me^{24}
清　头　几　个　去　接　妹
厅堂几人去接妹

tse^{31} ȵi^{54} tse^{35} me^{24} no^{24} tɕhəŋ^{54} tou^{31}
几　人　接　妹　入　清　头
几人接妹入厅堂

tse^{35} no^{24} tɕhəŋ^{54} tou^{31} aŋ^{54} lau^{35} vo^{24}
接　入　清　头　安　那　位
接入厅堂安哪里

tse^{35} no^{24} me^{24} məŋ^{31} aŋ^{54} lau^{24} faŋ^{54}
接　入　妹　们　安　那　方
接入妹们安哪里

lau^{24} faŋ^{54} lau^{35} vo^{24} nəŋ^{54} me^{24} tsa^{33}
那　方　那　位　给　妹　坐
哪方哪位给妹坐

lau^{24} faŋ^{54} lau^{35} vo^{24} paŋ^{33} me^{24} nəŋ^{31}
那 方 那 位 伴 妹 们
哪方哪位伴妹们

paŋ^{33} tɕi^{31} me^{24} nəŋ^{31} ta^{24} tse^{31} tsa^{33}
伴 着 妹 们 大 齐 坐
伴着妹们大家坐

ta^{24} tse^{31} tsa^{33} fu^{33} vo^{31} kø^{54} tɕəŋ^{31}
大 齐 坐 下 围 歌 情
大家坐下好对歌

女答：

zə^{35} liaŋ^{54} həŋ^{31} tse^{31} so^{33} faŋ^{54} faŋ^{54}
一 张 红 纸 四 方 方
一张红纸四方方

me^{24} nəŋ^{31} ɕo^{35} məŋ^{31} tsou^{31} ɕaŋ^{33} faŋ^{54}
妹 们 出 门 走 乡 方
妹们出门走村坊

mo^{33} faŋ^{54} mo^{33} vai^{24} ta^{24} lau^{24} luo^{33}
某 方 某 县 大 路 到
某方某县大路到

mo^{33} faŋ^{54} mo^{33} vai^{24} luo^{33} kuo^{33} ɕaŋ^{54}
某 方 某 县 到 贵 乡
某方某县到贵乡

luo^{33} luo^{33} kuo^{33} ɕaŋ^{54} kø^{54} ɕu^{31} pa^{35}
来 到 贵 乡 哥 赦 邀
来到贵乡哥舍邀

luo^{33} luo^{33} kuo^{33} ɕaŋ^{54} ɕu^{31} pa^{35} niaŋ^{31}
来 到 贵 乡 赦 邀 娘
来到贵乡愿邀妹

me^{24} nəŋ^{31} ɕo^{35} məŋ^{31} ju^{31} niaŋ^{31} səŋ^{33}
妹 们 出 门 爷 娘 送
妹们出门爷娘送

ju^{31} niaŋ^{31} səŋ^{33} ɕo^{35} ta^{24} məŋ^{31} tsai^{31}
爷 娘 送 出 大 门 前
爷娘送出大门前

səŋ^{33} ɕo^{35} məŋ^{31} tsai^{31} me^{24} mə^{33} hau^{35}
送 出 门 前 妹 不 哭
送出门前妹不哭

səŋ^{33} ɕo^{35} məŋ^{31} tsai^{31} me^{24} mə^{33} tso^{31}
送 出 门 前 妹 不 愁
送出门前妹不愁

me^{24} nəŋ^{31} ɕo^{35} məŋ^{31} ɕi^{33} tou^{31} paŋ^{33}
妹 们 出 门 是 伞 伴
妹出门时是伞伴

se^{33} ɕi^{31} paŋ^{33} me^{24} lau^{24} ɕaŋ^{24} hi^{31}
是 伞 伴 妹 路 上 行
是伞伴妹路上行

lau^{24} ɕaŋ^{24} taŋ^{24} ȵi^{31} jou^{33} tsho^{35} ȵi^{54}
路 上 碰 人 有 七 个
路上逢人有七个

səŋ^{54} ȵi^{31} khaŋ^{31} ləŋ^{33} so^{33} ȵi^{31} həŋ^{54}
三 人 挑 担 四 人 空
三人挑担四人空

so^{33} ȵi^{31} khaŋ^{54} khaŋ^{54} hau^{33} fu^{33} vai^{24}
四 人 空 空 去 下 县
四人轻装去县里

səŋ^{54} ȵi^{31} khaŋ^{31} ləŋ^{33} fu^{33} vai^{24} kuo^{54}
三 人 挑 担 下 县 归
三人挑担下县回

ɕaŋ^{33} te^{54} lau^{24} li^{31} jou^{33} tsho^{35} lio^{35}
上 了 路 林 有 七 曲
上岸林荫路七曲

səŋ^{54} vi^{54} so^{33} lio^{35} luo^{33} jaŋ^{31} me^{31}
三 弯 四 曲 到 杨 梅
三弯四曲见杨梅

lau^{24} pai^{54} jaŋ^{31} me^{31} jou^{33} tsho^{35} ɕo^{24}
路 边 杨 梅 有 七 树
路边杨梅有七棵

səŋ^{54} ɕo^{24} fa^{35} fu^{54} so^{33} ɕo^{24} həŋ^{31}
三 树 发 花 四 树 红
三棵开花四棵红

səŋ^{54} ɕo^{24} nəŋ^{54} luo^{31} ɕo^{31} ɕo^{35} lau^{24}
三 树 给 来 垂 出 路
三棵茂盛垂出路

so^{33} ɕo^{24} nəŋ^{54} luo^{31} ɕo^{31} lau^{24} lie^{31}
四 树 给 来 垂 路 林
四树林间垂枝柯

kuo^{33} lia^{33} jaŋ^{31} me^{31} jou^{33} tsho^{35} lio^{35}
过 了 杨 梅 有 七 曲
过了杨梅有七曲

səŋ^{54} vi^{31} so^{35} lio^{35} luo^{33} kaŋ^{54} tou^{31}
三 弯 四 曲 到 岗 头
三弯四曲到岗头

luo^{33} luo^{33} kaŋ^{54} tou^{31} jou^{33} ɕu^{24} kau^{31}
到 了 岗 头 有 石 鼓
到了岗头有牌坊

kaŋ^{54} tou^{31} ɕu^{24} kau^{31} jou^{33} ŋau^{33} saŋ^{54}
岗 头 石 鼓 有 五 双
牌坊石鼓有五双

liaŋ^{33} saŋ^{54} kuo^{54} se^{31} ŋau^{31} na^{54} jaŋ^{33}
两 双 高 时 牛 挨 痒
两双高时牛擦痒

səŋ^{54} saŋ^{54} a^{31} se^{31} no^{33} tou^{31} jou^{31}
三 双 矮 时 蚂 蚁 游
三双矮时蚂蚁游

kuo^{33} lia^{33} kaŋ^{54} tou^{31} jou^{33} tsho^{35} lio^{35}
过 了 岗 头 有 七 曲
过了岗头有七曲

səŋ^{54} vi^{31} so^{33} lio^{35} luo^{33} mau^{24} vai^{31}
三 弯 四 曲 到 木 园
三弯四曲到林园

luo^{33} luo^{33} mau^{24} vai^{31} jou^{33} mau^{24} tso^{31}
到 了 木 园 有 木 子
到了林园有佳树

liou^{31} ləŋ^{31} mau^{24} tso^{31} jou^{33} tiou^{31} saŋ^{54}
流 兰 木 子 有 九 双
成材佳树有九双

ŋau^{33} saŋ^{54} liou^{31} ləŋ^{31} sa^{54} səi^{33} pie^{31}
五 双 流 兰 锯 细 板
五双高直锯细板

so^{33} saŋ^{54} vi^{54} lio^{35} ka^{33} tɕa^{31} ɕa^{54}
四 双 弯 曲 破 柴 烧
四双弯曲破柴烧

kuo^{33} lia^{33} mau^{24} vai^{31} jou^{33} tse^{31} lio^{35}
过 了 木 园 有 几 曲
过了林园有七曲

tse^{31} vi^{54} tse^{31} lio^{35} luo^{33} haŋ^{54} taŋ^{31}
几 弯 几 曲 到 荒 塘
三弯四曲到荒塘

luo^{33} lia^{33} haŋ^{54} taŋ^{31} jou^{33} tsho^{35} kho^{33}
到 了 荒 塘 有 七 扣
荒塘沿行七段路

fə^{31} pəŋ^{31} ju^{33} vu^{35} jou^{33} tsho^{35} saŋ^{54}
和 鹏 野 鸭 有 七 双
鸽鹏野鸭有九只

səŋ^{54} saŋ^{54} nəŋ^{54} luo^{31} hau^{33} tɕhi^{33} zə^{24}
四 双 给 来 去 寻 吃
四双欢快去找吃

səŋ^{54} saŋ^{54} nəŋ^{54} luo^{31} ɕou^{31} haŋ^{54} taŋ^{31}
三 双 给 来 守 荒 塘
三双安静守荒塘

kuo^{33} lia^{33} haŋ^{54} taŋ^{31} jou^{33} tsho^{35} lio^{35}
过 了 荒 塘 有 七 曲
过了荒塘有七曲

səŋ^{54} vi^{31} so^{35} lio^{35} luo^{33} ta^{24} taŋ^{31}
三 弯 四 曲 到 大 塘
三弯四曲到大塘

luo^{33} luo^{33} ta^{24} taŋ^{31} jou^{33} tsho^{35} kho^{33}
来 到 大 塘 有 七 扣
来到大塘宽水域

ta^{24} taŋ^{31} luo^{33} ŋau^{31} jou^{33} tiou^{31} saŋ^{54}
大 塘 鲤 鱼 有 九 双
大塘金鲤有九双

so^{33} saŋ^{54} nəŋ^{54} luo^{31} təŋ^{31} liu^{31} hau^{33}
四 双 给 来 腾 云 去
四双欢喜腾云去

ŋau^{33} saŋ^{54} nəŋ^{54} luo^{31} ɕou^{31} ta^{24} taŋ^{31}
五 双 给 来 守 大 塘
五双悠游守大塘

kuo^{33} lia^{33} ta^{24} taŋ^{31} jou^{33} tsho^{35} lio^{35}
过 了 大 塘 有 七 曲
过了大塘有七曲

səŋ^{54} vi^{31} so^{33} lio^{35} luo^{33} po^{54} tɕaŋ^{31}
三 弯 四 曲 到 坝 墙
三弯四曲到城墙

luo^{33} luo^{33} po^{54} tɕaŋ^{31} jou^{33} tsho^{35} kho^{33}
到 了 坝 墙 有 七 扣
到了城墙有七段

po^{54} tɕaŋ^{31} tɕhou^{54} ŋau^{31} jou^{33} tsho^{35} saŋ^{54}
坝 墙 秋 鱼 有 七 双
城壕鳅鱼有七双

səŋ^{54} saŋ^{54} nəŋ^{54} luo^{31} tɕo^{31} ɕo^{31} fu^{33}
三 双 给 来 随 水 下
三双欢快随水下

so^{33} saŋ^{54} nəŋ^{54} luo^{31} ɕou^{31} po^{54} tɕaŋ^{31}
四 双 给 来 守 坝 墙
四双悠游守城墙

kuo^{33} lia^{33} po^{54} tɕaŋ^{31} jou^{33} tsho^{35} lio^{35}
过 了 坝 墙 有 七 曲
过了城墙有七曲

sən54 vi31 so33 lio35 luo33 ta24 tai31
三 弯 四 曲 到 大 田
三弯四曲到大田

luo33 lia33 ta24 tai31 jou33 tsho35 kho33
到 了 大 田 有 七 扣
到了大田七段路

tai31 tse31 tai31 ɕoŋ54 jou33 tsho35 thio54
田 子 田 孙 有 七 丘
大田七块祖宗留

sən54 ɕo54 nəŋ54 luo31 tsha35 na24 kau35
三 丘 给 来 插 糯 谷
三块用来插糯谷

so33 tɕhio54 nəŋ54 luo31 tsha35 sai54 və31
四 丘 给 来 插 籼 禾
四块用来插籼禾

kuo33 lia33 ta24 tai31 jou33 tsho35 lio35
过 了 大 田 有 七 曲
过了大田有七曲

sən54 vi31 so33 lio35 luo33 mia24 taŋ31
三 弯 四 曲 到 庙 堂
三弯四曲到庙堂

luo33 luo33 mia24 taŋ31 jou33 tsho35 kho33
到 来 庙 堂 有 七 扣
庙堂恢宏有气势

mia^{24} taŋ^{31} ɕaŋ^{33} kəŋ^{54} jou^{33} tsho^{35} tɕoŋ^{54}
庙 堂 像 公 有 七 尊
庙堂塑像有七尊

səŋ^{54} tɕoŋ^{54} nəŋ^{54} luo^{31} ɕo^{35} he^{31} hau^{33}
三 尊 给 来 出 行 去
安排三尊出行去

so^{33} tɕoŋ^{54} nəŋ^{54} luo^{31} ɕou^{31} mia^{24} taŋ^{31}
四 尊 给 来 守 庙 堂
安排四尊守庙堂

kuo^{33} lia^{33} mia^{24} taŋ^{31} jou^{33} tsho^{35} lio^{35}
过 了 庙 堂 有 七 曲
过了庙堂有七曲

səŋ^{54} vi^{31} so^{33} lio^{35} luo^{33} tia^{31} tou^{31}
三 弯 四 曲 到 桥 头
三弯四曲到桥头

luo^{33} lia^{33} tia^{31} tou^{31} jou^{33} tsho^{35} kho^{33}
到 了 桥 头 有 七 扣
看到桥身长五丈

tia^{31} tou^{31} po^{54} tse^{54} jou^{33} tsho^{35} khua^{33}
桥 头 碑 基 有 七 块
细数碑刻有七块

səŋ^{54} khua^{33} nəŋ^{54} luo^{31} khəŋ^{54} liou^{33} tsə^{33}
三 块 给 来 刻 留 记
三块用来刻碑记

so^{33} khua^{33} nəŋ^{54} luo^{31} aŋ^{54} nio^{33} miŋ^{31}
四 块 给 来 安 女 名
四块拿来安妹名

kuo^{33} lia^{33} tia^{31} tou^{31} jou^{33} tsho^{35} lio^{35}
过 了 桥 头 有 七 曲
过了桥头有七曲

səŋ^{54} vi^{31} so^{33} lio^{35} luo^{33} tɕəŋ^{31} tou^{31}
三 弯 四 曲 到 井 头
三弯四曲到井头

luo^{33} lia^{33} tɕəŋ^{31} tou^{31} jou^{33} tsho^{35} kho^{33}
到 了 井 头 有 七 扣
看到大井有七口

səŋ^{54} hou^{31} na^{24} tse^{31} so^{33} hou^{31} tɕhəŋ^{54}
三 口 浑 时 四 口 清
三口浑来四口清

so^{33} hou^{31} tɕhəŋ^{54} se^{31} ȵi^{31} luo^{31} ɕo^{31}
四 口 清 时 人 挑 水
四口清澈人挑水

səŋ^{54} hou^{31} na^{24} tse^{31} səi^{31} vo^{54} ɕaŋ^{31}
三 口 浑 时 洗 衣 裳
三口稍浑洗衣裳

kuo^{33} lia^{33} tɕəŋ^{31} tou^{31} jou^{33} tsho^{35} lio^{35}
过 了 井 头 有 七 曲
过了井头有七曲

səŋ^{54} vi^{31} so^{33} lio^{35} luo^{33} tia^{35} taŋ^{31}
三 弯 四 曲 到 脚 塘
三弯四曲到脚塘

luo^{33} lia^{33} tia^{35} taŋ^{31} jou^{33} tsho^{35} kho^{33}
到 了 脚 塘 有 七 扣
脚塘沿塘走七丈

tia^{35} taŋ^{31} tshau^{31} ŋau^{31} jou^{33} tiou^{31} saŋ^{54}
脚 塘 草 鱼 有 九 双
脚塘草鱼有九双

so^{33} saŋ^{54} nəŋ^{54} luo^{31} luo^{31} ta^{33} fu^{35}
四 双 给 来 来 待 客
四双用来招待客

ŋau^{33} saŋ^{54} nəŋ^{54} luo^{31} ɕou^{31} tia^{35} taŋ^{31}
五 双 给 来 守 脚 塘
五双用来守脚塘

kuo^{33} lia^{33} tia^{35} taŋ^{31} jou^{33} tsho^{35} lio^{35}
过 了 脚 塘 有 七 曲
过了脚塘有七曲

səŋ^{54} vi^{31} so^{33} lio^{35} luo^{33} tɕaŋ^{31} tou^{31}
三 弯 四 曲 到 墙 头
三弯四曲到高墙

luo^{33} lia^{33} tɕaŋ^{31} tou^{31} jou^{33} tsho^{35} kho^{33}
到 了 墙 头 有 七 扣
高墙护村连七段

tɕaŋ^{31} tou^{31} niau^{54} tso^{31} jou^{33} ŋau^{33} saŋ^{54}

墙 头 猫 仔 有 五 双

墙头猫儿有五双

səŋ^{33} saŋ^{54} nəŋ^{54} luo^{31} tsa^{35} luo^{33} ɕo^{31}

三 双 给 来 抓 老 鼠

三双好动抓老鼠

liaŋ^{33} saŋ^{54} nəŋ^{54} luo^{31} sa^{33} nəi^{24} tou^{31}

二 双 给 来 晒 日 头

两双喜静晒太阳

kuo^{33} lia^{33} tɕaŋ^{31} tou^{31} jou^{33} tsho^{35} lio^{35}

过 了 墙 头 有 七 曲

过了墙头有七曲

səŋ^{54} vi^{31} so^{33} lio^{35} luo^{33} məŋ^{31} luo^{31}

三 弯 四 曲 到 门 楼

三弯四曲到门楼

luo^{33} lia^{33} məŋ^{31} luo^{31} jou^{33} tsho^{35} kho^{33}

到 了 门 楼 有 七 扣

细数门楼有七个

məŋ^{31} luo^{31} si^{54} tse^{31} jou^{33} ŋau^{33} saŋ^{54}

门 楼 狮 子 有 五 双

门楼狮子有五双

səŋ^{54} saŋ^{54} nəŋ^{54} luo^{31} hau^{33} tɕhi^{33} zə^{24}

三 双 给 来 去 寻 吃

安排三双去寻吃

liaŋ^{33} saŋ^{54} nəŋ^{54} luo^{31} ɕou^{31} məŋ^{31} luo^{31}
二 双 给 来 守 门 楼
安置两双守门楼

kuo^{33} lia^{33} məŋ^{31} luo^{31} jou^{33} tsho^{35} lio^{35}
过 了 门 楼 有 七 曲
过了门楼有七曲

səŋ^{54} vi^{31} so^{33} lio^{35} luo^{33} tsi^{31} taŋ^{31}
三 弯 四 曲 到 祠 堂
三弯四曲到祠堂

luo^{33} lia^{33} tsi^{31} taŋ^{31} jou^{33} tsho^{35} kho^{33}
到 了 祠 堂 有 七 扣
打量祠堂有七进

tɕi^{54} tsi^{54} faŋ^{24} haŋ^{31} jou^{33} ŋau^{33} saŋ^{54}
金 鸡 凤 凰 有 五 双
金鸡凤凰有五双

səŋ^{54} saŋ^{54} nəŋ^{54} luo^{31} hau^{33} tɕhi^{33} zə^{24}
三 双 给 来 去 寻 吃
安排三双去寻吃

liaŋ^{33} saŋ^{54} nəŋ^{54} luo^{31} ɕou^{31} tsi^{31} taŋ^{31}
二 双 给 来 守 祠 堂
安置两双守祠堂

kuo^{33} lia^{33} tsi^{31} taŋ^{31} jou^{33} tsho^{35} lio^{35}
过 了 祠 堂 有 七 曲
过了祠堂有七曲

səŋ^{54} vi^{31} so^{33} lio^{35} luo^{33} tsa^{35} məŋ^{31}
三 弯 四 曲 到 扎 门
三弯四曲到仪门

luo^{33} lia^{33} tsa^{35} məŋ^{31} jou^{33} tsho^{35} kho^{33}
到 了 扎 门 有 七 扣
仪门石柱雕刻美

məŋ^{31} tsai^{31} tiaŋ^{54} tha^{35} jou^{33} tiou^{31} pe^{54}
门 前 彰 脱 有 九 步
门前石阶九步升

so^{33} pe^{54} kuo^{54} se^{31} nəŋ^{54} məi^{54} tu^{54}
四 步 高 时 给 妹 踏
四步高时给妹踏

ŋau^{33} pe^{54} ləi^{54} se^{31} nəŋ^{54} məi^{54} çe^{31}
五 步 低 时 给 妹 行
五步低时给妹行

kuo^{33} lia^{33} tsa^{35} məŋ^{31} jou^{33} tsho^{35} lio^{35}
过 了 扎 门 有 七 曲
过了仪门有七曲

səŋ^{54} vi^{31} so^{33} lio^{35} luo^{33} məŋ^{31} tsai^{31}
三 弯 四 曲 到 门 前
三弯四曲到门前

luo^{33} lia^{33} məŋ^{31} tsai^{31} jou^{33} tsho^{35} kho^{33}
到 了 门 前 有 七 扣
到了门前稍驻足

khaŋ^{33} kai^{33} tɕhəŋ^{54} tou^{31} maŋ^{33} au^{35} ȵi^{31}
看 见 清 头 满 屋 人
看见厅堂满屋人

tɕhəŋ^{54} tou^{31} tiou^{31} ȵi^{31} hau^{33} tsəi^{35} me^{24}
清 头 九 人 去 接 妹
厅堂九人来接妹

tiou^{31} ȵi^{31} tsəi^{35} me^{24} no^{24} tɕhəŋ^{54} tou^{31}
九 人 接 妹 入 清 头
九人接妹入厅堂

tsəi^{35} no^{24} tɕhəŋ^{54} tou^{31} aŋ^{54} ɕaŋ^{24} vo^{24}
接 入 清 头 安 上 位
接入厅堂安上位

tsəi^{35} no^{24} me^{24} nəŋ^{31} aŋ^{54} ɕaŋ^{24} faŋ^{54}
接 入 妹 们 安 上 方
接入妹们安上方

ɕaŋ^{24} faŋ^{54} ɕaŋ^{24} vo^{24} nəŋ^{54} me^{24} tsa^{33}
上 方 上 位 给 妹 坐
上方上位给妹坐

ɕaŋ^{24} faŋ^{54} ɕaŋ^{24} vo^{24} paŋ^{33} kø^{54} nəŋ^{31}
上 方 上 位 伴 哥 们
上方上位伴哥们

paŋ^{33} tɕi^{31} kø^{54} nəŋ^{31} ta^{24} tse^{31} tsa^{33}
伴 着 哥 们 大 齐 坐
伴着哥们大家坐

ta^{24} tse^{31} tsa^{33} fu^{33} vo^{31} kø^{54} tɕəŋ^{31}

大 齐 坐 下 围 歌 情

大家坐下好对歌

tɕhəŋ^{54} tou^{31} ȵi^{31} la^{54} paŋ^{33} tɕo^{31} me^{24}

清 头 人 多 伴 着 妹

厅堂人多陪伴妹

ȵi^{54} ȵi^{54} ho^{31} zə^{33} pəi^{31} me^{24} ȵəŋ^{31}

人 人 好 意 陪 妹 们

人人好意陪妹们

ɕuo^{33} tɕhun^{54} fu^{24} tɕəŋ^{31} tɕaŋ^{31} liou^{31} ɕo^{31}

贵 村 客 情 长 流 水

贵村好客情义长

tia^{33} me^{24} ȵi^{31} tɕəŋ^{31} tɕaŋ^{31} mə^{33} luo^{31}

照 妹 人 情 长 不 来

依妹人情长不来

fa^{31} ku^{54} səŋ^{54} nuo^{35} nai^{24} səŋ^{54} nuo^{35}

回 家 三 天 念 三 天

回家三天念三天

fa^{31} ku^{54} so^{33} nuo^{35} nai^{24} mə^{33} vai^{31}

回 家 四 天 念 不 完

回家四天念不完

nai^{24} mə^{33} vai^{31} ke^{33} ho^{31} tɕəŋ^{31} zə^{33}
念 不 完 的 好 情 意
念不完的好情意

nai^{24} mə^{33} vai^{31} ke^{33} ləi^{33} tsəi^{35} tɕəŋ^{31}
念 不 完 的 礼 节 情
念不完的歌节情

（二）小路程歌

题解：若时间充足，落户姐及女伴们愿意多停留，可再唱小路程歌。此时女伴问、男伴答，打银饰是其中主题，有中意者可互赠信物，以期进一步加深了解，培养感情或友谊。

女问：

lau^{35} tse^{24} tɕaŋ^{31} luo^{54} hau^{33} ɕu^{54} lau^{24}
哪 字 长 刀 去 修 路
哪字长刀去修路

lau^{35} tse^{24} ɕu^{54} ha^{54} ɕa^{31} lau^{24} çe^{31}
哪 字 修 开 小 路 行
哪字修开小路行

lau^{35} tse^{24} vu^{35} tɕaŋ^{31} liaŋ^{33} vu^{35} laŋ^{31}
哪 字 画 长 两 画 短
哪字画长两画短

lau^{35} tse^{24} ɕu^{31} luo^{31} so^{33} faŋ^{54} faŋ^{54}
哪 字 写 来 四 方 方
哪字写来四方方

男答：

zə^{35} tse^{24} tɕaŋ^{31} luo^{54} hau^{33} ɕu^{54} lau^{24}
一 字 长 刀 去 修 路
一字长刀去修路

nuo^{24} tse^{24} ɕu^{54} ha^{54} ɕa^{31} lau^{24} çe^{31}
二 字 修 开 小 路 行
二字修开小路行

səŋ^{54} tse^{24} vu^{35} tɕaŋ^{31} liaŋ^{33} vu^{35} laŋ^{31}
三 字 画 长 两 画 短
三字一长两画短

so^{33} tse^{24} ɕu^{31} luo^{31} so^{33} faŋ^{54} faŋ^{54}
四 字 写 来 四 方 方
四字写来四方方

女问：

lau^{35} tse^{24} pai^{33} mu^{33} tsou^{31} tiou^{54} fə^{31}
哪 字 变 马 走 州 府
哪字变马走州府

lau^{35} tse^{24} nuo^{24} tɕaŋ^{31} nəŋ^{31} thiaŋ^{33} kø^{54}
哪 字 日 长 能 唱 歌
哪字变长能唱歌

lau^{35} tse^{24} kuo^{54} lai^{31} hau^{33} kø^{35} tsho^{31}
哪 字 钩 镰 去 割 草
哪字钩镰去割草

lau^{35} tse^{24} ŋa^{31} mø^{31} liaŋ^{33} pai^{54} pa^{31}
哪 字 鹅 毛 两 边 排
哪字鹅毛两边排

男答：

ŋau^{33} tse^{24} pai^{33} mu^{33} tsou^{31} tiou^{54} fə^{31}

午 字 变 马 走 州 府

五字变马走州府

liou^{24} tse^{24} nuo^{24} tɕaŋ^{31} nəŋ^{31} thiaŋ^{33} kø^{54}

六 字 日 长 能 唱 歌

六字变长能唱歌

tshø^{35} tse^{24} kuo^{54} lai^{31} hau^{33} kø^{35} tsho^{31}

七 字 钩 镰 去 割 草

七字钩镰去割草

pa^{35} tse^{24} ŋa^{31} mø^{31} liaŋ^{33} pai^{54} pa^{31}

八 字 鹅 毛 两 边 排

八字鹅毛两边排

女问：

lau^{35} tse^{24} pi^{54} tiaŋ^{54} ɕau^{33} ɕu^{24} ȵe^{24}

哪 字 斑 中 去 射 日

哪字成丸去射日

lau^{35} tse^{24} lai^{31} ɕəŋ^{31} ɕu^{24} ɕaŋ^{33} thai^{54}

哪 字 连 成 射 上 天

哪字立即射上天

lau^{35} tse^{24} ɕu^{24} lu^{35} thai^{54} po^{31} təŋ^{33}

哪 字 射 得 天 皮 动

哪字射得云霄动

lau^{35} tse^{24} ɕu^{24} lu^{35} to^{24} po^{31} ja^{31}

哪 字 射 得 地 皮 摇

哪字射得地壳摇

男答：

tiou^{31} tse^{24} pi^{54} tiaŋ^{54} ɕau^{33} ɕu^{24} ȵe^{24}
九 字 斑 中 去 射 日
九字成丸去射日

se^{24} tse^{24} lai^{31} ɕəŋ^{31} ɕu^{24} ɕaŋ^{33} thai^{54}
十 字 连 成 射 上 天
十字立马射上天

se^{24} zə^{35} ɕu^{24} lu^{35} thai^{54} po^{31} təŋ^{33}
十 一 射 得 天 皮 动
十一射得天震动

se^{24} nuo^{24} ɕu^{24} lu^{35} to^{24} po^{31} ja^{31}
十 二 射 得 地 皮 摇
十二射得地摇晃

女问：

lau^{35} tse^{24} ɕu^{24} nuo^{24} au^{54} liu^{31} fu^{33}
哪 字 射 入 乌 云 下
哪字射入乌云下

lau^{35} tse^{24} ɕu^{24} luo^{33} pu^{24} lie^{31} tou^{31}
哪 字 射 到 白 云 头
哪字射到白云头

lau^{35} tse^{24} khai^{54} ŋau^{31} ɕaŋ^{33} ɕu^{24} piu^{35}
哪 字 牵 牛 上 石 壁
哪字牵牛上石壁

lau^{35} tse^{24} maŋ^{31} təŋ^{31} lua^{33} ɕu^{24} ɕi^{54}
哪 字 芒 筒 对 石 山
哪字苇秆对石山

男答：

se²⁴ səŋ⁵⁴ ɕu²⁴ nuo²⁴ au⁵⁴ lie³¹ fu³³
十 三 射 入 乌 云 下
十三射入乌云下

se²⁴ so³³ ɕu²⁴ luo³³ pu²⁴ lie³¹ tou³¹
十 四 射 到 白 云 头
十四射到白云头

se²⁴ ŋau³³ khai⁵⁴ ŋau³¹ ɕaŋ³³ ɕu²⁴ piu³⁵
十 五 牵 牛 上 石 壁
十五牵牛上石壁

se²⁴ liou²⁴ maŋ³¹ təŋ³¹ lua³³ ɕu²⁴ ɕi⁵⁴
十 六 芒 筒 对 石 山
十六苇秆对石山

女问：

fə³¹ ŋau³¹ ɕo³⁵ lu³⁵ tɕi⁵⁴ kaŋ⁵⁴ thəŋ³¹
何 鱼 出 得 真 光 桶①
何鱼出得金光桶

fə³¹ ŋau³¹ ɕo³⁵ lu³⁵ tɕi⁵⁴ kaŋ⁵⁴ fu⁵⁴
何 鱼 出 得 真 冠 花②
何鱼出得鸡冠花

① 真光桶：指鲇鱼体圆，光滑无鳞片。
② 真冠花：指鳅鱼，鱼头内部形似鸡冠花的器官，故名。

男答：

nəi^{31} ŋau^{31} ɕo^{35} lu^{35} tɕi^{54} kaŋ^{54} thəŋ^{31}
泥 鱼 出 得 真 光 桶
泥鱼身似金光桶

tɕhou^{54} ŋau^{31} ɕo^{35} lu^{35} tɕi^{54} kaŋ^{54} fu^{54}
秋 鱼 出 得 真 冠 花
鳅鱼鳍似鸡冠花

女问：

lau^{35} tse^{24} pai^{33} ɕo^{31} tshe^{35} ŋau^{33} kau^{35}
哪 字 变 鼠 吃 五 谷
哪字变鼠吃五谷

lau^{35} tse^{24} pai^{33} ŋau^{31} luo^{31} ki^{54} tɕhiu^{54}
哪 字 变 牛 来 耕 春
哪字变牛来耕春

lau^{35} tse^{24} pai^{33} hau^{31} ɕi^{54} tou^{31} tsa^{33}
哪 字 变 虎 山 头 坐
哪字变虎山头坐

lau^{35} tse^{24} pai^{33} thau^{33} maŋ^{33} kaŋ^{54} liou^{54}
哪 字 变 兔 满 岗 溜
哪字变兔满岗跑

男答：

tse^{31} tse^{24} pai^{33} ɕo^{31} tshe^{35} ŋau^{33} kau^{35}
子 字 变 鼠 吃 五 谷
子字变鼠吃五谷

tɕho^{31} tse^{24} pai^{33} ŋau^{31} luo^{31} ki^{54} tɕhi^{54}
丑 字 变 牛 来 耕 春
丑字变牛来耕春

ji^{31} tse^{24} pai^{33} hau^{31} ɕi^{54} tou^{31} tsa^{33}
寅 字 变 虎 山 头 坐
寅字变虎山头坐

miou^{33} tse^{24} pai^{33} thau^{33} maŋ^{33} kaŋ^{54} lio^{54}
卯 字 变 兔 满 岗 溜
卯字变兔满岗跑

女问：

lau^{35} tse^{24} pai^{33} liaŋ^{31} kuo^{54} ta^{24} ha^{31}
哪 字 变 龙 归 大 海
哪字变龙归大海

lau^{35} tse^{24} pai^{33} ɕu^{31} paŋ^{31} tai^{31} tou^{31}
哪 字 变 蛇 盘 田 基
哪字变蛇盘田基

lau^{35} tse^{24} pai^{33} mu^{33} tsou^{31} tiou^{54} fə^{31}
哪 字 变 马 走 州 府
哪字变马走州府

lau^{35} tse^{24} pai^{33} jaŋ^{31} mə^{33} lun^{24} tɕhəŋ^{54}
哪 字 变 羊 不 论 青
哪字变羊不挑食

男答：

ɕi31 tse24 pai33 liaŋ31 kuo54 ta24 ha31
辰 字 变 龙 归 大 海
辰字变龙归大海

tse33 tse24 pai33 ɕu31 paŋ31 tai31 tou31
巳 字 变 蛇 盘 田 基
巳字变蛇盘田基

ŋau33 tse24 pai33 mu33 tsou31 tiou54 fə31
午 字 变 马 走 州 府
午字变马走州府

vo24 tse24 pai33 jaŋ31 mə33 lun24 tɕhəŋ54
未 字 变 羊 不 论 青
未字变羊不论青

女问：

lau35 tse24 pai33 ho31 tɕo24 ta24 liŋ33
哪 字 变 猴 住 大 岭
哪字变猴住大岭

lau35 tse24 pai33 tse54 po33 ŋau33 ki54
哪 字 变 鸡 报 五 更
哪字变鸡报五更

lau35 tse24 pai33 kuo31 məŋ31 tsai31 tsa33
哪 字 变 狗 门 前 坐
哪字变狗门前坐

lau35 tse24 pai33 lio54 ta33 liou24 tɕhi54
哪 字 变 猪 待 六 亲
哪字变猪待六亲

男答：

ɕi^{54} tse^{24} pai^{33} ho^{31} tɕo^{24} ta^{24} liŋ^{33}
申 字 变 猴 住 大 岭
申字变猴住大岭

jou^{33} tse^{24} pai^{33} tse^{54} po^{33} ŋau^{33} ki^{54}
酉 字 变 鸡 报 五 更
酉字变鸡报五更

ɕo^{35} tse^{24} pai^{33} kuo^{31} məŋ^{31} tsai^{31} tsa^{33}
戌 字 变 狗 门 前 坐
戌字变狗门前坐

ha^{33} tse^{24} pai^{33} lio^{54} ta^{33} liou^{24} tɕhi^{54}
亥 字 变 猪 待 六 亲
亥字变猪待六亲

女问：

lau^{35} və^{31} ɕəŋ^{33} zə^{35} ləŋ^{54} pai^{54} ɕo^{35}
哪 物 姓 一 东 边 出
哪物姓一东边出

lau^{35} və^{31} ɕəŋ^{33} nuo^{24} tsha^{35} niaŋ^{31} tou^{31}
哪 物 姓 二 插 娘 头
哪物姓二插娘头

lau^{35} və^{31} ɕəŋ^{33} səŋ^{54} tsa^{33} fə^{31} ɕaŋ^{24}
哪 物 姓 三 坐 火 上
哪物姓三坐火上

lau^{35} və^{31} ɕəŋ^{33} so^{33} tsa^{33} tɕhəŋ^{54} tou^{31}
哪 物 姓 四 坐 清 头
哪物姓四坐厅堂

男答：

nəi^{24} tou^{31} ɕəŋ^{33} zə^{35} ləŋ^{54} pai^{54} ɕo^{35}
日 头 姓 一 东 边 出
太阳姓一东边出

tɕi^{54} tsu^{31} ɕəŋ^{33} nuo^{24} tsha^{35} niaŋ^{31} tou^{31}
针 子 姓 二 插 娘 头
针子姓二插妹头

tɕhi^{54} tia^{35} ɕəŋ^{33} səŋ^{54} tsa^{33} fə^{31} ɕaŋ^{24}
锅 脚 姓 三 坐 火 上
锅脚姓三坐火上

ta^{31} tou^{31} ɕəŋ^{33} so^{33} tsa^{33} tɕhəŋ^{54} tou^{31}
桌 子 姓 四 坐 清 头
桌子姓四坐厅堂

女问：

lau^{35} və^{31} ɕəŋ^{33} ŋau^{33} ja^{31} tiou^{54} ɕo^{35}
何 物 姓 五 礤 州 出
何物姓五窑州出

lau^{35} və^{31} ɕəŋ^{33} liou^{24} lio^{24} jou^{31} jou^{31}
何 物 姓 六 绿 油 油
何物姓六绿油油

lau^{35} və^{31} ɕəŋ^{33} tsho^{35} piou^{35} tiou^{54} ɕo^{35}
何 物 姓 七 竹 州 出
何物姓七竹州出

lau^{35} və^{31} ɕəŋ^{33} pa^{35} tse^{33} tai^{31} tou^{31}
何 物 姓 八 站 田 头
何物姓八站田头

男答：

aŋ^{31} tou^{31} ɕəŋ^{33} ŋau^{33} ja^{31} tiou^{54} ɕo^{35}

碗 子 姓 五 磘 州 出

碗子姓五窑州出

lio^{24} tou^{24} ɕəŋ^{33} liou^{24} lio^{24} jou^{31} jou^{31}

绿 豆 姓 六 绿 油 油

绿豆姓六绿油油

tɕo^{24} tsu^{31} ɕəŋ^{33} tsho^{35} piou^{35} tiou^{54} ɕo^{35}

筷 子 姓 七 竹 州 出

筷子姓七竹州出

au^{54} vu^{54} ɕəŋ^{33} pa^{35} tse^{33} tai^{31} tou^{31}

乌 鸦 姓 八 站 田 头

八哥姓八站田头

女问：

lau^{35} və^{31} ɕəŋ^{33} tiou^{31} vai^{31} li^{31} ɕo^{35}

何 物 姓 九 园 林 出

何物姓九园林出

lau^{35} və^{31} ɕəŋ^{33} se^{24} tsa^{33} tshai^{54} paŋ^{54}

何 物 姓 十 做 千 般

何物姓十做千般

fə^{31} və^{31} se^{24} zə^{35} təŋ^{31} taŋ^{31} luai^{33}

何 物 十 一 同 团 转

何物十一团团转

fə^{31} və^{31} se^{24} nuo^{24} liaŋ^{33} tou^{31} tsai^{54}

何 物 十 二 两 头 尖

何物十二两头尖

男答：

tiou^{31} tsha^{33} ɕəŋ^{33} tiou^{31} vai^{31} li^{31} ɕo^{35}
韭 菜 姓 九 园 林 出
韭菜姓九园林出

ɕou^{31} tsu^{31} ɕəŋ^{33} se^{24} tsa^{33} tshai^{54} paŋ^{54}
手 指 姓 十 做 千 般
手指姓十做千般

se^{24} zə^{35} thiu^{54} tsu^{31} təŋ^{31} taŋ^{31} luai^{33}
十 一 车 子 同 团 转
十一车子团团转

se^{24} nuo^{24} thiu^{54} tɕou^{24} liaŋ^{33} tou^{31} tsai^{54}
十 二 车 直 两 头 尖
十二梭子两头尖

me^{24} məŋ^{31} tshəŋ^{54} miŋ^{31} jaŋ^{24} jaŋ^{24} va^{24}
妹 们 聪 明 样 样 会
妹们聪明样样会

nəŋ^{31} kəŋ^{31} nio^{33} kəŋ^{54} tɕi^{31} tɕi^{31} ɕəŋ^{31}
男 工 女 工 种 种 成
男工女工全熟悉

ɕəŋ^{31} ku^{54} jaŋ^{24} jaŋ^{24} tsa^{33} lu^{35} ho^{31}
成 家 样 样 做 得 好
成家样样做得好

tɕaŋ^{54} luo^{31} tɕiəŋ^{24} se^{33} fə^{33} hau^{31} ku^{54}
将 来 定 是 富 豪 家
将来定是富豪家

女问：

se^{33} ho^{31} thai^{54} ɕaŋ^{24} təŋ^{31} taŋ^{31} tsou^{31}
是 谁 天 上 同 团 走
是谁天上团团走

se^{33} ho^{31} ɕaŋ^{31} ɕaŋ^{31} ɕo^{31} ɕaŋ^{24} aŋ^{54}
是 谁 常 常 水 上 安
是谁常常水上安

se^{33} ho^{31} ɕo^{31} ɕaŋ^{31} po^{31} po^{31} pa^{31}
是 谁 水 上 浮 浮 摆
是谁水上浮浮摆

se^{33} ho^{31} tia^{33} se^{31} ɕou^{24} ɕou^{24} haŋ^{31}
是 谁 照 起 熟 熟 黄
是谁照射红通通

男答：

ŋue^{24} liaŋ^{31} thai^{54} ɕaŋ^{24} təŋ^{31} taŋ^{31} tsou^{31}
月 亮 天 上 同 团 走
月亮天上团团走

taŋ^{31} tiaŋ^{54} ŋou^{33} zə^{24} ɕo^{31} ɕaŋ^{24} aŋ^{54}
塘 中 藕 叶 水 上 安
塘中藕叶水上安

ɕuai^{31} tsu^{31} ɕo^{31} ɕaŋ^{31} po^{31} po^{31} pa^{31}
船 子 水 上 浮 浮 摆
船子水上浮浮摆

nəi^{24} tou^{31} tia^{33} se^{31} ɕou^{24} ɕou^{24} haŋ^{31}
日 头 照 起 熟 熟 黄
太阳照射红通通

女问：

se33 ho31 taŋ31 tiaŋ54 laŋ54 tɕho31 tia35
是 谁 塘 中 当 丑 脚
是谁塘中当丑角

se33 ho31 taŋ31 tiaŋ54 laŋ54 liaŋ31 faŋ31
是 谁 塘 中 当 粮 房
是谁塘中当粮房

se33 ho31 ɕu24 ma24 laŋ54 kau31 po31
是 谁 石 磨 当 鼓 打
是谁石磨当鼓打

se33 ho31 ləŋ54 thai54 laŋ54 lu35 na31
是 谁 冬 天 当 得 锣
是谁冬天当得锣

男答：

lai31 ŋau31 taŋ31 tiaŋ54 laŋ54 tɕho31 tia35
鲢 鱼 塘 中 当 丑 脚
鲢鱼塘中当丑角

ta24 tia35 fu54 kəŋ54 laŋ54 liaŋ31 faŋ31
大 脚 虾 蚣 当 粮 房
大脚虾公当总管

tɕhiu54 thai31 taŋ24 ti31 laŋ54 kau31 po31
春 天 蝦 蝉① 当 鼓 打
春天蛤蟆当鼓打

① 蝦蝉：金蝉。按字形及句意，应为“蛤蟆”。

ləŋ^{54} thai^{54} ləŋ^{33} ɕuəi^{35} laŋ^{54} lu^{35} na^{31}
冬 天 冻 雪 当 得 锣
冬天冻雪当得锣

女问：

se^{33} ho^{31} zə^{24} laŋ^{31} se^{33} mau^{24} məŋ^{33}
是 谁 叶 短 是 木 母
是谁叶短是木母

se^{33} ho^{31} zə^{24} tɕaŋ^{31} se^{33} mau^{24} kəŋ^{54}
是 谁 叶 长 是 木 公
是谁叶长是木公

lau^{35} ha^{31} luo^{31} luo^{31} tsa^{33} ɕo^{31} mu^{33}
哪 海 拿 来 做 水 母
哪海拿来做水母

lau^{35} ha^{31} luo^{31} luo^{31} tsa^{33} ɕo^{31} kəŋ^{54}
哪 海 拿 来 做 水 公
哪海拿来做水公

男答：

su^{54} mau^{24} zə^{24} laŋ^{31} se^{33} mau^{24} məŋ^{33}
杉 树 叶 短 是 木 母
杉树叶短是木母

tɕu^{33} mau^{24} zə^{24} tɕaŋ^{31} se^{33} mau^{24} kəŋ^{54}
枞 木 叶 长 是 木 公
松树叶长是木公

nəŋ31 ha31 luo31 luo31 tsa33 ɕo31 mu33
南 海 拿 来 做 水 母
南海拿来做水母

pu35 ha31 luo31 luo31 tsa33 ɕo31 çəŋ54
北 海 拿 来 做 水 公
北海拿来做水公

女问：

se33 ho31 vai31 nai31 la24 thəi35 ɕuəi35
是 谁 元 年 落 铁 雪
是谁元年落铁雪

se33 ho31 nuo24 nai31 thio54 thəi35 pəŋ54
是 谁 二 年 吹 铁 风
是谁二年吹铁风

lau35 tia31 tɕi54 se54 tio54 kø35 liaŋ24
哪 朝 军 师 诸 葛 亮
哪朝军师诸葛亮

lau35 tia31 tɕi54 se54 tiou31 pu35 vəŋ54
哪 朝 军 师 刘 伯 温
哪朝军师刘伯温

男答：

hau31 pu24 vai31 nai31 la24 thəi35 ɕuəi35
湖 泊 元 年 落 铁 雪
湖广元年落铁雪

hau^{31} pu^{24} nuo^{24} nai^{31} thio^{54} thəi^{35} pəŋ^{54}
湖 泊 二 年 吹 铁 风
湖广二年吹铁风

tio^{35} tia^{31} tɕi^{54} se^{54} tio^{54} kø^{35} liaŋ^{24}
蜀 朝 军 师 诸 葛 亮
蜀朝军师诸葛亮

miŋ^{31} tia^{31} tɕi^{54} se^{54} tiou^{31} pu^{35} vəŋ^{54}
明 朝 军 师 刘 伯 温
明朝军师刘伯温

女问：

fə^{31} və^{31} ɕaŋ^{33} thai^{54} luai^{33} kuo^{54} fu^{33}
何 物 上 天 转 归 下
何物上天转回下

khaŋ^{33} kai^{33} fi^{31} ki^{54} se^{33} ɕaŋ^{24} ȵi^{31}
看 见 凡 间 世 上 人
看见凡间世上人

fə^{31} ȵi^{31} jou^{33} kuai^{31} pəŋ^{54} kuo^{54} fu^{33}
何 人 有 权 封 回 下
何人有权封回下

pəŋ^{54} nuo^{24} fə^{31} thio^{33} li^{31} tshai^{54} tɕhou^{54}
分 入 何 处 打 千 秋
分入何处打千秋

男答：

fo^{54} liaŋ^{31} ɕaŋ^{33} thai^{54} luai^{33} kuo^{54} fu^{33}
飞 龙 上 天 转 归 下，
飞龙上天转回下

khaŋ^{33} kai^{33} fi^{31} ki^{54} se^{33} ɕaŋ^{24} ȵi^{31}
看 见 凡 间 世 上 人
看见凡间世上人

nio^{24} haŋ^{31} tie^{24} te^{33} pəŋ^{54} kuo^{54} fu^{33}
玉 皇 大 帝 封 回 下
玉皇大帝封回下

pəŋ^{54} nuo^{24} ɕi^{31} mia^{24} li^{31} tshai^{54} tɕhou^{54}
分 入 神 庙 打 千 秋
封入神庙度千秋

女问：

fə^{31} ȵi^{31} ɕaŋ^{33} thai^{54} luai^{33} kuo^{54} fu^{33}
何 人 上 天 转 回 下
何人上天转回下

khaŋ^{33} kai^{33} fi^{31} ki^{54} ho^{31} ɕaŋ^{31} tse^{54}
看 见 凡 间 好 雄 鸡
看见凡间好雄鸡

fə^{31} ȵi^{31} ɕaŋ^{33} thai^{54} pəŋ^{54} kuo^{54} fu^{33}
何 人 上 天 分 归 下
何人上天分回下

khaŋ^{33} kai^{33} fi^{31} ki^{54} ho^{31} lai^{31} faŋ^{54}
看 见 凡 间 好 连 方
看见凡间好莲花

男答：

tɕi^{54} və^{33} ɕaŋ^{33} thai^{54} luai^{33} kuo^{54} fu^{33}
真 武 上 天 转 回 下
真武上天转回下

khaŋ^{33} kai^{33} fi^{31} ki^{54} ho^{31} ɕaŋ^{31} tse^{54}
看 见 凡 间 好 雄 鸡
看见凡间好雄鸡

luo^{33} ɕəŋ^{54} ɕaŋ^{33} thai^{54} pəŋ^{54} kuo^{54} fu^{33}
李 声 上 天 分 归 下
李白上天封回下

khaŋ^{33} kai^{33} fi^{31} ki^{54} ho^{31} lai^{31} faŋ^{54}
看 见 凡 间 好 连 方
看见凡间好莲花

女问：

fə^{31} ȵi^{31} ta^{24} te^{24} fəŋ^{54} kuo^{54} fu^{33}
何 人 大 帝 封 回 下
何人上天封回下

fəŋ^{54} nuo^{24} ȵi^{31} ku^{54} ɕaŋ^{54} fə^{31} taŋ^{31}
分 入 人 家 香 火 堂
分入人家香火堂

fə^{31} ȵi^{31} ta^{24} te^{24} fəŋ^{54} kuo^{54} fu^{33}
何 人 大 帝 封 归 下
何人再次改封位

fəŋ^{54} nuo^{24} mia^{24} taŋ^{31} ɕou^{33} ŋau^{31} tou^{31}
分 入 庙 堂 受 牛 头
封入庙堂受牛头

男答：

nio^{24} haŋ^{31} tie^{24} te^{33} fəŋ^{54} kuo^{54} fu^{33}
玉 皇 大 帝 封 回 下
玉皇大帝封回下

fəŋ^{54} nuo^{24} ȵi^{31} ku^{54} ɕaŋ^{54} fə^{31} taŋ^{31}
分 入 人 家 香 火 堂
分入人家香火堂

nio^{24} haŋ^{31} tie^{24} te^{33} fəŋ^{54} kuo^{54} fu^{33}
玉 皇 大 帝 封 归 下
玉皇大帝封回下

fəŋ^{54} nuo^{24} mia^{24} taŋ^{31} ɕou^{33} ŋau^{31} tou^{31}
分 入 庙 堂 受 牛 头
分入庙堂享牛头

女问：

ɕo^{31} ȵi^{31} ɕaŋ^{33} thai^{54} fəŋ^{54} kuo^{54} fu^{33}
谁 人 上 天 封 归 下
谁人上天封回下

khaŋ^{33} kai^{33} fi^{31} ki^{54} ho^{31} tia^{54} ŋa^{31}
看 见 凡 间 好 娇 娥
看见凡间好娇娥

ɕo^{31} ȵi^{31} ta^{24} te^{33} tsa^{33} ka^{31} fəŋ^{54}
谁 人 大 帝 再 解 封
谁人大帝再改封

se^{24} tse^{31} lau^{24} tou^{31} ȵi^{31} vaŋ^{24} fu^{54}
十 字 路 头 人 望 花
十字路头人望花

男答：

ta^{24} kø^{54} ɕaŋ^{33} thai^{54} fəŋ^{54} kuo^{54} fu^{33}
大 哥 上 天 封 归 下
阿哥上天封回下

khaŋ^{33} kai^{33} fi^{31} ki^{54} ho^{31} tia^{54} ŋa^{31}
看 见 凡 间 好 娇 娥
看见凡间好娇娥

nio^{24} haŋ^{31} tie^{24} te^{33} fəŋ^{54} kuo^{54} fo^{33}
玉 皇 大 帝 封 归 下
玉皇大帝改封下

se^{24} tse^{31} lau^{24} tou^{31} ȵi^{31} vaŋ^{24} fu^{54}
十 字 路 头 人 望 花
十字路头人望花

女问：

ŋue^{24} tai^{24} fəŋ^{54} fəŋ^{54} ɕo^{31} ku^{54} tse^{31}
月 殿 纷 纷 谁 家 子
月殿纷纷谁家子

ɕo^{31} ku^{54} məŋ^{31} fu^{33} ŋuəi^{24} ɕi^{54} ɕun^{54}
谁 家 门 下 外 甥 孙
谁家门下外甥孙

tia^{31} tsa^{33} fə^{31} tiou^{54} məŋ^{24} lau^{24} tsou^{31}
朝 在 何 州 问 路 走
朝往何州何路去

tɕo^{24} tsa^{33} fə^{31} faŋ^{54} fə^{31} thio^{33} tɕun^{31}
住 在 何 方 何 处 存
晚住何方何处存

男答：

ŋue²⁴ tai²⁴ fəŋ⁵⁴ fəŋ⁵⁴ haŋ³¹ ku⁵⁴ tse³¹
月 殿 纷 纷 皇 家 子
月殿纷纷皇家子

pə³¹ ku⁵⁴ məŋ³¹ fu³³ ŋuəi²⁴ ɕi⁵⁴ ɕun⁵⁴
婆 家 门 下 外 甥 孙
婆家门下外甥孙

tia³¹ tsa³³ fə³¹ saŋ⁵⁴ kuəi³⁵ na²⁴ hau³³
朝 在 扶 桑 国 内 去
昼在扶桑国内去

ju²⁴ tsa³³ liaŋ³¹ ɕi⁵⁴ fə³¹ na²⁴ tɕun³¹
夜 在 梁 山 佛 内 存
夜在梁山佛殿存

（三）请歌词、开酒筵歌、垂桌歌、谢主人歌

题解：嫁女到了日子便找伴娘陪出嫁的女子，这叫行娘姐，较亲的亲戚都请行娘和伴娘去吃客饭。女子们邀伴入亲戚家行村，夜住村里的男歌队都可以邀歌。邀歌时女子们应了歌，亲戚家就煮夜宵给歌队吃夜宵酒。喝酒时也要唱《开酒筵歌》《垂桌歌》，还要唱《谢主人歌》后男歌队才回家。准备吃饭时男歌队唱起歌请大家坐，吃饭喝酒后便唱《开酒筵歌》《垂桌歌》。

1. 唱《请歌词》，邀伴坐桌领主情

la³³ tsa³³ tɕhəŋ⁵⁴ tou³¹ se³¹ ŋi³¹ khaŋ³³
倈 在 清 头 起 眼 看
我在厅堂起眼看

khaŋ^{33} kai^{33} tio^{31} ȵi^{31} fəi^{33} te^{54} tɕəŋ^{31}
看 见 主 人 费 了 情
看见主人费了情

khaŋ^{33} kai^{33} tio^{31} ȵi^{31} fəi^{33} te^{54} le^{33}
看 见 主 人 费 了 礼
看见主人费了礼

liu^{35} vu^{31} ɕaŋ^{54} liaŋ^{31} lau^{35} jaŋ^{24} vo^{31}
看 下 商 量 哪 样 维
看下商量哪样为

liu^{35} vu^{31} ɕaŋ^{54} liaŋ^{31} lau^{35} jaŋ^{24} se^{35}
看 下 商 量 哪 样 是
看下商量哪样是

se^{33} mə^{33} ɕaŋ^{54} liaŋ^{31} liŋ^{33} tio^{31} tɕəŋ^{31}
是 否 商 量 领 主 情
商量是否领主情

ȵi^{24} liŋ^{33} tio^{31} tɕəŋ^{31} ta^{24} tse^{31} liŋ^{33}
要 领 主 情 大 齐 领
要领主情大家领

mə^{33} nəŋ^{54} ku^{35} ɕo^{35} lau^{24} zə^{35} ȵi^{54}
不 给 隔 出 哪 一 个
不给漏了哪一个

ku^{35} ɕo^{35} zə^{35} ȵi^{54} jou^{33} ȵi^{31} ɕa^{33}
隔 出 一 个 有 人 笑
漏了一个有人笑

ku^{35} ɕo^{35} zə^{35} ȵi^{54} jou^{33} ȵi^{31} te^{31}
隔 出 一 个 有 人 弹
漏了一个有人责

jou^{33} ȵi^{31} tie^{31} la^{33} mə^{33} luo^{54} le^{33}
有 人 弹 俫 不 知 礼
有人责我不知礼

jou^{33} ȵi^{31} tie^{31} la^{33} mə^{33} luo^{54} tɕəŋ^{31}
有 人 弹 俫 不 知 情
有人责我不知情

ta^{24} tai^{31} ta^{24} to^{24} ȵi^{31} pəŋ^{54} he^{33}
大 田 大 地 人 分 散
大田大地人分散

tɕhiu^{31} vu^{24} zə^{24} se^{24} pəŋ^{54} mə^{33} lie^{31}
且 曰 吃 食 分 不 匀
仍有衣食分不匀

zə^{24} se^{24} mə^{33} lie^{31} ɕi^{54} kho^{35} kho^{35}
吃 食 不 匀 心 亏 亏
衣食不匀心亏亏

jia^{35} tia^{35} mə^{33} lie^{31} ŋi^{33} luo^{31} lio^{31}
穿 着 不 匀 眼 泪 流
穿着不匀眼泪流

zə^{35} po^{35} ɕu^{31} ɕəŋ^{31} se^{33} niai^{31} tse^{24}
一 笔 写 成 是 言 字
一笔写成是言字

tɕhəŋ^{54} tse^{24} ɕu^{31} luo^{31} tse^{33} saŋ^{54} saŋ^{54}

青 字 写 来 直 双 双

青字写来直双双

niai^{31} ji^{54} tɕhəŋ^{54} tse^{24} saŋ^{54} saŋ^{54} tse^{33}

言 与 青 字 双 双 站

言与青字双双站

tshu^{35} tse^{24} thiaŋ^{33} tou^{31} tɕhəŋ^{31} paŋ^{33} nəŋ^{31}

拆 字 唱 条 请 伴 们

拆字唱歌请同伴

tshu^{35} tse^{24} thiaŋ^{33} tou^{31} hau^{33} tɕhəŋ^{31} paŋ^{33}

拆 字 唱 条 去 请 伴

拆字唱歌去请伴

tɕhəŋ^{31} se^{31} təŋ^{31} paŋ^{33} tsa^{33} ta^{31} tou^{31}

请 起 同 伴 坐 桌 头

请起同伴坐桌边

nəŋ^{31} nio^{33} ȵi^{54} ȵi^{54} ti^{33} hau^{33} tsa^{33}

男 女 个 个 都 去 坐

男女个个都去坐

ȵi^{54} ȵi^{54} ta^{24} tse^{31} tsa^{33} ta^{31} tou^{31}

人 人 大 齐 坐 桌 头

大家一起坐拢来

nəŋ^{31} nio^{33} luo^{33} ɕa^{33} te^{33} zə^{35} jaŋ^{24}

男 女 老 少 都 一 样

男女老少都一样

ȵi^{54} ȵi^{54} te^{33} hau^{33} tsa^{33} ta^{31} tou^{31}
人 人 都 去 坐 桌 头
人人都来坐桌边

ȵi^{54} ȵi^{54} ta^{24} tse^{31} tse^{24} tɕou^{24} lie^{33}
个 个 大 齐 自 就 些
大家个个爽快些

ta^{24} tse^{31} tsa^{33} fu^{33} liŋ^{33} tio^{31} tɕəŋ^{31}
大 齐 坐 下 领 主 情
大家坐下领主情

2. 喝酒一段时间后，开始唱《开酒筵歌》《垂桌歌》

tɕu^{33} tɕu^{33} koŋ^{31} koŋ^{31} koŋ^{31} tɕu^{33} tɕu^{33}
绸 绸 滚 滚 滚 绸 绸
绸绸滚滚滚绸绸

ɕuəi^{35} te^{54} tɕou^{31} luo^{31} liŋ^{31} te^{54} tou^{31}
喝 得 酒 来 顶 了 条
喝得酒来歌声断

liŋ^{31} te^{54} su^{54} tou^{31} tse^{33} ɕaŋ^{24} te^{24}
顶 了 纱 条 机 上 找
断了纱头机上找

ti^{31} te^{54} kø^{54} ɕəŋ^{54} lie^{31} te^{24} tou^{31}
顶 了 歌 声 另 找 条
断了歌声再起头

liŋ^{31} va^{24} te^{24} tou^{31} tsəi^{35} tɕi^{31} thiaŋ^{33}
另 外 找 条 接 着 唱
另外起头接着唱

tsəi^{35} tɕi^{31} kø^{54} ɕəŋ^{54} te^{24} kuo^{33} haŋ^{31}

接 着 歌 声 找 过 行

接着歌声找过行

pu^{24} na^{31} fa^{24} tiaŋ^{33} tsəi^{31} kaŋ^{54} ȵe^{24}

打 锣 会 众 齐 高 议

打锣会众齐商议

liu^{35} vo^{31} ɕaŋ^{54} liaŋ^{31} lau^{35} jaŋ^{24} vo^{31}

看 下 商 量 哪 样 维

看下商议哪样好

tio^{31} ȵi^{31} ji^{33} tiai^{54} fəi^{33} ta^{24} le^{33}

主 人 已 经 费 大 礼

主人行娘费了礼

səi^{33} ɕi^{54} zə^{33} ho^{31} ta^{33} faŋ^{33} nəŋ^{31}

细 心 意 好 待 奉 男

费礼费心侍奉我

nəŋ^{31} ȵi^{31} təŋ^{31} paŋ^{33} ɕuəi^{35} te^{54} tɕou^{31}

男 人 同 伴 喝 了 酒

男人同伴喝了酒

ta^{31} ɕaŋ^{24} ȵi^{54} ȵi^{54} liŋ^{33} te^{54} tɕəŋ^{31}

桌 上 人 人 领 了 情

桌上人人领了情

ɕuəi^{35} tɕou^{31} ji^{24} jou^{33} tɕou^{31} ke^{33} le^{33}

喝 酒 也 有 酒 的 礼

喝酒也有酒的礼

ji^{24} ka^{54} pa^{35} paŋ^{33} ha^{54} tho^{31} jai^{31}
应 该 邀 伴 学 酒 筵
应该邀伴学酒筵

luo^{54} mə^{33} luo^{54} se^{31} təi^{31} vu^{31} thiaŋ^{33}
知 不 知 时 提 下 唱
断断续续连着唱

tio^{33} tɕi^{54} tio^{33} vu^{31} təi^{31} vu^{31} tou^{31}
句 真 句 假 提 下 头
句真句假带个头

thi^{35} ha^{54} ɕi^{33} tou^{31} la^{33} mə^{33} ȵi^{24}
丢 开 顺 头 倈 不 要
丢开序曲我不要

ȵi^{24} lu^{35} ɕu^{33} tou^{31} no^{24} mə^{33} tɕaŋ^{31}
要 得 顺 头 日 不 长
要得序曲时不长

tɕhəŋ^{54} tou^{31} se^{31} kui^{54} ŋa^{31} lu^{35} tiou^{31}
清 头 时 间 挨 得 久
厅堂时间耽搁久

ȵi^{31} ɕa^{33} la^{33} saŋ^{54} mə^{33} luo^{54} tɕəŋ^{31}
人 笑 倈 双 不 知 情
人笑我俩不知情

zə^{35} liaŋ^{54} həŋ^{31} tse^{31} həŋ^{31} thu^{54} thu^{54}
一 张 红 纸 红 滔 滔
一张红纸红彤彤

tiaŋ^{54} jaŋ^{54} tse^{33} fu^{54} khaŋ^{31} miŋ^{31} tɕhu^{54}
中 央 直 画 孔 明 车
中央直画孔明车

tɕhu^{54} tse^{33} tsou^{31} nio^{33} ɕəŋ^{31} lai^{31} tse^{24}
车 字 走 耳 成 连 字
车字走之连成字

lai^{31} pai^{24} lai^{31} ɕəŋ^{31} ha^{54} tɕou^{31} jai^{31}
连 便 连 成 开 酒 筵
连便连成开酒筵

（1）开酒筵歌
tɕəŋ^{31} tsai^{31} jou^{33} luo^{54} so^{33} tse^{33} tɕhəŋ^{54}
庭 前 有 蔸 四 字 青
庭前有棵四季青

ha^{54} tɕou^{31} jai^{31} kø^{54} tɕou^{24} se^{31} ɕəŋ^{54}
开 酒 筵 歌 就 起 声
开酒筵歌就开唱

ha^{54} tɕou^{31} jai^{31} kø^{54} se^{31} ɕəŋ^{54} thiaŋ^{33}
开 酒 筵 歌 起 声 唱
开酒筵歌开口唱

tsəi^{35} tɕi^{31} se^{31} ɕəŋ^{54} ha^{54} tɕou^{31} jai^{31}
接 着 起 声 开 酒 筵
接着开唱学酒筵

no^{24} ȵue^{31} nəŋ^{31} pəŋ^{54} təŋ^{31} təŋ^{24} ɕaŋ^{33}
二 月 南 风 从 洞 上
二月南风从垌上

pa^{35} ŋue^{31} tɕhou^{54} pəŋ^{54} təŋ^{31} liŋ^{33} luo^{31}
八 月 秋 风 从 岭 来
八月秋风从岭来

ta^{24} pəŋ^{54} luo^{33}
大 风 到
大风到

ɕi^{54} ɕi^{54} piou^{35} mau^{24} ti^{33} ləi^{54} tou^{31}
深 山 竹 木 都 低 头
深山竹木都低头

piou^{35} mau^{24} ləi^{54} tou^{31} tɕhəŋ^{33} pəŋ^{54} kuo^{33}
竹 木 低 头 听 风 过
竹木低头听风过

ləi^{35} vo^{24} kuo^{54} tsa^{31} tɕhəŋ^{33} la^{33} ɕəŋ^{54}
列 位 高 才 听 我 声
各位高才听我说

tɕhəŋ^{54} tou^{31} ȵi^{31} la^{54} tɕhəŋ^{33} tɕi^{31} la^{33}
清 头 人 多 听 着 俫
厅堂人多听着我

tɕhəŋ^{33} tɕi^{31} la^{33} saŋ^{54} ha^{54} tɕou^{31} jai^{31}
听 着 俫 双 开 酒 筵
听着我俩开酒筵

mə^{33} ji^{54} fu^{54} fa^{54} ji^{54} fu^{54} fa^{35}
不 因 花 发 因 花 发
不因花发因花发

ji^{54} pəŋ^{54} tɕho^{54} fa^{35} ɕu^{24} lio^{31} fu^{54}
因 风 吹 发 石 榴 花
春风吹发石榴花

tɕho^{54} fa^{35} ɕu^{24} lio^{31} ɕu^{31} tsha^{31} na^{31}
吹 发 石 榴 敇 采 朵
吹发石榴采一朵

tɕho^{54} fa^{35} la^{33} saŋ^{54} ɕu^{31} thiaŋ^{33} tou^{31}
吹 发 倈 双 敇 唱 条
催促我俩歌一曲

ɕu^{31} thiaŋ^{33} zə^{35} tou^{31} na^{24} ne^{24} ho^{31}
敇 唱 一 条 闹 热 好
斗胆唱支添热闹

ɕu^{31} thiaŋ^{33} no^{24} tou^{31} ha^{54} tɕou^{31} jai^{31}
敇 唱 二 条 开 酒 筵
舍唱二支闹酒筵

səŋ^{54} lai^{31} jou^{33} pai^{54} ji^{54} tɕou^{31} se^{31}
三 点 西 边 以 酒 起
三点西边因酒起

piou^{35} tiŋ^{33} tsou^{31} nio^{33} ji^{54} tɕou^{31} jai^{31}
竹 正 走 尔 因 酒 筵
竹正走之因酒筵

səŋ^{54} lai^{31} jou^{33} pai^{54} thiaŋ^{33} kuo^{54} tɕou^{31}
三 点 西 边 唱 归 酒
三点西边唱个酒

tsho^{31} tou^{31} fu^{24} tia^{35} thiaŋ^{33} kuo^{54} fu^{54}

艹 化 脚 唱 归 花

草头化脚唱个花

thiaŋ^{33} kuo^{54} həŋ^{31} fu^{54} tsa^{33} ɕo^{24} ɕaŋ^{24}

唱 归 红 花 在 树 上

唱个红花在树上

thiaŋ^{33} kuo^{54} tɕou^{31} jai^{31} tsa^{33} tɕhəŋ^{54} tou^{31}

唱 归 酒 筵 在 清 头

唱个酒筵在厅堂

ɕaŋ^{24} vai^{31} lio^{33} tou^{31} fu^{33} vai^{31} to^{31}

上 园 李 子 下 园 桃

上园李子下园桃

zə^{35} tse^{31} kuo^{33} lia^{33} no^{24} tse^{31} luo^{31}

一 期 过 了 二 期 来

一季过了二季来

ɕaŋ^{24} vai^{31} lio^{33} tou^{31} fu^{54} tiŋ^{33} fa^{35}

上 园 李 子 花 正 发

上园李子花正好

fu^{33} vai^{31} to^{31} tou^{31} fu^{54} tiŋ^{33} ha^{54}

下 园 桃 子 花 正 开

下园桃子花正开

fu^{54} ha^{54} fu^{54} tɕiu^{24} nai^{31} nai^{31} jou^{33}

花 开 花 谢 年 年 有

花开花谢年年有

pa^{35} kø^{54} tɕou^{31} jai^{31} ɕa^{31} jou^{33} se^{31}
邀 歌 酒 筵 少 有 时
邀歌酒筵少有时

mə^{33} ji^{54} fu^{54} fa^{54} ji^{54} fu^{54} fa^{35}
不 因 花 发 因 花 发
不因花发因花发

mə^{33} ji^{54} fu^{54} fa^{54} no^{24} fu^{54} vai^{31}
不 因 花 发 入 花 园
不因花发入花园

mə^{33} ji^{54} vai^{31} te^{24} hau^{31} tiaŋ^{54} tia^{33}
不 因 原 碟 湖 中 照
圆圆碟子湖中照

tia^{33} kai^{33} la^{31} se^{54} ɕo^{31} ɕaŋ^{24} jou^{31}
照 见 螺 蛳 水 上 游
照见螺丝水上游

la^{31} se^{54} ɕo^{31} ɕaŋ^{24} jou^{31} jou^{31} sau^{33}
螺 蛳 水 上 游 游 数
螺丝水上慢慢数

pa^{35} kø^{54} tɕou^{31} jai^{31} ɕa^{31} jou^{33} se^{31}
邀 歌 酒 筵 少 有 时
伴妹酒筵少逢着

zə^{35} tɕi^{31} miŋ^{31} ləŋ^{54} tia^{33} kai^{33} ta^{31}
一 盏 明 灯 照 见 桌
一盏明灯照桌子

fa^{24} haŋ^{31} fo^{54} hau^{33} jou^{24} fo^{54} luo^{31}
凤 凰 飞 去 又 飞 来
凤凰飞去又飞来

ɕou^{33} tsa^{31} tsha^{31} fu^{54} fu^{54} ta^{24} na^{31}
秀 才 采 花 花 大 朵
秀才采花花大朵

fu^{54} mə^{33} pəŋ^{31} tɕhi^{54} mə^{33} laŋ^{24} ha^{54}
花 不 逢 春 不 乱 开
花不逢春不乱开

fu^{54} mə^{33} pəŋ^{31} tɕhi^{54} mə^{33} laŋ^{24} fa^{35}
花 不 逢 春 不 乱 发
花不逢春不乱开

jia^{31} mə^{33} kuo^{54} tɕhi^{54} mə^{33} laŋ^{24} te^{31}
鸟 不 勾 春 不 乱 啼
鸟不勾春不乱啼

lia^{31} tsu^{31} kuo^{54} tɕhi^{54} te^{31} jou^{33} sau^{33}
鸟 子 勾 春 啼 有 数
鸟儿勾春啼有数

pa^{35} kø^{54} tɕou^{31} jai^{31} ɕa^{31} jou^{33} se^{31}
邀 歌 酒 筵 少 有 时
邀歌酒筵少有时

tsa^{33} pai^{54} zə^{35} ɕai^{31} mə^{33} ɕəŋ^{31} tse^{24}
左 边 一 扇 不 成 字
左边一扇不成字

jou^{33} pai^{54} zə^{35} ɕai^{31} tiaŋ^{24} ɕəŋ^{31} məŋ^{31}

右　边　一　扇　共　成　门

右边一扇共成门

tɕəŋ^{31} tse^{24} no^{24} məŋ^{31} tau^{33} luo^{33} tsa^{33}

井　字　入　门　肚　里　坐

井字入门肚里坐

tshu^{35} tse^{24} thiaŋ^{33} tou^{31} ha^{54} tɕou^{31} jai^{31}

拆　字　唱　条　开　酒　筵

拆字唱歌开酒筵

tsou^{31} ju^{33} kau^{54} tɕou^{31} mə^{33} kuo^{54} ku^{54}

昨　夜　端　酒　不　归　家

昨夜买酒不回家

thai^{54} to^{24} ȵi^{31} tɕəŋ^{31} mə^{33} həŋ^{31} ɕu^{54}

天　地　人　情　不　肯　赊

天地人情不肯赊

jia^{24} ta^{24} mo^{24} vaŋ^{31} kau^{54} mo^{24} tɕou^{31}

若　大　蜜　王　端　蜜　酒

我是蜜王当蜜酒

və^{31} tsai^{31} tha^{35} fu^{33} zə^{35} saŋ^{54} ɕu^{54}

无　钱　脱　下　一　双　赊

无钱托付两壶赊

zə^{35} po^{35} ɕu^{31} ɕəŋ^{31} no^{24} se^{33} zə^{35}

一　笔　写　成　廿　一

一笔写成二十一

no^{24} se^{33} zə^{35} fu^{33} jou^{33} ku^{54} ȵi^{31}
廿 一 下 有 佳 人
二十一下有佳人

khai^{33} tse^{24} ɕu^{31} luo^{31} təŋ^{31} vo^{24} tsa^{33}
欠 字 写 来 同 位 坐
欠字写来同位坐

tshu^{35} tse^{24} thiaŋ^{33} tou^{31} maŋ^{33} ta^{31} haŋ^{54}
拆 字 唱 条 满 桌 欢
拆字唱歌满桌欢

zə^{35} vo^{24} tshai^{54} fu^{35} luo^{33} tɕaŋ^{31} su^{54}
一 为 迁 客 去 长 沙
一为迁客到长沙

səi^{54} vaŋ^{24} tɕaŋ^{31} aŋ^{54} mə^{33} kai^{33} ku^{54}
西 望 长 安 不 见 家
西望长安不见家

haŋ^{31} fə^{33} luo^{31} tiaŋ^{54} thio^{54} nio^{24} tɕo^{24}
黄 鹤 楼 中 吹 玉 笛
黄鹤楼上吹玉笛

tiaŋ^{54} ɕəŋ^{31} ŋau^{33} ŋue^{24} la^{24} məi^{31} fu^{54}
江 城 五 月 落 梅 花
江城五月落梅花

pu^{24} fə^{33} sai^{54} ȵi^{31} hau^{33} lai^{31} to^{24}
白 鹤 仙 人 去 点 地
白鹤仙人去点地

lai^{31} ɕo^{35} liaŋ^{33} khou^{33} niau^{31} se^{54} ɕai^{31}
点 出 两 扣 扭 丝 形
点出两个扭丝形

pu^{24} tse^{33} niau^{31} se^{54} mau^{24} tse^{33} tia^{35}
白 字 扭 丝 木 字 脚
白字扭丝木字脚

la^{24} no^{33} kuo^{33} ku^{54} ha^{54} tɕou^{31} jai^{31}
乐 入 贵 家 开 酒 筵
落入贵家开酒筵

zə^{35} saŋ^{54} pu^{24} fə^{33} no^{24} ɕu^{24} ŋe^{31}
一 双 白 鹤 入 石 岩
一双白鹤入石岩

həŋ^{31} te^{33} tsa^{33} tia^{24} ɕu^{31} ɕo^{35} çe^{31}
黄 帝 坐 轿 赦 出 行
黄帝坐轿好出行

ɕu^{24} ŋe^{31} pe^{35} tɕe^{31} ɕo^{35} fə^{33} kuo^{33}
石 岩 里 面 出 富 贵
石岩里面出富贵

piu^{35} ɕaŋ^{24} te^{31} se^{54} khuai^{33} tɕou^{31} jai^{31}
壁 上 提 诗 劝 酒 筵
壁上题诗劝酒筵

tsa^{33} pai^{54} ɕo^{33} se^{31} liaŋ^{31} hau^{31} paŋ^{31}
左 边 竖 起 龙 虎 榜
左边竖起龙虎榜

jou^{24} pai^{54} ɕo^{33} se^{31} liaŋ^{31} faŋ^{24} mәŋ^{31}
右 边 竖 起 龙 凤 门
右边竖起龙凤门

se^{54} kuo^{31} tɕio^{24} no^{24} mәŋ^{31} luo^{31} fu^{33}
狮 狗 住 入 门 楼 下
石狮住入门楼下

na^{24} na^{24} ne^{24} ne^{24} ha^{54} tɕou^{31} jai^{31}
闹 闹 热 热 开 酒 筵
热热闹闹开酒筵

sәi^{33} ku^{54} lu^{24} ɕu^{24} ȵi^{31} mәŋ^{33} ɕi^{54}
小 甲 腊 树 兰 母 生
常绿冬青兰母生

vә^{31} pai^{54} kaŋ^{54} tɕiŋ^{31} zә^{35} se^{33} tɕhi^{54}
无 边 光 景 一 世 春
无边光景一世春

lәŋ^{31} çe^{31} ɕou^{31} lu^{35} lәŋ^{54} pәŋ^{54} mai^{24}
等 行 守 得 东 风 面
等闲识得东风面

vi^{24} tshe^{31} tshai^{54} hәŋ^{31} tsaŋ^{31} se^{33} tɕhi^{54}
万 紫 千 红 总 是 春
万紫千红总是春

zә^{35} po^{35} ɕu^{31} ɕәŋ^{31} no^{24} se^{24} zә^{35}
一 笔 写 成 廿 一
一笔写成二十一

no^{24} se^{24} zə^{35} fu^{33} jou^{33} ku^{54} ȵe^{31}
廿 一 下 有 个 人
二十一下有个人

səŋ^{54} lai^{31} ɕu^{31} luo^{31} tsa^{33} pai^{54} tsa^{33}
三 点 写 来 左 边 坐
三点写来同位坐

tshu^{35} tse^{24} thiaŋ^{33} tou^{31} maŋ^{33} ta^{31} həŋ^{31}
拆 字 唱 条 满 桌 洪
拆字唱支满桌洪

tsho^{35} ɕuəi^{33} tɕaŋ^{31} se^{54} no^{24} ɕo^{24} taŋ^{31}
七 岁 长 诗 入 学 堂
七岁吟诗进学堂

kø^{31} ja^{31} po^{35} fu^{33} ɕo^{35} vəŋ^{31} tiaŋ^{54}
果 然 笔 下 出 文 章
果然笔下出文章

ha^{31} ŋau^{31} vo^{33} tio^{33} tshai^{54} tɕhou^{54} təŋ^{33}
海 鱼 弯 嘴 千 秋 洞
海鱼弯嘴千秋洞

ti^{54} kuəi^{33} ha^{54} se^{31} vi^{24} luo^{33} ɕaŋ^{54}
丹 桂 开 时 万 里 香
丹桂开时万里香

tshai^{54} se^{54} vi^{24} ɕaŋ^{31} mi^{24} se^{54} liaŋ^{31}
千 思 万 想 慢 思 量
千思万想慢思量

pa^{35} tse^{24} ɕu^{54} ɕo^{54} pa^{35} kø^{54} tɕəŋ^{31}
八 字 修 书 邀 歌 情
八字修成看歌堂

lau^{35} zə^{24} se^{54} ɕaŋ^{31} pa^{35} tɕo^{31} me^{24}
那 日 思 想 邀 着 妹
日日思想歌堂到

kuo^{33} ku^{54} tɕou^{31} jai^{31} maŋ^{33} ta^{31} ɕaŋ^{54}
贵 家 酒 筵 满 桌 香
贵家酒筵满桌香

li^{31} tse^{31} ɕi^{54} kuo^{54} ɕo^{31} jou^{33} kuo^{54}
林 子 山 高 水 又 高
林子山高水也高

nəi^{24} tou^{31} ɕi^{54} ɕaŋ^{24} kua^{33} se^{54} tho^{54}
日 头 山 上 挂 丝 滔
太阳山上挂丝绦

ȵi^{31} kui^{54} se^{33} ɕaŋ^{24} vəŋ^{31} vo^{31} kuo^{33}
人 间 世 上 文 为 贵
人间世上文为贵

haŋ^{31} te^{33} luo^{24} tia^{31} mə^{33} ɕa^{31} ɕo^{54}
皇 帝 立 朝 不 少 书
立朝处事要学堂

zə^{35} po^{35} ɕu^{31} ɕəŋ^{31} se^{33} ɕa^{31} hou^{31}
一 笔 写 成 是 小 口
一笔写成是小口

ta^{24} hou^{31} ɕu^{31} luo^{31} vo^{33} mə^{33} tiou^{54}
大 口 写 来 围 不 周
大口写来围不全

səŋ^{54} pə^{24} luo^{31} thəi^{54} jai^{33} ku^{33} kuo^{33}
三 步 楼 梯 燕 架 过
三步楼梯燕飞过

tshu^{35} tse^{24} thiaŋ^{31} tou^{31} maŋ^{33} ta^{31} kuo^{54}
拆 字 唱 条 满 桌 高
拆字唱歌满桌高

vo^{24} ȵi^{31} ȵi^{33} na^{24} zə^{35} se^{31} kaŋ^{54}
为 人 忍 耐 一 时 光
为人忍耐一时光

fə^{31} ɕi^{54} ɕe^{33} niai^{31} tiaŋ^{31} laŋ^{31} tɕaŋ^{31}
何 生 行 言 讲 短 长
遇事无须话短长

və^{33} se^{24} tse^{24} tɕaŋ^{31} ɕi^{54} fu^{24} tse^{33}
无 事 自 详 生 活 计
无事自想生活计

tse^{24} tɕaŋ^{31} və^{33} se^{24} mi^{24} se^{54} liaŋ^{31}
自 详 无 事 慢 思 量
自想生活慢思量

zə^{35} po^{35} ɕu^{33} ɕəŋ^{31} se^{33} tiou^{35} tse^{24}
一 笔 写 成 是 角 字
一笔写成是角字

jaŋ^{31} tse^{24} ɕu^{31} luo^{31} tse^{33} saŋ^{54} saŋ^{54}
羊 字 写 来 直 双 双
羊字写来直双双

tiou^{35} ji^{54} jaŋ^{31} tse^{24} saŋ^{54} saŋ^{54} tse^{33}
角 占 羊 字 双 双 站
羊与角字双双站

tshu^{35} tse^{24} thiaŋ^{31} tou^{31} ka^{31} tɕou^{31} jai^{31}
拆 字 唱 条 解 酒 筵
拆字唱歌解酒筵

tsou^{31} jo^{33} ŋau^{33} ki^{54} məŋ^{24} luo^{33} tiŋ^{54}
昨 夜 五 更 梦 到 京
昨夜五更梦到京

zə^{35} ɕəŋ^{54} tɕi^{54} ɕaŋ^{31} vi^{24} ȵi^{31} ɕe^{31}
一 声 钟 响 万 人 行
一声钟响万人行

ȵi^{54} ȵi^{54} ti^{33} hau^{33} tia^{31} thai^{54} tse^{31}
个 个 都 去 朝 天 子
熙熙攘攘不得休

se^{33} ŋu^{33} və^{33} kui^{54} ɕio^{24} luo^{31} mai^{31}
是 我 无 关 睡 倒 眠
是我无关睡到眠

zə^{35} po^{35} ɕu^{33} ɕəŋ^{31} se^{33} paŋ^{33} hou^{31}
一 笔 写 成 是 半 口
一笔写成是半口

jaŋ^{24} tse^{24} ɕu^{31} luo^{31} tia^{35} fu^{33} aŋ^{54}
用 字 写 来 脚 下 安
用字写来脚下安

tsou^{31} nio^{33} li^{31} he^{31} tia^{35} fu^{33} kuo^{33}
走 尔 打 行 脚 下 过
走之打从脚下过

kuo^{33} ku^{54} tɕou^{31} jai^{31} so^{33} mai^{24} thaŋ^{54}
贵 家 酒 筵 四 面 通
贵家酒筵四面通

vie^{31} təŋ^{33} pəŋ^{54} thiu^{54} tiŋ^{33} ŋau^{33} thai^{54}
云 淡 风 轻 近 午 天
云淡风轻近午天

paŋ^{31} fu^{54} ɕio^{31} lio^{33} kuo^{33} tsai^{31} tɕhuai^{54}
傍 花 随 柳 过 前 川
伴花随柳过前川

se^{31} ȵi^{31} mə^{33} ka^{31} zə^{31} ɕi^{54} luo^{24}
时 人 不 解 余 心 乐
时人不必移山力

tɕaŋ^{54} vo^{24} thou^{54} he^{31} ɕou^{24} ɕa^{31} nai^{31}
将 谓 偷 闲 学 少 年
正好休闲看歌堂

zə^{35} po^{35} ɕu^{33} ɕəŋ^{31} se^{33} zə^{24} tse^{24}
一 笔 写 成 是 日 字
一笔写成是日字

ŋue^{24} tse^{24} ɕu^{31} luo^{31} tsie^{31} saŋ^{54} saŋ^{54}
月 字 写 来 直 双 双
月字写来直双双

zə^{24} ji^{54} ŋue^{24} tse^{24} saŋ^{54} saŋ^{54} tse^{33}
日 与 月 字 双 双 站
日与月字双双站

kuo^{33} ku^{54} tɕou^{31} jai^{31} li^{31} lu^{35} miŋ^{31}
贵 家 酒 筵 打 得 明
贵家酒筵亮堂堂

tɕu^{35} ɕaŋ^{31} tau^{24} ɕo^{54} mə^{33} jaŋ^{24} ɕi^{54}
绩 想 读 书 不 用 心
半想读书不用心

mə^{33} luo^{54} ɕiou^{54} luo^{33} ɕo^{24} haŋ^{31} tɕi^{54}
不 知 书 理 出 黄 金
不知书里出黄金

tso^{31} luo^{54} se^{33} ɕaŋ^{24} ɕiou^{54} vo^{31} kuo^{33}
早 知 世 上 书 为 贵
早知世上书为贵

kuo^{54} lai^{31} miŋ^{31} ləŋ^{54} thou^{33} jou^{33} tɕe^{31}
高 点 明 灯 透 夜 巡
高点明灯夜夜勤

zə^{35} po^{35} ɕu^{33} ɕəŋ^{31} se^{33} vəŋ^{31} tse^{24}
一 笔 写 成 是 文 字
一笔写成是文字

tse^{31} tse^{24} ɕu^{31} luo^{31} tia^{35} fu^{33} aŋ^{54}
子 字 写 来 脚 下 安
子字写来脚下安

vəŋ^{31} tse^{24} tsa^{33} tou^{31} tse^{31} tsa^{33} tia^{35}
文 字 在 头 子 在 脚
文字在头子在脚

la^{24} no^{24} kuo^{33} ku^{54} ɕou^{24} tɕou^{31} jai^{31}
落 入 贵 家 斈 酒 筵
落入贵家学酒筵

tɕou^{31} tou^{31} tse^{24} jai^{31} hou^{31} hou^{31} tai^{31}
酒 仔 自 然 口 口 甜
酒好自然口口甜

mə^{33} nəŋ^{54} luo^{31} ɕo^{35} kho^{31} li^{31} vai^{31}
不 给 倒 出 可 怜 完
不给倒出好可怜

kuo^{33} ku^{54} ho^{31} tɕou^{31} luo^{31} khuai^{33} la^{33}
贵 家 好 酒 来 劝 俫
贵家好酒来劝我

kho^{54} la^{33} tshe^{35} la^{54} kho^{31} lie^{31} vai^{31}
亏 俫 吃 多 可 怜 完
亏我吃多真满足

niai^{31} tse^{24} tɕaŋ^{33} te^{54} niai^{31} tse^{24} ɕai^{31}
言 字 将 了 言 字 形
言字像了言字形

ɕi^{54} tse^{24} nəŋ^{54} luo^{31} liaŋ^{33} ɕaŋ^{54} lai^{31}
身 字 给 来 两 相 连
身字并来两相连

niai^{31} ɕi^{54} tɕhoŋ^{33} tse^{24} saŋ^{54} saŋ^{54} tse^{33}
言 身 寸 字 双 双 站
言身寸字一起站

tshu^{35} tse^{24} thiaŋ^{33} tou^{31} tɕiu^{24} tɕou^{31} jai^{31}
拆 字 唱 条 谢 酒 筵
拆字唱歌谢酒筵

(2) 垂桌歌
nəi^{54} tou^{31} ɕo^{35} tso^{31} tia^{33} ɕi^{54} vo^{35}
日 头 出 早 照 山 坳
太阳出早照山坳

tia^{33} kai^{33} ɕi^{54} vo^{35} tse^{35} mau^{54} fu^{54}
照 见 山 坳 志 木 花
照见山坳檵木花

se^{33} ɕo^{31} ɕo^{31} se^{31} fu^{54} ɕo^{31} se^{31} o^{31}
是 谁 垂 起 花 垂 起 呕
是谁旋起花旋起

o^{33} tse^{33} li^{31} se^{33} se^{35} o^{33}
欧 志 里 是 色 欧
檵是起啊

fu^{54} li^{31} se^{33} se^{35} o^{33}
花 里 是 色 欧
花是起

fu^{54} ɕo^{31} ju^{24} se^{33} ɕo^{31}
花 垂 也 是 垂
花旋也是旋

o^{33} fu^{54} ɕo^{31} ju^{24} se^{33} ɕo^{31}
啊 花 垂 也 是 垂
花起也是旋

ɕo^{31} ɕo^{31} ju^{24} se^{33} ɕo^{31}
垂 垂 也 是 垂
旋旋又旋旋

o^{33} fu^{54} ɕo^{31} ju^{24} se^{33} ɕo^{31}
啊 花 垂 也 是 垂
花起也是旋

sən^{54} tiaŋ^{54} ŋue^{24} o^{33}
三 江 月 呕
三江月

o^{33} ŋue^{24} tiaŋ^{54} ju^{54} se^{33} ɕo^{31}
欧 月 江 也 是 垂
江水（回旋）也是旋

ɕo^{31} ɕo^{31} ju^{24} se^{33} ɕo^{31}
垂 垂 也 是 垂
旋旋又旋旋

o^{33} ŋue^{24} tiaŋ^{54} ju^{54} se^{33} ɕo^{31}
啊 月 江 也 是 垂
月亮（倒影）也是垂

səŋ^{54} li^{31} se^{33} vai^{35} o^{31}

三 里 是 县 呕

三里县

o^{31} liŋ^{33} li^{31} se^{33} ɕo^{35} o^{33}

欧 岭 里 是 出 欧

是岭里出

li^{54} lio^{54} jou^{31} o^{33} jou^{24} li^{54}

里 猪 油 欧 油 里

绿油油哩

lio^{54} jou^{31} o^{33} jou^{24} li^{54}

猪 油 欧 油 里

绿油油

jou^{24} li^{54} jou^{54} se^{54} le^{31}

油 里 也 是 犁

由来也是来

le^{31} le^{24} jou^{54} se^{54} le^{31}

犁 犁 也 是 犁

来嘞也是来

se^{54} tsəi^{54} ɕaŋ^{33}

思 齐 常

事齐祥

le^{24} li^{54} la^{31} se^{54} liu^{54} ho^{31} le^{31}

犁 里 拉 丝 柳 喉 犁

来嘞来斯留侯来

ɕaŋ^{24} se^{33} ȵi^{31} ta^{31} tse^{33} mau^{24} kau^{31}
上 世 人 抬 志 木 鼓
上辈人抬檵木鼓

fu^{33} se^{33} ȵi^{31} ta^{31} tse^{33} mau^{24} ta^{31}
下 世 人 抬 志 木 桌
下辈人抬檵木桌

liaŋ^{33} la^{31} mə^{33} ta^{31} tse^{33} mau^{24} kaŋ^{33}
两 兄 不 抬 志 木 杆
兄弟不抬檵木杆

tse^{31} ta^{31} tse^{33} mau^{24} tsa^{24} fu^{54} ta^{31}
只 抬 志 木 凿 花 桌
只抬檵木凿花桌

tse^{31} mu^{33} ɕaŋ^{33} tiŋ^{54} hau^{33} tɕhəŋ^{31} tɕaŋ^{24}
骑 马 上 京 去 请 匠
骑马进京去请匠

tse^{31} liou^{31} no^{24} vai^{24} tɕhəŋ^{31} tɕaŋ^{24} kuo^{54}
骑 驴 入 县 请 匠 归
骑驴进城接匠回

mau^{24} tɕaŋ^{24} no^{24} məŋ^{31} tsəi^{35} fu^{33} thio^{35}
木 匠 入 门 接 下 尺
木匠进门装墨斗

paŋ^{33} fu^{33} lio^{35} thio^{35} mi^{24} se^{54} liaŋ^{31}
放 下 弯 尺 慢 思 量
放下弯尺慢思量

mi24 mi24 se54 liaŋ31 tsa31 tsai31 mau24
慢 慢 思 量 裁 剪 木
慢慢思量定裁剪

tsa31 tsai31 tse33 mau24 ta24 fu54 ta31
裁 剪 起 木 凿 花 桌
裁剪樵木凿花桌

se33 ɕo31 ɕo31 se31 ta31 ɕo31 se31
是 谁 垂 起 桌 垂 起
是谁旋起桌旋起

o33 tse33 li31 se33 se24 o33
欧 志 里 是 色 欧
樵是起啊

fu54 li31 se33 se24 o33
花 里 是 色 欧
花是起

ta31 ɕo31 ju35 se54 ɕo31
桌 垂 也 是 垂
锤桌也是锤

o33 ta33 ɕo31 ju24 se54 ɕo31
啊 桌 垂 也 是 垂
桌起也是旋

ɕo31 ɕo31 ju54 se54 ɕo31
垂 垂 也 是 垂
旋旋又旋旋

o^{33} ta^{33} ɕo^{31} ju^{54} se^{54} ɕo^{31}
啊 桌 垂 也 是 垂
桌起也是旋

səŋ^{54} tiaŋ^{54} ŋue^{54} o^{31}
三 江 月 呕
三江月

o^{33} ŋue^{54} tiaŋ^{54} jou^{54} se^{54} ɕo^{31}
欧 月 江 也 是 垂
江水（回旋）也是旋

ɕo^{33} ɕo^{24} ju^{54} se^{54} ɕo^{31} o^{33}
垂 垂 也 是 垂 啊
旋旋又旋旋

ŋue^{54} tiaŋ^{54} jou^{54} se^{54} ɕo^{31}
月 江 也 是 垂
月亮（倒影）也是垂

səŋ^{54} li^{31} vai^{35} o^{31}
三 里 县 呕
三里县

o^{31} liŋ^{33} li^{31} se^{33} ɕo^{35} o^{33}
欧 岭 里 是 出 欧
是岭里出

li^{54} lio^{54} jou^{31} o^{33} jou^{24} li^{54}
里 猪 油 欧 油 里
绿油油哩

lio^{54} jou^{31} o^{33} jou^{24} li^{54}
猪 油 欧 油 里
绿油油

jou^{24} li^{54} jo^{54} se^{54} le^{31}
油 里 也 是 犁
由来也是来

le^{33} le^{24} jou^{54} se^{54} le^{31}
犁 犁 也 是 犁
来嘞也是来

se^{54} tsəi^{54} ɕaŋ^{33}
思 齐 常
事齐祥

le^{24} li^{54} la^{31} se^{54} liu^{54} ho^{31} le^{31}
犁 里 拉 丝 柳 喉 犁
来嘞来斯留侯来

səŋ^{54} thiu^{35} liaŋ^{31} luo^{31} so^{33} thiu^{35} taŋ^{24}
三 尺 量 来 四 尺 断
三尺量来四尺断

so^{33} thiu^{35} liaŋ^{31} luo^{31} ŋau^{33} thiu^{35} faŋ^{54}
四 尺 量 来 五 尺 方
四尺量来五尺裁

mau^{24} tɕaŋ^{33} faŋ^{54} lu^{35} so^{33} faŋ^{54} ho^{31}
木 匠 方 得 四 方 好
木匠裁得四方好

nəŋ⁵⁴ luo³¹ faŋ⁵⁴ tɕi³¹ so³³ faŋ⁵⁴ faŋ⁵⁴

给 来 方 起 四 方 方

正好裁得四方方

tse³³ mau²⁴ nəŋ⁵⁴ luo³¹ tsa²⁴ ta³¹ mai²⁴

志 木 给 来 凿 桌 面

檵木用来凿桌面

su⁵⁴ mau²⁴ nəŋ⁵⁴ luo³¹ tsa²⁴ ta³¹ ɕa⁵⁴

杉 木 给 来 凿 桌 肖

杉木用来凿木榫

se³³ ɕo³¹ ɕo³¹ se³¹ ɕa⁵⁴ ɕo³¹ se³¹ o³³

是 谁 垂 起 肖 垂 起 呕

是谁旋起榫旋起

o³³ tse³³ li³¹ se³³ se²⁴ o³³

欧 志 里 是 色 欧

檵是起啊

fu⁵⁴ li³¹ se³³ se²⁴ o³³

花 里 是 色 欧

花是起

ɕa⁵⁴ ɕo³¹ ju⁵⁴ se⁵⁴ ɕo³¹

肖 垂 也 是 垂

锤榫也是锤

o³³ ɕa⁵⁴ ɕo³¹ ju⁵⁴ se⁵⁴ ɕo³¹

啊 肖 垂 也 是 垂

榫起也是旋

ɕo^{33} ɕo^{24} ju^{54} se^{54} ɕo^{31}
垂 垂 也 是 垂
旋旋又旋旋

ɕa^{54} ɕo^{24} ju^{54} se^{54} ɕo^{31}
肖 垂 也 是 垂
榫起也是旋

səŋ^{54} tiaŋ^{54} ŋue^{54} o^{33}
三 江 月 呕
三江月

o^{33} ŋue^{54} tiaŋ^{54} ju^{54} se^{54} ɕo^{31}
欧 月 江 也 是 垂
江水（回旋）也是旋

ɕo^{33} ɕo^{24} ju^{54} se^{54} ɕo^{31}
垂 垂 也 是 垂
旋旋又旋旋

o^{33} ŋue^{54} tiaŋ^{54} ju^{54} se^{54} ɕo^{31}
啊 月 江 也 是 垂
月亮（倒影）也是垂

səŋ^{54} li^{31} vai^{35} o^{33}
三 里 县 呕
三里县

o^{31} liŋ^{33} li^{31} se^{33} ɕo^{35} o^{33}
欧 岭 里 是 出 欧
是岭里出

li^{54} lio^{54} jou^{31} o^{33} jou^{24} li^{54}

里 猪 油 欧 又 里

绿油油

lio^{54} jou^{31} o^{33} jou^{24} li^{54}

猪 油 欧 又 里

绿油油

jou^{24} li^{54} jou^{54} se^{33} le^{31}

又 里 也 是 犁

由来也是来

le^{33} le^{24} jou^{54} se^{54} le^{31}

犁 犁 也 是 犁

来嘞也是来

se^{54} tsəi^{54} ɕaŋ^{33}

事 齐 常

事齐祥

le^{24} li^{54} la^{31} se^{54} liu^{54} ho^{31} le^{31}

犁 里 拉 丝 柳 喉 犁

来嘞来斯留侯来

tɕhiu^{54} mau^{24} nəŋ^{54} luo^{31} tsa^{24} ta^{31} tia^{35}

春 木 给 来 凿 桌 脚

椿树用来凿桌脚

pu^{24} mau^{31} nəŋ^{54} luo^{31} tsa^{24} ta^{31} ɕi^{54}

柏 木 给 来 凿 桌 身

柏树拿来凿桌身

se^{33}　ɕo^{31}　ɕo^{31}　se^{31}　ɕi^{54}　ɕo^{31}　se^{31}　o^{33}
是　谁　垂　起　身　垂　起　欧
是谁旋起身旋起

tse^{33}　li^{31}　se^{33}　se^{24}　o^{33}
志　里　是　色　欧
檵是起啊

fu^{54}　li^{31}　se^{33}　se^{24}　o^{33}
花　里　是　色　欧
花是起

ɕi^{54}　ɕo^{31}　ju^{54}　se^{54}　ɕo^{31}
身　垂　也　是　垂
锤身也是锤

o^{33}　ɕi^{54}　ɕo^{31}　ju^{54}　se^{54}　ɕo^{31}
阿　身　垂　也　是　垂
身起也是旋

ɕo^{33}　ɕo^{24}　ju^{54}　se^{54}　ɕo^{31}
垂　垂　也　是　垂
旋旋又旋旋

o^{33}　ɕi^{54}　ɕo^{31}　ju^{54}　se^{54}　ɕo^{31}
啊　身　垂　也　是　垂
身起也是旋

səŋ^{54}　tiaŋ^{54}　ŋue^{54}　o^{33}
三　江　月　呕
三江月

o^{33} ŋue^{54} tiaŋ^{54} ju^{54} se^{54} ɕo^{31}
欧 月 江 也 是 垂
江水（回旋）也是旋

ɕo^{33} ɕo^{24} ju^{54} se^{54} ɕo^{31}
垂 垂 也 是 垂
旋旋又旋旋

o^{33} ŋue^{54} tiaŋ^{54} ju^{54} se^{54} ɕo^{31}
啊 月 江 也 是 垂
月亮（倒影）也是垂

səŋ^{54} li^{31} vai^{35} o^{33}
三 里 县 呕
三里县

o^{31} liŋ^{33} li^{31} se^{33} ɕo^{35} o^{33}
欧 岭 里 是 出 欧
是岭里出

li^{54} lio^{54} jou^{31} o^{33} jou^{24} li^{54}
里 猪 油 欧 又 里
绿油油

lio^{54} jou^{31} o^{33} jou^{24} li^{54}
猪 油 欧 又 里
绿油油

jou^{24} li^{54} jou^{54} se^{33} le^{31}
又 里 也 是 犁
由来也是来

le^{33} le^{24} jou^{54} se^{54} le^{31}
犁 犁 也 是 犁
来嘞也是来

se^{54} tsəi^{54} ɕaŋ^{33}
事 齐 常
事齐祥

le^{24} li^{54} la^{31} se^{54} liu^{54} ho^{31} le^{31}
犁 里 拉 丝 柳 喉 犁
来嘞来斯留侯来

se^{33} ɕo^{31} ɕo^{31} se^{31} ŋu^{31} ɕo^{31} se^{31} o^{31}
是 谁 垂 起 牙 垂 起 呕
是谁旋起牙旋起

o^{33} tse^{33} li^{31} se^{33} se^{24} o^{33}
欧 志 里 是 色 欧
檵是起啊

fu^{54} li^{31} se^{33} se^{24} o^{33}
花 里 是 色 欧
花是起

ŋu^{33} ɕo^{24} ju^{54} se^{54} ɕo^{31}
牙 垂 也 是 垂
锤牙也是锤

o^{33} ŋu^{33} ɕo^{24} ju^{54} se^{54} ɕo^{31}
啊 牙 垂 也 是 垂
牙起也是旋

ɕo^{33} ɕo^{24} ju^{54} se^{54} ɕo^{31}
垂 垂 也 是 垂
旋旋又旋旋

o^{33} ŋu^{33} ɕo^{24} ju^{54} se^{54} ɕo^{31}
阿 牙 垂 也 是 垂
牙起也是旋

səŋ^{54} tiaŋ^{54} ŋue^{54} o^{33}
三 江 月 呕
三江月

o^{33} ŋue^{54} tiaŋ^{54} jou^{54} se^{54} ɕo^{31}
欧 月 江 也 是 垂
江水（回旋）也是旋

ɕo^{33} ɕo^{24} ju^{54} se^{54} ɕo^{31}
垂 垂 也 是 垂
旋旋又旋旋

o^{33} ŋue^{54} tiaŋ^{54} jou^{54} se^{54} ɕo^{31}
啊 月 江 也 是 垂
月亮（倒影）也是垂

səŋ^{54} li^{31} vai^{35} o^{33}
三 里 县 呕
三里县

o^{31} liŋ^{33} li^{31} se^{33} ɕo^{35} o^{33}
欧 岭 里 是 出 欧
是岭里出

li^{54} lio^{54} jou^{31} o^{33} jou^{24} li^{54}
里 猪 油 欧 又 里
绿油油

lio^{54} jou^{31} o^{33} jou^{24} li^{54}
猪 油 欧 又 里
绿油油

jou^{24} li^{54} jou^{24} se^{33} ləi^{31}
又 里 也 是 犁
由来也是来

le^{33} le^{24} jou^{24} se^{33} le^{31}
犁 犁 也 是 犁
来嘞也是来

se^{54} tsəi^{54} ɕaŋ^{33}
事 齐 常
事齐祥

le^{24} ti^{54} la^{31} se^{54} liu^{54} ho^{31} le^{31}
犁 里 拉 丝 柳 喉 犁
来嘞来斯留侯来

laŋ^{31} mau^{24} nəŋ^{54} luo^{31} tsa^{24} ta^{31} ve^{33}
短 木 给 来 凿 桌 椀
短木用来凿桌枨

so^{33} khou^{33} liu^{31} ŋo^{31} so^{33} khou^{33} ɕa^{54}
四 扣 云 牙 四 扣 肖
四段花边四段榫

tsho^{35} mau^{24} nəŋ^{54} luo^{31} tiaŋ^{24} zə^{35} ɕəŋ^{33}

七 木 给 来 共 一 姓

七木凑来共一姓

tiaŋ^{24} se^{31} zə^{35} ɕəŋ^{33} tsa^{24} fu^{54} ta^{31}

共 起 一 姓 凿 花 桌

共起一姓凿花桌

tsa^{24} se^{31} fu^{54} ta^{31} so^{33} tiu^{35} tia^{35}

凿 起 花 桌 四 只 脚

凿起花桌四只脚

fu^{54} ta^{31} so^{33} tia^{35} tsa^{33} tɕhəŋ^{54} tou^{31}

花 桌 四 脚 在 清 头

花桌四脚坐厅堂

tɕi^{31} mau^{24} nəŋ^{54} luo^{31} tsa^{24} tɕa^{31} ləŋ^{33}

枞 木 给 来 凿 条 凳

松树拿来凿长凳

pəŋ^{54} mau^{24} nəŋ^{54} luo^{31} tsa^{33} fə^{31} pəŋ^{31}

枫 木 给 来 做 火 盆

枫木拿来做火盆

fə^{31} pəŋ^{31} vai^{31} se^{31} kaŋ^{31} ləŋ^{54} ɕo^{35}

火 盆 原 是 广 东 出

火盆原是广东出

fu^{35} ȵi^{31} ma^{33} ma^{31} luo^{31} liŋ^{33} tɕəŋ^{31}

客 人 买 卖 来 领 情

客人买卖来结缘

liŋ^{33} tɕəŋ^{31} jou^{33} tsai^{31} liou^{31} fu^{33} tio^{35}
领 情 有 钱 留 下 张
中意有钱留一个

lio^{31} fu^{33} zə^{35} tio^{35} paŋ^{33} fu^{54} ta^{31}
留 下 一 张 伴 花 桌
留下一个伴花桌

haŋ^{31} thai^{54} tɕu^{35} fə^{31} vo^{31} lau^{54} fə^{31}
寒 天 烤 火 围 灶 火
寒天烤火围灶火

mə^{33} kaŋ^{31} thai^{54} tou^{31} ɕuəi^{35} maŋ^{33} ɕi^{54}
不 管 天 头 雪 满 山
不管天头雪满山

fu^{54} ta^{31} tsa^{24} ɕəŋ^{31} se^{24} no^{24} zə^{24}
花 桌 凿 成 十 二 日
花桌凿成十二日

se^{24} no^{24} zə^{24} ɕəŋ^{31} tɕhəŋ^{54} ɕaŋ^{24} ta^{31}
十 二 日 成 清 上 桌
十二日成厅堂桌

tiaŋ^{54} se^{54} ɕo^{35} lu^{54} thia^{31} jou^{31} tɕaŋ^{24}
江 西 出 得 巧 油 匠
江西生得巧油匠

liou^{31} səŋ^{54} tɕhəŋ^{31} tɕaŋ^{24} tsho^{35} fu^{54} ta^{31}
刘 三 请 匠 漆 花 桌
刘三请匠漆花桌

zə^{35} tɕi^{54} miŋ^{31} jou^{31} paŋ^{33} tɕi^{54} tsho^{35}
壹 斤 明 油 半 斤 漆
一斤桐油半斤漆

tɕuai^{31} tɕi^{54} tsho^{35} tɕi^{31} tɕhəŋ^{54} ɕaŋ^{24} ta^{31}
全 金 漆 起 清 上 桌
全金漆起厅堂桌

jou^{31} se^{31} fu^{54} ta^{31} ti^{24} ti^{24} liaŋ^{24}
油 起 花 桌 顶 顶 亮
漆起花桌顶顶亮

tsho^{35} se^{31} fu^{54} ta^{31} thəi^{35} thəi^{35} ɕi^{54}
漆 起 花 桌 贴 贴 新
漆起花桌格外新

so^{33} tɕu^{35} ta^{31} tou^{31} so^{33} kaŋ^{31} po^{35}
四 只 桌 头 四 杆 笔
四只桌角四杆笔

so^{33} tɕu^{35} ta^{31} tio^{35} so^{33} paŋ^{31} ɕiou^{54}
四 只 桌 角 四 本 书
四只桌角四本书

tsho^{35} ɕuəi^{33} la^{33} tou^{31} səŋ^{33} no^{24} ɕo^{24}
七 岁 孩 儿 送 入 学
七岁孩儿送入学

lai^{31} tau^{24} se^{24} nai^{31} po^{35} nəi^{54} kuo^{54}
连 读 十 年 毕 业 归
连读十年毕业归

ɕou^{31} luo^{31} nio^{24} hau^{31} tɕi^{54} mo^{24} ɕo^{31}
手 拿 玉 壶 真 墨 水
手拿玉壶金墨水

tso^{24} se^{35} po^{54} tou^{31} thou^{33} se^{54} ɕo^{54}
浸 湿 笔 头 透 诗 书
浸湿笔头写诗书

thou^{33} se^{31} se^{54} ɕo^{54} səŋ^{54} pu^{35} pəŋ^{31}
透 起 诗 书 三 百 本
写就诗书三百本

thou^{33} se^{31} tiou^{24} tiai^{54} so^{33} pu^{35} phe^{54}
透 起 九 经 四 百 篇
著成九经四百篇

liou^{31} səŋ^{54} luo^{31} ɕo^{35} au^{24} ɕaŋ^{31} sa^{33}
刘 三 拿 出 屋 上 晒
刘三拿出门前晒

tse^{33} lu^{35} kui^{54} məŋ^{31} ma^{31} fə^{35} ɕou^{54}
记 得 关 门 忘 记 收
记得关门忘记收

ɕo^{24} luo^{31} zə^{54} kui^{54} liaŋ^{31} ɕaŋ^{33} ɕo^{31}
睡 倒 一 更 龙 上 水
睡倒一更龙上水

ɕo^{24} luo^{31} no^{24} kui^{54} se^{31} au^{54} vie^{31}
睡 倒 二 更 起 乌 云
睡倒二更起乌云

ɕo^{24} luo^{31} səŋ^{54} kui^{54} lua^{31} tai^{24} ŋi^{33}
睡 倒 三 更 雷 电 眼
睡倒三更雷电闪

ɕo^{24} luo^{31} so^{33} kui^{54} hau^{33} lai^{31} liou^{31}
睡 倒 四 更 雨 连 流
睡倒四更雨瓢泼

ɕo^{24} luo^{31} ŋau^{33} kui^{54} fa^{35} ta^{24} ɕo^{31}
睡 倒 五 更 发 大 水
睡倒五更发大水

ɕo^{31} tɕhua^{54} kø^{54} pəŋ^{31} luo^{33} jaŋ^{31} tiou^{54}
水 推 歌 本 到 扬 州
水推歌本到扬州

hau^{33} luo^{33} jaŋ^{31} tiou^{54} jaŋ^{31} tse^{31} ta^{24}
去 到 扬 州 洋 子 大
去到扬州河流宽

so^{33} li^{31} təŋ^{31} paŋ^{33} thəi^{33} nəŋ^{31} jou^{54}
四 僯 同 伴 替 男 忧
四邻同伴替我忧

zə^{35} kuo^{33} piou^{35} pa^{31} kaŋ^{31} mə^{33} luo^{33}
一 个 竹 排 管 不 到
一个竹排赶不到

no^{24} kuo^{33} piou^{35} pa^{31} kaŋ^{31} luo^{33} tiou^{54}
二 个 竹 排 管 到 州
两个竹排赶到州

zə^{35} ko^{33} lia^{31} kuo^{54} kua^{33} mə^{33} luo^{33}
一 个 镣 钩 挂 不 到
一个铁钩钩不到

no^{24} kuo^{33} lia^{31} kuo^{54} kua^{33} luo^{33} tou^{31}
二 个 镣 钩 挂 到 头
二个铁钩钩到头

səŋ^{54} ko^{33} lia^{31} kuo^{54} kua^{33} kuo^{54} pəŋ^{31}
三 个 镣 钩 挂 归 本
三个铁钩钩回本

kua^{33} kuo^{54} zə^{35} pəŋ^{31} se^{33} liou^{31} səŋ^{54}
挂 归 一 本 是 刘 三
钩回一本刘三书

liou^{31} səŋ^{54} tse^{35} ɕo^{35} kø^{54} luo^{31} thiaŋ^{33}
刘 三 置 出 歌 来 唱
刘三制出歌来唱

tse^{33} ɕo^{35} thiaŋ^{33} kø^{54} pa^{35} kø^{54} tɕəŋ^{31}
置 出 唱 歌 邀 歌 情
兴起唱歌欢聚来

3. 唱《谢主人歌》后，告别主人回家
lai^{31} zə^{24} lai^{31}
莲 叶 连
莲叶连

tɕou^{31} jai^{31} ɕo^{33} ta^{31} saŋ^{33} thiaŋ^{33} vai^{31}
酒 筵 垂 桌 算 唱 完
酒筵旋桌算唱完

tɕou^{31} jai^{31} ɕo^{33} ta^{31} saŋ^{33} thiaŋ^{33} lia^{33}
酒 筵 垂 桌 算 唱 了
酒筵旋桌算唱罢

hou^{31} vu^{24} mə^{33} vai^{31} saŋ^{33} thiaŋ^{33} vai^{31}
口 曰 不 完 算 唱 完
口说不完算唱完

hou^{31} vu^{24} mə^{33} vai^{31} saŋ^{33} thiaŋ^{33} lia^{33}
口 曰 不 完 算 唱 了
口说不完算唱了

se^{33} la^{33} mə^{33} luo^{54} saŋ^{33} thiaŋ^{33} vai^{31}
是 倈 不 知 算 唱 完
是我不知算唱完

la^{33} nəŋ^{31} mə^{33} luo^{54} laŋ^{31} laŋ^{31} thiaŋ^{33}
倈 男 不 知 短 短 唱
是我不知短短唱

ȵi^{31} jou^{24} luo^{54} la^{33} mə^{33} luo^{54} kø^{54}
人 也 知 我 不 知 歌
人也知我不知歌

jou^{24} va^{33} vai^{31} liaŋ^{24} ɕu^{33} kuo^{33} la^{33}
也 会 原 谅 训 过 我
也会原谅包涵我

tɕhəŋ^{54} tou^{31} ȵi^{31} la^{54} piu^{54} haŋ^{31} nəŋ^{31}
清 头 人 多 包 涵 男
厅堂人多多包涵

tse^{31} vaŋ^{24} ȵi^{54} ȵi^{54} piu^{54} haŋ^{31} la^{33}
指 望 个 个 包 涵 俫
希望人人包涵我

piu^{54} haŋ^{31} la^{33} saŋ^{54} vo^{31} kø^{54} tɕəŋ^{31}
包 涵 俫 双 围 歌 情
包涵我俩看歌堂

na^{31} sa^{35} luo^{33} ŋau^{31} nəi^{31} luo^{35} au^{33}
踩 死 鲤 鱼 坭 里 欧
踩死鲤鱼泥里埋

mə^{33} nəŋ^{54} tha^{35} ɕo^{35} so^{33} li^{31} luo^{54}
不 给 蹄 出 四 邻 知
不给说出四邻知

so^{33} li^{31} luo^{54} te^{54} ȵi^{31} ɕa^{33} la^{33}
四 邻 知 了 人 笑 俫
四邻知了人笑我

ȵi^{31} ɕa^{33} la^{33} saŋ^{54} mə^{33} luo^{54} tɕəŋ^{31}
人 笑 俫 双 不 知 情
人笑我俩不知情

tɕəŋ^{31} ɕo^{31} no^{24} tai^{31} nəŋ^{31} ji^{33} kuo^{33}
井 水 入 田 能 引 够
井水进田适可止

mə^{33} nəŋ^{54} tai^{31} pi^{31} vəi^{24} səi^{35} luo^{31}
不 给 田 满 满 惜 怜
满出田埂实可惜

maŋ^{33} luo^{33} ɕaŋ^{24} je^{31} mə^{33} ȵi^{24} tɕe^{31}

满 到 上 基 不 要 紧

满过邻田不要紧

maŋ^{33} fu^{33} fu^{33} je^{31} kho^{31} se^{35} li^{31}

满 下 下 基 可 惜 怜

满过沟渠真可惜

səi^{31} tɕəŋ^{24} tɕhəŋ^{54} se^{54} luo^{33} ɕaŋ^{24} sa^{33}

洗 净 青 丝 篱 上 晒

洗净清丝篱上晒

səi^{33} hau^{33} mo^{31} mo^{31} tɕhəŋ^{31} tio^{31} ɕou^{54}

细 雨 毛 毛 请 主 收

细雨毛毛请主收

tɕhəŋ^{31} tio^{31} ɕou^{54} ha^{54} jai^{31} tiaŋ^{54} tɕou^{31}

请 主 收 开 筵 中 酒

请主收好筵中酒

tɕhəŋ^{31} tio^{31} ɕou^{54} ha^{54} maŋ^{33} jai^{31} tiaŋ^{54}

请 主 收 开 满 筵 中

请主收好此盛筵

ɕou^{54} ha^{54} jai^{31} tiaŋ^{54} lu^{35} se^{24} lia^{33}

收 开 筵 中 得 事 了

收好酒筵万事好

ɕou^{54} ha^{54} tɕou^{31} jai^{31} lu^{35} se^{24} thaŋ^{54}

收 开 酒 筵 得 事 通

收好酒筵诸事通

tsho^{35} tiou^{31} pa^{35} ŋue^{24} ɕaŋ^{54} fu^{54} ha^{54}
七 九 八 月 香 花 开
七八九月香花开

ɕaŋ^{54} fu^{54} mu^{33} lu^{35} laŋ^{24} ha^{54} se^{31}
香 花 没 得 乱 开 时
香花没有乱开时

fu^{54} ha^{54} fu^{54} tɕiu^{24} nai^{31} nai^{31} jou^{33}
花 开 花 谢 年 年 有
花开花谢年年有

səi^{33} hau^{33} mo^{31} mo^{31} tɕiu^{24} ɕaŋ^{54} fu^{54}
小 雨 毛 毛 谢 香 花
毛毛小雨谢香花

hau^{33} tɕiu^{24} ɕaŋ^{54} fu^{54} la^{33} tɕiu^{24} tio^{31}
雨 谢 香 花 倈 谢 主
雨谢香花我谢主

pa^{35} tsəi^{31} təŋ^{31} paŋ^{33} tɕiu^{24} tio^{31} ȵi^{31}
邀 齐 同 伴 谢 主 人
邀齐同伴谢主人

zə^{35} po^{35} ɕu^{31} ɕəŋ^{31} se^{33} niai^{31} tse^{24}
一 笔 写 成 是 言 字
一笔写成是言字

ɕi^{54} tse^{24} ɕu^{31} luo^{31} tse^{33} saŋ^{54} saŋ^{54}
身 字 写 来 直 双 双
身字写来直双双

niai^{31} ɕi^{54} tɕhoŋ^{33} tse^{24} saŋ^{54} saŋ^{54} tse^{33}
言 身 寸 字 双 双 站
言身寸字一起站

tshu^{35} tse^{24} thiaŋ^{33} tou^{31} tɕiu^{24} tio^{31} ȵi^{31}
拆 字 唱 条 谢 主 人
拆字唱歌谢主人

ha^{35} taŋ^{33} və^{31} kuo^{31} liaŋ^{33} pai^{54} həŋ^{54}
扯 断 禾 稿 两 边 空
扯断稻秆两边空

tɕiu^{24} tio^{31} ȵi^{31} kø^{54} tɕou^{24} se^{31} ɕəŋ^{54}
谢 主 人 歌 就 起 声
谢主人歌就起声

tɕiu^{24} tio^{31} ȵi^{31} kø^{54} se^{31} ɕəŋ^{54} thiaŋ^{33}
谢 主 人 歌 起 声 唱
谢主人歌起声唱

ȵi^{54} ȵi^{54} zə^{35} tse^{31} tɕiu^{24} tio^{31} ȵi^{31}
人 人 一 齐 谢 主 人
人人一齐谢主人

au^{35} ɕaŋ^{24} nəi^{31} ka^{31} tɕi^{31} tsha^{35} tɕi^{31}
屋 上 瓦 片 层 插 层
屋上泥瓦层插层

tse^{31} la^{31} nəŋ^{54} kø^{54} tɕiu^{24} tio^{31} ȵi^{31}
几 兄 给 歌 谢 主 人
兄弟齐歌谢主人

ji^{54} me^{24} tse^{31} la^{31} tɕi^{31} tɕiu^{24} tio^{31}
与 妹 几 兄 层 谢 主
与妹兄弟谢主人

ta^{24} tse^{31} tɕi^{31} tɕu^{35} tio^{31} ȵi^{31} ku^{54}
大 齐 感 谢 主 人 家
大家感谢主人家

tɕi^{31} tɕu^{35} tio^{31} ȵi^{31} fəi^{33} tɕu^{33} le^{33}
感 谢 主 人 费 尽 礼
感谢主人费尽礼

tɕi^{31} tɕu^{35} tio^{31} ȵi^{31} fəi^{33} tɕu^{33} ɕi^{54}
感 谢 主 人 费 尽 心
感谢主人费心思

fəi^{33} tɕu^{33} səi^{33} ɕi^{54} ta^{33} faŋ^{33} la^{33}
费 尽 细 心 侍 奉 倈
费尽细心侍奉我

tɕu^{33} tɕəŋ^{31} tɕu^{33} ɕi^{54} ta^{33} faŋ^{33} nəŋ^{31}
尽 情 尽 心 侍 奉 男
尽情尽心侍奉我

tɕi^{31} tɕiu^{24} la^{54} tɕi^{31} tɕiu^{24}
感 谢 多 感 谢
感谢多感谢

la^{54} la^{54} tɕi^{31} tɕiu^{24} tio^{31} ȵi^{31} ku^{54}
多 多 感 谢 主 人 家
多多感谢主人家

tɕi^{31} tɕiu^{24} tɕi^{31} se^{54} tɕo^{31} tɕu^{33} tsha^{33}
感 谢 厨 师 煮 尽 菜
感谢厨师煮好菜

tɕi^{31} tɕiu^{24} tɕou^{31} se^{54} sa^{54} tɕou^{31} luo^{31}
感 谢 酒 师 酾 酒 来
感谢酒师斟美酒

ɕio^{31} se^{54} tɕo^{31} tsha^{33} la^{33} tshe^{35} lia^{33}
厨 师 煮 菜 俫 吃 了
厨师煮菜我吃了

tɕou^{31} se^{54} sa^{54} tɕou^{31} la^{33} thəŋ^{54} pei^{54}
酒 师 酾 酒 俫 贪 杯
酒师斟酒我贪杯

tɕi^{31} tɕiu^{24} la^{54} tɕi^{31} tɕiu^{24}
感 谢 多 感 谢
感谢多感谢

la^{54} la^{54} tɕi^{31} tɕiu^{24} tio^{31} ȵi^{31} ku^{54}
多 多 感 谢 主 人 家
多多感谢主人家

tɕi^{31} tɕiu^{24} tio^{31} ȵi^{31} ȵi^{54} ȵi^{54} ho^{31}
感 谢 主 人 个 个 好
感谢主人个个好

səi^{33} ɕi^{54} zə^{33} ho^{31} pəi^{31} tɕi^{31} nəŋ^{31}
细 心 意 好 陪 着 男
细心好意陪我们

ho^{31} tɕou^{31} ho^{31} tsha^{33} tɕu^{33} khuai^{33} la^{33}
好 酒 好 菜 尽 劝 我
好酒好菜来劝我

nəŋ^{54} la^{33} ɕuəi^{35} luo^{35} maŋ^{33} mai^{24} həŋ^{31}
给 俫 喝 得 满 脸 红
给我喝得满脸红

kai^{33} tɕu^{33} ȵi^{31} ku^{54} mu^{33} jaŋ^{24} ho^{31}
见 尽 人 家 没 样 好
所见人家虽也好

ȵi^{31} tɕəŋ^{31} se^{33} kuo^{54} kuo^{33} ku^{54} tɕaŋ^{31}
人 情 是 归 贵 家 长
人情却是贵家长

kuo^{33} ku^{54} ȵi^{31} tɕəŋ^{31} tɕaŋ^{31} lio^{31} ɕo^{31}
贵 家 人 情 长 流 水
贵家人情长流水

tia^{33} la^{33} ȵi^{31} tɕəŋ^{31} tɕaŋ^{31} mə^{33} luo^{31}
照 俫 人 情 长 不 来
愧我人情长不来

au^{35} ɕaŋ^{24} la^{31} me^{31} au^{35} fu^{33} tɕi^{31}
屋 上 罗 煤 屋 下 存
屋上尘土屋下存

tse^{31} la^{31} nəŋ^{54} kø^{54} tɕiu^{24} tio^{31} ȵi^{31}
几 兄 给 歌 谢 主 人
兄弟齐歌谢主人

tse^{31} la^{31} nəŋ^{54} kø^{54} tɕi^{31} tɕiu^{24} tio^{31}

几 兄 给 歌 感 谢 主

兄弟齐歌谢主人

nəŋ^{54} kø^{54} tɕi^{31} tɕiu^{24} tio^{31} ȵi^{31} ku^{54}

给 歌 感 谢 主 人 家

齐歌感谢主人家

la^{33} se^{33} ɕou^{31} tɕaŋ^{31} vo^{54} tɕou^{24} laŋ^{31}

俫 是 手 长 衣 袖 短

我是手长衣袖短

həŋ^{54} ɕou^{31} tɕi^{31} tɕiu^{24} tio^{31} ȵi^{31} ku^{54}

空 手 感 谢 主 人 家

空手感谢主人家

ȵi^{31} ke^{33} hou^{33} tsai^{31} tsai^{31} tɕiu^{24} tio^{31}

人 的 有 钱 钱 谢 主

别人有钱钱谢主

se^{33} la^{33} mə^{33} tsai^{31} kø^{54} tɕiu^{24} ȵi^{31}

是 俫 没 钱 歌 谢 人

是我没钱歌谢人

tsai^{31} tou^{31} tɕiu^{24} ȵi^{31} pu^{35} se^{24} pu^{35}

钱 子 谢 人 百 十 百

金钱谢人百十文

kø^{54} tse^{31} tɕiu^{24} ȵi^{31} tou^{31} vu^{31} tou^{31}

歌 子 谢 人 条 把 条

歌声谢人一支支

tou^{31} vu^{31} tou^{31} kø^{54} tɕi^{31} tɕiu^{24} tio^{31}
条 把 条 歌 感 谢 主
首首新歌感谢主

tio^{33} pu^{31} tio^{33} kø^{54} tɕiu^{24} tio^{31} ȵi^{31}
句 把 句 歌 谢 主 人
句句好词谢主人

ȵi^{31} ke^{33} ləŋ^{33} tsai^{31} ləŋ^{33} məi^{33} luo^{33}
人 的 担 钱 担 米 到
别人担钱担米到

jou^{24} se^{33} piu^{54} ai^{31} ɕou^{31} ɕi^{33} luo^{31}
又 是 包 蛋 手 信 来
又是包蛋礼物来

piu^{54} ai^{31} ɕou^{31} ɕi^{33} ka^{54} luo^{24} tio^{31}
包 蛋 手 信 该 立 主
包蛋礼物该立主

se^{33} la^{33} həŋ^{54} ɕou^{31} luo^{33} mə^{33} ka^{54}
是 倈 空 手 理 不 该
是我空手理不该

luo^{33} ɕaŋ^{24} mə^{33} kai^{54} tɕi^{54} mə^{33} kai^{54}
理 上 不 该 真 不 该
理上不该真不该

tɕi^{54} tɕi^{54} mə^{33} kai^{54} luo^{24} tio^{31} ȵi^{31}
真 真 不 该 立 主 人
真真不该立主人

la^{33} se^{33} tsa^{33} lu^{35} tshai^{54} tia^{54} fu^{35}
倈 是 做 得 千 朝 客
我是做得千朝客

tsa^{33} mə^{33} zə^{35} lia^{54} tio^{31} ȵi^{31} ku^{54}
做 不 一 朝 主 人 家
却不能做主人家

tsa^{33} fu^{35} tshai^{54} lia^{35} jaŋ^{31} zə^{24} tsa^{33}
做 客 千 朝 容 易 做
做客千朝容易做

tsa^{33} tio^{31} zə^{35} lia^{54} se^{24} fəŋ^{54} ni^{31}
做 主 一 朝 十 分 难
做主一朝十分难

səŋ^{54} ŋue^{24} həŋ^{31} ɕio^{31} maŋ^{33} təŋ^{24} piŋ^{31}
三 月 洪 水 满 垌 平
三月洪水满垌平

tsho^{35} ŋue^{24} tɕhou^{54} ɕio^{31} ni^{31} lu^{35} liou^{31}
七 月 秋 水 难 得 还
七月秋水难相比

ni^{31} lu^{35} vi^{31} kuo^{54} həŋ^{31} ɕio^{31} maŋ^{33}
难 得 转 归 洪 水 满
难得转回洪水满

ni^{31} lu^{35} vi^{31} kuo^{54} ho^{31} tɕou^{31} jai^{31}
难 得 还 归 好 酒 筵
难得归还好酒筵

la^{33} se^{33} tai^{31} tou^{31} ɕu^{33} kəŋ^{54} po^{35}
俫 是 田 头 社 公 伯
我是田头土地公

tse^{31} se^{33} zə^{24} lu^{35} vi^{31} mə^{35} ɳie^{31}
只 是 吃 得 还 不 人
只是吃得还不了

tse^{31} se^{33} zə^{24} lu^{35} vi^{31} mə^{33} lu^{35}
只 是 吃 得 还 不 得
只是吃得还不得

lau^{35} tsəŋ^{31} vi^{31} kuo^{54} ho^{31} tɕou^{31} jai^{31}
哪 从 还 归 好 酒 筵
那曾还回好筵席

sa^{54} mə^{33} tɕu^{33} ke^{33} hau^{31} tiaŋ^{54} tɕou^{31}
酾 不 尽 的 壶 中 酒
斟不尽的壶中酒

tɕiu^{24} mə^{33} tɕu^{33} ke^{33} tio^{31} ɳi^{31} tɕəŋ^{31}
谢 不 尽 的 主 人 情
谢不尽的主人情

fa^{31} ku^{54} səŋ^{54} no^{35} nai^{24} səŋ^{54} no^{35}
回 家 三 天 念 三 天
回家三天念三天

fa^{31} ku^{54} so^{33} no^{35} nai^{24} mə^{33} vai^{31}
回 家 四 天 念 不 完
回家四天念不完

ȵi^{31} ɕi^{54} zə^{35} se^{33} nai^{24} zə^{35} se^{33}
人 生 一 世 念 一 世
人生一世念一世

ȵi^{31} ɕi^{54} zə^{35} se^{33} nai^{24} mə^{33} vai^{31}
人 生 一 世 念 不 完
人生一世念不完

tau^{24} tɕi^{33} se^{54} ɕo^{35} tiŋ^{33} ha^{54} pəŋ^{31}
读 尽 诗 书 订 开 本
读尽诗书编新册

nai^{24} tɕi^{33} tiou^{31} tiai^{54} ki^{31} ha^{54} phe^{54}
念 尽 九 经 减 开 编
念尽九经减一编

ki^{31} ha^{54} zə^{35} phe^{54} təi^{24} kuo^{33} to^{33}
减 开 一 编 找 过 套
减去一编找新编

təi^{24} kuo^{33} zə^{35} to^{33} ɕa^{54} kuo^{33} liaŋ^{31}
找 过 一 套 商 过 量
找过新编再商量

ɕou^{31} phu^{35} ɕi^{54} tou^{31} la^{33} ɕaŋ^{31} se^{31}
手 拍 心 头 俫 想 起
手拍心头我想起

se^{33} la^{33} ɕaŋ^{31} pai^{31} tsa^{33} lu^{35} tɕaŋ^{31}
是 俫 想 起 坐 得 长
是我想起坐多时

tsa^{33} lu^{35} tɕaŋ^{31} te^{54} ȵi^{31} ɕa^{33} la^{33}
坐 得 长 了 人 笑 倈
坐得长了人笑我

ȵi^{31} ɕa^{33} la^{33} saŋ^{54} mə^{33} luo^{54} tɕəŋ^{31}
人 笑 倈 双 不 知 情
人笑我俩不知情

kuo^{54} ɕi^{54} la^{24} ɕuai^{35} la^{33} ɕi^{54} ɕo^{33}
高 山 落 雪 倈 告 别
高山落雪我告别

la^{54} la^{54} tsha^{31} na^{24} tio^{31} ȵi^{31} ku^{54}
多 多 吵 闹 主 人 家
多多吵闹主人家

mə^{33} luo^{54} le^{33} mau^{24} la^{54} tsha^{31} na^{24}
不 知 礼 貌 多 吵 闹
不知礼貌多吵闹

tse^{31} vaŋ^{24} piu^{54} haŋ^{31} la^{33} nəŋ^{31} saŋ^{54}
指 望 包 涵 我 们 双
希望包涵我们俩

tɕhəŋ^{31} tiou^{33} tio^{31} ȵi^{31} mə^{33} tse^{33} kua^{33}
请 求 主 人 不 记 怪
请求主人不怪罪

mə^{33} kua^{33} la^{33} nəŋ^{31} mə^{33} luo^{54} tɕəŋ^{31}
不 怪 我 们 不 知 情
不怪我们不知情

la^{33} ke^{33} pəŋ^{31} fu^{24} əi^{54} jaŋ^{24} tiaŋ^{31}
倈 的 本 话 这 样 讲
我的本话这样讲

tsaŋ^{31} ȵi^{24} tio^{31} ȵi^{31} tiou^{54} ŋu^{33} nəŋ^{31}
总 要 主 人 教 我 们
总要主人教我们

la^{33} ke^{33} tio^{33} la^{54} əi^{54} jaŋ^{24} tiaŋ^{31}
倈 的 嘴 多 这 样 讲
我的话是这样讲

əi^{54} jaŋ^{24} kau^{33} luo^{54} tio^{31} ȵi^{31} ku^{54}
这 样 告 知 主 人 家
这样告知主人家

kau^{33} luo^{54} tio^{31} ȵi^{31} la^{33} se^{31} tia^{35}
告 知 主 人 我 起 脚
告知主人我告别

kau^{33} luo^{54} tio^{31} ȵi^{31} la^{33} fa^{31} ku^{54}
告 别 主 人 倈 回 家
告别主人我回家

liaŋ^{31} ɕi^{31} pəŋ^{24} məŋ^{31} vu^{35} tia^{35} se^{31}
龙 伞 竖 门 鸭 脚 起
龙伞竖门拍襟褂

mu^{33} təi^{31} la^{24} to^{24} la^{33} fa^{31} ku^{54}
马 蹄 落 地 俫 回 家
马蹄落地我回家

tɕhou^{54} se^{31} ha^{24} tou^{31} la^{33} se^{31} tia^{35}
抄 起 鞋 子 俫 起 脚
抽起鞋跟我起脚

no^{31} ha^{54} ləŋ^{33} tsu^{31} la^{33} se^{31} ɕi^{54}
拿 开 凳 子 俫 起 身
拿开凳子我起身

se^{31} ɕi^{54} tsai^{31}
起 身 前
起身前

se^{31} ɕi^{54} tu^{24} luo^{33} ta^{24} məŋ^{31} tsai^{31}
起 身 达 到 大 门 前
起身走到大门前

tu^{24} ɕo^{35} ta^{24} məŋ^{31} mi^{24} mi^{24} hau^{33}
踏 出 大 门 慢 慢 去
踏出大门慢慢去

mi^{24} mi^{24} tɕhiu^{54} se^{31} la^{33} fa^{31} ku^{54}
慢 慢 撑 起 俫 回 家
慢慢撑船我回家

tu^{24} ɕo^{35} ta^{24} məŋ^{31} fi^{54} pai^{31} lio^{35}
踏 出 大 门 反 转 看
踏出大门回头看

khaŋ^{33} kai^{33} tio^{31} ȵi^{31} səŋ^{33} la^{33} nəŋ^{31}
看 见 主 人 送 我 们
看见主人送我们

tio^{31} ȵi^{31} zə^{33} ho^{31} luo^{31} səŋ^{33} la^{33}
主 人 意 好 来 送 我
主人好意来送我

hou^{31} tai^{31} mo^{24} tio^{33} səŋ^{33} la^{33} nəŋ^{31}
口 甜 蜜 嘴 送 我 们
好言好语送我们

pa^{35} təŋ^{24} ɕe^{31} sai^{54} tsa^{33} ɕaŋ^{24} thai^{54}
八 洞 神 仙 坐 上 天
八洞神仙坐上天

pa^{35} təŋ^{24} ɕe^{31} sai^{54} fu^{33} fi^{31} ki^{54}
八 洞 神 仙 下 凡 间
八洞神仙下凡间

fu^{33} luo^{31} fi^{31} ki^{54} ɕuai^{31} ɕaŋ^{24} tse^{33}
下 来 凡 间 船 上 站
下来凡间船上站

tɕo^{33} kuo^{33} tio^{31} ȵi^{31} səŋ^{33} la^{33} nəŋ^{31}
俱 过 主 人 送 我 们
麻烦主人送我们

zə35 jo33 tsha31 na24 mə33 tse33 kua33
一 夜 吵 闹 不 记 怪
一夜吵闹不怪罪

hai33 ȵi24 ho31 zə31 səŋ33 la33 nəŋ31
还 要 好 意 送 我 们
好心好意送我们

ŋu33 he33 ȵi54 ȵi54 mə33 tɕa33 səŋ33
我 喊 个 个 不 着 送
我劝个个不用送

luai33 kuo54 no24 au35 kuo33 se24 tɕəŋ31
转 归 入 屋 有 事 情
依然进屋有事情

thəŋ54 tia35 thəŋ54
吞 脚 吞
脚轻轻

la33 nəŋ31 tɕo24 tsa33 mo33 mo33 tɕhun54
我 们 住 在 某 某 村
我们住在某某村

la33 nəŋ31 tɕhun54 taŋ31 tɕo24 tsu24 khau31
我 们 村 堂 住 宅 苦
我们村堂住宅苦

tse31 vaŋ24 mə33 ɕai31 khau31 tɕhun54 taŋ31
指 望 不 嫌 苦 村 堂
希望不嫌苦村堂

hau^{33} zə^{24} mə^{33} zə^{24} tiaŋ^{31} ȵi^{24} tshe^{33}
有 吃 没 吃 讲 义 气
有吃没吃讲义气

ŋu^{33} he^{33} ȵi^{54} ȵi^{54} hau^{33} çe^{31} tɕhun^{54}
我 喊 个 个 去 行 村
我叫各位去走走

piŋ^{31} ɕaŋ^{31} khəŋ^{35} khəŋ^{35} ti^{33} zə^{35} jaŋ^{24}
平 常 刻 刻 都 一 样
平常时候都一样

hau^{33} te^{54} zə^{35} tɕiəŋ^{24} no^{24} la^{33} ku^{54}
去 了 一 定 进 我 家
去了一定进我家

ɕi^{54} fəi^{24} khau^{31} tsha^{31} mə^{33} tse^{33} kua^{33}
生 活 苦 楚 不 记 怪
生活苦楚不怪罪

tiaŋ^{31} kuo^{54} ȵe^{24} tshe^{33} no^{24} tse^{31} tɕaŋ^{31}
讲 归 义 气 日 子 长
只讲义气情谊长

la^{33} se^{33} tse^{31} la^{31} thau^{54} ɕəŋ^{33} tse^{31}
我 是 几 兄 粗 性 子
我们兄弟粗性子

tse^{31} vaŋ^{24} mə^{33} ɕai^{31} thau^{54} tho^{33} ȵi^{31}
指 望 不 嫌 粗 造 人
希望原谅心性粗

vu^{24} se^{33} mə^{33} ɕai^{31} zə^{35} tɕəŋ^{24} hau^{33}
若 是 不 嫌 一 定 去
若是不嫌一定去

zə^{35} tɕəŋ^{24} hau^{33} luo^{33} la^{33} tɕhun^{54} ɕe^{31}
一 定 去 到 我 村 行
一定去到我村行

ȵe^{24} tshe^{33} zə^{35} no^{35} tiaŋ^{31} mə^{33} tɕu^{33}
义 气 一 天 讲 不 尽
义气一天讲不尽

ɕaŋ^{33} fu^{33} no^{24} au^{35} no^{24} tse^{31} tɕaŋ^{31}
上 下 进 屋 日 子 长
上下进屋日子长

səŋ^{33} tɕi^{54} tshai^{54} luo^{33} jou^{33} zə^{35} pe^{35}
送 君 千 里 有 一 别
送君千里有一别

tsa^{33} ɕou^{31} ȵi^{31} tɕəŋ^{31} tɕa^{24} pəŋ^{54} luo^{31}
再 好 人 情 着 分 离
再好人情也分离

ŋu^{33} tɕhəŋ^{31} ȵi^{54} ȵi^{54} luai^{33} no^{24} au^{35}
我 请 人 人 转 进 屋
我请人人回屋去

la^{33} tɕou^{24} pəŋ^{54} lou^{31} tiaŋ^{31} fa^{31} cu^{54}
俫 就 分 离 讲 回 家
我就告辞先回家

第五篇

溜喉歌散篇、残篇和增补、新编集锦

一、秦子秦

秦子秦
哥哥骑马请匠人
走入南京去请匠
走入北京请匠归
两边匠人大齐到
十分银子打得成
一打村鬼跳出水
二打狮子过麒麟
三打金鸡屋头叫
四打铜人像观音
五打五马来行受
六打日头晒凡间
七打天上七姐妹
八打神仙吕洞宾
九打莲花水上转
十打古书子孙言
十打过十都打了
红纸分明谢匠人
十字头上添一撇
千字妹们倈去求
秀才落地望娘面
交夜歌中望娘情
九字竖起日上站
人间旭生美妙娘
年庚落入凳箱底
把笔云罗赎不归
八字里面添刀字
才上分明大丈夫
六十丈夫命请着
十八少年由娘们
七字身边一亻站
化字化得三千生
女是有心不嫌远
无心中家也枉然
六字脚下安乂字
交朋交友好不完
交妹人情让过倈
给倈大甲亦好人
五口言字平排坐
与妹言语安乐身
世间太平好玩耍
与妹百年不断情
四字脚下安非字
妹爱不是受罪人
妹所接情人意好
何从叫倈不想娘
三字中央直画下
五子五孙中妹们
倈是一心来共妹
知妹共男不共男
二字中央添人字
天下情好是妹娘

不是少年俫不想　　俫双回家仪去行
一心全想贵家娘　　与娘有口讲有话
一字中央直一画　　讲句真话就为凭
十然俫双比不娘　　倒拆十字是样了
望娘有心吩咐俫　　十字歌中是样完

（古本散篇）

二、甲子巡歌

甲子乙丑海中金
看娘美妙是观音
娘是观音侏是佛
大齐都是佛家人
丙寅丁卯炉中火
三炉三火就成金
戊辰己巳大林木
大木好架面前桥
娘过来时侏过去
风吹杨柳得逢娘
庚午辛未路旁土
日日夜夜有人行
娘过闻声侏借问
问娘平安不平安
壬申癸酉剑锋金
新打长刀到如今
利刃不杀风流子
全杀偷牛偷马人
甲戌乙亥山头火
却如明月一夜光
得侏变成天上月
一照娘身二照郎
丙子丁丑涧下水
涧水流入海中湖
水入湖海逢水路
是侏有缘逢着娘

戊寅己卯城头土
各州县地城墙围
得侏开书请着妹
城墙围过妹村方
庚辰辛巳白蜡金
蜡烛点火照花楼
烛火照过三间屋
火照妹们我想娘
壬午癸未杨柳木
杨柳叶垂在娘村
风吹杨柳侏思想
是侏已思夜想娘
甲申乙酉泉中水
泉水无源万丈深
丙戌丁亥屋上土
种蔸婆洋双发花
婆洋发花侏双想
功夫做少想娘多
戊子己丑霹雳火
扶正除邪庆朝野
侏与妹们真情意
少年结成为解心
庚寅辛卯松柏木
顶天立地真英豪
青松翠柏少花哨
从善远恶锦绣图

壬辰癸巳长流水
好歌万年唱不衰
妹们品行节操好
万古长留芳名高
甲午乙未沙中金
三生缘定梦里人
四月八日青龙塘
寺成殉夫迎弟贞
丙申丁酉山下火
李闯亡明兴清朝
万俊都司随腾蛟
高义反清报大明
戊戌己亥平地木
遗民失土难牧渔
嘉试五子聚乡党
共昌尧舜反异族
庚子辛丑壁上土
千年古村经风雨
城门昨砌今塌毁
双龙双狮埋深壕
壬寅癸卯金铂金
牌匾造来贴贴新
给妹挂到门楼上
古荣今耀正相称
甲辰乙巳覆灯火
薪火相传歌堂歌
深坡唱歌七十团
唐弼嫁女蒋玑家
丙午丁未天河水
淑美不嫌秀才老

五间大屋立地起
忠孝廉洁状元出
戊申己酉大驿土
龙亭古道毓贤途
黄石花街连潇贺
冯乘故县聚群豪
庚戌辛亥钗钏金
荔平关旁新娘山
银饰婚装祝可现
不见仙姑但见衣
壬子癸丑桑柘木
金田仙娘不归屋
洞中绣花鞋一对
祈福求安郁能疏
甲寅乙卯大溪水
端午龙舟快如飞
城墙铁力与孔木
护寨造船用途多
丙辰丁巳沙中土
黄龙黄狮赐黄册
孝穆皇后李唐妹
生父原出唐姓家
戊午己未天上火
土马火羊运蹉跎
孝宗一妻实堪颂
中兴难承深可惜
庚申辛酉石榴木
避居苦读学占鳌
诗礼传家昌万代
种花卖画笑五湖

壬戌癸亥大海水	妹问世间贵哪样
六十甲子歌滔滔	只愿渔樵古木高

（开头至“功夫做少想娘多”为古本残篇，“戊子己丑霹雳火”句起由唐春林、陈晓凤增补）

三、猜谜歌叙

小时木秧样
大时在木上
过了匠手人
变成豆腐样

小时一蔸草
大时一蔸竹
竹上生莎包
包上生胡须

五大天王也是五方五路王述

东天门是广日天王
南天门是护国天王
西天门是增长天王
北天门是多闻天王
中央是大梵天王
东海熬广龙王
南海是熬须龙王

朝东豪山坊历史副皇帝
何三爷正名叫何廷枢
又名何三苟

禾好五谷养天下
火烧南茅曰立秋
见尽心好是伴好
今夜歌情不愁忧
昨夜五更梦到京
一声钟响万人行

个个都去朝天子
是我无关睡倒眠
解饮刘铃要解醒
男知李白有名声
我今把酒体竹令
只要扎还酒不壶
美美妙妙水连天
飞飞拂拂雨如烟
仙人下凡船上站
亏俫唱歌路不通
春时杨柳枝枝秀
夏开荷花朵朵香
秋见黄桑开满地
冬来杨梅降雪霜
春来农夫苦耕种
夏与秀士习文章
秋逢高价再买卖
冬见工人闲时光

穿尽草鞋问出省
日头出早问来音
问伴骑马坐轿到
是否骑马坐轿来
少当时是二十岁当宰相
老当时是八十岁才当官
不当时不当官做平民
正当时是迎亲嫁女
当官的坐轿
奏着都要让新娘轿

话有千般难出口
路行三步难回头
贵家出得好酒筵
君子分明喊去赏
正月前
一双春鸟入桃园
春鸟入园响声大
何得春秋鸟归园
二月前
年年杨鸟站木园
年年杨鸟推春早
修整秧田下谷园
三月前
扫下蚕婆纸上眠
三叶黄桑蚕虫吃
蚕子吃了眼圆元
四月前
黄龙打灶出丝形
黄丝白丝都出了
出剩蚕婆纸上眠
五月前
倒痡罗裙去插田
长秧皆起短秧插
插得秧完田又完
六月前
六月日头是火形
六月日头第一大
新春百木晒成盐
七月前
叫妹不种高位田
高架田中高架枧
放水不来眼元元
八月前
叫妹不种路边田
路边田中禾失大
牛来吃口马来眠
九月前
新修扁担去从田
去年没得今年好
上基垂下下基眠
十月前
家家舂米来过年
三家四屋舂多有
舂剩多的入仓完
十一月前
家家酿酒来过年
红酒给来代绿酒
绿酒给来待少年
十二月前

家家杀猪来过年
栏里大都猪杀了
留下古牛来耕田
正月一朝鸟子叫
二月一朝杨鸟啼
三月一朝乌鸦叫
四月白鹤篱上啼
五月半间人装鸟
六月鹧鸪树上啼
七月鸽鹏游绿水
八月野鸭绶绿啼
九月白头栏路叫
十月燕鸟满天飞
十一月野鸡岭上叫
十二月竹鸡满园啼
正月啌
二月提篮狩菜秧
三月上园斑竹笋
四月下园蓶菜秧
五月黄瓜长五寸
六月西瓜解心凉
七月秋凉梨子熟
八月子姜报地皮
九月开园打箭莉
十月金柚姆上黄
十一月岗头布棋熟
十二月塘中挖藕偿
扯断藕筒丝不断
丝缠竹筒倈缠娘

正月家堂香火
二月土地判官
三月庙堂声本
四月诞生方天张五郎
五月雷公雷母圣光
六月日头月亮
七月四迎飞天打赦
八月赵王火炉姑娘
九月屋檐童子保险
十月下界妖魔邪王
十一月龙王太岁
十二月治天玄风雨王

问：
不唱前头出世音
全唱当初上大人
上大人名谁字什
谁家门下结成亲
爷爷生在那州住
谁家门下外甥孙

答：
不唱前头出世音
且唱当初上大人
上大人名丘乙已
颜家门下结成亲
爷爷生在洪州住
张家门下外甥孙

上大人身高有几尺
面脸生毛几寸长
背后红龙有几路
几十几牙为铁门
吃了几升籼米饭
几棵毛头做点心
几十几岁身亡死
那州买棺葬尸身
那个神仙去点地
那个仙女下罗针
罗针面上有几向
得知那向是乾坤
葬在那处出天子
葬在何处出官员
是谁山高出骡子
是谁山高出武人
是谁山高出秀女
是谁山高出秀才
是谁山高出口舌
是谁山高主人强
上大人身有几字
字字分明说有音

上大人身高有九尺
面脸生毛七寸长
背后红龙有三路
三十六牙为铁门
吃了三升籼米饭
再拖毛头做点心
七十二岁身亡死
洪州买木葬尸身
白鹤仙人去点地
九天玄女定罗针
罗针七十二转向
子午卯酉定乾坤
葬在龙头出天子
葬在龙尾出官员
青龙山高出骡马
白龙山高出武将
背后山高出秀女
笔架山高出状元
朱雀山高有口舌
玄武山高出人强
上大人歌二十五字
字字分明说有音

（古本散篇）

四、上大人对出世见解歌

上大人书梁学生
孔夫财籍众儒才
上人会讲三分话
大字全无半句言
人间世上行公道
客走江湖用公平
丘书天下谁不受
财宝几间那不谋
一身真做请夏客
独身清行缺快乐
几时得到桃园洞
何日终坐岳阳楼
化育三千推孔子
聚集八伯是王侯
三级浪中龙舞爪
九霄云内凤呈祥
千秋太子中山宝
万代公侯社稷基
七夕中元救母罪
三月寒食修父功
十月收禾受天好
阳春下谷宜风和
士字有意慢思想
思想少年没有情
尔字相亻你句话

吟诗作对古生文
小人不应乱口讲
该听大人首先言
生是人间前生定
思想前生倈投缘
作月尖天成杨草
三春水大好撑船
九旭中头行水底
方寸地中林住山
子读诗书当门户
父耕良田养妻儿
皆因前生衍恶事
急修后世好良心
作为世上英雄汉
要做人间平凡人
仁心天下无思曲
智者做事有福人
可又贤人作善勇
公平两字好分明
知轻知重聪明者
不知轻重是傻人
礼义生于富贵子
盗贼出在贫穷人
也有见过多多少
世上逢生万万年

（古本散篇）

五、解缗出世皮歌

穿尽芊鞋问出省	枕来送子入戈窝
日头出早间来音	是谁放学回归屋
解缗原是那州出	同父行游到那方
住在那州那县人	行到谁人门前过
父的姓名叫什么	看见谁人犯奸情
生他嫡母是何人	特此犯奸言几句
是谁年间生解缗	心想口提就成章
聪明智慧世间人	是谁年间上头比
爷爷比先做什事	某氏上书榜标名
不耕农田养家人	某人中榜去登殿
逐日心意做那套	吟诗作对跳龙门

（古本散篇）

六、解缙出世骨歌

穿尽草鞋问出省
日头出早问来荫
解缙原是吉安出
住在吉安吉水县
父的姓名叫解开
生他嫡母高妙莹
洪武二年生解缙
聪明智慧世间无
爷爷原是乡进士
不耕农田养家人
父母纺纱磨豆腐

家贫送子入私塾
解缙学成回归屋
同父行游到他乡
行到土豪门前过
看到匪霸犯奸情
特此忠心言几句
心想口说就成章
洪武廿年上京比
考官上书榜标名
解缙中榜去登殿
吟诗作对跃龙门

（唐春林、唐光世增补）

七、女唱少年歌

心焦焦
脚踏门槛手撑腰
手子撑腰看倈来
看倈来到解心焦
心焦心又烦
心焦想着有情人
想着有情共凳坐
讲话不完就起身
起身牵手借问倈
借问倈双几时来
今天初一到十五
初一十五转归来

大门是要芒筒撑
小门是用灯草栓
芒筒撑门撑不紧
灯草栓门栓不拢
照倈放心只管进
只管推开入清头
清头有人清头坐
清头没人上妹楼
头间楼头大哥嫂
二间楼头到爷娘
第三一间到女处
第四一间到女房
进去女房放心胆
钥匙给过倈手提
女是给倈开女箱
开开女箱由倈愿
愿了哪双拿起去
愿了那双穿起行
四方板子塞床脚
姜骨苏子塞床头
塞高床头睡归刻
等出月亮伴倈行
月亮伴倈妹送倈
给郎欢喜好回家

枫木叶子叶垂垂
种田愿种郎面前
六月没雨去看水
未曾看谁先看郎
管他田里有无水
情愿与郎交情先
先与书郎交情意
看水一定有耐心

大路平平好走路
水子游游好撑船
游游撑起游游去
游游撑入倈花园
撑进花园得花插

撑入徕双得少年
结成少年得欢喜
结成夫妻六十年

藤叶藤
女侬没入学堂门
没入学堂不识字
不唱条歌不知情

洗澡凉
洗澡落入龙木塘
龙木塘头龙木树
龙木树上寄生茶
寄身应缠龙木树
女是应缠远乡郎
远乡情郎知得理
一情一理体惜侬

好棉犸脚好棉花
好棉犸脚种线瓜
线瓜应缠几京树
是女应缠贵乡郎
贵乡郎侬情怀好
有情有理侍奉侬
细心意好照顾女
只是亏女不知情

郎在人家读诗书
女在林园捡珍珠
珍珠落入诗书里
看郎诗书读得全
诗书读全知道理
与郎知情两相连
女是靠郎好情意
才能给女得值钱

（唐求娥叙，唐春林补录）

八、大坝撒村名歌

出门踏反盘街石
盘街石下有双龙
大齐商量哪样色
是不商量去看花
踏入神堂打一望
望见神堂好多人
神堂人多好闹热
人多闹热来邀歌
走近妹边站一站
四时两点眼泪流
蛇子打行脚下过
少年一字邀歌情
石灰毒鱼趁水浑
看见人捞大家捞
大家捞条放鳖笱
给来回家吩梳人
行行往往来妹边
听见人多撒村名
人的村名撒了出
大家提头丢村名
只望妹侬来音俫
俫望妹双来音男
讲起住处来路远
古代住处讲不完
如今只讲俫村方
背后来龙九处水
当面脚踏是良田
右脚踏着水牛庙
左脚踏归社公坪
两个好地神仙坐
是俫来迟住中央
住在中央隐威地
隐威藏身不出头
东山垌头龙上水
弟家山坳起乌云
起朵乌云下阵雨
塘井塘水水滔滔
水子滔滔同垌下
一直淘到古骨塘
麻麻妙妙是垌口
三人会众虎头山
桃枝垂入桃美岭
桃尾垂入高桥村
单单隔了钟家垌
不是就到共田坪
石开岗头打一望
望见茅田石桥村
苗猫晒日黄龙寺
豪家山下菜家田
壁上挂灯黄牛井
鸭子入水是婆塘
林鹚小溪上仔坳

元和山下潮水村
来到潮水想归反
想反麦岭公田村
单单隔了流元限①
流元限下姑娘路
七九八都连了团
日头出早白草岭
住在磨形栎脚岗
宝剑和睦大坪神
高坝新造周塘岩
麻岗麦岭犀牛堰
犀牛堰水砍头桥
人曰头桥难得过
踏得头弹尾又揉
砍头桥水推开下
推到麒山深坡街
深坡岭水宅头源
清塘上垌到关元
黄竹六丈到神上
七都岭下到小田
湖维岭头打一望
一眼望见新造村
新造大路通通到
大路通通到大坝
人曰大坝住宅丑
同围四邻十四村
俫是住在中心垌
住在中心下罗村
俫的村名透知妹
只望妹双歌音男
只要妹双歌音俫
少年一定结得成
可惜给来真可惜
白米喂鸡可惜怜
白米喂鸡粒接粒
龙子过桥条接条
中心有条掉入水
水仔揉揉望妹捞
望妹捞上沙滩上
捞上沙滩照月亮
月亮照得龙毛干
照干龙毛报妹恩
照俫报恩报不得
照俫瞒情就不瞒
要用瞒情瞒别套
不得瞒了妹的情

（罗日透补叙，唐春林补录）

① 流元限：限，崄，关隘口。在村头岗西南方向，与鲤鱼塘（营）接近，过去有秦修古道通城北、朝东，现残存一段花街路，四周山静林幽，风景秀丽，古意盎然。因村头岗与钟家垌在元明时期入黄册改为汉族，后又被禁唱溜喉歌，故有“单单隔了”一说。

九、看新娘歌

民国世间解放到
解放到来得太平
解放太平齐欢乐
同伴欢乐唱歌堂
手拿木叶出街吹
出街吹到大门前
走出村头去邀伴
村尾走过邀伴齐
邀伴不齐不好去
邀齐同伴闹歌堂
今日出门早了早
走过七村买草鞋
七村草鞋买不来
临时赤脚闹歌堂
东岭敲钟西岭响
蝴蝶闻声连夜来
同伴闻声连夜到
连夜到来闹歌堂
俫是月亮连夜走
一阵雄风连夜吹
吹出上园花一朵
吹出下园花爆芽
花不逢春不乱发
不围歌堂俫不来

塘垌无泥起动挑
坝深无鱼起动网
无鱼又给网来起
无歌起动有歌堂
歌堂老幼出来听
没有好歌出四邻
歌堂四邻多遮盖
高才遮盖浅才郎
俫是月亮连夜走
连夜走来趁天光
不趁天光月不亮
不趁歌堂俫不来
月亮光
天子唐皇游地方
天子唐皇游地府
同伴行游到姐方
来到姐方抬头望
望见姐村好住场
后山来龙生得好
面前又是笔架山
画出麒麟对狮子
画出锦鸡对凤凰
瓦背全是琉璃瓦
天井全种石榴花
白鹤仙人来点地
点出两边纽丝形
纽丝脚下安木字

唱个拆字乐人村
月亮出早照游游
同伴来到大门楼
来到门楼望一望
门楼脚下竖围杆
石鼓门楼围杆脚
文物状元在姐村
一笔写成是木字
米字写来左角安
女字安在米脚下
同伴进到大门楼
头层门楼游游进
一双狮狗守两边
路上街
踏上一街上二街
踏上三街灯盏亮
踏上四街灯盏光
两边两盏照同伴
中央一盏照高堂
踏上街
两扇金门都掀开
右边掀开锦鸡扇
左边掀开凤凰门
凤凰拍翅闻人讲
闻听姐屋有歌堂
同伴邀齐连夜到
连夜到来闹歌堂
一笔写成门两扇
两扇咿呀变成门
门字肚中安井字
相请主人来开门
开开大门由俫进
由俫进屋闹歌堂
一笔写成是人字
左角又安一个人
两人双生并排站
土字穿心坐下来

路边菜籽发黄花
同伴来到贵人家
来到贵家人情好
金童玉女奉茶来
十指连仙接茶杯
手接茶杯吃茶花
茶锅煮茶茶爱水
同伴想起同伴人
一笔写成草字头
人字写来在中央
木子写来脚下站
同伴接受主人茶
火字连
因字写来左边安
火字因字因缘好
同伴接受主人烟
手巾长
青藤甩过同伴郎
团围兄弟请坐下
齐齐坐下闹歌堂
竹叶青　木叶青
折枝竹叶扫净厅
闲时扫厅见姐扫
今夜扫厅不见娘

忘记了
兄弟忘记请新娘
倈请新娘娘不下
如何叫倈上姐楼

女①：
哥哥呀
闲时相请下楼坐
好哥哥
今夜相请奈莫何
姐是红颜命又薄
无法在家待爷娘
哥哥呀　好哥哥
快快上楼唱情歌
再唱情歌给姐听
去到人屋不忘情

男（伴）：
起身了
同伴起身去上楼
一笔写成是木字
弟字写来平排安
木字弟字平排立
同伴围围上楼梯
一步盘古开天地
二步伏羲神做媒
三步三姑娘娘坐
四步李广将军行
五步五谷婆婆管
六步六殿好观娘
七步上天七姊妹
八步八仙飘海洋
九步九子娘娘坐
十步十殿到娘楼
一笔写成是木字
米字写来左角安
女字安在米脚下
同伴上到新娘楼
上到娘楼望一望
油点花灯满楼光
两边两盏照同伴
中央一盏照新娘
手巾长
同伴围围来问娘
闲时问姐姐答话
今夜问姐姐伤心

伴娘②：
墙上钉多不怪倈
不怪倈奴来问娘
一园韭菜去就地
爷娘养女过人家
黄桑该种不该砍
姐不年轻不该成
年庚掉进凳箱底
千两黄金赎不回
如果别人给奴赎
同伴凑钱去赎回

① 本节由楼上哭嫁的新娘边哭边说。
② 伴新娘的姊妹捧烟茶来给男伴，男伴又折“茶”“烟”两字，然后伴娘接着唱。

一岁爷娘生下女
二岁爷娘掌上珠
三岁开步大行走
四岁穿衣一齐平
五岁提篮去摘菜
六岁养蚕去采桑
七岁上车学纺棉
八岁纺出小细纱
九岁穿梭学织布
十岁功夫赛过人
十一提针学绣线
十二绣出满天花
十三拿梭学梭发
十四梭出盘龙花
十五随爷好做女
十六媒人来定亲
十七接下聘请礼
十八催爷办嫁妆
十九箩溢箱柜满
二十媒人送上车
女上车
手提红线挂彩车
手提红线彩车挂
送姐上车得团圆
姐的爷娘本事好
背起蓑衣等雨来
样样同姐买得有
出门进屋不求人

新娘[①]：
哥哥奴呀
出门几时不求人
我的爷娘家贫困
一样没有到人家
我是手长衣袖短
出门九样欠十行
一样没有难出客
相想哥哥不捧场

男接唱：
姐不忧　姐不愁
叫姐楼中解忧愁
叫姐楼中不伤心
有日人愁到奴欢
天下皇帝指下令
爷娘养女过人门
女不离乡不为贵
火不烧山地不平
俫是黄粱占屋住
女是黄蜂住屋檐
黄蜂住下屋檐下
日子不久另换堂
月亮光
是姐冤枉修地方
修起地方无份住
修起花街无份行
姐是生成人屋的
去到人屋得团圆
劝姐去
劝姐早去早成人
早早成人人媳妇
做人媳妇一样人

① 新娘听后很伤心地哭说。

本来劝姐不曾去
接人日子奈不何
姐不忧 姐不愁
叫姐楼中解忧愁
叫姐楼中不伤心
自然有日见青天
劝姐去
劝姐早去早成人
早早成人人媳妇
堵高枕头听鸡啼
头遍鸡啼娘转身
二遍鸡啼娘起身
三遍鸡啼娘饭熟
四遍鸡啼坠上春
五遍鸡啼去挑水
肩膀挑水手提篮
手提菜篮冷又冷
脚踏冰霜寒又寒
翻转衣角抹眼泪
想着在家做女时
家中做女楼上坐
做人媳妇站灶头

月凉凉
同伴有话吩咐娘
同伴围围吩咐姐
去到人家要在行
叫姐在行改情性
放长情怀带爷娘
人屋不比自家样
不比家中亲爷娘
家中高声不见过
人屋高声记在心
别人记住挨人恼
夫妻吵闹人又骂
叫姐情怀改开些
十分娇情改八分
奴是石山难移动
若是情怀改得开
放长情怀带爷娘
带好父母带好亲
早上倒水爷洗脸
夜间倒水娘洗凉
水赖拿水冲温洗
水冷时节另烧盆
洗碗不给碗边碰
洗筷不给筷双连
洗碗相碰克父母
洗筷双连碍夫妻
姐克父母着人打
姐克夫妻一园官
月亮出早照黄黄
倈在姐楼坐得长
倈在姐楼坐得久
一样没有来给娘
一样没有来给姐
红线穿姐倈礼花
多是人情少是义
钱少也是倈人情
虽是虽然舍不得
眼泪双流要分开
平时离开唱歌会
今夜分离真分开

劝姐不要想太多
古来女子都出门
皇帝老子也嫁女
何止我们一个人

新娘[①]**：**

哥哥呀好哥哥
今夜上楼多伴娘
今夜上楼多伴姐
伴一时来算一时

男又唱：

分别分
枫树尾上点盏灯
点灯不久风吹熄
伴娘不久两拆开
真心劝姐想开些
去到人屋带好亲
自古路长天又久
伴姐一宵终将离
起身了
同伴起来下娘楼
另字扎刀别了姐
良字女边离开娘
同伴围围齐离别
寄人篱边倈还家
一步下来二步行
三步四步到半梯
五步六步正好下
七步八步下到楼
九步十步下完了
同伴下楼倈还家

男[②]**：**

手提芒藤给事就
主留同伴坐下来
姐屋主人情怀好
唱歌下楼请客来
竹叶青　木叶青
拆把竹叶扫花厅
平时扫厅亲客坐
今夜扫厅歌堂人
月亮光
相请主人烧炷香
烧柱清香换碧水
烧香换水请刘三
请来刘仙厅上坐
莲花殿上受香烟
月亮出早照黄黄
照见山湾檵木堂
同伴围围檵木炕
砍回檵木做花台
骑马上车去请匠
去到湖南请匠归
匠人进屋接下担
金童玉女奉香烟
匠人受完烟茶水
手提曲尺慢思量

---

① 这时新娘哭得更加伤心，边哭边说。

② 主人留客入桌吃夜宵，歌声又起。

慢慢思量断樒木
断节樒木凿花台
樟木给来做桌板
樒木给来镶桌边
杉木给来凿台脚
龙木给来做桌川
椿木挖成甲子眼
枫树给来配手芽
檕木给来做甲水
桐木给来配台箱
八木找齐共一姓
八木凿成大方台

松树凳板杉木脚
同起桌凳放中厅
江西出得巧油匠
请来匠师漆得光
三两明油四两漆
桌凳油得满清光
山东出得火盆匠
拿钱出门去买归
买回放在桌底下
放在脚底暖倈身
灯盏装油油点火
歌堂十五月团圆

屋后有株金银树
朝落金子暮落银
拿来金子制酒杯
拿来银子制银盆
金杯银盆像骨筷
陶瓷调羹白银壶
一笔写成半边门
两边咿呀变成门
门字肚中安井字
主人客气开酒筵
一双白鹤尾散开
杜康住在十字街
十字街头他造酒
九里闻味十里香
一笔写成是千字
八字写来撇两边
……

（唐庆得供稿，唐春林补录）

十、尚付诗书

伏以，醉翁堂上，喜开花烛之筵。仙女洞房，许召桃园之客。佳期已到，盛事安排。既姮娥下降于人间，请驸马求登于席上。千金一对，行看早降入郎房。直需快乐，早赴花筵，恭对花席。

上呈诗句：

书生将地请新郎，千里随风到书堂。四位鞠躬参礼行，后回席上咏诗章。

日晚请衣裳：

伏以，金乌西坠，玉兔东升，正是新郎而（即）绮席。诗客吟诗，请市（出）罗衣之裳。今则来赴门外，相请诗娘。推开锦之花箱，捧市（出）新郎之衣裳。将驸马装饰新郎，恭对花筵。

上呈诗句：

腊月梅花开满枝，牛郎织女会佳期。龙虎子生龙虎子，凤凰并作凤凰儿。

又

伏以，筵开花烛，诗客请来，酒满金樽。新郎来到，既主人之有礼，而宾客以无诗敢请才郎，早登花席。莫劳才子赞咏诗库（章），恭对花筵。

上呈诗句：

略言略语请新郎，正请新郎赴花堂。产（齐或客）聚三千时已到，早教相送入郎房。肆筵设席以安排，座上吟请文矣哉。休负今宵桃园事，早移玉步云堂来。

又

伏以，天上佳期，人间盛事。会聚三千之朱履，恃吟七步之诗文。速请新郎，早登花席，莫劳诗客赞咏诗章，恭对花筵。

上呈诗句：

月宫仙女下瑶堂，何故新郎不出来。诗客堂前相告语，早移玉步出堂来。

又

伏以，天长地久，喜逢天上之佳期。女嫁男婚，正遇人间之盛事。诗客速请，早登花席。欢饮杜康之绿酒，听吟周台之诗文。恭对堂前。

上呈诗句：

鼓瑟吹笙请新郎，佳期花烛照辉煌。朱履三千同一席，轻移玉步出堂来。

请衣裳文：

玉女裁成驸马衣，果然妙手更佳期。新郎高堂华堂上，两手高招出凤帏。

劝君一枝花，佳人妙手巾。自从今日后，富贵两齐眉。

咏衣文：

请出罗衣依用新，不长不短与身齐。今日将来装驸马，胜如天子重贤豪。

请袜文：

一双水袜新更夸，本是佳人手上加。今日将来装驸马，胜如朝中一品官。

请鞋文：

一双罗鞋用尽心，针针绣得似鱼鳞。两边都是红罗绣，用尽功夫做得成。

咏靴文：

衣冠靴袜是威仪，且喜佳人绣整齐。装束新郎扶驸马，堂堂端的是男儿。

咏帕文：

一双花帕信佳哉，玉手金刀剪出来。今日将来头上用，桃花一朵满头开。

插花文：

插起一枝花，新郎色更佳。自从今日后，富贵两荣华。

请新郎拜家堂：

伏以，新郎来到，见拜家堂。一拜众魂先祖，二拜土地龙神，三拜灶君夫母，四拜财帛郎君。一头夫妻如鱼水，二头同气连枝，三头荣华富贵，四头金玉满堂。恭对堂前。

上呈诗句：

引到新郎拜新祖，一门积庆盛开筵。新郎今日鞠躬拜，夫妇齐眉寿千年。

拜天地：

一恭礼拜乾坤，二拜三宫日月明。恭望上苍垂洪福，须其夫妇保团圆。

拜左位：

一拜左东赴华堂，姮娥今日得成双。今宵拜谢东晓日，富贵荣华百世昌。

拜右位：

再拜右西赴洞房，佳期花烛岂非常。今日姮娥深拜谢，齐眉举案寿命长。

拜同年朋友：

天地玄黄宇宙成，日月盈仄两同年。诸姑伯叔家家有，孔焕兄弟贺新郎。

引新郎入房路文：

闻道姮娥引路通，新郎行时喜冲冲。三千朱履齐相送，要与姮娥会天台。

入房交杯文：

引起新郎入洞房，佳期花烛岂非常。今日引归罗帐下，如同鱼水会鸳鸯。

就抵门日文：

千山万水引郎来，引得郎来门不开。借问诗娘关何事，一拳打破又何难。

诗文曰：

伏以，门开门不开，有朋自远方来。不得其门而入，吾何以观之哉。门前众诗客，都是老秀才。若是不开门，一拳打破来。恭对门前。

上呈诗句：

千里万路引郎来，引得郎来门不开。借问诗娘情性快，隔门抛过钥匙来。

诗客问：

伏以，门外诗客。且问房中侍娘谁人，此木出在何州何县，何乡何里。此木出在谁家园里，谁人使锯破为板，谁人使斧做房门，门高几尺几寸宽阔几尺几寸几分。谁人使锛，锛重几两；谁人使斧，斧重几斤。答了此门早早放开。

内中答文：

伏以，房中侍娘，便答门外诗客。此木出在青州青县，青乡青里。此木出在朱家园里，张良使锯破为板，鲁班使斧头做房门；门高五尺五寸，宽阔三尺三寸三分。张良使锛，锛重四两。鲁班使斧，斧重半斤。答了此门，不敢进来。

门外又问：

伏以，门外诗客且问房中侍娘。何为上大人，何为丘乙已，何为化三千，何为七十二士，何为而小生，何为八九子，何为佳作仁，何为可知礼也。答了此门早早放开。

门内又答：

伏以，房中侍娘，便答门外诗客。上大人是圣人之父母也。丘乙已乃是孔子之名姓，化三千，化集三千徒众，七十二士，取得七十二贤。而小生，皆是九国之人。弟子人人训集，贤贤易色，皆作仁。重以仁义礼智信，可知礼也。自有门外以达其道，答了此门，不敢进来。

门外又问：

伏以，门外诗客，且问房中侍娘。你知甲子总有几百字，共有几十行，谁字中间坐，谁字两边排。答了此门早早放开。

门内又答：

伏以，房中侍娘，便答门外诗客。我知甲子总有二百二十字，共有六十行，甲午中间坐，癸巳乙未两边排。答了此门不敢进来。

门内再问：

伏以，房中侍娘，且问门外诗客。你是读书之子，我问你《孝经》有几章，《孝经》哪章无孝子，《论语》哪章无子曰。答了此门放开进来。

门外又答：

伏以，门外诗客，便答房中侍娘。《孝经》十七章无孝子，《论语·乡党》无子曰。答了此门早早放开，快快进来。

引新郎入房相见：

引到新娘入洞房，新娘斜眼看新郎。高头看见低头笑，今日风流理可当。郎在东边娘在西，两人今日结夫妻。如鱼似水同欢笑，百年偕老寿万春。农夫久旱逢甘雨，买卖他乡遇故知。

接着抄（接上“相见”文）：

新郎洞房花烛夜，秀才金榜题名时。下拜从来自古仪，夫妻相见岂相知。妇也拜时夫也拜，一齐下拜不羞仪。

把盏诗：

伏以，一双金盏，结成鹦鹉之绿杯。五色缘绳，绾作鸳鸯之侣。盏斟绿酒，轻湿桃花，新郎吞饮。福寿双全，恭对郎房。

上呈诗句：

绿酒交杯线两条，线红绿酒色须交。新郎吃口娘吃口，口也交时心也交。交杯交义要交心。交来交去是玉人。今日两人交得好，交头交尾到明天。

结同心：

宝镜团结映玉客，分明照见两心同。新人红带同心结，结了同心心便同。

讨手巾诗文：

孔子盈门诗客文，吟诗一字值千金。小生不是虚言语，不要铜钱要手巾。房中吟尽好诗文，费尽心机劳了神。若无利市来吩咐，坐在房中不出门。闻道六年织手巾，早将吩咐读书人。莫道读书客易待，孔夫一字值千金。利市花红要手巾，早将吩咐诵诗人。若无

利市客回去，洞口桃花也笑人。

又

手巾花帕细如麻，绣出鸳鸯两朵花。快快将来吩咐我，一时没有不回家。盈门朱履客三千，远远两俫沿绮筵。利市手巾早将出，诗人陈备贺东君。

又

利市手巾五尺长，左手拿出右手量。只怕新人舍不得，留来儿子做衣裳。家中做女爱行村，来到房中无手巾。若无利市来吩咐，三岁孩儿也笑人。

又

古来利市眼前花，端的诗人不肯赊。快快将来吩咐我，一时没有不回家。花帕原来五寸长，剪刀裁断不思量。自古至今常有道，莫道空手出娘房。

又

借问侍娘知不知，吟诗多少费心机。若无利市来吩咐，扯倒新人剥了衣。利市原来不用多，新人心下意如何。红罗三尺不嫌少，银子三钱也不多。

又

撒帐过后看文章，利市花红要一双。咐与侍娘早将出，一时没有打新郎。手巾花帕细如麻，织出中央一朵花。果是新人高手段，诸宾看见一兴夸。

又

多谢新人好手巾，两头麒花似鱼鳞。学生将来多酬谢，谁家传个好名声。

新人有手巾皆可撒五方上下：

撒帐东，绞罗帐巾掀春风。撒帐南，从今而后养贤郎。撒帐西，你恩我爱好夫妻。撒帐北窈窕佳人好美色。撒帐中，鸾凤和鸣在北中。撒帐下，天降麒麟有变化，撒帐上，弄璋弄瓦父母样。

（黄先保供稿，唐春林补录）

十一、状元训叙

多年寒窗今如意	梁悬头发锥刺股
实亏父母操劳心	自古功名苦后成
感谢老师教方好	功名二字虽为重
牢记自身勤用功	品学兼优世所称
今朝得中状元郎	吟诗作赋添文雅
来年国家真栋梁	敬友尊师立新风
若得事业成就后	不学秦桧失骨气
不可忘记培育恩	要做天祥抱忠诚
王冕学画宜趁早	修身齐家做表率
车胤囊萤须聪明	治国安邦尽才能

（前八句为古本残篇，以下为唐春林增补）

十二、新编小学生守则

遵守规则人人夸	讲究卫生重仪表
好好学习不吃亏	乱吐乱扔不文明
祖国人民共产党	热爱劳动淳朴性
三个热爱首先知	粗粮素服节俭风
专心听讲专心做	
早到早学按时归	遵纪守序公德好
	尊师敬友礼相谦
琴棋书画与武术	关心集体讲公道
强身健体益心灵	诚实自省品纯正

（唐春林新编）

十三、新编弟子规

（一）余力学文

李杜文章传千古　工夫做到通滞塞
霞客游迹遍群峰　有疑札记问求真
孝悌存心亲翰墨　房室清洁笔砚正
读书行路养性灵　字敬墨浓莫病心
浮华肤浅偏文字　典籍存放有定处
愚鲁昧真但力行　卷束齐整勿急匆
读书三到心眼口　圣书启慧明心性
方读勿慕有始终　贤良驯致策以恒

（二）入则孝

首重孝悌古圣训　亲所好恶谨具去
为人莫忘养育恩　身伤德缺世难容
父母之命行勿懒　亲若憎我孝更勉
严教厉责须顺承　偶有过错谏使更
温席扇床常问候　怡色柔声挞无怨
出入禀告业有恒　有疾昼夜服侍勤
事小擅为亏子道　丧后尽礼永悲咽
物小私藏伤亲心　祭祀如在事如生

（唐春林新编）

十四、防溺水六不准

炎炎夏日汗淋漓　　水火无情不认人
六个不准牢记心　　水域不熟多隐患
私自游泳要严禁　　不怕一万怕万一
擅自结伴也不行　　救护人员须在场
年少轻狂又无知　　安全设施必备齐
不看地偏水浅深　　若见落水巧施救
若无家长或老师　　救人护己镇静行

（唐春林新编）

十五、社会主义核心价值观

五讲四美三热爱　　爱国敬业重操守
父辈遵从到如今　　诚信友善一家亲
习总书记十九大　　字字珠玑传千古
二十四字警我心　　立德树人胜金银
富强民主国家愿　　修身齐家孔孟道
文明和谐华夏音　　读书明礼少年行
自由平等社会好　　志存高远严律己
公正法治作风新　　勤学本领做精英

（唐春林新编）

十六、战疫情

（一）

冬暖春寒时气乱
冠状病毒肆虐行
传染无情莫忽视
自我隔离重他人
病毒离人不长久
亲友离形不离心

多读好书多练字
勤学书画与琴棋
家居城市多锻炼
瑜伽武术与太极

生长农村多劳动
田园耕读益身心
室内室外保洁净
多种花草气清新

心理健康少郁闷
兴趣广泛多见识
回归良善少私欲
杀生事妄多抨击
关心动物戾疫退
万灵和谐莫再欺

（二）

雨淋淋
戾疫无情人有情
春寒料峭嚣邪气
泛漫乾坤莫心惊
沧海桑田常变幻
不变世间仁爱性
一方有难八方助
众人拾柴火焰雄
疫情虽猛势非久
严防早治必成功

雨淅淅
防疫首要是隔离
灾难警示多禳祈
自我追究常反思
居家育幼习六艺
安顿老人省起居
孝悌谨信不逾矩
仁义礼智守初心
有钱慷慨踊捐献
有力忠诚敢逆行

雨潺潺
上下平等听真言
一重广厦安贫士
二重环保理家园
人间仙境自古有

为何惨痛变荒寒
植树护源举手事
怜禽惜兽一念间
传承文化遵道德
中西合璧正气暄

（唐春林新编）

十七、小学生毕业歌

一张桌子四方方　记我六年好时光
伴我六年坐寒窗　七岁入学启蒙早
六年寒窗苦读成　敬友尊师性纯良
诚谢老师教有方　同桌同学同理想
一谢勤教学问好　一团和气共苦甘
二谢引导品行端　桃园结义真情颂
为师一日终身父　割席分道染俗伤
铸我灵魂恩如山　志向远大轻名利
一本红书四方方　登峰造极耀乡邦

（唐春林新编）

十八、《歌堂集》后语

歌谣本是开心源
歌声游游人欢乐
俗话慈祥遗真理
凡间世上有忧愁
人间不能自捆揤
自我安慰解忧愁
忧愁悲痛伤心事
开心快乐喜盈门
盘古开天人类始
人间处处喜快乐
朝廷皇宫更重要
后宫妃院歌作乐
天下苍生人人爱
个个都想唱支歌
歌儿唱出内详情
人人听了都欢迎
古人真话讲不错
唱歌能解心忧愁
开心解得人烦躁
笑话弄得吵架愁
唱支山歌解心焦
解开心焦无忧愁
解开忧愁心欢喜
万事无忧顺行流
事事通顺无阻碍
开心快乐办事业

开心诚意办得好
如意办妥安下心
安心办事得高效
高效工作人人欢
利国利民万众颂
发展进步得幸福
振兴中华会实现
中国梦想定成真
和谐社会建成后
幸福生活远孙传
长久民歌唱不尽
民歌歌乐似天长
快乐歌声引欢喜
开心快乐得和谐
人生世上讲和气
出门和气好求财
一处和气得安乐
处处和气通九州
国际国内大团结
和谐团结人间福
同心同德谋幸福
天长地久享无穷
人生处事要公道
血性男儿当自强
老少妇孺都和谐
中国美梦定成真

（莫恩珍新编）

十九、发扬中华民族光荣传统

自从盘古开天地
上为天　下为地
不分不裂属为团
不缺不损属为圆
不争不夺属为结
不欠不缺属为满
四面顺利无阻碍
八方通达能成功
天为乾　乾为父
地为坤　坤为母
天地能滋生人类
父母能养育子女
无天地人类无生存
无父母人生无处来
人生繁衍长久理
天地良心不可违

木本水源怀先泽
春霜秋露动时思
早晚虔诚亲训语
晨昏顶礼祖宗恩
先有水源有水路
先有鼻祖有远孙
金炉不断千年火
玉盏常明万岁灯
天地良心人人要
孝顺父母不可无
尊老爱幼要牢记
互敬互爱人常情
过渡要念渡船意
吃水不忘挖井人
人生生活讲福分
幸福不忘国恩情

文学始家孔夫子
人生处世三论文
传家宝训增广文
处世贤文价更高
人类立朝建国始
区分大家与小家
家是一小角
国是千万家
国是大团体
家是小家庭
国家团体是大局
忠孝先后要分明
忠孝两全难做到
也要先后兼顾全
先要维护国利益
后想个人小家庭
冷言冷语不可信
公私先后要分明
有国有法有保障
不受侵犯才安然
若凡与己无关事
不管他人瓦上霜

有时自家有难处
可能自己难求人

有权有势不滥用
不可以势欺压人
有钱人多不讲理
天地良心不容情
人在做　天在看
善恶到头终分明
政策法律应公道
自古历史论公平
有权有势自以是
胡作非为欺压人
天地人生有眼见
到头历史是罪人
歪出政策以仗势
山高帝远管不着
不合自心就压制
不从的人不放脱
自古忠诚多磨难
奸臣投机得势力
天地一日难公道
总有一天定分明
天地良心自古道
善恶迟早有分明
公道不公道
自有天知道
善恶到头终有报
善有善报
恶有恶报
不是不报
时候未到
时候一到
全部都报

忠诚毕竟合民意
奸臣终究受惩罚
天地开辟人类始
劝君莫造世间孽
古今中外有事例
历史千年有证实
弑君杀父有人做
到头还是落败名
不明真相为英雄
真相败露是败类
律法不能及时判
只要诚恳问自心
千年历史有记载
庞文严嵩蒙帝君
事例辨明法不容
身败名裂古罪人

忠诚不隐瞒观点
公心不掩盖矛盾
光明磊落一条心
万般艰难能克服
政策法律一国统
不是单指某一人
明君清臣心相连
君臣高官不离民
高官贫民同对待
举国上下一家人
有朝一日退职时
与民广众一家情
若自高上不了解
时时事事压制人
反映之音不再呼
处世之道便脱群
有朝一日退职时

民众毕竟不欢迎
自古至今论处世
九族世代远孙传

一朝君子一朝臣
君臣高官必爱民
帝君也靠左右手
高官要顺贫民心
先忧后乐清风愿
从来后世民为天
一怒长江笑
一笑黄河清
君子朝臣心一致
高官军民一股绳
祖国山河听呼唤
秀丽江山报佳音
以民为大得民心
以德治国得天下
依法治国安邦国
从严治党服民心
王子犯法同民罪
天下公民人人佩
九天日月开昌盛
万里风云起宏图

现代共产党来执政
光明磊落为人民
赤胆忠心勤奋做
万众民心都相连
政策法律平等待
高官军民一视仁
和谐团结万众心
为国为民创事业
领导干部身作则

发扬民主集中制
振兴中华能实现
中国梦想变成真
君爱臣　将爱兵
官爱民
举国上下一家亲
大小官员了民情
各级政府解民忧
中央地方都如此
如园父母儿孙情
父母儿孙心一致
海枯石烂志不移
各种灾难不可免
灾难无情人有情
全国人民团结紧
广众志气就成城
祖国山河听呼唤
秀丽江山报佳音
民富国强要实现
美满幸福载万年
和谐社会建成后
幸福生活代代传
全国处处欢乐声
世间如同天堂人

观今宜鉴古
无古不成今
洋为中用
古为今用
取其精华能进步
去其糟粕除祸根
人生终究有失误
帝王代代有精彩
失误必须有改革

改革纠正人类福
盘古开天人类始
朝朝代代促发展
文学创始孔夫子
人生处世三论文
传家宝训增广文
处世贤文更加好
和谐团结不可少
胸怀大局不可无
科学技术更重要
发展进步不可离
读书越多越懂理
当官越大越爱民
忠诚做好父母官
中央公民相辅成
孔子文学普天下
世界诸国心里明
世界多国办孔校
孔子文学人类传
处世论文几千载
教育人类不少人
读过之人都佩服
人人都感要欢迎
中华人民是国亲
更应尊敬先文人
本国历代王朝敬
世代流传佩他文
天地能滋生人类
父母能养子女身
无天地人无生存
无父母人生无处来
处世贤文指明道
天地良心爱老幼
尊长辈及孝父母

忠诚国家爱家庭
天地良心谁不要
不要良心不是人
处世贤文不可少
和谐团结不可无

历史教训不重返
总结经验迈步行
既合民意得民心
万般事业必定成
先忧后乐清风愿
从来治世民为天
一怒长江笑
一笑黄河清
现代共产党来执政
多党合作协商明
民主协商集中制
国家大事办得全
集体领导共维护
光明磊落为人民
赤胆忠心勤奋做
万众民心都相连
以民为大得民心
以德治国得天下
依法治国安邦国
从严治党服民心
王子犯法同民罪
反对腐败得民心
公道平等值千金
人间世上服人心
中央主席亲临民
党政军领导身作则
将爱兵来官爱民
举国上下一家亲

大小官员了民情	改革开放促进步
各级政府解民忧	三个代表为人民
中央地方都如此	科学发展更昌盛
如同父母儿孙情	万里风云起宏图
父母儿孙心一致	新时代的新思想
海枯石烂志不移	中华民族大复兴
全国人民团结紧	振兴中华能实现
广众志气就成城	中国梦想变成真
祖国山河听呼唤	和谐社会建成后
秀丽江山报佳音	幸福生活远孙传
山重水复改新路	民富国强定实现
柳暗花明又一村	美满幸福载万年

（莫恩珍新编）

二十、实现国富民强人人幸福的愿望

天下领导靠团体
团体领导带动全
独裁领导不成体
全盘考虑不周全
集体领导共智慧
方方面面想周全
行行业业照顾到
全国人民都赞成
集体智慧有主导
统一宣明要一人
团结统一心一致
谁人不可反悔心
决心宣明共维护
头领公民一视仁
高官贫民同遵守
举办事业一定成
国家政策如生命
无法无策乱成糟
无法无天无体统
不成体统衰败亡
王子犯法同民罪
人间世上服民心
以民为天得民心
以德治国得天下
先忧后乐清风愿
从来治世民为天
一怒长江浊
一笑黄河清

君子朝臣心一致
高官军民一股绳
祖国山河听呼唤
秀丽江山报佳音
帝君也靠左右手
高官要顺平民心
君爱臣将爱兵官爱民
举国上下一家亲
大小官员了民情
各级政府解民忧
全国上下都一致
如同父母儿孙情
父母儿孙心一致
海枯石烂志不移
各种灾难不可免
灾难无情人有情
全国人民团结紧
广众志气就成城
山重水复改新路
柳暗花明又一村
新社会的新思想
发展进步有保障
九天日月开昌盛
万里风云起宏图
振兴中华能实现
中国梦想变成真
民富国强定实现
美满幸福载万年

人间处处不例外
都用和谐谈团结
和谐团结能发展
发展进步得幸福
得到幸福能开心
开心快乐能唱歌
唱歌体现心欢喜
唱出内心喜悦情
世界遍地闻歌声
人间处处见欢乐
幸福生活同享受
天地公道人公平
公道平等值千金
人间世上服人心
消除欺压和剥削
幸福生活远孙传

盘古开天要圆满
动物植物要保全
天有雨下有滋润
动物植物能繁荣
天地江山都保存
才为世界叫全球
全球便是完整版
统一完整共创成
天地呼唤要和谐
世界人类不可缺
和谐团结能发展
天地万物相辅成
人生只有嫌钱少
不嫌人情义气多
情义深重心一致
灾难损害不分离
家贫想贤妻
遇难思好人
夫妻恩爱办法多
有难好人设法帮
工作需要从分配
创办事业心不离
千里迢迢分开做
都是人生大家庭
和谐团结勤奋做
互敬互爱一家情
工作贵贱不分论
行行为了建乐园
和谐团结最重要
分裂散沙事不成
一盘散沙定落后
落后贫穷受人欺
回顾中国几千载
不搞团结不如人
贫穷落后定悲惨
志气之人不甘心
远史述之讲不尽
只从隋朝到民国
一千四百多年史
自相残杀外人欺
隋文帝老体衰迈
力不从心意不一
昏沉不振儿不从
遭儿弑父权败亡
炀帝杨广最败坏
纵欲夺权随意做
不合民意民不从
三十八年国灭亡
唐朝元霸夺玉玺
高祖李渊先坐殿
随后世民接了位

国家社稷想周全
文武忠诚真护政
朝政巩固较安全
代代接位保民生
唐朝执政二百九年
五代十国年间乱
干戈动乱不安宁
民不聊生战乱多
混乱战斗七十五年
北宋帝君缺访查
国丈假旨变成真
口旨王庙大聚会
呼延丕显去会君
盘赛花躲龙王庙
出来抱住老师身
诬陷老师奸皇后
灭了九族诛六亲
庞文父女造假案
杀害帅府三百人
呼家忠良做冤鬼
国家受到大损失
南宋秦桧做卖国
颠倒黑白乱是非
不送军粮不发兵
给侵略者乱杀国军
秦桧上朝反奏告
害死忠良岳飞身
国家遭到大损失
广众公民不甘心
陆游吟诗七天夜
地府带他去看真
回阳告知明真相
油锅煮死秦桧身
人在做　天在看
善恶到头终有报
善有善报恶有恶报
不是不报时候未到
时候一到全部都报
天地终究是公道
秦桧以为完了事
最后自己也跑不掉

（莫恩珍新编）

二十一、对天地父母人生共存的见解

扰乱分裂　国家和谐
破坏团结　社会发展
阻碍发展　社会和谐
人类祸害　人生安宁
民族败类　天地人和
历史罪人　万物茂盛
缺乏胸怀　家庭和谐
不顾大局　万事兴旺
只思小利　家庭富裕
不管全盘　国家强盛
小肚鸡肠　和谐团结
鼠目寸光　人类福份
盘古开天　人生道路
天地父母　远孙继行
人类子孙　天地长久
繁衍昌盛　圆满共存
发展进步　美满幸福
天地保护　人人盼望
天地和谐　开心快乐
人类进步　幸福乐园
父母团结　凡间如仙
家庭发展　天地如堂
全球不损　仙凡共球
天地圆满　天地父母
世界和谐　天上地下
国家太平　全球一家

阴阳一理	仙凡天定
仙凡怀福	缺一不可
天轮天作	维护保存
全球共享	共享无穷

（莫恩珍）

二十二、八十岁老人对人生创造幸福共享同乐的期盼

天地父母上天下地
仙人凡间和谐团结
发展进步繁荣富强
不争不夺安宁欢乐
世界太平人类欢喜
天长地久世代共存
阴阳不欠雌雄不缺
生存处世相辅相成
公道平等无忧无虑
共同享受深感同心
美满幸福人人喜爱
仙凡一致深受同感
地球仙凡不可分离
地球圆满世界完善
同心同德共建乐园
幸福乐园共同维护
大家共建不可分裂
才能保持同心原形
天上地上天地父母
动物植物共同生存
全类都现世界长存
机械一体全盘启动
共同发挥达到目的
历朝建国帝王将相
平民百姓都是国体

无论职别高低贵贱
贵族贫民属国一员
人人珍惜互相体贴
一团和气互敬互爱
举国上下亲如一家
国家重要有国有家
国是大体家庭小家
一国众多巩固力大
小家单薄力不从心
争权夺利自私为家
小肚鸡肠鼠目寸光
小人之心绝不可行
大局为重先国后家
职别显示为国为民
国家社稷国计民生
爱民如子天下太平
社会安宁国家发达
发展进步民富国强
国家惠民人民幸福
人民幸福报答国家
报答社会奉献爱心
共同遵守先国后家
有忠有孝忠孝有成
明朝海瑞树立典型
回顾我国历史证实

世界和谐人类和平
国家和谐发展进步
社会和谐人民安宁
民族和谐共建乐园
乐园建成人人享福
天地人和万物茂盛
家庭和谐万事兴旺
世界处处都和谐
九州通顺皆一致
同心同德爱和平

和谐团结创幸福
享受幸福歌作乐
唱出内心喜悦情
无忧无虑无烦恼
万事无忧顺行流
世界遍地闻歌声
人间处处见欢乐
美满幸福与天地
凡间如同天堂人

（莫恩珍新编）

二十三、人生切记事业成就来之不易

林子山高水又高
日头山上挂丝绦
人间世上文为贵
皇帝立朝不少书
几千年前讲文学
没有文化难立朝
文学先师孔夫子
为了文学操尽心
孔子题诗在壁上
三千弟子在学堂
孔子门徒有三千
七十二贤更辉煌
曾参颜回与子贡
名师高徒千古传
人类始终不可忘
世代远孙要牢记
识书醒理知礼貌
不可磨灭恩师情
尊老孝顺要记住
千秋万代远孙传
多年寒窗今如意
实亏父母操劳心
感谢老师教方好
牢记自身勤用工
今朝得中状元郎

来年国家真栋梁
若得事业成就后
不可忘记培育恩
王冕学画宜趁早
车胤囊萤须聪明
梁悬头发锥刺股
自古功名苦后成
功名利禄虽为重
品学兼优世所称
吟诗作赋多文雅
敬友尊师立新风
不学秦桧失骨气
要做天祥抱忠诚
修身齐家做表率
治国安邦尽才能
新中国是重文学
百年大计文为本
意愿桃李满天下
祖国遍地出英才
洋为中用古为今用
取其精华 去其糟粕
取其精华促进步
去其糟粕除祸根
人有进步有发展
文化科学不可离

尊师重教是前提　中央军民一股绳
人才倍增建乐园　民富国强要实现
举国上下一家好　美满幸福载万年

（莫恩珍新编）

后　记

人们一直期盼着流传于富川瑶族自治县东北部朝东镇、麦岭镇、葛坡镇等七都、八都土语区的瑶族溜喉歌能被翻译并编印成书，以便于瑶族子孙后代学习演唱瑶族溜喉歌，便于保护、传承和弘扬瑶族传统文化。过去有人试图搜集整理瑶族溜喉歌，因种种原因都未能实现。在广西壮族自治区民族宗教事务委员会、广西民族大学与广西壮族自治区少数民族古籍保护研究中心、广西民族语文研究中心、富川瑶族自治县民族宗教事务局的关心和帮助下，《瑶族溜喉歌译注》终于得以顺利出版。

编者于2017年底出差贺州市富川瑶族自治县进行民族语言使用情况调研，时任县民宗局局长李俊玲介绍了该县民族语言使用的情况，还介绍了该县丰富多彩的非物质文化遗产，其中民间传唱的蝴蝶歌、溜喉歌深入人心，令人印象深刻。编者也实地调查了民族语言使用情况，拜访了麦岭镇长春村75岁高龄的瑶族老人莫恩珍，他自幼喜欢唱溜喉歌，向父亲学习溜喉歌，向歌师们学习溜喉歌，把先祖保留不完整的手抄歌本传承下来。通过不断参加歌堂活动，他自己成为附近有名的溜喉歌歌手。他介绍了流传于当地的溜喉歌，现场演唱溜喉歌，并把从2009年开始整理和不断补充完善的《八都歌堂集》手抄本给我们看。该手抄本约有12万字，内容丰富，是麦岭镇乡村人们婚仪节庆传唱的溜喉歌，《八都歌堂集》对保护传承非物质文化遗产具有较高的价值。莫恩珍老人也迫切想把自己搜集整理的《八都歌堂集》手抄本印刷成册，请求各级部门支持其正式出版，以献给民间传唱者，并作为非物质文化遗产进校园传唱的歌本。

莫恩珍搜集整理的《八都歌堂集》手抄本原来是在信笺上一字一句手写的，为了方便携带和传唱，《八都歌堂集》手抄本需要整理录入为电子版并编辑、排版，打印成册。这项工作得到了麦岭镇中心校领导和老师们的支持和帮助。在此，特别感谢何家友校长、

赵子云副校长、李龙美副校长和唐春林、唐昕、唐芬顺等老师的热心帮助。

为了方便麦岭镇等地传唱瑶族溜喉歌，广西壮族自治区少数民族古籍保护研究中心把《八都歌堂集》编印成内部资料400本，免费送给莫恩珍老人，该内部资料本也成为《瑶族溜喉歌译注》整理的底本。

《瑶族溜喉歌译注》的翻译整理，得到了贺州市文学艺术界联合会党组原书记何建强、广西壮族自治区非物质文化遗产溜喉歌代表性传承人黄先保、麦岭镇中心校教师唐春林、金田村陈晓凤老师、麦岭镇黄侯泉村退休教师毛祥发、歌手唐求娥等同志的帮助，在此我们表示衷心的感谢。同时感谢何建强、唐庆得、黄忠美、黄先保、唐春林等同志为该书作序。

贺明辉负责全书的整理工作，通阅全书并负责前言、国际音标标注、后记等部分，唐春林负责汉文直译、注释、题解，贺明辉、唐春林共同负责汉文意译部分。

《瑶族溜喉歌译注》得以编辑出版，首先得到广西壮族自治区民族宗教事务委员会、广西民族大学、广西壮族自治区少数民族古籍保护研究中心、广西民族语文研究中心、富川瑶族自治县民族宗教事务局、麦岭镇党委政府、麦岭镇中心校、广西民族出版社等有关部门的大力支持；其次，我们在调查过程中也得到瑶族同胞的热情帮助。在此，我们向以上有关单位和同志们致以深深的谢意。

因时间仓促，水平有限，利用国际音标记录溜喉歌的歌词很难完全准确。溜喉歌是用当地的方言演唱，唱词与现代汉语有很大区别，唱词的注释和翻译很难完全涵盖。不足之处，望读者谅解并给予批评指正。同时，期待富川瑶族自治县能整理出更加完善的瑶族溜喉歌，为保护传承中华优秀传统文化做出更大贡献。

编　者

2021年3月30日

《瑶族溜喉歌译注》编委会

图书在版编目(CIP)数据

瑶族溜喉歌译注：全2册/ 广西壮族自治区少数民族古籍保护研究中心主编. —南宁：广西民族出版社，2024.9
ISBN 978-7-5363-7733-2

Ⅰ.①瑶… Ⅱ.①广… Ⅲ.①瑶族—民歌—作品集—富川瑶族自治县Ⅳ.①I277.295.1

中国国家版本馆CIP数据核字（2023）第246578号

YAOZU LIUHOU GE YIZHU

瑶族溜喉歌译注

（下卷）

主　　编：广西壮族自治区少数民族古籍保护研究中心
项目主编：贺明辉　盘美花　薛　梅
项目副主编：李俊玲　唐春林　莫恩珍

出 版 人：石朝雄
责任编辑：梁书晓　杜　洪　张远欢
装帧设计：何世春
责任印制：莫晓东
出版发行：广西民族出版社
地址：广西南宁市青秀区桂春路3号　邮编：530028
电话：0771—5523216　传真：0771—5523225
电子邮箱：bws@gxmzbook.com
印　　刷：广西民族印刷包装集团有限公司
规　　格：890毫米 ×1240毫米　1/32
印　　张：56.875
字　　数：1350千字
版　　次：2024年9月第1版
印　　次：2024年9月第1次印刷
书　　号：ISBN 978-7-5363-7733-2
定　　价：468.00元（上、下卷）

瑶族溜喉歌译注

下卷

主编　广西壮族自治区少数民族古籍保护研究中心
项目主编　贺明辉　盘美花　薛梅
项目副主编　李俊玲　唐春林　莫恩珍

广西民族出版社
Gvangjsih Minzcuz Cuzbanjse